中国诗歌
断代史丛书

A HISTORY OF
MODERN
CHINESE
CLASSICAL
POETRY

中国现代旧体诗史

胡迎建

著

江西教育出版社
JIANGXI EDUCATION PUBLISHING HOUSE
·南昌·

赣版权登字-02-2022-219

图书在版编目（CIP）数据

中国现代旧体诗史 / 胡迎建著. —— 南昌：江西教
育出版社，2025.5

（中国诗歌断代史丛书）

ISBN 978-7-5705-2941-4

Ⅰ.①中… Ⅱ.①胡… Ⅲ.①诗歌－文学研究－中国
－民国 Ⅳ.① I207.22

中国版本图书馆CIP数据核字（2021）第278681号

中国现代旧体诗史

ZHONGGUO XIANDAI JIUTISHI SHI

胡迎建　著

江西教育出版社出版

（南昌市学府大道 299 号　邮编：330038）

出 品 人：熊　炽
策划编辑：陈　骥
责任编辑：王成龙
装帧设计：纸　上 / 光亚平　万　炎

各地新华书店经销
江西赣版印务有限公司印刷
720 毫米 ×1000 毫米　　16 开本　　36.5 印张　　4 插页　　506 千字
2025 年 5 月第 1 版　　2025 年 5 月第 1 次印刷

ISBN 978-7-5705-2941-4

定价：128.00 元

赣教版图书如有印装质量问题，请向我社调换　电话：0791-86710427
总编室电话：0791-86705643　　　编辑部电话：0791-86705903
投稿邮箱：JXJYCBS@163.com　　　网址：http://www.jxeph.com

民國舊體詩史稿

選堂題耑

饶宗颐先生题签

（《民国旧体诗史稿》2005 年版）

师韩祖杜拓新疆双井神功接混茫诗派

汪洋恣肆近代洪峯迭起于西江

从师白六间突远亲授诗坛燃将图上

溯黄韩追杜老脱胎换骨忆方湖

闳放中華气象新罗萬象华为神扬

帆岂限西江多入海尤能判牛麟

題执迁迟先生诗史新著

戊寅酷暑　霍松林于唐音阁

霍松林先生题诗

（《民国旧体诗史稿》2005年版）

著者胡迎建在南昌青山湖畔湖星轩书室内

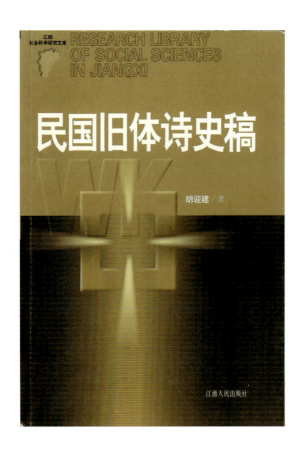

《民国旧体诗史稿》2005年版封面

前言

　　中国传统诗源远流长，自周代兴起以四言诗为主的《诗经》之后，汉魏时期先后兴起五、七言诗，至唐代兴起五、七言律诗并趋于定型。为区别起见，讲平仄格律的称为近体，不讲平仄格律的称为古风。然而不因近体兴而古风绝，诚如后世不因词曲兴而诗绝。每增添一种新样式，就为人们表达情感提供了更大的选择范围。由于诗讲究押韵对仗，句式整齐，掌握其规律，创作者便可用乎一心，驱遣才力；诵读者因有一定的范式与韵脚，则便于记忆。旧体诗因其结构匀称均衡之妙、韵律抑扬顿挫之美，与内在意境美相结合，充分发挥汉字单音节词、双音节词与以象形、指事、形声等方法造字的特点。可以"兴观群怨"，抒发情志，陶冶性灵，锻炼脑力，增长智慧，从而大大丰富人们的精神生活。千百年来，中国文学宝库里留下多少锦章佳句。诵读其间，可以体悟诗人的心路历程与奇才妙思，可以神游其诗化江山与丰富的社会生活画卷，这是一个时空绵邈而广阔的精神天地、文化世界。人们历来奉诗为文学的正宗，几千年来的中国文学史，几乎可以说是一部诗史。

　　20世纪初，新文学运动兴起，以格律诗作为首要打倒目标，欲以白话诗标榜新诗代替之，便将已往之诗称为旧体诗。旧者，过时之物也，旧体诗被视为与封建社会一同消亡的东西。其后激进的人们高喊打倒"孔家店"的口号，反对旧道德、旧文化，有的甚至将汉字也视为妖孽。旧体诗这门高雅艺术从正统地位坠为"谬种"，但它并未消亡，还有不少文化人爱用此形式言志抒情。特别是抗战时期，很好地发挥了鼓舞人心的作用。20世纪80年代，中华诗词再度振兴，这是由于真正有百家争鸣的氛围，不再禁锢某一种艺术形式，而散漫的新诗经过几十年来的试验并不很成功，不断有人呼吁回归传统。从"别求新声于异邦"至拿来主义的欧化时期，再到扎根于民族形式，历史经过了一个否定之否定的发展过程。人们很自然地要问，为什么中国诗史叙述到现代，只字不提旧体诗？难道新诗起来就一定要革除旧体诗吗？这一时期旧体诗传统莫非真的中断了？

为符合当时人们对诗的认识的实际情况，尊重社会历史的演变过程，本书不妨仍采用旧体诗这一语词，因为自新文化运动兴起之后，人们就逐渐习惯于这一概念。如果溯源其始，这一词语最初出现于胡适在《答任叔永》一信中转述任叔永的话："公等做新体诗，一面要诗意好，一面还要诗调好，一人的精神分作两用，恐怕有顾此失彼之虑，若用旧体旧调，便可把全副精神用在诗意一方面，岂不于创造一方面更有希望呢？"[1]此信作于1918年7月26日，而任叔永的信应稍早于此，故"旧体"两字最初很可能出于反对胡适作白话诗的任叔永之口，经胡适引用推而广之。1919年10月，胡适在《谈新诗》一文中引证自己的《应该》一诗后说："这首诗的意思神情都是旧体诗所达不出的。"[2]可见旧体诗这一概念是与胡适所开创的新诗相对而言的，后来也有人将这一名词简化为旧诗。这一名词带有贬义，将传统的形式斥之为"旧"，而将自西方移植过来的自由体诗称之为"新"，无疑是不太科学的。1926年，梁实秋在《现代中国文学之浪漫的趋势》一文中说：

---

① 胡适：《胡适文存》卷一《答任叔永》，欧阳哲生编《胡适文集》第2册，北京大学出版社，1998，第79页。

② 胡适：《胡适文存》卷一《谈新诗——八年来一件大事》，欧阳哲生编《胡适文集》第2册，北京大学出版社，1998，第135页。

"新诗的发生,在文字方面讲,是白话文运动的一部分,但新诗之所谓新者,不仅在文字方面,即形体上、艺术上亦与旧诗有不同处。我又要说,诗并无新旧之分,只有中外可辨。我们所谓新诗就是外国式的诗。"[1] 可以说,新、旧体诗实际上是外来的与民族固有的两种诗形式的蜕变。

民国时期,中国政区尚未有真正意义上的完全统一,中央政府的政令从未完全自上而下贯彻过。战争连年不息,内忧外患不断。世界两次大战均发生在这一时期:第一次世界大战的间接后果是诱发了五四运动;第二次世界大战,亚洲战场直接发生在中国,并影响了中国政局变化。这是一个血溅泪飞的乱世,时代风云的变幻、政治力量的分化重组、学派思潮的多元化、旧文化的失落感、观念的更新,更因战争之残酷、民生之多艰,使得反映社会生活的诗作呈现出变风变雅的特点与意识形态多元化的倾向。

处于转型期间,老成凋谢,新人辈出。尽管在新文学运动中旧体诗受到冷遇,跌入低谷,但仍有一大批诗人坚持创作,更多一批新生代学人起而作诗。诗人队伍已扩散到社会各个阶层,不再如封建社会那样,以官吏与布衣隐士为主,而是随着社会阶层的变化,既有党派、政界人员,也有受过新式教育的军人,还有新兴工商业者。随着现代教育的兴起、大学的逐渐建立,一大批知识分子进入高教部门,并成为诗作者的主体。

从这一时期诗的流传来看,有三种情况:一是依靠现代印刷术及其他传播媒介,有的诗流传甚广,这或是因为在内容上反映了共同心声,或是因为诗人借助其他方面的名望而传播其诗;二是仅在同人中交流,起到融洽情感、切磋诗艺的作用;三是孤芳自赏,遣兴自娱,不求闻知,害怕受迷恋骸骨之讥,故知者不多。

这一时期的旧体诗既有传承性又有创新性。一方面不像白话新诗

---

[1] 梁实秋:《现代中国文学之浪漫的趋势》,《中国现代文学研究丛刊》1987 年第 2 期。

背弃传统,它炼意锤字,意境含蓄,格调高雅;一方面又因应时代环境的变化,在创作队伍、诗的精神面貌、语言词汇诸方面均在发生变化,从而表现为不变中有变的特点。

三十七年来,旧体诗显示其顽强的生命力,她的存在与发展,反映了旧民主主义革命时期人们的民主意识、主体意识的觉醒与现代精神的张扬,对社会变迁的思考,对理性与真理的探索;反映了五四以来中国人民的觉醒以及北洋军阀统治下黑暗社会的众生相;反映了北伐战争的兴起与成功,以及随之而来的国民党一党独裁统治下人民遭受的苦难,与革命者遭受屠戮、监禁的命运;反映了日寇侵华铁蹄蹂躏的惨酷事实,中国人民艰苦卓绝的全民族抗战;反映了国统区反饥饿、反压迫的斗争以及人民解放战争的节节胜利。

新中国成立后直至20世纪80年代以前,旧体诗创作仍受到冷遇,民国时期的旧体诗更被排斥在新文艺门外,现代文学史不提,大学不讲授如何作诗。这是很可悲的事。不用说鲁迅、郁达夫,即便是无产阶级领袖人物如毛泽东等人诗作也未见收入新文艺大系。只因用了"旧"的形式,便投错了胎,进入不了现代文学史的研究视野,这真是一个历史的误区。旅美华人周策纵在为萧公权《小桐阴馆诗词》作序时指出:

> 自民初新文学运动兴起以来,国人述论当代中国诗者,多不举旧体诗词之创作,似从兹以降,旧诗已无诗人可言。此自不为无故,盖古典语言往往有不足以畅达近代新事物之境状,与近代人复杂之情感者;且高才俊彦,已群骛新体,而专为旧诗词者,多无创新之意境。于是述近六十年中国诗史者,恒不计旧体诗词。然此时才俊之士之已有他成就者,又往往于旧体仍优为之,其声名既先已彪炳于新文学、新学术、新政治或新事业,故其旧体诗词之得以流传,恍若仅因

他而致，而于其诗词本身之真价值则无与焉。[①]

周氏的话是一针见血的，他指出旧体诗有难以畅达新事物境状与近代人复杂情感的不足。而作旧诗有名者，往往不是由其诗艺高下所决定，而是在于他在其他方面是否有卓异成就。他也给我们提出一个值得探讨的研究课题，即旧体诗是否真的因沦为"谬种"而消亡到已无诗人可言？是否传统的东西一概陈腐而毫无价值，因而发展脉络也已中断？其实，当我们认真考索这一时期的旧体诗作之后，结论却是：旧体诗这一形式并未随着帝制时代的结束而消亡而中断，相反，它在困境中生存，因应时代而发展，虽然它在新文化运动以后扮演了尴尬的角色，却最终能与新诗并立而存在。然而旧体诗的发展轨迹与生命意义究竟如何，则是我们这一代人应做的工作。我们不仅要研究已为众人所知的诗人，也要努力发现一些名声不彰但确有优秀诗作的诗人，使之不至于湮没无闻，从而比较充分地了解这一时期诗人的心态与情感；通过对民国时期的诗作做进一步搜集、挖掘、整理与研究，有利于人们对这一时期文学现状有一全貌的认识，并进入现代文学史研究者的视野，从而大大丰富中国文学宝库，丰富并完善现代文学史，表明旧体诗并不能为其他艺术形式所代替。当今中华诗词重又走向繁荣，广大诗作者希望找到这缺失的一环，这也为之提供了一份可供借鉴的教材，有利于为古典诗词到当代诗词架起一道桥梁。也证明毛泽东所说的"旧诗一万年也打不倒"[②]的道理。闭眼不承认这一事实，不是实事求是的态度。一个没有诗的民族是可悲的，一个有诗而不被承认的民族也是可悲的。

值得庆幸的是，在 20 世纪 80 年代至 90 年代，现代旧体诗作有不少被发掘并整理出版，为开展这一时期的旧体诗研究提供了方便。近年来，还有卓见之士黄修己教授注意到旧体诗的存在，在他主编的

---

① 周策纵：《小桐阴馆诗词序》，萧公权《小桐阴馆诗词》，中国人民大学出版社，2014，"周序"第 1 页。

② 梅白：《回忆毛泽东论诗》，《东坡赤壁诗词》1986 年第 6 期。

《20世纪中国文学史》中即收录有我撰写的《"五四"后中华诗词发展概述》①。由张大明主编的《现代文学》也设专章收入我撰写的《旧体诗词发展概况》。

本书稿尽可能地搜罗较多的资料，诗话、序跋、笔记皆有涉猎。凡清遗民诗作，仅论及1912年以后的诗作；中华人民共和国成立以后仍在世的诗人，仅论及民国时期的诗作。词作不在论列。在第一章，将近半个世纪的旧体诗分成四个阶段加以论述，即近现代之交诗派纷呈的年代（袁世凯当政时期）、新文化运动兴起以后被冷落的旧体诗坛（北洋政府时期）、旧体诗的复苏（南京政府时期）、旧体诗的复兴（抗日战争与解放战争时期），并对若干阶段特征作出一些描述分析。在第二章、第四章至第十章中，以诗人群体为纬，论述各行各业诸如各党派、社团、学者教授中的具有代表性诗人，新旧体所谓两栖作家诗人、书画界诗人。第三章论述发生在20世纪20年代的新旧诗理论之论争。第十一章至第十四章中，对各地以及海外著名诗家也作了要言不烦的介绍，以见诗歌地域之广泛。大致以20世纪50年代的部分行政区域分类，按先沿海后内地、由南至北为序。我力图将诗人进行群体的研究，注意每一群体的总的思想倾向，也注意群体中诗人们的不同风貌与细微区别，力图发掘不为人们知晓而艺术成就甚高的诗人。先纵写后横写，纵横结合，叙论结合。至于效果如何，还须方家与读者评判。当代著名诗评家、诗人丁芒先生看到拙书稿后高兴地为之评论，他的话也道出了我的感悟，而溢美之词，则使我惭愧万分。评论中的此段话或可作为前言结束语：

> 洋洋四十余万字，织成了前文曾以"绵延不断"四字概括、其实许多已接近湮没的旧体诗歌的斑斓锦绣。搜罗之广博、研讨之深刻，固属我辈前所未见（我只阅读过毛大风先生编著的百年诗歌《大事记》以及零星的个人作品集），单

---

① 黄修己：《20世纪中国文学史》，中山大学出版社，2004，第327—341页。

就这个诗人名单来说，也足以使人憬悟：原来自然的规律仍在暗中运转，五四的砍刀并未能真正伐灭传统诗词的根株，这庞大的诗人群、丰硕的创造成果，不正证明了传统诗强大的生命力和它与中国亿万人民的血缘的亲和力吗？

这本旧体诗歌的断代史，填补了长达半个世纪的文学史的空白，对中国近代史也是一个必要的补充，足以纠正五四迄今关于诗歌方面的荒谬观点和行为，也给当代诗词界提供了时序上距离更近的经验借鉴，对当代新诗人来说，也未尝不是足以完善其历史观、审美观的重要读物。因此我认为这本书的出版，有其特殊的深刻并且永恒的价值。我也希望二十世纪后半纪的诗词发展史论能接踵而来。

作为当代新旧诗歌的作者，一个也在关注和研究中国诗歌发展脉络与前景的我，此书的出版，正如渴临甘泉，我的庆幸感是无法言传的。[1]

胡迎建写于南昌青山湖畔泊如斋

时在 2004 年 5 月

---

[1] 丁芒：《填补半世纪诗歌史的空白》，《丁芒文集》，江苏文艺出版社，2001，第108—109 页。

目录

第一章
现代旧体诗概述

旧体诗在现代，经历了一个驼峰状的发展曲线。即由初期的高峰跌入低谷，然后在 20 世纪 30 年代初复苏，在抗战至解放战争阶段更得到复兴，进入其高峰期。现在分阶段叙述，每段之前，略述时代背景。

第一节　旧体诗流派纷呈（1912—1917）

清末，由于朝政的腐败无能，人们迫切盼望变革社会，要"提起寰球烘白日，掀翻苍海洗青天"（温朝钟《酬王克明》）。在无数志士的努力下，终于推翻了清朝统治，迎来了民族共和的春天，潘飞声的诗说："重悬日月照山河，新岁新晴入醉歌。一笑陈抟坠驴背，唐虞世界说共和。"（《壬子新岁作》）丘逢甲参加南京临时政府成立时的诗："郁郁钟山紫气腾，中华民族此重兴。江山一统都新定，大纛鸣箫谒孝陵。"（《谒明孝陵》）这些都表达了中国人民对推翻皇权、共和肇兴的喜悦心情。民国成立，结束了封建社会的皇权政治，是中国历史上的一大进步。但当中央集权的政治重心既失，便形成了南北两大政治力量：以孙中山为首的国民党，在南方集结力量，力在护法，组织护国军政府，反对袁氏独裁；而袁世凯则在处心积虑玩弄权术，图谋建立帝制。梁启超曾进入过袁世凯政府，但他后来识破了袁的野心。蔡锷接受他的指示，在云南起兵讨袁，入川赋诗言志，"绝壁荒山二月寒，风尖如刀月如丸。军中夜半披衣起，热血填胸睡不安"（《军中杂诗》），抒其挥刀杀贼之志。不久，袁世凯众叛亲离，在民众的一致反对声中去世，结束了帝制的美梦。中华民国进入了北洋政府统治时期。

近现代之交的诗歌是清代以来诗歌发展的结果与接续。向前追溯，具有千年传统的古典诗发展到清代，形成尊唐与宗宋两大派。唐诗以情韵胜，雄浑而丰腴；宋诗以理趣胜，说理深透而有骨力。自道光年间宋诗运动兴起，迨至晚清，形成影响甚广的同光体。诚如陈声聪在《〈苏堂诗拾〉序》中说，"予尝评泊清同光间诗人，以为自宋以后数百年，诗之美盛，极于此际。……学者各尊其蕲向，而尽其瑰奇，一扫剽贼肤廓之弊，诗之境域寖广矣"[①]，认为这是自宋以来诗歌发展到最为美而盛的阶段。同光体诗人往往偏重于将诗人之诗与学人之诗结合起来，体现了渊雅的书卷气。入民国后，前清官吏出身的诗人失位赋闲，他们能将诗艺提高到新的水平，但同时又由于观念、意识的落伍，诗多苦语，哀心所感，多噍杀之音。由于接受了积淀得越来越深厚的传统文化，用典生僻，造语生涩，寓意隐晦，使诗呈现出狞厉深奥之态。这就为现代旧体诗如何蜕变提出了一个沉重的课题。

此时的旧体诗仍为文学正宗，是文人最乐于言志抒怀的工具，而又不似过去的士子，练习作诗多是为了去应试科举。由于皇权政治的消失，为诗的发展提供了一个反映新时代的前景。"共起民军义，重生祖国光。黄农犹可接，不独继成汤"（释敬安《田君梓琴赠诗再叠前韵一首奉酬》）、"金瓯永奠开天府，沧海横流破大荒。雨足万花争蓓蕾，烟消一鹗自回翔"（吕碧城《民国建元喜赋一律》），这些诗句表达了人们对欣欣向荣的开明社会的向往（虽然后来并未如此）。新生代的知识分子，背离传统的封建士大夫的既定人生轨道，从家族伦理关系的锁链中挣脱出来。诗人们认为世界在更新，诗也应该因应社

---

① 陈声聪：《〈苏堂诗拾〉序》，《兼于阁杂著》，上海古籍出版社，2002，第84页。

会的发展，别开天地，以新风味、新意境、新格调，反映新追求、新希望、新的人生选择。诚如吴芳吉在《白屋吴生诗稿》自序中所说，"余以民国之诗，当有民国之风味，以异于汉魏唐宋者，此格调之不能不变者也。……处今之世，应有高尚优美之行，适于开明活泼之际者，此意境之不能不变者也"[①]，表明具有前瞻眼光的诗人们有着开一代诗风的希望。他们在诗艺上或不如老一代遗民诗人高，但自有一种蓬勃气象。

朝代更迭之后，清官吏成为遗民，少部分转入民国政权中任职，有的侨寓上海、北京、天津、青岛等地，更多的是退归故里终老。他们往往哀叹"故人各各风前叶，秋尽东西南北飞"（赵熙《读石遗诗话寄慨》）、"乱余还念惊弓鸟，国变真如失树鸦"（释敬安《俞恪士归自甘肃》）、"满腔心事乱于丝，欲挽东君力不支。卦画溪山谁作主，蕌腾风雨竟如痴"（俞钟颖《壬子送春原唱》）、"形质虽存非复我，江山信美不如初"（陈锐《次韵再赠病山》）。这些诗句形象地表明了他们飘零的处境与凄迷的心境。他们的传统文化素养较高，又有较充裕的时间从事诗歌创作与研究活动，并取得较高的成就。如王揖塘《今传是楼诗话》中说到于晦若"侍郎辛亥前绝少作诗"，《晚晴簃诗汇》说到郭曾炘"辛亥后始致力于诗"，即说明遗民们好以吟诗作为晚年生活的慰藉。诗中有相当一部分是回忆清朝史事，如《桂堂清故宫词》《颐和园杂题》《东陵纪事诗》之类的诗作尤其多，或惋惜或哀叹，怀旧气息相当浓重，也有不少是检讨清末政治的腐败。他们往往结社褉集，编刊唱和，切磋诗艺，期待着诗运的中兴。1912年3月，瞿鸿禨、缪荃孙、沈曾植、陈三立、郑孝胥、李瑞清、樊增祥等人在上海樊园成立超社（后改名逸社）。当年重阳，僧敬安邀约陈三立等人在静安寺雅集。次年春，樊增祥邀梁鼎芬、陈三立等人连日斗捷，王湘绮也来到愚园，众多诗人到场赋诗。或樊园探梅，或祝东坡、山谷生日，

---

① 吴芳吉：《〈白屋吴生诗稿〉自序》，白屋诗人吴芳吉研究课题组选编《吴芳吉诗文选》，三秦出版社，2009，第269页。

赋诗唱和，辑有《樊园五日战诗纪》等。诚如陈三立所说："迨国骤变，大乱环起，四方人士暨生平相识亲旧，类辟地羁集沪上，三立与公亦先后俱至。居久之，无以遣烦忧，始纠侪辈十许人，时时联为诗社。"[1]1913年，梁启超在北京万牲园大宴宾客，到者二百人，多为清末官吏，酒后作诗或打诗钟。厦门原侍郎林菽庄在鼓浪屿结菽庄吟社。有的遗老热衷于作诗钟，这种风气在沿海地区，尤其是在上海、福州等地盛行。贵州李独清在《诗钟会》一诗中说，"往昔何曾见，近年始创行。可观原小道，适意遣闲情。……舡棱悲旧梦，笔砚托余生。仿效多贤达，流传遍沪京"，即说明清遗民乐于采用的这一形式与他们的生活处境、思想感情的关系。这便是所谓的名士风雅。遗民创作与结社活动确实为诗坛带来了痛苦的"繁荣"，诚如同光体诗派领袖陈三立所说：

> 余尝以为辛亥之乱兴，绝羲纽，沸禹甸，天维人纪寖以坏灭，兼兵战连岁不定，劫杀焚荡烈于率兽。农废于野，贾辍于市，骸骨崇邱山，流血成江河。寡妻孤子酸呻号泣之声，达万里，其稍稍获偿而荷其赐者，独有海滨流人遗老，成就赋诗数卷耳。穷无所复之，举冤苦烦毒愤痛毕宣于诗，固宜弥工而寖盛。[2]

陈三立将清朝灭亡、民国兴起视为天纪人伦的灭绝，固然是非常落后的认识，但他认为内心的凄苦悲愤，可使诗作得更好而且更盛还是有一定道理的。程颂万也有同感，赋诗云"逊国驱流官，乃复驱诗人。诗狂入海市，奇想包天吞。大声骇寰中，早抉祸富根。小眚惕日月，夙窥生死门"（《五言散文八十韵寄陈伯严》），即此或可窥见这一阶层诗人们的心态。

---

① 陈三立：《书善化瞿文慎公手写诗卷后》，李开军校点《散原精舍诗文集》下册，上海古籍出版社，2003，第949页。

② 陈三立：《俞觚庵诗集序》，李开军校点《散原精舍诗文集》下册，上海古籍出版社，2003，第943页。

确也有一些遗民诗人喜欢堆砌不当的词语典故，感伤时世。陈衍在《石遗室诗话》中对此作了批评：

> 自前清革命，而旧日之官僚伏处不出者，顿添许多诗料。"黍离麦秀""荆棘铜驼""义熙甲子"之类，摇笔即来，满纸皆是。其实此时局羌无故实，用典难于恰切。前朝钟虡不移，庙貌如故，故宗庙宫室未为禾黍也。都城未有战事，铜驼未尝在荆棘中也。①

其实，此类遗民与宋明遗民有很大不同。在他们年轻时，已目睹欧风美雨对中国的侵袭，对世界大势有了一定的了解。清政府的垮台，实在意料之中，而更迭后的政权对遗老也并未进行迫害。这与宋、明遗民面临的是异族入主中原的惨酷现实是不同的。也有的遗民能与时俱进，如做过清官吏的许承尧就很反对一姓再兴，主张共和。胡先骕曾将清末民初文人分为五类：一是泥古不化的，反对一切新事业者；二是清季的所谓清流，以为中国必不能墨守成规，必须改革，但认为颠覆清室是不道的，如陈三立、沈曾植、郑孝胥、赵尧生等；三是不以清室颠覆、民国兴起为天维人纪坏灭之巨变，但以流人遗老终其身者，如俞明震等；四是奔走革命、誓覆清室者，如章太炎等；五是依凭名士头衔，猎食名公巨卿间，沉湎于声色，托词于醇酒妇人，如樊增祥、易实甫等②。这五种人除第四种人外，都是曾在清朝廷中做过官的遗民，他们在社会剧变后的思想与行为实在有很大差别。

这一时期诗坛受清中叶以来诗派影响，崇尚不同，故也颇有诗派之遗风。主要有：一、中晚唐派，以樊增祥、易实甫为首，崇尚中唐以后的唐诗；二、汉魏诗派，一称湖湘诗派，以湖南王湘绮为首，标榜学汉魏诗，以为汉以后诗不足观，重在模拟。著名思想家章太炎的

---

① 陈衍：《石遗室诗话》卷九，张寅彭主编《民国诗话丛编》第一册，上海书店出版社，2002，第138页。

② 胡先骕：《评俞恪士觚庵诗存》，张大为、胡德熙、胡德焜合编《胡先骕文存》上卷，江西高校出版社，1995，第143页。

诗歌主张与其大体相同，只是其思想内容不同，前者崇尚帝王之术，后者主张民族民主革命；三、以江苏常熟张鸿、汪荣宝为代表的吴门西昆派，学宋初西昆体，上溯李商隐；四、清末形成的诗界革命派，其首领康有为、梁启超仍活跃在诗坛，但无复当年豪气，主要传人有金松岑，偏重于浑雄豪宕；五、流行最广、影响最大的同光体，其中主要有以陈三立为首的赣派，郑孝胥为首的闽派。

同光体诗人大多为胜朝遗老，他们以其纯熟高超的诗艺，屹然为一代宗师，为人尊仰，影响了一大批人。据杭州施蛰存、贵州李独清回忆，他们在年轻时都曾爱读并模拟过陈三立的诗。潮州石铭吾认为潮州一向宗唐音，但后来这一带诗人均受同光体影响。胡适也认为"这个时代之中，大多数的诗人都属于'宋诗运动'"[1]。但后来胡适、陈独秀发起文学革命，却将摹仿古人当作同光派的病根所在。胡适《文学改良刍议》一文在征引陈三立赠给沈瑜庆的诗"涛园抄杜句，半岁秃千毫。所得都成泪，相过问奏刀"之后说："此大足代表今日'第一流诗人'摹仿古人之心理也。其病根所在，在于以'半岁秃千毫'之工夫作古人的钞胥奴婢，故有'此老仰弥高'之叹。若能洒脱此种奴性，不作古人的诗，而惟作我自己的诗，则决不致如此失败矣。"[2]其实"摹仿古人"何尝不是同光体诗人力求避免的。他们避俗恶熟，搜奇抉怪，便是为了抵制与逃避中国诗的固有意境与模式。至于末流，没有这样的功力与阅历，达不到这样的境界，便被人抓住话柄。另外，胡适虽反对模拟，但他好以文为诗，何尝不是受宋诗的影响呢？而他认为其同盟者陈独秀也"是学宋诗的"[3]。

不过，此派偏重于将诗人之诗与学人之诗相结合，体现了浓厚的

---

① 胡适：《五十年来中国之文学》，欧阳哲生编《胡适文集》第 3 册，北京大学出版社，1998，第 227 页。

② 胡适：《胡适文存》卷一《文学改良刍议》，欧阳哲生编《胡适文集》第 2 册，北京大学出版社，1998，第 8 页。

③ 胡适：《陈独秀与文学革命》，欧阳哲生编《胡适文集》第 12 册，北京大学出版社，1998，第 34 页。

书卷气。用典使事，甚至取自佛典（如沈曾植），晦涩难懂。而同光体后学的缺点在学古而不善变化，格局不阔，题材狭窄，过于雕琢字词，陈陈相因。正如汪辟疆所说：

> 余尝谓近五十年中，诗家多尚元祐而薄三唐。至陈散原、郑夜起二家出，世之言诗者，又不肯诵法苏、黄、王、陈，而群奉散原、海藏二集为安身立命之地。其人既少亲书卷，徒恃其一二空灵字句、生硬句法，可彼可此者，钩棘成文，已为宋派末路矣。[①]

林学衡也表述了类似的意见，他说：

> 民国诗滥觞所谓同光体，变本加厉，自清之达官遗老扇其风，民国之为诗者资以标榜，展转相沿，父诏其子，师勖其弟，莫不以清末老辈为目虾而自为其水母。……其实不惟不善学古人，其视清之江湜、郑珍、范当世、郑孝胥、陈三立，虽囿于古人之藩篱，犹能屹然自成其一家之诗，盖又下焉。[②]

这一段话对同光体末流不无贬责之意，然而从另一方面说明当时竞相学同光体诗的现状。的确如此，如湖湘派中的曾广钧、陈锐，江苏西昆派中的周述以及诗界革命派中的潘博等曾都受到同光体影响，改宗宋诗。陈锐初从王湘绮游，后改师陈三立，自称湘绮叛徒。同光体宗宋诗，乃是为克服诗之肤浅浮泛而力求思致深刻，清末民初文人的心态多是穷愁抑塞，宋诗枯硬危苦的风格，符合这一类人的审美趣尚，所以同光体诗风主导诗坛，确非空穴来风。

还有成立于清末、在民初迅速发展的南社，人数多时超过千人。领导人柳亚子等试图扫除同光体影响，"思振唐音"，有意提倡盛唐之音。他们与诗界革命派有一定的联系，同样主张以新名词、新精神融入诗中，但更偏重于政治变革。他们频繁举行雅集活动，出版《南社丛刻》。南社以年轻一代诗人为主，富有朝气，是一个带政治性的团

---

① 汪辟疆：《光宣以来诗坛旁记》，《汪辟疆文集》，上海古籍出版社，1988，第565页。
② 林庚白：《今诗选自序》，《丽白楼自选诗》，开明书店，1946，第92页。

体而不是因诗风趣旨一致而结成的诗社，后来在是否应该学宋诗、是否反对同光体的问题上发生分歧，最终陷于分裂而解体。南社中的主流派是以柳亚子为首坚持宗法盛唐诗歌的一批诗人，他们的诗歌具有鲜明的政治性，以文章节义相砥砺。大多是愤世嫉时、慷慨悲歌之作，但不少诗作浅薄，流于空洞叫嚣，艺术上直泻无余，用典用词落入了新的窠臼。其非主流派而诗歌卓有成就的却是南社中的黄节、诸宗元、胡先骕、林庚白等宗宋派，他们的诗风与同光体相当接近，说明在"思振唐音"的同时，出现求峭健以避俗的另一走向。也有的人主张不必崇唐宗宋，要自创一格，如马君武《寄南社同人》所宣示的，"唐宋元明都不管，自成模范铸诗才。须从旧锦翻新样，勿以今魂托古胎"，但否定了继承，忽略前人积累的丰富经验与技巧，那也将成为无本之木。

还有更多的诗人对社会与时事予以关注并力图反映到诗中。如林纾就曾以诗描叙了1912年袁世凯纵兵焚掠北京、天津的事实，其背景是袁氏借口北方不靖而不肯到南京就职却要在北京建都的阴谋。关心国事的传统直接影响了其后刘成禺创作的《洪宪纪事诗》二百余首，留下了袁世凯复辟称帝的丑态，因而传诵一时。

当时在袁世凯政权与后来的北洋政府中，也有一批文人诗人造诣较高，如做过平政院长的周树模、参议罗惇曧等。就连袁世凯次子袁克文也工诗，当其父谋划称帝时，他作《明志》诗以讽谏：

> 乍着微棉强自胜，荒台古槛一凭陵。
>
> 波飞太液心无住，云起苍崖梦欲腾。
>
> 几向远林闻怨笛，独临虚室转明灯。
>
> 绝怜高处多风雨，莫到琼楼最上层。

（此按最早版本）

此诗被称为"历史中有位置的一首诗"[1]，末联两句尤为传颂一时。

一批年轻诗人跃登诗坛，如辛亥革命党人朱执信、胡汉民，南社

---

[1] 周瘦鹃：《历史中有位置的一首诗》，《紫兰花片》1922年第1期。

中诗人黄兴、于右任、汪精卫、叶楚伦等，同时又是早期国民党的骨干，虽然他们的主要精力是从事实际工作而不是写诗。还有急欲变更现实、改造中国的激进者如李大钊、林伯渠、毛泽东、周恩来等，早年的诗都吐露其宏阔的胸襟与抱负，后来大多成为共产党领导人。

近现代之交，还有上海周梦坡发起续办春音词社，参加者有朱祖谋、袁世虎、曹君直、吴梅、陈匪石等。唐素元在上海创立丽泽文社，请沈曾植、郑孝胥等为爱好诗词的青年讲授诗学。各地承前代流风余韵，仍有结社禊集、作诗吟诗的风气。其他如臧宜生、江石溪在扬州成立冶春后社。云南丽江乡绅与教师结为桂香诗社。1916 年在四川泸州，滇军将领朱德、赵又新、陶开水与地方士人结振华诗社。聚会频繁，如 1915 年在南昌举行吟潭诗会，上海徐自华举行消寒诗会。

总之，此期间由于流派的众多、思想意识的多元化，传统文化"仅仅剩此一脉"的"国粹"呈现了短暂的繁荣，诗人如云，诗作如雨。不过，流派之畛域已渐模糊，遗民们的共同命运促使他们互相交往与影响。学唐也好，学宋也好，学汉魏也好，不过是某一偏好，更多的人追求出唐入宋，会通百家，形成不同的面目。诚如沈瘦东论当时诗人风格时说：

> 樊山（樊增祥）如百宝流苏，鲜明绮丽；太夷（郑孝胥）
> 如月冷江空，孤鹤夜警；沧趣（陈宝琛）如幽燕老将，须髯
> 戟张；香宋（赵熙）如秋山吐色，静女扬蛾；缶庐（吴昌硕）
> 如溪女浣纱，乱头粗服；名山（钱振锽）如虢国朝天，不施
> 脂粉；蜕园（瞿鸿禨）如乌衣子弟，雍容华贵；大鹤（郑大鹤）
> 如幽泉泻涧，自谱宫商；墨巢（李拔可）如冰荷在壑，冷香
> 袭人；苍虬（陈曾寿）如山中白云，只堪自悦；鹤望（金松岑）
> 如城中高髻，好作时装；鹤亭（冒广生）如古玉含温，孤月
> 流媚……①

---

① 郑逸梅：《艺林散叶》（修订本），北方文艺出版社，2019，第 160 页。

1912 年，陈衍应梁启超之请，在《庸言》杂志连续发表《石遗室诗话》，1915 年改在李拔可主编的《东方杂志》发表。1929 年在《青鹤杂志》上发表续编，为同光体诗人扩大了影响。

第二节　旧体诗被冷落（1917—1927）

1916 年 6 月，袁世凯死去，随之而来的是北洋政府长达十年的统治时期。北洋政府以战争为手段展开了权力的角逐，从而战祸频仍。南方各省军人拥兵自保，割据兼并，使此期间的政局更为扑朔迷离，诚如余若瑔诗云："拥旄割地擅强梁，百样诛求各主张。"（《漫兴》）军阀割据，征求无厌，战争不休，贼梳兵篦，民无宁日，加之外强窥伺，中国陷入更大的动乱。诗人的眼前出现"烽烟黯淡三边日，风雪飘摇五族幡"（谢良牧《入都志感》）的惨黯前景。

这一期间，以胡适、陈独秀为先驱，以《新青年》为阵地，掀起新文化运动，这是发生在 20 世纪中国的大事。1918 年 1 月《新青年》四卷一号发表了胡适、刘半农、沈尹默等人的白话诗，标志着新诗开始与旧体诗分庭抗礼。其时因中国人内受专制之荼毒，外受列强之侵凌，终于在 1919 年爆发了由学生发起的轰轰烈烈的五四运动。旧有的文化既已渐次破坏，各种救国主张与学说便纷纷出现并趋于活跃，与西方的进一步交流，大大开拓了人们的视野，也拉开了东西方文化之争的序幕。俄国十月革命的成功，其直接的影响是马克思主义、社会主义思潮开始传播。中国共产党的成立，成为日后中国政治舞台上与国民党既合作又斗争的最重要的政治力量，昭示着新民主主义革命的开始。

有鉴于此，国民党重组力量，孙中山提出"联俄、联共、扶助工农"三大政策，联合苏联与中国共产党，走上了以党治政、以党治军的道路。建立军队，力量迅速强大，但军权落入蒋介石手中。北伐军消灭了孙传芳、吴佩孚等军阀，但是 1927 年 4 月蒋介石在上海发动了"四一二"

反革命政变，清洗共产党人，不少共产党员系身囹圄，牺牲于屠刀之下，国共第一次合作失败。蒋介石继续挥军北上，以张学良倒戈转向国民革命军为标志，国家得到暂时的形式上的统一。

新文学运动兴起，是以革除旧体诗为突破口，得到一大批激进文化人的响应，白话文、新诗几乎成为革命的代名词，旧体诗被大多数人视作腐朽的骸骨。其实诗文革新运动早在清末已有先声，在此有必要追溯其背景。

19 世纪末，黄遵宪、梁启超等倡"诗界革命"，要求诗歌反映新时代、新意境，然而不废旧风格，即旧体诗形式、传统的格律声韵。梁启超在《饮冰室诗话》中概括为"以旧风格含新意境"。所谓新意境指的是大量吸收西方新学说、新思想、新事物、新成就，以此融注于旧诗形式之中。就其实质而言，这是一个渐进的而非革命的过程。尽管他认为千余年来的诗词已堕落为溺志的玩物，但他并未就诗歌形式提出过什么革新的主张。然承梁启超的诗文革新运动之余响，至民国初年，一批辛亥革命党人与南社诗人以横放杰出的作品，昭示着民主意识、革新意识已深入人心。由于封建社会以诗赋八股取士制度被取消，自清末以来即进行教育制度改革，不少优秀子弟通过各种途径出国留学；国内的大学不断创立，使知识阶层眼界大为开放，鉴于中国长期积弱、国势陵夷、内受专制荼毒、外受列强压迫的局面，一些思想激进的知识分子对固有的传统文化产生怀疑，于是就有了新文学运动与随之而来的新文化运动。胡适、陈独秀是当时的风云人物，他们登高一呼，四方响应，青年学子，竞相趋从。胡适的《文学改良刍议》起初不过是意在改良，作矫枉过正之言，也有不少片面武断之处：指千百年来的正统文学为死文学，白话文为活文学；还认为旧体诗桎梏情感，必要使作诗如作文，以为形式解放了，必能促成思想情感的自由抒发。刘半农则提出废除律诗、排律，保留绝句、古风、乐府（《我之文学改良观》），主张文言与白话可暂时处于对峙地位，为旧体诗留下一点地盘。但大多数先驱们认为必须废文言改用白话，第一个革命的目标便是旧体诗。陈独秀更明确提出"文学革命论",于是文学渐进之途一变而为革旧布新了。为创建新体白话诗,激进的人们全盘否定旧体诗,不分形式内容,统统视为死文字、"孔家店"里的谬种妖孽,必欲铲尽而后快。在一个中西文化激烈碰撞的年代,西方文化社会的一切似乎显得比中华固有文化更为优越和进步。引进西方先进的一切,来改造中国的落后,是先驱者的共识,但这也就导致否定一切传统的思潮,诚如唐弢所说:"当时的倡导者们对于自己民族的古典文学大多采取轻视甚至一概否定的态度,而把人们的视线完全引向西方。"[①]传统学人与旧文人对此迷惘而无可奈何,哀叹"美雨欧风摧旧学,锦囊端合供花奁"(樊增祥《石遗作樊宗师歌索和次韵报之》)、"欧化东行汉籍摧,可怜风雅尽蒿莱"(李国瑜诗句)。1927 年 3 月,清华国学研究院四大导师之一的王国维自沉北京颐和园昆明湖,震动学界,代表着一代传统学人也是杰出诗人的凋谢,正如陈寅恪在挽诗中所说的"文化神州丧一身"。

为了大众掌握文化工具,提倡白话以自如地表达思想,原是无可厚非,但为了立,非得把旧体诗这种形式抛弃不可,则大有疑问。如果以理性的精神来扬弃传统文化包括旧体诗,也许不至于过于偏激,所以当时就有不少人如严复、章太炎、柳亚子等都在大声疾呼,反对割裂文化传统,对白话诗持怀疑态度。但柳亚子后来改变态度,拥护白话诗,于 1923 年与叶楚伧、陈望道、曹聚仁等发起成立新南社。

又有以南京东南大学教授为主的学衡派,他们大多从美国留学归来,主张以中学为基础,会通西方学术,人称"会通派",有梅光迪、吴宓、胡先骕等人。他们在《文学旬刊》上与新文化运动支持者展开争论,主张民族文化传统不可偏废,旧体诗不可革。1922 年他们创办了《学衡》刊物作为阵地,与胡适等人的主张相抗衡。传统的国学研究与中西融通之学是学衡派的主要学术特色。同时,他们在《学衡》

① 唐弢主编《中国现代文学史》(一),人民文学出版社,1998,第 47 页。

刊物上开辟"文苑"专栏，大量刊登旧体诗，除了黄侃、胡小石、汪东、王伯沆、胡翔冬等人外，不少是同光体赣派作者如陈三立、夏敬观、华焯、汪辟疆、王易等人，也有很多原南社社员胡先骕、梅光迪、诸宗元、叶玉森、吴梅、吴恭尹等人诗作，使此专栏成了江西诗派之绝响、南社社员之余音。此刊共出版 79 期。

由于用白话文取代文言取得了初步成功，新文艺样式如新诗、小说、戏剧等陆续登台，借助于现代传播媒介得以蓬勃发展。旧体诗骤被冷落与遗弃，被鄙夷为过时之物。加上由于旧体诗讲格律，学古文，读古诗，习作者容易掌握，而推广白话文以后，前人不难掌握的格律却被年轻人视为畏途，诚如吴芳吉所说："今之新人以其规律过严，视若累梏重囚。"[1] 作旧诗者被讥为"迷恋骸骨"。钟敬文在晚年回忆往事时说："我幼年即学作诗，稍后因新文化运动兴起，此事被认为迷恋骸骨，遂弃去改作新诗。"旧体诗走入低谷，其生存环境与氛围趋于恶劣，影响急剧消退，日益滑向文化的边缘。很多人放弃了作旧体诗而改写新诗，有的人作了旧体诗，也不敢拿出来发表。即便像郭沫若这样的名人作旧体诗，也生怕受到人们的非难，他们的诗水平再高，也成不了人们的瞩目点和年轻人效法的榜样。旧体诗写作圈子萎缩，发表园地少，读者群锐减，诗人的地位也难以得到社会的承认，像古代李杜苏黄那样诗歌一出、人争传之的局面难得一睹。陈衍曾哀叹旧体诗的命运："身丁变雅变风，以迫于将废将亡，上下数十年间。"[2] 吴宓也持悲观的看法，他说：

> 十余年来所谓爱国革新之文化运动，已使文言书少人读，旧体诗几于无人作。……乃吾侪所认为国家民族全体永久最

---

① 吴芳吉：《〈白屋吴生诗稿〉自序》，白屋诗人吴芳吉研究课题组选编《吴芳吉诗文选》，三秦出版社，2009，第 269 页。

② 陈衍编辑：《近代诗钞叙》，《近代诗钞》，商务印书馆，1935，第 1 页。

不幸之事，亦宓个人情志中最悲伤最痛苦之事。①

不过，以白话诗取代旧诗并未完全成功，这可从胡适的《逼上梁山》文中得到反证："白话文学的作战，十仗之中，已胜了七八仗。现在只剩一座诗的壁垒，还须用全力去抢夺。待到白话征服这个诗国时，白话文学的胜利就可说是十足的了。"②可见要想征服历经千年走过来的旧诗堡垒，也并非容易。旧体诗并未偃旗息鼓，这可从当时还有人挚爱传统瑰宝、锐志创作旧体诗的事实中得到证明，说明此种形式还有相当顽强的生命力，尤其是在海外如马来亚等地，由于新文学备受压制，旧体诗创作依然活跃，我行我素。一些文人官僚仍热心写诗、编诗以为风雅。如曾做过总统的徐世昌，辞职后在天津成立晚晴簃诗社，设《晚晴簃诗汇》编纂处，招金兆蕃、王式通等前清遗老来此。还有当过执政府总理的段祺瑞、驻日公使汪荣宝、司法总长江庸等都好吟诗。就连吴佩孚这样的秀才出身的武人军阀，下野时也能以诗言志，如说："黄州山水秀天下，容我披蓑脱战衣"（《乘舰泊赤壁下杂咏》）、"晚来独背东风立，只看江山不看棋"（《寒溪寺看梅》）。讽世诗照常有人作，如1918年冯国璋为代理总统时，以皇城内北海、中南海之鱼出售获利，美国公使购得后特地送还，报纸喧传，中外腾笑。叶玉森作《打鱼词》歌行体咏叹其事，诗中说"本来射鲋逐潮儿，忽地钓鳌称海客"，讽冯氏不过是一武人，以术乘势得为总统。又说"正是群飞海水时，奈何殃及池鱼日。碧眼相逢忍割鲜，垂头翻乞外臣怜。零星缀尾金牌字，嘉靖遥遥四百年。生鱼幸返还珠浦，赢得远人腾知语"，以新材料入旧格律，堪称佳作。叶玉森，丹徒人，清末为当涂知县，后曾加入过南社。

新生一代的诗人开始为旧体诗适应现代社会而作努力，使其蜕变

---

① 吴宓：《空轩诗话》，张寅彭主编《民国诗话丛编》第六册，上海书店出版社，2002，第90页。

② 胡适：《逼上梁山——文学革命的开始》，欧阳哲生编《胡适文集》第1册，北京大学出版社，1998，第155页。

改进，即采取传统的形式，而注入现代人的意识，面向大众，力图用现代的语言反映生活。为避免过于晦涩，有的采纳了新文学作品中的语汇，双音词开始进入旧诗中，力争熔新旧于一炉，这与古典诗歌中以单音词为主略有区别。其中突出的代表有吴芳吉，认为旧体诗风味、格调、意境都应适应社会而变化。他的《婉容词》《护国岩词》用长句歌行体，吸收白话词汇，反映社会生活深刻，思想情感细致入微，当然也有过于拖沓、凝练不足的毛病。但有此一格，使人们看到旧体诗的前景。

其时结社写诗的如1920年北京大学校园有"亢慕义斋"，实即马列主义研究会，类似沙龙，主要有李大钊、罗章龙、贺天健、高君宇、王荗美等二十余人。诸子喜好诗词，登山临水，时有题咏。其活动延续到1927年。1925年3月北京稊园诗社雅集于江亭（陶然亭），在京百余人参加分韵赋诗。北京还有以中华大学教授彭醇时、罗超凡等人为主的漫社。1924年1月在长沙，傅熊湘发起成立南社湘集。这一切，正如1925年《晨报副刊》发表的蒋鉴璋一文中所表明的："中国的旧诗并没有破产，我们依然要去研究。"[1] 蒋氏还认为："提倡新诗的先生们，他们都是对旧诗有了研究，能融新旧诗于一炉，才能产生比较一般高明的新诗来。"[2] 此年著名新诗人闻一多在给梁实秋的信中宣称："六载观摩傍九夷，吟成齟舌总堪疑。唐贤读破三千纸，勒马回缰作旧诗。"（《废旧诗六年矣，复理铅椠，纪以绝句》）后来他还主张诗要注重"音乐的美"（音节）、"绘画的美"（辞藻）、"建筑的美"（节的匀称和句的均齐），批评否定诗的音节韵律的片面论调，并说："恐怕越有魄力的作家，越是要带着脚镣跳舞才跳得痛快，跳得好。"[3]

1918年，《国学》杂志在日本东京创刊，由国学扶轮社发行，载

① 蒋鉴璋：《今日中国的文坛——几年来目睹的怪现象》，《晨报副刊》第一号。

② 蒋鉴璋：《诗的问题：答丁润石先生》，《晨报副刊》1925年4月26日。

③ 闻一多：《诗的格律》，孙党伯、袁謇正主编《闻一多全集》第2卷，湖北人民出版社，1994，第139页。

有易顺鼎等人的诗。1925年，章士钊主编的《甲寅》复刊，连载汪辟疆所著《光宣诗坛点将录》，选评清末民初著名诗家一百余名，分别配以《水浒》中的绰号，轰动旧体诗坛，是当时极有影响的诗学专著。

第三节　旧体诗的复苏（1927—1937）

南京政府成立后，蒋介石建立强人政治，但就在国民党内部，各种势力也不赞许其高度集中权力的做法。新军阀们借革命之名义，争权要地，合纵连横，朝和暮叛，分崩离析的趋向愈加严重。

其时日本军阀在策划蚕食中国，发动"九一八"事变，吞并东三省，成立"满洲国"。本已废黜的宣统皇帝溥仪在1930年就暴露了他企图登位复辟建立功业的野心。有《无题》诗为证：

> 苍茫大地变不测，俗子安悉吉与凶？
>
> 羁居世间廿六载，感愤举士率懵懵。
>
> 长太息，长太息，
>
> 携琴登楼且畅饮，高啸一声震八龙。

中共自国民党清党以后，转向农村活动，趁国民党新军阀争斗的有利时机，建立红色政权，一块块根据地在扩大，蒋介石屡"剿"不灭。至第五次"围剿"时，蒋介石增加重兵，又由于中共内部的路线错误，导致红军被迫撤退，经长征到达陕北。1936年12月，张学良在西安扣押蒋介石，实行兵谏并与中共联系。中共利用这一契机进而促蒋抗日，建立了国共第二次合作共同抗战的统一阵线，蒋介石无奈而承认中共的合法地位。

在这样一个动荡复杂的社会，经济落后、民众文化程度极低的中国，文艺很明显被要求服从政治，成为唤醒大众的工具，大众文学的口号更因左翼作家的推动而深入民间。

此期间旧体诗走出低迷状态，逐渐复苏，创作者也多了起来。

自蒋介石实行"清共"以来，大批共产党人被投入监狱。坚贞的铁窗囚徒，以旧体诗为工具，抒发宁死不屈的斗志，反映了艰苦卓绝的斗争生活，虽然有的诗无暇雕琢，但主题鲜明，激昂慷慨，形成旧体诗特有的一道红色风景线。

此期间还发生了几件大事，为旧体诗坛激荡起不平的涟漪。1927年5月，日军在济南枪杀无辜军民，并杀害交涉员蔡公时，史称"济南惨案"；1931年"九一八"事变，东北军撤回关内；次年淞沪之战，十九路军奋起抗战。中国人心中激起强烈的民族意识，很多诗人义愤填膺，在沉寂多年之后重新为之提笔作诗。吴宓说："'九一八'国难起后，一时名作极多，此诚不幸中之幸。以诗而论，吾中国之人心实未死，而文化尚未亡也。"①优秀诗作如常乃惪《翁将军歌》歌颂了十九路军翁旅长杀敌的英勇事迹。黄炎培赞扬与敌奋战的将士："壮志更成秦博浪，威名终属汉嫖姚。"（《追悼"一二八"淞沪抗日阵亡将士》）又如马君武在上海《时事新报》上发表的两首《哀沈阳》，以"赵四风流朱五狂，翩翩胡蝶最当行""沈阳已陷休回顾，更抱佳人舞几回"等诗句讽刺日军攻城时张学良与电影明星胡蝶还在跳舞，在社会上流传甚广，尽管这与事实并不符合。重大题材都来写，不一定多精品，但为人们共同关注，易引起共鸣，却是事实。其时文化巨匠鲁迅所作的旧体诗在其一生的诗创作中占有重要地位，如《无题》一诗所云："忍看朋辈成新鬼，怒向刀丛觅小诗。"1933年，中央研究院总干事杨杏佛被特务杀害，鲁迅哭之以诗"何期泪洒江南雨，又为斯民哭健儿"（《悼杨铨》），写个人主观情怀的震撼，在深受专制之苦的左翼文人中博得深沉的共鸣。

1935年10月，红军长征胜利。毛泽东作《长征》诗，笔调轻快，气势豪迈，昭示着"红军不怕远征难"的真谛。12月，爱国将领续范亭愤于当局对日妥协，赴南京中山陵作《哭陵》诗云，"战死无将军，可耻此为最。腼颜事仇敌，瓦全安足贵"，然后剖腹自杀，虽遇救未死，

---

① 吴宓：《空轩诗话》，张寅彭主编《民国诗话丛编》第六册，上海书店出版社，2002，第74页。

但震动了一时人心。

一些从事新文艺创作的作家如郁达夫、王统照、王礼锡等未改初衷而坚持写旧体诗，这一时期的黑暗现实在他们的诗中得到生动的反映。还有一批在新文学运动时期改作新诗的名人如沈尹默、沈兼士、康白情、俞平伯、朱自清、田汉、老舍等人重又作起旧体诗来，说明以白话诗代替旧体诗并未完全成功，新文艺创作与旧体诗创作并非水火不容，你死我活。

1934 年，周作人经过五四之后种种历史变迁，陷入中国文人传统的出世与入世的矛盾中，在林语堂主编的《人间世》杂志上发表两首《五十自寿》诗。这是他以旧体诗形式而又吸收一些白话词汇创作的近乎打油的诗，一时和者如云。奇怪的是，他们都是当年新文学运动的健将，如钱玄同、沈尹默、刘半农、林语堂、俞平伯、蔡元培、沈兼士等，这也反映了在党国文化政策专制下文人不得自由的压抑，不得已而退隐消极。诚如钱理群所评说的，"是中国一代自由主义知识分子对于自我内心的一次审视"[1]，也是难得的一次心灵交流。当其时，不少左翼作家以旧体诗形式讽刺周作人对世事的麻木消极，这也说明旧体诗是人们乐于采取的形式。林庚白说：

> 洎五四新文化之运动，震撼全国，语体诗突起，欲取旧体而代之，卒以作者但剿窃欧美人之糟粕，与同光体诗人捃撺古人之残骸于墟墓中者，其弊惟均。而又以旧体诗流传较久之故，浸假而语体诗人亦为旧体诗所溺，竟为五七言。[2]

其时在文化中心的首都南京，旧体诗坛比较活跃。1928 年 3 月上巳节，中央大学教授黄侃等人禊集于玄武湖。次年同日，黄侃又与汪东、王易、王伯沆、胡小石、汪辟疆等人游北湖赋诗，随即成立上巳诗社。1934 年上巳节，在玄武湖修禊，与会者八十七人，以学者诗人、书画家为主，有柳诒徵、夏敬观、吴梅、曹经沅、陈诗、谢国

① 钱理群：《周作人传》（修订版），华文出版社，2013，第 305 页。

② 林庚白：《今诗选自序》，《丽白楼自选诗》，开明书店，1946，第 92 页。

桢、陈树人等，由陈衍主其事。重阳节又在扫叶楼举行雅集，与会者一百零三人，其中有叶恭绰、叶楚伧、邵祖平、陆丹林、刘成禺、黄侃、李翊灼、汪东等。其时庐山成为国民党政府的"夏都"，文人墨客络绎不绝来此。1933年夏，在牯岭万松林雅集，政界要人汪精卫、邵力子、戴季陶、谢远涵、李烈钧，名流龙榆生、陈隆恪、吴宗慈等四十余人，从慧远《东林杂诗》中拈韵为诗，后来由陈三立编选为《癸酉庐山雅集》。在北平，先后于1929年上巳节、1930年端阳节、1932年上巳节在北海什刹雅集，主其事者主要有曹缵蘅。其时他自北平宣武城南移居城东，赋诗两首，一时海内外诗人唱和者数百人，极一时之盛事。

各地成立了不少诗社，时有活动。如1927年安徽巢湖刘晦九、李蕴初等成立居巢卿云诗社。在大连，有宗风、浩然两诗社。次年夏在天津，陈恩澍、查尔崇、李孺、唐兰、林葆恒等成立"须社"。1929年在苏州虎丘召开纪念南社二十周年大会。1936年2月，柳亚子召集第二次纪念会，到会者一百五十七人。1930年北平孙雄（号师郑）组织赓社，参加者溥心畬、溥叔明、林熙等人。同年重九，甘肃诗人在五泉山武侯殿登高雅集，与会者三十余人。1934年，无锡国专学生成立了持恒诗社、国风诗社、芙蓉诗社、秋水诗社。1935年，一些颇有名望的诗人陈衍、李拔可、高梦旦、金松岑等由上海乘飞机入四川，受到当地赵熙等诗人的热烈欢迎，结伴而游蜀中名山，在诗坛中传为佳话。

诗人们结社褉集，交流诗作，刊印诗刊之风复炽。自1927年起，由曹缵蘅接办旧体诗园地《采风录》，附载于天津的《国闻周报》，"以推激风骚，联系海内朋俦，以温柔敦厚转移民心风俗。《采风录》所载之诗，皆南北各省第一流之作。使我国在世界辉煌诗国之声誉，不致中绝"，并被誉为"近代诗坛的维系者""一时诗坛的重心"[1]。至

---

① 黄稚荃：《借槐庐诗集序》，曹经沅著，王仲镛编校《借槐庐诗集》，巴蜀书社，1997，"序"第2页。

1937 年停刊为止，共出刊近五百期。"自同光诸老、并世名宿，以至南北诸上庠髦年俊士之作，靡弗登载，唯善是求。不持宗派地域之见。"①

1935 年在汉口，《民族诗坛》创刊，卢前主编。其宗旨是建设民族诗歌，主张诗在内容上写民族精神、爱国之志，形式上沟通新旧诗体。在南京还有《国风》半月刊刊登旧体诗。

第四节　旧体诗的复兴（1937—1949）

1937 年 7 月 7 日，日军向宛平县城军队开枪，制造了举世震惊的卢沟桥事变。中国人面临着国破家亡的危险。同月 17 日，国共两党代表在庐山会谈，开始了第二次国共两党合作，也标明中共成为与国民党对等的国内第二大的政治、军事力量。日寇向华北、华东进攻，迅速占领了中国沿海地区；国民党政府撤退到了重庆，大批机构、人员迁移大西南；中共在陕甘宁边区发动民众抗战，中国进入三极重心阶段。经过艰苦卓绝的十四年抗战，迎来了日本宣布投降。此后中国之命运如何？最终以国共双方的战争来解决政治问题。三年解放战争的结局是国民党军队败退台湾，独裁政权在大陆的统治宣告结束。

在长达十四年的抗日战争期间，旧体诗无论是创作者人数，还是创作的质量，都引起人们的瞩目。诗人们继承《诗经》以来"兴观群怨"的优秀传统，以现实主义多角度、广视野反映了这一时期的抗战史，具有较高的文学价值与史料价值，旧体诗因而出现复兴。其表现主要在如下方面：

其一，抗日战争为诗人提供了深切体验与前所未有的丰富题材。这是一场大规模、高频率的陆海空立体化战争，其激烈、残酷程度都是史无前例的，其对手是最凶恶的日本法西斯。从地域来看，不仅是在中国大陆及港澳地区的漫长战线，而且马来亚、菲律宾，都无一例

---

① 王仲镛：《借槐庐诗集后记》，曹经沅著，王仲镛编校《借槐庐诗集》，巴蜀书社，1997，第 287 页。

外地卷入这场战争中，牵动着全世界的反法西斯战线。战争打断了正常的生活秩序，激起了全民族的义愤，正所谓"合怒奔涛卷地来，排山撼岳走惊雷"（郭沫若《抗日书怀》）。四处烽烟，哀鸿遍野，诗人们感时哀事，更亲身领会国破家亡之恨，迸发出创作的冲动，写出了大量的抗战诗或与之相关的诗。与建安时代、安史之乱、靖康之难时的诗作同样，有着鲜明的时代特征，注入了强烈的现代意识与浓郁的感情色彩。黄炎培说："走上了奇艰极险的世路，家国的忧危，身世的悲哀，越积越丰富，越激烈，情感涌发，无所宣泄，一齐写入诗里来。"[1] 这也正是广大诗人的共同感受，再一次证明了"国家不幸诗家幸"的道理，也如叶楚伧诗中所云："衰时例外开文运，绝调诗从离乱来。"（《钝剑以诗志余与道一海上之遇，以韵和之》）

地处陕北高原的延安，成为抗日救亡的灯塔，一批革命家兼诗人集结在延水河畔，唱出了时代的豪壮之音，风骨遒劲，从另一角度反映了抗战救国的神圣使命。

其二，抗战之初，开展了利用旧的民族文艺形式的讨论，以利鼓舞民心，这无疑包括旧体诗的形式。曾认为旧体诗代表腐朽一派的茅盾，此时发表了《大众化与利用旧形式》一文，指出中国旧文学形式必须加以运用，并对如何运用提出了具体办法。后来在重庆文艺界，对民族文学形式问题展开了热烈的讨论。郭沫若说："我觉得做旧诗也有做旧诗的好处，问题在所做出的诗能不能感动人而已。在我的想法，目前正宜于利用种种旧有的文学形式，以推动一般的大众，我们的著述对象是不应该限于少数文学青年的。"[2] 他从日本归来时作《归国吟》，传诵一时，起到示范作用。这也给文艺界透露了一个讯息，旧体诗还是有相当的利用价值。1938 年 1 月教育短波社出版《抗战诗选》，内收有冯玉祥、何香凝、叶圣陶、王统照、马君武、艾芜等

[1] 黄炎培：《苞桑集自序》，《黄炎培诗集》，中国文史出版社，1987，"自序"第 5 页。

[2] 郭沫若：《民族形式商兑》，王训昭等编《郭沫若研究资料》，中国社会科学出版社，1986，第 305 页。

人新旧体诗共五十六首，标志着新、旧体诗人为宣传抗战而走到相互宽容的道路上来了。

1941年5月，在重庆的诗人集会，决定以端阳节为中国诗人节。在宣言上签字的有艾青、王亚平、何其芳、戴望舒等新诗人，也有于右任、汪辟疆、林庚白、田汉等旧体诗人，显示出新旧诗不分畦畛的动向。当时的形势有利于旧体诗作者摆脱受冷遇的阴影，解放思想，大胆创作。

其三，诗的队伍不断扩大。抗战既然是全民动员，旧体诗便可以在团结各界朋友中发挥着重要作用。旧体诗队伍中，不仅有国共两党的政治家，还有军旅诗人。无论是国民党军队还是八路军、新四军中，都有相当一部分诗人。在学者教授、教师、编辑、书画家、士绅乃至在大学生中，都有一大群诗作者。在边远地区，在海外也有不少诗作者。著名作家如朱自清、茅盾、老舍、田汉、胡风等也都重新写起了旧体诗。叶圣陶《箧存集》是能说明问题的例子，此集第一辑收其抗战前的旧体诗仅两首，新诗十三首；第二辑收有抗战时的旧体诗六十多首，新诗仅一首，可见时代环境的变化所致。共御国侮，成为人们的共识，旧体诗在统一思想、激发斗志方面，颇能发挥同仇敌忾的作用。它虽不如小说、新诗通俗，受到接受者鉴赏水平的限制，但就作者队伍的数量来说，却要超过任何一种文学样式的参与者。作为高雅的文学形式，在社会各阶层中都有它的读者群。

其四，诗社团体纷纷成立，雅集活动频繁，大大推动了创作。1940年在重庆成立罗湾诗社，有陈仲陶、沈尹默、苏渊雷、潘伯鹰等人。同年在重庆，由章士钊、沈尹默、乔大壮、江庸等人发起成立饮河诗社，通讯社友一百余人，刊行《饮河集》。1942年上巳节与重阳节，迁居重庆的诗人先后在沙坪与山洞新村雅集，登高赋诗。1944年及次年上巳节，中央大学教授汪辟疆邀约了一些诗人禊集上清寺。就连遁入空门的太虚法师也在广东缙云山组织过重九登山诗会，参加者有陈铭枢、蔡作宾、僧法尊等人，莫不有新亭洒泪之慨。

1941 年在延安，由陕甘宁边区主席林伯渠倡议成立怀安诗社，参加者三十余人。次年，在新四军总部驻地盐城，陈毅倡导成立湖海诗社，并作《湖海诗社开征引》，其中有主张云："师今亦好古，玩古生新意。"1943 年，在晋察冀边区成立燕赵诗社，发起者有聂荣臻、皓青、张苏、吕正操、于力等。

其他如湖南蓝田师范学院教师曾子威、钱基博、杨云史、张默君等成立黄江诗社。迁于辰溪的湖南大学，由曾星笠、王啸苏、曾威谋、杨树达等教授成立五溪诗社。在江西泰和，以旧省府职员为主体成立澄江诗社。在福建永春，有郑翘松创建的桃谷诗社；在泉州，潘希逸发起成立南社闽集；迁于长汀的厦门大学成立龙江诗社。在浙江，浙江大学龙泉分校成立风雨龙吟社。诗社组织者多为吟坛巨擘，戛金敲玉，蔚为大观。诗社团结了一大批学者、社会名流与爱好诗词的中青年。

其五，诗歌唱和的活跃，促进了抗战友人的感情融洽。著名人士生日或出现重大事件时，都可能成为唱和的题材。在重庆，郭沫若所著历史剧《屈原》演出成功，轰动山城，《新华日报》辟专栏发表黄炎培唱和诗，随后有三十四人和韵赋诗，可谓诗坛盛事。诗人们还以旧体诗为重要人物如柳亚子、朱德祝寿，在特定时期，含有融洽感情、互相勉励的目的。1941 年 11 月，重庆文化界为郭沫若五十诞辰祝寿，蒋介石幕僚陈布雷是发起人之一，曾作贺诗四首。诗中云："低徊海滏高吟日，犹似秋潮万马来。"郭沫若用其韵答谢，其一云："茅塞深深未易开，何从渊默听惊雷。知非知命浑天似，幸有春风天际来。"两位政见不同的知名人士以诗为纽带，在抗战大业上找到了共同点。在延安，唱和风气也很盛行。1940 年春，朱德将往重庆与国民党当局谈判，作《出太行》诗，叶剑英步韵唱和。刘伯承五十寿辰，叶剑英又作诗唱和。大生产运动开展后，朱德、徐特立、谢觉哉、吴玉章、续范亭等人同游南泥湾。朱德首唱，众人纷纷赋诗。句如"荷犁释甲胄，把锄卸刀镮"、"黍粱蔬果稻，高下绿齐铺"（均见《怀安诗选》），可看出诗人们对开发南泥湾的兴奋情绪与从容啸咏的风度。董必武诗云"而今四海皆烽火,酬唱怀安古意浮"(《赋怀安诗社》),即是此类酬唱的写照。

1941 年春,香港《天文台报》主笔陈孝威在太平洋战争爆发前著文预言日军将袭击美军,并作七律向国内外诗人征和,一时唱和者有赵熙、马一浮、柳亚子、叶恭绰等三百余人,集诗四百余首,编为《太平洋鼓吹集》刊行。

在这一非常时期,"诗可以群"的作用得到了很好的发挥。

其六,出版诗集,创办刊物,扩大了旧体诗的传播面。在重庆,有自汉口移来的《民族诗坛》刊载旧体诗,由于右任、卢冀野主编,影响较大。1942 年 7 月在孤岛上海,《万象》杂志创刊,新旧体诗均载,显示出新旧诗鸿沟弥合的气象。《新华日报》、延安《解放日报》、重庆《中央日报》《扫荡报》等副刊均发表不少以抗战为主要内容的旧体诗,鼓舞抗战胜利的信心。又如由周维新主编的江西参议会刊物《江西文物》"赣风录"、由王易主编的中正大学《文史季刊》"诗录"专栏都以刊登抗战诗为主。在日寇占领前的马来亚,《总汇新报》《槟城新报》《光华日报》等也刊登了大量的抗战诗。

考察这一阶段的旧体诗,总的特点是:高扬主旋律,内容极丰富。不论是直接写战争还是间接写社会生活,都与深重的民族危机与民族解放斗争相关。个人遭遇与国运息息相关,诗心随时代的脉搏而跳动,爱国挚情与忧患意识两位一体。抗战救国,是这一时期诗的主旋律。其内容主要有如下方面:

一、世乱时艰,山河破碎,日寇的烧杀掳掠、军民的伤亡死难、田园的寥落荒芜,在诗人笔底得到真实的反映。张余昕在《南京失守》诗中说"荆棘蔓生桃叶渡,麇麋争上凤凰台",极写南京大屠杀之后的荒凉。又如邵潭秋《南京失陷悲感》五十韵,出于实录,其中云:

> 石城应缺角,龙蟠俨藏怒。
>
> 妇女迫横陈,男儿困刀锯。
>
> 血染秦淮碧,肠挂白门树。

字字如血，行行如诉，哀愤激楚，真切地描写了日寇在南京烧杀掳掠的暴行，也是南京大屠杀的有力佐证。

日寇的狂轰滥炸，残杀无辜，给中国人民造成了深重灾难，在诗人心头戳下惨痛的伤痕。马一浮在《革言》诗中写道：

> 飞鸢挟巨石，见卵纷下投。
>
> 四衢绝人行，白日成九幽。
>
> 野乌啄残尸，狐狸上高楼。

由于日寇残暴杀戮，使故土到处成为血肉横飞、鸟兽横行的世界。冯振在《伤楠儿》诗中写道："铁鸢尤肆虐，巨弹常妄施。城市变瓦砾，人畜成肉糜。"叶圣陶《乐山寓庐被炸移居城外野屋》其一写日寇飞机在乐山轰炸的暴行：

> 避寇七千里，寇至展高翼。
>
> 轰然乱弹落，焰红烟尘黑。
>
> 吾庐顿燔烧，生命在顷刻。
>
> 夺门循陋巷，路不辨南北。
>
> ⋯⋯⋯⋯⋯⋯
>
> 嘉州亦清嘉，一旦成荒域。
>
> 焦骸相抱持，火墙欲倾侧。
>
> 酒浆和血流，街树烧犹植。

从个人的亲眼所见、切身体验写来，更写城市被炸后的惨不忍睹。他们描绘的恐怖场面，古人诗歌中未曾有过，可谓惊心动魄，创巨痛深。

日寇所至，险象环生，民无生路，尸横遍野。李伯兮《沅江道中》写道："浮尸频碍橹，残髑乱铺摊。腥血围屠犬，腐饥饱露獾。"徐嘉瑞《怒江吟》写到日军侵入缅甸，旅缅华侨逃回故国，被日寇赶至怒江边，纷纷投江殉难一事，"松山夜静炮声稀，怒水尸横月色凄。万壑千峰皆死灭，但闻江上乳婴啼"，炮声稀，乳婴啼，尸横江面而山峰亦皆无生气，场景极其凄惨。杜兰亭《乡长行》记叙乡长为迷路的抗战士兵连夜带路脱险，结果死在日寇枪弹之下，声调哀苦而悲壮。

牛诚修在《十一月廿八日倭寇到村索马，举刀相迫，几受其害，赋此志愤》诗中说"凭他白刃横加颈，不为狂奴偶折腰"，大义凛然，抒发了中国人在强暴面前坚贞不屈的心志。

其他如黄荣康的诗中所云"天风吹海水作泪，夜夜阴魂泣徐市。遗孽三千尽化为蛟鼍，掀波逐浪来峨峨"（《我有干将行》），用想象手法写日寇战死者犹为鬼厉，作孽兴浪，来残害百姓。层折进逼。又马少乔的"嗷嗷累见哀鸿泣，滚滚时飞劫火红"，杨云史的"新鬼无家别，流民绕地来""无骨埋乡井，逢人问死生"等诗句，写百姓或死而白骨暴野，或存而受饥挨饿，沉着郁怒。贺扬灵的《抵山》诗云：

> 离山月一饼，回山月一梳。
>
> 稚女牵衣问，活得几人无。

日军屠戮的残忍，从小女孩的口中说出，暗示日寇烧杀之后，剩下的人不多，愈觉沉痛。

在沦陷区，东三省的遗民诗人在哀吟。如翟镜清《秋兴十八首》诗中云"惊心怕见秦关月，掩关愁闻汉塞笳"，将心事与景物融为一体，是在沦亡处境中的悲咽。曹玉清《感时》诗云"田园荒芜罗蹄迹，城市凋零遍爪痕""穷途惨作他乡客，倦旅愁听亡国音"，日寇统治下的凄苦心态，展现于字里行间。在日本占领下的台湾，著名诗人连横、庄幼岳有不少诗作，字字是沧海遗民之泪。

或借河山之丽反衬生民之不幸，如徐英《金陵杂感》诗写南京失陷后"蒋山如黛为谁妍"，与邵潭秋《杭州失陷后作》中的"绝代湖山落贼边，媚鬟娇睇为谁妍"诗句居然不约而同用设问手法，哀婉不尽。王季思《苏堤曲》哀叹杭州笙歌朝暮不休，迎来的是日寇铁蹄的蹂躏，河山蒙垢。诗中说：

> 湖山歌舞朝还暮，花草伤心迷不悟。
>
> 葛岭惊传胡马嘶，钿车久绝西泠路。
>
> 寒碧琤琮出石根，翠禽无语向黄昏。
>
> 春来万树桃花发，更与西湖添泪痕。

移情于花木，以丽景写悲慨。

以上这些诗，从不同角度反映了在灾难深重的中国大地，广大人民被欺辱、受屠戮或流离失所的种种苦难悲惨的命运。

二、有的诗直接写战争场面，宣传抗战军队的英勇杀敌，大长了抗战军民的志气。即便描绘日寇的凶残，也是为了反衬抗战官兵的浴血苦战。人们盼望有这样的杀敌勇士，如唐玉虬《大刀队歌》所描绘的，"手左持弹刀右操，远时用弹近用刀。虏骑尽强不敢骄，凛凛匣炮缠在腰""入寨寨开战壕平，蹴海海翻山岳碎"，生动逼真地塑造了抗日好男儿一往直前、视死如归的英勇形象，寄托了杀敌制胜的希望。宛平县长王冷斋作《卢沟桥纪事诗》五十首，其中说"暗影沉沉夜战酣，大刀队里出奇男。霜锋闪处寒倭胆，牧马胡儿不敢南"，以落后武器与敌作战，只有在夜间出奇制胜。霍松林《喜闻台儿庄大捷》诗中说：

> 台儿庄上阵云黄，贼机结队如飞蝗。
>
> 台儿庄前尘土扬，百门贼炮巨口张。
>
> 更驰坦克作掩护，贼众狼奔豕突冲进庄。
>
> 守庄将士目炯炯，满腔热血怒潮涌。
>
> ············
>
> 内外夹击山海摇，蠢尔倭贼何处逃。

笔势酣畅恣肆，极力渲染日寇的凶残，更见抗战官兵的怒慨与顽强。邵潭秋得知平型关大捷后，兴奋而作《闻人述八路军平型关之捷》诗。诗中说"厚地高天俨合围，重岩叠嶂卓红旗""铁骑尽奔惊草木，雄关固锁敌丸泥"，歌咏八路军出战杀敌的丰功伟绩，他与抗战勇士同享了胜利的喜悦。

王陆一擅长以古风记述战役，既有现代气息，又得古代歌行之神韵，波澜起伏。如《纪抗战初南京空战》其中云"鬼车毛血腥我土，尾旋倾堕如狐濡。硝烟簇空蔽白日，曳光飞弹交萦纡。我军神武压空至，铁阵四合纷驱除。万马行天渥沫汁，射潮潮色胭脂如。翻腾上下争啮尾，星群辟易无顽夫"，描摹敌我战机翻腾追击的激烈场面，用比拟法，栩栩如生，融注其间的褒贬感情色彩强烈，意气骏发，令人增添必胜的信心。

1941年湘北大战，商衍鎏赋《辛巳中秋喜湘北大捷》一诗，借助夸张联想手法描绘了歼敌的壮观情景。其中写道：

> 金甲射日日忽开，鼓声震天山欲摧。
>
> 合围三军气吞虏，食肉寝皮云岚霏。
>
> 长枪缓杀亦不快，聚歼刀河长乐街。
>
> 始知士气不可侮，十六万虏同尘埃。

有奇矫凌厉之气势，写得痛快淋漓。

同年江西上高战役，是正面战场中国民党军队取得的一次较大胜利。罗卓英将军是战场指挥员之一，作《赣行纪事》组诗。其一云：

> 又报前军战鼓催，寇氛直犯上高来。
>
> 休夸扫荡侵三路，且看包围奋一槌。
>
> 诸葛阵图终有价，临淮壁垒不容开。
>
> 应知霾马埋轮日，莫使虾夷片甲回。

语亢奋而气昂扬，富于鼓动性，洋溢着爽健畅快的豪情。

著名抗战将领程潜作有《续抗战四十二韵》，写他带兵北上，彭泽马当失守，他回师援救，然而遭遇日军施放毒瓦斯，"哀我熊罴士，顷尔如倒悬。天地忽变易，山川顿掀翻。湛湛沾戎衣，咻咻呻野田。坚垒既尽毁，雄镇随之捐"。官兵们杀敌初胜，却被毒瓦斯窒息，呻吟遍野，阵地毁弃，天地变态，流露出诗人极端的愤恨与万分感怆。

有的诗展示了敌后斗争的画卷。著名小说家赵树理的《乞巧歌》写一对青年男女用手榴弹掷炸蓬莱路日本宪兵司令部，"豺虎窠中作巧盆，隔墙投去火花溅"，智勇青年，终偿杀敌之愿。李代耕《集合民兵反"扫荡"》诗云"驿马追风急，柳营军令传。连天烽火起，沸地角芦喧。鸟铳弹丸足，梭标锋刃寒。儿童盘过客，何去复何还"，日寇将来，我方紧急动员，情景宛然真切如现。朱克靖诗写新四军黄桥奔袭战，"衔枚夜袭惊残吠，策马宵征见晓星。尺地争回尝百战，一声杀敌九天闻",场面紧张,扣人心弦。董鲁安的诗集《游击草》,可谓之抗战诗史而无愧色。此集编订附记中说:"举凡穷山绝谷、荒渚幽溪,涉历险夷、拒守进退,与夫百余日间劳佚戚愉之情态,随兴抒写。"日寇的残暴、敌后根据地所遭受的惨重代价、艰苦卓绝的战斗,在其笔下无不真切如现,气机郁勃。众多诗作从不同角度反映了抗战的艰巨性与抗战军民的勇毅与坚强。

三、国民党当局指挥失当,战事失利,造成的灾难,诗人们多能以批判精神予以针砭与谴责。李济深《哀金陵》诗中说"不是六军忘报国,输将敌忾向谁论",哀愤中有沉痛的讽喻。1938 年国民党军队撤守山西上党,缪钺有《感事》诗慨之,"上党空为天下脊,清汾愁向乱中流",借景抒愤。茅盾的《桂渝道中杂诗》中说"闻道仙霞天设险,将军高卧拥铜符",叹徒有天险,而将军不肯出战。国民党军队在长沙纵火焚城以坚壁清野,造成人间惨剧,不少诗人有逼真可怕的描绘与深刻沉痛的议论,如田汉《重返劫后长沙》中两联写所见火后惨状,"市烬无灯添夜黑,野烧飞焰破天蓝。衔枚荷重人千百,整瓦完垣户二三",凄黯情景中寓有无限感慨。其时还有邵祖平、程学恂、颜真愚、殷笑仙等人均赋诗记此劫难。黄炎培的《黔山血》记日寇进逼贵州,国民党军队守土无能,闻风而撤,细致描绘了乘火车的难民与车旁无辜者都遭受到的劫难。最后他愤怒控诉:"斯时文武官何在,未闻寇至先气馁。人人明哲藏身待,斯时百万兵何为。"日寇不过是百余人,还未到来,这些文武官员便失神丧魄地躲藏起来了。由局部观全局,如果人人只顾自己躲藏,纵有百万军队又有何用。它如"珠玑眷属能生翼,锦绣山河付沐猴"(赵慰苍《国难感怀》)、"向来兴夏资戎旅,百万而今况拥貔"(辛际周《书愤》)等诗句,都倾吐出对当局抗战无能的愤懑。揭露蒋介石对外求和的诗也很多,如胡厥文《无题》诗中谴责统治者"求和固位庸奴策"。类此不一一例举。

四、山河破碎,华北、华中、江南大多沦陷,大批学校、文化机构迁往西南大后方,颠沛流离的旅程、窘艰困苦的生活、他乡异域的奇丽景色，无不络绎而奔诗人笔底。诚如叶圣陶诗中说"江流不写兴亡恨，云在自怜飘泊身"（《游乌尤山》），江山不识诗人愁，"美非吾土"而思念故里的感慨愈加深沉。不少学者、教授以诗"纪岁月，述行旅，悯战乱，悼穷黎"[1]，融入故国之思、乱离之情。马一浮避日寇而西行，羁旅忧世，往往"触缘遇境"而感发。如《将避兵桐庐留别杭州诸友》一诗，先说处灾变之时，次言祸乱之源，后自述其行踪，末言"甲兵其终偃，腥膻如可涤"，表露了日寇必亡、兵戈必息、太平必至的愿望。其《郊居述怀》云"尚闻战伐悲，宁敢餍藜藿"，战事多死难，自己又怎能饱食野菜呢？措语危苦而沉痛。吴世昌"死以青蝇为吊客，生凭白骨识行程"（《湘桂败退只身徒步自独山西奔贵阳途中口占》）等诗句沉痛地写出撤退途中所见白骨暴露路途的惨况。朱自清在《近怀示圣陶》诗中写到大后方生活的窘迫、环境的恶劣，由自己作为一教授犹不能养家糊口，更念及终年听到百姓们的呻吟声，议论深刻，忧民之心怆然。

著名史学家陈寅恪，带着全家踏上"残剩河山行旅倦，乱离骨肉病愁多"（《予挈家由香港抵桂林已逾两月，尚困居旅舍，感而赋此》）的艰难征途。在往云南西南联大任教途中，赋《残春》诗以纪哀：

> 家亡国破此身留，客馆春寒却似秋。
>
> 雨里苦愁花事尽，窗前犹噪雀声啾。
>
> 群心已惯经离乱，孤注方看博死休。
>
> 袖手沉吟待天意，可堪空白五分头。

国破家亡，怎不怆然泪下。他关注着抗日军队与日寇的决一死战，冥冥天意不知如何，只有袖手沉吟等待。伤乱忧生，低徊掩抑。浦江清的诗"即今漂溺同寰宇，岂独流离在一乡。痼患因循终溃决，兵由不戢自焚伤"（《辛巳残岁返淞即事》），也是从自己的漂泊更推想普天下饥溺之惨况。追究兵祸之由来，在养痈遗患，未能制止战争贩子。其

---

① 邵祖平：《培风楼诗自序二》，《培风楼诗》，浙江大学出版社，2000，第18页。

他如缪钺《哭六弟季湘》诗云"鸰原鲜兄弟，遐荒尚奔窜。泪眼对群峰，荒荒哀禹甸"，因小见大，由己之家难而虑及国家之不幸，是可憎的日寇给中国人民造成了骨肉分离、有家难归的苦难。

国画家潘天寿，抗战时辗转浙赣湘黔川滇之间。因为战乱难以潜心作画，更多的时间是吟诗以遣愁。"血泪飞鼙鼓，江山咽鬼神"（《戊寅中秋避乱》），是当年的沉痛愤慨语。他随时都在盼望着抗战军队的胜利、故土的收复，诸如"何日归铜马""何日靖烟尘""谁为靖狂澜"，将忧时感世的深沉，融汇为一卷离乱诗。另一国画大师张大千也在《题南岳图》一诗中慨叹日寇侵略而造成的山河破碎："高僧识得真形未，破碎山河画不成。"

五、在抗日根据地与大后方，有的诗作虽未直接描绘战事，但所写之事、所抒之情与抗战无不密切相关。朱德《和董必武同志〈三台即事〉》诗中说"赤足渡河防骤雨，科头失帽遇狂风"，明言防雨，暗说警惕国民党反动派的突然袭击。帽即暗喻我方的防卫。也有的诗着力描写根据地生产、生活的情景，如林伯渠《春游杂咏》写他视察子长、安塞县，参观一些工厂的所见所感。其一云：

嘘寒送暖并疗饥，厂设农具与织机。

鼓动洪炉铸万汇，铁流滚滚就砂泥。

日寇对根据地的包围封锁，并不能扼杀抗战军民的生存，这些诗作便是证明。

于右任在重庆时所作《嘉陵江看云歌》，借潮涨潮落、云蒸鹃啼，寄寓作者对前方将士的深切惦念。他惭愧辜负了大好江山，恨未能亲上战场杀敌。

在大后方与根据地，哀悼抗战烈士，也是这一时期的突出题材之一，如王铭章师长、左权将军等名将之死，不少诗人有诗篇赞其壮烈，奠念英灵。1940年5月，国民党军第三十三集团军总司令张自忠战死于湖北宜昌，冯玉祥、于右任、李济深、翁文灏、董必武、朱德、汪辟疆等人均赋诗哀挽之。汪东《闻行严述张将军（自忠）

死难事状感而作歌》诗五十余韵，写张自忠之神态及其韬略，从"将军如虎众如鼠"的对比中述来，最后说"将军杀身乃报国，山头一声飞霹雳。碧血潜教苔藓滋，精灵不共硝烟灭"，一位忠勇报国的名将形象跃然浮现。

抗战时期，由于政治集团的不同、阶层的不同，形成了诗人群体的不同特征。延安诗人以老一辈革命家为主体，"披襟述怀，吮毫抒愤，情无间于儿女，而敷陈时艰，痛心国难，志不失为英雄"①。将崇高的信仰、必胜的信念、献身事业的决心与激昂慷慨的斗志交织在一起，一空依傍，开拓诗境，创新诗风，显得大气磅礴、风骨健朗、格调高昂。同时他们力求通俗易懂，明白晓畅，不避俗语，而能于俗中见雅。从投奔延安的进步人士钱来苏、续范亭等人诗风的转变中也可看出这一努力方向。延安诗人在有意使用土语俗词、革新格律诗韵方面都作了一些探索，取得一些成绩，但也有忽视形象思维，欠缺沉郁，不够含蓄，而流于浅露以至于口号化与说教的弊端。学者们的诗注重师从某派某家，出唐入宋，好用典，然在此时诗作也往往一改温柔敦厚之旨趣，抒书生报国之志，哀怨激奋，气魄浑厚，或深沉蕴藉，感慨兴亡的忧患意识沉重。国民党中的进步人士，诗风多郁怒，如李烈均、于右任、王陆一、程潜、李济深、冯玉祥等人的诗有着强烈的救国责任意识。民主人士如黄炎培、陈叔通、沈钧儒的诗，积极干预现实，多以暴露国民党统治区的阴暗面为主，敢于讽刺当局的失策。

因抗日战争、第二次国共内战而死亡的诗人在此期间甚多，如1937年北平沦陷，陈三立绝食殉国，表现了中国人的堂堂气节。1939年王礼锡作为作家战地团团长，前往慰问抗日军队而病死河南途中。同年，郁华被日伪特务暗杀于上海。1945年，其弟郁达夫也被日寇宪兵杀害于苏门答腊。

纵观抗战期间的旧体诗坛，淋浴着民族斗争的风暴，焕发了新的

---

① 叶镜吾：《怀安诗社概述》，李石涵编《怀安诗社诗选》，陕西人民出版社，1980，第293页。

活力。由于抗战烽火岁月提供了丰富的题材，不少诗以情、景、事相摩相荡，是广大诗人在这一时期抗战救国主体意识的觉醒与现代精神的张扬，并表明旧体诗有其独特不凡的表现能力，也是抒情言志的极好形式，反映了日寇侵华铁蹄蹂躏的惨酷事实、中国军民艰苦卓绝的斗争场景。由于战时河山破碎，交通阻隔，物质匮乏，印刷艰难，影响了诗作的传播，还有相当多的抗战诗章不为人们知晓。

解放战争时期的诗作同样反映了战争风云在社会各方面引起的震荡。

早在日本投降前夕，史家陈寅恪就在诗中预见到苏军在中国东北对中国主权构成的威胁："花门久已留胡马，柳塞翻教拔汉旌。"（《乙酉七七日听人说水浒新传适有客述近事感赋》）后在"捷音电闪传寰宇，爆竹雷喧起满城"（王冷斋诗句）的举国腾欢之时，他却预言新的战乱难以避免："乍传降岛国，连报失边州。大乱机先伏，吾生命不犹。"（《乙酉八月二十七日阅报作》）同时吴世昌也有同感，所赋《书感五十韵》担心中国受制于人，显示了学者诗人的远见卓识与忧患意识。

国共第二次内战时期，国统区内高压统治，物价飞涨，特务横行，民不聊生，诗中均有反映，如"请看十万金，难换米一斗"（薛宗元《临岐》）、"案上鼠翻器，啮齿故作态。敲床佯不知，知为鼠世界。毁窃且听渠，一切付成坏"（阎任之《苦鼠》）。前者直言滥发纸币，造成通货膨胀；后一首寓言诗讽刺统治集团的贪婪腐败。还有的山水诗在咏自然景色中透露出内战风云的笼罩，如"万山成战垒，一水胜汤池"（郑岳《桂林即景》）、"屹立危巅竟无语，清钟一动烟苍茫"（郑水心《登惠山绝顶望太湖》），忧危之情，散向苍茫之际，仿佛山水之间尽伏战机。其时在南京的《和平日报》"今代诗坛"专栏前后刊载的上千首诗，也为这一动乱时代留下了沉重的印痕。

解放区内充满着希望与朝气。解放战争的迅猛激烈，在诗中也有展现。陈毅咏孟良崮战役诗中云"刀丛扑去争山顶，血雨飘来湿战袍",描绘了枪林弹雨的鏖战画面。何炳写道"竹舍之间盟誓处，茅篷一角战旗擎"、"欲荡乾坤兵甲洗，江南遍地聚群英"(《解放战争入山打游击》)，形象地说明了南方各地的游击队有力地支援了正规军的作战。

国民党政府迁回南京后，1946年7月，监察院长于右任主持成立了青鹤诗社，以政府官员、社会名流与学者教授为主，有汪东、汪辟疆、冒广生、靳志、张目寒、姚鹓雏、罗家伦以及陈曾寿等。司法院长居正、铨叙部长贾景生等高官也到会致贺。次年重阳，登紫金山天文台赋诗唱和，于右任怅叹说："恨未携谢朓惊人句耳！"[①]后来在袁枚随园旧址、燕子矶等地也多次举行过禊集。

在延安，由于形势发展的迅速、局面的紧张，怀安诗社逐渐停止了活动。

新中国成立前夕，李宗仁为代总统的国民党当局乞和，民主人士章士钊、潘伯鹰衔命北上。潘氏有诗句云："霜雪劲堪知白发，疮痍深待解苍生。"(《北行》)和谈失败，1949年4月，毛泽东所作《人民解放军占领南京》一诗以"天若有情天亦老，人间正道是沧桑"的哲理宣布一个旧时代的过去。

第五节　现代旧体诗的特征

考察现代旧体诗，有如下特征：

一、党派意识与群体观念浸润于党人诗中，为党的宗旨而奋斗，为共同目标而相互鼓舞，使诗带有明显的政治性。

清末民初政坛，由清末的革命党人与保皇党人的对立演变为党派政治。后来兴中会与同盟会联合而成国民党，成为其时最大的政党，其他政党则多如昙花一现。五四运动之后成立的中国共产党，逐渐成

---

① 刘永平：《于右任诗集·前言》，《于右任诗集》，团结出版社，1996，"前言"第6页。

为第二大政党。抗战期间在重庆，因应政治协商会议的诞生，成立了民盟、九三学社、民进等党派。不同党派领导人大多为知识分子，自幼受传统文化的影响，又接受西方文化的影响，在东西方文化的交汇碰撞中，在进步与落后、光明与黑暗的搏斗中以心血写下不少的诗篇。每一党派中的诗人，虽渊源、风格不同，而其所言之志、所抒之情却又大体趋同。因为进入政党政治之后，古代社会那种按崇尚风格分为流派的特征逐渐模糊，代之而起的是按其阶层、群体、政党的不同而在诗的思想内容及其感情相近的特征而可以大致归类，这或许可作为一种尝试。

早期国民党军政要人如胡汉民、于右任等能诗，他们曾跟随孙中山推翻清朝政权，反对袁世凯称帝，终身服膺于孙中山三民主义学说，诗中有着执着追求与救国忧民的激情。后来有的人对蒋介石独裁统治强烈不满，这在诗中也有反映，如李烈钧以诗讽蒋："盲人操巨舰，犹自逞雄才。"(《黄海舟中》)20世纪30年代，国民党政府也延揽、吸收了不少人才，其中能诗者颇不乏人，如翁文灏等。在国民党内部，由左派冯玉祥、李济深等成立了国民党革命委员会，标志着非主流派力量的集结，其中不少诗人作品吐露了忧国忧民之情。

早期共产党人目睹清末民初中国政治的窳败，笃信唯有共产主义才能救国，这批精英受过传统文化的熏陶，又放眼世界潮流。他们的诗作中，充溢着强烈的革命感情、阶级斗争的意识、甘于献身的牺牲精神。不少革命烈士在铁窗内、刑场上留下的旧体诗，言献身之壮志，挺不屈之铁骨。后来成为中共党政领导人的无产阶级革命家中，更有不少人擅长旧体诗。毛泽东一生不作新诗，却以大气磅礴的胸怀、高超的艺术，创作了光辉的旧体诗篇。董必武、林伯渠、叶剑英、陈毅等人也写下了大量的具有鲜明时代特色的诗作。但老一辈无产阶级革命家作诗只是作为同志间交流感情的工具，而无发表流传之心愿。

值得注意的是，两党指挥的军队中，军旅诗人较封建社会大为增多，因为清末民初有不少的读书子弟为救国而投笔从戎，诗是其心灵的最好记录。

中国的民主党派形成政治力量较晚，他们的精英代表着工商界与文化教育知识界各个层面，其中不少诗人如黄炎培、沈钧儒、陈叔通、胡厥文等，旧学根底较深，而思想开通，爱国心强，在诗中不时地抨击时政，揭露社会黑暗面，并表达对祖国富强、社会进步的强烈希望。

二、学者、教授成为旧体诗队伍的主体，这与封建社会时代的诗人以官吏与布衣、隐士为主体有所不同。

随着现代教育体系的形成、大学的逐渐设立，一批批知识分子进入高校，其中不少人受过新式教育。有的人有深厚的国学基础，对中国传统诗学很有研究，又能作诗，有研究时间与创作余暇。20 世纪二三十年代整理国故热，也使他们以新的眼光重新审视古代诗歌并从中汲取技法。所以他们的诗既有醇雅的书卷气，又有现代生活气息。世乱之时，风云激荡，抗战烽火把他们推上颠沛流离之途，国家危难，境遇困苦，是他们写诗的催化剂。教授们在传授诗学的同时，热心指导其弟子门生作诗，大学生中也有部分人习作旧诗，师从名家，或自得其乐，不求闻达。后来不少学生在新中国成立后，执教于大学，是弘扬诗教的传薪者。全国各地的中学，也有不少旧学根基深厚者，在默默无闻地传播着诗学。他们成为传统诗命脉不坠的支柱。

三、由于时代、环境的变化，现代生活内容进入诗人视野，由此也带来诗作题材、意境、情趣的变化。

比如说，都市生活的题材，城市中处于不同阶层者的生活状态，均为诗人们所瞩目，而田园牧歌式的风光描绘则渐渐隐退。再比如，现代战争告别了冷兵器时代，进入枪炮乃至战机作战的岁月，故无论是现代战争的场面还是各类新型武器，都屡现于诗人笔下。

由于出国考察与留学等活动频繁，又因拓荒海外的华人队伍的扩大，作诗成为他们去国思乡的最好寄托。题材的扩大，也表现在对异域风情与社会生活的描写。如果说，近代黄遵宪、康有为等人着力表现的是海外风光的新奇，而进入现代以来由于诗人们对社会观察的深入，更多的诗注重表现异域人民特别是下层劳动者的劳作与生活。

现代旧体诗的发展，经历一个由高峰跌入低谷，然后由复苏再到复兴的驼峰曲线。在韵律保持不变的同时，旧体诗也在嬗变之中，基本分为两端：其一是语言通俗，尽量贴近大众；其一是坚持典雅，怡情遣兴以修身。两者在对立中求和谐。诗人们均程度不同地自觉或不自觉地将现代思想意识与新词汇融注到诗中，从而使旧体诗有了新的活力，在困境中焕发出新的光彩。因群体不同、诗人个性不同、题材不同，诗也呈现出不同风格，或郁积勃发而沉郁哀愤，气魄浑厚；或慷慨悲歌，风调激楚；或务求畅达以宣泄其志，故发扬蹈厉，昂扬高亢。

我们也应看到，现代旧体诗，在新文学兴起之后被逐出文学正宗而处于边缘地带，未能成为公众关注的热土，难得有轰动效应；其次，在当时诗坛上较为缺少为各方面公认的领袖一级的人物，尽管有的诗人诗作水平高，有特色，但由于身份与所处环境，他们的影响在多元化的政治格局、不同的文化圈子里被分割、抵消，难以传播开去；再是缺少有鲜明艺术主张的诗派，虽然学者型的诗人往往记有不少创作体验的精妙之言，或以现代学术方法作过新的诗学研究，但未见有谁公开亮出旗号，宣称其不同往常的艺术主张，从而形成龙起云从的诗人队伍。这也许正是时代的局限所致。

第二章
近现代之交的诗派与诗人

第一节　同光体诗人在近现代之交的创作

　　同光体的由来，可以追溯至道光年间，当时大学士祁隽藻与侍郎程春海倡导学杜甫、韩愈，身为重臣的曾国藩号召学黄山谷，以纠诗坛甜熟浅滑之弊。一时才俊之士何绍基、郑珍、莫友芝等纷纷响应，蔚然成风，时称宋诗运动。到了光绪、宣统年间，同光体蔚为大观，成为诗坛主流。所谓同光体，用陈衍的话来说，是"苏戡（郑孝胥）与余戏称同（治）光（绪）以来诗人不墨守盛唐者"①。他们以学宋诗为主，兼学唐诗，力求超唐轶宋，并非笼罩在宋诗光环之中而不得出来。汪辟疆将同光体与宋诗作比较，以为有三点异同：一是宋代诗家务为新巧，近代诗家"虽尝问途宋人，然使事但求雅切，属对只取浑成"；二是宋代诗人"力求意境之高，终鲜泂潆之致"，而同光体诗人"力惩刻露，有惘惘不甘之情，故调高而思深，言近而旨远"；三是宋人"专事拗捩，其运古入律者，往往古律不分"，"末流所届……钩章棘句，至不可读，则力求生涩"。近代诸家"审音辨律，斟酌唐宋之间，具抑扬顿挫之能，有谐婉不迫之趣"②。

---

　　① 钱仲联：《沈乙盦诗序》，沈曾植著，钱仲联校注《沈曾植集校注》，中华书局，2001，第 12 页。

　　② 汪辟疆：《近代诗派与地域》，《汪辟疆文集》，上海古籍出版社，1988，第 286 页。

同光体诗人的活动自清末一直延续到民初，他们的门生弟子或受其影响的诗人甚众。陈衍将他们分为两大派：一派生涩奥衍，取法韩愈、孟郊、卢仝、李贺与宋代黄庭坚、薛季宣、谢翱，语必惊人，字忌习见。此派以江西陈三立为首领，称为赣派。一派清苍幽峭，宗法王维、孟浩然、韦应物、柳宗元、贾岛、姚合，宋之陈后山、陈与义与四灵诗派，用人皆识之字，人所能造之句，必写人所欲言而难言之意，出之以精思健笔。此派以福建郑孝胥为首，诗人多福建人，故称闽派①。此外还有浙派，人数不多，其首领沈曾植，主张将陈衍"三元说"（开元、元和、元祐）一直通到元嘉（刘宋年号），即除了宗宋诗之外，还要广泛吸收自南朝以来的诗歌之长。他力求独辟蹊径，诗风沉厚奥衍，较为艰深，如"外国探险家觅新世界、殖民政策开埠头本领"②。这三派在闽、赣、浙三省诗坛各有相当的影响。

赣派：陈三立　　夏敬观　　杨增荦　　胡朝梁　　陈隆恪　李家煌

赣派并非地限于江西、人仅江西籍，只要是学韩、黄而又受陈三立影响的诗人均可归入此派中，犹如宋代江西诗派并非仅为江西人。赣派活动的地点主要在江西与南京两地，其时南京有一大批同光派后劲，后来以国学功底而接受新学的诗人也不少，成为当时的名教授。诚如钱仲联所说：

> 百年以来，禹域吟坛，大都不越闽赣二宗之樊，力斸咳唾与之相肖。金陵一隅，尤为赣派诗流所萃。③

陈三立（1853—1937），字伯严，号散原，江西义宁（今修水）人，

---

① 陈衍：《石遗室诗话》卷三，张寅彭主编《民国诗话丛编》第一册，上海书店出版社，2002，第47—48页。

② 陈衍：《石遗室诗话》卷一，张寅彭主编《民国诗话丛编》第一册，上海书店出版社，2002，第21页。

③ 钱仲联：《唐音阁吟稿序》，霍松林《唐音阁吟稿》，陕西人民出版社，1989，"序"第2页。

光绪间进士，任吏部主事，未久即辞官南下。戊戌政变后，与其父同被革职，迁居南昌西山，后迁居南京。其"幽忧郁愤，与激昂磊落慷慨之情，无所发泄，则悉寄之于诗"①。入民国，先后居上海、南京、杭州，积极参与并主持过清遗老们成立的如超社、逸社等雅集活动。1929 年移居庐山牯岭，1934 年转就其子寅恪居北平。卢沟桥事变后北平沦陷，他拒医拒食而逝。他对晚清政府抱有强烈的不满，誓不再仕，自称"神州袖手人"。入民国，时局的混乱又每每令他哀婉："吾曹饱老眼，乱亡事如发"（《久雨放晴访剑泉鉴园》）、"万国兵戈浩纵横，九霄氛祲且蟠结"（《九日对恪士茗饮》）、"九逝骚魂当月落，万方兵气动秋先"（《初秋夕咏怀次和宗武》）。有的诗揭露了袁世凯派军队进入南京后肆意骚扰，给人民带来的灾难："合眼森戈戟，始念尸纵横。……万室洗荡尽，谁问死与生。"（《留别散原别墅杂诗》）他对无辜受难者寄予深切同情，斥骂袁世凯是"乖龙""大憨"，更悯怜"飘零处处鸿"一般流离失所的灾民。作于 1926 年的七古《次答蒿叟叠用东坡聚星堂咏雪韵寄怀》很能说明他对身世遭遇的坎坷与对政局不满的哀愤心境：

> 我生于世如病叶，满蚀虫痕加霰雪。
>
> 老去家祸承国凶，遁迹偷活亦痴绝。
>
> 棹湖惘惘魂若迷，攀壑茕茕骨亦折。
>
> 往往罢游当落日，身随雁影穿烟灭。
>
> 楼头独酌问何年，壮年绮怀飞电掣。
>
> 弥天哀愤自开阖，但俯澄漪鉴面缬。

正是这种遗世而忧患重重的伊郁心境，使他叹息"痴顽乞补天"（《丙寅除夕》）而惭不能，惟搔哀写心而已。

　　陈三立从黄山谷入手，进而取法杜甫、韩愈、孟郊、李商隐。晚年之诗，又兼梅尧臣、苏东坡之长。他汲取宋诗刻意峭健、唐诗重兴

---

① 吴宗慈：《陈三立传略》，陈三立著，李开军校点《散原精舍诗文集》下册，上海古籍出版社，2003，第 1196 页。

象而雄浑之长，力避宋诗枯淡、唐诗肤廓之弊，形成奥莹苍坚、清奇醇厚的风格，"莽苍排奡中独饶气骨"①。其诗善于表现在荒寒氛围中迸发出来的敏锐的独特感受。如《独坐舣庵茅亭看月》：

> 山气溪光并一痕，微笼新月作黄昏。
>
> 剥霜枯树支离出，沉雾孤亭偃蹇存。
>
> 邻犬吠灯寒举网，巢乌避弹旧移村。
>
> 鸣笳击柝收闲味，已负秋虫泣草根。

孤独悲怆之情，浸润于他精心选择的意象之中。枯树、孤亭被霜侵雾裹，寒气如网，充塞天地，构成苍天黑地的氛围。巢乌避弹，秋虫泣草，象征他那悲凉身世的自我形象，流露出他在沧海扬尘的社会中受挤压而惊惧的敏感心情。

诗人每年数次来南昌西山扫墓。他擅长在不同节令通过时空转换、多角度写出这一带山水的荒寒景色，蒙上了一层迷蒙凄惨的氛围。也能写出山川的动态，联想翩翩，富有浪漫色彩，如"冉冉破山光，众象掬盈手。西岭奔长蛇，舐霄昂其首"（《发南昌晚抵靖庐》）、"天龙蟠屈腾长虹，万千鳞鬣争为东"（《行野观天际群山》），将山想象为奔走的长蛇，或腾起的长虹，搜幽揽怪，任其意之所发挥。有的山水诗则展现着清奇飘逸的风调，往往作于宽松轻快的游览过程中，如写到鄱阳湖面的平静如镜："谁掷青天卧作湖，晴云袅袅镜中呼。"（《渡湖望庐山口号》）樊增祥评其民初十五首诗，将扫墓之作评为变雅，将自赣返沪之作评为国风之作。他说："后七篇气象幽迥，风调流逸。怀抱既宽，景物亦异，但觉江鸟江花，令我眼明。夙尝以博大评伯言之诗，意即在此。"②又评这类诗"语类黄（山谷）晁（补之），神似太白"③。

---

① 杨声昭：《读散原诗漫记》，陈三立著，李开军校点《散原精舍诗文集》下册，上海古籍出版社，2003，第1235页。

② 樊增祥：《散原精舍集外诗评语》，陈三立著，李开军校点《散原精舍诗文集》下册，上海古籍出版社，2003，第1234页。

③ 樊增祥：《散原精舍集外诗评语》，陈三立著，李开军校点《散原精舍诗文集》下册，上海古籍出版社，2003，第1234页。

　　他善于以丰富的联想来使用比喻，比喻到了他那里，仿佛一位魔术大师的技艺变幻无穷。如"埶掷青铜镜？平磨霜痕皎"（《六月十八日同子大、恪士往游西湖》）、"水晴磨瓦色，天卷出吟髭"（《湖心亭》），将水色譬喻为瓦磨光后的颜色，又以吟髭譬喻为天上卷着的晴云。在他笔下，秋光可割，乌鹊可衔晴光飞出。又如"弥天忧患藏襟袖，散入鸦巢作夜啼"（《读仁先和章感题》），忧患满天，竟可收于襟袖，飘散到鸦巢中了。他写愁可掷而荡于寥廓，也可挂在枝上，"闲愁千万丝，吐挂鹃啼树"（《留别散原别墅杂诗》）。或说霜风可破肉，风力可碎春光。大雪满山时仿佛"白骨如麻"（《山中又雪感赋》），漫山的森林"晶甲如临十万师，森森白刃欲雠谁"（《踏雪书触目》）、"冻枝低垂利剑戟，摩戛颅骨撄其锋"（《雪夜蜀人杨德洵招饮》），写凄楚之意，萧森中自有雄警之骨。又如"日气腾腾炊甑蒸，江波汩汩琉璃泻"（《发九江望石钟》），先出现本体"日气"，后出现喻体"炊甑"，再以"蒸"字形容"腾腾"的形态。下句亦作如是观。像这一类诗句均出自奇思妙造，而意境独创，戛戛生新。

　　他将强烈的爱憎感情融入客观物象中，使所拟之物折射人之情性。如"狰狞怪石犹相视，醉卧承平挂梦痕"（《舟出玉带桥》），怪石视人，石亦如人，意象怪诞。他与物象往往能作情感交流，"一蝶将魂去，岩花孕泪开"（《雷雨后观溪涨》），蝴蝶携魂，岩花孕泪，都是主观情感观照客观事物的结果。又"乘兴欲呼山入座"（《三月十五日偕宗武过仓园》）、"雨了诣峰争自献"（《北极阁访悟阳道长》）、"手挽溪风满草堂"（《四月既望过初堂》）、"雪尽峰峦出浴初"（《过医生洼》），呼山入座，诸峰献秀，手挽溪风，峰峦出浴。物与人为友，相敬如宾。

　　他用古文家的穿插起伏之法入诗，以单行之气行于骈偶之中。如"东南一儒霜鬋髭，曰无所为无不为"（《乙盦七十生日寄祝兹篇》），后句用一三三句法，拗折奇崛。在七律中有时故意颠倒语序，如"闲驱疲马寻钟起，晴拂群鹰倚槛才"（《林诒书自京师至携登扫叶楼》），正常语序应是"才倚槛"。"春能留太古，天自养纤毫"（《楼坐日暖时见山蜂飞游》），本为"能留太古春，自养纤毫天"，颠倒语序，用一四句法。拗折有如书法用笔的折钗股，读来涩而生津。这些写法，能使其诗显得古朴奥莹而又有浑厚的气势。

诗中用动词奇警，往往以丰的想象力将习见的事物加以变形或挪位，或将无形的意识化为具体有形之物，或以通感手法出之，使人感到突兀生新、可愕可怖。如云"夜枕堆江声，晓梦亦洗去。挂眼绕郭山，冉冉云岚曙"（《癸丑五月十三日至焦山》），江声可堆，梦可洗，眼可挂，想象奇特不凡。又如"倚窗寄语梁居士，莫抱鞋山匿佛堂"（《雪后口占》），因在庐山梁居士宅的窗户下可俯眺湖中的鞋山，竟想象不可将鞋山抱来匿藏到佛堂中来。他观察细致，工于锤炼，能捕捉事物动态给他带来的新奇感与凄美感，一经点染，便觉雄警超脱。他好用"衔""扶""挂""粘""摇""浴""吐""漏""破""腾"等字，构成峭挺奇恣的动态，突出其浓重的感伤气氛。据郑逸梅说，"王蘧常于同光诗人中，极推陈散原用字之新奇，如'冷压千家静'，此'压'字为人意想不到"[1]。其诗摆脱凡庸，精深沉健。汪辟疆说："散原能生，能造境。能生故无陈腐诗，能造境故无犹人语。凿开鸿蒙，手洗日月，杜陵而后，仅有散原，惜晚年用字造语略有窠臼。"[2]

当然，有时也因过度压缩字而造成意象密集，意脉过于跳跃，锻炼字句走向极端，不免用意晦涩。如"月白唾无罅""鱼沫吹人魂""池冰折日纤鳞跃"，其意其词不无深奥难懂之处，读者理解较为艰难。但如果像游国恩等人所著《中国文学史》第四册中所说，"运之以生硬晦涩的造词遣意，就是陈三立的诗"[3]，则未免以偏概全，有失公允。

他的七绝较为通畅清奇，富有情趣，晚年此类诗尤多。如《刘庄杂咏》：

　　　　拍拍清波幔舸轻，衔鱼白鹭作行迎。

　　　　佩环响处藤梢暗，吹槛衣香染嫩晴。

---

① 郑逸梅：《艺林散叶》（修订本），北方文艺出版社，2019，第256页。

② 汪辟疆：《展庵醉后论诗》，《汪辟疆文集》，上海古籍出版社，1988，第811页。

③ 游国恩等主编《中国文学史》第四册，人民文学出版社，2004，第369页。

写景见景趣而生机益然。又如《雨后偕闲止立湖侧观涨》：

> 千山出浴掩斜晖，草气烟光欲合围。
>
> 三尺涨痕添一雨，澄鲜秋水照鸥飞。

据闽侯曾克崇回忆，陈三立论诗主避俗、避熟、避速。前两者指力避用字立意的浅俗平庸、熟滥习见，这两点人多知之，而避速这一点知者不多，指的是极力避免平铺直叙，一泻千里，无波澜曲折。避俗就奇、避熟就生、避速就涩，这可见散原老人在艺术上勇于追求，力求创新，力除平庸。

关于其诗的体式特点，杨声昭评述说："散原七律气势驱迈。古诗工组织，富词采，似从汉赋得来，与世之以俭腹学西江者迥异。""五古似韩似杜，亦似大谢。五律则专意于杜。……意境高夐，字句矜慎。"[1]他的古风，长篇险韵，尽成伟观。在形式上的特点，一是散中有骈，如《雨霁登楼看日出》，十六句中有六句对仗；二是有时以九字句为诗，运长句而自如，如《重九日逸社诸公于哈同园登高发咏》，自有一种鼓荡的气势，凌厉而前。

陈三立以其高超的水平成为同光体当之无愧的首席代表，在旧文学界中享有极高的声望。他并不似陈衍那么张扬声气，却博得众口一致的赞誉。有旧学功底者，莫不推崇；后学晚生，奉为宗师。程颂万有诗云："君诗万万古，藏山多有闻。"（《五言散文八十韵寄散原》）汪辟疆论其诗云：

> 闵乱之怀，写以深语，情景理致，同冶一炉，生新奥折，归诸稳顺，初读但惊奥涩，细味乃觉深醇。晚年佐以清新，近体参以（阮）圆海，而思深理厚，尚不失自家面目。[2]

如与黄山谷相比：山谷诗峭瘦，散原诗苍坚；山谷诗重点铁成金，而比兴寄托略嫌不足，散原诗意境独辟，即比喻、炼字亦往往戛戛独

---

① 杨声昭：《读散原诗漫记》，陈三立著，李开军校点《散原精舍诗文集》下册，上海古籍出版社，2003，第1236页。

② 汪辟疆：《近代诗派与地域》，《汪辟疆文集》，上海古籍出版社，1988，第301页。

造；山谷诗有槎枒之感，散原诗有浑融之气，可以溶其生涩。胡先骕则以形象的比喻将他与郑海藏作过比较：

> 郑诗如长江上游，虽奔湍怪石，力可移山，然时有水清见底之病；至陈诗则如长江下游，烟波浩渺，一望无际，非管窥蠡酌，所能测其涯涘者。[①]

继陈三立而起者为夏敬观（1875—1953），字剑丞，号映庵，江西新建人。清末署江宁提学使，民初任浙江教育厅厅长，晚年退隐上海康家桥畔。有《忍古楼诗》。他自称为陈三立诗弟子，但学诗门径略有不同，而主要宗法梅尧臣、孟东野，苦涩朴素，构思窈深，浸润家国之愁，于清峻中见风骨，如秋空霜月，皎皎而寒。谋篇造句，戛戛独造，有时能层折逆挽。如《渡淮》诗云：

> 淮流及此更漫漫，窜挟风沙入地宽。
>
> 且使穹天难掩覆，惟余落日敌荒寒。
>
> 雁声一一南飞尽，山色微微北去残。
>
> 十月舆梁初渡客，帷车闭置带愁看。

首联状出淮流之恣肆无垠，次联用流水对，一气斡转，"敌"字有力，至第三联轻轻宕开，末用"闭置车中，如三日新妇"典收束作结。五古如：

> 地车一西翻，举境黑如墨。
>
> 案头亲灯火，老眼渐亏蚀。
>
> 幸有月返照，人间知夜色。
>
> ············
>
> 巨舰横中流，众槎复旁塞。
>
> 凭栏贪江光，仅睹波路仄。
>
> 我心如太清，何物滓胸臆。

（《黄埔园坐对月》）

---

① 胡先骕：《评胡适〈五十年来中国之文学〉》，张大为、胡德熙、胡德焜合编《胡先骕文存》上卷，江西高校出版社，1995，第203页。

烈日炙地肤，凝膏变溶液。

飙车历郊途，纷错飞轮迹。

（《自虹桥路驰车西新泾》）

道人所未道，摹绘逼真，使当时情景如在目前。晚年居杭州西湖有诗云：

西湖为佛山，众峰如莲花。

南山对北山，钟声晓相拏。

浮图千尺影，倒水日已斜。

…………

（《湖上》）

写景如点染数笔，清淡而鲜新。其《五日立春》诗曲折层进，得梅、孟诗之堂奥。

出入江西诗派而别张一军的有杨增荦（1860—1933），字昀谷，新建人，清末任刑部主事，民初为国史馆协修、交通部推事。有《杨昀谷先生遗诗》。他主张自然中有奇趣，不喜陈师道的苦琢成篇。其诗学王维、白居易、苏东坡、黄山谷、陆剑南，得古淡之趣，苍润疏秀，秀外腴中。晚年诗风，于清俊中寓苍凉，辟荒寒之境，寄幽峭之情。如《秋草》云：

几家摇兀寄河滨，四面寒沙晃似银。

倦蝶低徊惜残梦，冷萤颠倒觅前身。

闲情怜汝垂垂减，秋味如今步步亲。

绕遍苍湾得幽境，一丛野菊待何人。

在对自然景物的咏叹中，寄寓他对前途的渺茫之愁。句如"百重阴雾煎花气，一道残虹涩剑光"（《又七律四首》）、"日转空同云气裂，风摇沧海水声干"（同上）、"云光隔海参龙尾，斗影横阶见凤毛"（《次均赠梦昙见怀》），其诗不在造句上求拗峭，而在阔大境界中写怆寒之情，清畅怆恓中求奇逸遒健。或耽于禅悦，灵想玄悟，多从诗中来，而措语仍归于平淡，用他的诗句来说是"皮肤脱尽见真实"。胡先骕《哭昀谷》诗云"末流病粗犷，颇失涪翁真。公独契玄机，理圆韵自醇。……

一卷妙峰诗，澜翻语通神"，指出杨昀谷有意以圆转清俊来纠正同光体末流粗犷之病，其诗的特征或在于此。

与陈三立诗风最为相似的有胡朝梁（1879—1921），字梓方，铅山县人。肄业于震旦、复旦两校，在中国公学教英文。曾助林纾翻译英文小说，曾为胡适改诗。民初入徐树铮幕府，为部曹小官。其家四壁贴满名贤诗作，刻意苦吟，故号诗庐。著有《诗庐诗存》。他奉陈三立为师，远宗黄山谷、陈后山。诗风瘦健隽深，句法拗峭。如《泛黄海作》：

> 是乃百川所汇水，波涛突兀鲸纵横。
>
> 去天不可以咫尺，到此真堪托死生。
>
> 逢人都在乱离后，非我独为江海行。
>
> 只恨艳阳二三月，有田负郭不归耕。

起调突兀而起，横空而出，再以古文笔法作对仗句，有崛健之势，无梗塞之病。它如"得意醉而非醉者，游身材与不材间"（《夏日漫兴》）、"吾十九年于外矣，世一再乱真堪伤"（《鄱阳汪辟疆以古诗寄余，病中有作》），运古于律，随其意而遣词。

其五古《岁暮杂诗》借一只黄狗失宠而饥饿，一只花狗得宠而饱食，影射世态炎凉，讽喜新薄旧。其中说：

> 黄犬汝何来，毋亦为饥驱。
>
> 瘦骨托馋吻，首尾才尺余。
>
> 灶妪鞭逐之，忍痛声呜呜。
>
> ……………
>
> 邻家小花犬，短鼻气象粗。
>
> 遣僮抱送来，举室争迎呼。
>
> 喜新益薄故，有食不得俱。
>
> 黄犬当门卧，终日腹空虚。

白描工笔，于对比中寓深意。句调风韵，自陈后山出，刻挚不凡，而如口语之自然。当年胡先骕与胡适论争时，举此诗为例说："家常琐事，写来历历如绘。此正诗庐诗之能事，亦正宋诗之能事。……此种闲淡之辞，正由惨淡经营中得来，……斯为文艺中之上乘耳。"[1] 他以诗为性命，刻意冥搜，苦心酸语，穷而后工，但其诗题材较窄，多抒发个人境况与师友交往之情，不如陈三立的诗苍坚奥莹，气魄不广，波澜不阔，"惜书卷不多，未能尽其变化耳"[2]。

陈三立诸子均能诗，然最逼肖其父风的为次子陈隆恪。隆恪（1888—1956），字彦和，毕业于东京帝大财商系，从事财会工作。有《同照阁诗钞》，具宋诗面目，峭丽雅炼，而意理气格稍逊乃父，没有那种沉郁之气，诗风清淡峻洁，世乱时艰的现实在其诗中反映不多。试读其《月夜侍大人泛湖步白堤断桥间》一诗：

> 老父神充起病初，清光写影出湖庐。
>
> 扁舟破睡群峰起，孤月依人万籁虚。
>
> 灭烛楼台悬绝壁，夹堤榆柳让奔车。
>
> 更深水浅惊鱼跃，应有凉风扫院除。

精切妍炼中虽不失奇峭，但缺少奥莹浑厚的气韵。五律如《积雪夜欹窗望月作》：

> 石屋沉虚籁，孤灯焰亦柔。
>
> 月扶山雾醒，天触雪光流。
>
> 倦影凭枯木，闲愁媵一瓯。
>
> 窥窗禅寂冻，独拥世同休。

写景恢宏而又幽奥，用字奇崛不凡。其他句如"叠影埋心事，孤光摄鬈髻"（《坐月》）、"欲眠花影重，喘息月痕枯"（《夏夜醉后纳凉作》）、"笼雾天成梦，添泉涧欲肥"（《雨霁》）等，莫不状物如绘，取譬奇特，炼字精警，情韵不匮。

受陈三立影响而诗风更为接近的还有赣籍诗人华澜石、王浩、吴

---

① 胡先骕：《评胡适〈五十年来中国之文学〉》，张大为、胡德熙、胡德焜合编《胡先骕文存》上卷，江西高校出版社，1995，第205页。

② 汪辟疆：《近代诗派与地域》，《汪辟疆文集》，上海古籍出版社，1988，第301页。

天声等，因为民国时期这些诗人的活动范围多在江西省内，故在第十一章江西诗人一节中再为详论。

其他受陈三立影响的如刘龙慧（1873—1926），名诒慎，安徽贵池人。清末官江苏候补知府，民国以后携家居南京、上海等地。陈诗曾问陈三立，谁是金陵诗坛的后起者，陈三立回答说："龙慧，美材也。"（见《尊瓠室诗话》）其诗由黄山谷入杜、韩而兼众美，悱恻而芊丽。其《虎山纪游》五言诸篇尤为杰出。金天羽在《龙慧堂诗集序》中论其诗："坚苍蕴藉，中涵禅理，句法时学散原。"① 然而他有的诗风格不似陈三立，而是比较静穆淡远，如"潭清松影定，殿午磬声空"（《暮春游破山寺》）之类诗句，则颇有盛唐风韵。

还有合肥李家煌（1898—1963），号弥庵，俨然传散原衣钵。陈三立评其诗"效昌黎而天骨开张，驰骋自恣，……复往往纳艰崛于质澹，发芬馨于窭寠"②。如《湖楼夜坐》"波暖孕凉吹，水窗夜不扃。翻廊鸣骤雨，掠座闪流萤。云物争千幻，歌呻媚独醒。明朝还蜡屐，飞雨绕湖亭"，着力炼"孕""扃""闪""媚"字。又如"络电楼台烛夜狂，四山扶睡压波光"（《风过凭栏望香江夜景》），句中"络""扶""压"等字神似散原，臻于高妙之境。再如抗战前所作《微明散步万航渡公园》诗中云：

> 渴星坠眼忽在水，纤月从之浴不起。
>
> 水边欢影载梦去，野色波光寂无滓。
>
> 我来夜缝拾真凉，警叶疏蚤犹未已。
>
> 星光曙光澹难拟，绿园一白没我屐。
>
> 微馨草树赴吐吸，露下发肌湿可喜。

写出人与大自然相亲洽，用字险而新颖，妙句络绎不断。台湾李猷（号龙洞老人）论其诗云："幽深瘦劲，其秀在骨，精光外溢，直继散原、

---

① 汪辟疆：《光宣以来诗坛旁记》，《汪辟疆文集》，上海古籍出版社，1988，第581页。

② 陈三立：《李家煌始奏集题词》，潘益民、李开军辑注《散原精舍诗文集补编》，江西人民出版社，2007，第295页。

海藏，了无愧色。"

闽派：郑孝胥　　李宣龚　　陈宝琛　　沈瑜庆　　陈　衍
　　　林志钧　　林景行　　黄　濬　　梁鸿志　　何振岱
　　　王允晳

闽派首领有郑海藏、陈宝琛、陈衍。

郑孝胥（1860—1938），字苏戡，也作苏堪，一字太夷，别号海藏，闽侯人。清末官至湖南布政使。辛亥革命后他隐居上海，在静安路建高楼名海藏楼，取东坡诗"万人如海一身藏"之意，自言"晚途莫问功名意"（《九日》）。"九一八"事变后，挟溥仪出关，建"满洲国"，任国务总理，不久去职而病死。从一前清遗民到民族罪人，其内心的矛盾在他诗中时有吐露，其诗风也呈现多面性与不一致性。他从学宋人梅尧臣、王安石、陆游入手，更上法唐代柳宗元、孟郊，融化创新，力求自成面目。

其诗风特征主要表现在两方面：一是凄婉深秀，善白描，而层层逼近，不肯平直说去。语言清畅洁净而精妙，无槎枒之习。此类诗得力于学孟郊。他也推崇江湜"深语能浅"，己作尽量避免用难字，"何须填难字，苦作酸生活"（《答樊云门冬雨剧谈之作》），追求的是自然如话而有清寂之味，以表现其退隐情怀，不乏萧散闲逸之趣。1913年所作《答乙盦短歌三章》诗可见其遗民的幽暗心境：

　　　　仰见秋日光，秋气猛入肠。

　　　　相守虫啸夜，相哀叶摇黄。

　　　　枕书窗间人，二竖语膏肓。

　　　　日车何时翻，一快偕汝亡。

　　　　寂寞非寂寞，煎愁成沸汤。

　　　　同居秋气中，一触如金创。

秋景萧瑟，愁而无望，乃至于盼望日车翻而同时俱亡，其凄苦之况与其律句"廿年诗卷收江水，一角危楼待夕阳"（《海藏楼试笔》）等同样表现了忧愤无奈的心境。它如"云水光沉波渐远,蒲荷气重暑难侵"
(《息庵招同泛舟佟楼至八里台》)、"楼居每觉诗为祟,腹疾翻愁酒见
侵"(《重九雨中作》)、"春阴庭角浓于墨,衬出江梅半树明"(《小廊》),
则见清妍雅秀之态。叶玉麟称其重九诗:"练萧慓慷恨之气,以平淡
语纡折出之,而自然深隽。"①还有的如《哀小乙》诸作以沉挚哀痛见胜,
而他的《赠金月梅》七律九章却又缠绵悱恻,哀感顽艳。

　　二是苍浑精切,洗练劲悍,而兀傲之气横绝一世。此从学王安石、
苏轼、元好问中来。句如:"出世只应亲日月,浮生从此藐山河"(《四
月二十四日渡海》)、"鳌灵岂望归鹃魄,燕哙公然得子之"(《书事》)、
"忧患万端天正醉,蹉跎一老世方轻"(《入都车中》)、"池鱼久伏犹思动,
石壁和云亦渐开"(《答周梅泉》)、"月黑忽惊林突兀,泉枯惟对石嶕峣"
(《听水楼偕伯潜夜坐》)。其实,郑的退隐表象并不能掩饰其急切用世
之心,其睥睨万物之气,跃然其间。沈其光说"读海藏诗,使人意激"②,
恐怕说的就是此类诗。他既时有用世之心,乃为了功名,志节尽丧。
后来有"手持帝子出虎穴,青史茫茫无此奇"、"休嗟猛士不可得,犹
有人间一秃翁"(《十一月初三日奉乘舆幸日本使馆》)等诗表白他为
溥仪死心塌地的决心。晚年做汉奸时的诗看似理直气壮,实则虚矫壮
胆,如"坐见扶桑奋霸图"、"追思神武说天皇"(《使日杂诗》)、"义
士忠臣道在东"(《近卫文麿公爵招宴星冈茶寮》),更暴露其为虎作伥
的丑恶嘴脸。陈宝琛以为他是"功名之士,仪、衍一流,一生为英气
所误"③。林庚白直斥其诗"情感多虚伪,一以矜才使气震惊人"④。

　　郑孝胥的诗与陈三立的涩劲古隽不同,而是清刚瘦淡,枯而实腴,

---

　　① 郑孝胥著,黄珅、杨晓波校点《海藏楼诗集》附录三"《海藏楼诗》各家评论摘要",
上海古籍出版社, 2003, 第564页。

　　② 郑孝胥著,黄珅、杨晓波校点《海藏楼诗集》附录三"《海藏楼诗》各家评论摘要",
上海古籍出版社, 2003, 第557页。

　　③ 汪辟疆:《光宣以来诗坛旁记》,《汪辟疆文集》,上海古籍出版社, 1988, 第550页。

　　④ 林庚白:《丽白楼诗话》,张寅彭主编《民国诗话丛编》第六册,上海书店出版社,
2002, 第135页。

老而弥辣，有雄悍之气。汪辟疆《论诗绝句十一首》中有诗云："义宁句法高天下，简澹神清郑海藏。宇内文章公等在，扶舆元气此堂堂。"《光宣诗坛点将录》中将陈三立推为呼保义宋江，将郑孝胥推为玉麒麟卢俊义，坐上第二把座椅。

得海藏之传者有李宣龚（1876—1952），字拔可，号墨巢，闽县人。光绪间举人，曾与张謇共筹南洋劝业会。民国后居上海，创办水泥厂、火柴厂、玻璃厂，又与张元济共营商务印书馆。有《硕果亭诗集》。杨钟羲序其集云："闽人诗，沧趣典远其绪密，海藏清刚其气爽。拔可出稍后，深粹坚栗，境界日辟。"①汪辟疆评其诗"深婉处似荆公，孤往处似后山，高秀处似嘉州（岑参）"②，感物造端，兴寄空灵，简远有神。写工商实业，或写经济问题，意新理新。古风如《和映庵观龙华水泥厂之作》，写水泥的生产与作用，并由水泥联想到国人的团结与国家的振兴。《秋天放歌》要求民主自由，谴责滥发金圆券，造成民众生计艰辛，颇见忧国忧民之怀。七律《重过盟鸥榭有感寄太夷丈奉天》前四句"庭前病桧自萧疏，门外惊鸥不可呼。饱听江声十年事，来寻陈迹一篇无"，意蕴深慨，突兀排奡，精思健笔，又有婀娜回旋之韵致。句如"涌来积雪三分白，点破遥天一半青"（《辛夷花下》）、"终夜瀑喧非有雨，半空月在却闻雷"（《莫干山夜坐同释堪》）、"地尽偶容山突兀，林深微露月峥嵘"（《焦山枕江阁同沤尹丈夜坐》），清空要眇，寓凄婉于遒劲之中。

其堂弟李宣倜（1888—1961），号苏堂，曾留学日本，民国初年历任陆军中将、行政院参事。有《苏堂诗拾》。其诗出入东坡、后山、剑南之间，清刚华绚，百态争新。如"酒醒村荒篱吠犬，灯疏人定树栖鸦"（《中秋夜起》）、"好梦已随明月缺，乱愁还共晚潮生"（《八月十七夜》）、"坐久空庭生暗白，剔余纤草散幽香"（《暑夜露坐》），或

---

① 杨钟羲：《〈硕果亭诗〉序》，郑孝胥著，黄珅、杨晓波校点《海藏楼诗集》，上海古籍出版社，2003，第548页。

② 汪辟疆：《光宣诗坛点将录》，《汪辟疆文集》，上海古籍出版社，1988，第358页。

写阔大之景，或写幽微小景，都能描绘逼真，使人如临其境。

更早于郑孝胥的闽派诗人陈宝琛（1848—1935），字伯潜，号弢庵，一号橘隐，闽县人。光绪间官内阁学士，后赋闲多年，宣统间出为溥仪师傅。辛亥革命后隐居北京侍奉溥仪，可说是清遗老。后来张勋复辟与溥仪作伪满洲皇帝，他均不赞同，屡征不出，且责备郑孝胥之误溥仪，还是很有见识的。其诗修洁幽峭，清雅隽永，蔚然深秀。意境韵味，似王荆公与苏东坡，句法兼取杜少陵、韩昌黎、苏东坡、黄山谷之胜。思深味永，心平气和。七古最佳，横肆峭折；七律情味真挚；五古稍逊，但也深秀隽永。不过其笔力不及陈三立与郑孝胥。夏敬观认为闽派诗人都受到作诗钟习气之累，好句多而好篇少，他的诗也有这种毛病。晚年历经世变，不求奇险，不生造，力避俗意浅语，表现出深醇简远的风味。往往抚时感事，托物达情，妙入神理，趣味隽永。如《正月十二十三夜纪事》诗云：

> 不是咸阳岂洛阳，九衢如沸切霄光。
>
> 自焚正作佳兵鉴，善将宁无禁虣方。
>
> 坊市周星供一哄，掖闱通夕备非常。
>
> 担囊揭箧臣何畏，睡足灯前自读庄。

当时袁世凯指使曹锟率所部发动兵变，借口镇守，不便离开北京前往南京就任临时大总统。首联写曹锟部下纵火时的夜景。次联议袁世凯之阴谋。第三联写皇宫内外喧闹与紧张情景。末写自己从容不惧而读《庄子·胠箧篇》，担囊揭箧，讽大盗袁世凯窃国，神情自足。其他诗句如"啼晓相闻奈何鸟，抱香不死可怜虫"，借花鸟哀叹自己的处境。"东扶西倒浑如醉，北胜南强未有终"，讽世而抒胸臆不平之慨。

与他相唱和的有郭曾炘（1855—1929），字春榆，侯官人，清末官侍郎，后避居北京。有《瓠庐诗存》。他刻意从黄山谷、陈后山入，进学杜、韩，气势深稳，简练有意境，往往见闻翔实，寓史于诗。《癸丑感事》组诗中句如"枢轴无谋坐失机，仓皇遣将咎谁归"，讽武昌起义时朝廷派袁世凯镇压之不当。"衔命乍闻驰北使，义旗早已建南都""共睹天门开佚荡，定知民望慰云霓"，则又见其思想对共和并不排斥。陈宝琛序其诗，以为"婉至类（元）遗山，沉厚类（顾）亭林"[①]。

沈瑜庆（1858—1918），字志雨，号爱苍，别号涛园，侯官人。清末官至贵州巡抚，民初隐居上海，常参加或主持超社、逸社禊集活动。有《涛园诗集》。工诗，成篇极速，对苏轼诗尤下功夫，诗中好用《左传》典故，广博深微，一般人不可及。他在闽派中别树一帜，沈曾植称之为"博解宏拔主"。沈瑜庆曾说："人之有诗，犹国之有史。国虽板荡，不可无史；人虽流离，不能无诗。"[②]所作多关时事，如讽康有为诗作的有《杂感》《贾谊》等，人以为诗史。有《至沪呈子培、伯严、樊山、节庵》四首，其二云：

> 高层拥被几多时，下界人来漫与之。
>
> 念我生还频问讯，喜君作健老耽诗。
>
> 十年前事从庚子，一月流光送义熙。
>
> 丈室降魔斗千胜，金刚努目要支持。

诗风骏快清健，磊落豪宕。从中可见他以遗老自命、自励志节、耽诗遣日的心态。

以论诗著称的陈衍（1856—1937），字叔伊，号石遗，侯官人。清末任学部主事，改任京师大学堂主讲。清亡后，讲授南北各大学，后任无锡国学专修学校教授，寓居苏州，与章太炎、金天羽创办国学会。思想每能与时俱进。所著《石遗室诗话》，搜罗了不少清末与时人诗，评析多有见识。也因此他有了不少门生弟子，赵熙赠联云："一灯说法悬孤月，五夜招魂向四围。"然此诗话的缺陷在对熟知者尤其闽人记述较多，多据自己偏好而定，且偏重同光体诗，而很少选其他诗派，对西北西南诸省诗人记述也较少。自作诗有《石遗室诗集》四册。他

---

① 陈宝琛：《匏庐诗存序》，郭曾炘《匏庐诗存》卷首，民国二十三年（1934）"侯官郭氏家集汇刊"本。

② 沈瑜庆：《崦楼遗稿题语》，沈鹊应《崦楼遗稿》，《晚翠轩诗》附录，墨巢丛刻本。

诗艺并不太高明，起初宗法梅尧臣、王安石，后来崇尚白香山、杨万里，诗风爽朗平淡，文从字顺，但也有时不注重锤炼，有滑易处。能采用新名词、俗语，句如"檐溜聚成双瀑长，雨中月色电灯光"（《匹园落成》）、"佳切总须求酩酊，强携啤酒注深杯"（《九日聚酒楼》），以"电灯""啤酒"入诗，以求新颖。又如《卖书示雪舟》诗中云：

刻书不能多送人，刻成百卷几苦辛。

呼仆买纸召工匠，印刷装订商断断。

一函卅册价半万，辄以送遗吾将贫。

无端持赠人亦贱，委弃不阅堆灰尘。

记事如叙家常，真情朴茂。讽世之作如"饿死焉知沟壑填，鸡笼山下少炊烟。而今薇蕨无人问，大肉肥鱼四万钱"（《题杜茶村先生小像》），穷富对比，慨叹豪宴奢侈之风，语不避俗。1922 年，作有《壬戌冬月与林宗孟会于京师属以白话诗成十八韵》，诗云"七年不见林宗孟，划去长髯貌瘦劲。入都五旬仅两面，但觉心亲非面敬。狂既胜痴瘦胜肥，目之于色亦论定"，以文入诗，并以叙家常入诗，浅显而有粗枝大叶处。时在白话诗兴起之际，或许有意尝试以通俗语入旧体诗。写景妙句如"宿雨怒添千本苇，新晴烂放四围花"（《子封招同君直鹤亭游苇湾话别》）、"寂寞江山春尚睡，酸寒城郭客如僧"（《寄苏堪》），能融情入景，意趣隽永有韵致。

郑孝胥在晚年认为他的诗"媚俗"，"所言或甚隽，所作苦不逮"（《石遗卒于福州》），言其诗论诗评颇佳，但所作诗苦于不及其所论之境界。马一浮也说"陈石遗能评诗，所作之诗话颇可观，及其自为之，乃不能悉称"[1]，可见一时公认。钱锺书认为陈衍"诗学诗格皆近方虚谷（方回）"[2]，偏于瘦淡，评价并不高，然也不失于一大作手。钱仲联将

---

[1] 马一浮：《马一浮集》第三册《语录类编·诗学编》，浙江古籍出版社、浙江教育出版社，1996，第1012页。

[2] 钱锺书：《石遗先生挽诗》后注，《槐聚诗存》，生活·读书·新知三联书店，1995，第16页。

他与陈三立、郑孝胥比较说，"散原奥峭，而出之以磊砢；海藏枯涩，而抒之以清适；丈则奥衍而发之以爽朗，凿幽出显，力破余地，此其所独也"[1]，认为陈衍在两人之外，能够另辟新境，有其独到处。

林志钧（1879—1960），字宰平，号北云，闽县人，毕业于日本早稻田大学。民初任外交部佥事，袁世凯称帝，他上书辞职而去，清介直节，为世人所称。后在北京法政专门学校任教。作诗讲究用意布局。拜陈衍为师，陈衍劝他，学白香山诗可学其七律，七言古不可学，五古不易学，然而未久他写了一首五古《哀寒碧》，使陈衍大为惊异，赞为"学香山而善者"[2]。此诗中说：

> 况君体非健，无以勤伤生。
>
> 孰知一蹶间，遽致性命倾。
>
> 不死于疾病，不死于刀兵。
>
> 宋黄君挚交，飞弹成碎琼。
>
> 时乱多杀机，而君皆弗婴。
>
> 奔腾载鬼车，杀我绝代英。

此诗哀林寒碧未死于疾病与战争，却死于车祸，以论入诗，事、议、情相参错而行。他还有不少诗是为时事而作，如《七月十二日书事》讽张勋复辟：

> 炮声遽动事莫测，潢池弄兵成自焚。
>
> 宿卫何人留镇骑，中书几日坐将军。
>
> 六州铸铁情终悔，九局观棋势已分。
>
> 灞上棘门儿戏耳，宅家成败不须闻。

起二句写政变之突然，第四句用温庭筠讥时相语。对仗工稳，熔史使事，蕴含极深的忧愤。

寒碧即林景行（1885—1916），字亮奇，号寒碧，少通经史，能文章，

---

[1] 钱仲联：《梦苕庵诗话》，张寅彭主编《民国诗话丛编》第六册，上海书店出版社，2002，第285页

[2] 钱仲联编校《陈衍诗论合集》（上），福建人民出版社，1999，第342页。

有神童之称。民初任宋教仁秘书、众议院议员，从事新闻业。能诗，
其《篮舆长行茹里草径裹湖卉篁入岫》一诗中云：

> 午阴郁无喧，蒸日时漏明。
>
> 峰出朝霭散，泉迷暗香生。
>
> …………
>
> 稍触暄燠气，便苦拘墟情。
>
> 强振释刑倦，静跃培神经。

写景奇丽，造句奥峭不俗，惜死于车祸，英年早逝。

　　黄濬、梁鸿志也都是陈衍的高足，两人在日寇侵华时堕落为汉奸。
黄濬（1890—1937），字哲维，号秋岳，侯官人，毕业于北京译学馆，
授举人。民初任交通部秘书，财政部佥事、参事。1932年任行政院秘书。
后以勾结日寇罪处死。著有《花随人圣庵摭忆》。有《聆风簃诗》。曾
从陈衍研治《说文》与史学，其诗以学问为功底而富才情，邓守瑕以
为"石遗法乳藉君传"（《题秋岳诗册》）。汪辟疆认为其"诗工甚深，
天才学力，皆能相辅而出，有杜韩之骨干，兼苏黄之恢诡，其沉着
隐秀之作，一时名辈，无以易之。近岁服膺散原，气体益苍秀矣"[1]。
作于民初的《感事诗一百十韵》，写清末史事，叙事周到，议论沉痛，
陈衍比为"诗中之《过秦论》《哀江南赋》也"[2]。但也有的诗不见其
个人怀抱，刻意为诗，显才力，重技巧。1930年作有《大觉寺杏林》
一诗云：

> 旧京无梦不成尘，百里还寻浩浩春。
>
> 绝艳似怜前度意，繁枝犹待后游人。
>
> 山舍午气千塍静，风坠高花一晌亲。
>
> 欲上秀峰望山北，弱毫惭见壁碑新。

写景真切，造句清新见胜，陈寅恪极赏识三、四句。但他大多数诗对

---

① 汪辟疆撰，王培军笺证《光宣诗坛点将录笺证》，中华书局，2008，第799页。

② 陈衍《石遗室诗话》卷二，张寅彭主编《民国诗话丛编》第一册，上海书店出版社，
2002，第38页。

时政不大关心，不脱才子笔调，不见其个人怀抱寄托，而刻意为诗，处处露学问，显才力，重技巧，用典故，炼字句，斗韵律，不免有晦涩之病。

梁鸿志(1882—1946)，字仲毅，后改字众异，长乐人。光绪间举人，民初当过参事，后参与日伪维新政府的成立，抗战胜利后以叛国罪伏法。有《爱居阁诗集》。如不以人废言，则其诗也值得一读。诗得杜、韩之骨，取径王荆公，有深婉不迫之趣。中年以后，诗境益进，风骨益高，诗笔健举，在闽派中为能手。五言如《中折瀑》诗中云：

> 圆嶂如覆盂，上以天为窗。
>
> 一潭贮其内，镜影涵天光。
>
> 飞泉倒瓶水，泻入潭中央。
>
> 有如千琲珠，韵以万籁簧。
>
> 何人弄狡狯，花雨沾我裳。
>
> 举头不见瀑，映日成虹梁。

写景鲜明，比喻鲜活。又有《石门潭》诗中云：

> 水色不厌绿，此潭兼绿净。
>
> 束之以两山，波澄湍不竞。
>
> 无言阅人鬓，闷默见水性。
>
> 绿波如静女，白发与相映。

有简淡风致，而见笔力之活，清迈拔俗。

还有曾克耑（1900—1975），字履川，号涵负，闽侯人。曾任暨南大学教授、国史馆纂修。以诗受知于陈衍、陈三立。有《颂橘庐丛稿》。其诗如《庚白以游吴淞炮台诗见示次均奉答》：

> 废垒秋风落日殷，残峰明灭乱流间。
>
> 创深私斗犹相斫，梦断孤飞且独还。
>
> 望海可能泻悲泪，观河无复驻衰颜。
>
> 眼看万族终无托，始信孤云一味闲。

句如"寒吹千林声别恨，残阳一道影酡颜"（《次均迪庵豁蒙楼》），极写苍凉之景与孤独无依之感，从中透露出对国力衰微的忧虑，能将描摹、议论融为一体。

后起而能发扬光大者有何振岱（1867—1952），字梅生，闽县人。举人出身，民国以后隐居故里。有《我春室诗集》。其诗得力于柳宗元、孟郊、贾岛、姚合、梅尧臣、陈师道等，孤峭精深，浓至中有淡远。沈曾植最欣赏其"钟定声依无际水，诗成意在欲开梅"一联，隽秀刻深。其他妙句如"松梢片月白，檐上一星黄""港缩霞光直，山冥日气焦""高天一声远，一滴一声秋""立马城阴高处望，塔尖留得古斜阳""静看飞云闲看鸟，既凭庭树又凭栏""欲为鹤圆巢底梦，淡云一片搁青松"，旷远幽微之景，经他拈出之后，方觉其妙不可言。他能从闲静处寻哲理，在体验时得意趣。五古如《闲忙篇》中云：

> 忙多不能闲，天机受废格。
>
> 闲中任我忙，名忙实乃乐。
>
> 至忙莫如云，希微起岩壑。
>
> 万片忽垂天，所布绝宏博。
>
> 一收遂无踪，松际伴孤鹤。
>
> 无心解静观，高处看人错。
>
> 厌忙正是闲，舒卷甚自若。
>
> 其次莫如僧，与云相约略。

从咏云态的变化中表达他对忙闲得失的见识，议论一气斡转，如行云流水，情与理相融，风华朗润。

七古则往往从容论道，如《杂题》云：

> 春风机杼千百家，蚕为虫圣天所嘉。
>
> 蜘蛛学蚕巧有加，只嗜翻虫网落花。
>
> 物情所吐视所茹，食叶食虫各肠肚。
>
> 诊痴博古矜学书，可怜吐词如蜘蛛。

天机衮衮，物情脉脉，以白描见长，妙入无间。七律如《病后作》写老人病后情景句如"无虑无思输木石，易饥易饱甚儿童""不闻人语惟蛮语，数误月光为曙光"，语多自造，饶有逸趣，出之以自然。钱仲联说："读何梅生诗，如置身九溪十八涧间，隽秀刻炼，虽无弘伟之观，无愧山泽之癯。"①

何振岱有高足田毕公（1881—1960），字谷士，亦闽县人，中学教员。其诗工于炼字，有苍健之格。句如"兵气压峰头，阴霾四望收。殿空苍鼠窜，村迥乱鸦投"（《游雪峰》），五古句如"湖草绿为谁？湖云寒无主。沉沉大梦山，松风悲自语"（《过西湖桂斋址感赋》）、"林月度中庭，万影流虚碧。稀微漾藻荇，分明摇竹柏"（《庭中对月》），写景气魄阔大，迥秀不俗。

又有闽县林葆忻，民初先后在广东、湖南当过审判厅长。五古《挽江杏村侍御》诗作于民国，记述清朝事，诗风妥帖排奡。还有侯官周景涛，清末官学部员外郎，民国后避地天津。其诗力追梅宛陵、王半山，也有一定成就。

王允晳（1867—1929），字又点，号碧栖，长乐人。光绪间举人，曾入北洋海军幕府，官至婺源知县，后隐居故里。晚年苦吟为诗，力戒凡近，布局刻意经营。初学刘贡父之排奡、黄山谷之奥密、姜白石之清刚，后学曹植、岑参，意境高远。试看《初六日舆中》一诗中：

> 乱树影入水，搅碎水中碧。
>
> 碧碎事尚可，下有苔与石。
>
> 纵横并压之，迷闷积胸膈。
>
> 所以清冷颜，尽日皱莫释。
>
> 机春独不平，旁立响殊激。
>
> 物情我焉知，昏鸦迎告客。

前四句学黄山谷《题竹石牧牛》诗。观察细致，欲与幽峭之景物相亲切，有清苦而又鲜新的涩味，清隽可入逸品。偶作小诗，却也风神绵邈，爽脆惬人，如《题乡村小女画山水赠石遗》：

---

① 钱仲联：《近百年诗坛点将录》，《当代学者自选文库：钱仲联卷》，安徽教育出版社，1999，第 677 页。

乡村小女憨嬉惯，乱剪秋江贴扇头。

却被老夫持换酒，石遗厨下好糟丘。

浙派：沈曾植　　金蓉镜

浙派首领沈曾植（1851—1922），字子培，号乙盦，晚号寐叟，嘉兴人。光绪间进士，任刑部主事时，赞助康有为等维新变法，后历任江西广信知府，安徽按察使。清亡后居上海，其"病后情怀秋叶薄，老来岁月砚田磨"（《和庸庵尚书》）、"沉沉日月观幽国，历历心精闳寂光"（《再简苏庵》）等句，正是这种遗老心态与生活的反映。他曾回到家乡作诗，吐露暮日无多的情绪，如："燕守空梁甘寂寞，莺依晚树话流离。此生行共飘摇尽，惭愧迎门稚子嬉。"或借物以寄意："秋叶脱且摇，秋虫吟复暗。秋宵无旦气，秋啸无还音。寸寸死月魄，分分析星心。"（《简苏庵》）张勋复辟，因康有为唆使，出任学部尚书，失败而归，很不光彩，可见其思想顽固。

沈氏论诗取径甚宽，主张自南朝以来的诗都需要取法，不固守某一家。学生金蓉镜记其师论诗："不取一法，不坏一法，此为得髓。"[1] 其诗出入杜、韩、李商隐、梅尧臣、王安石以及苏、黄间，熔铸子史，沉博深厚，功力独到。然追求险奥，聱牙钩棘，好用僻典佛家语，艰深晦涩，奥衍古雅。陈三立与其作诗取径相近，却也认为："寐叟所为诗，类不自收拾，散佚不知凡几。及国变流寓沪渎，始录存稍多，……寐叟于学无所不窥，道箓梵笈，并皆究习；故其诗沉博奥邃，陆离斑驳，如列古鼎彝法物，对之气敛而神肃。"[2] 晚年所咏"刀轮须洛诸天动，战血瞿邪鬼哭归。钟应山崩忧未艾，众生国土怆何依"（《和天琴韵》）等诗确是生涩奥衍，非常人所能解能读，然也有诗如"秋风回

---

① 金蓉镜：《论诗绝句寄李审言》自注，钱仲联编《近代诗钞》（二），江苏古籍出版社，2001，第1029页。

② 陈三立：《海日楼诗集跋》，沈曾植著，钱仲联校注《沈曾植集校注》，中华书局，2001，第18页。

萧瑟"等清切可喜，力矫凡庸。而七绝遣兴之作，绝少用典，不乏冲淡自然之风，如："来趁西湖五月凉，凭栏尽日醉湖光。圣因寺古佛无语，一杵残钟摇夕阳。"（《乙卯五月重至西湖口号》）写景律句如"缭枝蓊茸旋生树，接叶飞鸣窠宿鸦。云起彷徨将作雨，日回光晕旋成霞"（《闲行》），清真烂漫，俊爽迈往，足见老辈作手无所不能。议论句如"客来策事都无对，病后观心亦自忘""真知死定忧生乐，岂信文能见道真"，从容论道而得理趣，不假雕凿，文从字顺，意趣超迈。与王国维相唱和的四首诗辞意深美，格调清远。其他句如"如此江山夕照明，野夫那不际承平。蜃楼海气杂暮气，鱼篮潮声如雨声"（《晚望》）、"如此江山日乍长，椒盘守岁阿戎忙。衣冠闾阎三生梦，瓶钵禅关一炷香"（《和樊山方伯岁暮即事》），沉绵凄咽，寄慨深沉。

沈曾植标举"三元三关"说，说他已过元和、元祐一关，还应过元嘉一关，此即"三元"说。他的诗是学人之诗与诗人之诗合一的典型，陈衍《沈乙盦诗序》中推为"同光体之魁杰"，并云："雅尚险奥，聱牙钩棘中，时复清言见骨。"[1]李猷论云："细味其构思的宗旨，以及措辞的典雅古奥，实出一时之上，既不像散原的清劲动人，也不似海藏的峭拔孤挺，一种柔和茂密之味，实足以表示先生学问的深厚，而不是一般诗人所能企其项背。"[2]他的诗不仅影响了其弟子金蓉镜，也影响到其后学王国维、马一浮乃至胡先骕、王蘧常等人。后两人在"学者、教授中的诗人"一章中述及。

浙派另一位有代表性的诗人金蓉镜（1856—1930），字甸丞，号香严，浙江秀水人。清末官兵部主事，民国以后归故里。从沈曾植学诗，传其衣钵。著有《滮湖遗老集》四卷、《续集》四卷。蓉镜有《酬沈乙盦师代柬》诗云：

---

① 陈衍：《沈乙盦诗序》，沈曾植著，钱仲联校注《沈曾植集校注》，中华书局，2001，第12页。

② 李猷：《龙磵诗话》，台湾商务印书馆，1990，第44页。

> 去年劝我学山谷，今年劝我读孟郊。
>
> 更和一诗五杂俎，仙人初合续弦胶。
>
> 独于瘦涩不我许，大苦咸酸皆入庵。

其七古奇崛而浑转，如《讼飞廉》借斥骂风伯，讽袁世凯称帝失败事，比拟奇特，锋芒犀利。又如《渔父谣》愤袁世凯当道时的官家向渔民收租，最后怒斥说：

> 虾蟆亦是官家物，性命何者属汝曹？
>
> 东坡死骂桑大夫，不知张汤尤酷饕。
>
> 张汤不应有子孙，刮尽龟背谁能毛？
>
> 除非斫橹截网避秦去，看尔神头鬼脸何时咷？

诗向来讲究敦厚之说，此诗则如层层剥皮，直骂统治者的刻削无情，几近咒骂，却也骂得痛快尽兴，一泻郁积之愤。又如《催租行》诗中云：

> 陷冰推船走玻璃，冻杀墙角号寒鸡。
>
> 有何一老涕洟说，今年旱枯百事拙。
>
> 赤日担水妇背皴，白汗无牛犁头折。
>
> 看看苗槁一尺强，处处草长不可攘。
>
> 田间痛哭绞饥肠，官符已下租须偿。
>
> 东家拆屋方纳税，西家鬻女又验契。

先写农民的艰辛，再写官家催租的残酷，最后点出袁世凯政权搜括民财、竭泽而渔的残酷。有清醒的批判意识，洵属难得。然而他有时也像沈曾植一样，好用僻字奥典，"浓得化不开"。

其他：俞明震　　罗惇曧　　罗惇曼　　程颂万　　瞿鸿禨

王乃徵　　陈曾寿　　李　详　　周　达

还有虽不属同光体某派的诗人，但从其交游与诗风来看，也应属于同光体，如以下诗人。

俞明震（1860—1918），字恪士，号觚庵，浙江绍兴人，官至甘肃提学使。辛亥革命后，清官吏失去了原有职位，大多作遗民，而他顺应时代，继续出任官职。初为肃政使，袁世凯称帝野心日益暴露，他谢病归，肆力为诗，但很少参加遗民结社雅集活动。他是陈三立的内弟，与陈三立诗有略类似处。陈三立论其诗："感物造端，摄兴象空灵杳蔼之域，近益托体简斋（陈与义），句法间追钱仲文（钱起）。"[1]他力求词语新隽，旨意深婉，清新隽秀，往往出人意表。胡先骕认为其诗"较诸大家，似觉清而未厚，然风格遒上，读之如食鲜荔，如食鲮鱼，味自不凡"[2]。钱仲联论其诗"于闽赣二派外，独出机杼"，"淡远精微，清神独往"[3]。俞明震学陈与义，意趣内蕴而表现得疏达清真。短于议论，理境不深，不及陈三立从韩昌黎、黄山谷出，气雄而奥莹，有忧愤深广的情思。故汪辟疆曾"偶与王伯沆谈及俞诗，伯沆殊致不满。盖伯沆诗喜奥衍深厚一派，故深服散原之开阖变化，其直造单微，但取掩映而无直实理境者，皆不甚喜也"[4]。然其诗在同光体中独出机杼，亦足以自成一家。

清末民初，他曾渡黄河至陇地，身历风沙大漠，雄伟深厚气象，胸怀恢廓，诗作日趋雄浑，有如杜甫秦中诗。如《行土峡中抵会宁行馆》诗中云："悬车下绝壁，浊流倏弥漫。飞鸟到来深，颓云匿不散。槎枒生地穴，破碎撑霄汉。仰望白日干，俯穿泥没骭。"《渡黄河西岸行万山中》诗中云："积土如穿庐，叠石如夏屋。落日如车轮，奔驰入荒谷。风含万里声，草无一寸绿。……昆仑西来脉，矫若龙蛇伏。积气尽东趋，尾闾成大陆。神功不到处，留此鸿荒局。"《泛黄河自宁夏达包头镇》诗中说"穷边飞鸟尽，残月大河横""梦悬青冢影，风有黑河声"，有苍莽之气，大得江山之助。

① 陈三立：《俞觚庵诗集序》，李开军校点《散原精舍诗文集》下册，上海古籍出版社，2003，第944页。

② 胡先骕：《四十年来北京之旧诗人》，张大为、胡德熙、胡德焜合编《胡先骕文存》上卷，江西高校出版社，1995，第492—493页。

③ 钱仲联：《梦苕庵诗话》，张寅彭主编《民国诗话丛编》第六册，上海书店出版社，2002，第371页。

④ 汪辟疆：《光宣以来诗坛旁记》，《汪辟疆文集》，上海古籍出版社，1988，第546页。

晚年他卜居杭州西湖，放怀于东南山水之间，穷幽蹑曲。如《游西溪归泛舟湖上，晚景奇绝，和散原作》：

> 西溪暝烟送归客，艇子落湖风猎猎。
>
> 芦花浅白夕阳紫，要从雁背分颜色。
>
> 颓云掠霞没山脚，一角秋光幻金碧。
>
> 欲暝不暝天从容，疑雨疑晴我萧瑟。

择取鲜明的物象，运用色彩对比，相互映衬，刻画精细入微。其他佳句如"江山不满眼，万荷补其隙。初花弄光影，颠倒一湖叶。繁声疑雨来，微凉散空阔""掩关千层云，破寂一声磬""云与石争山，怒泉抵其隙。回风一震荡，乔林溅飞沫"，绘景着力于声色之动，若颤音之破岑寂，萧瑟澄泓中见灵动秀逸。然如"兵气郁不开，关河信四塞。去官如脱因，心死身则适""真看成末世，何境是来生"诸句，抚时感事，充溢凄怆之情，不能自已。

还有罗惇曧（1872—1924），字掞东，号瘿公，广东顺德人。清末官邮传部郎中。民初曾任北京政府总统府秘书、参议、顾问，一度受礼制馆聘任。后来寄迹京华，能作剧本，出入梨园，与梅兰芳、程砚秋过从甚密。为近代岭南四大家之一，有《瘿庵诗集》。叶恭绰序其集云"鼎革以还，寄情放旷，意中亦若有不自得者，所为诗乃转造淡远，具有萧然之致"[1]，说他的诗不像其他遗民诗之凄悲，而以放旷转为淡远。其诗初学李商隐，后学白居易与陆游，造境冲夷而苍秀，风调骏快又似苏东坡，似不用力而能工。律诗能以淡远取神，如《登清凉山》诗云：

> 烟峦林杪出云扃，欲挈江流赴石城。
>
> 袖底三山收紫翠，尊前六代入空冥。
>
> 一流向尽伤颓照，千劫苍茫剩此亭。
>
> 收拾湖光从倦鸟，疏杨归路带寒星。

---

① 叶恭绰：《瘿庵诗序》，姜纬堂选编《退庵小品》，北京出版社，1998，第 59 页。

在写实中腾翔想象，清空而不空泛。句如"髡柳尚偬含雨翠，万荷齐迸远风香"（《半山寺即荆公舍宅》），造句峭健而峻洁，颇近王荆公。

从一些纪事诗中可见他不满时局之意。1912年袁世凯让部下纵火，以此为由不肯到南京就任总统，他有诗讽之：

> 夜半惊闻戍卒呼，咸阳一炬变榛芜。
>
> 饱飏今识鹰难养，非种谁言蔓易图？
>
> 辇下已成肤箧尽，道旁空见窃钩诛。
>
> 九门禁夜行人断，萧瑟春城冷月孤。
>
> （《壬子正月十二日作》）

认为像袁世凯这样的窃国大盗势力坐大，难以对付，而窃钩者反而加罪。末以景结，以京城的冷落象征袁氏政权的末日。他还有《题罗两峰鬼趣图》一诗借鬼以讽世态：

> 子非鬼，安知鬼之乐？胡然开图令人愕？
>
> 偶从非想非非想，青天白日鬼剧作。
>
> 群鬼作事自谓秘，逢迎万态胡不至！
>
> 岂虞鬼后不生眼，一一丹青穷败类。
>
> 中有数鬼飘峨冠，自矜鬼术攫美官。
>
> 果能变鬼如官好，余亦从鬼求奥援。
>
> 问鬼不语鬼狞笑，鬼似摈我非同调。
>
> 吁嗟鬼趣今何多，两峰其如新鬼何？

妙笔描摹，穷极变态。此诗一时和者甚多。

罗惇曧（1874—1954），字复堪，号敷庵，广东顺德人。民初在财署赋税司十年。其诗力追黄山谷、陈后山，刻意求新，风格简远。他与诸宗元、黄节等宗宋诗人唱酬较多。推崇陈三立，《呈伯严丈》诗云"散原品节匡山峻，老主诗盟一世雄。天宇冥鸿避缯缴，蓬庐万象入牢笼。欲同无己尊双井，每过斜川问长公。曾酌西江微辨味，伐毛从与乞玄功"，将陈三立尊为苏东坡、黄山谷。他的诗如"大瓢无用宁容掊，绵蕞吾徒愧弗胜。摇落虚堂千里梦，低徊寒雨十年灯"（《晦闻嘱题广雅图》），后两句化自黄山谷诗。意境古澹，措语精严。钱基博认为："二难竞爽，咸推诗伯。然而惇曧苍秀，惇夒精严。惇曧气体骏快，得东坡之具体。惇夒意境老淡，有后山之遗响。迹其成就，其在散原，亦犹苏门之有晁、张也。"[1]

程颂万（1865—1932），字子大，号十发居士，湖南宁乡人。曾官湖北候补知府，民初居故里，晚年侨居上海，一度居庐山，结匡山诗社。有《楚望阁诗集》。他论诗的理想境界：

> 万物并尔假，惟诗造元真。
>
> 当其渺而冥，倏忽渊且沦。
>
> 如电迸树出，如雷隐山鳞。
>
> 如大呼陷阵，如狂啸堕巾。
>
> 如两三重花，如千亿万身。
>
> 撼之为长城，攻之为奇军。

（《五言散文八十韵寄陈伯严》）

早年作诗，受王闿运影响，好作乐府歌行，才藻艳发；继而生新雅健，一变而为沉着坚苍，出唐入宋，不为湖湘派所囿。想象极为丰富，状物入微，其妙境恍惚幽怪，匪夷所思。如《同伯严恪士三潭泛月观荷作歌》诗中云：

> 湖光一片竹膜纸，但画荷花不画水。
>
> 羿妃捉袂随人行，影触三潭老龙起。
>
> 天公卷却半湖画，藏在濛濛六桥里。
>
> 尽驱烟月到湖心，回眸涌见双亭子。
>
> 树色界桥桥裹烟，中央四角争洄漩。
>
> 万花捧月月不坠，几人行上花之颠。

以竹膜纸譬喻湖光，想象有羿妃随行，人影触动了潭中老龙；又想象天公卷起了半卷湖景画，将烟月驱赶到湖心。写双亭突兀而涌起，又

---

[1] 钱基博：《现代中国文学史》，上海书店出版社，2004，第191页。

说树色把桥划为界线，桥裹在烟云中。万花捧着月亮，人又走上花之顶端。它如写穹石"攫波戴月如人立"等，都能设譬奇特，描摹生动，形神兼备。

还有瞿鸿禨、王乃徵、余尧衢、陈曾寿等人，寓居上海时发起成立超社、汐社吟诗。

瞿鸿禨（1849—1918），字子玖，号止庵，湖南善化人。清末官至工部尚书，协办大学士。民初流寓上海。有《止庵诗文集》，陈三立在序中论其诗风与渊源："精思壮采"，"典赡高华，由子瞻上窥杜陵，而不掩其度。……神理有余，蕴藉而锋芒内敛"①。其《岁晏盛寒泊园枉过纵谈有感》诗云：

> 穷阴地裂屋庐寒，温以深谈出肺肝。
>
> 噫气怒号争万窍，孤云绝壁阻千盘。
>
> 神山似欲升朝采，平海还应静激湍。
>
> 块扎大钧凭自斡，斗杓春转步担看。

造境瑰奇，以古文之雄奥，写律诗之崛健，力大声宏。又《法相寺老樟》诗中云：

> 掀天古樟老气凝，屈铁作干嵌金绳。
>
> 戟髯山立巨无霸，控射强弩横修肱。
>
> 太阴倒垂云雨黑，霹雳破裂龙双腾。
>
> 寒芒凛凛鳞甲动，遁避不敢栖鸦鹰。

不滞于实相，腾踔取势，状写出奇，有横空出世之概。陈三立说他的诗"锋芒内敛"，其实不完全正确。

王乃徵（1861—1933），字聘三，号病山，四川中江人。清末官至贵州布政使。民初更名潜，号潜道人，侨居上海，以医术寓沪。有《嵩洛吟草》《天目山纪游草》。诗多绵邈凄咽之声。《七十初度》诗中云：

---

① 陈三立：《书善化瞿文慎公手写诗卷后》，李开军校点《散原精舍诗文集》下册，上海古籍出版社，2003，第949页。

乱世获苟全，处约亦何病？

吾生颠沛境，古人或又甚。

乾坤疮痍里，养此星星鬓。

犹能劳筋骨，未觉厌蔬盦。

虽极贫而处之泰然，是遗民心境的真实写照。当他听说雷峰塔已倒圮，感赋八首，其中云："成住坏空参佛谛，盛衰兴替总天心。曾无珠网前埋地，那得金铃再叩音""神州余此埋忧地，突震青天霹雳声"。徐兆玮将他与曾广钧比较，说他的诗微婉，而曾广钧诗凄艳。其实他的诗苍秀雄挚，而振拔有声，且多写现状，曾广钧诗则多写往事。

余尧衢（1853—1930），湖南长沙人。清末官江西按察使，晚年侨居上海、杭州等地。其诗沿苏、黄而上窥韩、杜。陈三立在《余尧衢诗集序》时说："格逸而气昌，其沉郁悲壮可愕可喜，终不没其葳蕤之态，夷坦之情。"[1]

遗民诗人中较年轻的有陈曾寿（1878—1949），字仁先，湖北蕲水人。清末官广东道监察御史。清亡后，寓居杭州西湖。与陈三立等人唱和甚多，诗艺甚高。每以国亡视为终身之哀，抱复清之志，不奉民国为正朔，欲效法陶渊明之抱道守节："一畦寒守义熙花。"张勋复辟，他也参与其中，对清王朝存有侥幸复辟的期望，"酬恩敢替先臣泽，负国常存未死哀"，可见其思想顽固而不合潮流。有《苍虬阁诗集》。早年他学汉魏古诗与李商隐诗，后来学韩愈、王安石、黄庭坚、陈与义。陈衍谓其兼"韩之豪、李之婉、王之遒、黄之严"[2]。陈三立序其诗集云，"中极沉郁，而澹远温邃，自掩其迹。……仁先格异而意度差相比，所谓志深而味隐者耶？嗟乎！比世有仁先，遂使余与太夷之诗，或皆

<hr />

① 陈三立：《余尧衢诗集序》，李开军校点《散原精舍诗文集》下册，上海古籍出版社，2003，第957页。

② 陈衍：《苍虬阁诗存叙》，陈曾寿著，张寅彭、王培军校点《苍虬阁诗集》，上海古籍出版社，2012，第493页。

不免为伧父"①，可见对他的推崇与敬佩。又手批其《苍虬阁诗钞》云："沉哀入骨，而出以深微澹远，遂成孤诣。"②他的诗字字稳切，谨严不下柳宗元，而无晦涩空疏或松懈的毛病，出语凄婉，而无剑拔弩张之气。其七言古风往往精心结构，于精严之中，潜气内转。如《己未正月二日偕妇及挚先觉先两弟至灵隐寺》其中说"千皱万透飞来峰，散花一色真神工。立雪溪山最佳处，岁朝一笑家人同。红亭着我玉峰底，风柯冰涧交笙钟"，工于写景，笔力极矫健，理境极深邃，以自然沉雄取胜。

七律格调沉着。如《观瀑亭》一诗写浙东天目山景色，被推为近人纪游此地的压卷之作：

> 百丈飞泉挂一亭，岩栏危坐俯青冥。
>
> 松身独表诸天白，石气寒嘘太古青。
>
> 涧草无心来鸟啄，梵潮如梦起龙腥。
>
> 玄坛真宰愁何事，汹涌炉香会百灵。

首联炼"挂""俯"二字，便有突兀飞动之势。次联炼"表"字挺拔，以"诸天"突出空间，炼"嘘"字有轻袅之态，并以"太古"表明时间。硬软对比，又以白青两色，互为辉映，尤见沉厚雄壮。第三联一写视觉，一写听觉，有拟人，有想象。尾联写炉香腾涌，仿佛百灵奔趋的动态，迷离恍惚，顿觉异彩飞扬。又《湖斋坐雨》一诗云：

> 隐几青山时有无，卷帘终日对跳珠。
>
> 瀑声穿竹到深枕，雨气逼花香半湖。
>
> 剥啄惟应书远至，宫商不断鸟相呼。
>
> 欲传归客沉冥意，写寄南堂水墨图。

以萧散之意度，写淋漓之雨景，构成一幅水流云在、幽深淡远的水墨图。句如"无住奔泉先我去，孤飞大月逐峰来"（《六月十五夜步至飞

---

① 陈三立：《苍虬阁诗集序》，陈曾寿著，张寅彭、王培军校点《苍虬阁诗集》，上海古籍出版社，2012，第487页。

② 陈三立：《苍虬阁诗钞批识》，张寅彭、王培军校点《苍虬阁诗集》，上海古籍出版社，2012，第505页。

来峰看月》)、"落日千峰横紫翠,中流一叶在虚空"(《游西溪归湖上》),寄意窈冥,表里澄莹。

绝句高秀处,往往逼近王安石七绝。如《湖上杂诗》云:

> 残梦钧天付混茫,瓜庐仍占水云乡。
>
> 荷声忽满三千界,成就南轩一榻凉。

将他在残梦中对清廷的一丝眷恋与梦醒之后的恬静心境融入水云乡混茫中。写荷不直写其形而写其声,让人想象其凉快的感觉。

他长于咏物,笔下松菊尤多,寄托其遗世独立的姑射冰雪之怀,如《题梅道人画松》云"四松鳞爪互隐见,苍针不动风泠泠。倒盘老藤挂日月,苔厚如铁鸿蒙青。千岩万壑气奔赴,空际负运愁六丁。龙蛇起蛰破户牖,雷雨在户无由局。云开六合忽清朗,卷藏深密海入瓶",苍劲之气,森然如列眼前。

陈曾寿的才气似比不上陈散原与郑海藏,但以精严胜。汪辟疆将他与郑海藏相比较说:"海藏能尽,苍虬能不尽。词能尽而味不尽,故真挚;词不尽而味内蕴,故深婉。"[1]评论说:"忠悃之怀,写以深语,深醇悱恻,辄移人情,沧趣(陈宝琛)、散原外,惟君鼎足焉。"[2]吴眉孙的诗也表达了这一看法:"萧瑟澄泓俞恪士,清刚隽上郑苏庵。若论悱恻缠绵意,惟有苍虬鼎足三。"[3]

与陈三立、郑孝胥、沈曾植时相过从的还有李详(1858—1931),字审言,号百药生,江苏兴化人。清末贡生,民初任江苏通志局协纂,一度任东南大学教授,晚年寓居上海。当时题郑孝胥《海藏集》的人很多,人们认为他的诗最值得赞赏,其中有赠句云"一世风流魏晋人,诛茅穿径自藏身。山河已改将焉托,皮骨犹存莫论贫",写其风流文采,颇为恰当。赠答诗还如《得艺风先生冬月朔日书》诗云:

---

① 汪辟疆:《展庵醉后论诗》,《汪辟疆文集》,上海古籍出版社,1988,第810页。

② 汪辟疆:《光宣诗坛点将录》,《汪辟疆文集》,上海古籍出版社,1988,第342页。

③ 陈曾寿:《和吴眉孙》,张寅彭、王培军校点《苍虬阁诗集》,上海古籍出版社,2012,第334页。

> 维摩居士菩提坊，闭户雠书两鬓霜。
>
> 老托深心问毫素，病移衰腕注雌黄。
>
> 疏灯照梦惊千里，长柄腾嘲慨万方。
>
> 远道敬承河上曲，为怜公干在清漳。

全诗回旋作势，"长柄腾嘲"句实寓微词。《世说新语》述陆机初入洛，首先拜访刘道真，刘无他言，唯问东吴有长柄胡卢，"卿得种来否"，陆失望悔往。李详借此讽咏樊山对待他的倨傲。尾联以《河上歌》有"同病相怜"之词及刘桢"审身清漳滨"之诗意作结，感缪艺风邀游沪上之盛意。用典僻而深，见其博闻强记的功力，可谓学人之诗。

钱仲联认为，闽派诗人中没有谁能超出李宣龚之上，唯有"皖中周达，可与抗衡"[①]。周达（1879—1940），字梅泉，一字美叔，安徽至德人。中年以后侨居上海，与海藏楼相望，时相交游。有《今觉庵诗》。少学西昆体、吴梅村，后遵散原、海藏之教，改宗北宋，学梅尧臣、王安石、韩昌黎诗，有峻雄之骨力，兼绵邈之情采。七律如《吴淞炮台湾望海》中云"东尽水云连岛国，西来楼舰郁江声。寒潮兀自无人管，却道能当十万兵"，言国门有日本威胁，又来了西方炮艇进逼，怎能不生忧患。然而海防松弛，徒有寒潮当兵，用意极深而精警。句如"幽禽隔竹已先闻，众绿遮天一径分。泉乱知流昨夜雨，僧闲长掩半庵云"（《游理安寺憩九溪桥上》）、"霜橘匀丹柳糁黄，做将秋色掩金闾"（《冒雨泛舟山塘遂登虎且憩冷香阁》）、"林树楼台淡无缝，雾月溶溶压波重。空明一舸泝流光，我与湖山都入梦"（《月下自西园入里湖》），写景历历如绘，琢句新巧，而有从容不迫的气度。

同光体诗人们的青春岁月大多生活在清朝末年，清亡以后，能够潜心创作，且颇有成就，但他们对待现实的态度往往以清朝社会为参照系。他们对革命存有惧怕之心，思想保守，而民初政局的反复、社会的混乱，使他们的创作不无危苦之语，故其诗风趋于宋诗的枯瘦，

[①] 钱仲联：《近百年诗坛点将录（续）》，《中国近代文学研究》第2辑，广东人民出版社，1985，第173页。

也导致了其诗有刻意深沉、辞意朦胧、字句深涩的倾向，而明朗豁达不足，喜欢以议论表现哲理。他们力求在尊仰与宗法古人的名义下对诗的艺术技巧、语言修辞有意识探索，寻找突破既有格局的途径，从而在诗坛上有着广泛反响。流波所及，不仅有王伯沆、胡先骕、黄侃、吴梅、汪东、柳诒徵等一批后继者，活跃在诗坛与大学讲坛，后来还有朱自清、郁达夫、钱锺书等学者诗人，也都受到这种诗风的影响。同光体在南社的冲击下没有垮下，但在新文学运动兴起之后逐渐让位于白话新诗，而在旧体诗坛中仍有相当的地位，他们的种种努力，为后人提供了成败得失的参照系。

第二节　中晚唐诗派的由来及其代表人物的晚年创作

梁鼎芬　　顾印愚　　樊增祥　　易顺鼎　　三　多　　丁传靖
杨令茀

此派从唐宋兼采派中发展而来。清末张之洞任湖广总督时，招纳海内才智之士如梁鼎芬、李慈铭、樊增祥、易实甫等人入其幕府。张之洞提倡唐宋兼采，提出"以宋意入唐格"，须言之有物，不以造句镂刻为能事，追求清切自然的境界，其主张与同光派稍有不同。幕府中的诗人自然受其影响，但后来不少人改从中晚唐诗门径入。他们与同光派诗人交往甚深，民国以后大多成为清遗民。

梁鼎芬（1859—1919），字星海，号节庵，广东番禺人。清末编修，1917 年梁氏曾参与张勋复辟之役，后退居乡里。也是近代岭南四大家之一，有《梁节庵诗集》。陈三立序其集云："梁子之诗既工矣，愤悱之情、噍杀之音，亦颇时时呈露而不复自遏。……掬肝沥血，抗言永叹。"[1] 其诗取径中晚唐，但也不废宋诗，偏好王安石、苏东坡与欧阳修，幽秀清劲，

---

[1] 陈三立：《梁节庵诗序》，李开军校点《散原精舍诗文集》下册，上海古籍出版社，2003，第 825 页。

兼有雄俊、超逸两种风味。他与陈三立、陈衍均有密切交往，其《三用鸥字韵奉怀伯严》诗在清旷的背景中参错议论，句云"乾坤万劫留孤雁，江海千波见两鸥"，以雁鸥意象喻人，意味深长。又《天寒》诗云：

> 日暮天寒翠袖当，西风黯淡送斜阳。
>
> 壶公自有藏身诀，冰氏安知得热方。
>
> 倦倚北窗聊啸傲，愤投东海岂伴狂。
>
> 千年迢递孤心接，夜夜山庐起剑光。

寓清刚于凄清悲慨之中，风神似韩偓、谢翱。

还有顾印愚（1855—1913），字印伯，号所持，又号塞向翁，四川华阳人。得张之洞赏识，荐任武昌通判，民初客居武昌，后从其弟居北京。参与梁启超发起的万牲园禊集，一度任总统府秘书，未久卒。他学诗途径也是自宋入晚唐诗，宗尚玉谿生（李商隐）、玉局（苏东坡），故名其居为双玉庵。其诗苍秀隽雅，陈三立评论说："约旨敛气，洗汰常语，一归于新隽密栗，综贯故实，色采丰缛，中藏余味孤韵，别成其体。"[①] 如《重到京师感赋寄程穆厂》诗云：

> 凤城平日萃公车，回首卢沟岁月赊。
>
> 退谷尽容孙北海，麓堂莫问李西涯。
>
> 价留灯市前朝扇，香散斜街晚担花。
>
> 剩与放翁评世味，白头骑马客京华。

感慨深沉，用典使事，稳顺工切，声调隽美。五律如《吴淞口外》云：

> 吴淞残月夜，扬子落潮时。
>
> 海色连江暝，沙痕逐岸移。
>
> 惊涛轮叶定，极浦塔灯知。
>
> 一夕容安枕，荒荒晓角吹。

写景极有层次，苍秀如画，声色毕现。后两联写他看到外国人的轮船时心情不安，却表现得很含蓄。

---

① 陈三立：《顾印伯诗集序》，李开军校点《散原精舍诗文集》下册，上海古籍出版社，2003，第1091页。

樊增祥（1846—1931），字嘉父，号云门，亦号樊山，湖北恩施人。清末任江宁布政使。入民国，先后居上海、北京，一度为清史馆馆长。有《樊山全集》。平生以隽才自负，作诗三万首，以七律为多，往往叠韵、次韵，即使是押险韵，也能因难见巧，述意自如。下笔成诗极速，无怪乎郑海藏说他是"作诗机器"。效中晚唐体，喜好清代袁枚、赵翼以及吴梅村诗。但他不拘宗派，不守一家，而主张博采众家，兼收并纳，曾说"合千百古人之诗以成吾一家之诗,此则樊山诗法也"[1]，又《与左笏卿论诗》云"取之杜苏根底坚，取之白陆庭户宽。取之温李藻思繁，取之黄陈奥窈穿"，与此段话可相互映发。古风叙事委曲尽情，曾追步吴梅村体作《彩云曲》，哀感顽艳，传诵一时。近体以清婉博丽为主，工于用典，不论是熟典还是新辞，一经锻炼，自然生新，熔裁丽密，对仗极工。试读其《晓起开南窗看水》诗云：

> 池上白鸥如可呼，开窗纳日望晴湖。
>
> 光摇云水瞳人少，气得清空肺叶苏。
>
> 庙柏万针攒老翠，山泉千眼沸明珠。
>
> 销金帐底痴儿梦，能使溪禽唤醒无？

描绘多层次，使难状之景，如在目前。清新流美，第三联比喻新巧。沈其光认为其诗"流丽而欠端庄、婀娜而乏刚健"[2]，观此可见。

他晚年虽然无歌舞酒色之娱，但也沾染旧时名士习气，好写侧艳之诗，题材狭窄，内容空虚，大多属文字游戏。

与樊山齐名的易顺鼎（1857—1916），字实甫，晚号哭庵，湖南龙阳人。清末官至广西右江兵备道，民初做过代理印铸局局长。袁世凯称帝失败，他也侘傺失志，放荡歌场。一生所作上万首诗，有《琴志楼集》。无所不学，诗风屡变，先后学过大小谢、元白、皮日休、陆龟蒙、韩愈、卢仝。山水游览之作尤为瑰玮恢诡。晚年多游戏冶游

① 郑逸梅:《樊樊山自负诗才》,《郑逸梅选集》第四卷,黑龙江人民出版社,2001,第34页。
② 沈其光:《瓶粟斋诗话》,张寅彭主编《民国诗话丛编》第五册,上海书店出版社,2002,第597页。

之作，措辞率意用巧，如云"放诞朝朝兼暮暮，风流叶叶复花花""四马路连三马路，初禅天入二禅天"，借醇酒美人以遣失意之感，以致柳亚子批评他与樊山："樊易淫哇乱正声。"1914 年他漫游北京天桥，遇歌女冯凤喜，为之狂喜而作《天桥曲》十首，其中云："牛衣泣尽肠雷转，犹自贪听一曲歌""满眼哀鸿自歌舞，听歌人亦是哀鸿"。有《琵琶行》之慨，自比哀鸿，一派落魄失意之态。其诗才笔纵横，措意精妙，意境瑰丽有灵机，时有清俊可喜者。

从用典方面来比较，樊山擅长生典熟用，易实甫以熟典生用，各极其妙。由云龙说："樊樊山诗如百战健儿，不愧萨都剌"，"易实甫诗如伶俜妙伎，虽无贞操，不失丰神。"[1]汪辟疆认为："樊山涂泽为工，伤于纤巧；易虽恣肆，其真气犹拂拂从十指出，樊不如也。"[2]

樊增祥、易实甫两位诗家早年为张之洞赏识，受其诗风影响，后改宗法中晚唐诗。汪辟疆很推崇他们能独树一帜，在《论诗绝句十一首》附注中说："近诗人陈郑外，惟樊山实甫能拔戟自成一队，旗帜鲜明，犹元和体韩十八外尚有白傅、元相也。"[3]向来樊、易并称，这是就其诗风宗向相近而言。他们写诗速度极快，技艺纯熟，量也极多，水平很高，能确立自己的风格。然当他们入民国后自觉前途无望，诗风趋于绮艳放荡，在其眼界不广，襟抱不洁，志趣卑下，立意不高，更无多少忧患意识，故诗之价值跌落走低，招来众多批评。马一浮即认为这两人"虽摇笔即来，不为无才，而体格太率，仅可托于元、白而已"[4]，贬为元稹、白居易门下托钵讨饭，批评不可说不苛严。

樊山弟子三多（1875—1940），号六桥，满族人。1920 年以后历任北京移民劳动局局长、国务院铨叙局局长。有《可园诗钞》。喜欢用典，

---

① 由云龙：《定庵诗话》，张寅彭主编《民国诗话丛编》第三册，上海书店出版社，2002，第 596 页。

② 汪辟疆：《光宣以来诗坛旁记》，《汪辟疆文集》，上海古籍出版社，1988，第 526 页。

③ 汪辟疆：《论诗绝句十一首》，《汪辟疆文集》，上海古籍出版社，1988，第 813 页。

④ 马一浮：《马一浮集》第三册《语录类编·诗学篇》，浙江古籍出版社、浙江教育出版社，1999，第 1012 页。

逼肖其师，其歌行特别受樊山的影响。他的长处在能以边疆地区的词语入诗，如"十分热血乌拉草，一片冰心哈密瓜"之类，然不见粗俗，反而显得雅驯。并能以佛语入诗，如"维摩花室争相入，罗什盆针已早吞""呪钵浪夸莲出现，舐刀还为蜜相争"，然非常人能理解。

被认为樊门传人的还有丁传靖（1870—1930），字秀甫，江苏丹徒人，贡生出身。喜作诗，学梅村体。有《闇公诗存》。早年歌行体写得绮丽缠绵，民国后居天津，诗风一变为凄楚多慨。如《南归杂咏》其一云：

> 黄流终古固宣防，今日虹桥百丈强。
>
> 海水群飞河转定，一杯我欲问苍茫。

从黄河防治历史与今日桥之建造映衬写来，水飞河转之态，都入眼帘，然又都在苍茫中。尺幅中卷舒自如。又《将归岭南留别》诗云：

> 百无聊赖过零丁，遥睇中原一发青。
>
> 避地诗人哀故国，渡江名士泣新亭。
>
> 山河运歇英才尽，鼙鼓声沉战血腥。
>
> 鹑首赐秦天亦醉，只怜羁客独长醒。

虽也有陈词熟语，但其中一种郁郁忧国悯乱之思，汩汩汇出不可抑。梁启超认为他"绝似剑南学杜诸作也"[1]，所以在这一点上，反而胜过其师。

又有无锡女诗人杨令茀（1887—1979），寓北京时从林纾、陈师曾学画，从樊增祥、丁传靖学诗，后侨居美国。有《山远水长集》。其《秋草四律》得唐韵风格，境界阔大。句如"紫台不绝明驼迹，荒冢难招汉女魂""纵横铁骑蚁封阵，摇曳银沙鹿逐场""大泽草枯罗祭兽，古槐叶尽集栖鸦"，沉着凄壮，气魄不让男子。

第三节　汉魏诗派诗人诗风的转变轨迹

王闿运　陈锐　曾广钧　杨度

在同光体之外别树一帜的有汉魏诗派，又称湖湘诗派。代表人物

---

[1] 梁启超：《饮冰室诗话》，人民文学出版社，1959，第12页。

有王闿运、邓辅纶、高心夔，称湖湘三大家，后两人在清末已去世。王湘绮的弟子有陈锐、曾广钧等，从其游者还有杨度、杨叔姬、谭延闿、程颂万等。后来军人程潜、欧阳武均有意取法汉魏，与他的影响不无关系。此派主张诗拟汉魏六代，兼涉初唐，而菲薄宋诗。

王闿运（1833—1916），字壬秋，号湘绮，湖南湘潭人。咸丰举人，为晚清诗坛耆宿。辛亥革命后，他被荐任清史馆馆长，厚礼优待，但未久他看破袁世凯称帝的野心，返回湖南，不久去世。他主张学诗从模拟入手，重才情而不废学力，勤而后工。认认真真学汉魏诗，揣摩其特点，并运用到自己的创作中去，学谁像谁，得心应手。往往因事发端，托物寓意，随事成咏，曲折往复，含蕴深厚。因不少诗标明拟某某古人，以致人们认为模拟气息重，失去自家面目。民国以后诗作不多，偶作近体，五律学杜甫，以求简练而有生气；七律模拟李商隐，以求深情绵邈。病逝前有《示侍疾诸女妇》诗云：

> 闺门侍疾礼防严，妇舅还同父女嫌。
>
> 但使婉容随几杖，不劳亲手涤褕襜。
>
> 宵凉夜夜金盆侧，晓馔看看瓦豆添。
>
> 共道经旬衣未解，解衣还寝更安恬。

虽带游戏笔墨，却也充满了生活情趣，平易顺适，清新可诵，并非食古不化。其七绝也能独饶风趣，并不寒伧，但其律绝似不如其五、七古。刘治慎有《读湘绮楼诗集》云：

> 白首支离将相中，酒杯袖手看成功。
>
> 草堂花木存孤喻，芒屩山川送老穷。
>
> 拟古稍嫌多气力，一时从学在牢笼。
>
> 苍茫自写平生意，唐宋沟分未敢同。

认为他拟古过分用力，但也能自写怀抱，批评尚为恰当。

湖南善化孙举璜，多讽时之作，巧借物为喻，有《新本事诗十二首》。如哀国会议员之纷争：

> 妒巧争妍各不同，引他蜂蝶逗墙东。
>
> 谁怜一夜封姨怒，吹散残英满地红。

又讽张勋复辟云：

> 鬓发斜拖堕马妆，侍儿齐拥谒君王。
>
> 红丝千里凭谁系？应悔兰姨错主张。

又有五古《立秋与客泛舟湘流月夜，泊麓山下》云：

> 白露泣青枫，潇湘莽秋意。
>
> 扁舟随兴发，日落余霞丽。
>
> 袅袅风始凉，娟娟月初霁。
>
> 微烟淡沙渚，暝色连睥睨。
>
> 岸迥市声杂，星定灯光细。
>
> 孤怀寄芳荃，万事等飘蒂。
>
> 感兹节物更，早晚雁南哢。
>
> 情随逝川永，梦入塞云翳。
>
> 独夜忽闻钟，观心了无系。

绵丽高古，出自王闿运这一派的汉魏诗派。

与王闿运相酬唱的还有湖南宁乡岳障东（1852—1921），清末举人，入民国后任湘阴检查、益阳典狱等。喜为律诗，骏快豪迈，气势几不可羁勒。如《丙辰冬夜独酌》：

> 乍浣风尘老眼明，梅花为我放新晴。
>
> 湖山四壁照巾影，霜月一城鸣柝声。
>
> 庾信还山惊世变，桓彬饮酒悔狂名。
>
> 鸡虫得失人间事，只管壶觞夜细倾。

也有的诗沉挚悲壮，如《哭黄克强先生》：

> 五运皆皇帝，乾坤有杀伤。
>
> 君才回地轴，民国破天荒。
>
> 天下戈铤险，人间日月忙。
>
> 为余惜书箧，遗墨泪汪洋。

看来其弟子都擅长作律诗，也并不鄙薄宋调。

汉魏诗派在湖南、四川一带影响较大，诚如钱仲联所说："王闿运为首之湖湘派，余辉远霭，犹照一方。"[1]王闿运鄙弃宋代以后的诗，门户之见局限其眼界。追求与古人的相似，又难以避免造成摹古风气。民初此派中的前辈诗人逐渐凋落，后学诗人不再固守汉魏、三唐门户，而是兼学宋诗，取其长处，并受同光体诗人影响，诗格渐起变化。如湘绮诗弟子黄兆枚，湖南长沙人，光绪间进士，五古不仅宗汉魏，也追慕杜甫，近体稍涉晚唐，下及苏东坡、黄山谷。从王门弟子陈锐、曾广钧的诗风更可看出这一变化轨迹。

陈锐（1860—1922），字伯弢，一字伯涛，湖南常德人。清末官江苏试用知县，民国后客居苏州。有《抱碧斋集》六卷。陈三立序其集云"从湘绮翁游，益矜格调，而好深湛之思，奇芬洁旨，抗古探微，渐已出入湘绮翁，自名其体矣"[2]，说他的诗起初按王闿运所说的家数，胎息汉魏，后来逐渐不拘汉宋门户。他竭力吸收宋诗长处，开拓诗境，在讲求藻彩和寄情寓志的同时，追求清苍的风格与深入的意境，所以狄葆贤说他的诗"风骨泠然有秋气矣"[3]。七古如《题岳麓山石》用三平调：

> 南来岳麓山多风，石气尽变青夫容。
>
> 飞梯千尺挂瀑布，黄昏一寺摇清钟。
>
> 此声幽眇不可听，偶有佳兴吾能从。
>
> 欲访灵均吊山鬼，晓驾赤豹骖白龙。

清俊秀逸，笔势宕转自如。三、四两句以骈入古风。论者以为其诗迥异凡流，湘中自王湘绮、易顺鼎外，很少有人能与之相比。

---

[1] 钱仲联：《二十世纪名家诗词钞序》，《二十世纪名家诗词钞》，华东师范大学出版社，1993，"序"第2页。

[2] 陈三立：《抱碧斋遗集序》，李开军校点《散原精舍诗文集》下册，上海古籍出版社，2003，第1067页。

[3] 狄葆贤：《平等阁诗话》，西北大学出版社，2019，第56页。

曾广钧（1866—1929），字重伯，号䜱庵，湖南湘乡人，曾国藩之孙。清末官广西知府时，对辛亥革命表示同情，对慈禧太后、袁世凯、张勋多所讥刺。早年诗受湖湘派影响，取径六朝三唐，其博大气象，有时胜过邓辅纶，王闿运称其为"湘中又一杰"。后来阅历渐深，诗风也起了变化，学西昆体，兼取李义山、黄山谷之长，后又出入于钱牧斋、吴梅村之间。排比铺张，格调恢宏，超然有逸气，不为湖湘派所囿。吴宓深喜其诗，称其《环天室诗》学六朝及晚唐，以典丽华赡、温柔旖旎胜。用典甚丰，典多出魏晋书、南北史"[1]。其《纥干山歌》为梅村体之别调，以美人香草之词，记张勋复辟事，才调翩翩，以"别殿仙人号丽华"喻张勋，以"山人南海"喻康有为，以"春风燕子楼"喻徐州会议，以"河阳谷"喻彰德会议。此诗铺衍出一个流红荡翠、幽约怨悱的艳情故事。整体的隐喻使此诗超越了所记述的史实，超越了诗人自己的政治态度，诗性内涵有了一个扩展与延伸。

其七律宗法盛唐及晚唐温庭筠、李商隐诗，绮丽而不失其本色。《哀江南》诗云：

> 虎踞龙盘地宛然，孝陵鬼语痛降船。
>
> 黄天当立三千载，青盖重来六十年。
>
> 蜡屐漫寻江令宅，箭锋终落本初弦。
>
> 一篙春水粘天柳，同绿秦隋夕照边。

讽南北和议，袁世凯窃取了革命果实。"青盖"句言太平天国失败后至今恰已六十年。寓情于景，感慨深沉。

汪辟疆论《环天室诗》云："多沉博绝丽之作。比拟之工，使事之博，虞山（钱谦益）而后，此其嗣音。"[2]又论湖湘派另三位后学："二杨为王氏弟子，服膺师说，始终弗渝。然叔姬所作，五言为胜，泽古甚深。皙子（杨度）有用世之志，其诗苍莽之气，则湘绮所谓快意骋

---

① 吴宓：《空轩诗话》，张寅彭主编《民国诗话丛编》第六册，上海书店出版社，2002，第44页。

② 汪辟疆：《光宣诗坛点将录》，《汪辟疆文集》，上海古籍出版社，1988，第370页。

词供人喜怒也。准诸师说，容有差池。谭氏则初守师说，晚乃出入唐宋之间，然面貌终难脱化。"[1] 谭氏即谭延闿，后来成为国民党政府中的高官，见本书第六章第二节。

皙子即杨度（1874—1931），别号虎头陀、虎禅师，湖南湘潭人。清末任学部副大臣。辛亥革命时南北议和，任参赞，随唐绍仪与民军议和于上海。后承袁世凯意，发起组织"筹安会"，为世人所诟。晚年在上海，与周恩来、夏衍等交往，后来参加中共，加入左翼自由运动大同盟，思想与时俱进。有《杨度集》。其《湖南少年歌》吐露其欲为国担当大任的襟抱，畅快显豁，无一闲笔，然已违背了王闿运诗的路子。句如"花下偶然成聚散，月明随地有悲欢"（《和夏大〈寒山歌〉》），写其心境宛然。病逝前有《奉和虔谷先生》诗云：

> 茶铛药臼伴吟身，世事苍茫白发新。
>
> 市井有谁知国士，江湖容汝作诗人。
>
> 胸中兵甲连霄汉，眼底干戈接塞尘。
>
> 尚拟一麾筹健笔，书生襟抱本无垠。

至死而仍忧国之乱，可谓不坠其志。汪辟疆说他"诗工亦深，惟气体稍嫌平滞"[2]。

杨度有妹杨庄，字叔姬，为王闿运女弟子，服膺师说，终身不改。五言古风远宗汉魏，雅炼温醇，得其嫡传。有《杨叔姬诗文集》。

第四节　诗界革命派诗人在近现代之交的创作

康有为　　梁启超　　夏曾佑　　蒋智由　　麦孟华　　潘若海
狄葆贤　　金松岑

诗界革命派形成于 19 世纪末，以广东籍人为主，主要人物有康

---

[1] 汪辟疆：《近代诗派与地域》，《汪辟疆文集》，上海古籍出版社，1988，第 295 页。

[2] 汪辟疆：《光宣诗坛点将录》，《汪辟疆文集》，上海古籍出版社，1988，第 371 页。

有为、谭嗣同、丘逢甲、黄遵宪、梁启超等。有鉴于中国贫弱之危，受海外及西方的影响，他们力图以新事物、新名词、新意境写入诗中，也反映了他们力求变革的心态，正如梁启超所揭橥的"镕铸新理想以入旧风格"[①]。汪辟疆说："此派诗家，大抵怵于世变，思以经世之学易天下，及余事为诗，亦多咏叹古今，指陈得失。或直溯杜公，得其沉郁之境；或旁参白傅，效其讽谕之体。……其体以雄浑为归，其用以开济为鹄，此其从同者也。"[②]"直溯杜公"，即指康有为等人受杜甫沉郁诗风的影响；"旁参白傅"，即指黄遵宪等受白居易讽喻时事的影响，探源乐府，运陈入新。当时他们以新学奔走天下，文崇实用，作诗则放弃格调而追求权奇之变。有的诗爱摭拾西方史实，过多地运用新名词与科学名词，有意矜奇炫异，融入篇章，不免生硬，难以卒读。维新改良失败后，此派影响渐小，重要骨干黄遵宪、谭嗣同、丘逢甲陆续谢世。民初，大多数人进入了晚年，无复当年元龙豪气。他们的诗转为意蕴深沉，格调醇雅，而不再掺入些不太妥帖、不相融洽的词汇。

康有为（1858—1927），字广厦，号长素，又号更生，广东南海人，清末曾以"公车上书"闻名于世，积极主张维新变法，失败后逃亡国外。民初先后居南京、上海、青岛。后来他帮助张勋复辟，为世人所唾骂。他认为环境压迫、情志郁结是创作诗的前提条件，序其门人陈伯澜《审安斋诗集》时说，"沉痛飞惊，歌泣缠营，哀厉幽清，悱恻芳馨"[③]，其实是他所追求的诗歌境界。早年师从朱次琦学诗，学杜甫的神理结构、李白的畅快，近学龚定庵的灵心秀口，大气澎湃，一往无前，面目力求新异，颇有雄奇阔大的气象。梁启超评其诗"元气淋漓，卓然大家"[④]，此乃过誉之词，但的确有苍茫横逸的境界。有《南海康

① 梁启超：《饮冰室诗话》，人民文学出版社，1959，第 2 页。

② 汪辟疆：《近代诗派与地域》，《汪辟疆文集》，上海古籍出版社，1988，第 314—315 页。

③ 康有为：《审安斋诗集序》，姜义华、张荣华点校《康有为全集》第十一集，中国人民大学出版社，2007，第 164 页。

④ 梁启超著，朱维铮导读《清代学术概论》，上海古籍出版社，2019，第 168 页。

先生诗集》。汪辟疆称其诗"返虚入浑，肆外阆中。惟波澜大而句律疏，铺叙多而性情远"①，但认为他不能完全摆脱模拟习气。晚年其思想日渐保守，丧失了早年锐气，日渐消沉，诗风衰飒。在他看来，国事已难挽回，徒有易代之悲。如《乙卯元日与孺博、若海谈国事兼寄乙老》：

> 逝波年运往多经，淑气晴光春半醒。
>
> 风草茫茫无故物，山河莽莽又新亭。
>
> 衣冠避地几如扫，沧海惊涛不忍听。
>
> 五十八年忧国事，今年忧甚可沉冥。

沉着苍凉，表现了这位保皇党人在大变革之后的落寞心态。

后来在上海，他作《新筑别墅于杨树浦临吴淞江》诗云：

> 白茅覆屋竹编墙，丈室三间小草堂。
>
> 剪取吴淞作池饮，遥吞渤海看云翔。
>
> 闭门种菜吾将老，倚槛听涛我坐忘。
>
> 夜夜潮声惊拍岸，大堤起步月如霜。

首联写其简朴的居住环境。第三句用杜甫"剪取吴淞半江水"诗意，第五句用刘备种菜以韬晦的典故，第六句用《庄子》意，物我两忘，淡泊无虑。然而即便在晚年，他又何尝忘得了其保皇之志，观其末联，有踌躇满志之意。

六十岁时作《开岁忽六十篇》，回忆平生经历，浑浩流转，一扫衰飒之气。诗的最后说：

> 陶轮曾一掷，天地为倾圮。
>
> 八表虽经营，仅若洽邻比。
>
> 天宫游汗漫，地狱入恻悱。
>
> 岂敢惮患难，但发吾悲智。
>
> 拈须白成丝，断发短以髭。
>
> 观河面迁皱，嗟余其老矣。

---

① 汪辟疆：《近代诗派与地域》，《汪辟疆文集》，上海古籍出版社，1988，第315页。

唯吾满腔春，赤子心尚稚。

假年百二十，吾志自强懗。

形容日衰艾，浩气日壮厉。

纵浪大化中，不忧亦不喜。

江海几浩荡，天人自游戏。

以举世沉沦突出其英雄末路之概，议论为诗，气骨老苍，抒发了他敢下地狱，超脱生死，死又何虑的襟怀。不过，总的看来，他的诗不够深沉含蓄，所以有人批评他故作雄豪语，其实精炼不足，有泥沙俱下之病，观以上诗可略见一二。

梁启超（1873—1929），字卓如，号任公，广东新会人。早年师从康有为，同是鼓吹维新变法的重要人物，世称康梁。民初他曾组织进步党，1913 年任司法总长。袁世凯称帝，他坚决反对，并策划护国运动。晚年潜心研究学术，为清华研究院四大导师之一。他能与时俱进，与康有为顽固的保皇主张多次发生冲突。李渔叔说："康梁师弟于政治之见解，极相径庭，有为效忠清室，启超则受知德宗，德宗既逝，即不宜妄冀作回天之举，而破毁民国共和政体。故于有为参与复辟时，设计挠之，有为引为深恨。"[1] 梁启超竭力鼓吹诗界革命，曾与维新派人物进行"新学之诗"的实践,后又针对初期"新学之诗""捃扯新名词以自表异"[2] 的幼稚，提出"过渡时代，必有革命。然革命者，当革其精神，非革其形式。……若以堆积满纸新名词为革命，是又满洲政府变法维新之类也。能以旧风格含新意境，斯可以举革命之实矣"[3]。

梁启超诗才气横厉，讲求气势，不受绳尺规矩的约束；疏朗畅达，流利豪爽，不求精深蕴藉。其中格律诗较为刚劲雄苍，风格近杜甫。即使一些绝句，也多是元气淋漓,豪雄劲健。他的《须磨首途口占》《舟

① 李渔叔：《鱼千里斋随笔》，台湾文海出版社，1986，第 87 页。

② 梁启超：《饮冰室诗话》，人民文学出版社，1959，第 49 页。

③ 梁启超：《饮冰室诗话》，人民文学出版社，1959，第 51 页。

抵大连望旅顺》两诗写于武昌起义爆发、各省纷纷独立之时，诗人以为回国可以实现君主立宪，政治上可以有一番作为。诗之气势雄浑，笔力千钧，表现他在变革之秋欲大用于天下的心态。古风能以意态纵横取胜，往往下笔千言，激昂慷慨，议论纵横，回肠荡气。如《赠台湾逸民某兼简其从子》哀物悼世，沉郁豪雄；《游日本京都岛津制作所，赠所主津源藏》纵横恣肆，苍莽雄奇。1912 年，诗人自日本归往上海，途中作《述归》一诗云：

> 泠泠黄海风，入夜吹我裳。
>
> 西指烟九点，见我神明乡。
>
> 昔为锦绣区，今为腥血场。
>
> 嗷鸿与封豕，杂厕纷相望。
>
> 兹柘安可触？弛恐难复张。
>
> 仰视云飞浮，俯瞰海汪洋。
>
> 天运亮可知，回向恻中肠。

工于起调，境界阔大，驰骋想象，以昔今对比兼用比兴隐喻故国山川破裂、南北对峙、战争不休的局势，流露出深沉的危机感。

他一向不以诗人名，所作诗直率无蕴藉，未能达到他所论诗的境界。后来他作诗努力向老一辈诗人学习，曾拜赵熙为师，向陈衍问诗法，窥唐宋门径，宗法杜、韩，将恣肆纵横收敛于矩范。时局不尽如人意，使其诗中有一种难以排遣的哀伤与无奈，因此大都带有悲郁苍凉的情调。如《感秋杂诗》第一首其中说，"擎雨万荷枯，战风千叶乱。块然一室外，凛凛星物换。岂不怀壮往？碧海槎久断"，感叹深沉。另一首云：

> 园中万树叶，叶叶作穷号。
>
> 辞柯碎琅玕，走瓦腾波涛。
>
> 终已乏根蒂，所历常苦高。
>
> 川原块无垠，大江横滔滔。
>
> 飘摇岂终极，摧堕委所遭。

> 萌春实匪易，陨秋毋乃劳。
>
> 感此抚长条，旦昏增恒切。

沉着蕴藉，工于譬喻，似韩愈《秋怀》诗，不局促于眼前所见，而是屡作提顿宕开，回旋作态，表现了志士仁人悲愤难抑的情绪。梁启超自言"平生最恶牢骚语，作态呻吟苦恨谁"。从此诗可见，即便是发抒悲慨之气，也不喜矫揉作态而拖沓。郑振铎所作《梁任公先生》一文中说："他根本上不是一位诗人，然他的诗歌也自具有一种矫俊不屈之姿，也自具有一种奔放浩莽、波涛翻涌的气势，与他的散文有同调。"[1]梁启超未曾专心作一诗人，然而他富有诗人的气质、政治家的襟怀、学者的渊博和异常的经历，使其诗有一种不凡的气度和大开大合、雄浑苍莽的特质。

曾被梁启超列为近世诗界三杰之一的夏曾佑（1863—1924），字穗卿，杭州人，清末曾任礼部主事，后与严复创办《国闻报》。民初先后任教育部社会教育司司长、京师图书馆馆长。他学问淹贯，能在诗中融汇中西哲理，运陈入新，风格不失其旧，思致力求其新，言理而意深，但也有的诗过多摭取西方故事与新名词，显得拗口而费解。民国以后他所作诗不多，但有些诗句如"细雨疏灯过秀州""如此斜阳信马蹄"等为一时所传诵。《晚晴簃诗汇》中说他"偶作韵语，皆涵蕴深远，出以澹荡，盖有得于诗之外者"[2]。

同时列名近世诗界三杰的蒋智由（1865—1929），字观云，浙江诸暨人，曾游学日本。其诗句律精严，思致缜密，其独往独来之气，又与李太白相近，健拔而多感怆。他也喜以新理入诗，深邃宏远。其缺点是较为粗率，有时说理较多。清亡以后他潜心于佛学中，思想倒退，自甘遗民身份，没有早年的锐气。陈曾寿书其集后自注云："闻国变后，蒋氏杜门不出，其子作都督，乃拒之不使见。诗有'西山薇蕨'之语。"有《九日》诗云：

① 郑振铎：《梁任公先生》，《小说月报》1929 年第 20 卷第 2 号。

② 徐世昌主编《晚晴簃诗汇》第四册卷一七七，中国书店，1988，影印本，第 428 页。

> 兵革长开九字颠，山川好在未能前。
>
> 纵怀旧约须抛得，欲觅登高只慨然。
>
> 陟巘盘崖徒想象，传英把菊任因缘。
>
> 人生国乱真愁绝，佳节身逢亦可怜。

欲登高而不能，国乱愁深，可想见其体衰志颓的身影。于议论中写其情绪之郁结。

麦孟华与潘若海，也是康门入室弟子而能以诗名世者。麦孟华（1875—1915），字孺博，广东顺德人，曾协助梁启超办《清议报》。民国初年他与陈焕章到上海创办孔教会，鼓吹复辟帝制，思想倒退。其诗深得康梁神髓，沉雄而多感怆，但所作不多。潘博（1870—1916），字若海，广东番禺人。民国以后任职民政部。袁世凯复辟帝制，他从苏州督军幕府往贵州、广西起兵，败走香港，不久呕血而逝。吴剑泉赞他是一位"勃郁移旧志，沉泉蹈海立"的救国志士。他的诗清新骀荡，逸趣横生，但也有粗率处。后来与陈三立时有来往，诗风受同光体影响，沉着拗健。朱彊村辑其遗诗四卷，与麦孟华诗词合刊为《粤两生集》。

还有诗风不甚相同的狄葆贤（1873—1921），字楚卿，号平子，江苏溧阳人，曾主持《时报》，闲则治佛学，写过《平等阁诗话》。他的诗不以凌厉名，偏于温淳清明。梁启超认为他"不以诗名，偶有所作，温柔敦厚，芳馨悱恻，盖平子性情中人也"[1]。偶有绮艳之语，绮旎悱恻。他也很喜欢以新事物入诗，立意求新，诗风清婉可诵。其五古《悲双鹜》三章，先写两只与世无争自由自在的野鸭，竟被猎人射中一只，供作口腹片时之适；另一只受伤，奋翅逃跑。从此失去伉俪之爱。次章严厉谴责猎杀者丧尽天良：

> 尔亦恋生命，闻死心怔忪。
>
> 尔亦惧杀戮，见刀失魂魄。

---

① 梁启超:《饮冰室诗话》，人民文学出版社，1959，第 37 页。

> 尔亦知痛楚，受伤涕泪出。
>
> 尔亦爱身躯，岂愿人烹割。
>
> 尔亦有妻子，忍见孤怦泣。

用排比句法，质问句句沉痛有力。诗人心头在滴血，刻画这一幕凶残无比的惨剧，未尝没有借此讽世之意。

此派中有丘炜萲，活动多在马来亚，详见本书第十四章附录。

诗界革命派至后期有金天羽继之而起，在创作上获得较大成就。金松岑（1873—1947），改名天翮、天羽，号鹤望，又署名麒麟、爱自由者，江苏吴江县人。清末诸生。1927年南京政府任命他为江南水利局长，仅一年便离去，后任光华大学教授。他认为清前期标榜神韵性灵，甜腻轻脱，同光体兴起，不过是"苦笋生味"，而"风气相煽，结为宗派"，"类似封建节度，欲以左右天下能文章之士"[1]。对陈衍指斥激烈。他主张广泛吸收前人之所长，力辟新境界，才雄气奇。其诗于唐诗学高、岑、王、孟，得韩昌黎之雄鸷，兼张籍之隽爽，于宋诗学苏黄欧王四家。偏重于浑雄豪宕一路，不求拗峭生涩，不拾同光派余唾。造语出于艰辛锤炼，无不妥帖。诸祖耿序其集云："吴江金先生松岑气性高而才力厚，作诗能取汉魏六朝唐宋诸人之精者，而融会以成一家，寓悲壮博辩于沉深丽密之中，盖民国创造之初，先生实为革新之一人。"[2]他往往以长篇巨制写重大题材、新内容，从第一次世界大战写到第二次世界大战的时事。中年以后，他畅游天下名山水，故笔下山河云水，雄丽奇谲，开前人未有之境界。五古如《金阊行》记辛亥苏州光复事，诗笔高古劲健。又《颐和园》诗记清末史事，以特定地点事件，系一代兴衰，以冷眼洒脱地审视历史的废墟。其中写景句如：

---

① 金天羽：《五言楼诗草序》，周录祥校点《天放楼诗文集》中册，上海古籍出版社，2007，第861页。

② 诸祖耿：《天放楼诗续集诸序》，周录祥校点《天放楼诗文集》下册，上海古籍出版社，2007，第1417页。

> 山亦如半环，宛虹下饮湫。
>
> 跨山循西岭，北麓俯平畴。
>
> 南见诸殿阴，万瓦鬤黄琉。
>
> 忽闯琉璃门，巧若冰雪镂。
>
> 进探智慧海，旷如水晶球。

以五古长篇写宫殿布局与结构，因物赋形，八十六韵，一韵到底。又如《车中望居庸关放歌》中云：

> 太行之脉常山蛇，西来争道相要遮。
>
> 到此二蛇忽相轧，赤鳞翠甲纷腾挐。
>
> 盘腰竦节屈项背，南望张口如虾蟆。
>
> 我车径从南口入，蜿蜒石壁行徐爬。
>
> 卧观叠嶂泼石黛，起视怪石铦莫邪。
>
> 山高谷深动百丈，关门雄踞如排衙。
>
> 九地九天自升降，长城彩射朝暾霞。
>
> 太行八陉此最隘，飞狐紫荆多歧叉。
>
> 手掷万魂赌斯口，当关虎豹雄须牙。
>
> 华夷兴丧决俄顷，批亢捣隙乘其瑕。
>
> 此关若失走平地，铁骑半日趋京华。
>
> 冥行大隧譬如驶，山根地肺穿成洼。

以蛇的蜿蜒来比喻山势的回旋盘曲，更写出火车行进中的感觉，突出其地的险要，乃为国防关键。诗亦见奇崛恢诡之气象。

即便短章绝句，也写得格局宏阔。如《徐州登黄楼》云：

> 乱山开处见彭门，十丈黄楼迥出云。
>
> 听说羽衣人去后，笛声犹绕大河漬。

饶有机趣。又《武胜关》一诗：

> 横云楚塞郁嵯峨，窄径修蛇穴岭过。
>
> 怪道中原莽戈甲，乱山无主夕阳多。

收摄苍莽入画，寄托江山无主、生逢乱世之愁。

第五节　其他旧文人的诗

徐世昌　　张　謇　　周树模　　王　彭　　卢慎之　　冒广生
王树枏　　秦树声

辛亥革命后，清官吏有一部分转入民国政权中任职，有的从事文化教育事业。旧文人中，有官至高位的徐世昌（1855—1939），字卜五，号菊人、东海、弢斋，别署水竹村人，天津人。清末翰林，历官东三省总督。1914 年他担任总理，1918 年被选为北洋政府大总统，四年后离开政界隐居天津，组织晚晴簃诗社，从容吟咏，并辑编《晚晴簃诗汇》，邀请柯劭忞、贺松坡、王式通、郭则沄、金兆蕃、樊增祥等参与其事，为有清一代诗歌总汇。柯劭忞序其《水竹村人集》云："简澹而清远，抒写性情，旷然无身世之累，一若布衣韦带之士，自放于山岨水滋之所为，岂复以盖世之功名往游于神明之地哉！"[1] 其志趣在作一高士，似乎政事不足以牵挂其怀，然而也显露出曾作为国家权要的他，居然没有多少忧国忧民的情怀。其诗冲淡雍容而不俗，有唐代大历之风。律句学陆放翁，但未落其窠臼。如"藓上短墙消蛎粉，花铺平砌走蜗蜒""拾来吠蛤包荷叶，网得沉鳞贯柳丝"，撷取生活小镜头，饶有逸趣，句法活泼，见其童心不泯。《和渊明田园居》组诗以简淡笔触写出山林间的景趣，恍如高士独立苍茫：

> 溪霞落浅红，山雨滴晚翠。
>
> 道逢送酒人，门无催租吏。
>
> 岁晚百务闲，读《易》求古义。
>
> 身世两悠悠，百年本如寄。
>
> 荷叶高于屋，稻花香到门。
>
> 夕阳射山背，雨气断虹吞。

---

[1] 张大为、胡德熙、胡德焜合编《胡先骕文存》上卷，江西高校出版社，1995，第 476 页。

> 独立数归鸦，林杪点墨痕。
>
> 此时心志间，未易与人论。

前一首写雨中山村情景，后一首写夕阳落山时的情景，但目的都是为了映衬一位退隐林壑间的自由自在人，不经意间流露出知足的意态，确实是深得平和淡雅之趣。其《独坐》诗云：

> 八极一何广，浩浩本无垠。
>
> 收视在尔室，万物备一身。
>
> 踵息一炉香，明窗无纤尘。
>
> 虽无禅栖意，吟兴亦通神。
>
> 偶成数韵诗，来证菩提因。

其哲学智慧、其襟怀志节都映现在其诗中。总之，他的诗还是有一定成就的。

著名旧文人、实业家张謇（1853—1926），字季直，号啬庵，江苏南通人。光绪二十年中进士第一，后回故里兴办实业与教育。民初历任南京临时政府实业总长、北京政府农林工商总长，未久归。 他反对吟风弄月，主张诗言事抒情，事即内容，"无事则诗几乎熄矣"[1]。认为诗是用来升华胸中之郁情的，又可作为"养生之术"。"人之生宣郁必噫，吐怀必鸣，诗以美其噫与鸣云尔"[2]。其诗"雄放峭峻，肖其为人"[3]。早年学晚唐诗，不免才子之笔的绮华习气，晚年改学孟东野、王荆公、梅圣俞、陈后山，有瘦健之骨；又学陆放翁、杨万里以舒张其气。七十岁所作《至垦牧乡周视海上示与事诸子》诗中说：

> 昔望撑空蒿似柏，今来夹道柏兼杨。
>
> 只怜三万成林日，不见嘻吁李部郎。

---

① 张謇：《程一夔君游陇集序》，《张謇全集》卷 6，上海辞书出版社，2012，第 566 页。

② 张謇：《朝鲜金沧江刊申紫霞诗集序》，《张謇全集》卷 6，上海辞书出版社，2012，第 332 页。

③ 狄葆贤：《平等阁诗话》，西北大学出版社，2019，第 20 页。

> 冀妻已逝海耕虚，易地南山亦未居。

> 无限桑田吾老矣，横沙一抹看龙鱼。

往日一片蒿莱，今已成郁绿树林，然愈加怀念当年与李部郎共创艰苦事业的日子。沧海桑田，物是人非，自己也垂垂老矣，焉得不悲！

师友风义，每溢于笔端，其中怀念师座翁同龢之作甚多。瞻望翁墓时，往往在雅淡的景色描写中，透露出丝丝悲怆的情绪，如说："晨曦彻郭西，寒碧散岩墅""空庭冷松竹"。其律绝精切深婉，如《宿虞楼》诗云："为瞻余墓宿虞楼，江雾江风一片愁。看不分明听不得，月波流过岭东头。"余墓为清末著名刺绣家沈寿之墓，虞楼乃是他为眺望对岸常熟翁同龢墓所建。后两句写月色如波而流动，空灵婉转。又如《上海晤浣华》：

> 吾衰霜雪半鬓须，喜见梅郎颊稍腴。

> 座上清斟闻落叶，江南秋色与畬芙。

> 闲情爱近初春气，说部频传绝代姝。

> 有约听歌抛美睡，明朝万纸落江湖。

浣华即京剧著名演员梅兰芳之字号。此诗风华俊朗而兼婉约，无怪乎陈兼与评此诗云："魁人丽语，殆有如宋广平铁石心肠而赋梅花者。"[1]

地位较高的旧文人还有周树模（1860—1925），字少朴，号泊园，又号沈观，湖北天门县人。清末官至黑龙江巡抚，1914年出任北京政府平政院院长。"筹安会"议定帝制，他避而辞职，寓居北京。有《沈观斋诗集》。他学养极深，作诗极勤，与樊樊山、左绍佐合称楚中三老。其诗出入唐宋，于宋诗学陈后山、苏东坡，参酌范成大，于唐诗学白香山、韩昌黎、杜少陵，取精用宏，故能成一家之诗，不事雕琢而意境自高，清真健举。入民国，诗境日益苍厚，至老益加精进，诚如左绍佐跋其诗集云："新而不纤，深而不晦，淡而不枯，沉而不涩。"其《忆昔游》诗记他出使海外诸国事，有似杜诗，浩瀚磅礴。樊山评曰："诗

---

① 陈声聪：《兼于阁诗话》，上海古籍出版社，1985，第95页。

中有事在，则事以诗传，诗亦以事重。此篇匪独纪事，英识奥略存乎其中，而状难写之景，如在目前，含不尽之意，寓诸言外，诚诗林不桃之作也。"①

他的咏物诗最有特色，如《咏泊园杜鹃花索海上诸老同赋，用"望帝春心托杜鹃"句为韵》七首，寓情志于物，幽微怨慕，凄悲悱恻，歌哭无端，蕴结其幽愤之情，而不能自已。又如《咏菊六首同仁先作》，以修洁淡静之语，写高奇脱俗之怀，显得精深华妙。其一云：

> 孤花不自名，高人润色之。
>
> 黯淡一篱间，绵邈千载思。
>
> 可贵陶征士，非菊能尔奇。
>
> 菊讵不若人，爱人兼及诗。
>
> 识否作者意，游心黄与羲。
>
> 枕上过微雨，八表云下垂。
>
> 沉冥复沉冥，正我醉眠时。
>
> 开眼忽见菊，转触秋心悲。

引陶渊明为同调，颇得冲淡闲远的风味，议论抒情，虚写与实写相融为一片。

七律《悲秋》八首与杜甫《秋兴》有异曲同工之妙，如"衰时难化鸥为凤，老气犹存虎食牛""闲居料事犹观火，残暑侵人更饮冰"，浑厚沉着，力大声宏。其他佳句如"背人敛手收棋艺，遇物无心发弩机"，出于其学道参禅的体会。又"月残转似初生魄，木秃犹存不二神""夜喧虫语吟声寂，天到鸡鸣海气寒"，探奥入微，措语出新，闲淡可喜，其诗格高气充，胜过樊增祥，但在诗坛名声不著。

曾得徐世昌、周树模器重而延揽入幕的王彭（1861—1940），字觉三，武昌江夏人。清末任嫩江知府，民初任平政院书记官、高等文官典试官。与陈曾寿等时有诗往来。有《观休室诗》。其咏物诗往往

---

① 左绍佐、樊山评语均见张大为、胡德熙、胡德焜合编《胡先骕文存》上卷，江西高校出版社，1995，第491、491—492 页。

选择老树、枯桐、老梅等意象，注入其兀傲自重的主观感情。这绝非偶然，似与他倔奇的心态有关。如写一株森森当门的老树："槎枒如肺肝，轮囷磊奇瘿。"写临江的一株老梅"虬枝郁错盘""横斜不经意"，却能"示人以肺肝""寥沉注真宰"。通过赞扬老梅"破空出春意，能回天地温"的高节，寄托他本人秉节守道而力争用世之志。又如赞枯桐"不妨败鼓皮仍在，但得醇醪首可濡"，其中也蕴涵着即使为遗老也要立功于世的志气。

卢慎之（1876—1967），号始基，湖北沔阳人。习法政，后入周树模幕府多年。民初任平政院评事、国务院秘书长，后隐居天津。五十岁后开始录存其诗，寄寓怀抱，感慨深沉，格调壮阔，技巧臻于纯熟。其《闲吟》云：

> 逝水繁华一例空，暮年萧瑟作诗翁。
>
> 收将万缕千行泪，都付长吟短咏中。

愤激之情，以嬉笑之语掩饰之，尤见悲痛。他力求融情理于诗中，其《乐境》诗中云：

> 气候轶常轨，倏忽殊冷热。
>
> 人类亦同然，忽圣忽盗跖。
>
> 胡为生畛域？限此邦与国。
>
> 胡为分种族？限此白与黑。
>
> 胡为生学说？划分孔与墨。
>
> 胡为生爱憎？盐媆与美色。
>
> 我欲穷造化，胡为生荆棘？
>
> 我欲问群氓，胡不生羽翼？
>
> 同是为夫妇，或孕或不育。
>
> 同是为孩童，或生或不禄。
>
> 明足察秋毫，何以有盲目。
>
> 捷步快先登，何以有跛足。
>
> 六合同覆载，何以判荣辱？

躯壳与官骸，何以分愚哲？

贵贱悬霄壤，里巷异歌哭。

强者厌文绣，弱者供鱼肉。

忧患使人悲，安逸使人溺。

名利使人歆，情感使人惑。

百怪与千奇，吾舌难尽述。

何术驭凡民，群雄不逐鹿。

相率勤陇亩，日出而入息。

干戈胥扫除，生民获幸福。

老夫不解事，残编容我读。

凡百从民欲，其乐真无极。

以《天问》之怀，合老庄之旨。奇思怪想，提出种种社会问题来发挥其见解。欲泯除国家、种族、爱憎、愚智、贵贱、强弱种种区别，摈弃忧患、安逸、名利与情感的诱惑，以为如此才能达到乐境，颇有空想社会主义的意味。全诗以排比层层议论，恣肆有气势，其奇趣发人深省。其《解嘲》也是一首说理蕴趣诗：

静观千年如一瞬，运行流转不知疲。

群氓蚩蚩苦不觉，稍觉变化惊新奇。

恒言人睡如小死，日日生死相推移。

吾身虽已随物化，子孙嗣续已潜滋。

蚁穴侯王成世界，百千万年仍在兹。

老庄阐明哲家理，彭殇一例世皆知。

精灵自足存天壤，躯壳重毁胡足悲。

自饯留别皆多事，始作话柄留新诗。

勘破生死大关，在其能明了物质转换不灭的哲理。诗风纵宕而无涩滞之病。

冒广生（1873—1959），字鹤亭，号疚斋，江苏如皋人。清末官农工商部郎中，民初任财政部顾问，后任教中山大学，兼广东通志馆馆长。抗日战争时隐居上海从事著述。有《小三吾亭诗》。他与陈三立、陈衍交游，但其诗不受同光体影响，不似黄山谷、陈后山，不为拗折峭硬，然也好宋诗，远绍苏轼、陆游，近则追踪吴伟业、朱彝尊、王士禛。追求"清高气深稳"与"活"，以达到"晦明风雨皆光怪"的诗境，反对"求新奇"而"落痕迹"（《赠潘兰史》）。主张熟典生用，深思浅出，力求苍秀峻洁的诗风。如《初入盘山》诗中云：

> 颇惊石打头，却顾云生足。
>
> 谡谡千尺松，森森百围木。
>
> 泉流渐有声，山削瘦无肉。
>
> 穷追恃腰脚，仰视眩心目。
>
> 太行蜿蜒来，至此势一束。

开合动宕，而情韵并茂。句如"江光夜碧缺月生，海气朝红初日浴"（《同傅沅叔宿金山妙高台》），随物赋形，描写逼真，诗风俊爽。

以上诸人在政界时间不长，作诗均有相当造诣。不过，他们未能有意识以诗反映民众苦难、社会的真实面貌，也没有诗歌创新的锐气，而是在离职后把诗作为寄寓襟怀、颐养性情的工具。

在京津一带的遗民诗人主要有：王树枏（1852—1936），字晋卿，号陶庐老人，河北新城人。清末官新疆布政使，民国后隐居北京。有《文莫室诗》。赵元礼说他的诗"浑穆如古谣谚，而用笔极潇洒，质朴风华盖兼而有之"[1]。钱仲联论其诗："肆力杜、韩，挥霍雷电，吞吐河岳，是何神勇。"[2] 有《送裴伯谦南归三首》，其一云：

> 朝登瑶圃采朱霞，夕上层城撷露华。
>
> 秋月五更飞破镜，长河万里送归槎。
>
> 侧身西极涕盈把，走马南山看到家。
>
> 携得昆仑岭头雪，冷吟终日伴梅花。

---

① 赵元礼：《藏斋诗话》，张寅彭主编《民国诗话丛编》第二册，上海书店出版社，2002，第 227 页。

② 钱仲联：《近百年诗坛点将录》，《当代学者自选文库：钱仲联卷》，安徽教育出版社，1999，第 685 页。

从高远之境写来，归结到幽情别绪，笔力雄肆，而又不乏柔美。

孙雄（1866—1935），字师郑，江苏常熟人。清末官吏部主事，北洋学堂监督。入民国以后在北京从事文化活动。好作诗，自言"欲以艰苦争恢奇"，但其实不少诗是应酬标榜之作，只有怀人感事诸诗，有助于掌故之谈。

秦树声（1861—1926），字宥衡，河南固始人。清末进士，官广东提学使。民初寓居北京。诗不苟作，每有清鲠之气。徐世昌创办晚晴簃诗社，屡招他不往。汪辟疆论其诗："书味外溢，真气内充。中州诗人，右衡为冠。"[1]但陈衍对他的评价不太高，认为不过是唐代好造怪异之语的樊宗师之流。（见《石遗室诗话》）张勋复辟时，他作《丁巳都门感事》一诗云：

> 呜咽中江入海流，知君清坐不胜愁。
>
> 鲁戈过眼空三舍，宋铁伤心尽六州。
>
> 自昔武夫避黄发，于今吾道属苍头。
>
> 人间合有蟾蜍寿，书剑临风涕泪收。

对张勋复辟事深为遗憾，而"宋铁"一句则是讽刺他的好友王乃徵应康有为之邀，接受学部侍郎一职。他识远虑深，用典自如、风骨沉健是其长，陈衍所言不足为训。

第六节　近现代之交著名学人的晚年诗创作

严　复　　林　纾　　柯劭忞　　王国维　　章太炎　　刘师培

20 世纪初，出现一批学养深厚而又目光远大、积极向西方学习的著名学者，成为思想界或学术领域的先驱。而当新文学兴起时，他们大多持反对态度，尤其不主张废旧体诗。他们在诗学上有独到见解，

---

① 汪辟疆：《光宣诗坛点将录》，《汪辟疆文集》，上海古籍出版社，1988，第 363 页。

其诗作反映其深邃的思想与审美情趣。

严复（1853—1921），字几道，福建侯官人。以翻译《天演论》《原富》等著称于世。清末任京师大学堂译局总办，民初任北京大学校长。后参加"筹安会"，为世所诟。他论诗主张不必强分尊唐宗宋，关键是要反映时代生活，诗中要有自己个性："光景随世开，不必唐宋判。大抵论诗功，天人各分半。诗中常有人，对卷若可唤。"（《说诗用琥韵》）强调诗之真"发于自然，达于至深"[1]，达到"清新俊逸殆无援，着眼沉郁兼顿挫"的境界。要求内容深厚，加以激情的唱叹，形成音节的跌宕。

他从学王安石诗入手，又以杜诗为骨格。其诗苍健朴厚，简洁而力去枝蔓，造意新而气韵高古。往往以文为诗，注重论事与修辞，笔带感情，但不尚夸张；逻辑相对严谨，但拘束了其艺术形象的表现。《六十一岁生辰，韩生以诗见寄，斐然有怀，次韵为答》诗中云："眼阅沧桑换，心惊甲子新。元黄犹未已，衰白日交臻。"那么他惊的是什么呢？他看到民初政坛依然是"失水蛟龙聊复尔，偷仓雀鼠故依然"（《写怀》）。一方面是有才能者无法施展，一方面是欺世盗名的小人窃占地位，所以他哀叹"江湖无地栖饥凤，朝暮何年了众狙"（《寄散原》）。

严复写景的诗不多，有《三月三日挈叶氏甥约刘伯远、通叔兄弟、侯疑始游万生园》诗中云：

> 西山青眼故依然，沧海横流嗟未已。
>
> 清游聊复五人同，不必流觞依曲水。
>
> 语阑天末转轻雷，似以微阳告春始。
>
> 更将何物洗荒伧，唯有唐花开玉蕊。

意味深长而凝重，体现其思深虑远的见识。有的诗比兴深曲隐微，如《民国初建，政府未立，严子乃为此诗》：

> 灯影回疏棂，风声过檐隙。
>
> 美人期不来，乌啼蠡窗白。

---

[1] 严复：《诗庐说》，《严几道诗文钞》卷三，台湾文海出版社，1970，第177页。

隐约曲折地表现他对合理社会的期待。然逢民初政坛乱象之际，他又深深失望了，从"可怜四海无晴旭，端为神龙治水多"（《久雨》）、"只余野史亭中语，落日青山一片愁"（《题孙师郑感逝诗卷》）等句中流露一片惆怅的情绪。

严复的弟子侯毅，字疑始，江苏无锡人，曾留学英国。作诗往往构思出奇，如"荒庭倚树真亡我，白日持灯不见人"等句，能自道其怀抱，暗寓对时局不满。又好以理语入诗，如《说理杂诗》中云：

> 脑府孕奇灵，动荡构思意。
>
> 积浪传八方，万物供驱制。
>
> 触类成感应，离电同其致。
>
> 至诚开金石，前贤岂吾戏。

写出当时人对大脑的认识，颇有新意。

林纾（1852—1924），字琴南，号畏庐，别号冷红生，福建闽县人。清末任过京师大学堂讲席。是较早大量翻译西方小说的著名翻译家，所译《茶花女》一书风靡一时，诚如严复诗云："可怜一卷茶花女，荡尽支那浪子魂。"民初任北京大学教员时，思想尚能随时代俱进，曾说："仆生平弗仕，不算为满洲遗民，将来仍自食其力，扶杖为共和国老民足矣。"[1] 不久政局的混乱失序，使他陷于失望，反而怀念起清廷的立宪，自甘为大清遗民，亲往崇陵谒陵十一次。其心态可见于诗中："聊藉清明伸一恸，幸凭灵爽鉴孤臣。"后来袁世凯称帝时拉拢他，他严词拒绝，有诗明其志节："胁污谬托怜才意，却聘阴怀觅死方。侥幸未蒙投阁辱，苟全性命赖穹苍。"（《追忆》）以后他反对弃文言用白话，曾致信北大校长蔡元培，不识时务，被人视为顽固，然不为时风所转，却也是其耿介个性的展示。

他入民国以后才大量作诗，以致人们认为他是中年出家。陈衍说他"诗境大进，在自然不假做作。……承接转换处殊见手腕，是以文家、

---

① 吴家琼：《林琴南生平及其思想》，《福建文史资料》第 5 辑，福建人民出版社，1981，第 98 页。

画家法作诗者"①。有《畏庐诗存》二卷。他作诗反对寄人篱下，主张
自道性情，不贵绮丽，不假做作。他学苏东坡、陈与义，往往有独造
之境、独得之见，清旷中有幽奥。如《题画诗》其二：

> 危栈黏天路不分，鞭丝帽影印斜曛。
>
> 半程微觉驴鞍湿，记犯山腰一阵云。

又如《余每作画必草一绝句于其上，二年以来作画百余帧，而题句
都不省记，强忆得卅首，拉杂录之》：

> 蓦然失却碧芙蓉，云出山来白万重。
>
> 不管人间方待雨，只从天半作奇峰。

点染浓淡，饶有画意而见空灵，笔法疏朗淡远，清真秀雅。

七律也同样饶有画境，如《由石门入山道中口占示梦旦、稚星、
拔可》：

> 似闻草木发奇芬，沿路峰皆斧劈纹。
>
> 瞬息阴晴终作雨，高低松栝偶来云。
>
> 响泉坠涧前溪应，危径穿山积绿分。
>
> 竹轿飘然空翠里，林峦转处待诸君。

流利而清爽，境界幽深高远。他在诗之后半也往往写景，让人想望不
尽之意。句如"田水赴溪微作瀑，露萤过竹远疑灯"（《乐清舟中》）、"颓
绿尚饶秋望美，片云如傲旅人闲"（《自徐州看山至浦口》），观察入微，
描写真切。议论句如"本无得丧宁生感，自爱沉冥渐近禅"（《丁巳七
月乱后》）、"倘为轻财疑任侠，却缘多难益怜贫"（《自嘲》），以文入诗，
然不碍其抒性灵，而句法灵巧多变，愈见其萧淡之怀。

有的诗伤乱述怀，反映了民初的政治风云变幻，如《闻福建兵变
凄然有作》《壬子正月十二日入都》等诗。后者写袁世凯在北京指使
曹锟率部兵变，其中说：

---

① 陈衍：《石遗室诗话》卷二十六，张寅彭主编《民国诗话丛编》第一册，上海书店出
版社，2002，第 359 页。

> 居人争效猢狲蹲，叛军直作老熊扑。
>
> 烛光暗处影塞扉，剑声铿然刃破楔。
>
> 万声杂动呼天门，掠索旋过舍五六。
>
> 斗然枪止不闻声，趣行颇似鬼相逐。
>
> 人人握刃手巨火，非灯非炬焰深绿。
>
> 仅半炊许光绛天，栋摧瓦覆甋棱烛。

描绘了叛兵的凶狠与民众的恐怖、建筑被破坏，然后愤怒地谴责抢掠者祸国殃民，只为一己篡权的私利：

> 汝曹一夕恣捆载，吾民百室空储蓄。
>
> 大帅充耳若弗闻，拥贼作卫谬钤束。
>
> 利熏心痒那即已，都门行见一路哭。

矛头直指拥兵自重的军阀。长篇《十四夜天津果大掠》诗写道"刀痕着扉板都碎，窗扇委地楼全空""巡卫匿赃易衣出，反以逐捕矜奇功"的混乱，以铺叙描写的手段来充分展开事件的全过程。他想作"杜陵诗史"，陈衍《怀畏庐》中说他"铺张排比杜陵人"，虽比拟过高，却也是他希望达到的境界。

柯劭忞（1850—1933），字凤荪，一字凤笙，山东胶州人。清末官至贵州提学使，民初为清史馆代馆长。世人多钦敬其史学，而不知其诗。有《蓼园诗集》，感时抚事，可称诗史。精心属意之作，不让同光体之作。他视诗为末艺，然诗却能表现其精神、思想、学术之行事。他学赡才富，不肯拾人牙慧，落入窠臼，故能风骨高骞，意境深厚，吐语不凡。五言古风宗汉魏，最为浑雅；七古宗唐人，似韩昌黎；律诗宗盛唐而学杜甫，有杜、韩之骨力，蕴苏、黄之理致。尤擅作长律，排比铺叙，气势充沛。四川徐际恒题其诗集云："大雅沦胥蔓草中，筝琶细响乱丝桐。派从大历窥宗匠，体到西昆识变风。法乳能探三昧奥，词源真障百川东。梅村不作渔洋渺，低首骚坛拜此翁。"

20世纪初，出现一位学贯中西的大学者王国维。他的学问博大精深，富于创新，奠定了现代学术的基础。缪钺说他"生平治经史、古文字、古器物之学，兼及文学史、文学批评，均有深诣创获，而能开新风气，诗词骈散文亦无不精工。其心中如具灵光，各种学术，经此灵光所照，即生异彩"[1]。他在文学研究方面的代表作为《人间词话》《宋元戏曲史》。当今对其学术与词创作的研究不少，但是罕有人论其诗。

王国维（1877—1927），字静安，号观堂，浙江海宁人。起初在上海任时务报馆书记，因作《咏史》诗而得罗振玉赏识，在罗的帮助下留学日本，归国后在通州师范学堂任教习。辛亥革命后，他随罗振玉亡命日本。叹国内局势之紊乱，立志整理图书："莽莽神州入战图，中原文献问何如？苦思十载窥三馆，且喜扁舟尚五车。"（《定居京都》）1916 年归国，在上海任仓明智大学教授，1923 年充溥仪南书房行走。后因胡适之荐，任清华国学研究院导师。1927 年 5 月自沉于颐和园昆明湖。

他能评诗，如论吴梅村诗"龙跳虎卧而见起伏，鲸铿春丽而不假典故，要唯第一流之作者能之"[2]；评日本铃木虎雄《哀将军曲》"悲壮淋漓，得古乐府妙处。虽微以直率为嫌，而真气自不可掩"[3]。他以余事作诗人，但认为自己感情并不丰富，偏于理性方面，曾说："欲为诗人，则又苦感情寡而理性多。"[4] 其实他取法魏晋唐宋，兼采众长，自辟蹊径，出手不凡，五言长律，精丽工整，而情志凄然。五古《昔游六首》写景清虚绵邈，然构思造语，仍近于词。其中写他泛长江西上所见：

> 马当若连屏，石脚插江岸。
>
> 窈窕小姑山，微茫湖口县。

---

① 缪钺：《王静安与叔本华》，《诗词散论》，上海古籍学出版社，1982，第 103 页。

② 王国维：《致铃木虎雄》，周锡山评校《王国维文学美学论著集》，上海三联书店，2018，第 404 页。

③ 王国维：《致铃木虎雄》，周锡山评校《王国维文学美学论著集》，上海三联书店，2018，第 405 页。

④ 王国维：《自序二》，周锡山评校《王国维文学美学论著集》，上海三联书店，2018，第 261 页。

> 回首香炉峰，飞瀑挂天半。
>
> 玉龙升紫霄，头角没云汉。
>
> 昏旦变光景，阴晴殊隐现。
>
> 几时步东林，真见庐山面。

清旷雄丽。又如《小除夕东轩老人饷水仙钩钟花赋谢》诗中云：

> 云气荡东海，嘉树森西园。
>
> 衣带绕北江，芳草被南阡。
>
> 市楼一回合，苍翠空无端。
>
> 峨峨故纸堆，兀兀文字禅。
>
> 荒荒时运尽，迈迈我生观。
>
> 幽谷掣岩电，回照群动前。
>
> 短智蹑天后，深忧居人先。
>
> 雨水苦岁遒，檐溜鸣潺潺。

写景清丽隽妙，转入议论，淳雅中蕴涵了"独立苍茫自咏诗"的深沉感受。诗中间用骈偶或用古文句法。东轩老人即沈曾植，号巽斋。王国维治学很受他的影响，有的诗有意学沈曾植的高古僻奥之体，不过沈氏多用佛典，而王国维多用史事入诗。

1912 年至次年，他写了 20 首古风与歌行体。因此时亲历"虎鼠龙鱼无定态"、"应为兴亡一拊膺"（《颐和园词》）的历史变更之后，为有足够的容量，便以长篇诗章来留下时代的画卷，所以作了一些悠扬婉转、精丽华畅的长庆体七言歌行。如《癸丑三月三日京都兰亭会》《海上送日本内藤博士》《海日楼歌寿东轩先生七十》等，以意驭笔，滔滔汩汩，流转自如。沈曾植以为此类诗"格制清远，非魏晋后人语"[1]。《颐和园词》歌行记清末宫中史事，受王湘绮《圆明园》诗启迪，也有吴梅村的影响。长于议论，感慨苍凉。吴宓评此诗云："高古纯挚，

---

[1] 王国维：《和巽斋老人〈伏日杂诗〉四章》，周锡山评校《王国维文学美学论著集》，上海三联书店，2018，第 439 页。

直法唐贤，胜过梅村《永和宫词》。"①

王国维也擅长以七律表达绵邈悱恻之挚情，其中有李商隐的影响；其用笔之一气旋转、婉曲跌宕、深曲峭劲之致，则又得力于宋人，如《游仙》中云："经霜琪树春前槁，得水神鱼地上行。尽有三山沉北极，可无七圣厄襄城。蓬莱清浅寻常事，银汉何年风浪生。"《再酬巽斋老人》中两联云"人喧古渡潮平岸，灯暗幽坊月到门。迥野螳蚰多切响，高楼腐草有游魂"，自有一种高华严冷意。其《杂感》中一联"云若无心常淡淡，川如不竞岂潺潺"，则用笔波磔而空灵，富蕴哲理。又《五月十五夜坐雨赋此》中两联"水声粗悍如骄将，天色凄凉似病夫。江上痴云犹易散，胸中妄念苦难除"，所用两喻独出胸臆，颇见巧思。他还有意运用新名词，融活泼入古雅。句如"天边远树山千叠，风里垂杨态万方""蓬莱自合今时浅，哀乐偏于我辈深""人生过处唯存悔，知识增时只益疑"，抒写人生体悟，妙趣横生。

留心其诗，一是有不少抒发哲理之处，并将其理趣融化于幽美的形象之中，清邃渊永，既没有平铺直叙的陈述，也不堆砌哲学的术语，而是通过描写物象，或抒发情怀，将哲理融入其中，使读者感到情致缠绵、意味浓郁，有理趣而无理障；二是在诗中能以史家眼光评判事件，富有深沉的史识与高度的概括力，追往伤来，有着凝重的沧桑世变之感。

章太炎（1869—1936），名炳麟，字枚叔，别号太炎，浙江余杭人。早年师事经学大师俞樾，后东渡日本，积极投身资产阶级民主革命，创办国学振兴社。其时的诗多抒发在时代大变迁前夜所遭受压抑的愤懑以及急欲变更现实的心态，如言"隼厉击孤鸾，鸾高先铩翮"（《杂感》）。传诵甚广的《狱中赠邹容》一诗中云，"临命须掺手，乾坤只两头"，写志士握手话别入狱，勇于就义，氛围悲壮。辛亥革命后，反对袁世凯独裁专制，讽其"沐猴而冠带，鸡犬升天啼"（《长歌》）。他毅然入京，赋诗云"时危挺剑入长安，流血先争五步看。谁道江南

---

① 吴宓：《空轩诗话》，张寅彭主编《民国诗话丛编》第六册，上海书店出版社，2002，第23页。

徐骑省,不容卧榻有人鼾"(《时危》),剖白他与独裁者有不共戴天之恨。他拒绝袁世凯的拉拢收买,亲至总统府,大骂袁世凯包藏祸心,一度被袁世凯羁留监视。后来他对新文化运动持反对态度,有诗云"学童腾踔如飞狼,虎皮先生寒作羊"(《大学》)、"君看九流起,燔书资狂秦。狂秦尚持法,清谈能食人"(《闻广东毁文庙》),嘲讽参加学潮的大学生如狼般凶猛,认为新文化倡导者的言谈是不庄重而佻者流,比秦始皇焚书还要厉害。

章太炎持复古主张,认为诗歌一代不如一代,崇尚汉魏五古诗及乐府,尚四言而抑近体,主三唐而薄两宋,推崇明代前后七子,主张诗"重比兴,不用典"。其主张与汉魏派首领王闿运不谋而合,但他认为王闿运追求形似,字规句拟,有不满之处。曾改作王的《游仙》诗,其实未见得比王的原作高明多少。诗不多,在《章氏丛书》中不到四十首。诗学汉魏诗及古乐府,有一种古朴醇厚的风韵。1916年作《岳麓》一诗云:

> 明发度湘水,相牵登绝巘。
>
> 出郭无半驿,随磴近千转。
>
> 垒垒冢相似,冥冥露犹泫。
>
> 隔峰闻鸡鸣,开径杜鹿瞳。
>
> 秋风日夕来,草静沙亦浅。
>
> 成功古不易,告归今始免。
>
> 笑彼上蔡豪,父子哭黄犬。

见墓冢无数而相似,智愚人同样归宿,露水易干而在哭泣,触景生情,有人生易逝、功业难建之慨。讽刺帮助袁世凯称帝的诸公不过是李斯之辈。李斯,河南上蔡人,为始皇相国。秦二世时,论罪腰斩咸阳市,出狱上刑场时,对其儿子说"吾欲与若复牵黄犬俱出上蔡东门逐狡兔,岂可得乎"[1],因求功名利禄而落得可悲下场。此诗较为浑成而甚少诘

---

[1] 司马迁:《史记》卷八十七《李斯列传》,中华书局,1963,第2562页。

屈之病。钱仲联说他的诗"学汉魏乐府，诘屈古奥，与其论诗之主张
相合。其自书丙辰（1916）出都以后诗，高古而弥近自然"①，即指此
类写景抒怀诗。

其律诗往往发调高远，豁露其高蹈尘躅的胸怀，如"高柳日光赤，
飞尘乱度墙"（《防疫》）、"大江至荆楚，天险为之开"（《思岳阳》）、"蹈
海千行旅，磨坚一秃翁"（《寄亦韩、仲荪》）、"天开衡岳竦南条，旁
挺船山尚建标"（《得友人赠船山遗书二通》），意象飞动，光色变幻。
又如《九日》一诗，高古而不觉其为律诗格律所矩范，诗云：

> 国乱竟无象，天高空我知。
>
> 出门时傍菊，中酒复盈卮。
>
> 谈笑随年劣，清狂入道迟。
>
> 危楼亦乘兴，恨乏九能辞。

此诗言国家陷入混乱，而我徒知天意人心。出门傍菊饮酒，以寻求慰藉，
可与陶渊明为隔世知音，乃是后半生不合时俗而孤标傲世的写照。欲
阅世高谈以警世，又自恨无九能之辞。"九能"是古代理想的九种才能，
如升高能赋、师旅能誓、山川能说等。《诗经》毛传云："君子能此九者，
可谓有德音，可以为大夫。"②总的说来，他的诗苍健朴实，用字古拙
诘屈，个别地方生涩费解，缺乏清雅疏畅之气，有拟古之迹。还有些
诗形象性不太强，缺少情韵悠长的余味。

与太炎于1913年结褵的汤国梨（1883—1980），字志莹，号影观，
浙江吴兴人，先后参与筹办中国女子救国会、女权同盟会等。有《影
观集》。所写诗多为眼前景，与其意会，一派天籁，韵远神清，不依傍，
不因袭。句如"暮云添出一峰青"（《育王山晚眺》）、"袖倚天风窈窕凉"
（《再赋屋顶种花》）、"寒翠滴衣清影湿，远岚拥髻晚烟晴"（《自妙喜

---

① 钱仲联：《近百年诗坛点将录》，马亚中编《学海图南录——文学史家钱仲联》，南京
大学出版社，2000，第254页。

② 《毛诗·鄘风·定之方中》，《毛诗正义》，中华书局影印阮刻《十三经注疏》，1957，
第1183页。

出走》），皆未经人道语，自然天成。太炎逝后，她极悲伤，加以抗战爆发而避难流离，诗风转为凄婉。

当时著名的学者诗人还有刘师培（1884—1919），字申叔，号左盦，江苏仪征人，精研经学，于《左传》用力特勤。曾与章太炎、黄节、邓实在一起成立国学保存会。民初任北京大学教授，参加过臭名昭著的"筹安会"。其诗宗法杜甫，间学汉魏，近学顾炎武，体格宏壮，只是略嫌肤廓。五言出入鲍照、谢朓，自然高古，七律气韵深稳。所作咏史诗斑驳陆离。其《癸丑纪行六百八十八韵》为其生平杰作。入蜀以后，诗境日益开拓，气魄更为高浑。有《左盦集》《匪风集》。

民国初年，北京大学教师中以桐城派学者居上风，治学走传统国学一路。宗宋诗而与同光体相近的有姚永朴（1862—1939），字仲实，安徽桐城人。历任北京大学、东南大学、安徽大学教授，1935年归故里。著《蜕私轩集》。诗不多作，但大多有为而发，格调雅驯有法度，以瘦硬之神，入澹远之韵。句如"众芳芜秽佳人老，一叶飘零天下秋"（《陈伯严索近作赋诗》），感慨深沉。其弟姚永概（1866—1923），字叔节，曾任北京大学文科学长。著有《慎宜轩诗》。诗风古淡朴茂，枯而能腴。取径北宋，出入梅尧臣、陈师道、元好问之间。语必生新，而志在独创，工于刻画物象。但这两人均不以诗名。

第七节　南社的由来及其创作

柳亚子　　陈去病　　高旭　　高燮　　胡石予　　胡寄尘
庞树柏　　徐自华　　苏曼殊　　林庚白　　诸宗元

南社创立于清末，发起者为陈去病、高天梅、柳亚子。1909年11月，陈去病、柳亚子在苏州虎丘召开了第一次集会，宣布南社成立。与会者朱锡梁、庞树柏、陈陶遗、沈砺、俞锷、林砺、朱少屏、诸宗元等，大多是同盟会会员。南社"踵东坡之遗韵,萃南国之名流"[①],一时之盛,传播宇内。它的成立已隐然含有政治目的,以"南风"作号召,与北朔清政府相对抗。众多成员痛愤清廷腐败,怀抱救国和振兴文学的志向,以诗鼓吹反清革命,宣传民主革命。

民国以后,成员迅速增加,诚如陈去病所记述:"既而革命军兴,南都建国,由是四方贤豪毕集吴会,而社友乃益盛遍中国矣。"[②]据《南社通讯录》记载:1912 年有社员 321 人,次年增至 825 人。并在其他城市设有分社,如绍兴越社、沈阳辽社、南京淮南社、广东广南社和南社粤支部,同时在杭州的平民日报馆特设通讯处,在北京的国民新闻社内设事务所。成员最多时达 1180 人。籍贯以江苏、浙江两省为多,次则广东、湖南、福建。其中一部分后来成为国民党政府要人,如汪精卫、于右任、居正、叶楚伧;一部分成为著名学者,如胡朴安、黄侃、吴梅、胡先骕、马君武、邵元冲、陈匪石。他们对创造新社会满怀希望,风云际会,汇聚在南社旗帜下。正是由于一批批诗人的加盟,遂使南社成为中国前所未有的最大的诗词团体。每于春秋佳日,必为文酒之会。从南社创立到 1917 年,在上海等地共举行过 15 次雅集,每次集会后编辑诗集出版,名曰《南社丛刻》,分诗、文、曲三类,共刊行 32 册。

民国的成立,为南社诗人们带来短暂的兴奋,他们拥护辛亥革命的胜利,讴歌民主的到来。但袁世凯窃取大总统一职,实行独裁统治,残酷镇压革命党人,激起了诗人们极大的义愤,不少社员参加反袁斗争,或投笔从戎,或通电声讨。南社骨干如宋教仁、宁调元、杨德邻、范光启、仇亮、陈以义、陈其美、吴鼎等在二次革命失败后被杀害,使南社大伤元气。有的人思想趋于消沉,或退隐家园,或削发为僧,或潦倒于歌楼酒肆之中。

1917 年前后,南社内部因同光体与唐宋之争而分裂。起初,胡

---

① 陈去病:《南社雅集小启》,《民吁报》1909 年 11 月 6 日。

② 陈去病:《南社杂佩》,《上海文史资料选辑》第 44 辑,上海人民出版社,1983,第 121 页。

先骕论诗崇尚宋诗，柳亚子大为不满，赋诗云："诗派江西宁足道，妄将燕石砥琼琚。平生自有千秋在，不向群儿问毁誉。"(《狂人谬论诗派，书此折之》)胡本人保持沉默，闻野鹤、成舍我、朱鸳雏为之抱不平。吴虞响应柳亚子的观点，认为上海诗坛向由同光体诗人垄断，现在要让南社起来。一部分南社社员尊陈三立、郑孝胥为诗界巨子，闻野鹤在《民国日报》上著文盛称同光体。柳亚子愤而质责说："欲中华民国之诗学有价值，非扫尽西江派不可。"①他强调民国成立后应别创新声，写出"黄钟大吕，朗然有开国气象"的作品，决不能再让亡国士大夫作诗坛头领："今既为民国时代矣，自宜有代表民国之诗，与陈、郑代兴。岂容嘘已死之灰而复燃之，使亡国之音重陈于廊庙哉？……亚子虽无似，不敢望诗界之拿破仑、华盛顿，亦聊以陈涉、杨玄感自勉。"②少年气盛的他，志在推倒同光体在诗坛的主导地位，另标盛唐之音，而朱鸳雏为同光体辩护，认为郑孝胥等人诗"语意之间，莫不忧国如焚，警惕一切"③，并嘲笑吴虞反对同光体是"执螳蜓嘲龟龙"，指斥柳亚子是妄人。双方陷入人身攻击的泥潭。柳亚子不经集体讨论，以南社主任身份将朱鸳雏开除出社。成舍我提出抗议，柳亚子又宣布驱逐成舍我，内部分歧愈加扩大，严重对立。成舍我联合蔡守、刘泽湘、周咏等人在上海成立南社临时通讯处，发表紧急通告，提出"南社革命"，恢复南社旧章，打倒柳亚子。同年9月，田梓琴、叶楚伧、陈去病等二百余人在《民国日报》发表启事，支持柳亚子，声明"驱除败类，所以维持风骚；抵制亚子，实为摧毁南社"④。10月南社改选，柳亚子仍当选南社主任。但柳本人因种种刺激，多次提出辞职。事至此，发展迅猛的南社却在短时间就呈现分崩离析之势。

其时新文化运动兴起，白话诗开始流行，南社的活动与创作不再

---

① 柳亚子：《磨剑室文录》上册，上海人民出版社，1993，第457页。

② 柳亚子：《磨剑室文录》上册，上海人民出版社，1993，第495页。

③ 朱鸳雏：《平诗》，《民国日报》1919年7月9日。

④ 于十眉等：《公启》，《民国日报》1917年8月25日。

为社会所注目。1923 年北京国会选举，19 人接受了每票五千元的贿赂，选举曹锟为总统，被称为"猪仔议员"，高旭在其内，受到南社进步人士及国人的谴责，然而南社自身也受到更大的震撼以至解体，从此走完了它的历史道路。余其锵在诗中哀叹说："百年涕泪垂垂尽，一代文章黯黯空。夜半疾风摧草碧，春残微雨落花红。"（《南社巨子多半凋零矣，诗以恸之》）关于南社的历史意义，曹聚仁说：

> 南社首先揭出革命文学的旗帜，和同盟会的革命运动相
> 呼应。……南社的诗文，活泼淋漓，有少壮朝气，在暗示中
> 华民族的更生。那时年轻人爱读南社的诗文，就因为她是前
> 进的革命的富于民族意识的。我们纪念南社，也就纪念富于
> 革命性的少壮文艺。[1]

简言之，就是以富于激情的诗鼓吹、推进革命，标榜爱国主义。

南社的主导取向，即高扬布衣之诗的旗帜，以气节相号召，提倡唐音，在艺术上追求一种磅礴的气势、雄浑豪放的艺术风格和刚健遒劲的阳刚之美，带有理想主义、浪漫主义。南社成员年龄较轻，在清末时大多未博取功名，他们对推翻旧世界、建立民国充满了希望，朝气蓬勃。当时柳亚子很自豪地作诗云："一代典型嗟已尽，百年坛坫为谁开？横流解悟苏黄罪，大雅应推陈夏才。"（《时流论诗多骛两宋，巢南独尊唐风，与余相合》）苏黄即指以苏轼、黄庭坚为代表的宋诗派，隐指同光体；陈夏指明代尊唐的诗人陈子龙、夏完淳。以是否学宋诗作为划分落后还是进步的标准，无疑是不科学的。柳亚子的诗表明柳本人及其跟随者力图创新树帜的愿望，但一开始就把在诗坛上影响最大的同光派诗人作为斗争目标，导致火药味浓重，为武断、片面、极端看问题的风气开了一先例。

其实，尊唐或宗宋，各有长短，尊唐的好处是气韵浑成，格调高昂，但也容易出现一些弊端，空廓浮浅，高而不沉，缺少深微奇警的

---

[1] 曹聚仁：《纪念南社》，柳亚子编《南社诗集》第一册，中学生书局，1936，第 1 页。

境界。后来新文学运动领袖胡适对南社诗人有相当不恭的评价，在寄陈独秀一信中说：

> 南社诸人，夸而无实，滥而不精，浮夸淫琐，几无足称者。更进，如樊樊山、陈伯严、郑苏盦之流，视南社为高矣，然其诗皆规摹古人，以能神似某人某人为至高目的。[1]

胡适的目的是全面推倒旧体诗，但其中不无某些切中要害之处。柳亚子对此表示不满，在寄杨杏佛书中说："胡适自命新人，其谓南社不及郑、陈，则犹是资格论人之积习。南社虽程度不齐，岂竟无一人能摩陈、郑之垒，而夺其整弧者耶？"[2] 指斥同光体代表人物如郑孝胥、陈三立、陈衍等人是"少习胡风，长污伪命，出处不臧，大本先拨。及夫沧桑更迭，陵谷改观，遂靦然以夏肆殷顽自命，发为歌咏，不胜觚棱京阙之思"[3]。他认为同光派诗人多是清末官僚，眷恋旧的时代，在内容上认为同光体一无可取，多淫哇之声，忽视此派诗人也有不少忧国忧民之作；在艺术上认为同光体雕琢晦涩，忽视同光体在艺术上的着力追求与取得的成就，以人论诗，持见主观。至于宗宋，主要指的是同光派，此派本是为纠清代崇唐流弊而兴起，学之者众，其末学之弊，或不从思想境界方面提高，而是致力于雕琢字词。其实同光体与南社在艺术上各有长短，可以互补。诚如钱基博为孙颂陀诗存所作序中说：

> 窃见近世之称诗者，多诵西江，其不然者，高谭盛唐。然而诵西江者，以生涩为奥峭，而不知弓燥固贵手柔；言盛唐者，以庸肤为高亮，而不知大含尤薪细入。斯诚诗道之穷，莫若求以清新。清则不涩，新则不腐。[4]

---

① 胡适：《寄陈独秀》，欧阳哲生编《胡适文集》第 2 册，北京大学出版社，1998，第 4 页。

② 柳亚子：《磨剑室文三集·与杨杏佛论文学书》，中国革命博物馆、上海人民出版社编《磨剑室文录》，上海人民出版社，1993，第 450 页。

③ 柳亚子：《磨剑室文二集·习静斋诗话叙》，中国革命博物馆、上海人民出版社编《磨剑室文录》，上海人民出版社，1993，第 334 页。

④ 钱基博：《箫心剑气楼诗存序》，《序跋合编》，华中师范大学出版社，2014，第 220 页。

有人认为："唐宋诗之争，在当时就成了革命思想与封建思想的斗争在文学上的反映。"①我以为，柳亚子的话间接反映了清末民初同光体兴盛的局面，而他对同光体的指斥有的近乎辱骂，有欠公允。同光体诗人同样有忧国襟怀、民族气节，不应以当年的出仕来指为污点，而且也有的遗民诗人崇尚唐诗，是否崇唐诗就一定代表革命思想，宗宋诗就代表封建思想，是保守派呢？如此简单化、片面化，又怎能解释南社中宗宋诗人黄节等的革命热情并不比尊唐诗人低。况且，南社内部也有一批宗宋诗人，如此划线，伤害甚大。柳亚子作为诗坛有影响的人物，应有包容百川、团结共事的气量，在人格上尊重，艺术上互相学习，而不应上纲上线，意气用事。正因其独断作风并要求艺术宗旨一致的做法，加速了南社自身的分裂。他的做法，就连高燮当时也表示反对："柳弃疾此次驱逐社友之事，其谬甚矣，乃不知自咎。"②

南社成员众多，其思想、气质乃至艺术修养等存在着较大的差别，并无一致的诗风。如柳亚子诗境逼肖龚自珍，"于神韵之中寓悲浑之致"③。高天梅崇尚屈原、鲍照、李白，他说："前身我是鲍参军，逸兴横飞思不群"（《赠哲夫四首》）、"屈原狷者青莲狂，我于其间必翱翔"（《石子招饮湖上酒楼醉歌》）。而南社后期主持人姚石子则又很推崇并效法杜牧，他说"我是天涯杜牧之，频频哀乐未能支"（《示亚子》），其抒情诗于婉丽俊逸中蕴含凄迷哀怨之感。有的成员诗风随着时代形势与个人身世遭遇的变化而变化。如宁太一早年诗作清新刚健，由于两次入狱，备受折磨，遂使他的诗朝着顿挫凝重一路发展。有的诗人在同一时期的诗也因体式不同而呈现不同的风格。然虽风格丰富多样，但由于思想气质和艺术修养方面具有相同或相似之处；兼之同受时代风潮的激荡，诗人们又在同一社团，经常聚集唱和，在创作实践上相互切磋、观摩和影响，因此其风格有相似之处：或昂扬豪放，或沉郁

① 郭延礼：《中国近代文学发展史》第三卷，山东教育出版社，1993，第 1772 页。

② 高燮：《与蔡哲夫书》，《中华新报》1917 年 10 月 21 日。

③ 方瘦坡：《习静斋诗话》，《小说海》第三卷九号。

悲怆，或清新淡远，或悱恻凄艳，而主旋律则是昂扬豪放、雄健刚劲。往往以抒情形式来议论时局，表达政见，大声振臂呼号，有强烈的功利色彩，又带有一些浪漫色彩。其见解不是以冷静分析和抽象显露的说教来体现，而是以热烈的感情、豪壮的气势、生动的形象来体现，大多主观色彩强烈，表露出干预现实、改变现状，施影响于历史进程的主观愿望。作者经常直接站出来，或大哭或大笑，不加掩饰地宣泄其愿望要求与喜怒哀乐，不仅写出忧时爱国的情绪，而且还写出其决心与胆量。此类诗中，诗人自我形象常常跃然纸上。在发表政见、议论时局的同时，常使用拔剑、磨剑、提刀、横刀之类字眼，如云："拔剑为君遥起舞，海天如墨雨如丝"（柳亚子《寄李少华甬上四首即效其体》）、"横刀跃马昆仑少，悲角寒筎壁垒粗"（《乙卯八月集磨剑室联句》）。这类诗句或表现在斗争挫折时那种提剑四顾、苍凉悲壮的心情，或表现在激烈斗争中豪迈勇武、横厉无前的气概。他们经常以古代侠士自况，来抒发除暴安良的决心与反抗精神。但用得太滥时，也使人感到有夸而不当，其实并不新鲜的毛病。

具有豪壮气势的诗往往带有浪漫色彩，如联句诗云：

左手高擎公路首，右手狂倒葡萄酒。（剑霜）

如此方称奇男子，放眼乾坤曾几有？（悼秋）

高歌一曲大江东，（剑霜）风云暗淡日不红。

起首言左手提袁术之头，借指袁世凯；右手倾酒痛饮，极富浪漫色彩。又好用夸张手法以增强表现效果，如言"愤来吸尽沧海水""酒酣欲负天地走""袖中藏得富士山"。有的任意驰骋想象，借神话传说而发挥，写得恣肆恍惚、瑰玮奇谲，诗人思想、抱负蕴含其中。如常熟人黄人，任苏州东吴大学教席。他的《太平洋七歌》一诗中，把祖龙鞭石、龙伯钓鳌、壶公缩地等神话传说都织进诗内，构成奇幻境界。然后抨击了袁世凯的专制政策："共和仍设民口防，笑倒地下周厉王。"诗人愿作精卫鸟，衔石填平沧海，使世界太平："呜呼太平洋七歌兮，不愿为鲲为鹏愿为衔石鸟，填平沧瀛成大道。"与激烈奔放的思想相适应的是，此类豪放的歌行体往往从大处着墨，不拘泥一字一句的推敲，自由奔放，句势错落排比，感情奔放，色调明亮。

有的诗偏于深沉凝重，以精警凝练的笔触来抒写心中的哀感郁气，表达对国家命运的忧虑，对遭受挫折的慨叹以及身世坎坷、壮志未酬的悲伤。民初政局混乱之际，他们在理想破灭后容易陷入悲观失望中，昂扬奋发与低沉感伤的情绪经常糅合在一起，经强加压抑，表现得回环往复，沉郁顿挫。在抒发伤时忧国的同时，常借助自然景物的描写来烘托和渲染气氛，或以景物的变化来曲折反映现实，隐喻时局。如陈去病《哭钝初》首联云"柳残花谢宛三秋，雨阁云低风撼楼"，暗喻袁世凯专制统治下的社会现实，以柳残花谢比喻宋教仁被暗杀。姚石子《春寒》两首也是采用暗喻手法，其一云：

> 朔风凛冽起萧晨，二月春寒剧闷人。
>
> 满地绿红都惨淡，雨丝云墨不成春。

以春寒景色象征二次革命失败后的时局，流露痛惜之情。其《落花》诗云：

> 萧萧落叶又惊秋，百感茫茫怕上楼。
>
> 衰柳临风看不得，一重烟雨一重愁。

看似轻飘，实则沉重，寄寓对革命失败的沉痛心情，表现得细腻深曲，将一腔怨恨置于凄迷而优美的境界中。还有一些悱恻凄艳之诗，多写儿女之情，有的豪放诗又往往与这类情调联系在一起，在激昂慷慨之情中，交织缱绻的绮思，颇有战士加才子的情调。有的写景诗观察细致，风格偏于幽隽。如吕志伊《雨后晚行》：

> 连朝阴雨满春城，万里羁人苦晚行。
>
> 山绕寒烟昏树影，滩撑危石咽江声。
>
> 萤飞草岸星疏落，犬吠花村月半明。
>
> 暂困泥途何所辱，为霖志在济苍生。

诗中炼"昏""危""咽"等字眼，在沉冥中产生一种紧张感，仿佛在黑暗中潜伏着危机。末联言志，则有生凑的痕迹。他如"枝影低斜花绰约,星光浮动月徘徊"(钱红冰《春夜偕友》),冷寂幽寒,情景交融。又如张昭汉的诗"嶙峋玉骨蕴天馨,自有庄严未媵婷"(《探梅邓尉》)、"疏林遥带玉为村,冷艳新招旧屐痕"(《游康桥》),婉丽而出语自然,以情韵见长。

但南社有些诗夸而不当,流于叫嚣亢厉,不少词语存在陈旧、粗糙、雷同、浅率的毛病。在急剧变革时期,人们要求以诗干预政治,重视诗的社会功能,着重诗言志,而忽略对诗艺术的探讨,也较缺少人生独特感受的意象。再是由于形势变化急剧,有的作者还来不及细细推敲,就匆匆以诗表态;有的诗人比较年轻,读诗不多,写诗时间也不长,虽号为布衣之诗,实际上接触生活面不广,缺少描写社会现实生活的力作,不重视细节的刻画,倾向于浪漫幻想的铺陈。加之大批附庸风雅者混迹其中,鱼龙混杂,降低了质量,造成诗风的浮躁。林庚白虽曾入过南社,但他也说:"南社诸子,倡导革命,而什九诗才苦薄,诗功甚浅,亦无能转移风气。"[1] 林与柳亚子为至交,文学见解相近,其言尚如此。

下面介绍南社中的几位重要诗人。需要说明的是,由于南社并不是诗歌风格流派一致的诗人团体,许多诗人在南社解体后继续长期创作,其成就并不能都归结到南社身上,故有些南社诗人入其他章节中介绍。

柳亚子(1887—1958),原名慰高,号安如,更名人权,号亚庐,又更名弃疾,号亚子,江苏吴江县人。少年时广交四方文人。湖南革命党人陈家鼎有诗赠他,"诸将岳王年最少,东南旗鼓早登坛"(《申江赠亚庐》),希望他建坛立帜,指挥诗界革命军。成立南社,他是主要筹划人。民国临时政府成立,柳亚子任大总统府秘书,未久因病返回上海。先后在《天铎报》《民声日报》《太平洋报》任编辑。袁世凯窃国,他写了不少诗哀悼反袁而死于屠刀之下的烈士,如《三哀诗》《哭

<hr>

[1] 林庚白:《今诗选自序》,《丽白楼自选诗》,开明书店,1946,第92页。

哀鸿》《哭勇忱》《哭仲穆》等。又如哀宁调元诗云"当年专制犹开网，此日共和竟杀身。早识兴朝菹醢急，不应左袒倡亡秦"，痛诉独夫之高压，与犹网开一面的清朝相比，更为残酷。新文学运动时，白话诗兴起，柳亚子起初持反对态度，他说：文学革命所革当在理想，不在形式。形式宜旧，理想宜新。五四运动后其思想逐渐左倾，崇拜列宁，自署为"李（列）宁私淑弟子"。1923 年 10 月他发起成立新南社，拥护白话诗，诗中说"继往开来吾有愿，愿以吾诗旧囊新酒成津梁。旧诗会入博物馆，新诗好置飞机场"，表明他对旧体诗前途产生了怀疑，不过他本人仍是以作旧体诗为主。次年任江苏省党部执行委员兼宣传部长。"四一二政变"时为防搜捕，他东渡日本，一年后归上海，常以诗揭露蒋介石政府。如《南都一首示庚白》诗云：

> 南都人物一丘悲，蒋帝感灵江水湄。
>
> 外戚宋朝工聚敛，弄儿刘瑾亦乘时。

诗笔犀利。又有《存殁口号》系念毛泽东，将其与列宁并论：

> 神烈峰头墓青青，湘南赤帜正纵横。
>
> 人间毁誉原休问，并世支那两列宁。

两诗说明他的思想已转到社会主义立场上了。抗日战争时他因病在上海，集中精力研究南明史。后到香港，未久日军占领香港，他辗转到达桂林、重庆。抗战胜利后，他在重庆见到来此谈判的毛泽东，兴奋而赋《一九四五年八月三十日渝州曾家岩呈毛主席》诗云：

> 阔别羊城十九秋，重逢握手喜渝州。
>
> 弥天大勇诚能格，遍地劳民战尚休。
>
> 霖雨苍生新建国，云雷青史旧同舟。
>
> 中山卡尔双源合，一笑昆仑顶上头。

柳亚子诗受李太白、夏完淳、顾炎武及龚自珍的影响，洋溢着爱国激情，又带有浪漫精神，苍凉激越，气势充沛，悲歌慷慨，但欠含蕴灵动。诚如蒋逸雪所评："早年才华纵逸，词尚藻丽。晚岁兼采常语、新辞入诗，益显挺劲，惟有时欠圆融耳。"①他崇尚唐音，有意造就雄豪之风，自言"裁红量碧都无取，要铸屠鲸刲虎辞"。其性情容易冲动，往往以饱满的革命热情融注到创作中去，如其所言："至于旧体诗，我认为是我的政治宣传品，也是我的武器。"②这种观念在某种程度上制约他在艺术上的进一步追求。如1912年所作《感事》一诗云：

> 龙虎风云大地秋，酸儒自判此生休。
>
> 功名自昔羞屠狗，人物于今笑沐猴。
>
> 痛哭贾生愁赋鹏，飘零王粲漫依刘。
>
> 不如归去分湖好，烟水能容一钓舟。

愤南北和议，袁世凯沐猴而冠，而有归隐之志。后来袁世凯称帝时，他又作《孤愤》诗云：

> 孤愤真防决地维，忍抬醒眼看群尸。
>
> 美新已见扬雄颂，劝进还传阮籍词。
>
> 岂有沐猴能作帝，居然腐鼠亦乘时。
>
> 宵来忽作亡秦梦，北伐声中起誓师。

嘲"筹安会"诸人犹如扬雄之颂王莽新朝、阮籍之劝司马氏，不过是腐鼠乘时蠢动之辈。讽袁世凯沐猴而冠，又岂可称帝于天下。他的孤愤几乎要冲断维系大地之绳，连梦中也见到北伐之师在伐袁。这是柳亚子的名作，大气淋漓，然缺点是首句言"决地维"过于夸张，"沐猴"一典经常出现，像这类熟典在南社同人诗中确是用得多而且滥。

偶有写景诗，能豪健作气，句如"荡平云路供飞驶，牵曳雷车恣往回"，意气飙发。又《晓出涌金门观湖中诸山放歌》云：

> 举头不见湖山赙，瀚然但觉云冥冥。
>
> 满湖都是云烟隔，是山是云谁能分。
>
> 烟云复杂山更杳，何处飘渺疏钟声。

---

① 蒋逸雪：《读诗偶记》，《扬州师范学院学报》（社会科学版）1980年第4期。

② 柳亚子：《我的诗和字》，中国国民党革命委员会中央委员会、中国革命博物馆编《柳亚子纪念文集》，中国文史出版社，1987，第11页。

山吐云耶云含山，苍茫无际失飞鹰。

云山重叠两不平，云烟合并气氤氲。

云中之山尚难辨，何况欲辨烟中云。

…………

层层推进，写云山之态，穿插议论，奇谲可喜，惜这类不用典的性灵之作在其集中并不多。

关于柳亚子的诗歌评价，毛泽东曾写信称赞说，"慨当以慷，卑视陈亮、陆游，读之使人感发兴起"①，认为他的诗胜过以豪壮著称的陈亮、陆游。郭沫若将其诗比作《离骚》，说他有"热烈的感悟、豪华的才气、卓越的见识"。茅盾认为他是这一时期在旧体诗方面最卓越的革命诗人，"可当此时代之殿军"的"第一人"②。陈叔通说他的诗"有美有刺。……谓之为诗可也，谓之为春秋可也，诗与春秋一也"③。就其诗中积极干预政治的革命意识及对时事的强烈反映而言，确实有如《春秋》，但诗毕竟不能等同于褒贬的史书，诗之美更多地体现在含蓄有余味；其缺点正在于他把诗当作政治宣传品，以这种政治理念主导其创作，总是力图表达主观的意图，宣泄其激动不安的情绪，显得较露较浅，缺少余蕴，奇警之句不多。就其诗品的渊雅与精警而言，不足以获"第一人"的桂冠。陈声聪对其诗的评价较为具体：

先生之革命，盖以文字为血肉，笔墨为刀枪，与敌人搏斗，器识明达，意志坚定而又才气发越。其诗在旧体中有所解放，有所创新，但仍不失其体制与典丽。迅猛荡决，横绝六合，多抵掌江山、怆怀烈士之作，激昂慷慨，击碎唾壶，即其寻常游览，题画酬句，亦常有努目金刚、拔剑相向之概。④

---

① 柳亚子著，徐文烈笺《柳亚子诗选》，广东人民出版社，1981，第367页。

② 茅盾：《茅盾文艺书简——致臧克家的十二封信》，《文艺研究》1981年第3期。

③ 陈叔通：《光明集序》，中国革命博物馆编《磨剑室诗词集》第八辑，上海人民出版社，1993，第1506页。

④ 陈声聪：《兼于阁诗话》，上海古籍出版社，1985，第139页。

总之，其诗是一位革命志士在非常时期的产物。

陈去病（1874—1933），字佩忍，号巢南，江苏吴江人。早期同盟会员，南社创始人之一。1916年任参议院秘书长，孙中山为大元帅时，他为大本营宣传部主任，后任江苏革命博物馆馆长。有《浩歌堂诗钞》。以抒怀及凭吊历史人物以宣传民族思想的作品为多，才气横恣，多悲愤国事。柳亚子序其诗钞云："先生之诗，去华反朴，屏绝雕镌。且其奋斗之精神，恢弘之器宇，皆有不可磨灭者在。"[1] 在这一点上可以说是与柳亚子为同调，但没有柳诗那种高亢急迫之气。汪精卫认为其诗"志趣贞洁，而情感秾挚，沉着痛快处，往往突过古人"[2]。陈去病恪守唐诗门户，有诗云："蠹管应无忤，门墙要自持。"（《寄安如》）诗句如"一池春绉浑闲事，忍向东风侧眼看"（《述怀叠前韵》）、"唯有莼鲈归去好，秋风斜日满江乡"（《京师重晤黄晦闻》），充满感伤气氛。而当袁世凯复辟闹剧收场之后，又有书生报国济世的意气，如《重上京华示诸同志》：

> 香南雪北又重来，感逝怀人亦可哀。
>
> 事有从违须佩玦，胸多块垒且衔杯。
>
> 登高合赋哀时命，济世谁为大雅才？
>
> 惆怅西山晴雪满，莫嫌双鬓已皤皤。

诗中多忧国伤时、慷慨悲歌之语，但总的来说，他的诗风格个性还不突出，有些措语落套。

高旭（1877—1925），字天梅，又字钝剑，号剑公，上海金山人。南社发起人之一。先后编辑《觉民》《醒狮》等刊。民初任众议院议员。袁世凯既死，他失去了当年斗争的激情，自叹"未妨袖手对神州""不如去作糟丘长"等。后来曹锟贿选议员，他被收买投票，为世人所诟病。有《天梅遗集》。其诗有着沸腾涌溢的激情、飞扬踔厉的才气，悲壮雄健，汪洋恣肆，有如江水之澎湃。古风多慷慨豪放，近体多沉郁哀婉，所

---

① 柳亚子：《浩歌堂诗钞序》，陈去病《浩歌堂诗钞》，上海古籍出版社，2016，第6页。

② 汪精卫：《浩歌堂诗钞序》，陈去病《浩歌堂诗钞》，上海古籍出版社，2016，第2页。

以俞剑华评其诗云："长歌多作蛟龙鸣，短韵工裁春旖旎。"柳亚子自认为在风华隽秀方面尚不如他，有诗云："文采风流我愧卿。"不过他的诗更多表现出激昂的风调。如《行路难次韵和鸬雏》诗中云：

> 昂头拔剑惨不欢，茫茫来日真大难。
>
> 而我往往发奇想，神仙鬼怪集笔端。
>
> 一歌行路难，熊罴伺于前，
>
> 虎豹踞于后，令我四顾发长叹。
>
> 再歌行路难，不在大川，
>
> 人生到此向谁诉，唯有狂倾斗酒强自宽。

一气斡旋奔注，随其意用长短句，参差错落地发散其难以抑制的情绪。其时"二次革命"已败，袁世凯气焰嚣张，许多革命志士被逮捕杀害，诗人昂首拔剑，目睹熊罴虎豹的横行，感叹道路的艰难曲折，悲愤填膺，狂饮斗酒，白眼向人，显现诗人自己的形象。傅屯艮序其诗集云："盖君时方奔走革命，有不暇屑屑治章句者，然大叶粗枝，奇气横溢，一时无与抗手。"①

又有"南社四剑"之称，以四人字号都有"剑"字而得名。高天梅，字钝剑。傅屯艮，字君剑。二人以后在湖南组织南社湘集（详见本书十二章第三节）。俞锷，号剑华。潘兰史（1858—1934），名飞声，号剑士，广东番禺人，清末诸生，曾执教德国柏林大学，讲授汉文学，后侨居上海。窥唐宋门径，诗笔峻洁清隽，时有可诵。有《在山泉诗话》《说剑堂诗集》。《罗浮纪游》诗其一云"云涛天半飞，月乃出石罅。万壑荡空明，仙山古无夜"，奇丽俊秀而气象空阔。汪辟疆批评说："状山水空灵处，自亦有致，惟有意学青莲，强为奇警语。青莲又何可轻学耶？"②

高旭之叔父高燮（1879—1958），号吹万，也是南社耆宿。他的志趣淡宕。1918年柳亚子辞职，众人推他为盟主，坚辞不受，志在隐居。

① 程翔章选注《中国近代文学作品选》（修订本），华中师范大学出版社，2007，第74页。
② 汪辟疆：《光宣以来诗坛旁记》，《汪辟疆文集》，上海古籍出版社，1988，第574页。

有《吹万楼诗》。其五律工稳洗练，七律意态飞扬，如《宿文殊院夜起看月》：

> 巍峨壁立俯鸿蒙，绝磴良宵此一逢。
>
> 松老倒垂天作地，峰高寒逼夏成冬。
>
> 清光已觉近霄汉，虚响真疑骤雨风。
>
> 冷月渐看沉万壑，冥冥似报下方钟。

气韵沉雄，而措语炼字戛戛独造。句如"东风吹出海天春，万树梅开红萼新"、"飞来奇石势峥嵘，海气笼春罩嫩晴"(均见《梅花香窟集饮》)，"霜凋冷逼乌头白，夕照横飞雁背殷"(《余作十亩桥诗》)，一派旷逸风调。绝句如"俯视巉岩深不测，平添无数远山遮"(《燕子山三台洞》)、"不知小艇高逾岸，却讶山光看倍清"(《大水放舟秦山塘》)、"花魂恐被先生摄，为向东篱一抚摩"(《余作赏菊诗》)，能将寻常景物描写得既逼真又亲切，得物态之神似。他的诗确能渊雅而又合乎时代，有唐诗之雄放而又兼宋诗之峭健，在南社诗人中，他的禀性修养、人品诗品都可算是高的。柳翼谋评《吹万楼诗》云："导源葩经，淹有唐宋之长，不屑于刻画字句，故有游行自在、弹丸脱手之妙，真合白（居易）陆（游）为一手，岂寻常雕肝钵骨辈所能望其肩背耶！"[1]

胡石予（1868—1938），名蕴，江苏昆山人。在吴地执教多年，嗜书成癖，治经尤勤。与常州钱名山、金山高吹万号称江南三大儒。有《半兰旧庐诗集》，金鹤望认为他是"诗骨之清而不染时习者"，然而"苦无佳题，故乏变化"[2]。如作于民初的《朔风四首》其一云：

> 去日苦多来日难，茫茫百感此尘寰。
>
> 微波皱面愁千叠，初月低眉恨一弯。
>
> 万树秋声卷地起，四山暝色逐人还。
>
> 何当趁客狂吟去，策马西风大散关。

茫茫百感，乃因浊世行路之难，逢秋景而愈加感伤悲叹。中两联写景

---

[1] 高铦、高锌、谷文娟编《高燮集》，中国人民大学出版社，1999，"编纂前言"第2页。

[2] 郑逸梅：《郑逸梅选集》第1卷，黑龙江人民出版社，1991，第335页。

深婉幽峭，愁绪与凄景相缠结。但有的诗也有雄莽之概，如写辛亥革命之作，"激箭风寒穿牖入，洗兵雨盛满街流"（《苏城光复是日天将晓雨甚》），以强烈的视觉刺激人，而炼句遒健。

或以平和疏淡的笔墨描写农村风光，如《近感》诗云：

> 偶依牛迹循春陌，时有鸟声唤夕阳。
>
> 豆叶雨肥连亩绿，菜花风暖袭衣香。

素朴古淡，天真烂漫，有泥土气息，显示其风格的多样性。

胡寄尘（1885—1938）的诗有浪漫风调，也值得一提。寄尘名怀琛，安徽泾县人，主办过《神州日报》。有《大江集》。工五古，颇有情致，如《咏司的克》（司的克即手杖）：

> 手中司的克，一掷飞为龙。
>
> 我便乘之去，泠然御长风。
>
> 瞬息几万里，已至沧溟东。
>
> 沧溟观日出，天地皆殷红。
>
> 须臾天地判，长空青蒙蒙。
>
> 浮云净渣滓，白日悬空中。
>
> 耳边无线电，琴瑟声琤琮。
>
> 眼底现银幕，来往人憧憧。
>
> 声色岂真有，闻见亦非空。
>
> 此理妙难说，譬解余已穷。

一根手杖，幻化为龙，灵思妙想，驰于无边天空。用现代新名词如无线电、银幕入诗中，融化无迹，使人于静中生无穷妙绪。像这样轻灵的诗在南社中尚不多见。

以写景诗见长的庞树柏（1884—1916），常熟人，民初主讲于上海圣约翰大学。有《龙禅室诗》。其诗上窥王维、孟浩然，神韵又似王渔洋。如《水乡春晓即事》：

> 东风昨夜过平桥，吹得鹅黄上柳条。
>
> 来就水亭看晓色，满溪新绿涨鱼苗。

写水乡春色如画，水流花发之态。"新绿"点出春天溪水之色，"涨"字见溪水盈满、鱼苗活泼的姿态。又《秋晚散步野外》诗云：

> 招人山色拥烟螺，日晚寻幽踏浅莎。
>
> 细岸疏花临水媚，小桥残柳着秋多。
>
> 声来野冢群鸦集，影上村墙一犊过。
>
> 却忆五湖三亩宅，耦耕心事悔蹉跎。

写秋景极为逼肖，第三联声影毕现，惟妙惟肖。

还有余天遂（1883—1930），号大颠，昆山人，民初投笔从戎北伐，任总司令姚雨平之参谋。其诗句如"书生戎马关山月，蹴破黄河万里烟"（《参加北伐倚装步石予原韵》）、"寒风肃军士，白日丽征袍"（《初发金陵》），颇有悲壮遒劲之气。他还有《望梨里》怀念当年结社情景：

> 遥望梨花里，吾心独黯然。
>
> 灯光来旷野，云影障穹天。
>
> 水阔疑无路，村稀识早眠。
>
> 谁知有行客，到此欲流连。

于俊逸自然的诗风中点染惨黯之色。

与柳亚子同为"黎中五子"之一的沈次约（1902—1932），字剑霜，号秋魂，江苏吴江人，在上海任馆师，后返故里郁闷而自杀。有《剑霜庵遗稿》。其诗冷隽峻洁，如《雨后偕琬君游双清别墅》：

> 湿云乍散乱飞蜓，爽气侵人树色青。
>
> 花片随风浮曲水，蝉声和雨入疏棂。
>
> 帘钩燕蹴摇双乙，波影鹭翘倒一丁。
>
> 并倚碧阑参静趣，白荷香冷晚宜亭。

描摹具体入微之动态，如勾勒尺幅小景，清奇而不乏机趣。

女诗人徐自华（1873—1935），号忏慧，浙江石门人。秋瑾好友。1912年作《中原光复重入越中有悼璇卿》诗云：

> 秋雨秋风起战尘，胡尘吹净扫妖氛。
>
> 剧怜革命功成日，立马吴山少此君。

虽有王维、完颜亮诗中痕迹，但还是有强烈的革命性与时代意识。璇卿即秋瑾，徐曾为秋瑾埋骨杭州西泠。有《听竹楼诗钞》，诗风婉丽。有《秋心楼晚眺姚江口占》诗云：

> 秋心楼上晚风凉，万柄芙蕖雨后香。
> 隐隐渔灯藏岸曲，飞飞萤火乱星光。
> 云罗卷碧千峰秀，湖影涵青一水长。
> 同倚阑干谈往事，十年尘梦耐思量。

从湖上的莲花，写到渔灯、萤火，然后远望云纱遮掩的秀丽山峰，烘托其万千思绪。

苏曼殊是南社中颇有传奇色彩的重要诗人。曼殊（1884—1918），名玄瑛，字子谷，广东香山人，生于日本，先后入华侨办的大同学校、早稻田大学高等预科读书，归国后在苏州吴中公学任教。武昌起义爆发时，他在南洋爪哇岛一所中华学校教英文，闻讯后到上海应太平洋报社聘主笔政，与柳亚子、叶楚伧、朱少屏等共事，加入南社。袁世凯当总统，他不顾僧人身份，激烈反对，在《民国杂志》发表《讨袁宣言》，不久病逝。他的诗受李商隐、杜牧以及龚自珍的影响，又带有西方自由而浪漫的情调。感时忧国之意，与缠绵悱恻之情，融结为空灵优美而有神韵的诗作。他早年是个热血青年，后陷入消极，诗中孤独和伤感的意绪愈加深长，遂将真挚之情寄托于美人。写男痴女怨的情绪，大胆地表白对情人的纯真爱情与向往心情，配合轻快流丽、缠绵深挚与哀艳凄绝的情调。如《东居杂诗》其中两首云：

> 秋千院落月如钩，为爱花阴懒上楼。
> 露湿红蕖波底袜，自拈罗带淡蛾羞。

> 折得黄花赠阿娇，暗抬星眼谢王乔。
> 轻车肥犊金铃响，深院何人弄碧箫。

在时间的流程中摄取男女间的脉脉含情的动作镜头，表达无限情思，妙思隽句。又如绝句《本事诗》两首：

> 乌舍凌波肌似雪，亲持红叶索题诗。
>
> 还卿一钵无情泪，恨不相逢未剃时。

> 碧玉莫愁身世贱，同乡仙子独销魂。
>
> 袈裟点点疑樱瓣，半是脂痕半泪痕。

因袈裟点点而联想及女子的脂痕与泪痕，何其伤心。学佛与恋爱是他"胸中交战的冰炭"①，所以他还是决定遁迹佛门，捐舍爱情。末两句有脱胎唐人的痕迹，在此却出自情郎的口吻，情致迂回，别有断肠心事。又如《无题》：

> 水晶帘卷一灯昏，寂对河山叩国魂。
>
> 只是银莺羞不语，恐防重惹旧啼痕。

以心理刻画细致见长，婉转缱绻。

苏曼殊诗风靡民初诗坛，激起许多青年文人的共鸣。其诗清新高逸，玲珑超妙，悱恻缠绵，端丽隽永。柳亚子评价说："他的诗虽不用心做作，可是自然而然的非常优美，给读者一种隽永轻清的味道，给读者种种深刻的印象，……他的诗好在思想的轻灵，文辞的自然，音节的和谐。总之，是好在他自然的流露。"②文公直论其诗："一片真情，一任机灵触发，自然流露，不假雕琢，佳趣天成。故能蒨丽清明，艳而不滥，简而不陋，审其诗品之清高，已足见其人品之亮节。"③然细细品读其诗，清浅有余，雄厚不足，有的地方显见稚弱拙嫩，离炉火纯青还有距离。内容上题材狭窄，格调悲凄，表现无奈的出世思想与惆怅幻灭的情调。再是绝句居多，其律诗与古风成就不高。

有"时代诗人"之称的林庚白（1897—1941），原名学衡，字浚南，

---

① 柳亚子：《苏曼殊〈绛纱记〉之考证》，柳无忌编《苏曼殊研究》，上海人民出版社，1987，第395页。

② 柳亚子：《苏曼殊之我见》，柳无忌编《苏曼殊研究》，上海人民出版社，1987，第344页。

③ 文公直：《曼殊大师传》，邵盈午注《苏曼殊诗集》，北京十月文艺出版社，2013，第197页。

号众难,福建闽侯人。民初任众议院秘书长,后随孙中山参加护法运动。曾居上海闭户不出,努力研诗,自认为其诗"一变而为熔经铸史,兼擅魏晋唐宋人之长"①。复入政坛,任立法委员。抗战中避居香港,为日寇所害。有《丽白楼诗话》《丽白楼遗集》等。起初他从陈衍学诗,得陈三立评语为"多与明七子为近"②。初受同光体影响,后来反戈一击,批同光体流弊,但他承认自己并未脱尽同光体窠臼。郑孝胥在赞许他"能诗通性命"的同时又劝他"何妨取径近艰辛"(《题林学衡诗本》)。入南社后,与柳亚子等相切磋。自言"十年前郑孝胥诗今人第一,余居第二。若近数年,则尚论今古之诗,当推余第一,杜甫第二,孝胥不足道矣。……而余之处境,杜甫所无,时与世皆为余所独擅,杜甫不可得而见也"③,认为时代造就了他这位大诗人,其语自负而近于狂。他认为作诗"要深入浅出,要举重若轻,要大处能细,三者备可以为诗圣矣"④,自认为探得诗之奥秘,所论颇中腠理。其诗力图反映时代风貌,如咏霓虹灯下的情景历历如绘:"舞终电柱如虹灿,人满脂香作态狂""灯光倒影如烟起,舞袖回风入夜酣"。其《南河沿》诗写张勋复辟事,以简练的笔墨描写北京城内的混乱情景,议论一针见血,指出张勋复辟的真正目的不过是窃国夺权,哪里真的是忠君报国呢?

抗战期间,他的诗反映了战争的残酷与人民的苦难,谴责了畏敌如虎者,句如"开关延敌夜仓皇,怯战真疑国已亡"、"绝吟歌舞沉酣半,忽入纵横炮火声"、"惯见人民轻转徙,相依妇孺苦绸缪"(《春望》)。更为鼓励民众、激扬士气而作,如《姚营长歌》中云:

① 林庚白:《吞日集自序》,《丽白楼自选诗》,开明书店,1946,第84页。
② 陈三立:《林庚白诗评语》,潘益民、李开军辑注《散原精舍诗文集补编》,江西人民出版社,2007,第267页。
③ 林庚白:《丽白楼诗话》,张寅彭主编《民国诗话丛编》第六册,上海书店出版社,2002,第141页。
④ 林庚白:《丽白楼诗话》,张寅彭主编《民国诗话丛编》第六册,上海书店出版社,2002,第136页。

> 宝山城头天如墨，突围转战夜深黑。
>
> 堂堂好汉姚子青，能以孤军一当百。
>
> 海云低垂风怒号，危城四面炮声高。
>
> 援绝弹尽短兵接，全营身殉无肯逃。
>
> 血肉头颅争飞舞，一寸发肤一寸土。
>
> 覆巢几见卵能完，断脰犹闻勇可贾。

歌颂了淞沪会战中抗战官兵们的浴血奋战的牺牲精神，相信"浩气直争日月光，雄风真使懦夫立"。痛快淋漓，议论生风。

避居香港九龙时，其诗尤为沉着郁怒，句如"场圃回廊绿一涯，海波渺渺荡斜曦""劫罅遥窥斜照黑，烬余幻作晓霞红"，写景凄丽诙谲。又《十二月十三日纪事五首》其一云：

> 机关枪密炮如雷，我薄倭来各有猜。
>
> 市沸居人同踯躅，天明群盗数徘徊。
>
> 守兵远引成孤岛，甬道深藏挈两孩。
>
> 持较西迁惊险过，处危要验出群才。

日军枪炮凶猛，英军逃遁，香港成为"孤岛"，种种险象惨况在他笔下得到史诗般描写，也反映了他忧危而不惧的宁静心境。

曹经沅有诗赞其个性："直以昌诗为性命，即论骂贼亦嶙峋。"（《挽林庚白》）关于其诗的评价，闻一多、章行严认为"以精深见长"。今人或以其诗的深刻与柳亚子诗的博大并列为南社诗的两大支流。

还需一提的是，南社内部有不少诗人宗宋诗，潜心诗艺，不以唐诗为限域而取得较高成就。如诸宗元（1875—1932），字贞壮，一字真长，号大至，浙江绍兴人，清末曾任职湖广总督幕府。入民国，先后任浙江都督府秘书、教育部秘书。有《大至阁诗集》。其诗才力横肆，晚年臻于苍朴浑厚，近宋诗风味。汪辟疆论其诗云："不务劂刻，而自然意远。融景于情，寓奇于偶，使读者有惘惘不甘之情，则以才逸气迈，吐语自不凡也。"[①] 其造句峭健警炼，如："帆影夺空白，江流

---

① 汪辟疆：《光宣诗坛点将录》，《汪辟疆文集》，上海古籍出版社，1988，第355页。

受日黄"（《舟出吴淞》）、"鱼烂谁相恤，鸥闲了不惊"（《简一浮叠韵》）。七言如"片月早升光在树，万家无睡梦成秋"（《夜游约同去病》）、"乱流单舸浮江去，障日千峰出雾明"（《雨中夜发》），寓沉雄于静穆之中。

　　以上试将南社的发展过程、诗歌特征以及主要诗人作了简介与评价。南社与同光派是民初诗坛两支主要队伍，前者是有明确登记入社手续、有选举领导人的社团，后者仅表现在诗风的认同上。在造成声势、集结人气、推动创作诸方面，两者都有不可磨灭的功绩。试比较之：南社柳亚子、陈去病等诗人将主题、信念诉之于诗中，具有很强的革命性。同光体陈三立、郑孝胥等人的诗中有忧国忧民意识，对民初政局不满，对传统的伦理文化有着强烈的怀恋情结。在艺术上，柳亚子、陈去病诗重在主观情感的宣泄，而陈、郑等人诗重在客观物境中融注情感。柳、陈诗高亢激昂，陈、郑诗沉着清苍。前者不假雕饰，或失之平浅滥熟；后者注重句法变化与炼字奇警，或失之生涩。在诗歌理论上，柳、陈甚少建树，且有偏离诗本质的趋向，而陈、郑等人不同程度地谈论过意理、气格、神味等诗学范畴问题。南社中宗宋诗人诸宗元、黄节、胡先骕等人既接受了民主革命观念，又继承了较多的古典诗歌遗产精华，受到同光体诗人的较大影响，故能在诗艺上取得较高的成就。假如当年不同宗向的诗人们能相互尊重，取长补短，在民初诗坛的成就与影响也许会更大一些。由于南社主要领导人不能客观公允地看待诗歌流派，而是武断片面地攻击，以致在南社内部造成分裂乃至严重的内伤，最终导致解体。

第八节　刘成禺的《洪宪纪事诗》及其他纪事诗

　　朝代更迭之际，诗人们往往喜作咏史诗、纪事诗。民初诗人咏清末史事，诸如圆明园之被毁、赛金花与瓦德西、慈禧与颐和园、光绪帝与珍妃，是常常涉及的题材，寓亡国之痛，作一代诗史。如王国维、许承尧、金天羽都曾有诗记颐和园事。多用歌行或古风，长篇巨制。

也有的用律绝组诗形式纪当时兴亡大事，一事一议，以一条线索贯通，较歌行、古风又有便捷自如之用，刘成禺的《洪宪纪事诗》即是当时的有名之作。这些纪事组诗也是民国旧体诗坛颇为流行的样式。

袁世凯称帝失败的过程，是诗人们予以讽叹的重大题材。当年袁世凯得意而赋诗，命群臣和之，樊增祥主持其事，易实甫、王书衡、郭曙楼等各赋诗颂赞，纂为《瀛台赐宴恭纪》，北京城各报争载诗章。袁死后，以诗讽袁与附从者甚多。如赵城人、众议员张衡玉有《幽燕杂感》以讽时，其中两联云：

> 新朝子弟从龙贵，旧部材官汗马勋。
>
> 一领黄袍匆遽甚，陈桥争忍负三军。

> 地下篆文齐九锡，冢中枯骨汉三公。
>
> 省识人间皇帝梦，朝仪忙煞叔孙通。

讽刺入骨三分。还有人改写《长恨歌》以讽刺袁世凯。刘成禺很可能受此启发而萌生纪事诗之念。

刘成禺（1876—1952），字禺生，湖北武昌人。为民国元老之一，早年曾追随中山先生，遵嘱在美国办《大同报》，是知名的老报人，也是一位名诗人。陈鹤柴说他"善于铸词，步武唐贤"[1]。句如"俯数溪潭石，清寒入寸心。方知尘外物，都有水中音"（《潭石》）、"岩壑满苍翠，危楼依数楹。穿松云补衲，破涧水调筝"（《山月》），清空简穆而有余蕴。他精心结撰的以袁世凯称帝为题材的《洪宪纪事诗》，成于1918年。章太炎在序中论及他作纪事诗的动机云："当袁氏乱政时，处京师久，习闻其事，以为衰乱之迹，率自裨官杂录志之，然见之行事，不如诗歌之动人也。"[2]后来孙中山先生也为此集作有叙辞云，

---

[1] 钱仲联：《近百年诗坛点将录（续）》，《中国近代文学研究》第2辑，广东人民出版社，1985，第161页。

[2] 章太炎：《洪宪纪事诗序》，刘成禺、张伯驹《洪宪纪事诗三种》，上海古籍出版社，1983，第34页。

"鉴前事之得失，示来者之惩戒。国史庶有宗主，亦吾党之光荣也"，^①
肯定了其史鉴价值与意义。

这一组绝句一百多首，规模宏大，瑰玮可观。从宫廷秘事写到朝
野喧传大事，乃至拥立与反对称帝的纷纭争论，无不刻意运思，着笔
省练而又细大不捐，从背景的广大与内幕的隐曲来反映袁世凯称帝前
后的这一历史过程，展现一幅幅勾勒简练的讽刺漫画图景，写、议结
合，显示其深刻的观察力与精心的结撰。如揭露袁氏的野心与奢侈：

> 岧峣宫禁起新华，竟划河嵩作帝家。
>
> 王气西来畿辅定，巩城兵铁洛阳花。

先写营造新华门内南海宫殿，皆称新华宫，袁氏将在此居帝位。然而
听风水先生之言，又在洛阳城一带划黄河与嵩山以立陪都，在洛阳西
面建营房造兵房训练新皇军。还在巩县造一座大规模重兵器工厂，以
利其皇朝永固。后来袁世凯死去，事也告吹。又如：

> 宫内嘲谈竟阋墙，君臣御跛笑升堂。
>
> 寄言来日聋皇后，胜却徐妃半面妆。

记述洪宪元旦颜世清向太子袁克定行跪拜礼，克定还礼。袁左跛，颜
右跛，两人按地良久始立，闹得哄堂大笑。后两句讽袁克定的妻子耳
聋，用南朝徐妃典。又讽新朝得不到外国的支持，诗云：

> 归领新朝玉凤姿，九阍叩表最先驰。
>
> 斜阳西苑多芳草，谁为王孙赋黍离。

讽清室溥伦贺袁氏称帝，然驻京公使馆无一人贺。"群谓兆头不吉，
洪宪运命，恐与宣统先后媲美矣。"^②

这些纪事诗以其大胆讥刺与其前后史实的较为完整性而颇传诵一
时。至 20 世纪 30 年代再版时加了详注，自 1936 年 5 月起，在上海《逸

① 孙中山：《洪宪纪事诗叙辞》，刘成禺、张伯驹《洪宪纪事诗三种》，上海古籍出版社，1983，第 33 页。

② 刘成禺：《洪宪纪事诗》，刘成禺、张伯驹《洪宪纪事诗三种》，上海古籍出版社，1983，第 211 页。

经》半月刊上以"洪宪纪事诗本事注"为篇名陆续发表。后来钱仲联评为"敢于呵天之诗史也"[①]。这也说明旧体诗咏史纪事,得到读书人的欢迎,雅俗共赏,能够流传。

张伯驹认为:"其中事实有不详尽者,有出入者,亦有全非事实者,盖听传闻,非身所经历。项城叛清负国,不待盖棺即已论定,但此一代史事至为繁多,亦不能以袁氏一人之罪而掩饰之、颠倒之。"[②] 于是受吴则虞之嘱,又作七绝103首并加注,书名《续洪宪纪事诗补注》。其一云:

> 双双宝马驾云銮,皇子金衣绘影看。
>
> 新莽门前严警卫,行人莫进铁栏干。

记南北议和、袁世凯就职总统时,袁家诸子乘双马车穿金花燕尾服在戒备森严的新华门前摄影。但他的续纪事诗讽刺锋芒不如刘成禺之作。且袁氏独裁时,他尚为少年,未必感受如刘成禺之真切。

其时以藏书为题材作纪事组诗的还有叶昌炽的《藏书纪事诗》,咏至辛亥革命时为止。其后有吴则虞的《续藏书纪事诗》,还有伦明《辛亥以来藏书纪事诗》,载于抗战前吴柳隅主编的《正风》半月刊,纪近代名人藏书家如康有为、梁启超、章太炎、王国维、刘师培、陈垣、姚范父、冼玉清等一百多人。伦明(1875—1944),字哲如,广东东莞人,光绪间举人,肄业于京师大学堂,平生很注意收藏《四库全书》未收书。此外,还有徐信符作《广东藏书纪事诗》。这些诗均从另一侧面反映了国运兴衰、文化兴替的轨迹。

---

① 钱仲联:《近百年诗坛点将录(续)》,《中国近代文学研究》第2辑,广东人民出版社,1985,第161页。

② 张伯驹:《续洪宪纪事诗补注》,刘成禺、张伯驹《洪宪纪事诗三种》,上海古籍出版社,1983,第293页。

第三章
新旧体诗理论之争及其反思

　　五四新文化运动，经历过三阶段，起初为新文学运动，主要在力图革除旧体诗与文言文；尔后一变为新文化运动，从文学革命到文化道德的革新；再后来至五四运动，由文化运动演变为政治革命。当今不少人将三阶段混为一谈，此不得不先申述之。本章着重阐述新文学运动背景下新旧体诗理论论争。

　　自1917年开始，以胡适、陈独秀为代表的新文学运动领导人提倡白话，反对文言，首先受冲击的便是旧体诗，因为这是几千年来文人学子最爱运用的一种言志抒怀的形式。为了大众掌握文化工具，提倡白话以自如地表达思想，原是无可厚非，但为了立，非得抛弃旧体诗这种形式，则大有疑问。如果当时以理性的态度来扬弃传统文化，不过于偏激，则中国的优秀文化也许会保留得多一些，旧体诗不至于被视为骸骨、谬种。其时也有不少学者抱有怀疑或反对态度，大声疾呼，与之论争。其主力为学衡派，主张会通中西文化，稳健改进。然而大势所趋，激进的人们占了上风。与新诗相比，旧体诗变数小，常数大；新诗变数大，常数小。所以旧体诗看来不免保守，在形式上难以突破，但它在吸取现代词汇、反映时代这方面，还是能有所作为的。20世纪20年代后期，旧体诗逐渐走出低迷的状态，连当年主张废除旧体诗的某些学者也回过头来看到了旧体诗的价值。现在试述有关理论之争的几个回合。

第一节　胡适的文学革命与旧体诗受冲击

民国以来，军阀割据，外患频仍，国势岌岌可危。其时在外国的留学生越来越多，其中激进者，受西方文化影响，认为中国欲救亡，必须唤起大众觉醒；要彻底改革萎弱的中国社会，就必须批判数千年来相袭相因的旧思想、旧道德、旧文化，应全部革除而后再谋建设。于是以胡适、陈独秀为领袖，以《新青年》杂志为阵地，在潮流之会的北京大学，大力提倡以白话文为标志的新文学，振臂一呼，群起响应。

胡适（1891—1962），原名洪骍，安徽绩溪人，清末留学美国，入康奈尔大学，初学农科，后转文科，研究哲学。1917 年入纽约哥伦比亚大学，从杜威学哲学。次年七月归国，应蔡元培之邀，就任北京大学教授。早在 1915 年留学期间，他就预言文学革命"新潮之来不可止"。认为文学革命首先就是诗歌革命，要解放诗体，就得否定旧体诗，须"用散文词汇去写诗"，"要须作诗如作文"，"有什么材料，做什么诗；有什么话，说什么话"[①]。为了说明其主张，他往往以偏概全，攻其一点，不及其余。答友人信中评价杜甫《诸将五首》，得出结论是："可见律诗总不是好诗体，做不出完全好诗。……但律诗究竟不配发议论，故老杜这五首诗可算得完全失败。"[②] 为了从理论上说明问题，他于 1917 年 1 月发表了著名的《文学改良刍议》，声称"须言之有物，不摹仿古人，须讲求文法，不作无病之呻吟，务去烂调套语，不用典，不讲对仗，不避俗字俗语"[③]。

---

① 胡适：《答朱经农》，欧阳哲生编《胡适文集》第 2 册，北京大学出版社，1998，第 71—72 页。

② 胡适：《答任叔永农》，欧阳哲生编《胡适文集》第 2 册，北京大学出版社，1998，第 77 页。

③ 胡适：《文学改良刍议》，欧阳哲生编《胡适文集》第 2 册，北京大学出版社，1998，第 6 页。

为了尝试新诗，胡适以打倒旧诗来开道，说什么"中国旧诗最不适宜做纪游诗"①。后又提出诗体大解放，认为唯如此才能充分表现内容，自由发展精神。他说："五七言八句的律诗决不能容丰富的材料，二十八字的绝句决不能写精密的观察，长短一定的七言五言决不能委婉达出高深的理想与复杂的感情。"②新文学另一领袖陈独秀作《文学革命论》，更将旧有的文学说成是贵族文学、古典文学、山林文学，必须全力推倒，然后才能建立国民的文学、写实的文学、社会的文学。

胡、陈的观点得到不少人的拥护，群起而将旧文学视为死文学、假文学、腐朽文学，而不能区别传统文化中的精华与糟粕。更有甚者，钱玄同写给《新青年》编者公开信中，竟将汉字看作是罪孽深重的载体，认为"欲使中国不亡，非废除记载道教妖言的汉文不可"③。对于诗，刘半农尚且主张废除律诗，保留绝句，而郑振铎主张诗应"由韵趋散"。茅盾认为："旧体诗的格律限定字句，七绝五绝一定只能四句，七律五律一定要八句，三句七句是万万不可能的。作者拘于格律，于是只好硬硬缩短，或勉强拉长了。……诗有格律是诗人的不幸。"④刘大白甚至认为"许多旧诗，只是仗着'声调铿锵'和'声病对偶'的外形，在那里骗人，其实内容毫无所有"⑤，否认数千年来形成的诗词格律，其持论如此偏激，确是匪夷所思。

其后因为新思潮的影响，人们将旧体诗这一形式看作是代表封建的、落后的意识，将诗的形式与内容混为一谈。连一向持论还算温和的朱自清也把白话诗看作是新兴知识分子的武器，认为古近体诗与骈散文是代表着封建社会的士人。他说："白话新诗在传统里没有地

---

① 胡适：《评新诗集》，欧阳哲生编《胡适文集》第3册，北京大学出版社，1998，第615页。

② 胡适：《谈新诗》，欧阳哲生编《胡适文集》第2册，北京大学出版社，1998，第134页。

③ 李汝伦：《为诗词形式一辩——与丁力同志的一次通信》，《种瓜得豆集》，花城出版社，1996，第124页。

④ 茅盾：《文学上各种新派兴起的原因》，《中国现代文学研究丛刊》第1辑，北京出版社，1984，第175页。

⑤ 刘大白：《旧诗新话》（第3版），开明书店，1931，第234页。

位，……这儿需要斗争，需要和只重古、近体诗与骈、散文的传统斗争。这是工商业发展之下新兴的知识分子跟农业的封建社会的士人的斗争，也可以说是民主的斗争。"[1]这种偏颇论调在当时并不奇怪，一部分思想激进者对旧体诗的形式与内容均持蔑视态度，必革除而后快。新月派诗人闻一多也曾大力反对作旧诗，他说："旧诗底破产，我曾经一度地警告落伍的诗家了，无奈他们还是执迷不悟，真叫我好气又好笑。旧诗既不应作，作了更不应发表，发表了，更不应批评。"[2]

较早对旧体诗与白话诗发表精辟意见的，有推翻帝制、开创民国的伟大人物孙中山，其所言附记在胡汉民《不匮室诗钞》中的《与协之谈述中山先生之论诗二十五叠至韵记之》一诗后：

> 民国七年时，执信偶为新体白话诗，中山先生辄诏吾辈曰："中国诗之美，逾越各国，如《三百篇》以逮唐宋名家，有一韵数句，可演为彼方数千百言而不能尽者。或以格律为束缚，不知能者以是益见工巧。至于涂饰无意味，自非好诗，然如'床前明月光'之绝唱，谓妙手偶得则可，惟决非常人能道也。今倡为至粗率浅俚之诗，不复求二千余年吾国之粹美，或者人人能诗，而中国已无诗矣。"

中山先生强调中国传统诗之美，在其千锤百炼，言简意赅，以少胜多，格律不仅不是束缚，且一旦掌握了它，则可使诗艺臻于化境。而"粗率浅俚"所指的即是白话诗。正当新文化运动兴起之时，中山先生能卓然独立，高瞻远瞩。但这段话因记在诗后，诗集线装印行，发行少，不为外界所知。

其时北京大学校长蔡元培认为新诗虽将成为主流，但认为旧体诗不应禁绝：

---

[1] 朱自清：《什么是文学》，《朱自清古典文学论文集》上册，上海古籍出版社，2009，第2页。

[2] 闻一多：《评本学年〈周刊〉里的新诗》，孙党伯、袁謇正主编《闻一多全集》第2卷，湖北人民出版社，1994，第40页。

> 旧式的五七言律诗与骈文，音韵铿锵，合乎调适的原则；
> 对仗工整，合乎均齐的原则。在美术上不能说毫无价值，就
> 是白话文盛行的时候，也许有特别传习的人。譬如我们现在
> 通行的是楷书、行书，但是写八分的、写小篆的、写石鼓文
> 或钟鼎文的，也未尝没有。[1]

这是鉴于当时全盘否认旧体诗的潮流而作的带折中色彩的推论，带有悲观意味。

在半个世纪之后，还有的学者说胡适是"新诗最早的开拓者，着手创立白话诗的试验，一开始就朝着打破旧诗词最顽固的语言形式桎梏的方向冲击"[2]。旧体诗虽然其末流有雕琢空洞等毛病，但一概否定格律、用典与对仗等形式，则割裂了诗词传统。中国文学史上并不因近体诗兴而废古风，也不因词曲兴而废近体诗。千百年来，人们以格律诗形式创造了许许多多的优秀作品，至今流传不衰。何以建设新文学，就一定要抛弃原来的一切呢？这不能不说是片面的极端主义、形而上学的民族虚无主义态度。后来者多将复杂的文学现象分为进步或落后来赞扬或批判，胡适未始不是始作俑者。造成的后果是相当多的年轻学子对传统文化的淡漠、隔膜乃至蔑视，难得下功夫去读点诗，钻研诗艺。

第二节　学衡派及其支持者与新文学支持者的论争

对新文学运动持反对态度的有严复、章太炎、黄侃、林纾、章士钊、马其昶等旧学造诣甚高、名声甚大者，也有自美国留学归来的年轻学子如任鸿隽、梅光迪（均与胡适为好友）。不仅当年倡导诗界革命的梁启超反对新诗，而且南社骨干柳亚子、高旭等也持反对态度，以为

---

[1] 蔡元培：《国文之将来》，《北京大学日刊》1919 年 11 月 19 日。

[2] 张松如：《中国诗歌史论》，吉林大学出版社，1985，第 307 页。

断断乎不可,高旭认为"终不若守国粹的、用陈旧语句为愈有味也"①。

与新文学运动对垒的力量主要为学衡派,形成于胡适倡新诗的几年之后,由南京高校的一批教授如梅光迪、胡先骕、吴宓等,创办《学衡》杂志作为阵地,反对全盘西化,主张会通中西文化,故人称"会通派"。他们与胡适、陈独秀展开了激烈的争论。学衡派认为"自古至今之文学为积聚的非递代的"②,因而强调传统的价值,主张在对传统的利用与延续中逐渐融入新知,以实现文学的渐变。梅光迪甚至认为胡适的白话诗是"剽窃此种不值钱之新潮流以哄国人","其所谓'新潮流''新潮流'者,乃人间之最不祥物耳,有何革新之可言"③。两派学人的观点往往是针锋相对的,有时不免意气用事,攻其一点,不及其余。在争论的后期,折中新旧两派的观点也比较多。现在大体按时间先后为序,将当时报刊所载的主要观点摘录如下:

1919年3月,《东方杂志》第十六卷三期转载《南京高等师范日刊》所刊胡先骕《中国文学改良论(上)》。文中认为文学革命之说,虽有精到可采之处,但过于偏激,是将中国文学不惜尽情推翻。针对胡适认为只有白话才能写实述意的说法,他认为:

> 韵文者以有声韵之辞句,傅以清逸隽秀之词藻,以感人美术道德宗教之感想者也。故其功用不专在达意,而必有文采焉,而必能表情焉、写景焉,再上则以能造境为归宿。……且诗家必不能尽用白话,征诸中外皆然。……如杜工部之《兵车行》……诸诗,皆情文兼至之作,其他唐宋名家指不胜屈,岂皆不能言情达意,而必俟今日之白话诗乎?④

他的结论是白话诗不能完全取代旧体诗,要创造新文学,必以古文学

---

① 高旭:《愿无尽庐诗话》,郭长海编《高旭集》,社会科学文献出版社,2013,第544页。

② 吴宓:《文学与人生》,《大公报·文学副刊》第4期。

③ 胡适:《一首白话诗引起的风波》,《胡适留学日记》下册第十四卷,海南出版社,1994,第375页。

④ 胡先骕:《中国文学改良论》,张大为、胡德熙、胡德煜合编《胡先骕文存》上卷,江西高校出版社,1995,第3—4页。

为根基而发扬光大之。他还认为胡、陈之辈不懂文学与文字之别，"文字仅取其达意，文学则必于达意之外，有结构、有照应、有点缀，而字句之间，有修饰、有锻炼"①。

随后的《新潮》第一卷第五期发表了罗家伦《驳胡先骕的〈中国文学改良论〉》一文，认为文学与文字的区别是因为文学里面还有"最好的思想""感情""体性""普遍"等特质，认为胡先骕反对言文合一不过是把白话文学看作"不屑道"的"引车卖浆者"的话，不了解白话文学的真义。新潮社是当年1月由北京大学学生罗家伦、傅斯年等发起组织的，得到陈独秀与胡适的大力支持。

1921年11月，《时事新报》副刊《文学旬刊》第十九期发表了斯提《骸骨之迷恋》一文，对《南京高等师范日刊》"诗学研究号"的文学复古主张予以驳斥，认为"旧诗的生命现在是消灭了"，成为"骸骨"，因为旧诗用的是"死文字"，而用死文字来表达现代人生是"绝对不行的"。这段话以一错误前提来推断结论，显然偏颇，因为决定诗是否反映现代人生并不完全取决于其形式是新诗还是旧诗，旧体诗也同样可纳入新词汇。这就引起更大的论争。

同年12月1日，《文学旬刊》第二十一期刊登南京高师教师薛鸿猷《一条疯狗》一文，指斥斯提之论。认为"诗之有格律，犹出入之有户。用法既久，渐入纯熟，乃真自由"。同刊所载卜向《诗坛底逆流》，对旧诗形式"仍能适用于现代的我们"提出怀疑。在二十二期登载缪凤林《旁观者言》一文，为薛鸿猷助战，指斥新诗"其令人作呕恐较末流之旧诗为更甚也"。认为新诗并无存在价值。同刊二十四期刊登了幼南《又一旁观者言》，认为"创造必须摹仿"，"非五七言不是诗"，支持胡先骕的观点。同刊二十五期刊有吴文祺《驳旁观者言》一文，认为只要有诗情，"不论是散文的，或是韵文的——都可称诗。反之，虽有韵律，也不得称诗"。其结论是："旧诗的内容和形式，

① 胡先骕：《中国文学改良论》，张大为、胡德熙、胡德焜合编《胡先骕文存》上卷，江西高校出版社，1995，第1页。

都是骸骨。"同刊二十八期再刊吴文祺《对又一旁观者的批评》一文，认为若说诗之美在韵律，就等于说人之美在束腰缠足。他还说："已死了的文字决不能表微妙的情绪；印板式的诗体，决不能达活泼的想像。若想有一种新内容和新精神的诗出现便不得不先打破那束缚自由的严重格律！"[1]然而此说不过是胡适之论的翻版。

1922年1月，《学衡》杂志创刊，总编吴宓。刊物宗旨为："论究学术，阐求真理，昌明国粹，融化新知，以中正之眼光，行批评之职事，无偏无党，不激不随。"[2]在创刊号刊有梅光迪一文，反对废弃文言，独尊白话，认为"若古文、白话文之递兴，乃文学体裁之增加，实非完全变迁，尤非革命也"[3]。第二期刊有他的一文，针对钱玄同的论调而指责提倡新文化者"欲养成新式学术专制之势"；又针对胡适将文学分为"死文学"与"活文学"，指责他"妄造名词，横加罪戾，而与吾国文学史上事实抵触"[4]。

胡先骕《评〈尝试集〉》一文连载《学衡》杂志一至二期，因篇幅甚长，另列专节介绍其观点。第三期发表了他的《论批评家之责任》一文，认为：

> 中国诗体格优美，宗旨中正，备具韵文之要件者也，乃必因其不尽用俗语作诗，便极力非诋之，而主张以全无美术性质、完全破弃韵文原则之白话诗以代之。[5]

这段文字似亦针对胡适而发，并认为要以中正态度来作平情的批评，指责新文学指导者"对于老辈旧籍，妄加抨击；对于稍持异议者，诋诨漫骂，无所不至"，大背中正之道。

同期发表了缪凤林《文德篇》，反对"旧文学者皆死文学"之说，

---

[1] 吴文祺：《对于旧体诗的我见》，《文学旬刊》1921年第23期。

[2] 《学衡杂志简章》，《学衡》1922年第1期。

[3] 梅光迪：《评提倡新文化者》，《学衡》1922年第1期。

[4] 梅光迪：《评今人提倡学术之方法》，《学衡》1922年第2期

[5] 胡先骕：《论批评家之责任》，《学衡》1922年第3期。

强调"文学之可贵，端在其永久性，本无新旧之可分"①，认为新文学者是"志利""趋时""尚术"。后来在《学衡》第七期刊登的邵祖平《论新旧道德与文艺》一文，观点与缪氏相同，认为道德和文艺同出一根，中国旧道德与数千年来的文艺"固已根柢深厚，无美不臻"，需要的新文化是物质的，是"西方今日物质之科学"，而非"白话诗文新标点"。此说还是中学为体、西学为用之说的翻版，显见保守。不过他认为"文章之源，出于模仿"，反对平民、贵族文学，死、活文学之说；认为判别死文学还是活文学，应以其艺术优劣之结果来决定，而不是按其产生时期之迟早而定，还是很有道理的。

除上述几家刊物外，还有的报刊发表了一些名人看法，如：

1922 年 4 月 17 日《民国日报》"觉悟"栏载有章太炎讲义，认为无韵谓之文，有韵谓之诗。并说："现在白话诗不用韵，即使也有美感，只应归入散文，不必算诗。"②此刊同时发表了《曹聚仁致章太炎先生信》，表达其看法：

> 韵者诗之表，……百家姓四字为句，逢偶押韵，先生亦
> 将名之为诗乎？是故诗与文之不同，不在形式，精神上自有
> 不可混淆者在。……语体诗之为诗，依乎自然之音节。其为
> 韵也，纯任自然，不拘拘于韵之地位、句之长短，……确有
> 在诗坛占重要地位之价值。

次年，章太炎在《华国》月刊第一卷四期发表《答曹聚仁论白话诗》一文，认为"诗之有韵，古今无所变"，诗之精神"非能脱然于形式外"，而诗"正以有韵得名"，"以广义言，凡有韵者，皆诗之流"，《百家姓》"不得谓非诗之流"，并反对韵律束缚思想情性之说。

1922 年 6 月，长沙湘君社《湘君》创刊。首期发表吴芳吉《吾人眼中之新旧文学观》一文，说他对于新旧文学，向来无所偏袒，断言"真正之文学乃存立于新旧之外，以新旧之见论文学者，非妄即诋

---

① 缪凤林：《文德篇》，《学衡》1922 年第 3 期。

② 章炳麟：《国学概论（三）》，《民国日报》1922 年 4 月 17 日。

也";认为文学并无文言与白话之分,既为文学,则选用文字就要畅达、正确、适当、经济、普通。要认定文学形式上是死还是活,必要合此标准。据此,他认为新文学领袖"惟尚感情,不计道理","不是诱人自杀,便是勉人发狂"。同期还发表刘永济《论文学中相反相成之义》一文,针对胡适"不事摹仿"之说,论述了文学中模仿与创造这个争论不休的问题,认为二者既矛盾又不矛盾,相反相成。其时梁实秋向在美国留学的闻一多介绍了《湘君》刊物,引起了闻一多的兴趣,回信说:"我极希望你们寄一本《湘君》给我认识认识。"

此后,吴芳吉在《湘君》第二、三期上发表了《再论八不主义》,逐条驳及胡适"八不主义"。又发表《三论》,反对文学进化论,认为"时代虽迁,文心不改。欲定作品之生灭,惟在文心之得丧,不以时代论也"[1]。尔后在 1925 年 6 月《学衡》四十二期发表《四论》,贬白话诗"纵写为文","横列为诗",认为旧体诗是"能真能美能善者也"。

1923 年 2 月,上海《申报》五十周年纪念专集《最近之五十年》中,发表胡适《五十年来中国之文学》一文,反驳胡先骕批评他的死、活文学之说。并认为:"《学衡》的议论,大概是反对文学革命的尾声了。我可以大胆说,文学革命已过了议论的时期,反对党已破产了。从此以后,完全是新文学的创造时期。"[2]他宣布自己获得胜利,表明他急于摆脱这场争论,而对批评意见视而不见。但"反对党"未必破产,旧体诗也未绝种。

针对初期白话诗的形式及其缺陷,《学衡》第十五期发表吴宓《论今日文学创造之正法》,指责一些新诗是"二三字至十余字一行,无韵无律、意旨晦塞之自由诗也"[3]。认为从事文学创造者宜虚心、苦心练习,遍习诸文体而后专精一二种,从模仿入手。指出诗文、小说、

---

① 吴芳吉:《三论吾人眼中之新旧文学观》,《湘君》1924 年第 3 期。

② 胡适:《五十年来中国之文学》,欧阳哲生编《胡适文集》第 3 册,北京大学出版社,1998,第 262—263 页。

③ 吴宓:《论今日文学创造之正法》,《学衡》1923 年第 15 期。

戏剧的创作方法都"须以新材料入旧格律","始合于文学创造之正轨"。

9月27日，《时事新报·学灯》发表吴睡白《介绍两个新学家》一文，指出文学的新旧是功用的效率上的问题，适宜于表现我们情感和思想的是新文学，否则就是旧文学。进而认为："诗有内质之美，有外形之美，思想情感，是内质之美，声韵格律，是外形之美。"而外形之美足以束缚、琢伤"内质之美"，只有新诗才打破一切束缚。

10月15日，《华国》月刊第一卷二期发表汪东《新文学商榷》一文，认为文言文是艺术美文，犹如"雕镂极细、薄如蝉翼的玉杯"；白话文仅通俗应用，是"青花白地、瓷质平常的饭碗"。认为"无韵调的不能算诗，就是现在新体白话诗根本不能成立"，"不过是一种欧化的文字罢了"。

12月，武昌师大赣籍同学会主编的《学光》杂志第一卷二期上，发表李之春《我之中国文学谭》一文，认为文学没有固定的古今，古文并非"古文学"；没有绝对的新旧，白话文不是新文学。白话文、文言文的名称，不是死文学、活文学的区别。对仗能够增进文章的美感；用典是文章的自然趋势。陈言烂语是新旧文学所有的通病，不是旧文学独有的。此说明显是冲着胡适之"八不主义"来的，颇有道理。

1924年8月《学衡》三十二期发表曹慕管《论文学无新旧之异》一文，断言白话诗的最高限度也就是"文言诗国之附庸"，提倡新文学者是以政客手段要将中国的古文学葬送于"贵族"二字之中。

1924年12月1日，山西铭贤学校半年刊《铭贤校刊》第一卷二期发表王明道《我对于新文学的意见》一文，认为"旧文学的短处，在太重形式。但辞句之概括，文字之富丽，立意之高超，韵调之不苟，远超过新文学"。若以它的一点短处来批评它是死文学，"欲用新文来完全代替"，实"舍本求末，自失国粹"。两全之计应是"新旧并存，旧文学让专门学识者研讨；新文学让求普通知识者讲求，这样一方面可保存数千年的国粹，一方面可以促进新文学的应用"。

1925年4月10日，《晨报副刊·艺林旬刊》第一号刊有蒋鉴璋《今日中国的文坛——几年来目睹的怪现象》一文。其中说：攻击旧诗，提倡新诗，"为了迎合一般青年好逸恶劳的不健全的心理"。认为"中国的旧诗，并没有破产，我们依然要去研究。中国的新诗，到了现在，仍然是没有成熟"。十多天后，蒋鉴璋又在此刊发表《诗的问题》一文，认为提倡新诗的人必须对于旧诗有研究，能熔新诗旧诗于一炉，才能够产生比较一般高明的新诗来。

1926 年 1 月，《学衡》第四十九期发表了刘永济《文诣篇》一文，指斥新文学领袖："奉鄙俚为宗风，尊谣谚若经典，视闾巷如庠序，以童蒙作大师，恣其所为，必将变黼黻为草卉，返栋宇于穴巢，其行乖反，盖甚彰较，乃犹自托于进化，责人为逆施，是殆昧上下之向，迷南北之方者矣。"文中对胡适"八不主义"作了批评。直到 1931 年，《学衡》七十五期还刊登了胡稚咸的《批评态度的精神改造运动》一文，认为新文化运动的结果，"除造成蔑视一切之怀疑派、纵欲任性之浪漫派，及摹欧仿美之慕洋派外，更有何其他贡献耶"。

一般认为新文学者与学衡派的论争始于 1922 年《学衡》杂志的创刊，至 1924 年为高潮。其实早在美国留学时，梅光迪就以旧体诗是否当革的问题与胡适论辩过。1925 年，章士钊创办的《甲寅》复刊，新文学者转入对《甲寅》的论争，而《学衡》由于人事与经费问题停刊，1928 年复刊，至 1933 年停刊。最后七十九期载有易峻《评文学革命与文学专制》一文，反对胡适的文学进化论、死活文学之说，认为文学有格律结构才能尽艺术之美。

经过一段时期的冷静思考，不少学人平心静气地认为：真正有价值的文学，不论用何种形式，都是可存世的；如无内在的特质，则不论其形式如何，均无保留的价值。以历史所留的文言文作品为死文学，以白话作品为活文学，失之片面，并将导致对传统文化的全盘否定。

新中国成立以来的相当长时期，学衡派被看作是"标准的封建文化与买办文化相结合的代表"[1]；其理论"是一套由欧洲资产阶级文化

---

① 王瑶：《中国新文学史稿》，上海文艺出版社，1982，第 39 页。

与旧中国封建思想拼凑而成的新装"①。这是因受极左思潮影响而上纲上线，在实事求是的今天，应作冷静的评估。

学衡派认为文言文不当革，旧诗不当弃。从社会发展至今的趋势来考察，文言改白话已是大势所趋，尽管文言在少数场合中还有相当的用途。而旧体诗这一形式并非文言文的孪生体，这种文学形式与文言既有联系，又有区别，不应因革除文言而弃去。旧体诗也可容纳俗词、白话语、现代语汇。学衡派对文言文与旧体诗一概加以维持，这也是他们招致渴望根本变革的大多数知识分子反对的原因之一，被看作新文学运动的对立面。加之刊物局限于学人之间，行文多用文言文，又由于经费不足，发行量不算很大。1930 年浦江清在《送吴雨僧赴欧洲》一诗有句云"道学文章事可哀"，其自注云"吴先生编《学衡》，主持文学正论，而影响殊少"，这是当时的实际情况。这批学人大多留学国外归来，看到中西文化的各自优缺点，对全盘西化持反对态度。他们大声疾呼，力图持理性的态度、科学的方法来评判中西文化，包括最为人注目的新旧体诗问题。所持的观点有合理的成分，可是不为时人所理解，而遭到社会的冷遇，他们的声音，被淹没在盲目西化、鄙弃传统的潮流之中，这不能不说是时代的悲哀。而新文学领袖一班人掌握了主流话语权，持偏激的态度，对传统文化一概否定，伤害是极大的。正如当代香港著名学人金耀基所指出的，"五四所呈现出来的时代风气或景象，却是一种文化的极端主义，对中华文化传统根本没有采取理性的批判过程，凡旧的、传统的都加以抨击、砍伐；凡新的、西方的都加以肯定、拥抱"②，就旧体诗的命运来看，的确如此。

---

① 唐弢主编《中国现代文学史》（一），人民文学出版社，2005，第 78 页。

② 金耀基：《中国文化意识之变与反省》，周阳山主编《五四与中国》，时报文化出版事业有限公司，1981，第 463 页。

第三节　胡先骕的《评〈尝试集〉》

结合古今中外学识，就旧体诗本身特征来论证其价值以及不当废，意图客观、系统地批驳胡适"八不主义"理论的人物主要为胡先骕（1894—1968，江西新建人）。他是一位植物学家，而文学根底极深。留学美国归国后，先后任教国立南京高等师范学校、东南大学。他主张中西合璧，融会贯通。受新人文主义影响，特别是受美国白璧德"艺术即选择"主张的影响。

1922 年，胡先骕在《学衡》杂志第一期至二期连载《评〈尝试集〉》一文，就胡适的白话诗作一评估，并对胡适的主张分章予以批评。《尝试集》是胡适以白话作诗的一本集子，他本人也认为其中不少是洗刷过了的文言诗。此文第一章绪言与第二章论胡适的十一首白话诗"其形式精神，皆无可取"。认为胡适并没有作诗的造诣，未曾升堂入室，不懂名家精粹之所在，所以"不能运用声调格律以泽其思想，但感声调格律之拘束，复撏拾一般欧美所谓新诗人之唾余，剿窃白香山、陆剑南、辛稼轩、刘改之外貌，以白话新诗号召于众，自以为得未有之秘"①。认为以此等作品来推倒李杜苏黄是远远不够格的。

第三章讨论声调格律音韵与诗的关系。先论格律为诗之本能，认为四言、五言是中国韵语发展的自然趋向，并且以此为宜，合于中国人的记忆能力。整齐的句法可增加普通感情与注意的活泼与感受性，辅助表现思想。格律本身有二重性，既可以增加诗之美感，又对诗之情理形成一定的束缚。然而限制与自由是对立统一的，唯限制则显出自由，见诗人之创造力。他进而举例说，就连英国诗人威至威斯（今译作华兹华斯）、德·昆西等人也认为整齐的句法，可辅助表现思想，比用散文可更使其效力久远。然后详论五言诗与七言诗各自的效能，认为五古既可言志，又可抒情；既能叙事，又能体物。七古以轻疾流利、抑扬顿挫为本，跌宕委婉，宜于笔力矫健之作。律诗讲求对偶，虽不

---

① 胡先骕：《评〈尝试集〉》，《学衡》1922 年第 1 期。

能如古风纵横阔大，以尽理穷物为能事，但音调铿锵，有含蓄咏叹之妙。
再驳胡适主张不讲对仗之说，认为对仗的功用，与句法的整齐、音韵
的谐叶同样都是为了增加诗之美感。即便古风或律诗首尾两联，不要
求对仗，而古人也爱用之。他说"陆放翁非胡君所称为白话诗人乎？
何以不惜以通篇对仗之法加之五七古乎？五七律之不必对仗者，何必
首尾八句皆对仗乎？……对仗句法，雄浑严整，厚重缓和，故不求流
动而欲端整之作宜之"①，所以用单行还是对仗不必勉强。不过他认为
五言古诗为高格诗最佳之体裁，七古与律诗为其辅翼，此说似可质疑，
格之是否高，并不取决于体裁，而在于作品内容表现出来的境界。

　　又论音节与韵有平仄谐婉，有转折腾挪之妙。押韵与诗之关系，
亦如句法与音节之重要，引证英国席得黎、德来登、阿狄生等人所说
的押韵可助记忆，限制范围诗人的幻想，使之不流于散文之平易，唤
起愉悦的能力，说明声韵对于诗的作用巨大。

　　第四章论文言、白话用典与诗之关系。胡先骕对胡适"不用典"
与"不避俗字俗话"二说持相对赞成态度，然又认为典故并非绝对不
可用，非得要作白话诗不可。用典可为现时情事生色，"惟末流所届，
矜奇炫博，句必有典，天机日沦"，但决不必因噎废食，以偏概全。
又驳不避俗字俗话之说。胡适认为李白、杜甫、韩愈、白居易都曾用
白话入诗，其实历来诗人如黄庭坚、杨万里、陈与义、郑珍、陈三立
等著名诗人都用过俗字俗话，不能认为只有白话才能作诗。胡适将文
言说成是死文字，白话作品是活文字，根据是以拉丁文比附中国的古
文，以意大利、英、法、德诸国俚语方言比附中国的白话，古拉丁文
衰而诸国文字盛。胡先骕认为那是用占领国语言还是采用本地语言的
问题，不能以不相类似的事与中国文言、白话相提并论，据此认定只
有白话才能作诗。他重申"诗之功用，在能表现美感与情韵，初不在
文言白话之别，白话之能表现美感与情韵，固可用之作诗；苟文言亦

---

① 胡先骕：《评〈尝试集〉》，《学衡》1922 年第 1 期。

有此功用，则亦万无屏弃之理"，进而认为文学的死活是以它自身的价值而定，而不以它所用文字的今古为死活。

第五章论诗之模仿与创造。反驳胡适"不摹仿古人"之说，认为自语言文字、歌曲舞蹈乃至哲学都是后天所习得，经过一定时间的模仿，才能逐渐有所创造。如欧美哲学，"秉昔贤之原理，与受文化环境之浸润"而递相创新；音乐、书法也是因模仿而渐提高创新。创造即脱胎，故创造必出于模仿；又以生物世代相传类似而又不类似为例，并举古来众多因模仿学习而有成就的诗人为例，详细说明诗之创新即在于由模仿而成。所以要想作诗，必须先了解古诗、律诗之性质，博读诸家名著，"审别其异同，籀绎其命意遣辞、造句练字、行气取势之法，再择其一二家与己之嗜好近者，细意模仿之，久久始可语于创造也"。此说有一定道理，无模仿继承，如何能有创造？其后杨世骥说得好：

> 在今日论诗我们应涤除二十年前胡适式的那种盲目的肤浅的见解，我们应大胆的承认"摹仿"为任何诗人必经的一段过程，近代诗的特色，就是能分途地从多方面去接受遗产。①

第六章论古学派、浪漫派艺术观及其优劣。他认为古学派的鼻祖希腊亚里斯多德是重理性的，客观的；而浪漫派由法国卢骚发端，对于人生与文学全任感情的放任，废除理性的制裁。认为浪漫派是"主张绝对之自由，而反对任何之规律，尚情感而轻智慧，主偏激而背中庸"，"对于人生，亦全任感情之冲动"。但浪漫主义"若漫无限制，则一方面将流于中国之香奁体与欧洲之印象诗，但求官感之快乐，不求精神之骞举；一方面则本浪漫主义破除一切限制之精神，不问事物之美恶，尽以入诗"。诗的职责在动情，但感情要真挚合理，即合乎理性。而胡适的诗与论诗主张是绝对自由主义，以世界文学之潮流观

---

① 杨世骥：《曾彦的〈桐凤集〉》，《文苑谈往》第一集，中华书局，1946，第39页。

之，则归属于浪漫主义、卢骚主义。他主张以理制情，即持制裁主义。从中西文化大背景下来考察胡适诗歌革命之失，胡适的新诗属浪漫主义，并不很恰当。

第七章论中国诗进化之程序及精神。他以先秦四言诗与骚体、西汉至隋五言诗、唐开元至五代的七古与律诗以及宋诗为四个演进时期，并将唐宋诗作一比较。认为当今"旧文化复加发扬，则实质日充，苟有一二大诗人出，以美好之工具修饰之，自不难为中国诗开一新纪元，宁须故步自封耶？然又不必以实质之不充，遂并历代几经改善之工具而弃去之破坏之也"。所谓工具，即指经过历代不同时期完善的旧体诗形式。

第八章论证《尝试集》的价值及其效用为负性的，认为胡适只是作了新诗人的前锋，希望有真正新诗人出现："或能憬悟主张偏激之非而知中道之可贵，洞悉溃决一切法度之学说之谬妄，而知韵文自有其天然之规律，庶能按部就班力求上达也。"

文中运用中西诗学知识，就诗律、音节、文字雅俗死活诸问题，逐条驳斥胡适"八不主义"，论述了旧体诗的起源发展，并开唐宋诗比较、中西诗论比较之法门，且谈及旧体诗末流之失，对白话新诗抱有希望，认为应继承传统，融化西学，创新文学。此文洋洋洒洒二万余言，旁征博引，反复论证，说明胡先骕作为一位博通中外古今的学者，具有相当的眼光与胆识。当时人们把这次论争称为"南胡（先骕）北胡（适）的对垒"。但在舆论几乎一边倒之时，胡先骕却被认为不合时宜，戴上"封建复古主义者"的帽子。

1922年3月11日，《时事新报·文学旬刊》第三十一期刊载郎损（沈雁冰）《驳反对白话诗者》一文，反驳胡先骕《评〈尝试集〉》一文，认为："思想怎样可以运用声调格律来'泽'他？难道一有了声调格律，不好的思想就会变成好的么？……第二，白话诗固与自由诗同，要破弃一切格律规式，但这并非拾取唾余，乃是见善而从。"同刊第三十三期刊载钱鹅湖《驳郎损君"驳反对白话诗者"》一文，为胡先骈辩解，认为诗须有格律，有质有形，认为"'白话诗''自由诗'亦非诗也，无诗之形也"。

胡适"八不主义"，直至 20 世纪 80 年代，仍有人在批评。如李璜在《我所经历的五四时代的人文演变》一文中说：

> 适之的八不主义中，"不用典"一个主张，不可能完全办到。因为典故的流传乃是几千年民族文化与国人智慧的结晶，中西皆然，……至于提倡的白话诗，而勉强去不讲平仄，不尚音韵，这是始终有问题的。诗歌以气骨为主，情与意境交融为骨，而气则有赖于韵之辅助。韵固不必押于句尾，平仄调叶，韵味自生。①

此外，周汝昌对"八不主义"也有类似的批判，这可看作是对胡先骕这一文章的遥相呼应。

第四节　对新旧体诗得失的反思

白话诗兴起数年之后，一部分当年反对旧体诗的人冷静下来。著名学者诗人闻一多，在 1922 年却做起了旧诗研究，认为格律是艺术必须的条件。"律诗底体格是最艺术的体格。他的体积虽极窄小，却有许多的美质拥挤在内。这些美质多半是属于中国式的。"② 并叹息说："如今做新诗的莫不痛诋旧诗之缚束，而其指摘律诗，则尤体无完肤。唉！桀犬吠尧，一唱百和，是岂得为知言哉？若问处于今世，律诗当仿作否，是诚不易为答。若因其不宜仿作，便束之高阁，不予研究，则又因噎废食之类耳。"③ 这是历经新旧诗之争后的困惑，是内心矛盾

---

① 李璜：《我所经历的五四时代的人文演变》，周阳山主编《五四与中国》，时报文化出版事业有限公司，1981，第 667 页。

② 闻一多：《律诗底研究》，孙党伯、袁謇正主编《闻一多全集》第 10 卷，湖北人民出版社，1994，第 159 页。

③ 闻一多：《律诗底研究》，孙党伯、袁謇正主编《闻一多全集》第 10 卷，湖北人民出版社，1994，第 166 页。

难得解决的诚恳态度。

　　在他看来，旧体诗的缺陷是"大体上看来太没有时代精神的变化了。从唐朝起我们的诗发育到成年时期了，以后便似乎不大肯长了，直到这回（文学）革命以前，诗底形式同精神还差不多是当初那个老模样。……新思潮底波动便是我们需求时代精神底觉悟。于是一变而矫枉过正，到了如今，一味地时髦是骛，似乎又把'此地'两字忘到踪影不见了。现在的新诗中有的是'德谟克拉西'，有的是泰果尔、亚坡罗，有的是'心弦''洗礼'等洋名词。但是，我们的中国在那里？我们四千年的华胄在那里？那里是我们的大江、黄河、昆仑、泰山、洞庭、西子？又那里是我们的《三百篇》、《楚骚》、李、杜、苏、陆"①。可见他对诗的前景抱有深重忧虑，并有《释疑》一诗申其意云：

> 艺国前途正杳茫，新陈代谢费扶将。
>
> 城中戴髻高一尺，殿上垂裳有二王。
>
> 求福岂堪争弃马，补牢端可救亡羊。
>
> 神州不乏他山石，李杜光芒万丈长。

他认为诗应吸收传统中好的东西，不要趋时髦戴高髻。诗若求新生，不必放弃自家的好工具，而应尽力挽救传统。中国借鉴外国的东西并不少，但也不要丢掉"诗三百"篇、李杜诗的传统。他主张以旧体诗为本，吸收西方表现方法，必须"手假研诗方剖旧，眼光烛道故疑西"（《蜜月著〈律诗底研究〉稿脱赋感》）。如果新诗只知赶时髦，只注重西方文学，而忘了自身传统，抛弃了中国文化的根，是很悲哀的。

　　不久出现民族化思潮，重新开始对旧体诗进行审视。闻一多呼吁人们恢复对于旧文学的信仰，吸收西洋诗与中国旧诗二者的长处，使新诗"做中西艺术结婚后产生的宁馨儿"②。"律诗之艺术的价值，历

---

① 闻一多：《〈女神〉之地方色彩》，孙党伯、袁謇正主编《闻一多全集》第 2 卷，湖北人民出版社，1994，第 119 页。

② 闻一多：《〈女神〉之地方色彩》，孙党伯、袁謇正主编《闻一多全集》第 2 卷，湖北人民出版社，1994，第 118 页。

万代而不泯也。"① 又认为五四以来，"成绩最坏的还是诗，这是因为旧文学中最好的是诗，而现在做诗的人渐渐地有意无意地复古了"②。

著名白话诗人刘大白在经过对新旧诗的比较之后作了《旧诗新话》一文，其中说：

> 五言七言底恰合吟诵或歌唱者底呼吸相称。所以中国诗篇中多用五言七言的形式。……我虽然主张诗体解放，却对于外形律能增加诗篇底美丽的功用，是相对地承认的。……对于旧诗中的五七言的音数律，却承认它确是经过自然淘汰而存在的道地国粹。③

另一著名学人叶公超更语重心长地说：

> 近几年来，讨论新诗的人似乎都在发愁，甚至于间或表现一种恐怖的感觉：他们开始看出旧诗的势力了。仿佛旧诗的灵魂化身、蒲留仙的花妖狐魅，在黑暗里走进新诗人的梦中，情趣丰富的青年那能坐怀不乱！于是，旧诗的情调、旧词的意境和诗人一同醒来。……格律是任何诗的必需条件，……没有格律，我们的情绪只是散漫的，单调的，无组织的，所以格律根本不是束缚情绪的东西，而是根据诗人内在的要求而形成的。④

他对格律的看法虽不仅是对旧体诗而言，但其认识不能不说是深刻的。其时有些新诗作者受了旧诗的影响，那些激进的人们看来不免恐慌，生怕他们中毒非浅，去向旧的东西妥协。

后来，毛泽东在《反对党八股》一文中对新文学运动之得失更提出了他的深刻见解：

---

① 闻一多：《律诗底研究》，孙党伯、袁謇正主编《闻一多全集》第 10 卷，湖北人民出版社，1994，第 166 页。

② 闻一多：《新文艺和文学遗产》，孙党伯、袁謇正主编《闻一多全集》第 2 卷，湖北人民出版社，1994，第 216 页。

③ 刘大白：《旧诗新话》，中国书店，1983，第 240—241 页。

④ 叶公超：《论新诗》，《文学杂志》1937 年第 1 卷第 1 期。

　　　　五四运动时期，一班新人物反对文言文，提倡白话文，
　　反对旧教条，提倡科学和民主，这些都是很对的。……但
　　五四运动本身也是有缺点的。……他们对于现状，对于历史，
　　对于外国事物，没有历史唯物主义的批判精神，所谓坏就是
　　绝对的坏，一切皆坏；所谓好就是绝对的好，一切皆好。这
　　种形式主义地看问题的方法，就影响了后来这个运动的发展。[①]

一语中的，旧体诗正是在那种风气之中被全盘否定的，教训是深刻的。

　　郭沫若曾以作新诗闻名，同时又好作旧诗，可是以其地位之尊、
名气之大，在那时也不敢冒犯潮流。他说："我过去闹闹旧诗是挨过
骂的，有时候不敢发表旧诗，在编集子的时候，把旧诗都剔出来成为
'集外'。我们的洋气太甚，看不起土东西，这是五四以来形成的一种
风气。"他还在此文中谈到将旧诗形式与内容混为一谈的不当：

　　　　单从形式上来谈诗的新旧，在我看来，是有点问题的。
　　主要还须得看内容，还须得看作者的思想和立场，作品的对
　　象和作用。……旧式诗词的形式，除掉一些过分地矫揉造作
　　者外，大抵导源于古代的民歌民谣。它的语法和韵律，在民
　　族的语言规律和生活情绪上，是有它的根蒂的。因此，就是
　　现时的民歌民谣，在形式上，都比较和旧诗词更见接近。……
　　革命性的旧诗词，在内容上固然是新，就在形式上也不一定
　　是"旧"。因为在表现上必然采取了新的事物、新的名汇、
　　甚至新的语法。[②]

如此说来，利用旧形式创作的诗，也应算作现代诗。但是如今的新文
学作品集或现代文学史，对旧体诗是拒之门外的。

　　最有意味的是胡适本人对待旧体诗的态度。1917 年 11 月他在给
钱玄同信中说："吾于去年（五年）夏秋初作白话诗之时，实力屏文言，
不杂一字。……其后忽变易宗旨，以为文言中有许多字尽可输入白话

────────────

① 毛泽东:《反对党八股》,《毛泽东选集》第 3 卷, 人民出版社, 1953, 第 788—789 页。
② 郭沫若:《论写旧诗词》,《郭沫若谈创作》, 黑龙江人民出版社, 1982, 第 61—62 页。

诗中。故今年所作诗词，往往不避文言。"①1928 年，他为陶香九《绣余草》作序，这是一册旧体诗集，当年反对作旧体诗的他评价说："留下了一些很真实的抒写。"晚年在美国，1960 年还赠给钮永建的旧体诗，是他生平所作最后一诗。唐德刚其时与他交往甚多，后来回忆说：

> 那时笔者便曾向胡先生抱怨新文学"看得懂，背不出"。去国日久的华侨，故国之思愈深，愈欢喜背诵点旧诗词和古文。……夜深人静，一灯独坐，吟他一篇《秋声赋》，真是故国庭园，便在窗外。……此时此际，如果把徐才子志摩的《我所知道的康桥》也照样温读一遍，其味就不一样了。有时我把这些感触说给胡先生听，他也往往半晌不知所答。……胡适对旧诗的看法，在我的体验中，他晚年和少年时期的分别是很大的。②

旧体诗走上一条艰难的发展之途，但是这一传统没有中断，诚如王仲镛所说："'五四'以后，七十余年来，排斥者，固已不遗余力，而好之者，犹绵绵不绝，且日以寖多。"③当今，人们对旧体诗价值的认识愈加重视，诚如周谷城所说："中国文化的精华如文学、诗词、绘画、雕刻、建筑等一类东西，决不会随着现代化的进程而衰退，恰好相反，它们将越来越活跃。"④文论家敏泽也说到：当年新文学时期，我们正在打倒传统，而"西方意象主义的研究者掀起一个学习、翻译古诗的热潮"⑤。

当今仍有不少人对旧体诗持否定态度，认为"旧体诗在'五四'

① 胡适：《答钱玄同书》，欧阳哲生编《胡适文集》第 2 册，北京大学出版社，1998，第 35 页。
② 唐德刚：《胡适杂忆》，广西师范大学出版社，2005，第 92—95 页。
③ 王仲镛：《周虚白诗选序》，周虚白《周虚白诗选》，云南民族出版社，1995，"序"第 2 页。
④ 周谷城：《论中西文化的交融》，张兰馨、袁云珠编《周谷城文化、艺术文集》，教育科学出版社，1991，第 10 页。
⑤ 侯敏泽：《五四文学与传统文学的关系》，马良春、张大明、李葆琰编《中国现代文学思潮流派讨论集》，人民文学出版社，1984，第 160 页。

时代，是新文学的绊脚石，在扫荡之列的"①。如果提倡新诗向旧诗学习，实际上是向旧诗词妥协。这种看法完全否认了旧体诗存在的必要性，是武断的，带有文化极权主义色彩。

新诗兴起期间，一般称为五四新诗运动，实际上并不准确，因为早在1917年胡适就开始创作白话新诗，尔后郭沫若等人也于五四之前创作《女神》，只因凭借五四反封建运动的推进，白话蔚成风气，人们才习惯将新文学运动时所发生的事记在五四功劳簿上。当年就连不喜欢作新诗的鲁迅也写起新诗来，"所以打打边鼓，凑凑热闹"（《集外集·序言》），扩大战斗的声势。接着出现新诗如春草苗生般的浩荡气象，然而也出现一片混乱的喧嚣，分行散文化的诗歌充斥新诗坛。这一时期白话诗充当了文学体裁革命的试验品，诚如龙泉明所说：

> 它首先要证明语言革新的可能性，因而其用心首先在"白话"而不是"诗"上。其次，这场语言革新的取向及其大的目标也于白话新诗的诗性特征的形成多所不利。……"五四"语言革命重在适应现代科学发展的要求，追求语言的精确性、明快性，这就必然以丢失中国传统语言方式中固有的隐喻性、模糊性等带有文学色彩的风格为其代价。②

这可说是对早期白话诗缺陷的一个坦诚的回顾。白话诗兴起时的作者，往往将自然的生活内容不加诗化地表现在新诗里面，模糊了诗与文的界限，忽视了诗本身的特征，使诗趋向散文和大白话，缺少余香回味。由于缺乏根本性的艺术规则，内部结构调度差，过于自由，有的议论过多，很少秾丽繁密而具体的意象，是粗糙的，不成功的。以致当时在美国留学的闻一多与吴景超、梁实秋的通信中，归咎于胡适的创作与诗歌批评："感谢实秋报告我中国诗坛底现况。我看了那，几乎气得话都说不出。'始作俑者'的胡先生啊！你在创作界作俑还没有

---

① 张松如《中国诗歌史论》，吉林大学出版社，1985，第314页。

② 龙泉明：《"五四"白话新诗的"非诗化"倾向与历史局限》，《文学评论》1995年第1期。

作够吗？又要在批评界作俑？"①他回国不久，即对文学作了一评估，认为："从五四到现在，因为小说是最合乎民主的，所以小说的成绩最好，而成绩最坏的还是诗。这是因为旧文学中最好的是诗，而现在做诗的人渐渐地有意无意地复古了。"②后来梁实秋分析说："新诗运动的起来，侧重白话一方面，而未曾注意到诗的艺术和原理一方面。一般写诗的人以打破旧诗的范围为唯一职志，提起笔来固然无拘无束，但是什么标准都没有了，结果是散漫无纪。"③又说："自白话入诗以来，诗人大半走错了路，只顾白话之为白话，遂忘了诗之所以为诗。收入了白话，放走了诗魂。"④梁宗岱进而指出："所谓'有什么话说什么话'，——不仅是反旧诗的，简直是反诗的；不仅是对于旧诗和旧诗体底流弊之洗刷和革除，简直是把一切纯粹永久的诗底真元全盘误解与抹煞了。"⑤

新诗是从外国引进的一种西洋诗歌，它以摆脱了格律镣铐的束缚而骄傲。但是一旦失去规则，艺术门类的特征也就消失了。所以闻一多说："假如诗可以不要格律，做诗岂不比下棋、打球、打麻将还容易些吗？难怪这年头儿的新诗'比雨后的春笋还多些。'"⑥他认为无论什么诗，都应有格律，否则不成为诗。新诗既已成为一种体式，也需要努力发展，需要格律化，逐渐走向民族化。当时鲁迅也说"诗须有形式"，即暗示当时的白话诗过于自由散漫随意性，有意加以规劝。闻一多一度致力于建立新诗格律，并认为："律诗的格律与内容不发

---

① 闻一多：《致吴景超、梁实秋》，孙党伯、袁謇正主编《闻一多全集》第12卷，湖北人民出版社，1994，第97页。

② 闻一多：《新文艺和文学遗产》，孙党伯、袁謇正主编《闻一多全集》第2卷，湖北人民出版社，1994，第216页。

③ 梁实秋：《新诗的格调及其他》，《诗刊》1931年第1期。

④ 梁实秋：《读〈诗进化的还原论〉》，《晨报副刊》1922年5月29日。

⑤ 梁宗岱：《新诗底纷歧路口》，《诗与真·诗与真二集》，外国文学出版社，1984，第167—168页。

⑥ 闻一多：《诗的格律》，孙党伯、袁謇正主编《闻一多全集》第2卷，湖北人民出版社，1994，第137页。

生关系，新诗的格式是根据内容的精神制造成的。……律诗的格式是别人替我们定的，新诗的格式可以由我们自己的意匠来随时构造。"①然而以他所建立的格律来作诗，只是引起人们一时的好奇，终究也难以为继，他本人也不得不宣布："唐诗读破三千纸，勒马回缰作旧诗。"

20 世纪 30 年代，王礼锡在其《〈去国草〉校后杂记》中说：

> "新诗失败了"，这个论断我不敢同意。新诗有失败的正如旧诗有失败的一样。用外国文辞、欧洲十八世纪的情感来写诗，比用中国文言文辞、中国古人情感来写诗还失败，这也是无可讳言的。……还有中国遗产接受得不够，也许是新诗未完足之点。因为中国文字特殊的形式，就诞生许多特殊的美的因素，譬如平仄、对偶等。……平仄也必须设法利用。若全无平仄，又无外国的严格的重音，又不用韵，在形式上就很难找出诗的气息了。又如对偶，民间的歌谣也有对偶，说话时，有时也利用对偶来帮助它的流利与力量。新的诗体应当要接受这一切遗产。②

梁实秋也在《五四与文艺》一文中说到：

> 我以为新诗如有出路，应该是于模拟外国诗之外，还要向旧诗学习，至少应该学习那"审音协律，敷辞揽藻"的功夫。理由很简单，新诗旧诗使用的都是中国文字，是先天的一字一音，以整齐对称为特质。……我们不能不承认，文学的传统无法抛弃。"文学革命"云云，我们如今应该有较冷静的估价了。

20 世纪 80 年代以来，时常有人呼吁新诗要回归传统。香港新诗人蓝海文在《中国诗刊》中发表社论说："五四新文学运动并未把传统诗打倒，只是创造了一种新的诗体，而中国的传统诗仍在继续发展中。

---

① 闻一多：《诗的格律》，孙党伯、袁謇正主编《闻一多全集》第 2 卷，湖北人民出版社，1994，第 142 页。

② 王礼锡：《王礼锡诗文集》，上海文艺出版社，1993，第 545 页。

我们认为，新诗根本就没有再去创立新格律诗的必要，无论用多少时间也是白费的，因为传统诗就是中国最完整、最优美、且充满生命力的格律诗。"

旧体诗有它表达情感不如新诗自由之处，它讲求平仄押韵，句式较为规范，语言相对来说较为典雅，不易自由抒发情感。要作好旧体诗，有一定难度，但并非高不可攀，而是因难见巧，犹如习舞步熟练后则可翩翩自如，对于掌握了格律的人来说，反而是一件省力的事。

试比较新旧诗成败得失：当时的新诗是从西方移植过来的，它不讲格律，爱长则长，爱短则短，有韵可，无韵亦可，多用与口语接近的语言，明白如话，便于抒情写意，宜于现代人表情达意，特别是朗诵诗，能产生强烈的鼓动效果，这是旧体诗所不及的。但它由于未植根民族形式，难记难背，在诗意、诗味、音韵感、节奏感等方面不如旧体诗，拖沓不便记忆，说明胡适所说的"要使作诗如作文"的论调恰恰是取消了诗的独立性。新诗之失，正是旧体诗之长。后来又兴起现代派、后现代派等，更不符合大众的欣赏习惯，所以毛泽东批评新诗"几十年来，迄无成功"。后来还指出："把诗分成新旧是不科学的，就我的兴趣说，我则偏爱格律诗"，"旧诗词源远流长，不仅象我这样的老年人喜欢，而且象你这样的中年人也喜欢。我冒叫一声，旧体诗词要发展，要改革，一万年也打不倒。因为这种东西，最能反映中华民族和中国人民的特性和风尚"[1]。

---

① 董志英编《毛泽东轶事》，昆仑出版社，1989，第 262 页。

第四章
政界、文教界及佛教界中的诗人

进入现代以来，各界先后出现的一些卓有建树的人物，他们的旧体诗造诣相当高，存乎一心，运用自如。其创作大致可分为四类：一、有的志在变革，在诗中表现出强烈的改革现状的志向，对传统社会有着激烈的批判精神；二、有的担任文教要职，爱以诗探索哲理，议论政治；三、有的从政坛退隐之后，在大自然中寻求慰藉，其诗的内容多以闲情逸致为主，表达其旷达自在的襟抱；四、有的目光向下，力求以诗反映现实生活特别是劳苦大众的苦难，揭露并批判统治者的罪行。他们的旧体诗反映了所处时代、社会生活及睿智者对这一时代的思考，并力求将新的精神、新的语汇融注到诗中。

第一节　两位反封建斗士诗人

陈独秀　　吴　虞

新文学运动时，由文学革命演进为反封建专制、批判孔教的斗争。其中陈独秀、吴虞两位斗士可谓思想先驱，人称"北有陈独秀，南有吴又陵"。其实这两位反传统的斗士早在辛亥革命以来就曾以诗言志，批判现实，力图改革社会。

陈独秀（1879—1942），字仲甫，安徽怀宁人。曾东渡日本，入东京高等师范速成科，归国后在安徽芜湖创办《安徽俗话报》。1915年在上海创办《青年杂志》，不久改名《新青年》。1917年应蔡元培之邀，任北京大学教授兼文科学长。1921年成立中国共产党，他当选为中央局书记。中共"二大"至"五大"，他先后当选委员长、总书记，后因右倾错误被撤职。1932年被国民党政府逮捕，出狱后定居四川江津。有《陈独秀诗集》。青年时代的诗作，想象瑰丽，豪放不羁，充满浪漫主义激情。有诗云"驰驱甘入棘荆地，顾盼莫非羊豕群。男子立身惟一剑，不知事败与功成"（《题西乡南洲游猎图》)，可见其披荆斩棘的勇毅非凡。他主要学宋诗而能在继承中求变化，气高格健，意境雄奇，也好议论，重思辨，有时采用白描手段。1915年，仿古代游仙诗而作《远游》诗，以人生百年为苦役，唯达人"裂冕轻毁誉"；而书生"读书破万卷"，不过是增加了"懦愚"。在大彻大悟之后，面对"骄阳不驭世，冥色惨不舒"的现实，他遐想远游：

> 擎空窥五岳，破碎混中区。
>
> 忽然生八翼，轻身浮天衢。
>
> 初见海如勺，熟视益模糊。
>
> 撮土载万类，旦夕相诛锄。
>
> 强弱不并处，存灭争斯须。
>
> 寥廓不可尽，星火何稀疏。
>
> 微尘点点外，幽暗不可居。
>
> 归来观五蕴，微命系囚俘。
>
> …………

陈独秀此时的思想受严复翻译的"物竞天择"说影响，诗中流露出中国在世界强势中将会衰败而被淘汰的忧虑，所以他对数千年来的传统文化持强烈的批判与否定态度。其勇锐之声，犹如寂寞中的雷鸣电闪。此诗驰骋想象，写其幻境，雄奇郁怒，笔力矫矫不凡。

其七古也有着浪漫色彩，如《夜雨狂歌答沈二》诗云：

> 墨云压地地裂口，飞云倒海势蚴蟉。
>
> 喝日退避雷师吼，两脚踏破九州九。
>
> 九州嚣隘聚群丑，灵琐高扃立玉狗。
>
> 烛龙老死夜深黝，伯强拍手满地走。
>
> 竹斑未灭帝骨朽，来此浮山去已久。
>
> 雪峰东奔朝岣嵝，江上狂夫碎白首。
>
> 笔底寒潮撼星斗，感君意气进君酒。
>
> 滴血写诗报良友，天雨金粟泣鬼母。
>
> 黑风吹海绝地纽，羿与康回笑握手。

从诗中可见他对人世恶势力的无比憎恨，进而愤激中国的混乱局面，要滴血写诗以寻求志同道合者，誓发大愿推翻腐朽社会。一位造反者的形象跃然画面，他踏破九州，睥睨群丑，其豪气可以喝退太阳，撼动星斗。此诗集长吉之奇谲、太白之奔逸于一身，慷慨激楚，夭矫飞腾。

他也往往寄情山水之间，而情思不匮。七律如《游韬光》：

> 石级穿林三百层，层层仄径绕山行。
>
> 碍云密竹两旁立，裂地清泉一路鸣。
>
> 山意不遮湖水白，钟声疏与暮云平。
>
> 月明远别碧天去，尘向丹台寂寞生。

赋情性于客观景物，无情之物皆有情，言"山意不遮"，言明月别去，言尘埃在寂寞中生，想象出奇而高妙。造句峭健不俗，炼"碍""裂"等字均见力度。

又如五古《雪中偕友人登吴山》其中云：

> 登高失川原，乾坤莽一色。
>
> 骋心穷俯仰，万象眼中寂。
>
> 屋瓦白如沙，层城没寒碛。
>
> 缤纷蔽远峰，冷色空林积。
>
> 冻鸟西北来，下啄枯枝食。
>
> 感尔饥寒心，四顾天地窄。

写大雪之掩蔽万象，寂然无声，忽有"冻鸟"西来啄食。"冻鸟"这一意象，象征着志士在其时茕独失援的处境。诗风雅洁高旷，一片清空之气。

新文学运动时，他矢志文学革命、社会革命，放弃作旧体诗，可谓断其结习。直到1934年系身南京老虎桥狱中才恢复吟诗，有《金粉泪》五十六首。身处困境，犹葆其白发书生之志，以诗批判现实。主旨在哀南京立为首都以来的种种可叹之事，一事一议，既写军国大事、生民命脉，也有要人隐私、权贵旧事，议论深曲，探幽阐微，用现代词汇入诗。其中如"民智民权是祸胎，防微只有倒车开。赢家万世为皇帝，全仗愚民二字来"，讽国民党独裁政权的真相，识见精湛，淋漓畅快。"飞机轰炸名城堕，将士欢呼百姓愁。虏马临江却沉寂，天朝不战示怀柔"，讽刺国民党政府对日寇飞机轰炸东北锦州采取不抵抗主义。又"商贾不知遗教美，但愁歇业忍饥寒""兵车方过忍朝饥，租吏追呼夜鸟啼"，讽其时苛捐杂税猛如虎，民族工商业气息奄奄。既悲愤抑郁，又苍凉冷隽，体现其大智慧、大定力已与其历史观融为一体。

陈独秀在出狱后有诗答陈中凡：

> 暮色薄大地，憔悴苦斯民。
>
> 豺狼骋郊邑，兼之瘯蠡频。
>
> 悠悠道路上，白发污红尘。
>
> 沧溟何辽阔，龙性岂易驯。

（《和斟玄兄赠诗原韵》）

表明其拯救民困，不甘驯服的心迹。他的后半生在政治上是失败者，但其诗却有相当的成就，不可掩没之。

吴虞（1872—1949），字又陵，四川新繁人，出生于成都。曾师事廖平，后留学日本习法律。归国后主编《醒群报》，提倡新学。因其父赌博输钱，强夺原给他的产业，激发他对封建家庭专制产生了反抗思想。1917年他在《新青年》杂志上发表了《家族制度为专制主义之根据论》等文章，振聋发聩，一时以反孔非孝而闻名。北京大学聘他为教授，后解聘，思想上日渐消沉，沦为时代的落伍者，有诗写其心境："扫地焚香自打钟，始知人海是牢笼。木兰已往缇萦少，万里还家百愿空。"（《题樱女书后》）1925 年返回四川，先后在成都大学、四川大学教书。有《秋水诗集》。

早年的他，瓣香法国卢梭，服膺其《民约论》，崇敬其反传统而不畏谤言：

> 冶佚猖狂第一流，能招诽谤亦千秋。
>
> 人皆欲杀真名士，别有空华境自由。
>
> （《读卢骚小传感赋》）

由此可窥日后思狂胆大的由来。后在《甲寅》杂志上发表《辛亥杂诗九十六首》，表明他积极汲取西方学说，以疗救中国痼疾，是勇于批判封建礼教制度的思想先驱。其中如：

> 大儒治国自恢恢，坐见中原几劫灰。
>
> 始信诗书能发冢，奸言多藉六经来。
>
> 平等尊卑教不齐，圣人岂限海东西。
>
> 若从世界论公理，未必耶稣逊仲尼。
>
> 不使民知剧可伤，恰如行路暗无光。
>
> 秦皇政策愚黔首，黔首愚时国亦亡。

第一首诗对儒学治国表示怀疑，否则为何中原战争不断，顿悟到"六经"不过是奸伪之物。第二首对孔教尊卑之说表示怀疑，认为基督教未必比不上孔教。第三首认为孔子所言"民可使由之，不可使知之"，造成社会黑暗无光；秦始皇采取愚民政策，而人民愚到极点，国家也就灭亡了。这些诗在当年立意新奇，推论有理，有助于人们打破偶像，解放思想。

袁世凯死，他有《闻项城逝》诗云：

> 威斗无灵笑渐台，冢中枯骨最堪哀。
>
> 不知郿坞燃脐日，可有中郎雪涕来。

分别以齐宣王、袁术、董卓等无道者讽刺之，末句说董卓尚有蔡中郎吊丧，而袁世凯怎么会有人来吊丧呢？寓意袁氏连董卓都还不如。

新文化运动时，他撰文批判家族制度，与陈独秀桴鼓相应，这并非偶然，其思想在诗中有所反映，"宗法遥传祸已深，唾壶击缺自哀吟。栖栖争羡封侯贵，谁辨当初盗跖心"（《七绝二首》），认为古人孝悌的举止不过是为了博得封侯求富贵。后来他哀叹"苍凉悲旧学，艰苦发新知"（《寄范曲丽海上海》)，可见当年的困惑与苦苦探究的心境。

他的爱情诗颇有特色，芬芳悱恻。其妻曾香玉，是蜀中才女，并且也排斥旧礼教，提倡新思想，吴虞引为同调。两人缠绵多情，不啻如才子佳人，如《与香祖小饮作》云："沉水炉香细细熏，双情端不解回文。尊前携手宜商榷，人比黄花瘦几分。"不料其妻因躲避战乱，加上体弱而病故，这对他是一个沉重打击，伤心写下《悼亡妻香祖组诗二十首》，情调悲苦。首先怀念香玉在做针线之余，与他在一起读书携游的情景，愈叹独居之苦、思念之切，然后说：

> 送君返故乡，乃在旧林隈。
>
> 素车行旷野，悲风起黄埃。
>
> 昔与君同居，今兹予独来。
>
> 含凄寻履迹，一一生莓苔。
>
> 柴门结网丝，坏窗无复开。
>
> 乔木郁苍苍，啼鸟弄余哀。
>
> 魂兮其有灵，行当共予回。
>
> 坟前抚稚女，此恨不可裁。

怆痛独白，哀肠百折，借旷野悲风之衰飒、故居旧屋之破落，衬托其沉痛心境。见其诗既承汉魏醇雅之风，又得清婉之气。

第二节 四位教育家、学者诗人

蔡元培 章士钊 马君武 马叙伦

此四人都是以事功或学术开现代风气之先的人物，言论为人所瞩目，也都曾出任政府公职或因办教育而闻名，兼有学者与官员两种身份。他们旧学根基深厚，又能汲取新知，未曾一心作诗人，不以诗名，而以能诗为同道者所知。

蔡元培（1868—1940），字鹤卿，号子民，浙江绍兴人。1907年赴德国莱比锡大学研究哲学、美学。南京临时政府成立时他任教育总长。1916年任北京大学校长，延请陈独秀、胡适等新派人物，北大一时成为新文学运动的策源地。1928年出任中央研究院院长。20世纪30年代与宋庆龄、鲁迅等发起成立中国民权保障同盟。后病逝于香港。

蔡元培主张诗的风格应多样化，不应雷同，认为"触事而发，因人而施，其可以写至性，发精理"①。诗的产生，是由于"情之动也，心与事物为缘。若者为其发动之因，若者为其希望之果。且情之程度，或由弱而强，或由强而弱，或由甲种之情而嬗为乙种，或合数种之情而冶诸一炉，有决非简单之叹词所能写者，于是以抑扬之声调、复杂之语言形容之。而诗歌作焉"②。认为诗应朴挚而娴雅，不矫饰，不吊诡。又认为"诗能超脱一切，独抒慧观，往往不假修饰，自臻工丽，或视若无意，而意境转幽，不似散文之实力驰聚，以包举无遗为贵，是故天机清妙之士，多喜为诗，其诗亦多工"③。其诗能在景色中蕴含理趣，

---

① 蔡元培：《〈愧庐诗文钞〉序》，高叔平编《蔡元培语言及文学论著》，河北人民出版社，1985，第87页。

② 蔡元培：《华工学校讲义（智育十篇）》，高叔平编《蔡元培语言及文学论著》，河北人民出版社，1985，第94页。

③ 蔡元培：《〈红薇诗草〉序》，高叔平编《蔡元培语言及文学论著》，河北人民出版社，1985，第271页。

清雅隽妙。如《七绝二首》其一云：

> 昼观鱼鸟夜观萤，活泼光明总不停。
>
> 倘使眼前皆死物，更从何处证心灵。

以景证理悟道，语浅意深。又：

> 寂如止水一湖平，闸泻溪流了不惊。
>
> 赖有薰风与吹绉，万方活色眼帘呈。

抒其慧观，为理而造境。其他妙句如"最怜万绿平铺处，几朵深红罂粟花"（《山上古壁》），在大背景画面中点染小物，红绿相衬，便见生意盎然，灵动不滞。他还能写些近乎说理的杂体诗，以现代思想与语汇融入旧诗中。曾与周作人唱和多首，其一云：

> 何分袍子与袈裟，天下原来是一家。
>
> 不管乘轩缘好鹤，休因惹草却惊蛇。
>
> 扪心得失勤拈豆，入市婆娑懒绩麻。
>
> 园地仍归君自己，可能亲掇雨前茶。

（《和知堂老人五十自寿》）

诗中每两句一意，间用流水对，曲折隐约吐露他对当局高压独裁微有不满。但他诗作不多，未专心于此。

章士钊（1881—1973），字行严，笔名孤桐、秋桐，湖南善化人。民初任上海《民立报》主笔，雄卓之论，名震一时。二次革命时，任讨袁军秘书长，失败后逃往日本，在东京创办《甲寅》杂志。1924年段祺瑞执政府时先后任司法总长，教育总长。去职后在天津与王揖唐等唱酬切磋。曾以诗稿呈郑孝胥评点，郑为之校正甚多，使他为之心服。后来他复刊《甲寅》，发表《评新文化运动》，认为文学不可分新旧，反对白话为文。20世纪30年代，他往东北大学任文学院院长。抗战时在重庆为参政员，职同清客，以诗遣日，曾作七古以"寺"字为韵每首十六句与朋友唱酬，反复叠韵至一百四十四首，因难见巧，多真情朴茂之作。汪辟疆为之惊讶，赠诗云："君肯著书比虞卿，高谈危论世所惊。缚将奇士事诗律，余事尤高艺苑名。"（《行严出寺韵诗倡和集见示》)又说"身闲不梦作公卿,作诗要令世人惊"(《行严道旧感叹》),敬仰这位奇士潜心诗艺。他一生作诗四千多首,如《入秦草》《游泸草》等。汪辟疆修订《光宣诗坛点将录》,章士钊为之配诗,合为《论近代诗家绝句》,多关近代史事,或探索诗之秘奥,大多惬当有趣。如评康有为"黄河千里势无回,雨挟泥沙万斛来。筚路熊疆开国手,倩谁七宝造楼台"[①],以为其诗颇有气势,但泥沙俱下。探幽索隐,别具只眼。他的诗风清新活脱,不滞故实。如一首失题七律云:

> 桃源无路号迷津,朝市而今尚姓秦。
>
> 未必大夫是崔子,纵云兄弟亦天亲。
>
> 蛣蜣有知徒丸转,蝤蛑为名总盗因。
>
> 闭户种松余不管,且凭风雨养龙鳞。

此诗说他流离于重庆,盼望有桃源避难,然苦于寻觅不获,社会仍处于暴政独裁之下。次联叹张学良为救国兵谏,并非如春秋时弑君之崔杼;而国共合作抗日,犹如兄弟之同胞之亲。第三联用庄子《齐物论》中语"蛣蜣之知,在于转丸",讽卖国求荣的汪精卫,徒然如转丸食团粪屎的壳郎虫。末言无奈而懒得问国事,惟独善其身,种松励志。寓意深刻,寄愤慨于旷达之中。又《用九日韵和伯鹰》云:

> 入海逃名不厌深,却忧尘外损秋心。
>
> 人高比似龙山峻,年少参成洛社吟。
>
> 灯影恋诗如旧识,隙风翻札得重寻。
>
> 与君交涉天排遣,更待伊谁撰《意林》。

坦露一己之心境,肯定对方的品性才华。诗律章法对仗无不清峻可观。他以其深厚的襟怀,涵容万物,议论纵横,略偏于宋诗风调。

马君武(1880—1940),广西桂林人。早年赴德国入柏林大学,攻读冶金专业。民初任南京临时政府实业部次长,1922年任广西省长,后在梧州创办广西大学。曾加入南社。有《马君武诗集》。他主张写

---

① 章士钊:《论近代诗家绝句·康有为》,汪辟疆《汪辟疆文集》,上海古籍出版社,1988,第400页。

诗要自出胸臆，有新意、新精神："须从旧锦翻新样，勿以今魂托古胎。"（《寄南社同人》）他的诗重在议论有气势，但发挥太露，少浑涵之力，寓情于景的诗不多，故往往失之粗豪浅率，余蕴不足。如《别桂林》诗中云"莫悲已失马，犹是未醒狮""鹃啼知宋乱，道弗泣陈亡"，虽能蓄势，但较硬直而不圆活。又《抗战纪事》两律中二联云：

> 主将未停麻雀战，敌方已动铁鸦兵。
>
> 六千子弟齐殉国，廿四钟时已弃城。
>
> 五朝文物移新主，百万人民失旧家。
>
> 事敌汉奸春后笋，储才学校雨余花。

发抒议论，勇直有余，而空灵不足。

马叙伦（1885—1970），字夷初，号石屋，浙江杭州仁和人。历任北京大学教授、浙江第一师范校长、浙江教育厅长、教育部次长。有《寒香宧诗》。南京政府曾邀他出任秘书长，他拒绝并赋《卜居湖滨杂作》诗云"借得园林远市廛，日常獭祭夜酣眠。只惭雕注忘生事，时累公卿寄俸钱。早起寻山午掩关，年来多病思偷闲。睡余偶一窥鱼乐，小艇歌声出绿湾"，后一首用庄子濠梁观鱼意，有飘然出尘之意趣。

他的一生时常处于志在著书与出仕用世的矛盾之间，但他与统治者采取不合作乃至憎恶态度，后来有诗讽之"爝火偏争赤日明，鸺鹠当昼肆鸣声"、"逃秦只是书生事，大业终期在耦耕"（《爝火》），其志在避世，故无所避忌。

他自言学诗不专一家，不事模仿，但其实还是可见杜甫、黄庭坚诗乃至近代同光体的影响，比较沉健遒警。七绝多用比兴，宛转达意，如《六月九日发杭州抵北平途中》二绝：

> 车笛鸣时已断肠，回头伴我只斜阳。
>
> 斜阳抛我又归去，前路茫茫尽异乡。
>
> 乍见杨花贴地飞，还知风力不轻微。
>
> 吾生与汝原相类，行尽天涯总不归。

前一首加倍写法，言断肠人幸有斜阳相伴，不料斜阳竟也离我而去，得回环往复之妙。后一首以杨花喻"我"之飘零不归。精心结撰，巧于设譬，寓意深长。

五律诗气遒而字句紧练，句如"远星疑火种，暮色乱炊痕"（《入山》）、"漏随寒烛半，风扶哭声高"（《追念圣善敬赋五章》）、"万思永泄地，多恨月窥棂"（《廿八日侵晨觉后作》），均能炼动词奇警。

第三节　三位政界退隐者诗人

江　庸　　叶恭绰　　李根源

这三位诗人在军政界任职时间都不长，他们退隐后或充任闲职时，以吟咏调适情性，多抒写个人怀抱志节，但缺少悲愤国事，反映底层民众苦难的力作，没有勇于探索诗之革新的锐气。

江庸（1878—1960），字翊云，福建长汀人。父亲江瀚，字叔海，是一位名诗人，与陈三立交往颇深。他是清末举人，民初任北洋政府司法总长，不久离职。抗战时在重庆任国民参政会主席，并任饮河诗社社长。诗风清隽婉畅，如《南游杂诗》两首云：

> 行尽横塘始见山，灵岩依约湿云间。
>
> 斜风细雨鸥波路，一棹冲寒又往还。
>
> 消受春波桨一枝，好风吹柳碧参差。
>
> 夕阳忽下孤山路，一角湖波露酒旗。

写景清空超脱，反映了离任退隐者回归大自然的愉快心情。

叶恭绰（1882—1968），号遐庵，广东番禺人。民初任过财政部长、交通部长等职，属交通系。离职时有"弃妇浑难忘米盐"之句，正是留恋与厌弃官场的矛盾心理写照。有《遐庵诗稿》。其诗沉着健拔，如"菊老似惭秋有节，葵枯谁与日争光"（《不堪》）、"拼守残生归寂寞，却怜短梦未模糊"(《三月十二日追悼》),擅长以对句宕转有力。又《后画中九友歌》模仿杜甫《饮中八仙歌》的写法,刻意精细,颇有宋诗骨力。

李根源(1879—1965),字印泉,云南腾冲人。曾任云南陆军讲武堂总办,云南光复,任革命军副司令,与蔡锷、唐继尧等将领奋勇作战,参加讨袁战争,后又做过北洋政府农商总长、国务总理,属政学系。后来隐居苏州,常与章太炎、金松岑等谈诗论文。有《曲石诗文录》。诗风浑朴中寓有妙趣。1932年所作《岱岳十首》,意兴所至,挥斥方遒,其中云"泰山天下表,八荒一目了。气象自岩岩,众山敢不小""混沌天鸡唱,脱仙(崖名)待日观。炫晃金光里,殷红一线寒",傲睨八表,有豪迈之气。

退隐后,常以诗写其生活乐趣。如《小王山居》诗云"罔极东西泉,可饮亦可沐。芳塘池养鱼,巨鳞清可捉。……鸡鸣戒我起,犬吠守我屋。……相将谈稼穑,共尝酒新漉。欢醉竹林间,高歌动山岳",陶然自乐,或饮泉捉鱼,或谈稼论穑,欢快自得,将山林间的幽趣、大自然的恬静摄入笔端,而诗风爽畅自然,恍如渊明饮酒诗境界。但他并未忘怀国事,有诗句云"还有殷忧无可遣,百川东障属谁人"(《风木堂独坐》)、"兰亭春冷军书急,潞水涛翻鬼子愁"(《得洲字》),见其忧国之思萦怀。

第四节　两位诗刊编辑诗人

曹经沅　　潘伯鹰

诗坛需要有热心的诗刊编辑,使作品得以传播。这两位诗人不仅以毕生精力作诗,而且都做过较多的编辑工作,力在拯救诗运衰微的局面,可谓有功之士。特论其诗,并作比较。曹经沅出入政界,是亦官亦诗的文化人。他与老一辈诗人有很多联系,又积极扶持后进;潘伯鹰以学者、书法家兼诗人，注重以现代意识反映社会问题，企图以此疗治社会的疾病。

曹经沅（1892—1946），字纕蘅，四川绵竹人。清末在内务部工作，民国后历任安徽政务厅长、贵州民政厅长。抗战以后任立法委员、行政院参事。著有诗集《借槐庐诗集》。诗学同光体诸老，更上溯唐宋，炼字新警，然不事苦吟，不刻意求深，无钩章棘句之病，出之以顺畅，追求恢廓境界。时有性灵之作，时人比之于神韵派王渔洋的诗。七言句如“盈盈荷盖擎新雨，袅袅蝉声赴夕阳”（《雨后园坐，呈石老兼柬醇士》）、“凉翠满湖侵夜色，清光万里警秋心”（《汤山园夜对月》），前者将听觉转为动态，用笔新巧，后者在清淡的境界中追求心灵与自然的契合，俊逸清真，机趣流露。又如《秋草再和味云》：

铜驼陌上剧荒凉，况复离披带晓霜。
愁向菰芦闻寄语，生憎鹍鴂损年芳。
黏天曾作无穷碧，匝地真成一片黄。
目断穹庐人万里，凉风九月剩回肠。

眼前一片荒凉，忆当年碧草茂盛，暗寓盛况不再。结构大开大合，动荡有致。五律句如“水如人淡荡，台共石嶙峋。岸柳寒逾绿，鸥群近可驯”（《冬晴舟泛枞阳湖》），隽秀清爽，丰神自远。

七言古风往往于叙事中插入议论，关乎世运，寄慨深沉。即便雅集唱酬诗，他也力求写出家国之忧，如《壬申上巳觞客什刹海会贤堂》诗中云：

高柳摇窗袅旧青，西山拂槛抱新翠。
故知风物了不殊，微惜眼底山河异。
坐中归客话辽阳，夜壑俄迁如梦寐。
太阿畴遣付群狂，绝好金瓯供破碎。
汪侯诗成语最悲，似此不详竟谁致。
诸贤各有征虏感，吾意兴邦基众志。
且挽银河洗甲兵，更借清尊收涕泪。

其时东三省被日寇侵占，故有无限愤慨在其中，盼众志成城，则将来收复有望，无复坠泪作新亭之哭。可见出他对人民起来救亡驱寇抱有厚望。诗中用"袅""拂""抱""惜"，炼字奇警，很形象地表现出物态与心态，并无涩滞之病。

1939 年，曹经沅陪蒙藏委员会委员长吴忠信入西藏，主持达赖十四世坐床典礼，取道缅甸、印度，得诗甚多，诗境益奇。如"晓风广陌送轻寒，千骑云屯簇锦鞍"（《锡金早发，始见雪山》）、"斜阳换尽黄沙色，照我荒原试马蹄"（《叶当道中马上》）诸句，力开强弩，颇有壮士驰骋大漠的气概，意境开阔，格调高昂，也正如其自言："更无苦语学虫号。"（《九月中原露公登高》）

曹氏笃于友情，奖掖诗人，唱和甚多，又编过不少诗集，如 20世纪二三十年代主编《国闻周报·采风录》，精选南北各省名诗人作品，不分流派，每一刊出，艺林争阅。黄稚荃高度评价此刊"所载之诗，皆南北各省第一流之作。使我国在世界辉煌诗国之声誉，不致中绝"[1]。1933 年重九日，南京诗人在扫叶楼禊集，各人赋诗甚多，公推编印事务由曹经沅操办，他很乐意编集以作交流，正如他所说："岂知文字交，遥遥通性命。"（《辛未重三南都诸子禊饮鸡鸣寺豀蒙楼》）吴宓高度评价他："实今日中国诗界之惟一功臣，亦即他日诗史诗学之惟一功臣。"[2]

潘伯鹰（1904—1966），名式，别号凫公，安徽怀宁人。毕业于上海交通大学，留学日本，归国任教于暨南、同济大学。20 世纪 40年代在重庆，饮河诗社成立，他担任《饮河集》主编，编集上百册诗集。有《玄隐庐诗》十二卷。其诗风苍浑朴茂，坚劲而蕴藉，寓沉雄于掩抑，极缥缈而回荡。潘受在序中论其诗云：

---

[1] 黄稚荃：《借槐庐诗集序》，曹经沅遗稿，王仲镛编校《借槐庐诗集》，巴蜀书社，1997，"序"第 2 页。

[2] 吴宓：《空轩诗话》四十九则，张寅彭主编《民国诗话丛编》第六册，上海书店出版社，2002，第 90 页。

> 思深、意远、境高、语妙。其感，其情，皆今人之感与情；
> 而其体制、其格律、其声调、其色泽，则无不古。直与时代
> 相氤氲、相磅礴、相呼吸、相歌哭，……非唐非宋，亦唐亦宋。
> 不求与杜、韩、苏、陆合而自合，不求与杜、韩、苏、陆异
> 而自异。其尤佳者，往往一字一音符，一字一舞姿，一字一
> 光体，生动晶莹，不可逼视。[①]

指出他因愤激之情而作诗，继承传统而又反映时代，用古而不泥古，
超物而不泥物，继古创新的特征。如抗战初期他流离在衡山，登南岳
而作《祝融峰》诗云：

> 茫茫到此更何之，绝顶先登却自危。
>
> 云海荡胸仍块垒，兵尘满眼各离披。
>
> 敲冰破冻玄都震，射日弯弓赤帝悲。
>
> 铲尽祝融峰作地，为君重扫碧琉璃。

茫茫一片，何处可依？北望中原，战尘弥漫，因感伤时局而黯然神伤。
第三联用典与神话传说，措语沉着。末联设想奇特，化自李白"铲却
君山好"之意而更有深意。

他擅长以拟人化手法咏物，工于写照。其中如："醉剪红绡鲛织
苦，乱攒绛萼蝶须狂。贞心忆共青腰约，醉面浑忘赤织张"、"早日
朱樱成落漠，后时青李剧风狂。忽惊万朵红相映，宛对孤军勇一张"
(《紫薇花行丈命赋》)。一片姹紫嫣红，活色生香，如掬贞心，如仰
醉面；又如勇张孤军，佳人壮士，纷罗眼前，而句法宛转而活，尽
得袅娜之态。

他最有价值的诗为歌行，上继汉乐府以来的现实主义传统，大多
取材下层民众的苦难生活，而生发开来，往往联想到国事，批判锋芒
直指上层权贵。工于布局，其情节曲折发展，往往出人意料。如《女
挽车行》写一客人因天寒大雪呼车代步，车速极慢，正要发脾气，忽

---

① 潘受：《玄隐庐诗序》，潘伯鹰著，刘梦芙点校《玄隐庐诗》，黄山书社，2009，"序"
第2页。

然发现踩车者是一瘦而无力的裹头妇女：

> 褐衣蔽体嗟悬鹑，车如破柩灯如磷。
>
> 挽辕无力但蹩躠，促之惟有哀虫呻。
>
> 怂然起责忽惊诧，凄皇瘦骨双眉颦。
>
> 黑巾裹头畏人识，穷探始肯言酸辛。

这位妇女说她因为丈夫重病，家无米粮，不忍饥儿饿死，所以白日不敢出来拉车，因为京城警察太多，不会让她有碍观瞻，只有夜晚出来，又不敢开口索高价。于是痛诉她实在是因谋生无奈：

> 岂无可耕三亩田？隔年一战成烽烟。
>
> 岂无微智业商贾？税则如麻吏如虎。
>
> 初时哭泣双眸枯，及今心死泪亦无。
>
> 穷家无田势所限，丑年翻免催寅租。

她既不能回老家耕种，又无法经商，走投无路，只好拉车维持生计，怎不泪干心死。刻画细致，融注作者深切的同情，比胡适的白话诗写一少年人力洋车夫的形象要丰满得多。胡适只是对少年的恻隐之心，不免浅薄，此诗怨苦反抗的情绪激进。最后诗人出场发抒议论："安能听汝诉烦冤，南北东西尽怨魂。棘矜除是揭竿起，弦管声高自不闻。"从眼前妇人的遭遇而联想起中国到处都有穷苦人民因无法谋生而怨恨，除非揭竿而起，别无生路。结句却以阔人醉生梦死中不闻哀诉的虚写与眼前悲凉的场景相对比，得出整个社会需要来一番变更的结论。其议论大胆而犀利，层层逼进，笔力骁勇。

潘伯鹰还有《拾煤核》一诗，以"绣帏暖炉玉楼人，蝶飐花娇正无力"反衬一贫娃在大雪天捡煤核"褐衣不掩胫，俯行雪满脊"的悲惨境况。贫娃之所以在雪天出来，乃是因为天寒时无人与他争夺煤核。最后指斥这是由于统治者投降退让的政策造成东三省被日寇占领，大好资源供敌人开掘使用，而国人却无煤取暖："铁索凌天星斗高，钢机凿地雷霆震。谁令拱手事虾夷，十万为奴仰残烬。"最后说如果国亡了，那些朱邸豪贵者也行将殉国，何况"我亦长镵抗饿人"。叙事穿插议论，错综变换，由典型场景推及至于整个国家局势，以精细笔触刻画凝重厚实的内容，沉痛而郁愤，表明诗人积极干预政治的良知与有意继承乐府传统的苦心。

第五节　三位锐意创新的诗人

吴芳吉　　邓均吾　　曾今可

白话诗的兴起，从另一方面，刺激了旧体诗作者向通俗易懂方向发展，采取现代新语汇和句法，而又不失传统之美，努力在新旧体诗之争中作出有积极意义的探索，以说明旧体诗还有发展的前途。此类诗人中，较有成就的当推吴芳吉（1896—1932），字碧柳，号白屋，四川江津人。年轻时他师从湘中名诗人萧湘。萧湘临终前赠诗云："劫火横烧已燃眉，笔花舌剑尚纷驰。狂涛万派无南北，朽骨千年有是非。名士望尘先膜拜，老夫余泪向谁挥。每当慷慨悲歌日，一念英才一解怀。"（《赠芳吉》）在西学东渐、学派纷纭之时，老人对他寄予很大的希望。经过努力，到五四运动前后，他已成为国内颇有名气的诗人。1920 年他在长沙明德中学、湖南女子师范教书，主编《湘君文化》。后在西北、重庆等大学任教，不幸英年早逝。有《吴芳吉诗选》。

他认为中国诗的创新不能全用白话和自由体形式，否则割裂了传统。诗应随时代而变，"变之道奈何？有欲连根拔去之者，有欲迁地另植之者，有欲修剪枝叶使勿为恶败累者"[1]。他主张旧体诗应采取修剪枝叶的方法，即应植根于民族形式而加工创新，必须变而通，以创新适应时代的需要。他在自己的诗稿自序中说：

> 国家当旷古未有之大变，思想生活既以时代精神咸与维新，则自时代所产之诗，要亦不能自外。……余恋旧强烈之人，

---

[1] 吴芳吉：《〈白屋吴生诗稿〉自序》，贺远明编《吴芳吉集》，巴蜀书社，1994，第 557 页。

> 然而不得不变者，非变不通，非通无以救诗亡也。……余所
> 理想之新诗，依然中国之人，中国之语，中国之习惯，而处
> 处合乎新时代者。①

吴芳吉本人努力追求旧体诗的现代化，既在内容上力求时代性，又在语言上适当采纳白话口语，照顾现代人的语法习惯与阅读习惯。其诗以歌行体居多，《儿莫啼行》通过一位年轻母亲在乱离中的哭泣之语，描述袁世凯窃国后派兵侵扰四川，给人民造成的苦难。又《曹锟烧丰都行》通过战乱中骨肉分离的弱女之口，刻画了一幅惨不忍睹的画面。其中云：

> 何处阿娘去，荒田闻鹧鸪。
>
> 阿爷死流弹，未葬血模糊。
>
> 阿兄随贼马，伏枥到边隅。
>
> 阿弟独不死，伴我两无虞。
>
> 离乳百余日，餐饭要娘哺。
>
> 失娘怒阿姊，入怀啼呱呱。

脱胎于《木兰辞》手法，出之以沉痛之语，代人诉说贫苦人家无一逃离悲惨命运的境遇。又长达五百余字的《笼山曲》，反映军阀混战给人民带来的苦难。浣花溪畔生活的一对夫妻，丈夫出去籴米，妇人在家哺乳儿女。"忽闻门外人高叫，妇出看门儿在抱。一兵抢儿付溪流，一兵捉妇掀上轿"，军阀队伍的士兵淹子劫妇、残虐百姓的暴行令人发指，而这一切发生的背景是怎样的呢？诗人愤怒地揭露：

> 袁皇死去黎上台，旧日党人纷又来。
>
> 不论人，只论党。党中人，膺上赏。
>
> 遂将戴戳罗佩金，一做督军一省长。

这就是当时四川上层社会结党营私、封官加赏的真实写照，也是全国许多地方军政的缩影。又《长安野老行》云：

---

① 吴芳吉：《〈白屋吴生诗稿〉自序》，贺远明编《吴芳吉集》，巴蜀书社，1994，第555—558页。

> 朝逢野老不能言，但垂清泪似烦冤。
>
> 面瘦深知绝食久，路旁倒倚酒家垣。
>
> 向午归来野老死，头枕树根沾马屎。
>
> 半身裸露骨斑斑，市儿偷去破襦子。
>
> 黄昏重过血泥糊，腿肉遭割作鲜脯。
>
> 酒家人散登车去，垣头睒睒来饥乌。

诗中将此野老置于酒家院外这一典型的环境中，以豪富花天酒地的生活作反衬；写野老在早晨、中午、黄昏三个时辰的不同惨况。野老因饿而倒下，死后尚且被剥去衣服，被剜去腿肉作食，最后的结果是被饥乌啄食。当时社会之恶劣、穷苦人命运之悲惨可知。作者选取的人物与环境均有典型意义，描绘真实，不着议论，而读之令人恻然鼻酸。

《婉容词》以哀艳著称于世，写的是一位纯洁善良、忠于爱情的青年女子被出国留学的丈夫遗弃，愤而投江自尽。这在当时具有较典型的社会意义，字里行间透露出他对家庭道德观念衰落沦丧的惋惜之情。在形式上是旧体诗的改良，活用了词曲乃至散文的句式，长短不齐，随其自然，具有声韵铿锵的旋律美，语言上融入大量现代口语词汇，乃是文白夹杂的古风。如"天愁地黯，美洲在那边""自从他去国，几经了乱兵折。不敢冶容华，恐怕伤妇德"，力在冶炼语言矿藏，自铸新词。又如最后写到此女子在深夜投水自杀："息息索索，泡影浮沙。野阔秋风紧，江昏落月斜。只玉兔双脚泥上抓，一声声，哀叫他。"此类诗大多有细致的叙事与描写，故事情节很强，旧体诗中的歌行体如果沿着这条路子走下去，既能保留传统的韵味（在内容上则原始于《诗经》中之怨妇诗与汉乐府《孔雀东南飞》），又能适应大众的欣赏水平。

他在诗的句法方面作过多种尝试，如利用五五七五字句："遥天一线瀑，挂在最高峰。夕阳光里看明虹，下有万古松"（《西园听查夷平君弹琴》）、"潭水何溶溶，环潭山如瓮。猿啼不到畏蛟龙，举头天一缝"（同前）。又《北门行》脱胎于汉乐府形式：

> 谁杀我夫？谁杀我夫？
>
> 夫死何辜，惨不能如。
>
> 日日望断归途，夜夜哭到泪枯。
>
> 请公且杀我，使我心舒。
>
> 请公更杀我子，莫苦我孤雏。

以叠句加强呼喊，而用意层层深入，参差错落，而有一定章法可循，显示作者积极的创新精神。但是，也有不少歌行体显得有些散漫，古今文白，接木改良，混杂一体。故山西常乃惪有诗说："白屋诗人能立意，意胜未觉词为累。但惜新旧互杂糅，有似西装蒙西子。"[1] 吴宓很赏识他，但在寄给他的信中也批评这类诗"夹杂俚语，毫无格律"[2]。

他能以律诗议论，指斥惨黯现实，如《蜀军援湘东下讨伐曹吴已复归州》一诗云：

> 如此河山作战场，繁华往事尽凋伤。
>
> 群狼攫食喧西土，祸水漫天号北洋。
>
> 余痛追思犹恻恻，残生指数恨茫茫。
>
> 愿真割据行封锁，不得大同亦小康。

起句突兀而顿挫，议、情交织，议切事理，情彻肝肠，把四川军阀比作群狼，把北洋军阀比作祸水，真有切肤之恨，难以尽诉的悲慨。以致诗人认为宁愿四川一地封锁四境，拥地自保，尚可安于小康之域。此亦极为痛心之语。

他也擅长写景，用笔疏朗轻丽，句如"桃花初生水，鲫鱼小似钉。雨添茅舍白，山入砚池青"（《白屋清明》），"碧草平如案，朱藤密上楼"、"瓜田眠彩雉，麦陇带黄云"（以上见《初夏赴丈人田舍看插秧》）。七律写景句如"长松带雨浓于墨，大瀑翻雷吼过村。天柱数峰遥隐现，洞庭一片近黄昏"（《春社新晴独游黑石坡玩景》），泼墨写近景松、瀑，再点染远景峰、湖，转入隐约迷蒙，格调苍雄而疏秀，显示作者挚爱

---

① 徐葆耕编选《会通派是说——吴宓集》，上海文艺出版社，1998，第343页。

② 吴芳吉：《自订年表》，贺远明编《吴芳吉集》，巴蜀书社，1994，第554页。

大自然的襟怀与写景状物的笔力。

吴芳吉平生以"三日不书民疾苦，文章辜负苍生多"(《戊午元旦试笔》)为座右铭，在民国诗坛风格走向多元化的时期，能够不趋时尚，坚持目光向下，写了不少充满爱国忧民感情的进步诗篇。诗中主观意图较为显豁，民族主义、民生主义与人道主义思想表现得较为鲜明。他自觉地以诗批判现实，展现了那个时代军阀混战、苛政虐民、民不聊生的生动画卷，继承了汉乐府以来经杜甫、白居易发扬的现实主义传统，充满了时代气息。其诗风清丽而又真率，深沉中有飞动，不溺于轻艳，故邓均吾有诗赞其《白屋诗存》是"湘兰秋芷现清真"。

邓均吾(1898—1969)，四川古蔺县人。他考入重庆广益中学时，结识了青年诗人吴芳吉，并接受其劝勉："忧国宜忧在心头，爱国宜爱得长久。"后来他到上海泰东书局编辑所工作，结识郭沫若、郁达夫。参与编《创造季刊》，发表不少新诗。后来回到重庆，在广益中学教书。1939年任中共古蔺县委书记。20世纪40年代，辗转北碚、营山等地教书。有《邓均吾文集》。五四运动之后不久，他便恢复作旧体诗。1925年自上海返四川，作《乌江道中》二十首。其中云：

> 龚滩十丈瀑流悬，隔断乌江上下船。
>
> 世乱岁饥劳力贱，争先载卸剧堪怜。

> 武夫横睨目无人，强据民船强迫行。
>
> 不管蛟龙俱激怒，却将水国当农村。

写劳工船夫之悲苦无告，亦极辛酸。

他擅长刻画景物，如《青山》诗云：

> 千山浓绿饯残春，雨霁云飞翠欲凝。
>
> 莺语老时鹃正苦，不如归去唤何人。

下层知识分子穷愁无聊，惟热爱大自然的情怀不减，以观看青山之景慰藉落寞心怀，其乱世之悲可想而知。

1932年，他再次到上海一书店译书为生。时在淞沪抗战之后，作《过炮台湾》诗云：

> 海吞江吐水云交，旧垒荒凉野鹊巢。
>
> 丝柳笼堤堤织梦，杂花飞雨雨添潮。
>
> 年华暗换洋场在，风景无殊故国遥。
>
> 将晚楼台歌吹沸，谁怜孤悄月儿高。

前四句写江海吞吐之湾水云相接，叹旧垒之荒凉而野鹊筑巢，既写实亦托寓深沉。柳堤织梦，似真似幻，真幻莫辨；杂花飞雨，雨狂潮涨；叹年华迅去，而上海洋场依然未改。末以闹市楼台之喧哗与一己之孤独相对比，孤零的月儿正是其伶仃踯躅的象征。

1946 年国共大战欲来之际，赋《夜雨闻鸟雀声》诗云：

> 庭树浓阴合，黄昏鸟雀喧。
>
> 共欣云有岫，哪觉雨倾盆。
>
> 夜黑飞难起，风狂势欲翻。
>
> 万方忧陷溺，微物更谁论。

鸟雀欢聚庭树，高兴那云儿无心以出岫，却不料大风雨就要来临了，夜黑了，不知飞往何处避难，正是斯人迷惘无着的心情写照。鸟雀一微物尚且如此，联想到万方民众陷于水火不知更将如何，诗人的忧虑是沉重的。

追求以白话、口语入旧体诗，走通俗化道路的还有曾今可（1901—1972），江西泰和人。早年从军为文书，后留学日本，归国参加北伐战争，任二军二十四团党代表。后往上海从事文化活动，邀无党派作家数十人，组织文艺座谈社。作《画堂春》词云"且喝干杯中酒，国家事管他娘"，引起鲁迅怒斥抨击，震动文坛。他认为本是故作反语，不料"竟教老将动刀兵"（《书愤》）。抗战时往湘鄂赣边区挺进军任总部少将参议。其时家被日机轰炸，赋诗云："何曾眼为倾家白，自喜颜因抗日红。"后为广东省参议。1948 年赴台，曾主编《台湾诗坛》刊物。著有《乱世吟草》。

他宗尚黄遵宪，喜用新名词，以白描写性灵，直抒胸臆，笔力精悍。

反专制压迫，哀民生多艰，不顾时忌。愤官场上争权夺利："各为谋官施巧计，共因图利昧良心。"（《秋感八首》）讽蒋介石拒谏饰非："讳病忌医怜下策，恼羞成怒是耶非。"（《狂澜》）又《汗如雨》记抗战胜利后物价暴涨，官倒横行："官与商合作，利益计难数。物价千倍万倍涨，只有文章如粪土。俊杰皆飞升，我则依然故。饥寒同来逼，床头生怨语：'深悔嫁文人，何如商人妇。商人子绮罗，吾子皆褴褛。'"他与妻子商量，先是想去商场作学徒，但又想生财有道，只有靠走私，其妻却以讥笑戛然作结，"资本在何处"，其窘态不言而可想见。官商勾结，文人末路，绘声绘色，曲传心理。这一类叙事诗描述现实社会，摆脱格套，大胆尝试用双音词，接近口语，颇有时代气息，但缺点是不够沉郁蕴藉，比较粗率浅露。

第六节 三位文化出版界的诗人

蒲殿俊　王礼锡　胡云翼

此节介绍的三位诗人，都曾在文化出版界谋职，他们并不仅以这一职业终其身，不过，这一职业却促使他们对社会有较为透彻的了解。继承传统，批判现实，也是他们积极的诗歌实践。

蒲殿俊（1875—1934），字伯英，四川广安人。曾留学日本，后任四川省谘议局议长、《蜀报》社长。武昌起义时，四川独立，成立军政府，他出任都督。民初任进步党理事、众议员。1917年任北京政府内务部长。后任北京《晨报》社长、总编辑。20世纪20年代与陈大悲等在上海成立民众戏剧社。其诗能自抒伟抱，如《止酒》云：

止酒从医谏，因逃恶税征。

已无民畏死，安用壮犹人。

饥饱凭毫翰，兴亡听鬼神。

此生浮未了，差免附朱门。

他因止酒也就自然逃脱了酒税的征收，意谓酒税甚苛。民不畏死，则自己又何苦要这壮健的身体，不过是凭文字稿赚得一口饭吃，是死是活听由鬼神安排。末以不附权贵而自豪。议论饶有趣味。

不少写景诗蕴有深意，如说"云于远岫幻真伪，天戏行人忽雨晴"、"不殊风景惟农妇，尚伴鸡豚事馌耕"（《岳门铺至西溪道中》），前一联颇有景趣，后一联说只有农妇不知江山风景已变，暗寓时局危难，人多忧之。又"课圃尚余长日静，曝檐亲受万峰朝。几家成饭兵来享，两脚服箱我幸逃"（《山圃晓坐》），前一联用拟人手法写物我相得，后一联言兵乱造成民间百姓不宁，连作者本人也成了人间惨剧中的逃命者。立意构思精巧，笔势跌宕。

力图将新思想输入旧体诗的还有王礼锡（1901—1939），字庶三，江西安福人。少年时学李商隐诗，更陶醉于孟郊的深刻、李贺的奇丽。1922年入心远大学，名师汪辟疆指导他学苏东坡、黄山谷、陈后山诗。他也重视近代黄遵宪、郑子尹、金和、江湜几家诗，但他认为黄遵宪诗尚不成熟，仅是试用了一些新名词。那些以电报式词句写相思的诗，只是今体（近体诗）的仿古而已，并无动人的感情。

毕业后，他在吉安农校执教，并写了第一本诗集，名《困学集》。国共合作时，他任国民党江西省党部农民部部长。国共破裂后，他流亡浙江、福建，后被囚禁在庐山。他以诗纪乱离之人事，见幽默之余裕，编为《流亡集》。

1928年往北平，他因投稿结识了民国日报社编辑、女师大毕业生陆晶清。同游清华园后，礼锡有诗送她："荒园无语立西风，残照远天曳晚红。回首悲欢余惘惘，寒冰枯木小亭空。"（《游清华园》）得其和诗："秋声凄怨泣寒风，霜叶晚装似血红。惆怅荒园伫立久，夕阳人杳小亭空。"礼锡的诗才深深打动了陆晶清，她说："我觉得礼锡的诗是已做到王静庵所谓'不隔'的地步，他的诗无论哪一句都不是有意去作的，他的诗里没有近代旧诗的流弊，他从来不造作，他不用典，他全凭着真情感的流露。"①1931 年，两人同赴日本东京并结婚。后来王礼锡将这一阶段恋爱诗编为《风怀集》。此时的诗寓激宕于柔情，奇丽奔放，不同于以前的生辛苦涩，有如"浓的冷茶"，是"沉浸于蔷薇之梦的时代，惊涛骇浪后的温情，酿出馨逸的多情之什"②。

归国后，他在上海主编神州国光社《读书杂志》。其时"努力以旧诗写都市，写新的动的风光"，并反映上海作为殖民地社会的黑暗面，辑为《市声集》。其自序云："感伤是自己的，是现代的。用字是毫无拘牵的。文中的字，语中的字，外来语，一切都用。"③"觉得许多新的事物与思想窜入这时代，如果是一个天才定能给数千年建筑起来的诗体注入以惊人的奇观。"④

后来，因杂志宣传社会主义被查禁，当局礼送他出国考察。经菲律宾时，他思国心切，忧郁难平，有《海上杂诗》云：

> 昨过马尼剌，闻敌寇幽并。
>
> 凄凄去国人，悠悠海上心。
>
> 积惫哀吾华，如豕在刀砧。
>
> 衔石嗟已晚，碎环道可循。
>
> 无限悲凉意，并入海潮音。

在英国，他对资本主义国家下层人民的痛苦生活有了深切的了解。曾赴苏联参加苏联第一次作家代表大会。1936 年他担任全英援华会副主席，宣传抗战。1938 年归国来到重庆。

其时将出国期间的诗编为《去国草》，汪辟疆题诗中说"昨夜读君诗，苦语欲酸鼻。君才本恢张，颠沛孰所致"，并认为他的诗充满了爱国热情，足可凌驾苏、辛。1939 年担任作家战地访问团团长，在赴山西中条山途中不幸病故于洛阳。

---

① 陆晶清:《〈市声草〉陆序》，王礼锡《王礼锡诗文集》，上海文艺出版社，1993，第 568 页。

② 胡秋原:《〈市声草〉胡序》，王礼锡《王礼锡诗文集》，上海文艺出版社，1993，第 553 页。

③ 王礼锡:《〈市声草〉自序》，《王礼锡诗文集》，上海文艺出版社，1993，第 560 页。

④ 王礼锡:《〈市声草〉自序》，《王礼锡诗文集》，上海文艺出版社，1993，第 558—559 页。

他的诗作实践体现其诗歌主张，状物写景，言感抒情，无不生动，曲折自如，飞动流走。其古风颇得生趣活法，运意圆活。早年诗如《甲子中秋》"风起月退飞，穿云快于骥。拊掌笑嫦娥，齱胆有惧意。……明月排云出，寒瀑泻幽邃"，以博喻赋予云、月以动态与情感。又如《归舟杂诗》云：

> 水力负船下，风力挟船上。
>
> 帆饱风怒张，波腾水怒壤。
>
> 两岸助声威，枯枝怪作响。
>
> 卒之风胜水，水怒跃过颡。

写水与风斗，绘声绘形，饶有意趣。又七古《南浔车中看山》中云：

> 近景妒我恋远山，大树掠窗颇负气。
>
> 探头意欲招之回，又一枝扫帽几坠。
>
> 远山初欲逐我行，转头忽惊面目异。
>
> 口不能言张两眼，正如小儿失母臂。

写人与山之相恋而不忍舍，树与人相捉弄，于朴质流利中见其谐趣。或以文为诗，腾挈夭矫，配合其意之变化。非富于才情，善于观察，怎能写习见景物生动如此？！又《归途触目兴怀》诗云：

> 冷日发短光，寒塘蒸白雾。
>
> 皑皑霜欲冰，扑朔叹行路。
>
> 白草蜷向人，顽枝当风怒。
>
> 有生皆无欢，况值岁垂暮。

触目兴怀，境寒语苦。炼字奇警，戛戛生新，氛围沉郁凝重。

他后来在上海，更是有意识地以现代口语、外来词入诗，描写都市生活的众生相，意到则纵笔遣词，毫无拘碍。如《夜过霞飞路》中说：

> 电灯交绮光，荡漾柏油路。
>
> 泻地车无声，烛天散红雾。
>
> 丽服男和女，揽臂矜晚步。
>
> 两旁玻璃窗，各炫罗列富。

精小咖啡馆，谑浪集人妒。

狐舞流媚乐，缭绕路旁树。

宛转入人耳，痴望行者驻。

前耸千尺楼，高明逼神恶。

叠窗如蜂巢，纵横不知数。

下有手车夫，喘奔皮骨拄。

又有白俄女，妖娆买怜顾。

惶惶度永夜，凄凄犯风露。

墙根劳者群，裹草寒无裤。

仅图终夜眠，室庐宁取慕。

谁念崔巍者，此辈力所赴。

一一手为之，室成便当去。

即此墙根地，岂能安寐寤。

警来驱以杖，数迁始达曙。

都市如魔窟，璀璨锦幕布。

偶然一角揭，惨虐殊可怖。

良药宁能医，嗟此疾已痼。

诗中极力铺写现代都市的繁华：男女身着丽服的时尚、商店的富丽、歌舞的侈靡、楼厦的高耸，构成华丽的表象、豪奢的喧嚣。另一方面，为求生计，车夫奔跑，皮瘦骨立；白俄妓女，凄惶卖笑。更有曾建造过高楼大厦的工人，而今不知有多少露宿街头，成了警察驱逐的对象。两相对照，剖示华丽不过是锦幕布，掩盖了魔窟中阶级不平等的残酷现实。悲叹这种资本主义弊病渐成顽痼，已难医治。颇能见其思理的细密深刻、赋性的敏锐善感、构筑意象的众多。其间采用"电灯""柏油路"等词入诗中，并无生硬槎桠之病，而有新奇活泼之感。另如《悯农夫》《哀病兵》纪事诗，莫不哀痛断肠，直面惨淡人生。均可见他将新的物象与情绪写入旧体诗中的努力。又如《一九三五年三月某日梦醒作》：

> 美睡浮轻梦，飘忽如片云。
>
> 片云起天末，卷舒流清氛。
>
> 又如饮米酒，荒荒摇旅魂。
>
> 美睡与薄醉，一醒都无痕。
>
> 故国十万里，好梦一晌温。
>
> 倚枕寻不得，冷泪眦已昏。

此诗以清微幽远之境写心态与感觉，比兴与情意融为一体，真挚之情，引人神往。

其七律能于清苍中见郁怒之气，如《浣霞池上小坐》诗云：

> 壑赴山奔如虎走，南来山水此间奇。
>
> 千盘嶙峋几无我，一鉴明漪喜有池。
>
> 且敛惊魂归瞑坐，细听泉响入沉思。
>
> 劳生暂息识真意，谋隐买山直可嗤。

从山壑的动态到耳畔泉响的细微，刻意顿挫。末联说他爱山而无归隐意，与古人谋隐之思不同，自出新意。笔致疏宕，大得物趣。比较而言，其所作绝句创意稍弱，但也有的富孕情趣，如：

> 穹庐笼盖野无涯，平广绵绵太始沙。
>
> 忽见烟云生水岛，寒荒何补镜中花。

（《去国五十绝句》）

此写埃及之游，沙漠中忽见海市，恍惚仙境。又"难能天气晴如此，雾薄日灰细细风。冷影一双横菱叶，满山枯树篆秋容"（同前），在阴暗冷寂的景致中，融入异域飘零之感。

张辰林曾以为："礼锡诗之最流传人口者，为'妇孺屠戮成何世，隔海同仇皆弟兄。沸血斜阳红古市，万千人死自由生'一绝，盖咏西班牙内战佛郎哥军屠城事。词甚悲壮，人类历史不能割弃此惨痛之一页，礼锡之诗亦当永传矣。"[①] 然此诗未见收入王礼锡自编的《去国草》

---

① 张慧剑：《王礼锡小诗》，《辰子说林》上海书店出版社，1997，第74页。

《市声草》中，或许并非王礼锡自以为得意之作。

王礼锡坦言："新诗有近二十年的历史了，而我还胶执旧体诗，唯一的原因就是懒，认为旧诗经过几千年的锻炼，形式真是美。"[①] 他执着于旧体诗的创作，往往下笔不能自已。诗之于他，"如水米，生命所不可缺"[②]。又说："止酒难，止诗亦不易。诗思之来，苟峻拒之，辄皇皇累日。……诗不可戒绝，何如竟畅言之，骨梗在喉，非吐莫快。"[③] 又认为乱世作诗，感愤悲欢，"期能呼号，振聋发聩"[④]。他志在"陶熔今情入古体，创造旧句写新思"，"用旧诗的形式而解放一切旧诗的束缚"[⑤]。其诗风清奇活泼，又沉着郁勃，在现代诗坛上，应有一席之地。

另外还有胡云翼（1906—1965），湖南桂东人。在湖南、江苏等地任教，后在上海中华书局、商务印书馆任编辑。抗战时在江浙一带从事救亡工作。其七绝较有特色，在风华绮丽的表面，蕴含着人世间的哀怨。如《无题》其中二首云：

> 花颜流媚伴中宵，庭院深深锁翠翘。
>
> 月未圆时人欲别，载将离恨逐春潮。
>
> 空劳梁燕护春泥，忍听落花帘外啼。
>
> 到此方知生世碍，人间天上两凄迷。

凄凉秾至，恍如李义山之遗响。

① 王礼锡：《〈去国草〉校后杂记》，《王礼锡诗文集》，上海文艺出版社，1993，第544页。

② 王礼锡：《〈去国草〉序》，《王礼锡诗文集》，上海文艺出版社，1993，第513页。

③ 王礼锡：《去国五十绝句跋》，《王礼锡诗文集》，上海文艺出版社，1993，第516—517页。

④ 王礼锡：《止诗集序》，《王礼锡诗文集》，上海文艺出版社，1993，第516页。

⑤ 王礼锡：《〈市声草〉自序》，《王礼锡诗文集》，上海文艺出版社，1993，第560页。

第七节　法律界的诗人

郁　华

郁华（1884—1939），字曼陀，浙江富阳人，郁达夫之兄。早年就读于日本早稻田大学，民初任京师审判厅推事，1932年任上海江苏高等法院二分院刑庭庭长，主管英租界刑事诉讼案子，并兼东吴大学、法政大学教授。上海沦为"孤岛"后，他保护爱国人士，被汉奸暗杀。他曾入南社，柳亚子序其《静远堂诗集》云："富阳郁君曼陀独能守正弗挠，烈烈以死，谓非吾社之光荣哉？君诗才俊逸，尤擅绘事。"[1] 郁达夫说他的诗"细腻工稳，有些似晚唐，有些像北宋人的名句"[2]。他早年的《东京杂事诗》记风情婚俗、政界秽闻，宛如一帧帧东京众生相的画面，流播异域。归国后作得更多的是感时事诗，哀愤悲郁。七律如《感事》诗云：

> 坐拼世业付颓波，失势难辞醉尉呵。
>
> 剑外沉哀埋海岳，酒边流涕对山河。
>
> 负风已折垂天翼，照夜谁挥返日戈。
>
> 莫向东邻夸厚遇，城中赵李枉相过。

首联用李广归田被醉尉呵斥之事，家国之痛，却在英雄罢职、救国无能之慨中。次联承前，写其哀恨之况，乃因山河破裂。第三联更用庄子《逍遥游》与鲁阳挥戈返日典，挫折中有期待。末乃点出所哀不因自己之厚遇而改变，也无须他人的安慰。

他擅长在写眼前景物中展现时代背景，幽而能旷荡，悲而能振起。如《与李嘉乐同发秦皇岛即送其之檀香山领事任》诗云：

① 柳亚子：《静远堂诗画集序》，郁华、陈碧岑著，郁风编《郁曼陀陈碧岑诗抄》，学林出版社，1983，第16页。

② 郁达夫：《悼胞兄曼陀》，《郁达夫散文全集》，哈尔滨出版社，2016，第410页。

楼船天际荡回波，莽莽神皋袖手过。

冰底寒潮乘斥卤，梦中飞影见山河。

大荒行役残年尽，歧路论文老泪多。

莫傍雷渊怨迟暮，使君枕有鲁阳戈。

意境阔大而壮美，气韵动荡而雄奇，令人思深神远。末联属望殷殷，不要嗟叹年华老大，日坠虞渊，使君自有挥戈返日之能。

写景句如"山云拥树窗临海，夜雨浮灯屋似舟"（《奉召归国别小石川寓楼》），描摹日本海岸夜景，饶有景趣，用"拥""浮"字便使山海之间动荡之状如现目前。又"橹楼灯火秋星碧，席帽烟尘海月黄"（《辛未中秋渤海舟中》），灯火映衬，秋星见碧，席帽上的烟尘也未能掸去，则逃亡匆匆可知。其时"九一八"后沈阳战火方炽，此处巧于暗示。又"晴迷絮帽齐烟淡，寒逼衣棱岳色新"（《登千佛山示碧岑》）、"峰遮日角云低堕，石束山腰水倒流"（《晓发天台国清寺至螺溪钓艇》），其地清幽、其情闲适可知。"烟影点成浓淡树，夕阳皴出浅深山"（《忆松筠别墅示碧岑》），浓淡树色，因烟影而晕染成趣；浅深山色，因夕阳光线而有层次。用点皴之画法写诗，颇有水墨画意。他的诗意象鲜活，但主观意图却比较隐晦。

第八节　佛教界的诗人

僧敬安　太　虚　虚　云　海　灯　居士桂念祖

佛禅向与诗有密切关系，历代僧人工诗者甚多，如寒山、拾得、贯休即是其例。禅诗重心性体悟，不受世俗影响。清末民初，出现了两位诗僧：一是苏曼殊，见于本书第二章第七节；一是敬安（1851—1912），字寄禅，号八指头陀，湖南湘潭人，曾与王闿运等结碧湖诗社。武昌起义后，政治革命之说兴起，他高兴地说："政教必相辅，以平等国行平等教，我佛弘旨，最适共和。"[1]他到上海等地联络僧众发起成立中华佛教总会，亲谒临时大总统孙中山，得到赞许。后来他出任会长，以静安寺为总机关部，惜于1912年底病逝。陈三立与他时有诗歌来往。其诗清空灵妙，自然高澹。宗唐音，五律似贾岛、姚合。以"夕阳在寒山，马蹄踏人影""寒江水不流，鱼嚼梅花影""林声阒无人，清溪鉴孤影"被人称为"三影和尚"。其他如"一线扬子江，缝余衣袖白""海横杖底白，天入袖中苍""诗心静养云千嶂，禅意清余月一溪"，想象奇特，造语不凡。又五古《壬子九月二十七日客京都法源寺，晨起闻鸦有感》云：

> 晨钟数声动，林隙始微明。
>
> 披衣坐危石，寒鸦对我鸣。
>
> 似有迫切怀，其声多不平。
>
> 鹰隼倏已至，一击群鸟惊。
>
> 恃强而凌弱，鸟雀亦同情。
>
> 减余钵中食，息彼人中争。
>
> 惟悯失乳雏，百匝绕树行。
>
> 苦无济困资，徒有泪纵横。
>
> 觉皇去已邈，谁为觉斯民？

同情乌鸦将受害，故减食以息其争夺。转而思斯民之苦，其用世之心隐隐然、勃勃然，当是欲以其佛学救世。

敬安有弟子弘悟（1878—1953），字圆瑛，号韬光，自号一吼堂主人，福建古田人。著有《一吼堂诗集》，其诗多以韵语陈述佛理，于平易中透出一片心光。

民国四大高僧印光、弘一、太虚、虚云均能诗。太虚（1890—1947），出家前名吕淦森，法名唯心，浙江桐乡人。民初任《佛教月报》总编，1922年任武昌佛学院院长。1924年在庐山发起组织佛教联合会。

---

① 小横香室主人：《寄禅和尚行述》，《清朝野史大观》，中央编译出版社，2009，第1150页。

其《汉阳峰》诗中云：

> 远山不尽江千里，繁屿无限湖万顷。
>
> 北岗蜿蜒似卧龙，五老昂首睡初醒。
>
> 南峦错落星斗沉，紫霄黄岩扬俊颖。

层层勾勒，渲染着色，奇伟奥博之势如在目前，气势浑浩流转而从容。

虚云（1840—1959），俗姓萧，原籍湖南湘乡人，生于福建泉州。先后驻锡鸡足山祝圣寺、昆明云栖寺、鼓山涌泉寺、韶关南华寺、云门山大觉寺，并曾远游东南亚等地。他主张以诗说法，以法度人，反对以诗作卖弄，或作名利之阶梯、攀缘之工具。其诗意境高超，而情感自然，如《还鼓山访古月师》云：

> 卅载他乡客，一筇故国春。
>
> 寒烟笼细雨，疏竹伴幽人。
>
> 乍见疑为梦，深谈觉倍亲。
>
> 可堪良夜月，绪绪话前因。

出家人虽其心寂如枯井，而此诗却以清雅的风味写其对恩师的敬重之情，意蕴无穷。抗战时在四川作有《峨眉山怪石栖云四首》，其一云：

> 石壑云涛高际天，浑囵还是太初先。
>
> 坡前犊子迷归路，引入香风蹴白莲。

借境参禅，自然意远。他的诗能传达出其广博的胸襟与悠然自得的情感，诚如当年侨居加拿大的詹励吾居士评点说："他的诗境是结合着清高、广大、庄严、瑰丽而别成一体。至于造句遣词，又纯任自然，时时流露出无碍自在的道人本色。"（《写在虚云老和尚诗歌偈赞的卷头》）

还有海灯（1902—1989）法师，四川江油人。年轻时就读于成都警监专门学校。1926 年削发为僧，随从其师云游名山古刹。20 世纪 30 年代在中江、梓潼等地练功、为住持。后往少林寺，"飘然一锡三千里，月明回首过洛阳"（《自蜀抵少林寺》），在那里任国术教授。游浙江，安禅天台山顶。诗有清寂静穆之风，如《寄寂音》"参透人间冷落情，禅心侠骨自亭亭。寸丝尽净水中月，赢得十方一眼青"，擅长借景悟禅心。"水底由来无皎月，树头始可见青天"（《游中岳庙诸真人乞舞剑》），翻出前人意。又"最是无边中夜月，空明如昼照寒流"（《溪月》），峻洁洒脱，神理有余。有时也学得寒山、拾得言理悟道的浅易通畅诗风，如：

> 息交求静渐疏邻，白玉等心不染尘。
>
> 一个蒲团枯树下，始知无我更无人。

（《赠宽明学者》）

> 万里遍参直道行，平生始觉路全平。
>
> 归来独唱无生曲，木坏山倾总不惊。

（《远参有省》）

居士能诗的有桂念祖（1869—1915），字伯华，江西九江人，曾从康梁参加维新变法，变法失败，往南京从杨文会学佛，后东渡日本，习梵文，通密宗。所作诗夹杂梵语，其诗才气健举，远学李商隐，近学范肯堂，理智超澄中仍有怆恨苍凉之气。句如"万古滴残犹有泪，千番断尽已无魂"（《秋海棠》）、"须臾鬼国蛮烟黑，倏忽扶桑海日红"（《次木仲除夕韵》），迷离恍惚，却又哀愤无端。又如《往因》一诗云：

> 怪怪奇奇虚妄境，明明白白本来人。
>
> 但须一扫空群障，才得千春侍二亲。
>
> 慧命庄严无价宝，风花飘泊可怜身。
>
> 谁钦大觉金仙者，善可痴儿说往因。

语含哲理，诗杂仙心。既有禅意，又有诗之清雅风味。然扫除群障，清言见骨，自见空灵超旷。又其《酬胡苏存四叠前韵》云"如今世界谁先觉，自古王侯一聚尘。遮莫千山万山处，蒲团坐破始全真"，看破红尘，豁露其出世的大彻大悟之心。

第五章
著名作家中的旧体诗人

　　民国以来，产生了不少以白话文创作的作家。新文学运动更造就一批现代小说家、散文家与新诗人。不过这批作家中有相当多的人并未与旧体诗分道扬镳，仍爱好写旧体诗。有两种情况：一是在作新诗、小说、散文的同时仍然作旧体诗，难以舍弃旧体诗形式；一是当初宣布不作旧体诗，视旧体诗为"骸骨"的作家，后来仍回归传统。由于他们具有敏锐的感受力，又有意识地采用现代语汇，注入时代精神，使其诗具有易于接近大众的特质，加上他们在新文学界中极有影响，使其旧体诗在普通读者中有着较大的辐射面与影响力。

第一节　烛照犀利的旧体诗人

鲁　迅（附：许寿裳　　胡　风）

　　鲁迅（1881—1936），原名周树人，浙江绍兴人。早年留学日本，入仙台医专，后弃医从文。归国后在浙江两级师范学堂教书。民国初年应蔡元培之邀，往南京任教育部部员。随部北迁，改任佥事，兼北京大学、北京师范大学、北京女子师范大学讲师。1918 年以后发表《狂人日记》《阿 Q 正传》等小说，声名大著。1926 年 8 月南下，先后到厦门大学、中山大学任教授，后辞教职往上海。1930 年加入左翼作家联盟。病逝于上海。所作旧体诗共 67 首，大部分是在 20 世纪 30 年代即其晚年所作。他在五四前后作了 12 首新诗，但后来也不作新诗。写得最好的还是旧体诗，为人所传诵。鲁迅无意作诗人，就其数量来说，不够丰富，但其中多精品。其总体特征一是冷峻曲深，寓意深刻；二是别创杂文体，嬉笑怒骂，冷嘲热讽，用反语，夹用口语，不避俚俗，类乎勾勒式漫画，形成特有的诙谐幽默感。

鲁迅主张诗应"立意在反抗，指归在动作……不为顺世和乐之音，动吭一呼，闻者兴起，争天拒俗"[1]。他认为作诗不可言不由衷，要有"真的神往的心"。并认为人人都有诗心，所以要说出大众的心声，博得读者的共鸣："盖诗人者，撄人心者也。凡人之心，无不有诗，如诗人作诗，诗不为诗人独有，凡一读其诗，心即会解者，即无不自有诗人之诗。"[2] 如此方能由诗人"握拨一弹"，读者"心弦立应"。在诗艺方面，他认为要有诗美，讲求含蕴美、曲折美，以为"感情正烈的时候，不宜做诗，否则锋芒太露，能将'诗美'杀掉"[3]。他的诗实践了其主张，不是用来调适性情、寄意山水，而是批判现实，谴责当局，特别是将锋芒针对国民党政府的高压统治，无情地嘲弄上层集团内部的争权夺利，并有意识地把统治者的奢侈与民间的苦难进行对比，揭示社会的不合理。正由于这种无所畏惧的战斗性、批判的深刻性，受到左翼文人、进步人士的欢迎，也深为毛泽东所喜爱。如作于 1932 年的《自嘲》云：

> 运交华盖欲何求，未敢翻身已碰头。
>
> 破帽遮颜过闹市，漏船载酒泛中流。
>
> 横眉冷对千夫指，俯首甘为孺子牛。
>
> 躲进小楼成一统，管他冬夏与春秋。

首联极言他在恐怖环境下动辄得咎的窘况，次联将华盖运造成的处境

---

[1] 鲁迅：《摩罗诗力说》，《鲁迅全集》第 1 卷，人民文学出版社，2005，第 68 页。

[2] 鲁迅：《摩罗诗力说》，《鲁迅全集》第 1 卷，人民文学出版社，2005，第 70 页。

[3] 鲁迅：《两地书》，《鲁迅全集》第 11 卷，人民文学出版社，2005，第 99 页。

形象化、具体化。戴破帽，避人识也；坐漏船，况过中流，随时有翻覆之危也。出之以幽默口吻。第三联出句表明他傲视所有围攻他、迫害他的人，从容不迫，镇定自若；对句表明他愿为人民大众的牛，鞠躬尽瘁，死而后已。横眉、俯首的不同动作对比鲜明，爱憎分明。末联说他将抛开一切烦恼与厄运，自成一统小天地，不管世态炎凉。铮铮铁骨自现。

1931 年 2 月，当左翼作家、他的青年朋友柔石、殷夫等五人被国民党龙华警备司令部枪杀的消息传来，鲁迅愤怒地写下了《无题》一诗：

> 惯于长夜过春时，挈妇将雏鬓有丝。
>
> 梦里依稀慈母泪，城头变幻大王旗。
>
> 忍看朋辈成新鬼，怒向刀丛觅小诗。
>
> 吟罢低眉无写处，月光如水照缁衣。

"长夜"显然是影指黑暗统治，"惯于"则突出其处身黑暗已久。第二句写其挽妇携子度日的境况，自己也日渐衰老；次联转写在梦里恍惚见到烈士母亲们的眼泪，以亲情反衬刽子手的无情。"城头"句影指国民党各路新军阀纷纷争城夺地，朝降暮叛，变幻无常。第三联吐露他对战友被杀的悲愤。"忍看"即怎忍看，而敢"怒向刀丛"，见其大无畏之勇。"刀丛"喻敌人的野蛮屠杀政策。末联说"无写处"，愤当局新闻检查制度，即便写了诗，也不让发表，含蕴隐曲。末句以月光照在黑衣裳上的景色作结，烘托难言之悲。这首诗从自己的处境与统治者的高压、朋友的被杀三方面关系展开，而五律《无题》则以远距离的扫描并兼用比兴手法来抒写他对时局的观感：

> 大野多钩棘，长天列战云。
>
> 几家春袅袅，万籁静愔愔。
>
> 下土惟秦醉，中流辍越吟。
>
> 风波一浩荡，花树已萧森。

此诗以"钩棘""战云"两意象喻指国民党军队对苏区的"围剿"阵势，阴沉而可怖。只有几家豪贵在袅袅春光中度过，而广大民众却被压迫得寂无声息，相形之下，愈见得专制之残酷。后四句写秦越广袤的大地上，人皆醉而不醒，惮而噤声。风波过后，花树零落，一片凄凉萧瑟的景象。情融于景，妙合无垠。

像这样谴责当局、抨击黑暗的诗还有七古《湘灵歌》云：

> 昔闻湘水碧如染，今闻湘水胭脂痕。
>
> 湘灵妆成照湘水，皎如皓月窥彤云。
>
> 高丘寂寞竦中夜，芳荃零落无余春。
>
> 鼓完瑶瑟人不闻，太平成象盈秋门。

此诗意境隽美，以景蕴意，但是较为隐晦，碧色湘水变为胭脂红，乃是革命者鲜血所染成，暗寓对统治者因摧残芳荃而造成高丘寂寞的不满。末乃嘲讽当局所吹嘘的太平，正是以残酷屠杀的恐怖所造成的冷寂。"高丘"与"零落"，用《离骚》中语，"哀高丘之无女""唯草木之零落"。其他如"泽畔有人吟不得，秋波渺渺失离骚"（《无题》），叹屈原如在当今，恐怕也行吟不得，反用其意来形容，莫不寓意深沉。

七绝多用对比手法，如：

> 血沃中原肥劲草，寒凝大地发春华。
>
> 英雄多故谋夫病，泪洒崇陵噪暮鸦。

（《无题》）

前两句说无数惨死者的鲜血使春草肥沃了，后两句以反语讽蒋介石为英雄，却借故推托国事，谋夫汪精卫却佯病躲藏。孙科往谒中山陵而流泪，惊得暮鸦聒噪不已。噪声又暗喻国民党高层人士中的争吵。这里也点出"血沃"正是由英雄谋夫们一手造成。"春华"与"暮鸦"形成未来光明与日暮途穷者的对比。透过嘲讽与藐视统治集团的表面，其中深蕴着诗人的郁怒与憎恶。

另有一些七绝描绘和反映了下层劳动人民的悲苦，也是采用对比手法。如《所闻》：

> 华灯照宴敞豪门，娇女严妆侍玉樽。
>
> 忽忆情亲焦土下，佯看罗袜掩啼痕。

一方面写豪门的骄奢淫侈，一方面写侍女强颜欢笑，服侍于人，转念家人惨死于炮火之下，无限悲苦，却要尽量掩饰。以一连串微妙的动作与心理活动暗示深厚的内容，正是此类诗深沉凝重的妙处。《赠人两首》其一写一位明眸皓齿的越女，唱了许多新词，却快活不起来，因为她想起了故乡已是"旱云如火扑晴江"，在遭受着天灾人祸的煎熬。另一首写一玉容端庄的秦女，弹响玉筝，能使得梁上的积尘踊跃而动，又如夜风轻拂。然而声响急进，冰弦戛然断绝。"但见奔星劲有声"，语至此，不着一字，而力重千钧。或是歌女难以掩抑其愤懑，故怒弦绷断。作于1934年5月的《无题》诗云：

> 万家墨面没蒿莱，敢有歌吟动地哀。
>
> 心事浩茫连广宇，于无声处听惊雷。

哀劳苦大众遭受深重压迫，乃至面容憔悴如墨，沦没草野，难道就不会有动地哀歌吗？他在沉默中等待着惊雷的到来，那将是愤怒反抗、争天拒俗的雄声。生前绝笔之诗《亥年残秋偶作》更沉痛地表达了他对黑暗统治、严酷环境的无穷感慨：

> 曾惊秋肃临天下，敢遣春温上笔端。
>
> 尘海苍茫沉百感，金风萧瑟走千官。
>
> 老归大泽菰蒲尽，梦坠空云齿发寒。
>
> 竦听荒鸡偏阒寂，起看星斗正阑干。

首联突兀飘然而来，秋风肃杀而临，天下皆寒，令人联想其时的外患内忧。国民党政府忙于内战，日寇鲸吞之势逼人而来。如此社会，岂敢有一点春温送上笔端？此是反语。尘海茫茫，百感沉沉。"走千官"言大小官员畏敌仓皇奔逃之状如见。老来欲归隐大泽，而泽畔菰蒲亦被人采伐一空，则何处可安此身？梦中身如坠落于空中之云，又如何不令人寒栗。尾联句意宕转，言翘待鸡鸣之声，却仍是一片沉寂，唯待星辉消退而天露曙光。哀民生之憔悴，状心事之浩茫，俯视一切，栖身无地，于哀凉孤寂中寓熹微之希望。每联均用对仗，句句曲折用意，含蕴奇深。

他早年有悼念友人范爱农的《哀范君三章》,其中以"华颠萎寥落,白眼看鸡虫"写范君之神态,见其人虽落魄而傲岸。赠诗有《阻郁达夫移家杭州》《送增田涉君归国》等首。后者云"扶桑正是秋光好,枫叶如丹照嫩寒。却折垂柳送归客,心随东棹忆华年",写得明丽温馨。又"度尽劫波兄弟在,相逢一笑泯恩仇"(《题三义塔》)一联,情真意切,也成为传诵名句。这类温和的诗风,见出鲁迅富有人情味的一面。

鲁迅还写过一些嬉笑怒骂的杂文体诗,既高度概括,又形象具体,涉笔成趣。辛辣嘲弄,无情揶揄,信手拈来,妙语生花。或嘲讽统治者,如:

> 云封高岫护将军,霆击寒村灭下民。
>
> 到底不如租界好,打牌声里又新春。

(《二十二年元旦》)

说蒋介石跑到庐山,依靠云来掩护,又派飞机去轰炸苏区人民,而一些达官贵人躲到租界里寻欢作乐以度日,既讽亦愤。又如《教授杂咏》四首,其一是讽刺钱玄同:

> 作法不自毙,悠然过四十。
>
> 何妨赌肥头,抵当辩证法。

借钱玄同说过"人过四十"与"头可断,辩证法课不可开"等语,反讽何以不死,何以不用头作赌。又讽章衣萍以写色情小说发财,"世界有文学,少女多丰臀。鸡汤代猪肉,北新遂掩门",类此莫不无情讽嘲揶揄,一针见血,诙谐幽默。他尽力运用现代语言甚至夹杂方言土语谣谚,不避俚俗,亦庄亦谐,寓意无穷。其手法影响了胡风、萧军乃至新中国成立后聂绀弩等人的旧诗创作,其弟周作人也是从杂文体诗这一路拓宽开去。

其诗渊源屈原、曹植、阮籍、李商隐,悱恻蕴藉。早年《莲蓬人》等诗受李商隐含蓄而秾丽、巧于隐喻的诗风影响较大。钱仲联论其诗:"少作亦时调,风华流美。后臻简雅,得其师太炎风格。亦有学长吉者,要皆自存真面。"^①就其简雅而言,有章太炎的影子;就其奇诡而论,则并无多少李贺那般离开现实的浪漫奇想。他具有革命家的坚定立场、思想家的深刻学理,胸怀博大,目光敏锐,神智出色。本其抱诚守真、不取媚于群的素心,以刚健不挠的性格发而为诗。其忧愤深广的内容,表现得犀利而又凝重。犀利即言其一针见血的揭露、愤怒的鞭挞、尖锐的嘲讽,往往发射着"投枪"与"匕首"的锋芒;凝重言其激情内敛,拗怒沉深。其语言生动警炼,连珠缀玉,如"风生白下千林暗,雾塞苍天百卉殚"(《赠画师》)、"如磐夜气压重楼,剪柳春风导九秋"(《悼丁君》)、"故乡黯黯锁玄云,遥夜迢迢隔上春"(《无题》)等句,其中炼动词很有力度,传神写照。

鲁迅的诗具有独特风格与很高成就,一些名章迥句播于人心,传诵甚久,这是旧体诗难得的特例,但几乎所有现代文学史虽以重点介绍这位文化巨匠、"文化革命的主将"(毛泽东语),仍避而不谈其旧诗,只因投了旧体诗形式之胎,便"运交华盖"了。

与鲁迅为挚友的许寿裳(1883—1948),字季茀,号上遂,浙江绍兴人。曾留学日本,与鲁迅合办《新生》杂志,主编《浙江潮》。民初任南京临时政府教育部参事,后历任北京大学、北京高师、中山大学、四川华西大学教授。1947年任台湾大学中国文学系主任,次年被暗杀。灵心易感,发而为诗,跌宕流美,寄慨良深。加以生逢乱世,南北奔走,风惊尘起,离怀别抱,诗更慷慨多气,风骨郁奇。或情蕴于中,醇厚纯真,别具性灵。渊雅和平,锋芒内敛,笔底流哀。或多咏怀山水之作,清音泠泠;或题写绘画,以寄幽夐绵渺之情;或叙亲友离合之谊,抒死生契阔之感。或以隐喻的笔触揭露当时昏暗混浊的社会,倾吐他的弥天忧愤。

鲁迅的学生胡风(1902—1985),原名张光人,湖北蕲春人。毕业于清华大学西洋文学系,曾任"左联"宣传部长,主编《人间世》

---

① 钱仲联:《近百年诗坛点将录》,《当代学者自选文库:钱仲联卷》,安徽教育出版社,1999,第691页。

杂志。年轻时他作新诗，但后来在抗战时一反初衷，也写了不少有真情的旧体诗，诗风有类鲁迅，笔力稍逊。如《从蕲春回武汉船上》一诗云：

> 剩有悲怀对夜空，一天冷雨一船风。
>
> 夹江灯火明于烛，碧血华筵照不同。

起句突兀而来以写悲怀，第三句以写景铺垫，末句用对比手法写出统治者的奢侈与人民的困苦与斗争，怒而不露，蕴藉多慨。有的句子脱胎于鲁迅，如"忍将愤懑对穹苍"（《悼东平》）、"惯将铁证问良心"（《答萧军》）。至其援用俗语，征引古谣，敢嘲讽，巧设喻，也能自成一军。如《旧历元宵节》诗云：

> 几人欢笑几人悲，莽莽河山半劫灰。
>
> 酒醋值钱高价卖，文章招骂臭名垂。
>
> 侏儒眼媚姗姗舞，市侩油多得得肥。
>
> 知否丛峰平野上，月华如海铁花飞。

此诗作于 1940 年，半壁山河沦陷于日寇之手。而在大后方，有人投机趋利，而已招人围攻。第三联嘲笑那些御用文人、投机政客的得意神态。末联想见敌后战场共产党军队浴血抗战的情景，

曲折用意，耐人寻味。他如"剩有头颅夸大好，灾黎遍地恨无边"（《步老舍〈北碚辞岁〉原韵》）、"权谋惯见奸欺正，海口空夸夏变夷"（《步王白与〈喜降〉原韵》），讽意显然。"黯云湿欲泣，凄切不成春"（《过惠州西湖》）、"大空飞敌鸟，宽路走穷黎。故友灾余蚁，新人霜后蕾"（《随感》），亦巧于比拟，寓意深沉。

第二节　新旧体诗兼工的旧体诗人（上）

刘大白　　沈尹默　　康白情　　白　采　　台静农

新文学兴起之初，出现一批以创作白话新诗而著名的学者教授。

有的人旧学与旧体诗功力颇深，时代潮流既转，他们积极响应并努力探索白话诗的途径，但他们的新诗，仍带有传统的意味，所以在胡适眼里，他们是半路出家的新诗作者，并不令人满意。他说，"自由诗的提倡，白情、平伯的功劳都不小。但旧诗词的鬼影仍旧时时出现在许多'半路出家'的新诗人的诗歌里"[1]，认为新诗必须完全摆脱旧诗影响，这是极端的形而上学的。实际上，以旧诗为基础创作新诗，应更符合理性。所以当年轻一代人以西方移植的诗歌形式为范式作新诗之时，这些新诗先行者却重又作起旧体诗，往往还能融入白话诗疏畅通俗的气息。

刘大白（1880—1932），名靖裔，别号白屋，浙江绍兴人。年轻时曾东渡日本，入同盟会。先后在浙江第一师范学校、上海复旦大学任教。新文学运动时他向民间歌谣学习，以创作白话诗《卖布谣》而著名。1929年任教育部常务次长，未久辞职。著有《旧诗新话》《白屋遗诗》。他的旧体诗虽不多，但有精品，总体特征是较清奇晓畅，情致温雅秀美。王世裕序其诗集云："五四以还，大白敝屣其旧诗，然温丽隽爽，予凤爱之。"[2]其诗有两大类，一类是感慨国事之作。他激烈反对袁世凯独裁，当年是个很有正义感的热血青年。二次革命失败后出走日本，自言"弓藏且喜身将隐，剑在何愁气不平"（《赠剑侠》）。然怒气始终未能平，作《袁祸叹用己酉秋感韵》，恨袁世凯窃国而有趋附者：

> 纷纷雌霓与雄虹，厉影妖光逼赤宫。
>
> 狗子性同无碍佛，狙公身亦可怜虫。
>
> 长鲸吸海狂如昨，短蜮含沙射未工。
>
> 功罪纵由成败定，分明一队马牛风。

叹妖光炫目，鬼蜮为灾，革命党人受迫害。无比忧愤，进为一气奔赴。1915年他在日本，因反对"二十一条"受日本警视厅压迫，离东京

---

① 胡适：《蕙的风序》，欧阳哲生编《胡适文集》第3册，北京大学出版社，1998，第624页。

② 王世裕：《白屋遗诗序》，刘大白《白屋遗诗》，书目文献出版社，1984，"序"第1页。

赴南洋,作《图南》诗云:

> 万里长风激浪青,无端吹我向南冥。
>
> 九关虎豹饥思嗷,大陆龙蛇梦未醒。
>
> 海气苍茫吞日月,天声砰磕走雷霆。
>
> 扶摇负翼翱翔远,鹦笑鸠嘲不耐听。

起句如高风振林,突兀而来;大海飘舟,茫然而去。次联言虎豹横行,盼龙蛇起陆。第三联转写海景,气魄壮伟。末以鲲鹏高翔寓寄其远志,而不屑听鸠之类的嘲笑,此是映衬写法。有高远纵宕之势,使人神观飞越。

另一类是爱情诗,多用七绝,如《眼波》"眼波脉脉乍惺忪,一笑回眸恰恰逢。秋水双瞳中有我,不须明镜照夫容",瞬间四眼凝眸相对,于对方双瞳中见我,构思新巧。又如《无题戏嘲粉衫》"粉面含娇一笑匆,翻衫回袖入花丛。断霞双颊微微露,知是羞红是酒红",化用苏东坡"一笑那知是酒红"意,捕捉瞬间印象,颇有情致。

沈尹默(1883—1971),原名实,浙江吴兴人。早年留学日本,1916年入北京大学任教,后任北平大学校长。是倡导和最早发表白话诗的人之一。其《月夜》诗以旧诗音节韵味写新诗,传诵一时。其实沈氏旧体诗功力不同寻常,五古、七律各有特色,温雅蕴藉,思致婉曲。有的诗中体现俯仰古今、天人合一的哲理。有《秋明室诗集》,蔡元培序云:

> 沈君尹默,既应时势之要求,与诸同志提倡国语的文字,时时为新体诗,则辑录庚戌以来旧作,为《秋明室稿》以示余。余维吾国之诗,以抒情为限,情之表示,自以《礼记·经解》温柔敦厚四字为正宗。……清季以来,健者好效宋体,间有一二以佻冶自喜。而君所作,乃独不失温柔敦厚之旨。宜乎君所为新体诗,亦复蕴借有致,情文相生,与浅薄叫嚣者不

可同日语也。①

他在 1918 年以前所作较为清婉，似学晚唐杜牧、北宋苏东坡，未摆脱前人窠臼。佳作如《小饮醒春居东园，忆旧日山居赋示兼士》诗云：

谢家池草动清吟，难忘幽栖十载心。

暂过林塘逢骤雨，欲寻台榭怯层阴。

年光人事俱流转，山色溪声自古今。

却向燕京同载酒，醉来应为拂尘襟。

首联上句出自谢灵运《登池上楼》"池塘生春草"，但自具谐婉之风调。次联用流水对，明快而不滑易，欲去又转，一波三折，自有风味。

其他如"红叶每从吟际落，疏钟更向断时闻。叶色钟声自惆怅，于人何事惜离群"（《诵子谷疏钟红叶之语感而赋此》），第三句分承首句与次句的写景，转为感喟人间的孤独。又"无尽生中有尽身，定于何处证前因。一溪春水悠然去，照遍人间现在人"（《杂感》），写过去现在未来的佛理，证之以春水映此时人，颇得禅悟之境。"秋光淡到无寻处，犹有葵花映日黄"（《犹有》）、"柳丝牵尽花飞尽，一任春情脉脉过"（《杂感》），物态的变化，春秋的流逝，在诗人心中引起无限感喟与淡淡的哀愁。五古如《咏怀》云：

新沐宜振衣，新浴必弹冠。

如何芳洁性，举世见其难。

郁郁青云路，由来非一端。

桃李熙春阳，松柏生夏寒。

谁将两种意，取并一朝看。

起兴用《楚辞》中的《渔父》语意，叹高操之士难为社会所用。诗有魏晋古澹之风。又说"龙性固矫矫，鹤翼亦翩翩。孰知网罗密，仰视无青天"，叹雄才与文才均无法摆脱法网的窒息，令人想起梅曾亮《观

① 蔡元培：《〈秋明室诗稿〉序》，高平叔编《蔡元培全集》第三卷，中华书局，1984，第401—402页。

渔》一文中所说："有入者，有出者，有屡跃而不出者。"①最后统统逃脱不了大的罗网，任何人都摆脱不了整个社会环境的制约，风格似韩愈《秋怀》诗。

20世纪40年代，他在战时首都重庆，沉浸于作旧体诗，似乎离社会现实飘逸得更远。其中《秋明室杂诗》五十九首，兴感无端，触绪成咏，寄兴深深，奇想翩翩。悠游于天地、动植物中，寻求一种超脱与感悟，然后反观人世，领悟礼与法、道与情的矛盾。如说："礼非为我辈，我辈莫能外。法缘人情生，人情有向背。天地至不仁，了无憎与爱。恢恢一网罗，万物游其内。"并由此对佛道思想有一层顿悟："服儒未明习，不如老与佛。般若足了性，清净可安国。"他又思悟黄河的功罪：

> 黄流接混茫，浩浩下泥沙。
>
> 九曲如有让，千里谁能遮？
>
> 怀哉利济功，漂溺复无涯。
>
> 始以一线源，纳彼万派差。
>
> 不息成其大，感之长咨嗟。

他为鸡冠花不为世重而致慨：

> 灼灼鸡冠花，昂然当阶前。
>
> 凉飙翻岂动，秋阳曜更妍。
>
> 泯彼开落迹，无为图画传。
>
> 杂之百卉间，所立卓不偏。

他还赞叹小草守本根"而不殉世情"的品性，为"践踏随所遭"的命运而抱不平。这些诗悲天悯物，是对自然与社会哲理的思索。

康白情（1896—1959），四川安岳人，毕业于北京大学，与傅斯年、罗家伦等组织新潮社，参与创办《少年中国》月刊。后在山东大学、厦门大学任教。他也是新文学运动时较著名的白话诗人，其实他

---

① 梅曾亮：《观渔》，夏咸淳、陈如江主编《历代小品文观止》，陕西人民教育出版社，2019，第503页。

也作旧体诗，新旧诗这两方面于他其实是并行不悖的。1919年作《寄家内》诗，解释其无法返家之由，颇有柔情侠骨：

> 半年莫怪无消息，南北奔驰为国忙。
>
> 爱得国来家亦弃，更从何处认他乡？
>
> 啜羹唯觉莲心苦，涉世空夸鹤胫长。
>
> 拍案几番歌杜宇，即今犹此女儿肠。

化俗为雅，不求对仗之工稳而自饶健骨。

五四时期有一首白话新诗《羸疾者的爱》，蜚声文坛，被朱自清誉为"这一路诗的压阵大将"①。作者白采（1894—1926），原名童汉章，字国华，江西高安人。少负逸才，跌宕风流。上海美专毕业后，先后应聘于东方艺专、江湾立达学园、厦门集美学校，英年早逝。其实他的主要精力还是用于写旧体诗，新诗仅此一首。论诗反对流易浅滑，以为格意卑近之诗不足存。他说："流易为律诗大病，高者如东坡翁，卑者如香山祖，皆患此弊。"②故其诗力追太白之清俊、昌谷之怪奇、玉谿生之艳丽，而其落拓之身、骚怨之情，又酷似苏曼殊。天资骏发，意境迥绝，中情郁勃，时多真声。有《绝俗楼诗》。其《古意》三十首，康有为以为如见阮籍之渊放、太白之奇旷。如第六首云：

> 朝卧东海滨，渺渺望涛痕。
>
> 荡飙天边云，浩瀚闻微喧。
>
> 旭日不可见，跣足声暗吞。
>
> 暮立西海涯，潮高海水浑。
>
> 朱霞丽半天，照海天愈昏。
>
> 落日匿不见，被发心烦冤。
>
> 长啸一挥手，汩没踏鼍鼋。
>
> 谁能投邓林，足底千澜翻。
>
> 逐此西飞日，扶桑犹可援。

---

① 朱自清：《〈中国新文学大系·诗集〉导言》，蔡元培等著《〈中国新文学大系〉导言集》，贵州教育出版社，2014，第205页。

② 白采：《绝俗楼我辈语》，开明书店，1927，第35页。

以朝暮时辰的不同，东海、西海空间的辽阔镜头相组合，以旭日与落日皆不可见来突出其追求理想而不能得的心境。脉络迂曲隐现，于想象中落笔，奇思茫茫，沉郁苍浑。

还有组诗《忆花诗》，怀念年少时萍水相逢的丽人，怅惘情深，其中两首云：

> 绕堤重问旧游园，指点珠尘尚宛存。
> 门外如银满池水，匆匆曾照两眉痕。

> 琪花瑶草散如烟，一去箫声十五年。
> 莫向春波照双鬓，海山愁思正茫然。

台静农（1902—1990），字伯简，安徽霍邱人。早年肄业于北京大学研究所国学门，历任辅仁大学、厦门大学、山东大学教授，白沙国立女子师范学院中文系主任。1946 年往台湾大学任教。五四时作白话新诗，是"未名社"主要成员，又参加"明天社"文学社团，在宣言中反对旧诗和旧小说。但后来反而转写旧体诗，有《台静农先生诗稿》。叶嘉莹说他"虽无意于写作旧诗，但他却似乎生而就是有一种可以写作旧诗的才情和气质"①。确实如此，二十岁时所作《纪梦》诗句，"春魂渺渺归何处，万寂残红一笑中"，富有才情，凄美幽微，绵渺哀伤。抗战事起，他辗转入四川，定居江津，历经家国忧患，每以诗抒去国思乡怀友之情。他将志意难酬的悲慨潜蕴于情，如"他年倘续荆高传，不使渊明笑剑疏"（《沪事》）、"何如怒马黄尘外，月落风高霜满鞲"（《泥中行》）。更说"要拼玉碎争全局，淝水功收属上游"（《谁使》），如瓶泻水，吐露其许国抗战的慷慨壮怀。又如《孤愤》一诗云：

> 孤愤如山霜鬓侵，青灯浊酒夜沉沉。
> 长门赋卖文章贱，吕相书悬天下喑。

---

① 叶嘉莹：《〈台静农先生诗稿〉序言》，《中国文化》1996 年第 13 期。

万里烽烟萦客梦，一庐风雨证初心。

推尊将欲依山鬼，云乱猿愁落木森。

如山之愤，更兼霜雪侵我。浊酒青灯，难遣心愁。"万里"句言避难他乡而忧战局，蜗居一庐，不改报国之夙志。酒不能祛愁，欲从山鬼隐居，而山中云乱猿啼，亦不可居。以景作结，更衬出心境之哀感。伤时念乱，极写胸中萧飒之意。

他当年反对诗"发牢骚"，然而后来牢骚却时常蕴结在其诗中，如"问天不语骚难赋，对酒空怜鬓有丝。一片寒山成独往，堂堂歌哭寄南枝"（《移家黑石山，山上梅花方盛》），是愤懑之情的迸激。而"获麟伤大道，屠狗喜封侯"（《去住》）、"英雄大泽老，竖子河山新"（《苦蘗》），是颇有锋芒的刺世之语。又五古《寄兼士师重庆》《题白匋为绘半山草堂图》诸诗，感时伤事，用笔古雅而矫健，颇具杜少陵遗风。写景诗如七绝《薄暮山行阻雾》：

千年霜槎蛟龙影，穿雾真同蹈海行。

脚底群山翻雪浪，叩阍我欲挽红轮。

写蜀中多雾天气中行进山中，如蹈海而前。第三句翻腾有致，末句迸力出之，回旋作态。五绝《夏日山居》云"蕉叶插天绿，苍鹰掠地飞。横空虹饮水，雷雨隔山威"，状蜀中夏日动静之态与晴雨变化，如在目前，"威"字尤有骨冷神清之妙。

第三节　新旧体诗兼工的旧体诗人（下）

闻一多　　朱自清　　俞平伯

闻一多与朱自清均以新诗、散文创作著名，而且以古典文学研究蜚声学界，最后又以气节高卓而为人崇仰。俞平伯成名稍晚，但也是在新诗创作方面卓有成就的学者。但是他们在旧体诗创作方面虽成就甚高而知者寥寥。

闻一多（1899—1946），本名闻家骅，字友三，湖北浠水人。出身于世家望族、书香门第。1913 年考上北京清华学校，1922 年赴美国留学，归国后历任教于北京艺专、南京第四中山大学、武汉大学、青岛大学、清华大学、西南联合大学。1946 年在民主人士李公朴追悼会上作最后一次讲演后被反动派特务暗杀。

他起初走向诗坛时是创作旧体诗。五四运动之后，他环顾新、旧两种诗体，既忧虑新诗一味趋学西方，失去了中国传统文化的基础与好的元素，故力图以格律来拯救新诗的冗长无章法，希望借此产生"中西艺术结合的宁馨儿"；又认为以往的旧体诗缺少时代精神，希望以现代意识植入旧诗中。在他研究古典文学的过程中，发现旧诗确有很多很好的地方，值得他"穷途舍命作诗人"（《天涯》）。他有融会中西文化的魄力，敢于大胆宣称"六载观摩傍九夷，吟成鴃舌总猜疑。唐贤读破三千纸，勒马回缰作旧诗"（《废旧诗六年矣，复理铅椠，纪以绝句》），企图以西方他山之石来攻错传统诗词，挽救旧体诗被人遗弃的命运："求福岂堪争弃马，补牢端可救亡羊。"（《释疑》）不过，20 世纪 30 年代以后他忙于治学，无论新诗还是旧诗，作品都不多。

他写作旧体诗最多的时候是 1918 年至 1919 年，发表在《清华学报》《清华周刊》《辛酉镜》上，其时正是胡适等人倡白话诗之时。其诗学宋诗，如《拟李陵与苏武诗三首》《读项羽本纪》《春柳》《月夜遣兴》《七夕闺词》等，模仿前人的气息较重，只不过有点现代词语，稍见浅近。但在 1918 年秋所作《提灯会》一诗，却透露其洞若观火的见识、倔强的个性与沉着诗风。当德国宣布投降，第一次世界大战结束的消息传来，举国欢腾，11 月 14 日夜，京师学生万余人提灯游行庆贺，闻一多却深怀忧虑而有此咏。诗的起始很有气势：

朔云荡高天，风雷鸷隼资。

半世望三台，时乱枭雄愫。

剑龙夜叫亟，千烽赤海湄。

流星骇羽檄，涌雾腾旌旗。

> 摇戈叩四邻，待食决雄雌。
>
> 呜喑致云雨，践踏滋疮痍。
>
> 遂使五国师，望风频觊窥。

先以高天有寒云激荡起兴，暗譬局势的动荡不安；接着说德寇猖狂不可一世，英法等五国耗费巨资，抵死奋战四年，才克敌制胜。举国庆贺固无不可，但当诗人瞻顾宇内局势时，却不由得泪雨涟涟：

> 犲貙本同类，猜意肇残齮。
>
> 失性沸相噬，绝胵决肝脾。
>
> 觊觎慰饥豹，忍待涎已垂。
>
> 两伤饱强狼，祸迫岂不知！

军阀混战，民力耗尽，如此使列强多年觊觎的野心得到满足，列强在欧洲结束了争战，掉转头来，来华蚕食攫吞土地，恐是"大患方燃眉"，到时候连流泪也来不及了："涕泣且弗遑，奈何饰愉怡。"然后以乐景写悲境，"狂花烧瓠棱，千火灿迷离。……吉金铿尘阗，我听思斗钰。华灯耿黑树，我睹疑磷曦。孤怀厌喧嚣，彼乐增我悲"，所见所闻的欢乐，却使他产生大难在即、阴沉莫测的幻觉。他环视九州，中原一带军阀争战，朝和暮反，血流成池，灾疫相弄，杀气翻天："诸将喜跳踉，杀人市皋比。田禾灼涂炭，中藏老农尸。饿鸥唤不醒，饱餐还哺儿。"想到军阀飞扬跋扈，人民处于水深火热中，他不由得肝胆欲裂。他希望效春雷"高鸣振聋痴"，一释互相间的仇怨，共登熙熙春台，到那时"视此区区欢，奚翅百倍之"。只有如此，他才算尽了报国至诚。当然，说服军阀的停战，只是他的一厢情愿。

此诗感念时事，流露其深沉的忧患意识与爱国忧民的挚情，哀蕴胸臆，气脉潜转，意象密集。第一组意象是世界风云簸荡、列强争战的意象群；第二组是国内军阀混战、民不聊生的意象群；第三组是提灯会万众欢乐的场面；第四组是诗人自我形象的写照。不同时间、地域发生的场面，服从其巧妙构思，统摄在审美主体的心理时空内，在诗人情感潜流的贯穿下，各类意象的点与面构成散发与聚敛相统一的艺术整体，呈现一个恢宏阔大、驰骤奔放、飞动沉郁的联想空间。他后来批评新诗缺少秾丽繁密而且具体的意象，观此可知其用心营造之苦。

还有《清华图书馆》《清华体育馆》等七古，汪洋恣肆，流转自如，表现一位青年学子对教育事业有振兴气象的喜悦。后者描绘体育馆"上有琅玕骈竖之石榭，下有日星磷乱之金门。旋梯蟠虬谬，层房结蜂屯。千纶络绎露蛛网，槎桠丛揭撑芷荪"，写竞赛场面是"修绳倒挂都卢足，缥凌欲逐青云飞。翻腾疑坠忽安住，徘徊四顾生光辉。神来一扑骇潮吼，直从四体生溟渤"，可见其状物生动的本领。在诗章最后致讽"国家不异糜巨万，岂供吾辈为弄扬"，他恺切盼望在这里能训练出人才，而不致浪费国家巨资。在细密而生动的描写中，流露其深沉的爱国情绪、忧国意识。

他的一些游览诗，很注意意脉的曲折贯通，如《寻桃源、石屋二涧皆涸》一诗，情感三次跌宕，起伏转折的脉络，避免了平铺直叙的乏味。写景勾绘生动，如说"万树拥古塔，绀彩挺众绿。幽石生片云，贴空漾文縠。曲岸卧僵柳，碍楫数株秃"（《昆山午发》）、"皎旭明绿荠，密港络平垅"（《辛峰亭远眺》），字字警炼，用力而见峭拔。

朱自清（1898—1948），字佩弦，原籍浙江绍兴，生于江苏东海。1917年考入北京大学，毕业后在杭州、扬州等地教书。此期间他发表了一些新诗与散文，为文坛所瞩目，其时他对旧诗持激烈反对态度，但1922年以后他也开始创作旧体诗，有"世事都成劫里灰""一片苍茫觅岸难"等句，多从个人身世着笔，有彷徨怅惘的感伤情绪。其时辑《敝帚集》。1925年进清华大学任教，后任中文系主任。抗战胜利后，他拒领美国救济粮，表现了中国人的堂堂气节。他辑有《犹贤博弈斋诗钞》，谦称己作"诗功之浅"，不过只比赌博下棋略胜一些。其实他作旧诗刻意苦吟，有类贾岛，但不肯轻易示人，不求发表，只供自娱。有《作诗》诗以自况：

> 攒眉兀坐几经时，断续吟成倦不支。
>
> 獭祭陈编劳简阅，肠枯片语费矜持。

逢人便欲论甘苦，覆瓿还看供笑嗤。

中岁为诗难孟晋，只宜工拙自家知。

朱自清性情谦和温雅，属忧郁孤独型人物。与闻一多相比，一狷者，一狂者。自言"欢娱非我分，顾影行踽踽"。其诗有书卷气，严谨而清新，瘦劲而见隽永。早年喜杂拟汉魏六朝名作，《敝帚集》开头38首诗是他拟古之作，黄节批了十字："逐句换字，自是拟古正格。"[1] 在当时唾弃旧体诗的风气中，作为一位名教授能下笨功夫，殊为少见。如《宴后独步月下》诗云：

遥遥离绮席，皎皎满疏林。

到眼疑流水，栖枝起宿禽。

苍茫浮夜气，踟蹰理尘襟。

孤影随轮仄，频为乌鹊吟。

取境力求高古浑成，蕴藉多感。七律则以宋诗为骨，如《昔游》组诗中的《小孤山》云：

听风听水梦微醒，漠漠长天昼欲暝。

六翮浮沉云外影，一山涌现眼中青。

娉婷应惜灵肩瘦，飘拂微闻翠发馨。

廿载别来无恙否？两鬓今已渐凋零。

他坐船泛长江西上，略有些疲惫，时梦时醒，忽见有鸟高低飞舞，一山兀现，于是生发奇诡联想：此小孤山又名小姑山，但见其姿娉婷而觉消瘦，山头丛树藤络，似小姑之翠发，似闻其翠发之淡香。可怜相别二十年后，鬓已凋零，不复有妙龄姿容。写视觉并想象其嗅觉，出于理之外、情之中。风神清逸，似梅尧臣诗之平淡而有隽永之味。他如写花亦用拟人化，"老干霞裳翻欲举，卑枝星眼倦微饧。打衙会看千蜂醉，绕树端宜百遍行"（《看花》），形神兼备，自见风姿绰约，神采飞扬。

其七古亦饶有宋调，颇见功力，如《游倒石头因忆石林，示同游

---

[1] 朱乔森编《朱自清全集》第五卷，江苏教育出版社，1990，第138页。

诸子》诗云：

> 龙门幽险穷巧智，雕镂西山剔苍翠。
>
> 龙门下临倒石头，刀斧不施别有致。
>
> 山崩石倒压滇海，访胜游踪时一至。
>
> 到眼危欹森逼人，磅礴直欲无天地。
>
> 闻道山崩尘蔽天，谷响波回魂魄悸。
>
> 只今白石大如屋，阢陧道旁余覂踬。
>
> 或相争道顶相摩，怒峙如门摇欲坠。
>
> 亦有壁立俨成峰，顾盼一方窃心喜。
>
> 亦有冯河死无悔，碧波掩映多姿媚。
>
> 东山月出照龙门，上下犹然判仙魅。
>
> 因忆石林真神工，仙魅低头应敛避。
>
> 元始以来大顽石，浑沌不材天所弃。
>
> 巨灵擘躃肌理分，耳目鼻口从其类。
>
> 滇南偃蹇百千载，天荒地老无人记。
>
> 及今风高白日昏，来者毛里生寒意。
>
> 登览奇峰郁不开，枯木槎枒刀剑植。
>
> 又如朽骨聚丘山，一世贤愚臂交臂。
>
> …………

纵横排宕，得大家体势。描写石山奇景工笔重彩，雄奇壮丽，刻画无遗，淋漓尽致；或展开联想，缒幽凿险。章法上或用倒挽法，如"闻道"两句，然后以"只今"折回来；或用"亦有"作排比，学韩愈《南山》手法。又以"因忆"与"及今"相勾连。用意反复周到，脉络组织细密，措语老辣遒劲。用"置"韵一韵到底，偶泛旁韵如"喜"字为纸韵部，因难见巧。

日寇侵华，他从北方逃难到云南，在西南联大任教，题材扩大了，创作丰富了。生活历经艰辛，使其诗风调激越，如《南岳方广道中寄内作》"勒住群山一径分，乍行幽谷忽干云。刚肠也学青峰样，百折千回却忆君",写一径如绳之曲折,而勒住群山。人行幽谷,忽又登山摩云。行进之艰难可以想见。后两句宕开联想,因山路之曲折,而刚肠亦化而为百折,转而如惦念亲人之思情不断。又如《上水船》两首:

> 招携南渡乱烽催,碌碌湘衡小住才。
>
> 谁分漓江清浅水,征人又照鬓丝来。
>
> 龟行蜗步百丈长,蒲伏压篙黄头郎。
>
> 上滩哀响动山谷,不是猿声也断肠。

他刚刚在衡阳住下,又因战火之逼近而被迫迁移,跋涉至桂林。"小住才",本为"才小住"之意,故意颠倒以使句法硬健。漓江清浅,照人鬓丝添霜,则奔波之苦不言而明。后一首写篙工撑舟之苦,呼号震谷,虽非巫峡猿声,却也摧人肠断,凄切之音,融注了作者对劳苦人民的深切同情。

中年以后的创作倾向,是在诗中发议论,好言理,融书卷与性灵于一炉,这也是受宋诗的影响。他自言"诗爱髯苏书爱黄",学其句随意到而生文澜。如《盛年》诗云:

> 盛年今已尽蹉跎,游骑无归可奈何。
>
> 转眼行看四十至,无闻还畏后生多。
>
> 前尘项背遥难望,当世权衡苦太苛。
>
> 剩欲向人贾余勇,漫将顽石自礛磨。

惜流年飞逝,学无大成。转眼四十而无闻,畏后生之讥我,用一流水对。又苦恨学业上追不上前辈,而当世论人又太苛严。自谦而不消沉,严于律己,自励而执着追求,锲而不舍。又如《得逊生书作,次公权韵》一诗云:

> 里巷惜惜昼掩扉,狂且满市共君违。
>
> 沐猴冠带心甘死,逐鹿刀锥色欲飞。
>
> 南朔纷纷丘貉聚,日星炳炳爝光微。
>
> 沉吟曩昔欢娱地,犹剩缁尘染敝衣。

叹书生不合于时,举世多沐猴而冠带者。"南朔"借指战时首都重庆,"丘
貉"指上流社会官场人物,何其愤愤于此丑恶社会,而忧文化之不传
如微弱爝火。情绪激扬,一反以前诗中温醇雅洁的情调。

在抗战大后方,上层社会腐败无能,是非淆乱,他痛在心头。作
为一位教授,他同样与广大人民受着饥寒的威胁。其时诗中顾影自怜
的影子渐渐淡薄,更多地反映现实的苦难,力欲以诗干预政治,为国
为民为事而作。1940年所作五古《近怀示圣陶》诗,对其处境与时
局形势作了很深刻的叙写与议论。其中云:

> 山崩溟海沸,玄黄战大宇。
>
> 健儿死国事,头颅掷不数。
>
> 弦诵幸未绝,竖儒尤仰俯。
>
> 累迁来锦城,萧然始环堵。
>
> 索米米如珠,敝衣余几缕。
>
> 老父沦陷中,残烛风前舞。
>
> 儿女七八辈,东西不相睹。
>
> 众口争嗷嗷,娇婴犹在乳。
>
> 百物价如狂,距躟孰有主?
>
> 不忧食无肉,亦有菜园肚。
>
> 不忧出无车,亦有健步武。
>
> 只恐无米饮,万念日旁午。
>
> 况复三间屋,蹙如口鼻聚。
>
> 有声岂能聋,有影岂能瞽。
>
> 妇稚逐鸡狗,攘人如网罟。
>
> 况复地有毛,卑湿丛病蛊。
>
> 终岁闻呻吟,心裂脑为脯。
>
> 赣鄂频捷音,今年驱丑虏。
>
> 天不亡中国,微忱寄千橹。
>
> 区区抱经人,于世百无补。

死生等蝼蚁，草木同朽腐。

蝼蚁自贪生，亦知爱吾土。

鲋鱼卧涸辙，尚以沫相煦。

每念及无数战士在前方奋战牺牲，自惭未能上战场流血拼搏。他为教书授业，辗转来成都，陷于贫苦处境。虽甘守清贫，并不羡慕食有鱼，出有车，但连糊口养家都做不到，儿女嗷嗷待哺，陷入困境。教授地位尚且如此，群黎的呻吟更使他忧心忡忡。当他听到江西、湖北等地大捷的消息，万分兴奋。又感到生命固然可以与蝼蚁等同，但即使是蝼蚁也知珍惜生命，也知爱惜其栖息地。鲋鱼虽处困境，犹能相濡以沫。人也必须争生存，互助以渡难关。一连以两物为比兴。凄风苦雨，饥寒交迫，这不仅是个人的苦难，更是国家民族的深重灾难。写实境逼真，由铺叙而转言情与议论，哀愤而转激切。于虚实处错综变换。其旧体诗的沉郁苍健与其新诗的伶俐明快形成反差。

俞平伯（1900—1990），原籍浙江德清，生于苏州。1915 年入北京大学文科，五四时加入北京大学平民教育演讲团。毕业后赴英国，归国后执教杭州第一师范。与朱自清等创办《诗》月刊。历任上海大学、燕京大学、清华大学、中国大学教授。有《古槐书屋诗》。他当年虽以作新诗名世，但不排斥旧体诗，主张新旧并重，认为"五四以来，新诗盛行而旧体不废，或嗤为骸骨之恋，亦未免稍过。譬如盘根老树，旧梗新条，同时开花，这又有什么不好呢"[1]。他认为好的诗应是"为人而作，为事而作，有讥讽，有褒赞，远承诗人美刺的传统，却近代化了"[2]。主张诗的语言要清新，用意要深。新文学运动以后，他所作旧体诗力求借鉴新诗的长短随意、民谣的通畅浅显。如 1925 年所作《自从一别到今朝八解》即是用民谣体，但守平仄格律，每四句为一章，每章均以"自从一别到今朝"开头。其中如：

① 俞平伯：《荒芜〈纸壁斋集〉评识》，《读书杂志》1982 年第 1 期。

② 俞平伯：《荒芜〈纸壁斋集〉评识》，《读书杂志》1982 年第 1 期。

自从一别到今朝，楼外青山属尔曹。

绿杨影子明如许，斜日归船过断桥。

自从一别到今朝，双燕来时误旧巢。

江南草长胡蝶飞，堤上萋萋绿不消。

自从一别到今朝，冠盖京华酒肉骄。

谁减湖溽亭午热，雪藕青菱一担挑。

描绘风情如画，温婉多姿，清词隽语，络绎而来，名为旧体，实是新声。"冠盖京华"则寓有讥刺，可见其取材多方，采取对比法，以突出社会的不公平。

他还作过《西关砖塔塔砖歌》，体格似盛唐歌行体。写杭州南屏山古塔所历沧桑变化，然后写到在军阀混战中的劫难。但见此时"亿砖层累出黄垩，谁领西颓老夕阳？碧落银云无尽期，谁拿退笔划苍苍？烟融水澹封玉奁，谁见黄绡隔世妆？归人缓缓笑语远，莽然寒色低平冈"，以提问句写其忧患，然后在诗中考据其塔之历史。诗的结尾更因孙传芳军队进入杭州城而发抒浩叹：

今人怀古发浩叹，古人且为今人哀。

疏棂斜日明烟柳，翡翠层坳抱瓦堆。

更听悲笳喧广陌，千千铁骑向东来。

江南万姓闻野哭，岂怜湖上生尘埃。

通过古塔的遭遇，以小见大，写史实，写时事，既从容不迫，又苍凉凄楚。音节婉畅流转。他的诗往往不是直接叙写国乱家亡，而是采取侧面借物或借他人之口的方式来诉说苦难尘世惨况；以小幅画卷展示历史与现实的丰富内蕴，以批判现实为风骨，以辞藻华美为羽翼。有的诗好用佛典，如《西关砖塔藏宝箧印陀罗尼经歌》，以学问为诗，有同光体浙派沈曾植之遗风。

第四节　四位写作小说的旧体诗人

周瘦鹃　　张恨水　　郁达夫　　王统照

辛亥革命后，鸳鸯蝴蝶派作家徐枕亚、包天笑、周瘦鹃、张恨水等颇为著名，他们以上海为主要活动地点，大多从事过报刊工作。其实这些作家都能诗，不过前三人往往流连风月之作甚多，社会意义不很大。如周瘦鹃（1895—1968），别署泣红，江苏吴县人。曾任《申报·自由谈》编辑，主编过《礼拜六》周刊。有《船过金鸡湖口占》云：

> 短篷俯瞰碧波春，一梦温馨岂是真。
>
> 两岸青山看不尽，眉痕一路想斯人。

清真天成而情韵不匮。但他的很多诗于国事似无所萦怀。

张恨水（1895—1967），祖籍安徽，生于江西上饶。先后在《皖江日报》《益世报》《世界日报》从事记者编辑工作。1934年作《西行见闻》组诗，写西北人民由于天灾战祸而被索钱拉夫、受饥挨饿的困境。其中云"一升麦子两斗麸，埋在墙根用土铺。留得大兵来送礼，免他索款又拉夫"，埋粮以备送礼，是为了防后患。又"大恩要谢左宗棠，种下垂杨绿两行。剥下树皮和草煮，又充饭菜又充汤"，清同治年间左宗棠率大军往新疆，令沿途种树遮阴，而今树皮竟成了救命之物。看似调侃语调，实则寓沉痛于洒脱之中。

抗战事起，他赴重庆主《新民报》笔政。其时作过不少绝句之类，信手拈来，却不乏深意。咏物诗如《春雪》：

> 枯篁秃柳看成痴，顷刻妆成玉万枝。
>
> 春雪终怜生命促，纵然掩饰不多时。

情景理相融无间，而寓意深刻。

更多的是直接议政讽时，批判锋芒犀利，有的几近挖苦。如"一滴汽油一滴血，夫人烫发进城来"，讽抗战之物质匮乏，而达官贵人却派汽车送夫人去烫发。又如《咏史》组诗借史讽时，句如"寇盗可怜侵卧榻，管弦犹自遍春城"，国危之际，据高官位者仍处升平安乐以歌舞宴乐。"果有万民思旧蜀，岂无一士复亡韩""金貂尽日盈高座，烽火连宵入汉关"，均用对比手法。又有《吊屈原》其中二首云：

> 蒲剑悬门艾叶香，贞臣故事话潇湘。
>
> 谁将角黍投江祭，只有朱门馈送忙。

> 湘水无情吊岂知？龙舟竞赛始何时？
>
> 江头观渡人千万，未必人人解楚辞。

哀国难当关，而权门杂沓，庶民不解国忧。他的诗大多词语通俗而风趣，惬畅而自然，犹如民谣，而采用讽喻手法以针砭时弊的用意极明显也极大胆。

其时还有从事新文学创作著称的郁达夫、王统照，却在新诗风靡时并不随波逐流，而是禀其才性，执意于旧体诗写作，可见其敏感气质、俊逸才华。

郁达夫（1896—1945），浙江富阳人。曾与郭沫若等成立创造社。作有《沉沦》《采石矶》《春风沉醉的晚上》等小说。他的不少诗隽永有味，多言爱国感时、言情伤别。他在少年时好黄仲则、吴梅村诗，近绮丽风格。十八岁时留学日本，每怀念故国，难却乡愁。如《秋宿品川驿》诗云：

> 溪声摧梦中宵雨，灯影摇波隔岸楼。
>
> 虫语凄清砧杵急，最难安置是乡愁。

思乡之梦被摧破，复将乡愁巧妙想象为具体而可安置之物。

次年袁世凯称帝，他闻知后，异常焦急，作《秋兴》诗云：

> 桐飞一叶海天秋，戎马江关客自愁。
>
> 五载干戈初定局，几人旗鼓又争侯。
>
> 须知国破家何在，岂有舟沉橹独浮。
>
> 旧事崖山殷鉴在，诸公努力救神州。

痛惜民国以来战争不断，袁世凯窃国不啻如舟沉国亡，他盼望有人起而救国。1919年返国，曾赴京应外交官试，未久失意东渡。行前题诗于北京某清王府花园壁上：

> 江上芙蓉惨遇霜，有人兰佩祝东皇。
>
> 狱中钝剑光千丈，垓下雄歌泣数行。
>
> 燕雀岂知鸿鹄志，凤凰终惜羽毛伤！
>
> 明朝挂席扶桑去，回首中原事渺茫。

（《己未秋，应外交官试被斥，仓卒东行，返国不知当在何日》）诗中说他虽有鸿鹄之志，却如芙蓉被冻伤，有才难遇、报国难成的不平之气在胸中激荡。用《离骚》中"纫秋兰以为佩"与"集芙蓉以为裳"句作比兴，并用西晋丰城狱中藏剑与项羽困于垓下悲歌送别虞姬两个典故来说明他的英雄末路。末乃宕开，意转高昂，悲歌慷慨。

这一时期他在日本所作的一些诗，往往以古代后羿、伍子胥、陈胜、项羽等英雄自比，激励其救国之情。他要作一奇男子，而不愿学贾生之哭长沙。1920年8月所作《与文伯夜谈，觉中原事不可为矣。翌日文伯西归，谓将去法国云》一诗云：

> 相逢客馆只悲歌，太息神州事奈何！
>
> 夜静星光摇北斗，楼空人语逼天河。
>
> 问谁堪作中流柱，痛尔难清浊海波。
>
> 此去若从燕赵过，为侬千万觅荆轲。

虽然绝望国事，但仍盼望有荆轲一流人物敢与军阀决一雌雄。咽泪浩歌，欲在沉痛中奋起。

1921年12月他回国后，先后在各大学执教，行踪遍东南。1930年参加左翼作家联盟，次年有《旧友二三，相逢海上，席间偶谈时事，嗒然若失，为之衔杯不饮者久之。或问昔年走马章台，痛饮狂歌意气今安在耶，因而有作》诗云：

> 不是樽前爱惜身，佯狂难免假成真。
>
> 曾因酒醉鞭名马，生怕情多累美人。
>
> 劫数东南天作孽，鸡鸣风雨海扬尘。
>
> 悲歌痛哭终何补？义士纷纷说帝秦。

先写衔杯不饮之故,次写昔年走马章台、痛饮酣歌之事。再写时事可悲,"天作孽"语见《孟子·离娄》;"鸡鸣"句用《诗经·郑风》语与葛洪《神仙传》中王方平答麻姑语。末言昔日义士誓不拥戴蒋政权,用鲁仲连故事,表明诗人对国事的失望以及不愿与当局合作的态度。酣歌淋漓,一气流转。

其时日寇侵略中国的野心日益暴露,而当局有欲和议退让之意。郁达夫在《过岳坟有感时事》诗中二联云:

> 权臣自欲成和议,金虏何尝要汴州?
>
> 屠狗犹拼弦上命,将军偏惜镜中头!

指出日寇旨在鲸吞中国,而忍让和议是不能满足其野心的。前一联用一流水对,后一联用一反对,有力地讽刺了怕死的将军。国家危机之感,更激起其爱国热情。

1934 年,他再过岳飞墓而作《三月初九过岳王墓下改旧作》云:

> 凭眺湖山日又曛,回车来拜大王坟。
>
> 虫沙早已丧三镇,猿鹤何堪张一军。
>
> 河朔奇勋归魏绛,江南朝议薄刘蒉。
>
> 可怜五百男儿血,空化田横岛上云。

当时东三省已被日军侵占,虫沙句即指此,用《抱朴子》语:"周穆王南征,一军尽化,君子为猿为鹤,小人为虫为沙。"河朔句借指主和的投降者,叠用典。《旧唐书·李德裕传》:"刘稹所恃者,河朔三镇耳。"三镇指魏博、成德、卢龙镇。刘稹为昭义节度留后。魏绛为晋悼公臣,主张和戎。一句用两典。下句作者自比唐时书生刘蒉,徒有救国之策而不为当局者采纳。末乃怜烈士鲜血白流,似指上海十九路军抗战一事,用田横等义士宁死不降刘邦事。

卢沟桥事变后,郁达夫更积极地投身于抗日救亡运动。应郭沫若之邀,赴武汉参加抗战工作。1938 年 4 月,他往徐州劳军,《毁家诗纪》第五首写道:

> 千里劳军此一行,计程戒驿慎宵征。
>
> 春风渐绿中原土,大纛初明细柳营。

> 碛里碉壕连作寨，江东子弟妙知兵。
>
> 驱车直指彭城道，伫看雄师复两京。

风调欢快激昂，既是写实，又融入对国家对战士的深切殷殷之情。他以西汉周亚夫的细柳营比拟我军在徐州前线的抗日将士，坚信不久将要收复南京与北平。

在那里，山东等地传来我军战捷的消息，其时南京汪伪政权成立，他有《闻鲁南捷报，晋边浙北叠有收获而南京傀儡登场》诗云：

> 大战临城捷讯驰，倭夷一蹶势难支。
>
> 拼成焦土非无策，痛饮黄龙自有期。
>
> 晋陕河山连朔漠，东南旗鼓壮偏师。
>
> 怜他傀儡登场日，正是斜阳欲坠时。

临城在山东滕县南。山西、陕西、浙江都传来捷报，诗人坚信日寇必亡。可笑汪伪政权登台，却是日寇势力已如太阳将落时。

此年12月，他应邀赴新加坡前往主编《星洲日报》副刊，并担任了文化界战时工作团内一些重要职务。其间他在苏门答腊岛赋《乱离杂诗》七律十一首，多忧国之辞，其中云"凤凰浪迹成凡鸟，精卫临渊是怨禽。满地月明思故国，穷途裘敝感黄金""一死何难仇未复，百身可赎我奚辞？会当立马扶桑顶，扫穴犁庭再誓师"，慷慨大义，跃然笔端。

郁达夫诗风既清刚俊逸，有时又缠绵哀艳。如《毁家诗纪》其中一首：

> 凤去台空夜渐长，挑灯时展嫁衣裳。
>
> 愁教晓日穿金缕，故绣重帏护玉堂。
>
> 碧落有星烂昂宿，残宵无梦到横塘。
>
> 武昌旧是伤心地，望阻侯门更断肠。

此乃因其妻王映霞离他而去，他长夜不眠，思量往事，悱恻伤心。在南洋，他与马来亚华侨何丽女士结婚，作《无题》诗云：

> 赘秦原不为身谋，揽辔犹思定十州。
>
> 谁信风流张敞笔，曾鸣悲愤谢翱楼。
>
> 弯弓有待山南虎，拔箭宁惭带上钩。
>
> 何日西施随范蠡，五湖烟水洗恩仇。

他虽与此女子结婚，仍未忘怀抗日大事。次联写此日对新婚妻子恩爱的丈夫，正是当年像西台痛哭的谢翱一样的爱国志士，表明作者在闺房之乐时仍有悲歌之慨，指望有朝一日为扫灭倭寇尽一己之力。待胜利之后，再像范蠡一样，带着西施去云游五湖。但是，郁达夫没有看到日寇的最后灭亡，便被日本宪兵秘密杀害于苏门答腊岛。

郁达夫自言："我是始终以渔洋山人的神韵，晚唐与元诗的艳丽，六朝的潇洒为三一律。"[①]他的诗受李义山、杜牧、温庭筠、陆游、元好问、吴梅村、黄仲则等人影响。他情感充沛，诗风清新激越，用典恰当贴切，讲求作反对、流水对，正如他自言作诗的秘诀"其一，是辞断意连，其二，是粗细对称"[②]。然而其不足之处是较清浅，气魄不够沉雄。有的句子出手率易，袭用前人的痕迹较明显；有的为人所熟知的典故如"田横""黄金台"等出现得过于频繁，而奇警之句并不多。再是他的诗以七律为多，很少古风，不免单调。

王统照（1897—1957），笔名韦佩，山东诸城人。1918 年考入北京中国大学预科，与郑振铎等发起成立文学研究会。毕业后到上海暨南大学教国文。1927 年迁居青岛，后主编《文学》月刊。抗战时迁上海，任开明书店编辑。有《剑啸庐诗草》。他的文笔有如诗一般优美，然又好作诗，自言"每有触感，多以旧体诗纪之，取其易作，借抒所怀"[③]。五四前他就写了上千首诗。在济南中学读书时所作《旱魃谣》，记当时山东发生的旱灾与兵灾，百姓无法生存，更有催租吏横行于乡里，以致"吾民为狗彘。短褐不完肤，粃糁不充腹，儿啼女号相追逐！

---

① 郁达夫：《序〈不惊人草〉》，《郁达夫文论集》，浙江文艺出版社，1985，第 788 页。

② 郁达夫：《谈诗》，《郁达夫文论集》，浙江文艺出版社，1985，第 601 页。

③ 王统照：《旅程》，《王统照文集》第四卷，山东人民出版社，1982，第 504 页。

灶冷无烟已十日，采葺为食甘胜荼"，抒发了他对农村凋敝、百姓破产的深切同情，有为天下忧的思想。早年的他，志在澄清天下，意气飞扬：

> 岂少凌云翮，羞为厌水鼯。
>
> 鼓琴音变徵，看剑气吞胡。
>
> 横海澄清愿，神州荡涤无。
>
> 汗颜羞国耻，凄魄唱哀歈。
>
> 欲脱虎鹰搏，终当斧戉诛。

（《对镜》）

鼓琴看剑，凌厉无前。然而在那个时代，他只能用笔为人民的痛苦呐喊，来疗治社会的创伤。

其诗除受李白、李商隐、苏东坡影响外，主要受杜甫、龚自珍影响，曾说："读杜诗能生默契者，非感情旺盛与心地光明者不可。"[1] 又称颂"龚子诗无敌，灵香写郁怀"、"青天白昼句，琼蕊茁奇胎"（《暑夜读龚定庵诗集》）。他有些诗颇得龚诗之灵思，如：

> 窗前残月荡斜晖，万籁声寂夜气微。
>
> 偶向疏圃成散策，一星磷火逐萤飞。

（《九月二十六号夙兴晨星犹明》）

由视觉转为听觉描写，然后注视到一点飞动的磷光与流萤。心细如发，意脉流贯，意境幽峭冷寂。

国难当头时，其诗风一变而为慷慨激愤。诚如他所说的："'言为心声'，有激切悲壮的诗文，虽在这血花飞舞，惨酷严重的时代中也不是无一点点的兴观启发的效果。诗歌最易传达直接的热情，最易使人受感。"[2] 所以他有意识作诗以激奋人们的情绪。当日寇图谋侵占东

① 王立诚：《王统照先生的旧体诗述略》，《当代诗词》第2集，花城出版社，1982，第105页。

② 王统照：《夜战声中怀东齐并示昨非兄弟》注释，《王统照文集》第四卷，山东人民出版社，1982，第520页。

北、进逼日甚时，他极为忧虑，作《凉夜吟》云：

> 芙蓉泪落堕秋红，荷花又为嫁秋死。
>
> …………
>
> 滔滔横流去不回，东扶西倒互颠踬。
>
> 玄黄血战争食人，抢攘干戈惊怵惕。
>
> 一寸山河万骨枯，一将封侯万闺哭。
>
> 竞名攘利古无休，诡遂诈虞相鸣叱。
>
> 如今神州丧国魂，恍若孤舟撄飚飋。
>
> 金汤城塞如脱瓯，虎视蚕食竞吞噬。
>
> …………

以花起兴，哀伤凄楚。逢此国家危亡之秋，前车之鉴能不记起。痛惜国魂一丧，则国运如孤舟之危，面临强邻威逼瓜分的局势。音节急仄短促，激越跳荡。

1931 年，他应约到吉林四平交通中学教书。途中历览山河，心伤时变，东北沦于日寇铁蹄之下，"铁网纵横贯北洲，江山莽荡望中收"（《北国》），不由得感到"涛声催短夜，河影颤孤星"（《旅程》）。用"颤"字颇能状出震撼而心悸之感，而又巧妙将主观感受融入客观景物之中。其时作《朔风》其一云：

> 沉寥秋风万籁催，沧波落日此登台。
>
> 江流巨浸东南坼，风警九边草木哀。
>
> 海外辩才空简册，神州生气阅风雷。
>
> 嚣嚣和战皆非日，蒿目中原付草莱。

秋气萧瑟，日落沧波反照，首联取境阔大而又苍凉，景黯时危，催人感怆，所以他对救国人才有着急切的盼望。最为担心的是和战之谈误国，中原大地将沦落敌人之手。这种心情与他后来所作"烽烟荒塞流民尽，堡垒雄关待寇开"（《夜与知非谈山海关战事感赋》）、"四海惊波围古国，万家溅血遍通衢。声闻闭眼成千劫，葭露萦怀溯一桴"（《忆老舍与闻一多》）诸句，同样是心忧天下。满目疮痍，痛切肌肤。郁怀难遣，唯付之于苦吟，无怪乎他对最高统治者的权威与贪婪予以无情的讥讽：

> 栖栖魁帅几登坛，布令宣司牧百官。
>
> ············
>
> 通财有术传飞券，为政多言恃聚餐。
>
> ············

（《魁帅》）

1932 年，他在赴欧途中经过印度，目睹印度下层人民在英国殖国统治下的惨境，可惊可愕，担心故国人民异日也会遭受同样的苦难，作长诗《经锡兰岛航行三日至孟买城》。其中写道：

> 到处可怜虫，面黰复体裸。
>
> 各自全其生，一例为双孴。
>
> 彩巾蔽头颅，片布缠丝络。
>
> 和答鴃舌音，妇孺恣笑乐。
>
> 不见有主人，崇楼施丹臒。
>
> ············
>
> 主人饮醇醴，遗尔以糟粕。
>
> 怅念古文明，微光无余曝。
>
> ············
>
> 今惟睹疲氓，园林逗鸟雀。
>
> 苦工遍海陬，劳劳无休歇。
>
> 箪食与陋居，强自忍龌龊。
>
> 日日徒纷呶，所求殊微薄。
>
> 坐失昔良图，种族日相斫。

以沉痛之笔触，刻画异域人民无衣遮体、食人糟粕、劳作艰苦、报酬菲薄、居住陋屋的境地。在哀叹所受苦难的同时，他追究其国古文明衰败的原因，进而盼望来日的沧桑变化会带来一线转机，自由会回到印度人民手中。他发自肺腑的同情、深刻的议论，与细致的描写有机地糅合在一起。

他擅长记游写景，观察细致，设色奇丽。如"拖蓝水色飞双桨，断白峰云罩一城。微觉寒轻催雨意，已知春去涩啼莺"（《日内瓦湖畔公园》），炼动词精警生动。前一联写其视觉，后一联写其触觉与其听觉，将自己的感受体验注入其中，使景致绮丽如画。又如《海上望晚霞》诗中云：

> 暮霭淡横空，斜阳笼远树。
>
> 余光荡碧波，飘渺紫山暮。
>
> 绛绀相震薄，青天乱红雾。
>
> 海上匹练飞，乱云拥金絮。

色彩漾动，动静相宜。但他从不为景而写景，而是以景感发，联想到国事，如《青岛寄兴示潜社诸子》：

> 暴雨忽崇朝，檐花含润汁。
>
> 蜃气黯楼台，霭霭林烟湿。
>
> ……………
>
> 混茫泛孤帆，水暖浴凫鸭。
>
> 夏峰如美人，长眉笼罗幂。
>
> 重重四山青，鳞鳞万瓦赤。
>
> 天末巨艑来，冲破浪花白。
>
> 凄咽悲笳声，如闻海天泣。
>
> 一发睇中原，乾坤渐残缺。
>
> ……………

美好的海边景色引起其豪兴，忽念及祖国残破的山河，不禁百感纷集，顿觉海天在哭泣。一喜一悲，形成反差，以乐景写哀绪，将亮丽的一瞥，置于一幅苍凉的大背景中，愈见其伤愁的心境。

王统照的诗表达了他对北洋军阀政权和蒋介石政权的不满与愤慨，向往光明、民主的未来。"九一八"前后与抗战期间的诗作，表露了诗人对投降主义的不满，对抗战前途充满了信心，洋溢着爱国炽情。其风格或沉郁感伤，或清秀明快。与郁达夫的才子气质与清浅诗风相比较，他的诗更见沉着精工。

第五节 抗战期间作家中的旧体诗人

郭沫若 茅 盾 老 舍 叶圣陶 田 汉

新文学阵营中有的作家，虽在少年时学过声韵格律，但在五四时对旧体诗持否定态度，不作旧体诗，有的持论甚为偏激。随着时间的推移，特别是在抗战期间，他们看到旧体诗独特的价值，重新迸发出创作的激情，以反映激烈动荡的时代。张恨水说："近来许多新文艺家，都喜欢作旧诗，而且是作七律。有人以为是文艺家进步，又有人以为是向旧诗投降。我以为前者不全是，后者却全非。………向来作新诗的朋友，偶然作几首旧诗，这不过是他更多的读了些旧诗，受到一种影响，………诗有传之千百年的，也有五分钟内就让人遗忘的，这并不关乎诗的体裁如何，而是在于诗的力量能否感动人。"[①] 下述诸人即是掉转头来作旧体诗的新文艺家。

郭沫若以创作《女神》而闻名，被认为是奠定了新诗的基础，开创一代新风。其实他早年便是旧体诗作手，严格的格律训练、深厚的国学基础，打下了日后创作的基础。他原名郭开贞（1892—1978），四川乐山人。1918 年赴日本九州帝国大学，开始文学活动。归国后与郁达夫等发起成立创造社。1926 年到广州任中山大学文学院院长，同年任国民革命军总政治部副主任。后因参加南昌起义被通缉，流亡日本，潜心史学。卢沟桥事变时归国，又开始创作旧体诗。有《归国杂吟》七首，其二云：

> 又当投笔请缨时，别妇抛雏断藕丝。
>
> 去国十年余泪血，登舟三宿见旌旗。

---

① 张恨水：《新文艺家写旧诗》，重庆《新民报》1942 年 11 月 23 日。

> 欣将残骨埋诸夏，哭吐精诚赋此诗。
>
> 四万万人齐蹈厉，同心同德一戎衣。

起句用"又"字，暗示他当年在北伐战争时的投笔从戎，今日重又投笔请战。次句写他告别妻子、割舍亲情而归国。语云"藕断丝连"，此刻则连丝也得斩断，哀感动人。颔联言结束十年流亡生活，归来终于见到抗战旗帜。叙中有情，流露了在异国的艰辛、一朝归国的兴奋。第三联言献身之志，"欣"与"哭"都由爱国之赤诚而发。尾联盼全民皆兵，同心抗战，"四万万"与"一"形成一对照，见民众之齐心。此诗情真意挚，也传达了当时亿万人共同抗日的心声，流传一时。诗用的是鲁迅《无题》原韵，臧克家将鲁迅《无题》与此诗誉之为"近代诗史的双璧"。

后来在重庆期间，他也写了不少诗，其中如《奔涛》之一：

> 合怒奔涛卷地来，排山撼岳走惊雷。
>
> 大鹏击海培风起，万马腾空逐浪堆。
>
> 载覆民情同此慨，兴衰国运思雄才。
>
> 为鱼在昔微神禹，既倒终当要挽回。

诗中运用了《庄子》《荀子》《左传》中的典故，表现了人民终当挽回危局的决心，举重若轻，情感炽烈，气势磅礴。不过郭沫若虽自言"笔墨敢矜追屈杜"，其实难以达到屈原、杜甫那种沉郁境界。他倾倒于陶渊明、王维"那种深度的立体的透明"[①]，实难逮其十分之一，相反，似乎更多的是近似李太白、苏东坡而有粗豪之嫌。

他与众多文人相唱和，人以得其诗与书法为荣。曾应中央大学汪辟疆教授之请，作《叠鞭字韵题汉墓墓砖》多首。其二云：

> 延光二千载，瞬息视电鞭。
>
> 人事两寂寞，空余圹与砖。
>
> 重堂叹深邃，结构何联娟。
>
> 上规疑碧落，下矩体黄泉。

---

① 郭沫若、蒲风：《郭沫若诗作谈》，《现世界》1936 年 8 月创刊号。

但期坚且美，无复计华年。

富贵江上波，巧奇琴外弦。

一旦遘知音，仿佛启冬眠。

影来入我斋，壁上生云烟。

以砖拓墨想见悠久的历史，借题发挥，颇具想象与意兴。

茅盾原名沈雁冰（1896—1981），浙江桐乡人。早年入北京大学预科，辍学后入上海商务印书馆任编辑。20 世纪 20 年代，他与叶圣陶等人成立了文学研究会，创作《蚀》《子夜》，蜚声文坛。新文学运动期间他反对作旧体诗，认为讲格律束缚思想，旧体诗代表腐朽的一派，但他在抗战以后时有吟兴。1938 年他往大西北，作《新疆杂咏》云：

纷飞玉屑到帘栊，大地银铺一望中。

初试爬犁呼女伴，阿爹新买玉花骢。

写景如在目前，生活情趣宛然，境界宏阔，自然洒脱。

1942 年在桂林有《无题》诗云：

偶遣吟兴到三秋，未许闲情赋远游。

罗带水枯仍系恨，剑芒山老岂剗愁。

搏天鹰隼困藩溷，拜月狐狸戴冕旒。

落落人间啼笑寂，侧身北望思悠悠。

前四句言他虽偶有游兴而仍难忘国事，纵然水枯山老，仍系恨而难割愁去。第三联以鹰隼受困、狐狸高冠暗譬现实的不合理，此乃愁因。末联言此间闹剧令人啼笑皆非，而今啼笑亦寂。"北望"句隐指延安，倾向共产党之心油然可见。

或讽刺为蒋介石祝寿的闹剧：

鱼龙曼衍夸韬略，吞火跳丸寿总戎。

却忆清凉山下路，千红万紫斗春风。

（《桂渝道中杂诗，寄桂友》）

以杂技演员的表演来贺寿，嘲讽最高统治者自负其军事指挥才能。第三句转写延安清凉山气象，与国统区造成强烈的对比。

老舍（1899—1966），原名舒庆春，字舍予，北京人，满族。少年时师从方远、宗子威等学诗。自言"在五四运动以前，我虽然很年轻，可是我的散文是学桐城派，我的诗是学陆放翁与吴梅村"①。1924年他出国教书，回国后在青岛大学教书。抗战时任中华全国文艺界抗敌协会理事。以创作《骆驼祥子》《四世同堂》等小说著名。然亦不废吟诗，有诗句云"深情每祝花常好，浅醉惟知诗至尊"（《村居》），视诗之地位崇高。据其夫人胡絜青说："他写新诗也写旧体诗。旧体诗比新诗写得多，而且写得好些。老舍写诗，往往并不为了发表，赠友的居多，是些抒情之作。"②老舍对旧诗未有专论，但观其《赠关友声》一诗，可知他主张诗要有空灵韵味：

> 覃思画境秀如秋，敛尽锋芒绘浅愁。
>
> 墨未到时神远瞩，笔留余意树微羞。
>
> 山从心里生云气，露在毫端滴石头。
>
> 俱是空灵诗韵味，天边语响落轻舟。

他能以轻捷清俊之笔写景，一派天然纯净。如《过乌纱岭》诗云：

> 古浪重阴雪作花，千年积冻玉乌纱。
>
> 白羊赭壁荒山艳，红叶青烟孤树斜。
>
> 村童无衣骑牛掩，霜田覆石草微遮。
>
> 周秦文物今何在，牧马悲鸣劫后沙。

捕捉物态，远近毕现。又《别凉州》诗云：

> 塞上秋云开晓日，天梯玉色雪如霞。
>
> 乱山无树飞寒鸟，野水随烟入远沙。
>
> 忍见村荒枯翠柳，最怜人瘦比黄花。
>
> 乡思空忆篱边菊，举目凉州雁影斜。

大西北阔远风光，俨然在望，骨冷神清，清新可诵。

---

① 老舍：《〈老舍选集〉自序》，胡絜青编《老舍论创作》，上海文艺出版社，1980，第140页。

② 胡絜青：《老舍诗选·前言》，老舍《老舍诗选》，九龙狮子会，1980，"前言"第1页。

　　作于抗战后期的诗，又擅长情态的刻画，富有人情趣味。如《与吴文藻、冰心兄登山奉访懒散至今犹未践约，诗以致歉》诗云：

　　　　中年喜到故人家，挥汗频频索好茶。

　　　　且共儿童争饼饵，暂忘兵火贵桑麻。

　　　　酒多即醉临窗卧，诗短偏邀逐句夸。

　　　　欲去还留伤小别，门前指点月钩斜。

以诗代柬，意兴烂漫，风调明快。又《节日大雨，小江着新鞋来往即跌泥中》诗云：

　　　　小江脚短泥三尺，初试新鞋来去忙。

　　　　迎客门前叱小犬，学农室内种高粱。

　　　　偷尝糖果伴观壁，偶发文思乱画墙。

　　　　可惜阶苔着雨滑，仰天踬倒满身浆。

惟妙惟肖，表现儿童的天真好动与调皮。诗风活泼玲珑，流畅清新，用语不避俚俗，很有生活气息。但第三、第七句末三字犯了三仄声之忌。

　　叶圣陶（1894—1988），原名叶绍钧，江苏苏州人。先后任教于苏州第五高中、上海中国公学高中部、杭州第一师范，后为商务印书馆编辑，改任开明书店编辑。抗战事起，赴重庆，先后在中央戏剧学校和复旦大学任教，1942年任桂林《国文杂志》主编。以创作小说《倪焕之》著名。其旧体诗主要创作于抗战时期，风格似杜少陵、黄山谷。有《箧存集》，其《今见》诗云：

　　　　来时霜橘拦街贱，今见榴花满树朱。

　　　　汉水蜀山行路远，江烟峦瘴寄廛孤。

　　　　情超哀乐三杯足，心有阴晴万象殊。

　　　　颇愧后方犹拥鼻，战场血肉已模糊。

写他在四川大后方所见所感，霜橘贱不值钱，可知民众手头无钱可购。他很愧疚的是，有的人闻肮脏便拥鼻而行，却不念及前方战场官兵为国勇战，抛血肉于野外。因小见大，生发联想。

　　他的诗有不少写西南山水，镂刻奇秀。如"江流唯静响，滩沸息繁喧"（《自北碚夜发》）、"凿空纡一径，积翠俯千山"（《自重庆之贵阳寄子恺遵义》)，语妙如珠。七律《自重庆之乐山》云：

> 渝州十月今当别，烟影轮声又一番。
>
> 南望可怜焦粤土，西行直欲尽江源。
>
> 秋阴漠漠思无际，暮雨潇潇天不言。
>
> 来日未知复何似，蔗青橘赭此山村。

在华南被日军侵占之时，作者游此名山，感慨十分，奇想似连着漠漠秋阴驰骋万里。雨潇潇地下着，天似无言以对我之质疑，来日还不知这里的美好山村还会发生什么变化。静观物理，心忧天下。

有时用拗律、古文句法以讲求变化，如《游青城口占》：

> 愤慨岂因好景平，八一三日入青城。
>
> 高树低树相俯仰，下泉上泉迭送迎。
>
> 古内海于望中证，天下幽非浪得名。
>
> 药坞丹房常道观，避灾人集沸市声。

起句以议论突兀振起：虽见到好景，却不能平息对敌之愤怒。颔联写动态与听觉，故意用重词复沓，以求得铿锵错落的效果，颇似唐人马戴《题庐山寺》诗："东谷笑言西谷响，下方云雨上方晴。"腹联是说，地质学家言成都盆地古为内海，今日观看地势可以印证。青城山素有天下幽之称，眼见到方知不是浪得其名，表现了作者热爱大自然、希望一探奥秘的心境。用三一三句式，以虚词斡转，顿觉硬健警拔，刚健婀娜。末联呼应首联"愤慨"。又"情超哀乐三杯足，心有阴晴万象殊"(《今见》)一联，极得马一浮赞赏："谓之名句不惭。"赠答诗《闻丏翁回愁为喜奉赠二律》则以情趣见长：

> 自今想象十年后，我亦清霜上鬓须。
>
> 既静烟尘生可恋，欲亲园圃计非迂。
>
> 定居奚必青石弄，迁地何妨白马湖。
>
> 乐与素心数晨夕，共看秋月酌春酤。

巧于劝勉，清畅可喜，见其嘤鸣好友之心。丏翁即作家夏丏尊。

田汉（1898—1968），原名寿昌，湖南长沙人，剧作家。人多不知其能诗，实则情辞俱佳。曾与欧阳予倩等创办南国剧社。20世纪30年代初组织左翼剧社，因演《回春之曲》被捕，不久出狱。1938年任军委会政治部三厅六处处长，组织抗敌演剧队。有《衡阳道中纪行》绝句十一首，其一云：

> 白露坳边鸡乍鸣，一钩残月两三星。
>
> 长途未敢辞劳苦，我是南行前站兵。

正是当年辗转湘桂间生活写照。后来政治部第三厅裁并，田汉调离实职，闲居汉中，慨然赋诗云：

> 故人双鲤是耶非，念我南征久不归。
>
> 策杖几回惊白露，读书犹是恋春晖。
>
> 潮来曾免蛟龙得，风起时看虎豹飞。
>
> 各有天涯髀肉感，长驱何日突重围。

（《寄沫若》）

无衰飒之气，有畅快之势，回旋作态，寓顿宕苍健之情致。他的诗往往立意鲜明，充满希望，昂扬痛快，豪放激越。或代民立言，以诗作史，豪气如潮，能于豪放中寓沉雄，以血泪描绘现实，让生活巨澜激荡其心弦，笔底起风雷，撼人肺腑。比较而言，鲁迅诗以凌厉奇峭胜，郁达夫诗以清奇旷逸见长，田汉诗则偏于豪迈横放。

第六节　善于写作杂体诗的旧体诗人

周作人

白话文兴起之后，因语体的改变，杂体诗渐有萌生发展的趋势。其特征是语言词汇不避浅显，而以诙谐幽默为基调。鲁迅与其弟周作人以旧体诗形式创此一体，带有自己的鲜明特色，有白话诗的通俗，但俗而不滑，浅而有味。

周作人（1885—1967），字起孟，号知堂，浙江绍兴人。曾东渡日本就读法政大学预科。1917 年聘为北京大学文科教授。创办《语丝》杂志。1937 年北平沦陷，他滞留城内，后任伪北京大学文学院院长、教育总署督办。战后因任伪职而被逮捕，后出狱从事翻译工作。有《知堂杂诗抄》，今人补遗合编为《周作人诗全编笺注》。二十二岁以前，他写过一些旧体诗，自言幼稚浅陋，实则偏于华赡绮艳，与风流才子诗相近。后来参加新文学运动，所作《小河》诗不带有旧体诗的意味，被誉为新诗的第一首杰作。其间他认为旧体诗难做，不能自由地表达思想，易坠入窠臼。后来他怀疑起新诗的效力，转而大做起游戏之作，自言是变了样的旧诗，有自创一体之意，后来取名为杂体诗。为何弃新诗而作杂体诗呢？他在《题记》中解释说：

> 说到自由，自然无过于白话诗了，但是没有了韵脚的限制，这便与散文很容易相混至少也总相近，结果是形式说是诗而效力仍等于散文。……白话诗所难做的地方，我无法补救，回过来提到旧诗，把它难做的地方给毁掉了，虽然有点近于削足适履，但是这还可以使用得，即使以前所谓打油诗，现今称之为杂诗的这物事。因为文字杂，用韵亦只照语音，上去亦不区分，用语也很随便，只要在篇中相称，什么俚语都不妨事，反正这不是传统的正宗旧诗，不能再用旧标准来加以批评。因为思想杂，并不一定照古来的几种轨范，如忠爱、隐逸、风怀、牢骚那样去做，要说什么便什么都可以说，但是忧生悯乱，中国诗人最古那一路思想，却还是其主流之一。[①]

20 世纪 20 年代后期，从新文学潮流中退出来的他，采取"乐生主义"态度，沉湎于饮茶与古玩，追求闲情逸致，大作起游戏之作来。1934 年五十岁生日时，他写了以喝茶为趣味的自寿诗，题为《偶作打油诗二首》：

---

① 周作人著，王仲三笺注《周作人诗全编笺注》，学林出版社，1995，第 293 页。

　　前世出家今在家，不将袍子换袈裟。

　　街头终日听谈鬼，窗下通年学画蛇。

　　老去无端玩骨董，闲来随分种胡麻。

　　旁人若问其中意，请到寒斋吃苦茶。

　　半是儒家半释家，光头更不着袈裟。

　　中年意趣窗前草，外道生涯洞里蛇。

　　徒羡低头咬大蒜，未妨拍桌拾芝麻。

　　谈狐说鬼寻常事，只欠工夫吃讲茶。

此诗文字诙谐，冷中有热，寄沉痛于悠闲，反映其听谈鬼、学画蛇、玩骨董、种胡麻、品苦茶的生活趣味。语不避俗，间有禅意，如"中年意趣窗前草"用禅宗语录中"黄花草木，无非般若"意。

　　两诗初刊于林语堂主编的以"幽默与闲适"为宗旨的《人间世》，改题为"五十自寿"。得到一些朋友们的激赏，步韵者源源而来。钱玄同有两首，其一云"但乐无家不出家，不归佛法没袈裟。腐心桐选祛邪鬼，切齿纲伦斩毒蛇。读史敢言无舜禹，谈音尚欲析遮麻。寒宵凛冽怀三友，蜜橘酥糖普洱茶"，反映了他对当年破除旧文化的勇敢无畏以及对治史研音开拓精神的怀恋。其时刘半农、沈尹默、沈兼士、蔡元培、林语堂、王礼锡等也都作有步韵诗。

　　周作人与这些唱和者都是当时知名文人与教授，不少是当年新文化运动健将，一经发表，影响极大。这些诗反映了20世纪30年代国民党专制时代知识分子受高压统治的压抑，加以内战外侮，政局不安，故用"苦茶"来排解其苦闷心理；另一方面，反映了昔日文化健将一变而为退隐消极，逃避现实，不能以天下兴亡为己任。其时不少人士抨击此诗，如："误尽苍生欲谁责，清谈娓娓一杯茶。"（何容《人间何世？》）讽刺最厉害的莫过于巴人，有诗云："饱食谈狐兼说鬼，群居终日品烟茶"（《刺彼辈自捧或互捧也》）、"救死充饥棒槌饭，卫生止渴玻璃茶"（《刺周作人冒充儒释丑态也》）。甚至在马来亚，也有人严斥这些人在国难当头时的无聊与肉麻。如槟城有随安老人诗云,"辽阳归云已无家,逃世难披一袭裟。愿入深山驱猛虎,誓将飞剑挟长蛇。机声吓断黄粱梦,气素冲销粉腿麻。塞外青纱昏惨惨,几人到此品新茶"(《感怀六首》),嬉笑怒骂,联系时事,涉笔成趣。

他的杂体诗初受白居易、邵尧夫以及中山志明和尚与寒山子偈言诗的影响,仿偈颂体,时带禅意,追求平和冲淡、幽默诙谐的风致。以后他还作有《苦茶庵打油诗》诗辑,其中三首云:

> 禅林溜下无情思,正是沉阴欲雪天。
>
> 买得一条油炸鬼,惜无白粥下微盐。

> 日中偶作寒山梦,梦见寒山喝一声。
>
> 居士若知翻着袜,老僧何处作营生。

> 河水阴寒酒味酸,乡居况味不胜言。
>
> 开门偶共邻翁话,窥见庵中黑一团。

诗中充满禅味机锋,似寒山偈语,更含蓄隐晦。他曾受到汉奸与日人的劝诱、胁迫,陷于欲隐不能、欲走又不能的苦闷中,矛盾心理使其诗隐晦阴沉。第二首即出于王梵志诗,"梵志翻着袜,人皆道是错。乍可刺你眼,不可隐我脚",写他因汪伪政权要他出任伪职,有不得已的尴尬,借梵志诗以调侃。第三首用隐喻手法言其对日伪黑幕的愤懑,言辞比较隐曲费解。

后来他因汉奸罪被关押在南京老虎桥监狱,写有《丙戌丁亥杂诗》三十首五古,为忆旧、读书、咏史、杂感。其中《花牌楼》忆幼时偷吃冷饭,风趣生动,可见其情趣与睿智。还有《老虎桥杂诗补遗》等反映其时无可奈何与忏悔的心态,可见其善于化解烦愁以适情性、嘲讽世事并自我解嘲的本领。

第六章
中国国民党中的诗人

　　著名学者、诗家钱仲联说:"国民党人不乏能诗者。"[①] 早期国民党人的领导骨干大多既有国学功底，又在海外生活过，通晓世界大势，秉具卓识远见。其中不少人能诗，诗风大多英气锐发，慷慨激昂，悲雄健拔，表达其对革命事业的决心与信心、志同道合的友情。其中如黄兴、宋教仁、叶楚伧、于右任、汪精卫等还因其志之所近加入过南社。随着当年元勋的凋谢，内部分化，争权夺利，为国民党的前途蒙上了黯淡的阴影，其诗作不复有当年的郁勃生气。

　　国民党后来实行以党治政，延揽不少人才。政府文官、幕僚中有不少诗人，由于统治者的日益独裁，引起他们的不满，诗中时有反映。国民党军队的将领中，不乏军旅诗人。诗中反映了战争风云，有的流露出对独裁专政的厌恶。他们的诗虽渊源不同，风格有异，但均有程度不同的民主、民权意识与爱国情怀。

---

　　① 钱仲联:《近百年诗坛点将录》，《当代学者自选文库:钱仲联卷》，安徽教育出版社，1999，第 681 页。

第一节 早期中国国民党领导人中的诗人

孙中山　　黄　兴　　宋教仁　　廖仲恺　　胡汉民　　汪精卫

早期中国国民党人的诗多与复兴中华有关，因复国谋求富强是头等大事，故诗多言志，政治信念强烈。因革命而多烈士，故诗作以哀挽同志的生死之痛为多。如怀念黄花岗烈士的诗，将推翻清廷的斗争意识与澎湃的情感融入其中，往往慷慨激昂，气象峥嵘，以雄直之气，传达沉郁之思。从中可看出国民党前身同盟会、兴中会志士为国捐躯的献身精神。正如吕志伊所说："辛亥三月二十九日，广州之役，吾党集干部之人才，为革命之壮举，共抱不成功即成仁之决心，故振臂一呼，均能奋勇杀敌，誓不反顾。或慷慨捐躯，或从容就义。生死关头，俱已勘破，更何计乎身后之名，埋骨之所！"① 黄兴《书赠方声洞烈士家属》诗云：

> 破碎神州几劫灰，群雄角逐不胜哀。
>
> 何当一假云中守，拟绝天骄牧马来。

哀兵必胜，大气磅礴，表现了他蒿目时艰的忧患意识与复兴中华的信心。又如宋教仁《哭铸三尽节黄花岗》：

> 孤月残云了一生，无情天地恨何平。
>
> 常山节烈终呼贼，崖海风波失援兵。
>
> 恃为两间留正气，空教千古说忠名。
>
> 伤心汉室路难复，血染杜鹃泪有声。

哀烈士亦为激励自己，为国立功，留华夏正气。吴禄贞《黄花岗歌》更写得有簸荡奇矫之势：

> 黄花之岗何其壮，天际血云排作浪。
>
> 万里精灵卷地来，横海楼船正浩荡。

---

① 吕志伊：《黄花冈之役纪事诗》，《文史资料选辑》第21辑，中国文史出版社，1990，第208页。

…………

白衣真人跨鹤来，舌底莲花撑天开。

功成电笑光炎汉，蟒出飙啼动露台。

犹冀仙云回日月，黄花飞舞悲歌发。

以瑰奇的想象写天下大势的不可挡，然而以白衣真人影指孙中山，却又是英雄史观在诗中的反映。

下面分别介绍几位国民党领导人的旧体诗：

孙中山（1866—1925），名文，号逸仙，广东香山人。历任同盟会总干事、南京临时政府大总统、国民党总理。功业彪炳，国事繁剧，极少作诗，然偶有所作，信手拈来，自见胸襟。有《挽刘道一烈士》诗云：

半壁东南三楚雄，刘郎死去霸图空。

最嗟余孽猖狂甚，孰与斯人感慨同？

塞上秋风嘶战马，神州落日泣哀鸿。

几时痛饮黄龙酒，横揽江流一奠公。

哀革命尚未成功，而先凋壮士；痛悼同袍，誓申壮志，恨余孽猖狂而盼扫清无遗。气沛神完，大音鞳鞳，清光自照，元气淋漓。沉雄悲壮，似陆游《书愤》诗，有涵盖乾坤之雄概。

被誉为开国元勋的黄兴（1874—1916），字克强，湖南善化人。他的诗变化不多，但能以雄谈剧论为诗，直抒胸臆，悲愤苍凉。1911年11月有《赠宫崎寅藏》诗，末联云"关山满目斜阳暮，匹马秋风何所之"，融情入景，情景浑融。辛亥革命时有《和谭人凤》诗云：

怀锥不遇粤运终，露布飞传蜀道通。

吴楚英豪戈指日，江湖侠气剑如虹。

能争汉上为先著，此复神州第一功。

愧我年来频败北，马前趋拜敢称雄。

末联惭未能克敌制胜，也是他真挚情感的吐露。沉着磊落，有曹操横槊赋诗之壮概。

南京临时政府成立时，黄兴任陆军总长，反而产生归隐之意，所谓"惊人事业随流水，爱我园林想落晖"是也。讨袁世凯之战失败，哀"党人此后无完卵，民贼从兹益恣凶"、"岂意天心非战罪，奈何兵败见城屠"（《讨袁事败》），英雄气短，悲歌慷慨中有一种苍凉落寞之感。此类诗在气韵沉雄方面与孙中山诗相近。

宋教仁（1882—1913），字遯初，号渔父，湖南桃源人。曾与黄兴创华兴会，后东渡日本，入东京法政大学。民初任南京临时政府法制局局长，后任北京政府农林总长，不久辞职。1913年任国民党代理事长，被人暗杀，至今仍为疑案。能诗，尤工五律，如《晚泊梁子湖》云：

> 日落浦风急，天低野树昏。
>
> 孤舟依浅渚，秋月照征人。
>
> 家国嗟何在，乾坤渺一身。
>
> 夜阑不成寐，抚剑独怆神。

捕捉了富有象征意蕴的景物，为感情的抒发渲染气氛。游杭州时作《登南高峰》诗云：

> 日出雪磴滑，山枯林叶空。
>
> 徐行屈曲径，竟上最高峰。
>
> 村市沉云底，江帆走树中。
>
> 海门潮正涌，我欲挽强弓。

炼字奇警，第三联因俯瞰角度而觉新奇，写景如画。末联用五代吴越国钱王强弩射潮典亦恰到好处。他往往能将主人公为国事奔走的强烈意识融入寥阔之景物中，如："潮声随岸远，山势送人忙。大地风云郁，长途飞雪降。"（《发汉口寄陈汉元长沙》）

廖仲恺（1877—1925），广东惠阳人。清末在日本参加同盟会，辛亥革命后任广东都督府总参议。1921年任广东财政厅长，协助孙中山制定联俄、联共、扶助工农三大政策，后被暗杀。能诗，但不多作。1922年孙中山主张北伐，陈炯明主张联省自治，被免去粤军总司令等职，心怀不满。廖仲恺前往调停，竟被拘禁。有《幽禁中感赋》，诗中云"落日恋西山，倦鸟哀南枝。……俯首忆弟兄，瞌眼见妻儿。

欲语无友朋，欲哭先踌躇"，用比兴与白描，情见乎辞。后来陈炯明部将叶举在广州叛变，炮轰孙中山总统府。廖在狱中异常焦急，赋《民十一年六月禁锢中闻变有感》诗云：

> 珠江日夕起风雷，已倒狂澜孰挽回？
>
> 徵羽不调弦亦怨，死生能一我何哀！
>
> 鼠肝虫臂唯天命，马勃牛溲称异才。
>
> 物论未应衡大小，栋梁终为蠹喙摧。

志士情怀，何其悲慨激烈。愤鼠肝虫臂、马勃牛溲一类宵小之辈横行无忌，救国之栋梁横遭摧折，语语沉痛。

廖仲恺去世后，夫人何香凝极为伤心，作《悼亡》诗云：

> 转辗兰床独抱衾，起来重读柏舟吟。
>
> 月明霜冷人何处，影薄灯残夜自深。
>
> 入梦相逢知不易，返魂无术恨难禁。
>
> 哀思惟奋酬君愿，报国何时尽此心。

凄楚悱恻深沉，吐露了她失去革命伴侣的忧郁，并誓为续其夫之愿而尽报国之心。夫妻志节与诗才，于此生死之际，表现尤为卓异。

还有朱执信（1885—1920），广东番禺人。曾参与黄花岗起义与讨袁斗争。任孙中山大元帅府军事联络时，在虎门被害。有《朱执信集》。字字轩昂欲立，其《观物二首》中说"沐猴冠已久，腐鼠璞何殊。问鹿争征马，占龟便献图"，造语峥嵘奇伟。又《杂诗》云：

> 凉风忽已厉，中夜绪苦恶。
>
> 共此羁旅怀，畏道罗衾薄。
>
> 缠衣起绕闽，明星灿如昨。
>
> 俯见渔舟宿，宵火僭不灼。
>
> 万物归一静，峻寒起寥廓。
>
> 还就单枕眠，唯有念离索。

羁旅在外，夜深不眠，孤独情怀，真挚沉着。

胡汉民（1879—1936），字展堂，广东番禺人。辛亥革命时推为广东都督。孙中山先生北上时，他一度代理大元帅。后历任国民党中央政治会议主席、立法院院长等职。著有《不匮室诗钞》。其诗不唱高调，不空泛，而是建立在他丰富的学养基础之上，感情充沛，渊微俊雅，苍凉沉警。受同光体影响而学宋诗，五七古追踪韩愈，精悍沉挚；七言绝句学王安石，用意精深。冒广生序其集时论其诗："以雄直之气，发为阳刚，若甲胄之在身，凛然有不可犯之色，若虎豹居深山中，谈者色变。""政使海内作者敛手咋舌，不必藉其平日之事功以传。"[1] 陈三立对他也很推许，在题辞中说他"探微如谍，凡所缀咏，余味曲包，可谓能追契冥漠"[2]，言其寻究事理之微，如侦探之独具眼光，而与大自然物理相契合。其实他的诗更多的是言国事、时事，如《纪事》八首其一云：

> 辫子军来万众惊，六师不整石头城。
>
> 御书有分传南海，宝玺无缘送北兄。
>
> 独使董公称健者，谁教殷浩负虚名。
>
> 求人薰穴何辛苦，自有降王孺子婴。

记张勋复辟时事，副总统冯国璋驻守南京却按兵不动。"御书"句指康南海承命起草复辟诏书，"宝玺"句用《三国志》中故事：袁绍"从弟济阴太守叙与绍书云：'今海内丧败，天意实在我家，神应有征，当在尊兄。南兄臣下欲使即位，南兄言，以年则北兄长，以位则北兄重。'便欲送玺"（《三国志·魏书·武帝纪》裴松之注引《献帝起居注》）。此处反用其典，言国家大印不肯交给北洋政权。第三联上句董公即指董卓，借指张勋。下句用殷浩典，殷浩以盛名任为中军将军，率师北伐，大败而还，借指黎元洪召张勋调停而招致张勋复辟。"求人"句言溥仪因张勋拉出来复辟，必然招致失败。王充《论衡》："越王翳逃

① 冒广生：《不匮室诗钞叙二》，胡汉民《不匮室诗钞》，沈云龙编《近代中国史料丛刊续编》第 83 辑，台湾文海出版社，1982，"叙"第 4 页。

② 陈三立：《不匮室诗钞题辞》，李开军校点《散原精舍诗文集》下册，上海古籍出版社，2003，第 1147 页。

山中……越人薰其穴，遂不得免，强立为君。"（《论衡》卷一《命禄篇》）
末句用《史记·高祖本纪》故事："沛公兵遂先诸侯至霸上，秦王子
婴素车白马，系颈以组，封皇帝玺符节，降轵道旁。"（《史记》卷八
《高祖本纪》）借指已经逊位的宣统皇帝。此诗不须借景言情而感情奔
放强烈，用典繁密，显示作者的丰厚学力。

朱执信遇害后，他作《哭执信》诗云：

> 岂徒风谊兼师友，屡共艰虞识性情。
>
> 关塞归魂秋黯淡，河梁携手语分明。
>
> 盗犹憎主谁之过，人尽思君死太轻。
>
> 哀语追摹终不是，铸金宁得似平生。

情真语挚，顿挫峭劲。起句用反问句陡起，次句回应。第三联以古文
句法入律诗，可见他很注意句法的变化，避免呆滞。

与廖仲恺同样，胡汉民也爱用典，但有时典故因密集而涩塞。亦
不免以文为诗之病，议论警辟，写景不多，显得奥衍奇峭。

汪兆铭（1883—1944），字季新，号精卫，广东番禺人。民国前
期曾数任国民党政府主席。抗战中逃离重庆，投靠日寇，成为臭名昭
著的大汉奸，以是为人所不齿。早年有诗云"伏枥骅骝千里志，经霜
乔木百年心"（《狱中杂感》），恰为反讽。晚年哀叹"国势急于驹下坂，
世程曲似蚁穿波"（《病中作》），自知大势不妙。有《双照楼诗词稿》。
如不因人废言，汪氏还是很有才华的诗人。辛亥革命前夕，因谋炸清
摄政王被逮，在狱中慷慨赋诗，有"引刀成一快，不负少年头"句
颇为人传诵。1918年所赋《广州感事》也表达了他锐志革命的勇气，
前四句云"猎猎旌旗控上游，赵王台榭只荒丘。一枝漫向鹪鹩叫，三
窟谁为狡兔谋"，一气斡转。当他离开权力中心之后，其诗便往往充
溢着惆怅清婉的情趣。如"初阳如月逗轻寒，咫尺林原成远看。记得
江南烟雨里，小姑鬟影落春澜"（《晓烟》）、"萧瑟郊原芦荻风，予怀
渺渺淡烟中。斜阳入地无消息，惟见余霞一抹红"（《晚眺》）、"不成
绚烂只萧疏，携酒相看醉欲扶。得似武陵三月暮，桃花红到野人庐"

(《红叶》),情景交融无痕。1930 年他往北方途中所赋《过雁门关》诗，反映他失去权力而落寞萧瑟的心境：

> 残阳废垒对茫茫，塞草黄时鬓亦苍。
>
> 剩欲一杯酬李牧，雁门关外度重阳。
>
> 一抹残阳万里城，更无木叶作秋声。
>
> 谁知猎猎秋风里，鸿雁南来我北行。

二诗写景清旷，凄韵悠然。

后来他回到权力中心，诗风又变为宛扬舒展，如《庐山杂诗》云"叠巘沉沉冷翠生，樛枝危石势相萦。此心静似山头月，来听清泉落涧声""蝉咽松风日影凉，山屏水枕梦初长。白云纫作秋兰佩，从此襟头有异香"，写景逼真更能写出微妙心理感受。又如《大汉阳峰上作》：

> 猱升渐上最高峰，喘汗才收语笑同。
>
> 河汉倒悬行杖底，江湖齐落酒杯中。
>
> 泉兼风雨飞腾壮，山纳烟云变化重。
>
> 回首不嫌归路永，万松如鹤正浮空。

诗得江山之助，有雄阔之势，有近景有远景，声色俱响。第四句化用王安石"溢水东来入酒卮""万里长江一酒杯"诗句。末乃以鹤喻松，状其腾翔蟠屈之势。诗风清逸骏爽。

他在海外所作的游览诗，往往形神兼备，意趣隽永，如《丽蒙湖上观落日》：

> 澄波万斛碧琳腴，云影下澈如悬虚。
>
> 忽从空明生绚烂，玉盘眩转赪虬珠。
>
> 凝晖流耀天之隅，涵光荡影态万殊。
>
> 紫云生澜丽且都，烂如沧海明珊瑚。
>
> 绛霞蘸水柔欲濡，灼如绿波泛芙蕖。
>
> 飞红万点饵游鱼，天英紫凤纷萦纤。
>
> …………

以形象的描摹，迂徐叙来，清美的喻体，充分展示落日照耀下的澄波、紫云、红霞的变幻之美、壮阔之美。

与胡汉民相比，后者气氛凝重，风格沉郁，多言国事，好用典，而汪精卫的诗轻丽清扬，不大用典，呈现才人风调。诗是他用来逃逸政治、隐遁山林、颐养性情的工具。所以陈衍说"汪精卫与胡展堂为粤东二妙，而才调迥不相同"[1]，惜其诗才为其变节所污。

辛亥革命前后，国民党人中有不少广东籍诗人，如陈少白、冯自由、尤列等。其诗作往往有拯救生民、变革现实的思想，沉着悲婉，兹不详论。

第二节　中国国民党文官及其幕僚中的诗人

谭延闿　　叶楚伧　　居　正　　张　继　　贾景德　　但　焘
沈　砺　　邓家彦　　仇　鳌　　翁文灏　　贺扬灵　　成惕轩

国民党元老谭延闿（1879—1930），字组庵，别号慈畏，湖南茶陵人。清末翰林院编修。民初为湖南都督，北伐时代理国民党中央党部主席，后任行政院长。有《慈畏室诗草》。初受王闿运影响，学汉魏诗，但后来出唐入宋，抒写襟抱，出于自然，而蕴意深微。句如"静中偶悟灯明灭，定里宁论境有无"（《夜坐》）、"分无明镜涵双影，犹有疏钟送一愁"（《秋醒》），芬芳悱恻，对仗灵巧。然虽身负党国重任，而诗风刚健不足，格局不阔，尤乏风云之气，也没有多少创新意识。

另一国民党元老叶楚伧（1886—1946），原名宗源，号卓书，江苏吴县人。早年入同盟会，并与柳亚子、陈去病等开展南社活动。辛亥革命时投笔从军北伐，赋诗云：

> 帝城万堞拂朝曦，大将楼船命出师。
>
> 一幅河山迎送画，隔江烟树主军旗。

---

[1] 陈衍：《石遗室诗话续编》卷二，张寅彭主编《民国诗话丛编》第一册，上海书店出版社，2002，第517页。

佳人此去成奇遇，杀敌归来更可儿。

河洛即今生浩劫，好凭挞伐济仁慈。

（《与亚子、亚云别后军队已陆续出发》）

豪迈之气，盎然笔底。

民国初年，他到上海办《民立报》《民国日报》。后往广州，历任国民党中执委秘书长、中央宣传部部长、江苏省主席，抗战后任苏浙皖三省京沪两市宣慰使。学识渊博，诗文并茂，著有《世徽楼诗稿》。其《庐山与练才》诗云：

放眼空今古，群山若附庸。

苍松擎日隙，虚壑受云封。

桴鼓三军帅，庄严五老峰。

万流天际会，磅礴待神龙。

起调高迈，因所立之高而群山俯伏眼底。颔联写近景真切入微。腹联虚写，以军阵譬山。末联尤能振起，笔力沉雄。

还有西山会议派首领居正（1876—1951），字觉生，湖北武穴人。早年就读日本法政大学时，追随中山先生从事活动。1932 年任国民党政府司法院院长，1948 年辞职。早年写了不少有关故乡风物的诗，妙句如"抛笠有灯双足濯，荷锄无月一身浇"（《龙湫夜雨》）、"一点凿开无极窍，两端摇动浑天仪"（《龟山朝暾》），想象奇特。又《写照》诗云：

少也顽皮老泼皮，居常惭愧四威仪。

观身应许空无我，着相翻疑错认谁。

毋使面从称矍铄，宁教背地说聋痴。

鼠肝虫臂知何似，一任呼呼印雪泥。

明快平易中有顿宕，在说理中洋溢着一种童心稚趣。

西山会议派另一重要人物张继（1882—1947），字溥泉，河北沧县人。早年留学日本，与章炳麟、邹容三人结为兄弟，相与唱和，宣扬革命。民初任参议院议长，以讨袁离职南下广州，任国民党宣传部长。南京政府成立后，任司法院副院长，后任国民党党史编纂委员会主任、国史馆馆长。工诗，雍容和畅，开合有致。在重庆，作《辑园冬望二首》其一云：

> 二月风光十月逢，巴山醉倒在初冬。
>
> 青青田畔滋蚕豆，隐隐竹林解箨龙。
>
> 宾客不来天地静，诗怀长对图书浓。
>
> 阴晴屡把秋容改，闲数中梁第几峰。

将其春容冲淡的情致溶入清丽的景色中。其二云：

> 向阴苍翠向阳红，变化全凭夕照功。
>
> 高下菜畦长浥露，蔽亏梅圃莫愁风。
>
> 捷书早到蜀先定，羽檄频传辽未通。
>
> 今日征帆天际远，他年应复忆蚕丛。

写景清雅明快，从景物变化中悟得物理。居安而念远，吐露对前线战事的关切。

贾景德（1880—1960），字煜如，号韬园，山西沁水人。清末进士，民初任山西政务厅长，1927 年任国民革命军长第三集团军秘书长。后任太原绥靖公署秘书长。抗战时任考试院铨叙部部长，后任副院长，1949 年往台湾。有《韬园诗集》。在自序中主张"以雅辞写俗事，以韵语寄高怀"，"诗中须有我在，要当切合身世，不容他人假借，况时代变迁，新事物层出不穷"。其《南高峰看日出》一诗写景奇丽，其中云"忽涌无数青莲色，散遍人世穿林丛。山前草树尽变色，树叶一霎纷青葱。举头忽又炫金碧，神速满布遥天空。光彩四射更奇妙，闪闪一样磨青铜"，纷纭物态，都摄入笔端。所作《太原乐府词》咏自省团、学兵团、兵工艺、育才馆，融入新事物、新词汇，而语语关乎国事。《太原杂诗》《平泉杂诗》咏今思古，悱恻隽永，如：

> 十孔桥栏铁铸齐，平畴漠漠水云低。
>
> 双流灌尽田千顷，又见灵泉似晋陵。
>
> 山头一塔号飞虹，郁律青光上界通。
>
> 阅尽兴亡千古事，铃声阵阵怨西风。

抗战时他辗转入陕西、甘肃，处境艰苦，受杜少陵秦陇诗影响，作诗更求警拔高古。《秦中杂诗》其一云：

> 万里黄河水，原从积石来。
>
> 不图天堑在，能却虏师回。
>
> 将帅仍旄钺，兵戈遍草莱。
>
> 浩歌山月黑，斫地有余哀。

伤时念乱，哀遍地烽火，谁能驱敌？又句云"万牛疲挽送，千里此间关。士苦饥肠转，林深石骨顽"，写蜀道之崎岖、运输之艰难，怜士兵之艰苦。入四川后，赋《峨眉游草》，其中一诗云：

> 天风来飒飒，送我凌高寒。
>
> 旷怀览八表，天地何其宽。
>
> 贡嘎在西极，积雪千峰干。
>
> 东方如火熺，涌出黄金盘。
>
> 呼吸通帝座，星斗上可攀。
>
> 云海出其下，沆瀁无波澜。

登临极顶，东望日出，上攀星斗，胸襟如何不开阔，瑰玮雄丽之景，摄入笔端，成为恢奇之句。

其律句在写景中融入深沉的国事之忧。如"云连晋塞寒闻角，冰走龙门冻不波"（《龙王山号》）、"峡连黄叶阴云重，江带乌蛮宿雨流"（《癸未重阳宴集老鹰寺》），意象凄警，苍凉多慨。用连动句法，振荡有神。

但焘（1881—1970），字植之，湖北蒲圻人。任南京临时大总统府秘书，后任国会参议院秘书长，1937 年任国民党政府文官处秘书，1947 年任国史馆副馆长。与汪东、沈尹默、刘禹生时相唱酬。有《观物化斋诗集》。他认为诗人必须经历艰难险阻，才有神奇之句，而不是靠步踪唐宋诗方有妙辞。有《论诗》云："不历波涛穷变化，那能险阻出神奇。规唐往已惭仙骨，步宋今宁有俊辞。"不过他的诗流畅浅显，峻秀之句并不多。他早年师从章太炎，受章的诗学主张影响，其五古涵泳魏晋之间，如《咏史》古貌斑斓。其《罗浮行》记他在吴淞市遇一老父，诉说江东丧乱，家中遭受天灾人祸，将悲惨情景写来，历历如诉。太炎评点此诗说："叙述近乐府，然前人无此巨篇，此亦变体也。"[①]

抗战之初，他随当局迁重庆，作《入蜀集》一卷。句如"淮水遥齐天际白，钟陵上出九霄青"（《杞老文官见示次韵》），风调清新俊逸。又《闻我空军荡平寇台北机场传捷书》云：

> 飞将临戎出汉关，扫清寇垒始应还。
>
> 千钧劲弩穿云落，万丈流虹烛地殿。
>
> 直拟雷霆兼雨露，还同干羽格凶顽。
>
> 声威从此加三岛，闻说儿啼气亦屏。

写我空军战机往台湾轰炸机场，大捷而归。颔联写"穿""烛"动态尤有气势。鉴于近世科技发展，机械日多，他有意为咏物诗开新径，咏科技产物，有组诗《飞机杂咏》咏邮航机、侦察机、战斗机、轰炸机等，写其特征，得其神似。如《高射炮》诗云：

> 长空色动现奔鲸，塞上威扬草木兵。
>
> 气共云浮惊月窟，声随地震恼天京。
>
> 龙蛇失路趋汤网，蛟鳄含悲避汉旌。
>
> 破石穿杨安足喻，还留劲弩下千城。

写敌机骄横肆威，气惊月窟，一旦被我方高射炮准确击中，则坠地而地震。他精心选择意象与典故而赋予新意蕴，写前人未曾见过之事物，布置妥帖无痕。

沈砺（1879—1946），字勉后，原籍浙江嘉兴，江苏金山（今属上海）人。早期南社社员，1927年任南京财政局局长，后任国民党政府文官处参事。其诗清畅隽洁。句如"联翩帆影纷前渡，隐约钟声到隔溪。蔓草枯凋铺地迥，冻云重叠压天低"，写景如画，却流露出对黯淡前景的惆怅。抗战时期，他与但焘常相唱和，也喜作咏物诗。如《侦察机》诗：

---

① 但焘：《观物化斋诗集》，沈云龙主编《近代中国史料丛刊续编》第26辑，台湾文海出版社，1966，第29页。

叶叶身轻入杳冥，盘旋云罅作蜻蜓。

蜂房蚁穴参差列，明镜光中莫遁形。

写来新奇生动。又《烟幕二十韵》议现代战争更重诡谲之谋略，作战
武器越来越精巧，试看：

神工兴霹雳，人巧化氤氲。

五里油油雾，三宵澹澹曛。

鹏抟云作态，豹隐日难昕。

瞬息连营失，阴晴一境分。

银绡遮大地，玉垒变浮云。

铁骑归何处，金钲静不闻。

四围缭宿霭，一气鼓清芬。

…………

奇思独造，也能以新事物入诗。刻画形容，比兴杂陈，络绎不绝。

邓家彦（1883—1966），字孟硕，广西桂林人。民初在上海创办《中
华民报》，因刊登反袁世凯暗杀宋教仁文章而系狱，释放后往美国入
纽约哥伦比亚大学研究政治经济。北伐时任国民党广西支部长，后任
国民党中执委。1947 年赴美，后去台湾。著《一枝庐诗钞》。但焘序
其诗说："诗格在唐宋之间，而词气风调，得力于工部（杜甫）者独
深。七言古风，若《欧家湾观海棠》，若《峨山行》，则长庆体中之杰
作也。……《歌乐山杂诗》，秀句如珠，可与渔阳山人把臂入林，其
写景状物，非身履其境者不能想象。五言拟古，得其神髓。"①自序中
说他作诗是鉴于"辄近薄诗学为无用，咸糟粕视之。……规抚泰西诗
体，菲词以媚俗"②，而决意终生写旧体诗。他往西北祭黄帝陵时作《西

---

① 但焘：《一枝庐诗钞序（二）》，邓家彦《一枝庐诗钞》，沈云龙主编《近代中国史料
丛刊续编》第 26 辑，台湾文海出版社，1966，"序"第 3—4 页。

② 邓家彦：《一枝庐诗钞自序》，《一枝庐诗钞》，沈云龙主编《近代中国史料丛刊续编》
第 26 辑，台湾文海出版社，1966，第 5 页。

北吟》一卷,贾景德评此卷"诗亦劲挺饶奇气,本色不掩"[①]。其中《唐太宗昭陵》一诗云:

> 一角奇峰白骨堆,太原公子霸图恢。
>
> 当年珍璧知何似,可有兰亭出土来。

太原公子指唐太宗当年随父晋王李渊在山西。《兰亭序》传说随葬昭陵中,但并无确证。诗写其意,明快中有灵动。写景诗如《新晴》云:

> 雷雨终宵旅梦惊,晓来鸦雀噪新晴。
>
> 锦霞幻织云天丽,灏气孤从肺腑清。
>
> 润裹紫薇娇似晕,烟笼翠柏静无声。
>
> 珠帘乍卷凉飙发,我亦参禅直到明。

或景或情,渗融一体,清婉有味,时进异彩,显得雅丽温润。恍若和平之音,是在战乱时期的偷闲遣兴之作。

仇鳌(1879—1970),字奕山,湖南湘阴人。毕业于日本明治大学,历任国民党湖南支部长、国民党政府文官处参事。其诗主要学杜甫、陆游,格局宏阔,笔意深透。如"山河举目添新泪,烽火惊心到别筵"(《寇入长江政府西迁》)、"芜野云深惊落雁,荒江水急散浮鸥"、"天长八月槎安在,路远千山鸟亦伤"(《秋兴四首·时避寇天湾》),写大景、远景,融入主观忧愤之情,意象凄警而凝重。

20世纪30年代,国民党政府吸收了一些科学家进入其中,翁文灏便是一例。翁氏(1889—1971),字咏霓,浙江鄞县人。早年留学比利时获理学博士学位。归国后任北洋政府地质调查所所长,代理清华大学校长。蒋介石延揽入阁,历任行政院秘书长、行政院院长。曾自编《蕉园诗稿》,自写胸臆,语浅白而不求雕琢,其忧国之心跃然。他虽居高位,却不能大有作为,蒋介石的专制与政府的腐败,使他抑郁不快,故其诗中往往吐露隐忧。1936年作《杞忧》一诗云:

---

① 贾景德:《一枝庐诗钞序(一)》,邓家彦《一枝庐诗钞》,沈云龙主编《近代中国史料丛刊续编》第26辑,台湾文海出版社,1966,第2页。

> 无端鼙鼓动地来，兄弟阋墙肇劫灰。
>
> 岂可抗争凭意气，自将戈戟破城台。
>
> 孤军假道终无幸，内战徒劳最足哀。
>
> 树倒巢倾狂水下，鲁阳挽日几能回？

慨深痛巨，叹内战不休，徒劳无益，恨国民党政府自毁长城，而自己无能力挽颓势。

其他诗句如"海不扬波赖障护，途多坦荡仗良规"（《追记京杭公路之行》），借路之平坦寓寄欲治国尽力之意。又"须识皮难从虎得，可怜草竟随风倾"（《华北战起》），用与虎谋皮与望风披靡典，用意深而不觉其用典。又如"浮夸谁克存忠信，贪污人争握政权"（《忧煎》）、"会场千案成空语，论议无声苦士夫"（《民主》），讽国民党政府自诩的假民主，浮夸贪污之风盛行，针砭时弊，语语沉哀。他的诗感事抒怀者多，发议论、谈道理者多，而山水诗少，写景者少，这也是所处环境与身份使然。

贺扬灵（1900—1947），字培心，江西永新人。先后就读于武昌高等师范、日本早稻田大学。任安徽省党部指导委员、交通部长秘书，抗战时任浙西行署主任，建立天目山抗日据点，袭击日军。著有《劈天集》，是乱离之惨象、一方之痛史、抗战之心声。战时余暇，多作五言绝句，撷取场景，生动如绘。如《桐庐城》诗云：

> 羸马入荒城，拴系屋柱上。
>
> 灶边宿草肥，饱得背磨痒。

写马食灶边草而肥，则百姓逃亡已久，无人煮食之意可见。又如《船浮刑》诗云：

> 船夫欲奔逃，敌怒几刀割。
>
> 有如初脔蛙，一身血漉漉。

写日军屠戮之狠毒，令人发指。又如《大有村望天目》诗云：

> 远望西天目，形如大蝙蝠。
>
> 欲向钱塘飞，啄尽群奸肉。

又《登天目顶》诗云：

> 乱山如乱马，竟向钱塘奔。
>
> 钟声吼云外，寒到海东魂。

御侮之情映射山川，山川也一变而为激怒奔腾之态，与诗人宛然同仇敌忾。他的诗一是以具体的小场面或小镜头折射时代，情态毕现；二是语言提炼得既醇雅而又活泼，两者交融浑化，基本上不用典。

其他如江西九江人蔡公时（1881—1928），字以行，别号痴公。曾任交通部司长、大元帅府参议，1928年以交涉员身份与济南日军谈判，被日人杀害。他的诗矫健宏壮，句如"鹃鸟红啼杜宇血，岗花黄作燕塘秋"（《题黄花岗》），句法拗健跳荡，豪气磊落。还有江西武宁人杨赫坤（1883—1956），字苏更，曾留学日本，后任广西省政府秘书长。著《稼心轩诗存》。受李白、韩愈、苏轼诗影响，诗风雄杰骏迈。律句如"勺水寻源花潋滟，万山崇峙月平铺"（《坪源上墓》），清切而峻秀。古风句如"落日媚远山，缺月巢深谷。髡柳摇寒风，脱叶响空木"（《游芝园》），以比拟法写落日与山相亲、缺月以谷为巢，想象高妙，炼动词奇警有力。

作为文官的后起学者成惕轩（1910—1989），字康庐，号楚望，湖北阳新人。高等文官考试及格后，历任国民党国防最高委员会秘书、总统府参事、考试委员。他是现代骈文大师，又是一位诗人，有《楚望楼诗集》。抗战时，其诗激楚亢厉，纵横排宕，如《破斧行》中云：

> 倭奴忘祖怨报德，汉家烟尘在东北。
>
> 欃枪一夜指芦沟，竟以鲸吞易蚕食。
>
> 白门春尽柳不丝，黄海云漫月无色。
>
> 山樱红断征人魂，塞草碧埋战士血。
>
> 天昏地暗今何时，千山万山杜鹃咽。
>
> 无耻士夫奈何帝，手掷衣冠拜胡羯。
>
> 靦颜偷活小朝廷，社鼠城狐纷僭窃。
>
> 愿我贤明诸执政，神皋御侮同戮力。

> 锁钥忍令北门毁，桑榆合补东隅失。
>
> 日破我斧缺我戕，誓取虎子入虎穴。
>
> 议和从古误辽金，铸错休寻六州铁。
>
> 少康一成曾复夏，勾践十年终霸越。

写当时史事历历在目，言日寇蚕食犹嫌不足，必欲鲸吞中国而后已，故发动卢沟桥事变，攻占南京，白门黯然春尽。将士捐躯，山河易色，而汪精卫之流卖身投靠，成立伪政权，而觍颜无耻，苟且偷安，社鼠城狐。诗人最后恳盼上下一心，发愤图强，必能如少康复夏，勾践霸越，恢复国土，远征扶桑之岛。或以文为诗，多激迫之词；或场景凄迷，生苍茫之慨。字字紧练，而贯注一气。七律中两联如：

> 风吹大漠羊何在，霜落中途雁不飞。
>
> 四海几人登衽席，九秋一雨念裳衣。

（《九秋》）

摆脱平庸，振荡有力。

第三节　西北崛起的诗人

于右任　王陆一

国民党元老中，以诗著称的有于右任（1878—1964），名伯循，号骚心，陕西三原人。他于清末自震旦学院肄业后，与学友创办复旦公学。东渡日本后，加入同盟会。归国后创办《神州日报》《民呼日报》。后任南京临时政府交通部长。孙中山将总统一职让给袁世凯时，他心中无比悲愤，有《过南京诗》句云："虎视龙兴一瞬间，鸡鸣不已载愁还。"1918年就任陕西靖国军总司令。1923年当选为国民党中执委并任农工部部长。1927年任国民联军驻陕总司令，不久因战事失利退出军界。1931年任南京政府监察院院长。1949年11月往台湾。有《于右任诗词集》。

其诗感情真挚，笔力雄健而语言晓畅。早年诗作慷慨激越，磊落多气，或苍凉激楚，或豪放奔跃，"谁作祈战死，冲开血路飞"（《杂感》），表达了推翻帝制的决心。或感伤战乱，哀悯生民，"野犹横白骨，天复降玄霜"（《闻乡人语》）、"流离负鼓关门外，泪湿河山糊口难"（《崤函道中》）、"战垒回风吹野烧，麦畴残雪露新阡"（《元日拂晓出游显云台至将军山》）、"愁到闲鸥天亦醉，苍髯如戟看中原"（《酒后有怀》），乱世惨象，山河亦愁，天也昏醉。他等待时机，希望有所作为。又如《春雨》云：

> 悯乱天偿雨一犁，饥鹰啄凤事难齐。
>
> 相期天地存肝胆，犹见关山动鼓鼙。
>
> 河汉声流神甸转，昆仑云压万峰低。
>
> 花开陌上秾柔艳，勒马郊原路不迷。

首句用二五句法，言天意因悯战乱而降雨，偿助苍生耕种。可恨饥鹰却来抢食，事情就难办了。天意尚可与人肝胆相照，而人间却是战鼓不息，复扣首句"悯乱"。第三联写景阔大，而寄慨深沉。因天雨而恍闻银河之流水声，神甸转则暗示来日希望，云压峰低则暗示神州陆沉，民生多艰。尾联转写眼前所见，以陌上花之美艳，反衬人世之丑恶现象与人民之不幸，勒马而望，踌躇满志，前路不迷。言志而巧于比兴，含蕴深沉。

20世纪30年代，于右任曾前往苏联，《西伯利亚杂诗》其二云：

> 莽荡风云眼底开，大荒之野荷戈来。
>
> 党人流放知无数，条约荒唐信可哀。
>
> 民族于今秾解放，山林从古未夷摧。
>
> 穷乡转瞬成天国，革命何人唤不回。

起调高远，振荡而来。先写西伯利亚大平原的壮阔场景，后述俄国十二月党人为争民族解放而被流放于此的命运。只有今日在苏联共产党领导下才能取得民族解放的胜利，并将社会由穷乡改变为天国。盎然真情，发乎肺腑。一气斡转，浑浑浩浩。

他尤能作古风，开合动荡，颇有气势，如《太白山纪游歌》《广武将军碑复出土歌》一气鼓荡，波翻涛涌。又如《昭陵石马歌》二十七韵，自昭陵石马生发联想，想象唐太宗诸将战骑之合力纵横的战斗情景，借此抒剪灭军阀割据之志，其中云：

> 秦王百战一华夏，诏起山陵九嵕下。
>
> 陪陵诸将尽元功，侍立名王均降者。
>
> ……………
>
> 噫吁嘻！
>
> 陵前晚照红复红，凤蓊龙翔剩闷宫。
>
> 太白山头君休望，龙媒一逝群为空。
>
> 精卫英灵呼欲起，风云会合连钱骢。
>
> 长驱铁骑数十万，蹴踏大陆除群雄。

此诗写于 20 世纪 20 年代军阀混战时，兴会飙举，高亢激厉，笔力奇恣，浑雄遒健，展示壮士之豪气、将军之雄略，令人神观飞越。又如在重庆所作《嘉陵江上看云，歌赠子元、省三、陆一》诗中云：

> 云如蒸气岩前起，山似馒头石似米。
>
> 扣舷而歌歌未终，雨打孤篷衣如洗。
>
> 风风雨雨断客肠，从亡诸子俱凄凉。
>
> 关山百战逾秦陇，舟车经月道雍梁。
>
> 时虞矰缴如飞鸟，辜负江山看剑铓。
>
> 噫吁嘻！
>
> 奇云忽聚忽飞散，峭壁时隐时出现。
>
> 客心如海复如潮，鹃声似续还似断。
>
> ……………
>
> 不哭穷途哭战场，一龙一蛇一螳螂。
>
> 云横秦岭关门锁，梦落周原战垒荒。

诗人在大后方的嘉陵江畔，思绪万千，"不哭穷途哭战场"。借云蒸鹃啼，寄寓作者对前方抗战官兵艰难岁月的深切惦念、对战死者的怀念、对饿死者的同情。其中也回忆了在故乡陕西的战斗年月，以及对过去的友人叛而为敌的仇恨。诗中用"馒头""米"比喻浑圆山形与垒垒石块，独运机杼，真切生动，并无蹈袭前人的痕迹。而章法转折腾挪，勾连有致。起伏抑扬，曲折顿宕。以景作结，表达了一种怅惘无穷的情绪。

五古如《吊于鹤九》诗，则以凄楚动人的情调吟咏道：

> 霜落荠菜甘，冬尽麦苗醒。
>
> 远山映残雪，似云横半岭。
>
> 蹀躞方城外，春风扑人冷。
>
> 东南有新坟，返射寒日影。
>
> 老鹤折羽翼，埋骨气犹迥。
>
> 血泪洒空山，哀君同哀郢。

前半部分以冬尽春来、明净而萧瑟的景致烘托一种凄寒的气氛。至"东南"句转入本题，怀念烈士，然亦不离融情于景，情挚意深，物象亦因我而悲。凄异之音，沁入纸背。此诗押仄韵上声，适宜表现悲哀之调。

于右任用新观念写新事物，驱遣新词，很有时代气息，旷放而通俗易懂。他认为诗应"发扬时代的精神"[1]，"化难为易，接近大众"[2]。他的诗关怀天下忧乐，感慨家国兴亡，渊源于李太白、苏东坡、陆放翁、元好问，近学黄遵宪。既清畅俊爽，而又深厚凝重；既苍雄劲健，而又纵横跌宕。于博丽中见沉雄，蕴藉中含豪放。吴宓认为其诗"苍凉悲壮，劲直雄浑，而回肠荡气，感人甚深"[3]。卢冀野有《沙满街共右任先生夜话》诗云：

> 诗以艰难老益工，生逢斯世岂憎穷。
>
> 已将家国卅年事，付与先生一卷中。
>
> 兵火纵横呼曷丧？江山重复郁为雄。
>
> 他时乞借飘然度，我亦铜琶唱大风。

---

① 于右任：《台南诗人节大会的演说词》，《于右任集》，陕西人民出版社，1989，第 215 页。

② 于右任：《台东诗人节大会的演说词》，《于右任集》，陕西人民出版社，1989，第 235 页。

③ 吴宓：《空轩诗话》二十则，张寅彭主编《民国诗话丛编》第六册，上海书店出版社，2002，第 40 页。

认为时世与经历造就了于右任的豪放悲雄诗风。

　　跟随于右任从政的王陆一（1896—1943），原名天士，陕西三原人。讨袁之役，他与人计划在西安起义，不料因泄密而躲避故里。后随于右任到上海任执行部秘书。1928 年任中央党部书记长，后任安徽大学文学院院长。1935 年当选中央执行委员，兼民众训练部副部长。抗战期间派任山西、陕西监察使，不久病逝。有《长毋相忘诗词集》。他多才善感，灵心挚情。曾应征作孙中山奉安哀辞，在数百篇中获选。他以文学才能沟通社会科学，发为诗文，熔裁无间，气养之厚，诗必沉郁。蕴灵襟于绵邈，写神思之芳馨。其五古诗高古萧淡，透露出忧郁的灵心与四围寒氛。如《莫斯科感怀》中云：

> 我欲临高台，高台多悲风。
>
> 山川日惨厉，何以慰孤衷。
>
> 阴风西北至，仰首与之逢。
>
> 委衣坐尘埃，荆棘当我胸。
>
> 当胸不可触，触亦毋怨恫。
>
> 皑皑金鹊山，郁郁沙皇宫。
>
> 高枝守残雪，凄清闻祷钟。
>
> 故疆始辽廓，念我来时踪。
>
> 北荒冷酷地，气寒无春容。
>
> 同根不同叶，草木何葱葱。

起调飒然而来，从远方山川写到近处的沙皇宫殿，凄丽壮美，融入一种莫可名状的忧虑愁绪。气韵沉雄，宛往低回。又《江夜》诗起调云"长江何绵绵，千里一逶迤。月色漾晶波，寂寞风吹衣。平野入沉睡，远山明火微"，描摹阔大中有细微，发兴高远，琢句警炼。

　　抗战军兴，他热情奔注，所写乱离战歌，作变徵之哀音，感激拗怒，既得古代歌行的蓊然神韵，更能以大手笔写现代武器，翔实展现新式战阵。如《我空军轰炸台湾敌阵闻捷作歌》诗中云：

> 云端骑士为汝来，堂堂之阵天为开。
>
> 翱翔使汝认祖国，霹雳下土临春雷。

> 云端骑士好颜色，煜如朝霞轻羽翩。
>
> 朝发昆仑夕海东，扶摇水击将毋同？

气度汪洋，流转奔放中融入歼敌的痛快之情。

他也自制新题乐府反映社会重大问题，揭露时弊，如《今兵车行》《兵衣单行》《筑路行》《从军行》《荆门空城吟》《难童行》《炮车瘦马行》《桐子青青行》《征一兵不如救一兵行》等，莫不生动形象地反映了抗战官兵勇猛杀敌的场面与艰难竭蹶的境况。如《伤兵行》诗中云：

> 战场春花春欲栖，伤兵沥血成红泥。
>
> 乌鸢啄肉雨洗骨，不肯僵塞军团旗。
>
> 九日不裹创，九死犹有归。
>
> 祖国相呼赴争战，乘盾时见殷红衣。
>
> 酸风惊沙射创口，致敌宁因将吏威。

言士兵作战杀敌是为了祖国而舍生忘死，并非因将官的威逼。诗中流露出对伤兵的无比同情。

他对统治者的暴虐与独裁持严厉而犀利的批判精神，字字重若千钧；控诉民众哀哀无告的苦难，句句如泣如诉。无一闲笔，无一赘词，国计民生，都在他的视野关注之内。如《贫农行》一诗以权贵的骄奢、官商的勾结致富与百姓因遭统制之害造成物资的匮乏进行鲜明的对比："大官肥死黄金椁，小官日买如珠谷。官亦商兮商亦官，贤哉未卖当前国。生民水火粟菽皆统制，可怜无与军需事。"最后说"贫农出粮亦出命，富农屯积称天幸。保长抓兵抓运夫，荒山日落驹声定。贫农贫农、汝为抗战之骸骨，中国不亡汝生肉"，愤怒地指出了造成贫富不均的根源，对官商一体几近于厉声斥责，对贫农既出粮又出命寄予深切的同情，体现了"民胞物与"的人文关怀传统。

当德国军队攻陷法国时，他作有《法兰西哀歌》，其中说：

> 警钟未绝香雾烈，大军百万成降儿。
>
> 低空铁翼驱之走，剑鞘犹悬金线衣。
>
> 森河黯尽胭脂水，但有月色无寒澌。

　　宫阙晶莹过骑士，伏街那有公卿尸。

　　马赛曲沉鼓手绝，绿茵软藉柏林蹄。

描摹法国投降时的场景，昔日的繁华，化作沉寂与惨黯，历历如绘，令人更痛恨德国法西斯的凶残，领悟战败者的可悲。

　　七律《读革命史感咏》七首融合史识，生发议论。又《欧洲资产阶级革命推翻封建社会》二十六首。格调恢廓大气，取材丰赡。所写历史变迁，多依原著生发议论。句如"末期资本变财权，威海艨艟竞八埏。政令举随经济力，凭陵都作世时贤。兵车有会谁低亚，矛盾相持孰后先？迸裂遂为寰宇战，升平据乱又年年"，写帝国主义形成，为掠夺而发动世界大战。句如"剩余劳动谁论价，铁则工赀莫破围"，论资本主义制度下的生产关系，"金穴自堪熔社会，铜山初与启鸿蒙"，论在旧社会中孕育出新的阶级，显示他对世界大势与经济规律、社会发展都有其思虑与见识。

　　其警句如"羊头有地容新贵，马鬣何年吊故魂"（《陕西靖国军诸将持义不卒势将瓦解书愤二首》)，"猴因沐久啼榛栗，鹿纵驯多忆草莱"（《春前》)，莫不振笔直书，直陈时弊，一发其胸中之所欲言。"边庭早误资骄虏，回纥时犹有旧恩"（《夔州舟次》)，叹引入苏俄将有后患，议论深刻而警辟。或在写景中包孕时感，"夜深霜角寒犹战，阵上星文怒不浮"（《宜昌喜逢刘象山兄》)、"远水孤流心共语，群山如梦战闻声"（《悼张总司令自忠战殒襄河东阵地》)、"连云大国门楣泪，落日孤城浅近围"（《三十二年十月绝笔诗三首又半》)，凝重沉雄，意象超迈。

　　王陆一才高胆大，干预现实，将救时匡国的责任感融会其间，其深刻性似更超过于右任。诗中那份苍凉、炽热、欢乐、愤怒和痛苦的激情，睿智而开旷的思索与深沉的忧患意识，映现出历史的一角背景，谓之诗史应是无愧。于右任序其集云："能熔铸古今，激扬时代，甚矣文学家之难得，是天之所特生而偶一合者也。"[1]"其生命之源泉，

① 于右任：《重印王陆一长毋相忘诗词集序》，王陆一《长毋相忘诗词集》，沈云龙主编《近代中国史料丛刊续编》第17辑，台湾文海出版社，1975，"序"第1页。

偶然与余汇合，而波澜壮阔；其生命之火花，偶然与余相击，而光芒照世。"①精神所注，笔力奇横，所以于右任引为同调而寄予厚望。他将"历史任务"等现代词汇写入诗中，虽朴实无华，不加雕琢，但见其创新意识不在于右任之下，而造句精警，或出于右任之上。张慧剑以为："当代写作旧诗者各依门户，惟公度（黄遵宪）之一派霸气纵操，不易学，亦无爱好而学之者，独亡友王陆一摹其体，甚有似处云。"②

第四节　中国国民党军队中的军旅诗人

李烈钧　　程　潜　　欧阳武　　冯玉祥　　李济深　　陈铭枢
熊式辉　　傅真吾　　罗卓英　　戴　坚　　宋式骦　　刘懋勤

清末民初，青年读书子弟纷纷投笔从戎，生逢乱世，冀图打天下以报效国家，日后有的成为国民党军队将领。工诗者不乏其人，他们的诗也反映了战乱时代与其胸襟抱负。

李烈钧（1882—1946），字协和，江西武宁人。毕业于日本陆军士官学校。民国初，为江西都督。1913年7月在湖口县首举义旗讨袁护法，未久兵败，逃亡欧洲考察。在法国巴黎所作《甲寅除夕》诗云：

吁嗟何日得休肩，仆仆风尘又一年。

杀气弥漫欧大陆，妖氛黯淡故乡天。

愁肠断尽巴黎女，好梦惊残蓬岛仙。

我为众生抱悲悯，爆花声里枕戈眠。

其时正遇上第一次世界大战爆发，叹举世战火弥漫，哀众生居不安生，而盼自己有用武救国之日。后来归国入滇，策动唐继尧举兵反袁，有《乙卯除夕》诗，适可作前一首诗中"枕戈"两字的注脚：

① 于右任：《重印王陆一长毋相忘诗词集序》，王陆一《长毋相忘诗词集》，沈云龙主编《近代中国史料丛刊续编》第17辑，台湾文海出版社，1975，"序"第1—2页。
② 张慧剑：《辰子说林·伦敦苦雾歌》，上海书店出版社，1997，第108页。

> 忘年忘节几春秋，棘地棘天任我游。
>
> 民困敢辞驰骤苦，病多犹抱武汤忧。
>
> 重来昆海寻知己，直捣幽燕杀国仇。
>
> 画里河山固无恙，甲兵洗尽是高修。

奇志豪气，足令懦夫立，贪者廉。

他后来担任孙中山大元帅府参谋总长，北伐时在南京指挥战斗有殊勋。以后为国民党中常委，并不为蒋介石信任，以虚衔安置。他每遇大事，好以诗言其志，心雄志迈，意真气茂。推襟送抱，抒救国之鸿志；投闲置散，与泉石为知音。20世纪30年代，因蒋介石日益暴露独裁面目，"围剿"苏区，内战内行，外战外行。烈钧不能为国家事业用力，遂束雄迈之志，蕴为勃郁之感。有《过金陵舟中晚眺》诗借景感兴云：

> 日落星稀夜尚明，轻风淡荡送行旌。
>
> 归舟欲破江心月，宿鸟惊闻弦外音。
>
> 叹息故园多鹤唳，懒从沧海看龙争。
>
> 阅墙毕竟缘何事，孰挽银河洗甲兵？

又《黄海舟中》其一云：

> 四望茫无际，狂涛滚滚来。
>
> 盲人操巨舰，犹自逞雄才。

此必是讽蒋介石之失策。其二云：

> 天上星河没，海上波涛歇。
>
> 孤剑啸孤舟，采薇与采蕨。

此言自己之孤独，而自励其气节，全以意象与典故言其心声。

抗战之初，他又激奋而起救国的宏志，如《与冯焕章登泰山》诗云：

> 日出照千山，层峦霄汉间。
>
> 阴霾浑不碍，苍冥自启关。

寥寥二十字，字字千钧，沉着而豪旷，意境阔大，托兴无穷。簸荡风云，驱遣雷霆，真乃一代名将心声的倾吐。

军人中能诗者还有程潜（1882—1968），字颂云，湖南醴陵人。早年到日本入陆军士官学校，参加同盟会。讨袁之役中，任湖南护国军总司令。后任北伐军第六军军长，转战湘赣。抗战时任第一战区司令长官。有《养复园诗集》。早年受王闿运影响而沉潜于汉魏六朝诗，又喜好明代刘基之诗。一生不作律诗，而以五古见长，蕴深而味永，似阮籍；风华而天秀，又与曹子建相近。如《转蓬离本根》一诗云：

> 凤鸟离南巢，振翼上翱翔。
>
> 倏忽狂飙起，飘摇之朔方。
>
> 迢迢几万里，欲归道路长。
>
> 如彼远征人，出塞过乌桓。
>
> 斧冰持作糜，集霍缀为裳。
>
> 苦寒不须说，忧来难断绝。

以凤鸟之飞起兴，比譬征战远方，意在言外。气韵浑成，情思恻怆，是此类诗的特点。

他的军旅诗或铺叙或议写，或融情会景，气骨峻深，沉郁蕴藉。如《耒阳遏寇》写作战不利，以暖春景物渲染悲凄气氛，"融风吹旷野，玄云霭和春。总辔出衡城，洒泪渡东津。……本愿希北指，如今愧南辕。挥剑收溃卒，振缨励全军"，沉痛心情，流露笔端，祈哀兵能胜，最后以茹苦奋战而遏敌之凶狂。写行军之艰的诗如《驻军马坝》中云：

> 指途向鄂渚，假道经湘川。
>
> 疾驰蔚岭关，雨雪何纷纷。
>
> 猿狐啸我后，豺虎横我前。
>
> 衢路长荆棘，城郭生烽烟。
>
> 企予望衡峤，何时抵汉滨？

此写北伐行程所见，解民困于倒悬，急迫心情，溢于笔端。

又《续抗战四十二韵》写他奉命带兵北上。因彭泽马当失守，又回军来救：

> 幸有精良卒，甘为沟壑填。
>
> 匡霍遥相望，江汉同腾奔。

　　追逐勇益厉，壮烈各争先。

　　鏖战四阅月，杀敌无万千。

　　虏尸横旷莽，玄黄共新鲜。

　　诡谋不获逞，毒焰肆其残。

　　…………

　　胜败有何常，师贵策其全。

　　智者计远大，愚者争目前。

　　不睹虎狼凶，凶盈将自颠。

　　不见蛇蝎毒，毒极将自歼。

　　制敌固有术，于今岂无传？

　　不震亦不逸，不忧亦不欢。

　　养气毋自馁，同力能回天。

　　奋迅大化中，从容以任艰。

　　…………

　　杀敌初胜，但日寇施用毒瓦斯，致使抗战官兵伤亡累累，惊心动魄。然作者镇定下来，心虑深远，胸有筹策，真乃大将风度，亏此诗写得出，以否定的排比句有力地甩开纷乱心绪。真实写照，笔力稳健。

　　程潜生逢战乱，无穷哀愤与制敌的愉悦交并心中，寓于其诗。无意刻画，自然流出肺腑，长短随意，是其从军生涯的生动记录。章士钊誉为"一代钟吕之声"。钱仲联在《近百年诗坛点将录》中将其与胡汉民相提并论，以为国民党中一文一武，可为辉映者。赵朴初题其诗集云"良由所立大，风操劲且崇。典雅而敦厚，进退为世隆。英华揽积久，豁尔能贯通。谁知三军帅，诗亦一代雄"①，评价甚高，并非溢美之词。

　　宗法汉魏诗的军旅诗人还有欧阳武（1881—1976），号南雷，江西吉水人。毕业于日本陆军士官学校。辛亥革命时任江西护卫军司

---

　　① 赵朴初：《程潜诗集题记》，程潜《程潜诗集》卷首，黑龙江人民出版社，1984。

令，后为总统府顾问。工五古，得曹植、阮籍之神理。有《南雷诗草》，陈三立序其诗集云，"磊砢恢疏，直抒胸臆，厉气树骨，无复齐梁间藻缋侈靡之习，则其力追神契，固自有在。子建虽不可及，不得谓非进取之狂者也"①，并为其诗集题诗云"骚坛有飞将，挟句探月窟"，足见对他的赏识。他的五古亦工于发端，善于起兴。如《和古霞》诗云：

> 秋风起大野，凉飙入罗帏。
>
> 帏薄觉夜寒，起坐披征衣。
>
> 征衣单且敝，御寒计已非。
>
> 壮志在报国，骐骥万里期。
>
> 宝剑值千金，起舞耀光辉。
>
> 中原虽已定，边事方且危。
>
> 惟冀好身手，捷音塞外飞。

着力写时局不靖在内心的感应。报国有期，踌躇满志，有慷慨沉雄之气。

20世纪30年代，外患日益严重，国事日非，而身无一职，只好游心物外，旷放似阮嗣宗。如《感怀》其一写其在远郊所见，"岭上郁青松，江岸交翠筱。鸟鸣识林疏，猿唳知崖遥"，因晴朗景色而起吟兴，然转念之际，不能为国出力，又忧心如捣。其二云：

> 国亡在眉睫，朝野犹喧嚣。
>
> 外侮无人御，内乱连昏朝。
>
> 债台高千仞，战垒满四郊。
>
> 官贪民益瘠，将庸兵愈骄。
>
> 吁嗟此孑遗，头烂额亦焦。
>
> 伤心一掬泪，洒向天津桥。

忧日寇进逼，而国内政治腐败如故，燕市悲歌。有如阮籍诗，语语真朴而沉痛，感时慨世却是阮籍诗中所缺少的现实主义传统。不过他的诗直接反映战争的不多，这与他后来脱离军界不无关系。

---

① 陈三立：《南雷诗卷题词之序》，李开军校点《散原精舍诗文集》下册，上海古籍出版社，2003，第1141页。

名将冯玉祥以作"丘八诗"而著名。冯玉祥（1882—1948），字焕章，安徽巢县人。行伍出身，1917 年任旅长时讨伐张勋复辟。1927 年任国民革命军第二集团军总司令。1930 年在北平组织国民党政府，反蒋介石，兵败下野。1938 年组织察哈尔民众抗日同盟军。抗战初任第三战区司令长官，不久辞职。他从下层升至高位，全凭英勇善战。他体恤贫苦民众，重在以情感化士兵，人称民主将军、布衣将军、基督将军，诚如其诗云：

> 玉祥幸是一平民，世间苦乐知最真。
>
> 自奉岂宜太娇养，凡人生活应平均。
>
> 一切衣食与行住，宁俭不奢誓终身。

（《平民吟》）

他练武习文，酷爱写诗。崇尚白居易诗，其诗语多浅显，无拗折生涩，以真挚朴实、明快通俗而自成一体。自称"丘八体"，"丘八"为对士兵的鄙称。

1917 年任北洋陆军第十六混成旅旅长时驻扎徐州，带头发动官兵植树，担心被人毁坏，以诗告示"老冯驻徐州，徐州绿油油。谁砍我的树，我砍谁的头"，直率爽快如口语，如见其人，是韵文而有诗意。又如作于 1936 年的《一个黑热病的孩子》，写一患病小孩"四体皆枯瘦，唇舌焦如铁"。家里因不懂医学常识而误治，送到城里医院又无钱，只好抬到郊野："茫茫无所措，抬孩停郊野。爷爷与父母，相对只呜咽。"因鉴于此，他主张多建医院，学科学，由本国制药。以此典型事例引发他对来日发展的思考，并流露其救民拯难的慈悲情怀。

他也爱以诗写景，如"朝起看日真正乐，红润如盘光闪烁。懒人此时睡正浓，不见日出见日落。吁嗟乎！举国尽将朝气提，国家何至见衰弱"（《朝起看日》），于景中触发感想。又如《看云》"歌乐山上望朝云，嘉陵江头雾最深。好似白棉堆千里，又像羊羔数万群"，颇有形象比喻，明快浅易，童心不泯。他的诗多用五古，或用三字、四字、七字杂言体，在音韵格律上有不足，有粗率之笔，欠凝练，少余蕴，但满腔热情，浇灌心花，自成一格，其人品与诗品互为辉映。诚如周恩来在《寿冯焕章先生六十大庆》祝词中说："丘八诗体为先生所倡，兴会所至，嬉笑怒骂，都成文章。"[①]

另有李济深（1885—1959），字任潮，广西苍梧人。1925 年任国民革命军第四军军长，后任北伐军总参谋长。抗战时历任桂林行营主任、军事参议院院长。1940 年前后，与冯玉祥谋组中华民族革命同盟。往往以诗写忧国之慨。南京沦陷时作《哀金陵》，"十年王气付风尘，几万雄师委敌人。不是六军忘报国，输将敌忾向谁论"，哀愤而有所指。又《桂林书感》"踯躅江干有所思，浪花点点溅征衣。可怜家国无穷恨，绿水青山总不知"，寄沉痛于山水。又《莫干山题壁》云：

> 天风拂我若为容，立马名山第一峰。
>
> 回望竹深沉碧海，却疑松古化苍龙。
>
> 剑池飞瀑云围破，芦荡激流石鳟冲。
>
> 最爱晴岚清绝处，层峦饮绿沁心胸。

首联气势阔大，中两联得雄阔与深幽之景趣，驰骏爽之神行。骏快清健，是其风格的主调。

陈铭枢（1889—1965），字真如，广东合浦人。早年任粤军团长，随孙中山北伐。1931 年任十九路军军长，淞沪之战，率部抗日。后发动"福建事变"，失败后退居香港。抗战初当局给了他一个中央军委委员空衔。也能诗，隐居缙云山时，与诗友雅集登高，拈王维《九月九日忆山东兄弟》诗中字为韵赋诗云：

> 四海皆兄弟，登高何处异？
>
> 寂寞摩诘诗，遥遥道人意。
>
> 巍然狮子峰，俯踞缙云寺。
>
> 龙象相对扬，振表常睥睨。

《重九登高拈异字》

---

① 周恩来：《寿冯焕章先生六十大庆》，《新华日报》1941 年 11 月 14 日。

反用王维诗意，用世之心不减，寓秀健之神于清朗之韵中。

熊式辉（1893—1974），字天翼，号雪松，江西安义县人。毕业于保定陆军军官学校，历任淞沪卫戍司令、东北行营主任。著《雪松咏草》。其诗多七言绝句，不假雕琢，而自有法度。另如《军次建瓯由福州溯江返延平舟中》：

> 江心乱石森如戟，两岸悬崖峭于壁。
>
> 飞流悬沸争喧豗，舟人望滩皆叹息。
>
>
> 滩下长流滩上水，滩上曾无滩下鱼。
>
> 蜀道云难有鸟道，闽江云断世所稀。
>
>
> 漫道将军行若飞，一勺不足当睥睨。
>
> 铁篙撑破滩手里，岭树江烟醉眼归。

记北伐军东征福建行舟滩水之艰难，有过于蜀道。极反复掩抑之致，而运意新巧，意气自若。

国民党杂牌军将领傅常（1887—1947），字真吾，四川潼南人。民初参加蔡锷领导的护国军。后来成为刘湘部下，任二十一军参谋长。抗战时任第七战区总司令部参谋长。著有《足常乐斋诗草》《蔼园诗草》。其诗看似萧散，但不能掩饰忧愤的心声。他下笔谨慎，常以饰言、托言来表露隐微的心曲。如《西山村舍杂诗》其一说：

> 紫桂月中村，胡为植青门？
>
> 八月秋风生，遵时护其根。
>
> 灼灼金玉花，天地为氤氲。
>
> 愿以高洁心，奉此清秋魂。

借咏花木以励其高洁胸襟。又其二云：

> 双桥连断岩，盘旋上巅顶。
>
> 险处不回车，高原任驰骋。

> 虹影入雷痕，寒侵衣裳冷。
>
> 凛然天地心，君子以修省。

本其志节，奔驰而前，处险而不惧，决不回车，表现一位正直军人的勇毅品质。这也是借境以发抒其情志，而措语隽雅。

抗战时大后方的黑暗，更令他忧心如焚，句如"岂意人间逢坏劫，每闻封内失长城"（《遣意》）、"筹策几人闻庙略，沉机一旦堕民权"（《不寐闻角声偶成》），叮咛深沉，表达他对时局日益败坏的忧愤心情。

解甲归田后，诗风一变为旷远冲淡。句如"病起浓春不自支，欣逢轻燕剪云时"（《春初养病》）、"日气浓于新雨后，晨光清到上餐时"（《礼钧招饮》）、"闪电如钩上翠帘，雷驱雨急瓦声尖"、"车如流水循深辙，风引行云到小楼"、"秀出松枝云欲堕"、"客中行李贮云肥"等，见其体物之妙，显现清出于劲、淡而实腴的风格。

战争为喜爱吟诗的将军提供了丰富的题材。1941 年武汉失守后，十九路集团军在江西上高县围歼日寇，日军死亡万余人。总司令罗卓英（1896—1961），字尤青，广东大埔人，保定军官学校毕业。作有七律四首，其三云：

> 清江无恙石头雄，拔险支危见荩忠。
>
> 忍吃当前十日苦，须争最后一分功。
>
> 敖峰大树遵时绿，锦水长波落照红。
>
> 信我明朝终取胜，遥闻鼓角振天风。

一气奔注，语畅而气扬，只是含蓄蕴藉略嫌不足。

又有年轻军官戴坚（1911—1999），字铁肩，湖南长沙人。黄埔军校七期毕业，在陆军预备师服役期间，参加昆仑关战役，仿高适《燕歌行》而作《记昆仑关战役》：

> 新军练就重逐北，装甲师出摧顽贼。
>
> 坦克战士纵横行，扶浆夹道皆欢色。
>
> 铁龙飞上昆仑关，军威扬厉充两间。
>
> 侦机传讯穿云海，强虏汹汹掩秃山。

> 峰峦逶迤无边土，狨贼侵凌夹风雨。
>
> 壮士阵前忘生死，将军帷幄羽檄舞。
>
> 荣兵久战不知衰，陷阵冲锋何足惜。
>
> 摧坚挫锐向无敌，惯策长车入重围。
>
> ············

雄豪劲健，摹写现代机械化战争，猛烈程度远胜过唐代边塞战争，且官兵齐心，并非高适《燕歌行》中描绘的壮士卖命、将军享乐的情景。

文职军人中，有湖南长沙人宋式骉（1887—1975），早年留学日本士官学校，后赴德国留学。历任南京军政部兵工署副署长、上海兵工厂厂长、陆军大学编译处主任。1934年作《金陵怀古》诗云：

> 降幡一片石城头，寂寂寒潮故国秋。
>
> 南渡衣冠多饮恨，吴宫花草总埋愁。
>
> 剧怜王谢堂前燕，闲羡江湖水上鸥。
>
> 脂粉秦淮流涨腻，金陵不是帝王州。

看似哀孙皓、李后主，实则借题发挥，哀南京风土、人物的奢靡，讽当局的媚外政策，沉着中隐寓其深忧。

还有刘懋勤（1901—1941），字子克，江西南康人。北京大学毕业，1936年任陆军某师政治部秘书，后任国防部后勤部兵站史料编辑处少将编辑，英年早逝。其诗意境独辟。殊风异俗，峻山奔川，寒暑毒瘴，悲欢惊愕，尽入诗囊。境愈旷而识见愈宏，往往迂回取势，宛转达情。时有愤慨语，如《杂题》云：

> 寂寞空怜天下士，卜居无术意难言。
>
> 道穷宁有夔遗母，世乱徒闻鹤乘轩。
>
> 起舞商羊方得志，已陈刍狗忽苏魂。
>
> 纷纭世态那堪说，翘首苍穹欲叩阍。

议论排闼直入，感愤世态，用典精切，不假外景，而骨气奇高。

第七章
中国共产党中的诗人

　　中国共产党的发起者、组织者，大多是民族精英，他们寻求救国真理，向往苏联的社会主义。为了拯黎民于水火，致国家于富强，接受马列主义的洗礼，希望以激进的革命来达成中华民族的复兴。早期共产党人不少能作旧体诗，这与其少年时所受的传统文化熏陶是分不开的。有的青年知识分子在入党之前，就已胸怀大志，既忧国忧民，更希望救国救民。从李大钊的"何当痛饮黄龙府，高筑神州风雨楼"（《神州风雨楼》）到周恩来的"大江歌罢掉头东，邃密群科济世穷"以及吴玉章的"伏剑纵横摧虏骑,不教荆棘没铜驼"（《一九〇四年留学日本时自题像片》）的诗句，不难看出他们企盼改变现状的志气。20 世纪 20 年代初，共产主义在中国迅速传播，引起北洋军阀的恐惧，致使中共先驱李大钊走上绞刑架。尔后国民党清党清共，一批批共产党人被逮捕被枪杀，他们在监狱中、在刑场上慷慨悲歌，出现了一大批烈士诗。

　　第一次内战时期，由于战争的残酷、迁移的频繁，反映苏区生活的诗作并不多，只有毛泽东的词与陈毅的游击诗大放异彩。抗战期间，这批共产党人精英集结在延水之畔，政界与军界中均有一些诗人，吟诗以交流，用《延安文艺丛书》前言中的话来说："旧体诗词这朵花，在延安这新的土壤上，还开放得格外茁壮、艳丽。"①20 世纪 40 年代初成立了怀安诗社，主要由党政机关中人员组成。他们的诗作以写政治斗争、抗日根据地的生活以及同志间的互勉为主。由于战争造成的艰苦与分散，部分军政人员无法加入怀安诗社的活动，于是在晋察冀边区成立了燕赵诗社，1942 年在新四军总部盐城成立湖海艺文社。陈毅在为艺文社所写《开征引》中说，"慷慨每难免，兴会淋漓至。柔翰偶驱策，婉转成文字"，说明了他们作诗的动因，乃在情感的激发与文字上的追求。共产党人的诗作，强烈地表现对敌我斗争的感受。共同之点是将其崇高的信仰、高迈的襟怀、坚定的信心，与其激烈的情怀交织在一起，而一空依傍，开拓诗境，创新诗风，显得真气磅礴，格调高昂，风骨健朗，堪谓延安风骨。

老一辈革命家作诗的主观意图，是为了在戎马倥偬之余，以诗作为消除疲劳、与同志间情感交流的工具，原是无意作诗人的。其意义正如陈毅在 1944 年 9 月给董必武的信中说：

> 一个职业革命家，终其身从事浴血战斗，精神紧张到极度，偶尔从事怡情悦性的小品诗文写作，倒是一个恢复疲劳的好办法。这其间是可以于无意中产生空前绝后的杰作的。因为我党二十四年来，其处境是古今中外所未有，同志间弥漫着的革命感情也是突过前人。我们突进到前人从来未到过的境地，这种情感和状况，好好加以模写和表现，自然高人一筹。其材料是崭新的，处理之后必得出杰出之成果。

此处所言本着"余事作诗人"的说法，但有特殊意义，即是艰苦处境、革命感情，加上处理材料的新方法，必定造就杰出诗篇。进而言之，可以展示其艰苦颠沛、万死而争生存发展的处境，表现出救国救民的思想，以及卓绝古今、顶天立地的人格。朱德的诗如"自信挥戈能退日，河山依旧战旗红"（《赠友人》），陈毅本人的诗如"此去泉台招旧部，旌旗十万斩阎罗"（《梅岭三章》），从肺腑中迸发出来，

---

① 《延安文艺丛书》编委会编《延安文艺丛书》第五卷《诗歌卷》，湖南人民出版社，1984，"前言"第 5 页。

有火一般的炽热、钢铁一般的铿锵，有一定程度的浪漫色彩，可令壮士起舞悲歌。

当然，过于强调诗的政治功能，强调反映现实斗争，抒发革命豪情，也会产生忽视形象思维、不讲艺术手法的倾向，从而流于质实、浅露，缺少蕴藉、空灵的韵味。走向极端，则为空洞说教之韵文。

第一节 革命烈士诗人

李大钊　　邓中夏　　恽代英　　萧楚女　　邓雅声　　杨匏安
应修人　　瞿秋白　　陈逸群　　郭石泉

20 世纪 20 年代，众多年轻知识分子信仰共产主义，入党入团，以救国救民，抛家别子，投身工农革命。1927 年南北清共时，大批共产党人被杀害。其后共产党转入地下，举行武装起义，又有不少人牺牲。国民党为实行独裁统治，极力侦伺、逮捕、囚禁、杀害共产党人，到处是"一腔热血溅飞花"（郭石泉《感怀》）。烈士中不少才俊之士，吟诗言志，写了许多铁窗诗、就义诗，大多慷慨激昂，声情激越，是震撼人心的悲愤之音。即有不工，也无伤大雅。在其当初，并无流传之愿，只供情感倾吐、互相鼓舞之用。想其当年铁窗生涯，或有暇吟咏而乏纸笔；或从容刑场而仅凭口传，其中必有不少湮没，但从难得留下的吉光片羽中，还是可以略窥其行动踪迹、志节襟抱。即从其平时的诗作中，也可窥见他们对社会的不满与整顿乾坤、铲除荆棘的斗志。

中共早期领导人捐躯的如：李大钊（1889—1927），字守常，河北乐亭人。1913 年赴日本，入早稻田大学政治经济系，组织神州学会。1918 年 1 月任北京大学图书馆主任时，参加《新青年》编辑工作，与陈独秀创办《每周评论》。他认为："宏深的思想、学理，坚信的主义，优美的文艺，博爱的精神，就是新文学运动的土壤、根基。"① 还认为："即如诗歌艺术，今人所作，亦并不劣于古人。"② 其诗稿名"筑声剑影楼剩稿"。诗不苟作，必求内容的深刻，持积极的用世态度。1913 年所作的诗句如"只今犹听宫墙水，耗尽民膏是此声"（《咏玉泉》）、"破碎神州日已曛……靖氛空说岳家军"（《南天动乱适将去国忆天问军中》）等，已流露出他的一种忧国忧民的深沉意识与改造社会的强烈愿望。1915 年自日本归国途中，作《太平洋舟中咏感》，诗云"浩渺水东流，客心空太息。神州悲板荡，丧乱安所极？八表正同昏，一夫终窃国。黯黯五彩旗，自兹少颜色"，因海波浩渺而念及故国动荡无已；接着借用陶渊明诗中"八表同昏"语，进而点明因袁世凯窃国而神州陆沉。最后表明他寄希望于志同道合的青年，"相期吾少年，匡时宜努力。男儿尚雄飞，机失不可得"，抓住时机，为国灭贼，改造中国，悲歌翻浪，浩气凌云。后来由于他从事革命的忙碌，作诗并不很多。

20 世纪 20 年代中期，革命文学倡导之初，邓中夏就曾举他在 1920 年所作旧体诗为例，来说明一个诗人必须投身革命事业，才能培养革命的感情。他说："如果一个诗人不亲历其境，那就他的作品总是揣测或幻想，不能深刻动人。"③ 邓中夏（1894—1933），字仲澥，湖南宜章人。1917 年入北京大学文学系，组织过北京大学马克思学说研究会，创办《先驱》半月刊。后来任中共江苏省委书记，被逮捕杀害。诗有《过洞庭》两首：

> 莽莽洞庭湖，五日两飞渡。
>
> 雪浪拍长空，阴森疑鬼怒。
>
> 问今为何世？豺虎满道路。
>
> 禽狝歼除之，我行适我素。

---

① 守常：《什么是新文学》，《星期日周刊》"社会问题号"1920 年 1 月 4 日。

② 李守常：《"今"与"古"（一）》，《史学要论》，商务印书馆，2010，第 34 页。

③ 中夏：《贡献于新诗人之前》，《中国青年》1923 年第 1 卷第 10 期。

> 莽莽洞庭湖，五日两飞渡。
>
> 秋水含落晖，彩霞如赤炷。
>
> 问将为何世？共产均贫富。
>
> 惨淡经营之，我行适我素。

这两首诗结构相同，上下意思相对比。前一首以滔天雪浪起兴，暗寓社会的黑暗、敌人的横行；后一首写绚丽的湖景，以秋水彩霞为喻，暗示共产主义前途光明。然须艰苦奋斗、一往直前方能得之。每首第五句用问句以提顿，一问现在，一问将来，然后以歼除与经营回答之，表达了共产党人所具有的意志与远大的理想。第一、二句与第五句文字则基本全相同，重章复沓，似从《诗经》中来。此诗据邓氏说，"颇有朋辈为之感动"[1]。这说明即使用的是旧体诗形式，只要内容是新的，感情是丰富的，哪怕是在旧体诗被鄙弃时，仍为人所喜爱；反之，即使是用白话新诗形式，如果内容颓废，仍在革除之列。

恽代英(1895—1931)，江苏武进人。1928年任中共宣传部秘书长，1930年被捕，次年被害。亦能诗，有五律《无题》诗云：

> 每作伤心语，狂书字尽斜。
>
> 杜鹃空有泪，鸿雁已无家。
>
> 浩劫悲猿鹤，荒村绝稻麻。
>
> 转旋男儿事，吾党岂匏瓜。

借杜鹃、鸿雁等传统意象写心中之悲愤与身世之飘零，然认为革命形势虽在低潮，我党势必要反抗而不甘示弱。与恽代英共同编过《中国青年》的萧楚女（1893—1927），湖北汉阳人，后任黄埔军校政治教官，广州"四一五事变"中被捕牺牲。他在1918年作《寄孙问梅兼示泥清、仲宣》诗中说：

> 北风吹寒雨，夹势如飞镝。
>
> 飘然天涯来，萧飒满园湿。

---

① 中夏：《贡献于新诗人之前》，《中国青年》1923年第1卷第10期。

广陌叶声繁，穷巷泥途积。

卷帘望秋色，洒扫无遗迹。

…………

历历西窗下，熠熠秋灯侧。

檐花落细雨，秋声绕虚室。

…………

秋花含红泪，淋漓频首滴。

狼藉庭阶前，慰君他乡忆。

以萧飒秋景引入思念友人的情境，以"寒雨""细雨""红泪"贯串一组组意象，暗示忧郁的复杂情绪。渲染气氛，并托物言志。

还有熊雄（1892—1927），江西宜丰人。曾赴法国勤工俭学，登巴黎铁塔，赋诗云"北海鲸鲵终就戮，南圻逐鹿竟谁家"，前句是说北洋军阀终将消灭，后句似已预卜国共两党将有争斗的前景。游柏林皇后湖，赋诗云"湖波如绡雪如银，天地无情却有情。彻骨清寒谁领会，自然和我斗输赢"，语健而诗骨峥嵘，其敢于斗争的个性昭昭可见。归国后任黄埔军校政治部副主任、中共两广区委军事部部长。1926年有《题军校四期同学录》诗云，"人世斗争几日平，漫漫也应到黎明。听潮夜半黄埔客，充耳哭声和笑声"，写阶级的不平等，沉咽而激楚。然矢志献身未久，即身死于"四一五事变"中。

邓雅声（1902—1928），湖北黄梅人，任过湖北省农协秘书长。有《病呻稿》。自言"那敢耽诗癖，仁人鉴此心。慰情聊复尔，欲默岂能喑"（《自题》），说明他因有不平而不能保持沉默，借诗倾吐其志。早年有《无题》诗，借男子倾慕一女子以寄托向往革命之志：

瞥遇芳姿绿柳边，似曾相识在当年。

徘徊欲致消魂意，却被风吹妒煞天。

睹芳姿而引起回想，欲致意而被妒，宕往低回，风神摇曳。他还曾在诗中假托游仙来劝其友人参加革命，用传统比兴手法写其心志。后来他抱着必死的决心来干革命，在《寄〈中国青年〉记者》诗中说"偃塞床中亦死耳，不如马革死犹雄。等闲吾戴吾头去，留些微痕血海中"，自言与其死于床上，不如沙场战死，激昂磊落的襟怀豁然可见。

他还能将西方的故事写入诗中，如说"小隐恰如灰色马"(《避地》)，"灰色马"为俄国作家路卜洵的小说名。又能够巧妙地融古代语汇与现代语词于一炉，如"些""作么生"等语汇，句如"听不分明想到今"等，表明他有意创新的苦心。

杨匏安（1896—1931），广东香山人。国民党"一大"时，为代理中央组织部秘书。1930年任中共农民部副部长。他是五四运动中介绍西方思潮卓有建树的新文化尖兵，然又酷爱写旧体诗，力求绝俗清高的境界。认为："诗文一道，首贵无俗气。外质中膏，声希趣永者，上也。然欲诗文之无俗气者，必其人先无俗气。"①七律句如"居夷有此宁乡陋，合辙于今倍觉难。霜叶争霞明水际，风帆向晚走云端"(《钓》)，先议后景，其议以文为诗，写景炼"争""走"字，拟人化而奇警。又"扁舟逐向深烟去，小树长教万绿迷。霸气已沉文物改，云流垂尽管弦凄"(《泛舟》)，景中有议，景带议出。"九万里天通呼吸，五千年事费平章。风帆远掠寒林过，云兽纷拏绝壑藏"(《下山小饮》)，前两句以时间的绵延与空间的广袤构成背景的阔大，后两句写帆掠云纷之状，富有动感。又"大江潮涌初圆月，浅渚秋惊熟睡凫"(《秋夜同无庵闲步》)，于闲静中体悟动静之境。"堕地孰教成鞅掌，全天吾与学支离。栖心莫梦藏隍鹿，袖手休弹覆局棋"(《二十四初度》)，用庄子典故，如大匠运斤，一气斡转。议论句驱意自如，夭矫拗劲。他在就义前赋诗：

> 慷慨登车去，相期一节全。
> 残生无可恋，大敌正当前。
> 知止穷张俭，迟行笑褚渊。
> 从兹分手别，对视莫凄然。

(《示狱友》)

---

① 杨匏安：《诗选自序》，《杨匏安文集》，广东人民出版社，1986，第202页。

死不足畏，而勉励世人还要与敌坚持斗争，正气凛然。

与杨匏安的诗以雅洁见长相比，应修人的诗则以清新秀丽见长。应修人（1900—1932），浙江慈溪人，十七岁时去上海钱庄学徒，其时所作日记中，已载有旧体诗，感情真挚，格律工整，日后能以新诗名世，与旧体诗功底是分不开的。从其新诗《梅花风里》"不要你身边睡，要知轻香一丝丝"句中可见其《忆梅》诗"篱旁伴读成空愿"的影子。又《灿烂的未来》中"桑叶儿要喂饱多少的蚕儿，有多少的丝儿要从蚕儿吐出来"等句与《采桑》诗中"但教喂得蚕儿饱，不恤溅红到指尖"的匠心相近。很可能他在试验用两种体式写同一题材，而他的旧体诗也吸收了新诗语调与词汇活泼的长处。如《落花》云：

> 石畔水涯是我家，柳阴痴立爱春华。
>
> 试猜谁皱波纹动，却见游鱼衔落花。

后两句先说波动，末句点出因游鱼衔花而惊起波纹。用"皱""衔"字见其炼字功夫。《采桑词》则很明显地说明其阶级意识的觉醒，对不平等社会的愤慨，其一云：

> 堪笑侬家计绝痴，育蚕才罢又缲丝。
>
> 丝丝尽是蓬血庐，为问豪家知未知？

以第一人称运用了顶针、连珠、反问等修辞手法，轻巧中寓沉痛。

他曾与杭州青年诗人潘漠华、冯雪峰、汪静之结湖畔诗社，后去苏联东方大学学习。归国后任中共江苏省委宣传部部长，特务抓捕他时拒捕跳楼牺牲。

还有瞿秋白（1899—1935），江苏常州人。任过上海大学社会科学系主任。1927 年至次年任党的领导工作时犯有"左"倾错误，后到苏区任中央民主政府委员，被俘就义。有《瞿秋白文集》。这位大众文学倡导者也偶作旧体诗，有《王道诗话》讽胡适，其中说：

> 文化班头博士衔，人权抛却说王权。
>
> 朝廷自古多屠戮，此理今凭实验传。

> 能言鹦鹉毒于蛇，滴水微功漫自夸。
>
> 好向侯门卖廉耻，五千一掷未为奢。

所谓"滴水微功"，言其发起新文化运动不过是微末功劳，讽刺犀利，一针见血。

更多的诗情调偏于忧郁颓唐，如《旧作赠鲁迅》云：

> 雪意凄其心惘然，江南旧梦已如烟。
>
> 天寒沽酒长安市，犹折梅花伴醉眠。

写忧郁心境，似与一般失意文人之作并无二致。在福建长汀狱中作《梦回》诗以怀念旧日生活之地：

> 山城细雨作春寒，料峭孤衾旧梦残。
>
> 何事万缘俱寂后，偏留绮思绕云山。

"云山"一词，有人以为此处寓意隐曲，是系念红军曾在此获胜的一座山，但也可能是穿凿附会。另一绝笔诗《偶成》集唐人句云：

> 夕阳明灭乱山中，落叶寒泉听不穷。
>
> 已忍伶俜十年事，心持半偈万缘空。

有万事俱空而归于佛学的思想。

新中国成立后，进行过大规模搜集烈士诗的工作，但还有不少遗失，据不完全统计，至少有两千余首。从现有的被关押而遭杀害的烈士诗分布地域来看，20世纪二三十年代，以广东、湖南、湖北、江西、江苏等地为多；40年代，以贵州、四川、云南等地为多。烈士诗可分为两大内容：一是铁窗诗，二是刑场诗。前者内容多描绘被押送、被囚禁的情景，如江西铜鼓县人陈逸群（1905—1928），以中共党员身份出任国民党县党部宣传部长，后被捕牺牲。有《被捕》诗云：

> 我今何事作楚囚，身负缧绁入囹圄。
>
> 白云悠悠寒雁怨，狴犴森森鬼神愁。
>
> 铁窗生涯意中事，鼎镬甘饴冀能求。
>
> 留得明月松间照，掣取干将斩雠仇。

已能置生死于度外，节概磊落。又《狱中杂吟》云"夜深更静脚镣声，惊断愁城梦里魂。借问来此什么案，瞠目不能说原因"，戒备森严，而反问有何罪状，敌竟瞠目不能答。义正词严，字字有力。在押往南昌途中作《起解》诗云：

> 缧绁加在桃李枝，晨光熹微穿赭衣。
>
> 穴中蝼蚁蠢蠢动，枪上刺刀晃晃威。
>
> 天地阴沉石震怒，日月暗淡失光辉。
>
> 桁杨雨润待何日，肺石风清不易期。
>
> 关杀岂能宁宇宙，桎梏哪可困蛟螭。
>
> 此去只凭莫须有，留得青山扬笑眉。

通过押送途中情景，表现了白色恐怖的阴森氛围。天地变色，而能意气自若，悲歌慷慨，气骨峥嵘。天地变色，坚信靠监禁屠杀的手段扑灭不了革命运动。

同为铜鼓人郭石泉，1930 年病故于南昌监狱。狱中有《感怀诗》四首，其中两首诗的中两联云：

> 禁锢形骸同地狱，抛离骨肉各天涯。
>
> 愁闻鹤唳风声急，怕对鹃啼月影斜。
>
>
> 金萱荏苒居堂北，玉笋参差映水涯。
>
> 破萼碧桃含露笑，垂丝绿柳舞风斜。

意象凄清，对仗工切。可见他即使在可怕的监狱生活中，也没有失去对自然美的热爱，这种美更勾引起悲苦的分离情绪。他借物言情，"夜阑斜望铁栏杆，窗外朦胧月色寒。想是嫦娥心有恨，不将青眼向人看"（《七绝》），后两句设想奇而不诡。

又如江西永丰人帅开甲（1899—1927），曾任县总工会秘书。狱中作《寄友四绝》，用比兴手法而寄意微婉：

> 抽我青萍剑，还断洁白躯。
>
> 只因世道薄，留与故人知。

> 蛾由明自损，花以香生愁。
>
> 垒垒荒原上，由来不解生。

一言献身之志，一言物以高洁而损，深婉遒警，语短味隽，无浅俗叫嚣之习。

曾任中共贵州省工委秘书长的肖次瞻（1905—1940）被捕后，作《狱中诗》云：

> 云锁苍穹铁锁门，才惊午炮又黄昏。
>
> 焦枯床板连肝腑，灰黑檐墙合梦魂。
>
> 人世荒唐堪诅咒，血轮循转自寒温。
>
> 殷勤护惜三朝孺，收拾锋芒且勿言。

写狱中生活极为真实，更加深了他对荒唐人世的认识。

黔西黎又霖（1895—1949），为地下武装从事军运被发现，1948年被关在重庆白公馆，有《狱中诗》云：

> 斜风细雨又黄昏，危楼枯坐待天明。
>
> 溪声日夜咽墙壁，似为何人诉不平。

移凄婉之情于呜咽之溪声，而从溪声联想到人世的不平。

山东昌邑卢志英（1906—1948），曾任苏北联合抗日部队副司令员，1947年因叛徒出卖被捕，被杀于南京雨花台。其《狱中诗》云：

> 铁镣锒铛恨倍添，狱卒狰狞肆凶残。
>
> 伤心最是囚婴泣，凄凄切切震心弦。

从无辜的囚犯婴儿哭声中写出狱中的黑暗。但是他们坚信，革命高潮仍会到来，正如汪石冥的诗中说："铁栏杆外朝曦涌，赤帜飞扬古城头。"（《牙刷柄题壁诗》）汪为四川江津人，在泰安纱厂从事秘密活动时被捕就义。

另如无锡人许晓轩（1916—1949），曾任川东特委宣传部部长，被关押后作《除夕有感》诗云：

> 不悲身世不思乡，百结愁成铁石肠。
>
> 止水生涯无节日，强颜欢笑满歌场。

> 追寻旧事伤亡友，向往新生梦北疆。
>
> 慰罢愁人情未已，低徊哦诵惯于章。

情感深沉，低回宕往。他是小说《红岩》中许云峰的原型人物。

也有的因反日满政权而被杀害。如辽宁盖县满族人田贲，在锦州任教时，出版地下刊物《星火》。1944 年在沈阳从事地下活动时被捕，在狱中写了大量诗歌，集为《狱中诗抄》43 首，大多是五绝。如说：

> 万动凝一静，静亦无可执。
>
> 天道略相欢，生死小参差。

> 病创午夜痛，彷徨不能起。
>
> 锋镝带血磨，呜咽呜不已。

> 相看都似鬼，欲语啼笑非。
>
> 饭颗知不足，相与恋残杯。

置生死于度外，字字血泪而情感真挚，其语简意深富孕哲理。

还有的刑场就义诗震烁世人。如中共湘南区委委员夏明翰（1900—1928）有"砍头不要紧，只要主义真"诗句，以及曾在赣南游击而被捕的红军某政治部主任刘伯坚（1895—1935），"带镣长街行，蹒跚复蹒跚。市人争瞩目，我心无愧怍"等诗句，脱口而出，出于肺腑，直言无忌，性情偾张。又如德安县委书记杨超（1904—1927），在"四一二事变"中被捕，作《就义诗》云：

> 满天风雪满天愁，革命何须怕断头。
>
> 留得子胥豪气在，三年归报楚王仇。

以风雪渲染悲壮氛围，快口快语，真可惊天地泣鬼神。

广东高州朱也赤，1927 年因从事当地农民起义而被捕牺牲。有《就义诗》云"黑雾暗无天，豺狼当道前。……早知遭毒手，所恨未防先""狱卒呼吾名，从容就酷刑。人生谁不死，我当享遐龄"，自信精神的不死，直抒胸臆，无雕琢痕。原福建省委特派员蓝飞鹤（1901—1930）留下的绝命诗云，"满地铜驼荆棘变，游魂应逐战旗来"，有至情至性，坚信来日的形势是赤旗的世界，故能为之欣慰而视死如归。诚如李少石烈士诗云："不作寻常床箦死，英雄含笑上刑场。"（《南京书所见》）

没有牺牲在狱中或刑场上的烈士，同样留有风概凛然的诗作。如湖南桑植贺锦斋（1896—1928），曾任工农红军第四军第一师师长。1928 年在湖南石门一次战斗中牺牲。他有一诗很有山大王的霸气，如说"老子本姓天，家住澧水边。有人来拿我，除非是神仙"，看似粗野口吻，却吐露了革命者不畏敌人的豪壮胆魄。实际上他并非粗人，颇有才思。如《西归纪事》二绝云：

> 西飞却似鸟归林，冲破漫天万叠云。
>
> 夜过黄山留一宿，隔江鸦雀寂无音。
>
>
> 溯江西上气横秋，到处敲门访旧游。
>
> 一事能摧妖孽胆，传单漂荡似浮鸥。

无论是借鸟之意象喻人，还是直接写革命者散发传单，都能点染游击队的神勇情景，有诗的余蕴，而风格与前诗判然如出两人之手。

湖南华容蔡上林（1900—1933），率游击队与敌周旋，闲中赋《舟夜月》：

> 独棹小舟泛野溪，竹潭穿过画桥西。
>
> 扣舷唱晚邀山月，载酒敲篷烹黍鸡。
>
> 露滴轻帆帆楫冷，星随流水水天齐。
>
> 满舱载得清辉足，悦耳声声报晓啼。

风华婉转，欢悦跃然其中，将夜间游击生活描写得颇有诗情画意。后来他病逝于湖北周家嘴。

力图反映民众苦难的诗人于方舟（1900—1928），河北宁河人。任天津地委书记，领导农民暴动，弹尽被俘而遭杀害。曾作《水灾杂诗》，对水灾惨状作了触目惊心的描写，对灾民寄予深切的同情。更惨的是"暴吏扬威到庄村，由来贫贱最骄人。富者仰鼻承颜旨，千家万落掩柴门"，阶级的压迫，使灾民境遇发展到更悲惨的一幕。他还作有《租界竹枝词》组诗，生动地刻画了鸦片、麻将、赌博、当铺、巡捕、侦探等近代社会产生的一幅幅世态图，颇有存史价值。

广东廉江县人黄平民（1900—1928），曾任中共广南路特委书记、广东省委候补委员，在茂名县梅篆牺牲。他曾三过家门而不入，赋诗明志："世界如潮涌，雄心万里驰。曙光浮一线，宇宙尚昏迷。原野垂绿荫，云天树赤旗。万民欢呼日，游子会亲时。"先言世界形势、前途与现状；次言目前中国形势，有待来日胜利，方可归家，其革命意志之坚强可见其一斑。

咏物诗作得颇有气魄的有聂永晖（1901—1934），曾任浏阳县委宣传部部长。其《题扇》云：

大翼卷云天作浪，余威激水月生波。

岂甘自好为风舞，怕听人间叫热河。

将扇子想象为鹏翼，卷云而作浪，余威犹激水生波，造境恢奇诡谲，有诗胆有巧思。

安徽贵池人凌霄（1905—1931），在铜陵建立党组织，从事地下工作，被出卖而被捕牺牲。工诗词，其《无题》诗云：

江湖邀客迹，旅困有谁知。

鸟散芳园冷，月来故里思。

寒江添客梦，夜雨动情丝。

吉士天难厄，终归得意时。

以接踵而来的意象逗引起旅人无限乡思，以凄迷背景来渲染淡淡的乡愁。他如：

连天烟雨锁重门，帘卷残花恨晚春。

燕子归来半带雨，垄头看水一蓑云。

（《春雨》）

清新明快，在勾画点染的一幅美好景象中，透露了一丝凄苦。

烈士诗人多爱作旧体诗而较少用新诗来抒情言志，说明在斗争激烈的艰难环境中，旧体诗是为他们乐用且宜于抒情言志的形式，因为这种形式扎根于民族文化传统。烈士们处于战乱时代，缺少切磋诗艺、交流创作的机会，然据心而发，率意而作，也注意用诗的比兴象征手法，其中不乏优秀诗作。当然也有诗意雷同，直露无余，或有失对不合律的现象，倘能假以时日，涵养情性，悠游于典籍，接触于社会，其成就又何可限量！正是阶级斗争的残酷无情，断送了一大批有才华有前途的诗人，这既是革命事业的重大损失，也是中国文化资源的严重流失。

第二节　中国共产党领导人、革命家中的诗人

**毛泽东　　周恩来　　林伯渠　　董必武　　谢觉哉　　陶　铸
胡　绳**

毛泽东（1893—1976），字润之，湖南湘潭人。是伟大的思想家、政治家、革命领袖，又是一位诗人，诚如一位外国人所说："一位诗人赢得了新中国。"[1] 他早年就读于湖南第一师范，那里学风浓厚，有作诗的氛围。湘人向有敢为天下任的志向，毛泽东在此种环境中形成其改造社会的理想，这种胸襟抱负在他早年所作的两首古风中可见其端倪，这也是他一生创作中以古风形式创作的仅有的两首诗。1915年所作的五古《挽易昌陶》一诗，八句为一段，每转一段配合换韵，用意层层转深。段与段之间用顶针格，如第一段第八句为"踯躅南城隈"，第二段以"城隈草萋萋"起兴，营造凄婉气氛。诗中用典较多，有的字词有雕琢并拟魏晋五古的痕迹，但颇见毛泽东读书之博、文化底蕴之深，并在艺术上的苦心经营。诗中有写境，如"衡阳雁声彻，湘滨春溜回""采采余孤景，日落衡云西"。有造境，如"琴绝最伤情，朱华春不荣"。往往抒情议论，融为一体，如"我怀郁如焚，放歌倚

---

① 李成才：《伟人的足迹》，付宝忠编著《秦皇岛与海文化》，中国劳动出版社，1999，第213页。

列嶂。列嶂青且茜，愿言试长剑"。试剑为何？是因"东海有岛夷，北山尽仇怨"。他慨叹失去一位本可与之一道闻鸡起舞、荡涤污浊的同道，即此可见他志在雪洗国耻，改造中国。此诗虚实相生，骈散相间，平仄互换，自然流走，将现实与想象交织在一起，一唱三叹，荡气回肠。

毛泽东曾以"二十八画生"为名发出征友启事，罗章龙署名"纵宇一郎"，回信积极响应，两人结为志同道合的朋友。罗章龙也能诗，这一年曾与毛泽东共泛湘江，作《登云麓宫》诗云"共泛朱张渡，层冰涨橘汀。鸟啼枫径寂，木落翠微冥。攀险呼侪侣，盘鹰识健翎。赫曦联韵在，千载德犹馨"，从中也可见出一群青年学子砥砺意志、指点江山并吟诗作文的书生意气。1918年罗章龙计划东渡日本留学，临行时新民学会同志在长沙平浪宫为他送别。毛泽东赋七古《送纵宇一郎东行》诗云：

> 云开衡岳积阴止，天马凤凰春树里。
> 年少峥嵘屈贾才，山川奇气曾钟此。
> 君行吾为发浩歌，鲲鹏击浪从兹始。
> 洞庭湘水涨连天，艟艨巨舰直东指。
> 无端散出一天愁，幸被东风吹万里。
> 丈夫何事足萦怀，要将宇宙看稊米。
> 沧海横流安足虑，世事纷纭从君理。
> 管却自家身与心，胸中日月常新美。
> 名世于今五百年，诸公碌碌皆余子。
> 平浪宫前友谊多，崇明对马衣带水。
> 东瀛濯剑有书还，我返自崖君去矣。

起笔突兀而开阔，点出送行时的季节与环境，也昭示着生机与希望。暗用唐韩愈《谒衡岳庙遂宿岳寺题门楼》诗意："须臾静扫众峰出，仰见突兀撑青空。"天马、凤凰均长沙附近山岭，以形似得名，此时在诗人眼中，耸起而飞动，意象峥嵘。接着以屈原、贾谊之才以譬对方，言其少年不凡，峥嵘露头角，乃因衡岳湘江之奇气钟灵于此。"君行"句锲入送别正题，此去则如大鹏展翅，前途远大。洞庭湘水之大，为航行无碍提供了方便。然后笔端一转，种种家愁、国愁、别愁云集，如愁云蔽天，缩合首句"积阴"，幸好东风一扫而清，笔锋又一转。大丈夫干事业，有何畏惧、有何忧虑萦系于心？从宇宙来看地球，地球亦不过仅如太仓中一稊米，显见作者早年所具有的科学知识与睥睨世界的胆识。作者期待对方能治理纷纭世事，激励对方趁此年华，努力进取，也同时借此表露了他自己的胸襟。"管却"两句言身心凝聚为一体，锐志有为，则胸中境界不断升华，如日月常转之常新。接着说：五百年必有王者兴，定有能者救治这一沧海中邪恶横流的社会，这能者就是你我。其余诸公碌碌无为，不足挂齿。末句取意于《庄子·山木》"君其涉于江而浮于海……送君者皆自崖而反，君自此远矣"①，兼化用唐代郑谷"君向潇湘我向秦"诗意。全诗于情中见理，理中寓情，情理相互生发，奇思壮采，生机勃发。格调昂扬，一气贯注，纵横恣肆，笔力雄健，表现其积极进取的精神。青年毛泽东喜爱李白、李贺、李商隐的诗，受其影响并非偶然。

　　20世纪40年代，毛泽东还作过三首五律，均到80年代才披露于世。其中以《张冠道中》为上乘之作，诗云：

> 朝雾弥琼宇，征马嘶北风。
>
> 露湿尘难染，霜笼鸦不惊。
>
> 戎衣犹铁甲，须眉等银冰。
>
> 踟蹰张冠道，恍若塞上行。

因露湿而尘不扬，因万物被霜笼罩而鸦不惊，北地荒寒，而军不扰民，颇见物理。此诗写景逼真生动，融入在战场上与敌从容周旋的感受，含蓄凝练，不似其他诗以气势取胜。但出现了失律失粘现象，如"征马嘶北风"之"风"字出韵，"马""北""须眉""恍若"等字平仄误。

---

① 郭庆藩：《庄子集解》，中华书局，1985，第674页。

1949 年所作《七律·人民解放军占领南京》，偏重于人世哲理的议论，大气磅礴，领袖的气魄涵泳其中。"虎踞龙盘今胜昔，天翻地覆慨而慷"，虽有良好地势条件的南京政府即将被推翻。此联是胜利在握的豪情发越，承首联"钟山风雨起苍黄，百万雄师过大江"。腹联"宜将剩勇追穷寇，不可沽名学霸王"，与颔联相应相避，是成功者的庄严告诫，以流水对兼反对。末联借用李贺"天若有情天亦老"诗句，言天道发展衰亡的规律，以"人间正道是沧桑"的巨变来昭告世人，收束全诗。

毛泽东诗风豪放而深沉，有一种壮丽美、崇高美，来源于其人的个性、人格、理想、修养、情操、意志与气质。受中国古典诗歌中的现实主义与浪漫主义的传统影响，形成其新的审美理想与判断，对天人、物我、时空、古今及宇宙人生的新视角，发展了令人惊叹的联想力与想象力，有着改造自然与社会的意志与力量，表达了一个伟人旋转乾坤、推翻旧世界的胸襟。

在 20 世纪 50 至 70 年代，也许是毛泽东诗词光辉太耀眼了，一般人只知道毛泽东能诗，实际上，其他中共领导人也能作诗，如周恩来等人的诗，是早年民主主义者对民国初期政治混乱不满的反映，正由于此，他们陆续走上了革命的道路。

周恩来（1898—1976），字翔宇，原籍浙江绍兴，生于江苏淮安。1913 年入天津南开中学，即能作诗。《春日偶成二首》其一云：

> 极目青郊外，烟霾布正浓。
>
> 中原方逐鹿，博浪踵相踪。

借烟霾之浓暗寓时局之忧，"中原"二句则具体点明讨袁军和与袁军的争战。"博浪"用张良刺秦始皇典，"踵相踪"言反袁斗争之络绎不绝。其《送蓬仙兄返里有感》中两联云"扪虱倾谈惊四座，持螯下酒话当年。险夷不变应尝胆，道义争担敢息肩"，大有性情，而担荷大任的志向跃然而现。又句如"群鸦恋晚树，孤雁入寥天"，以群鸦的意象譬喻庸众，以孤雁比喻急流勇进者。后来周恩来往日本，渡海时赋诗云"面壁十年图破壁，难酬蹈海亦英雄"（《大江歌罢掉头东》），颇有志士豪气。只是周恩来在从事共产党活动之后，无心做诗人，没有什么诗作流传下来。

林伯渠（1886—1960），湖南临澧人。1913年二次革命时，任岳州要塞司令参谋，失败后被通缉，出走日本。在东京作有《宗楼看雪》诗云：

> 沉沉心事向谁说，袖手层楼看雪霏。
>
> 远水如云欲断续，寒鸦几点迷归依。
>
> 欺人发鬓垂垂白，到眼河山故故非。
>
> 独抱古欢浑不语，明朝有意弄晴晖。

以议论句起得沉重，写出"乌鹊南飞，何枝可依"的孤独与迷茫。恨年华老大，山河不同，而不能报效祖国。次联写景，"远水"与"寒鸦"意象凄迷。

作于1918年参加护法之役时的《郴衡道中》一诗云：

> 春风作态已媚人，路引平沙履迹新。
>
> 垂柳如腰欲曼舞，碧桃有晕似轻颦。
>
> 恰从现象能摸底，免入歧途须赶行。
>
> 待到百花齐放日，与君携手共芳辰。

次联写景拟人化颇形象，第三联转入议论，意味深长。诗人当时听到俄国十月革命胜利的消息，已产生对社会主义的向往。末写想象中的情景，寄情于景，情高韵美，而寓意深长。他在延安的诗作见于下一节。

董必武（1886—1975），湖北黄安人。1914年赴日本学习法律。1921年成立武汉共产主义研究小组，作为正式代表，他出席中共"一大"。1931年赴瑞金中央苏区，任红军大学干部队政委。到延安后任中央党校校长，后任第一届国民参政会参议员，中共中央驻重庆代表。往返两地，与诸同志酬唱甚多。有《董必武诗选》。他的诗感时纪事，酬唱抒怀，情辞朴茂，律对谨严，按毛泽东的评价是"善五律"。如《挽嘉义新四军通讯处涂罗十烈士遇害》诗云：

> 荐食惊蛇豕，同肩国步难。
>
> 束枝犹惧折，分派竟相残。
>
> 法立玄为妙，冤沉碧不寒。
>
> 遥知嘉义镇，鬼夜哭云端。

句法森严，申明两党团结大义，用典自然贴切。后四句对烈士表达深沉的愧痛之情。他的多数诗比较质直，缺少感情的起伏跌宕，写景不太多，但也有的古风颇能运用比兴象征手法。如赴重庆办事处之前作《答徐老延安赠别》诗，以景起兴，借物寓意：

> 山居感秋意，草木渐萧索。
>
> 独有松柏姿，青青向寥廓。
>
> 干挺不畏风，根深土嫌薄。
>
> 吸取无所限，到老犹磅礴。
>
> 高逸孺可钦，清标邈如鹤。
>
> 忧国心耿耿，夙夜求民瘼。
>
> 人世将巨变，吾华亦有作。
>
> 力拒豕蛇侵，欲去东邻恶。
>
> 阋墙不可再，巢覆当共愕。
>
> 同心可断金，首要重然诺。
>
> …………

以写草木的萧索，反衬松柏的贞姿，以比兴譬喻老共产党人的节操。赞咏对方，兼寄革命者忧国忧民的襟怀。虽老而犹为国效力，暗寓自己将赴重庆所负的使命，乃在力劝国共两党团结共赴国难，而不要兄弟阋于墙。又如《忆北山菊》一诗云：

> 北山有佳菊，经霜犹自华。
>
> 隐秀蕴幽芬，淡逸影垂斜。
>
> 移植东篱下，防冻护根芽。
>
> 置之温室中，含苞绽金霞。
>
> 深山任自然，不免风雪加。
>
> 花残枝虽傲，所损毋乃奢。

菊如加以保护，则艳丽如霞，一反人们常言温室花朵经不起风霜的说法，一凭己之所见，颇出新意。寄意高古，不蹈窠臼。

徐特立（1877—1968），名立华，湖南长沙人。曾任湖南第一师范教员。1919 年赴法勤工俭学，归国后创办长沙女子师范。后在中央苏区任教育人民委员会副部长，在延安任苏维埃中央政府教育部部长。也好吟诗，有《送董老赴京》云：

> 万国王冠落，吾京独屹然。
>
> 蔺廉重好合，萁豆弗相煎。
>
> 单调难成曲，群擎可柱天。
>
> 佳音告黄帝，桥山且驻鞭。

首联言东南亚与欧洲诸国首都均沦落日、德、意大利寇之手，而我国战时首都重庆犹能屹立。次联用廉颇、蔺相如和好与曹植赋七步诗故事表明两党应精诚团结。第三联用反对，重申共御外侮的大义。末言路过陕西桥山时须将合作佳音告慰黄帝，因此生发都是中华儿女之意。此诗寓意高远，风概凛然与董必武诗异曲同工。

谢觉哉（1884—1971），字焕南，湖南宁乡人。1934 年任中央苏区政府秘书长。后在延安历任陕甘宁边区高等法院院长、第二届边区参议会副议长。其诗清朗流畅。1937 年作《复家信》诗，抒夫妻离别之苦。起调说"泠泠关中月，飙飙塞上风。星霜忽十易，云山犹万重"，写西北高原凛寒之景，渲染了凄清苍凉的气氛。其中"蹉跎三十载，汝妪我已翁""音书久断绝，生死不可踪。累汝苦思念，暮暮复晨晨。累汝御强暴，一夕或数惊。累汝家计重，荆棘苦支撑。遥知鬓发改，不复旧时容。我行山川异，南北又西东。徒手出蛟窟，挥鞭入蚕丛"等诗句，写思念之苦，消息之难得，悬想对方苦苦撑持情状，并告以我自别后出生入死的情景，情真意切。最后说"园韭绿如褥，庭松苍似龙。稚子已逾冠，雏孙正应门。别离何足惜，贵不负初衷"，悬想家中情景，但既为国出力，则别离不必痛惜，正是善作解人。一唱三叹，情感真挚，宛如《古诗十九首》之遗；白描手法，又仿佛金和、郑珍笔法，写出了共产党人的人情味。

另外还有吴玉章，能诗，但较粗糙直露。

陶铸（1908—1969），湖南祁阳人。1926 年入黄埔军校，后在福建等地从事革命活动被捕入狱，有《狱中》诗云：

> 秋来风雨费吟哦，铁屋如灰黑犬多。
>
> 国未灭亡人半死，家无消息梦常过。
>
> 攘外空谈称绝学，残民工计导先河。
>
> 我欲问天何聩聩，漫凭热泪哭施罗。

讥讽国民党政府采取攘外必先安内的反动政策，满腔悲愤，衬以阴沉氛围。末句哀施义（邓中夏化名）、罗登贤遇难而伤心坠泪。抗战初他才出狱。日寇陷武汉后，他在鄂中组织游击战争，有《大洪山打游击》诗言其志：

> 寇深日亟已无家，策马洪山踏日斜。
>
> 风自寒人人自瘦，拼将赤血灌春花。

回环往复，如珠走盘，自见其真情流露，风调俊逸而深沉。

还有日后成为共产党理论家的胡绳（1918—2000），江苏苏州人，毕业于北京大学哲学系。自言：“初效五四后新体诗，……继作五七言旧体诗，又苦乏师承。抗日战争期间，于烽火干戈之罅，情怀触发，偶赋短章，……以见劳者之歌、病者之呻，乐则笑而愤则呼。”[1] “皖南事变”后，闽东搜捕共产党人，他逃往海岛。作《晓发罗源喜晴》诗，其中云：

> 我来巴山沧海行，山色日远海气侵。
>
> 天公亦知斯人喜，急遣羲和破积阴。
>
> 忆昨风狂雨又骤，斗舆如舟处处漏。
>
> 局促真同井底蛙，天地混沌看不透。
>
> 远山纷纷雾中没，飞泉入野犹怒吼。
>
> 大峰千尺独矜持，突兀云外露其头。

---

[1] 胡绳：《〈胡绳诗存〉自序》，《胡绳诗存》，生活·读书·新知三联书店，1992，第 1—2 页。

写景逼真，物色惨舒，情随景动，借景寓时局动荡之意。

1942 年有《韶关》一诗云："曲江风度自翩翩，罗刹桥边泊画船。入夜明灯浮万盏，不知何处是烽烟。"写后方安逸的景象，感慨此间人不知前方战事的激烈，笔意婉曲。

第三节　中国共产党将领诗人

朱　德　　叶剑英　　陈　毅

中共军队领导人中，也有不少诗人，投笔从戎，为革命而奔走四方，余暇为诗，抒其志趣，旧体诗对于他们同样具有相当魅力。其诗风大体相似，豪放磊落。

中共军队创始人之一的朱德（1886—1976），字玉阶，四川仪陇人。早年毕业于云南讲武堂，从蔡锷讨袁。驻泸川时，曾与四川名诗人赵尧生相与谈诗。1922 年赴德国留学，其间加入中共。后在南昌创办军官教育团，参与发动南昌起义，率部上井冈山。历任工农红军一方面军总司令、八路军总司令。抗战时作诗较多，如《寄语蜀中父老》诗云：

> 伫马太行侧，十月雪飞白。
>
> 战士仍衣单，夜夜杀倭贼。

语虽质直，而意蕴深沉，言八路军虽缺寒衣犹能奋勇杀敌。

他的诗表现出强烈的政治意识。曾用杜甫《秋兴八首》韵，作《感事八首》，颇能用对比手法，如云："河旁堡垒随波涌，塞上烽烟遍地阴。国贼难逃千载骂，义师能奋万人心。"前一联以眼前所见与远方遍地烽火对比，后一联以卖国贼受唾骂与解放军受欢迎相对比。又如"独裁政体沉云黑，解放旌旗满地红"，也造成了鲜明对比效果。又能用流水对，"为援保定三军灭，错渡滹沱九月槎"，注意用艺术手法写出强烈的革命意识，这对于一位日理戎机的老总来说，颇为难得。

另一元戎叶剑英（1897—1986），广东梅县人。曾师从李煮梦，李是南社诗人，诗风与苏曼殊诗的清畅绮丽、哀婉缠绵大致相似。少年叶剑英，即具剑胆诗心，在东山中学读书时，作《油岩题壁》诗云：

> 放眼高歌气吐虹，也曾拔剑角群雄。
>
> 我来无限兴亡感，慰祝苍生乐大同。

立意高远，气魄阔大，表现出横剑高歌、感慨兴亡的情调，与南社诗人气魄相同；另一方面，未涉世务，富于理想，乐见大同，于稚朴中见超越，则又异乎南社诗风。

在讲武学堂毕业后，他投奔漳州粤军。在一次军官们的宴会上，作《雨夜衔杯》诗云：

> 雨撼高楼醉不成，纵横豪气酒边生。
>
> 会将剑匣拼孤注，又向毫锥泪绮情。
>
> 入世始知身泛泛，结交俦侣尚平平。
>
> 愁多无计寻排遣，澎湃声传鼓二更。

漳州驻扎的粤军，本是孙中山历尽艰辛培养出来的一支队伍，却不料总司令陈炯明居然是个野心家，在此发展私人势力，为筹措军饷而开赌种烟。诗人虽有雄心与抱负，却不免失望，感到道义之交尚少，独立无助。此诗气脉流转，显示其刚健的笔力。

1921 年春，叶剑英到广州一工兵营任职，徘徊无着，愁恨丛生，陆续写下了《羊石杂咏》十首七绝。其中一首云：

> 竟装奇骨落鸿荒，不向情场向战场。
>
> 别有愁心易抽乙，晚风残角咽斜阳。

此时诗人在苦闷中寻找出路，立志革命的理想在他思想上已扎下了根。善于用比兴象征手法，捕捉一瞬即逝的特殊景物，产生一种惝恍朦胧、瑰丽凄美的诗意，耐人寻绎。这一组诗富有浪漫色彩，用意摇曳无穷，炼字精奇，气韵高雅，不落俗套，颇受苏曼殊诗风的影响。

抗战时的叶剑英，进入了创作高潮。1939 年，中共决定由他接受国民党政府军委会的邀请，参加创办南岳游击干部训练班。此前曾赋五言绝句《登祝融峰》：

> 四顾渺无际，天风吹我衣。
>
> 听涛起雄心，誓荡扶桑儿。

登高望远，大好河山，岂甘沦落日寇之手。听到松涛响起，仿佛听到中国人民的吼声，顿觉雄心勃勃，决心要献身民族救亡事业中去。语虽简短而气势健拔。

　　当他读到方志敏狱中所作《可爱的中国》，沉痛地写下了《读方志敏同志狱中手书有感》一诗：

> 血染东南半壁红，忍将奇绩作奇功。
>
> 文山去后南朝月，又照秦淮一叶枫。

诗人对方志敏开辟武装斗争的奇功给予礼赞。后两句将方志敏与南宋民族英雄文天祥相提并论，月光长照是其功业长存的意象，一片枫叶比喻方志敏的手书，亦很新颖。

　　叶剑英长期担任重要的军事职务，抗战时任中共军委参谋长，戎马倥偬，故所作不足两百首，以绝句为多，但言志记情，或俊逸婉丽，含蕴深沉，或激昂慷慨，雄浑遒壮，抒发了他那奋发向上、拯救国家民族于水火的襟怀，炽热而又博大。

　　另一位儒雅将军陈毅（1901—1972），四川乐至人。1919年赴法勤工俭学。参加南昌起义后，上了井冈山，任红四军十二师师长。其《红四军军次葛坳突围赴东固口占》诗中云：

> 带梦催上马，睡意斗寒风。
>
> 军号声凄厉，春月似张弓。
>
> 尖兵报有敌，后队转向东。
>
> 急行四十里，敌截已扑空。

将他在江西吉安一带紧急的游击生活写得节促句遒，扣人心弦。红军长征后，他留在粤赣边区，有《三十五岁生日寄怀》言志：

> 大军西去气如虹，一局南天战又重。
>
> 半壁河山沉血海，几多知友化沙虫。

> 日搜夜剿人犹在，万死千伤鬼亦雄。
>
> 物到极时终必反，天翻地覆五洲红。

形势惨黯在目，处境艰难，生命危险，然不坠于绝望，其必胜的自信心昭昭可见。在生死未卜的关头，他作有《梅岭三章》，为人传诵，如其中二首云：

> 断头今日意如何？创业艰难百战多。
>
> 此去泉台招旧部，旌旗十万斩阎罗。
>
>
> 南国烽烟正十年，此头须向国门悬。
>
> 后死诸君多努力，捷报飞来当纸钱。

生命旦夕难保之际，方有如此哀痛而奋厉之音。纵死也要杀敌，捷报不过是用来奠祭来日的死者，这真是生祭时豪宕亢爽的性情发露之作。

后来他重建新四军，在领导苏皖抗日斗争时，其诗风一变为昂扬慷慨，兴会淋漓。在《湖海诗社开征引》的引言中他说，"不为古人奴，浩歌聊自试。师今亦好古，玩古生新意"，说明他的态度是学习古人而不为古人所束缚，要师法古诗，化出新意，又须向今人学习，并贴近战斗生活，写其真实感受。在战争岁月中，他抓紧时间写诗："残灯不成红，雪打窗纸破。衾寒难入梦，险韵诗自课。"（《由太行山西行阻雪》）其《延安宝塔歌》《哭叶军长希夷同志》诸作莫不大气磅礴，真气朴茂。又如作于其时的《韩紫翁挽诗》云：

> 秋容老圃胜东篱，巾履萧然此子遗。
>
> 波翻淮海龙蛇斗，变起萧墙燕雀危。
>
> 天心已厌玄黄血，人事难评黑白棋。
>
> 鲁连赍志埋幽恨，痛快亲仇忍一思。

诗中用了不少典故，然脱化无痕，悲愤气概涵盖这一切。

解放战争时的山东孟良崮战役，是一场攻坚战，他参与了指挥。即便非常紧张，他还作有《孟良崮战役》一诗云：

> 孟良崮上鬼神号，七十四师无地逃。
>
> 信号飞飞星乱眼，照明处处火如潮。
>
> 刀丛扑去争山顶，血雨飘来湿战袍。
>
> 喜见贼师精锐尽，我军个个是英豪。

战争场面的激烈、我方的勇猛身影、敌军陷于灭亡的困境，都展示了一幅幅血与火交织的生动画卷，而诗人豪气英风拂人而来。措语雅炼，又有口语般的朴质真率。

将领中能诗者，还有刘伯承（1892—1986），四川开县人。讨袁战争时，被敌人通缉，因作《出益州》一诗：

> 微服孤行出益州，今春病起强登楼。
>
> 海潮东去连天涌，江水西来带血流。
>
> 壮士未埋荒草骨，书生犹剩少年头。
>
> 手执青锋卫共和，独战饥寒又一秋。

从一身经历行踪带出阔大之景，景中包孕慷慨悲壮之怀。

第四节　投奔抗日根据地的进步诗人

钱来苏　续范亭　董鲁安

抗战时期，来自原国民党军队中的文官钱来苏、续范亭，来自沦陷区的学者董鲁安，成为中共团结与统战的重要对象。由于有较高的学养，对原所处环境极为不满，故其为诗，往往激愤悲歌。前两人加入了怀安诗社，后者加入了燕赵诗社。其诗风与革命家的豪迈诗风趋同，但相对来说更沉着蕴藉一些。三人比较而言，钱来苏工七律，取境荒寒，诗风隽雅；续范亭的诗感情澎湃，议论较多；董鲁安工古风，擅长对具体场景进行细致的刻画，辞采俊雅，书卷气更浓一些。

钱来苏（1884—1966），吉林梨树县人。"九一八"事变前，任东三省特别行政长官公署参议。"七七事变"后，辗转至陕西宜川，任国民党第二战区司令长官部少将参事。1942 年投奔延安，后任边区政府参议员。董必武说他"始慕民主制，渐向共产转。喜名列党籍，未后邹生莘"（《读钱老〈孤愤草〉》），总括了他的思想转变过程。其诗作多达二千余首，其中有诗稿本《孤愤草》等。以八年全面抗战时期的诗作为最好，"在二战区时请缨不许，无所事事，愤而为诗"（《孤愤草自序》）。其乐府体《纳粮苦》《抽丁苦》均描写了国统区农民困苦无告的种种惨状。农民卖身还兼卖血，纷纷逃亡，田地抛荒，而"后方依旧好风光"，豪贵趁机盘利，过着骄奢淫逸的生活："携姬宴客杏花村，十万呼卢何足论。壮士军前方喋血，美人帐里正销魂。商人重利物倍息，官兵俸薄多菜色。"以对比手法叙来，最后写到官兵们的饥寒窘困。他有意继承杜甫、白居易、陆游的现实主义传统，撷取典型场景，展示社会的众生相。

七律能写境真切，句多遒警生动，融注其深沉的忧国情绪，如《予久居塞外，归来近十五年，景物如在目前，中日军兴，蒙疆半告沦陷，回首前尘，不胜愤慨》诗云：

> 绝塞荒辽不见村，汉胡同幕化仇恩。
>
> 河翻怒浪惊雪吼，地卷狂飙挟石奔。
>
> 古堞凭山云作障，寒沙粘草月消痕。
>
> 十年不尽沧脊感，血战玄黄大漠昏。

大漠荒寒，多少战云，都归萧歇。但古代汉蒙之间无数次的战争，毕竟是中华民族内部的战争，而今恩仇早逝，蒙古竟沦于日军铁蹄之下，河翻浪怒，飙狂石奔，怎不愤慨而泪下。

其炼字警拔，妙句如："夜静河声喧枕上，月移林影过窗前"（《夜不入寐》）、"鸣笳催破晓光寒，铁甲凝冰毳幕单"（《大雪》）、"斜阳路回人踪细，远树天低鹊影平"（《九日》）。西北野外空旷阔远景色，收来眼底，有粗线条的涂抹，有细微的勾画点缀，静中有动，有声有色。

诗人曾身处黑暗环境中，以被挤压的悲愤为诗，如潜流穿涧，声振林谷。谢觉哉说他"傲骨槎枒穷益健"，当可见其耿介性情。感事诗《抗

战将士有仰屋之嗟，诗以志慨》中云："头颅已分填沟壑，薪米宁谋
蓄室家。金尽元戎空画饼，囊充主计硕如瓜。"国民党军队中士卒空
有报国献身弃家之志，而将帅贪婪，掌管财政的官员又中饱私囊，军
纪士气，于此可见。又《斥奸》讽汪精卫投敌：

> 祸国由来岂一秦，大奸今自越前尘。
>
> 中枢窃政居心险，艳电通仇饶舌频。
>
> 甘小朝廷而不耻，翻新傀儡总徒辛。
>
> 夫妻漫话东窗事，遗臭千年唾绿巾。

怒斥汪精卫与陈璧君投日行径之可耻。腹联用一三三句法，虚词
"而""总"为勾连之筋络，奇矫拗折。

　　他在取境、设色、句法、炼字方面均很讲究，如《端阳》诗中两联"为
洗胡尘光禹甸，却怜村社罢蒲觞。血花宛若榴花艳，肉雨争如梅雨
狂"，哀反扫荡、坚壁清野付出代价之大，乡村如今逢此节日，亦极冷
落。血花肉雨，与榴花梅雨争艳竞狂，实写虚写，浑融无痕。前一
联用流水对，后一联叠用"花""雨"字。

　　钱来苏到延安后，诗风由沉着郁愤转为简婉真淳，作了不少唱酬
诗，显得愉乐粗豪，间有标语口号化的弊端。他对光明的歌颂多了，
对社会的黑暗面观察少了，没有了当年的孤愤。后来他将解放战争时
期的诗作编为《初喜集》稿本，以颂诗居多，语言缺少烹炼，趋于浅白，
如"叶绽花开春日暖，土崩瓦解独夫愁"（《金陵》）等，虽能用对比手法，
然终觉沉厚蕴藉不足。董必武认为其诗"韵味清而腴，言婉旨不浅……
驱驾古今语，自然废裁剪。篇什比赋兴，槎桠肺肝显"（《读钱老〈孤
愤草〉》），当然这是就其总体而作的评价。

　　与钱来苏经历类似的有续范亭（1893—1947），山西原平人。曾
参加靖国军反北洋军阀，1932年任西安绥靖公署驻甘肃行署参谋长。
1935年在南京中山陵前剖腹自杀，以激发军人誓死抗战，并赋《哭
陵》诗云"谒陵我心悲，哭陵我无泪。瞻拜总理陵，寸寸肝肠碎。战
死无将军，可耻此为最。觍颜事伊敌，瓦全安足贵"，其义举震惊一时。

1939 年任山西新军总指挥，趁机投奔延安。因病疗养，不少人看望
他并赠以诗。病逝后，毛泽东题词云："云水襟怀，松柏气节。"早期
有《湖山集》，徜徉湖山之间而其意不在湖山，爱国忧民，用世之心
跃然字里行间，或激昂慷慨，或犀利辛辣。他盼望像岳飞、戚继光那
样起而救国，但无情的现实粉碎了他的抱负。作于 1922 年的《西山
夜坐有得》一诗，可说是自明其志：

> 赤膊条条任去留，丈夫于世何所求？
>
> 山深院寂晚来早，松静月明意转幽。
>
> 了悟此心即此佛，始知多病为多愁。
>
> 从今不为虚假误，造物难构真自由。

除颔联写寂静之夜体悟之景外，其余以议论为诗，一任情志之奔涌。
首联两句尤为人所乐诵。

后来他的诗转为晓畅达意，妙句如"西凭众壑双峰秀，东望孤云
一片妖"（《晚秋苏堤第一桥散步有感》），寓爱憎之情于景中。他将在
抗日根据地的诗作编为《延水集》。诗中可见其对革命事业的热爱，
有顽强的生命力流注其中，但诗意直露的多，酬唱之作不少。唯《五
月十八日寄林老》较有意兴：

> 延园花木正新抽，人月黄昏独自游。
>
> 安置纱窗迎叟至，不来日望高峰头。

前三句以叙作铺垫。末句用二五句法，盼人到来的焦急心情正在"日
望高峰头"几个字中。

北平沦陷前，大多数大学南迁，燕京大学因系教会学校，未能撤走。
日寇占领北平，太平洋战争爆发后，强行接收燕京大学，对教授无端
进行审讯拷打。其时有国文教师董鲁安愤而易装出走，这使他的人生
历程发生大转折。董鲁安（1896—1953），名璠，更名于力，北京人，
北京高等师范学校毕业，精研历史及修辞学。入晋察冀抗日根据地后，
在边区任华北联合大学教育院院长。1943 年 1 月选为边区参议会副
议长。此年秋，日寇向边区大举进攻扫荡，他随边区军民自大茂山转

移至狼山，突围至茂岳。敌围茂岳，又趁夜出山至沙河，经五县 260 余村，行 886 里路。他写了不少诗纪其所见所感，自选 177 首诗，编为《游击草》。此集颇似老杜流离秦陇间所作，然虽历艰险而有民众之支援，有激奋之气概，无孤独之情怀。起初至茂岳，尚惊其景之美。如《观瀑溪上》诗云：

> 可是风声是水声，喧青豗碧吼嵘峥。
>
> 山颜半晌成今古，云阵千番变晦明。
>
> 天外有峰皆兀立，溪边无树不争鸣。
>
> 催寒一雨苍崖落，百道秋虹飞处倾。

首句故意用疑问句，难辨之声、幻变之色，无不引起惊奇欣喜之情，几忘日寇之逼近。无意不新，无句不妙。

随后又作五古《南崖口》，其中说"瀑声喧峡底，潭影涨峰阴。仄壁出蓝翠，斜晖带紫金。谽谺蹲巨石，崔嵂接高岑。暝入南崖口，村藏西塈憹"，极力刻画形容傍晚时山崖在落日下的瑰丽，蓝翠紫金，设色鲜明。"蹲"与"接"用拟人法，炼"入"与"藏"字而见警拔。写景状物，颇得妙趣，可见其履危若夷，随遇而安。

一天黄昏，敌人奔袭而来，他们转移至黑石堂，其时"露寒夜静路迢遥，山空月皎情怆恨。刺齿粱肥欣果腹，煨骭盆温胜挟纩"（《次黑石堂》）。村民拿出粗糙刺齿的高粱来招待，烧起枯木桩根。因饥饿而觉高粱肥腴，因寒冷烤火而有挟纩之暖。身陷敌军之围，忽如腾身脱围而至安全地带。他兴奋地吟道，"遇伏似陷偏师中，腾身倏出千峰上。寇来冒险加饥疲，我待以逸困暴妄。六载乃俾魔运乖，要恃民力无尽藏"（同前），民力无穷无尽，倭运必然穷蹙，此时不过是作跳梁挣扎而已。此后，他经历了更为艰苦而又紧张的生活，如《缘峭壁樵踪经乱峰顶下道八村》中写行军之难：

> 驾肩踔崩石，叠足涉寒沼。
>
> 踟蹰长岭脊，萦回乔木杪。
>
> 泉回空谷音，宿惊巢枝鸟。

> 缀崖星斗大，绕栈山路小。
>
> 石转蹙趾翻，硐黑落声杳。
>
> 惴惴举足虚，峰峰排胸峭。
>
> 盈握手汗冰，交面死纹绞。
>
> 迆遭放胆行，危疑不为娆。
>
> 但使愿无违，粉身志亦皎。
>
> 闻鸡近喈喈，到地平稍稍。
>
> 金星耀芒角，银汉淡微渺。
>
> …………

他逼真地描绘了过峡、攀山、下山的惊险过程。夜晚山景的奇诡变态，与其心态由紧张到放松的转换穿插在其中。间用骈句写景，以意运辞；或用散文句法抒情，以虚词带转，缒幽凿险，深造妙境。

像这样炼字传神的还如"林峦方拱默，消息变波澜"（《闻警登草堆山》），用"拱"字拟物态，见林峦之有情。后句将无形之消息化为有形之"波澜"。又"一道派分天际水，万堆山涌海中波"（《过银厂宿葡萄湾》）、"半壑饥蛩咽地籁，万山残照阻天涯"（《张八岭》），以"半"或"一"字与"万"字相对比，极有层次，愁绪可破，山涌如波，蛩因饥而如咽，山因残晖而见有层次，逾见阻隔天涯。莫不想象高妙，警拔非常。

《游击草》还反映了日寇屠杀烧掠的暴行，如《哀平阳》诗中云：

> 兽行到衰媪，稚弱更堪悯。
>
> 老壮无倖逃，骈戮命齐陨。
>
> 牲畜原富饶，仓廪素充积。
>
> 撤屋烧椽茅，裂缊焚絮纱。
>
> 早夜光射天，煨火燎积蕴。
>
> 耕牛靡孑遗，牧犬剩亦尽。
>
> 旦旦失司晨，全膏魔獠吻。
>
> 尤嗜脍人肝，鹽脑恣吸吮。

惨烈骇天地，屠宰供笑哂。

民踪绝田野，淫威荡滕畛。

…………

至今万山寂，割面风凄紧。

下攫甘人肉，翔空集鹰隼。

昔日上平阳，废墟余灰磷。

倭留人类羞，毒滋万载愤。

层层递进，描写了妇女被奸污、老壮被屠戮的悲惨命运，村落房屋、牲畜一扫而空的荒凉场面，其中贯注悲愤之情，是对日寇的血泪控诉。

当日寇撤走后，村民恢复了往日的宁静生活，他在《次岭东村》诗中写道：

扫净空林败叶痕，回风迟日冷朝暾。

琤琤玉戛冰分涧，轧轧霜抽柳一村。

乱里农犹勤树艺，秋来家共牧鸡豚。

魂惊寇劫三光后，兵火频年烬尚温。

前四句描摹山乡景色历历如画，寒风凛冽，似使朝暾变冷。冰块流动作响，如玉碎裂，柳在霜中如轧轧抽响，真乃出于理之外，而在情之中。后四句写村民们在乱后勤于农事，正是安居气象，然魂犹未定，劫火尚温。

董鲁安以一学者亲践与敌周旋的紧张生活，晋冀边界的峻岭叠嶂，与民水乳交融的亲情，日寇的残暴，敌后军民所遭受的惨重代价，与敌人展开的艰苦卓绝的战斗，都为他提供了难得的题材。其诗语不虚设，情必由衷。上追杜、韩，出唐入宋，自辟町畦，无矜才使气之弊，无敷辞藻饰之病，合学人之诗与诗人之诗为一体。在以浅俗流畅为主的延安诗风中，他能力张一军，可谓难能可贵。

第五节　怀安诗社与延安诗歌及新四军根据地的诗

在延安军政界机关中,一批老一辈革命家以其资历学识受人尊敬,如董必武、徐特立、林伯渠、谢觉哉、吴玉章有"延安五老"之称。由于担负要职者不多,有些时间吟诗唱和。起初只是少数职务高者,后来中下层人士与士绅中也有好此不倦者,有了结诗社以交流的需求。

1941 年 9 月 5 日,诗人们在蓝园延安交际处雅集,由时任陕甘宁边区政府主席的林伯渠倡议成立怀安诗社,并推选边区政府高等法院院长李木庵为社长。以在延安的老一辈革命家为主,吸收一些知名人士参加,取"老者安之,少者怀之"之义。当时朱婴有诗记云"林公政余扬风雅,集贤苑里一飞觞。座客欢然忘老少,老者髯翁少窈娘"(《延水纪事》),其酒罢兴酣的情形仿佛可见。林伯渠即席咏《延水集》诗云:

> 目送征鸿远,秋笼延水深。
>
> 朱颜何可驻,华发漫相侵。
>
> 寰宇风云会,高台长短吟。
>
> 会文信有托,今古事同钦。

一时步其韵作诗者甚多。朱德、叶剑英、吴玉章、徐特立都有贺诗投寄诗社。当时董必武在重庆,闻讯有《赋怀安诗社》诗,其一云:"韵事曾传九老图,东都无警亦无忧。而今四海皆烽火,酬唱怀安古意浮。"

诗社成立后,编有《延水雅集》。延安《解放日报》开辟专栏刊登怀安诗人诗作,促进了旧体诗创作的热情。当时抗战处于艰难时期,国难家仇,河山破碎,诗友们"披襟述怀,吮毫抒愤"[1],切磋诗艺,砥砺斗志。据不完全统计,怀安诗社作品约有两千五百首。当然,诗社成立之前,也有人在延安这块土地上创作了不少诗,并不能将所有成绩都归于诗社。

延安诗歌因诗见史,反映时代,其主要内容:第一,对陕甘宁边区生活的描叙与歌颂,充溢着挚爱与自豪之情,诚如林伯渠所说的"落

---

[1] 李石涵编《怀安诗社诗选》,陕西人民出版社,1980,第 293 页。

落诗魂今古壮"。林本人于 1941 年 3 月视察子长、安塞、保安等县一些小工厂，作《春游杂咏》。像"连绵三厂偎山河，织女如云投锦梭。刮垢磨光鼎有革，马兰煮纸纤如罗"，朴实而活泼地再现了土法织布、造纸等作坊式生产的情景。又《茶坊新市场》一诗云：

> 翻新市集辟茶房，拥抱山川汇万商。
>
> 半面乡村风俗好，斜阳影里下牛羊。

高原上简朴而又热闹的交易情景可以想见。又《出巡边区早发高家哨》一诗写寒冬出行所见：

> 骏马坚冰踏洛河，纷纷瑞雪舞婆娑。
>
> 载途公草驴争拥，觅食野禽陇亩多。
>
> 天意难知厄重耳，法轮无语笑荆轲。
>
> 群山皆冷心犹热，反着羔裘当薜萝。

写北方黄土高原雪天景象，颇有风致，即目寓情。

怀安诗社社长李木庵（1884—1959），字典武，湖南桂阳人。北伐战争时任北伐军十七军政治部主任，此时任陕甘宁边区高等法院院长。其古风一经拈笔，便如行云流水，一发不可止。如 1915 年《登厉峰》、1941 年《延水雅集》均为长篇佳作，激昂慷慨，笔势流畅。大概受延安文艺座谈会的启示，诗风有所转变。1942 年以前所作，辞藻偏于华丽；此后所作，注意通俗化，提倡"放脚体"，影响所及，出现了一大批干部革命诗。放笔写来，有利于感情的不受束缚，但须多加锤炼。李木庵的《延安新竹枝词》，诗风与林伯渠相近，稍见雍容和婉，如：

> 延河清浅水淙淙，曲似琅环直似杠。
>
> 为爱临流沙细软，夕阳影里踱双双。
>
> （《延河》）

> 红颜绿水白肌肤，笑顾中流倩石扶。
>
> 一瞬游来蛙式捷，问君濠上乐何如。
>
> （《游泳》）

他如咏纺毛、普选、耕锄、秧歌，均涉笔成趣。再看《开荒曲》：

> 披朝露，踏晨霜，生产声中齐开荒。
>
> 川原棋布变工队，茅脊星飞唐将班。
>
> 大块缝中破，畸形掘两旁。
>
> 跨步立风身爽健，挥锄耀日势飞扬。
>
> 能掘深处草根绝，更打块子土细干。
>
> 但喜壤肥适物性，何嫌地旷梢林长。
>
> ....
>
>
> 万千劳动手，改变南山岗。
>
> 镢头翻上下，土块乱飞扬。
>
> 野草连根拔，新壤得阳光。
>
> 惟闻镢声响，复见镢影忙。
>
> ....
>
> 荒芜处女地，突然着新妆。
>
> 脱却旧污黑，添上面鲜黄。
>
> 几顷播玉黍，藉可充军粮。
>
> 几顷植棉籽，用以缝戎装。
>
> ....

能将生产过程与新面貌描写得颇为细腻逼真，更想象来日丰收情景，于宛畅通俗中见雅趣。

《延安思》作于他即将离开延安之时，采取问答体，从延安的肃穆气象写到大生产的愉悦、操练的紧张。分为数层，分别以"此景丽人思"与"恋人思""藻人思""耐人思""暖人思""饱人思"等结尾，层层转深，一往情深。妙句如"清凉山东峙，金明岭西睨""一城温在抱""大雪积层岭，群玉光四垂"；写山岭如"颗颗馒头列"，炼字奇警，摆脱窠臼，自出机杼。

他的律诗也有写得好的，如《骤雨延河陡涨水势奔放》：

> 漫天雷雨势倾盆，倒汇山洪万马奔。
>
> 延水陡添两岸阔，古城斜峙一肱横。
>
> 堤新长护龙鳞活，境谧喜无虎眼惊。
>
> 欲挽怒流千尺浪，涤除禹甸血膻腥。

因雨猛浪急而想象挽怒流洗涤神州血战之腥。情从景发，神思不滞。句法灵活，工于锤炼，有声有色。

1942 年 7 月 10 日，朱德与徐特立、谢觉哉、吴玉章、续范亭四老同游经过开垦而面貌一新的南泥湾，均赋有诗，为延安诗坛盛事。朱德《游南泥湾》诗中云：

> 远望树森森，清风生林表。
>
> 白浪满青山，绿叶栖黄鸟。
>
> 登临万花岭，一览群山小。
>
> 丛林蔽天日，人云多虎豹。
>
> 去年初到此，遍地皆荒草。
>
> 夜无宿营地，破窑亦难找。
>
> 今辟新市场，洞房满山腰。
>
> ············

林伯渠的《游南泥湾》诗对开垦始末描叙得更为详细：

> 伟哉朱总戎，御敌黄河干。
>
> 饷糈力自给，内帑不曾颁。
>
> 持筹嗟粟帛，搅辔伤疴瘝。
>
> 爰率貔貅士，开垦南泥湾。
>
> 荷犁释甲胄，把锄卸刀镮。
>
> 胼胝一年际，良田万顷圊。
>
> 禾黍盈野绿，瓜菜满阡斑。
>
> ············

诗中热情洋溢地描绘了朱总司令率部开发南泥湾的因果与意义，丰收情景益然如在目前。谢觉哉所作五律《南泥湾》云：

> 野树密藏雉，荒溪清不鱼。
>
> 黍粱蔬果稻，高下绿齐铺。
>
> 水远逶迤溉，苗疏次第锄。
>
> 饱余无所事，陇畔立斯须。

清朗在目，措语精警。他如"静坐看云鸟，闲谈及鬼狐。微风吹午睡，椅畔落奇书"，也可看出从政者从容啸咏的风度，韵致健爽清超。其时吴玉章、续范亭等均有诗。

第二，反映了中共领导下的对敌斗争。有的是对陕北根据地减租斗争的描叙，如钱来苏诗中说"老乡今自绥城来，告我城中斗老财。老财惯吃穷人肉，怎样贪吞怎吐回"、"改租账时摆官架，诉苦场中怀鬼胎。穷汉翻身应勇决，巨头地主要先摧"（《吐苦水歌》），刘道衡诗中说"广场群众呼声急，一切东西拿出来。攘臂婆姨争诉苦，低头恶霸假悲哀"（《斗恶霸》）。这类诗有一定的史料价值，反映贫苦民众在共产党领导下的翻身斗争。

有的内容是"敷陈时艰，痛心国难"[1]，抒发对日寇的仇恨，坚定人民必胜的信心，对国统区统治进行揭露与批判。如林伯渠诗中写到国统区中堡垒之多、苛赋之重："筑垒山无色，抽丁路断行。"（《咸榆道中》）钱来苏讽刺蒋介石召开伪宪大会："四家多喜万家哭，亲者如伤快者仇。"（《蒋记伪宪》）"四家"指蒋宋孔陈四大家族，以其垄断者的喜与民众普遍痛苦的不同情感对比。上下两句相对仗，每句又自为句中对。

有的诗反映了解放战争时期共产党人对国民党军队进攻解放区的同仇敌忾。如谢觉哉《秋初即事》诗中抒发了军民们的坚强斗志与激奋情绪，其中两联云：

> 再百个旅来送死，更三年仗以求生。
>
> 渡河迭报刘陈捷，碰壁纷令美蒋惊。

---

① 李石涵编《怀安诗社诗选》，陕西人民出版社，1980，第293页。

神完气足。前一联一三三句法，拗峭有力，学古创新，恰能表现我军顽强拼战的意志。

第三，对已逝革命烈士、死难者的怀念，也是延安诗的重要内容。如1942年八路军副总参谋长左权将军在反扫荡中牺牲，诗人纷纷作诗悼念。如朱德的"太行浩气传千古，留得清漳吐血花"，陶铸的"成仁有志花应碧，杀敌流红土亦香""燕云愁绝星摇落，延水悲深夜渺茫"等诗句，可谓万物为之含悲，江水为之呜咽，风云为之变色，以景写情，景情浑然一体，表达了死者已去、生者感慨系之、当报之以大义的情谊。

李木庵的《挽任锐同志》诗云"眉含青剑刚柔气，肠绕苍生饥溺忧"，注重死者生前的风仪与品行的描绘，不落空套，有深情融注其间。又如林伯渠《悼黄齐生先生》诗云：

出尘意趣似臞仙，文教蜚声卅载前。

惊座骋谈饶正义，避秦亮节翊时贤。

不道巴江人暂别，竟同吾党血相连。

消寒文会那堪忆，读罢遗篇一惨然。

延安诗歌以老一辈共产党人为主体，抒发对革命的信念，献身事业的决心。如徐特立诗云"吾华警烽火，四海斗龙蛇。不拟霜同鬓，唯将国作家"，其感情大多炽烈健朗，足以摩荡起风雷。其缺陷是个人风格不突出，诚如续范亭所说："热肠如电多同感。"（《延安五老》）延安诗风的语言特点是通俗易懂，明白晓畅，不避俗语，而能俗中见雅，似白居易诗风，但情感鲜明强烈，反映了丰富多彩的生活内容与革命激情。谢觉哉说"理要层层觅，情须一往深"（《次林老诗韵答辟安同志见赠之作》），即是他们理想的诗境。他还有《与钱老论新旧诗体》云，"新诗应比旧诗好，新代旧又代不了。旧诗古奥识者稀，新诗散漫难上口。新旧只缘时世殊，文白都须词理妙。有韵能歌兼有意，我曾承教于鲁叟""可以旧瓶装新酒，亦可旧酒入新瓶。当年白陆何曾旧，今日韩黄亦必新。不改温柔敦厚旨，无妨土语俗词陈。里巷皆歌儿女唱，本来风雅在宜人",指出新诗并不能代替旧体诗,因为难以朗朗上口,但旧体诗也存在难以为一般大众接受的缺陷。所以延安诗人写起旧体诗来,力求朝着通俗易懂的方向发展,谋求大众的诵读,在旧体诗的通俗化、革新格律、诗韵等方面都作了一些探索与尝试,殊属难得。

不过,过于追求通俗,而情感如果欠缺沉郁,就会造成缺少韵味的弊端。诸如李木庵"军事学说马列精,论持久战有预见"(《八年抗战述》)、徐特立的"在这基础上,更便求进步"(《寿连暲五十大庆》),均不免将政治术语过多地写入诗中,而形象全无,几同说教。有的酬唱诗缺少具体场景的描叙,虽有真情实感,然调高则易于空泛,平直则易流于粗豪,缺乏含蓄蕴藉的艺术美;或流于顺口打油,缺少意境。有的革命性词语频繁使用,雷同过多,字词欠锤炼,存在口号化、草率无余味的毛病。

怀安诗社的活动在国共第二次内战爆发后因战事紧张而趋于冷落消歇,一批机关工作人员夜渡黄河,转移至临县甘泉村,后又转移到河北西柏坡村。怀安诗社的正式解体,延至1949年4月。

新四军活跃在大江南北,先在皖南,后在苏北,吸收了一批文化人从军或在根据地政权中任职。其中有的能诗,如军部秘书杨帆的诗很有功力,其《离沪入皖初过小河口》一诗云:"一溪晓雾朦胧白,夹岸红萱灿烂春。"又《秋凉试马登云岭山巅》云:

> 山巅仨马秋声里,十里连营晚照红。
>
> 笑语乌骓休踯躅,明朝伴我逐腥风。

他如"炮声惊破一江云"(《反扫荡防谍扶病出巡》)等句,能写出江南风光的绮丽与战争的阴影。日寇对中国的侵略打破了农村的宁静,只能使人们对敌人更怀有切齿之恨。

军长叶挺偶尔作诗,在"皖南事变"前,往茂林北撤途中,他有《过黄山》诗云:

> 层峰直上三千丈,雾里美人云里山。
>
> 悬崖勒马往前看,出峡蛟龙几时还。

写景中有兴寄，踌躇满志，笔力雄迈。然而不久即发生了亘古未闻的惨剧，这在晋士林《突围》一诗中便有反映，"三营扼守苏家村，四面被围成孤军。村落巷战频冲锋，血流漂杵天地昏"，是事变时激战的实录。

其时有赖少其《国殇》运用骚体作诗，其中说"来时白雪铺广野，不觉江南蝴蝶飞。既欲亡羊思补牢，子兮子兮胡不归。胡不归兮可奈何，惟抢玉兮以沉疴。夕阳西坠时已暮，从此江河不扬波"，不直说惨祸，而借景寓情，凄咽抑郁。还有熊瑾玎《菊感》诗，也为新四军突围被摧残而作：

> 注目篱边菊，依然耐性强。
>
> 秋霜原可傲，积雪又何伤。
>
> 叶败仍含翠，花残不改黄。
>
> 况余根蒂好，依旧吐芬芳。

不直说当时情景，而是完全借篱边之菊以寓意。这些诗从不同角度反映了"皖南事变"的惨况。

叶挺被捕后，中共派陈毅重组新四军部，在苏南苏北、皖东皖南开辟了根据地。沦陷区仍陆续有知识青年逃到根据地，其中一批文化人爱吟诗。军长陈毅本人更是积极提倡写诗。

又有李代耕（1918—1985）的诗，逼真地再现了敌后战斗生活。如作于1942年的《集合民兵迎反扫荡》诗写日寇将来，我方紧急动员的情景宛然生动。

还有朱克靖（1895—1947），写新四军黄桥奔袭战的组诗也颇有史诗价值。其中云"衔枚夜袭惊残吠，策马宵征见晓星。尺地争回尝百战，一声杀敌九天闻"，捕捉最紧张的场面进行形象的描绘。前两句对仗如闻其声，如见其人，为后两句写激战场面作铺垫。"一声杀敌"震天，戛然而止，言外之意可以想见。句句骏快，一意盘旋，汰尽渣滓，真可谓意妙、句妙、字妙。

反映华中根据地生活的诗有梅幼先的《事事新》云：

如油细雨浥轻尘，乍到还惊万事新。

号角悠扬驱黑夜，歌吟嘹亮迎芳晨。

溪分泾渭明清浊，玉别玙玑识假真。

最是系人心腑处，更无狗麂吠狺狺。

当时情景逼真如现，气韵自然流转，将那种喜悦而好奇的心情，融注于号角与歌吟声中。

第八章
民主党派中的诗人

　　民主党派是为争取国家的民主进步并保护某一阶层利益而成立的。民国初期出现过进步党、统一党等，影响不大，后来大多消亡。20 世纪 30 年代前期出现过民权保障同盟等组织，与专制统治抗衡，不久解散。抗战时在重庆，因应政协的成立，为民主宪政的实现，成立了若干有影响的政党如民主同盟、民主建国会、致公党、九三学社，其成员大多为某一阶层或某一方面、专业卓有成就的知识分子。不少能诗者文学修养甚高，有的是进士或举人出身，既有旧学功底，又能与时俱进，头脑是新的，具有积极用世参政之心。因国民党革命委员会成立较晚，故此党派中诗人仍分散在本书其他章节，在此不叙。

第一节　致力于教育救国的诗人

黄炎培

　　黄炎培（1878—1965），字任之，上海川沙县人。举人出身，早年入南洋公学，师事蔡元培。民初任江苏省署教育司司长、江苏教育会会长。在上海创办中华职业教育社，筹办吴淞同济学校。1941 年成立民主同盟，被选为常委。1945 年成立民主建国会，选为常务理事。

他的青年时代在清代度过，中年时民国政治紊乱，民不聊生，故叹道：
"老夫七十头未秃，半生满清半民国。满清民苦专制毒，民国依然民
惨哭。"(《一团糟应南侨报纸索文》)他幻想走教育救国之路，以改革
政治为己任，道路艰难，但抱负难以实现。有《吾心》诗云：

> 老叩吾心矩或违，十年回首只无衣。
>
> 立身不管人推挽，铄口宁愁众是非。
>
> 渊静被殴鱼忍逝，巢空犹恋燕知归。
>
> 谁仁谁暴终须问，那许西山托采薇。

尽管遭受非难与谗言，仍如不忍离渊的鱼、恋巢的燕，他要抨击暴政，
彰扬仁道，不能学伯夷、叔齐走隐居西山的路。

黄炎培主张以旧学融新知，贵有己见。抗战初在重庆，曾对叶圣
陶说："一作家必上承文化传统而及于今日此时之观点，又必大概审
知世界情况而及于我国我人之观点。"[1]这虽是就整个文艺而言，实则
也是黄本人作诗的指导思想。他少习晚唐诗，受温庭筠、李商隐诗风
影响，得其整饬凝练，弃其绮艳繁缛；后又取杜少陵之沉郁、苏东坡
之旷逸。集诸家之长，自成一格，既新奇飘逸，又苍凉警拔。有《苞
桑集》《天长集》。

黄炎培每于忙里偷闲作诗，作为最好的自娱方法。他认为："精
明浑厚半由天，锻炼才华出自然。"(《生死十三绝》)自言作诗体验：
"诗思宁待寻，汹涌苦相逼。"(《大雪独游鸡鸣寺》)他曾以记者身份
遍历东南名山大川，奔走西北、西南。游踪所及，发为吟咏，兴至落
笔，左右逢源，剪裁精妙，语必求工，时有奇句警语，读之令人神移
心动。抗战事起，其诗于悲愤沉郁中寓发扬蹈厉之气，诚如其诗云："战
鼓愁新紧，吟囊思险镵。"(《重游北碚温泉公园》)他以七古成就为著，
浑涵汪洋，千汇万状，在对祖国山河泼墨描绘的同时，寓寄其为中华
民族文明而自豪的情怀，往往擒纵自如，而流转爽利，雄健痛快。如

---

[1] 叶圣陶：《蓉桂往返日记》，《我与四川——叶圣陶的第二故乡》，四川文艺出版社，
2017，第148页。

《温泉峡》一诗云：

深江峡束奔流住，幻作琉璃碧凝冱。
春山恹恹云醉之，破晓初醒还睡去。
山楼百丈临江开，绛桃玉兰锦绣堆。
佛殿铁瓦青崔巍，琴庐磬室相依偎。
藤根温瀑若泼醅，我身既澡心绝埃，善与众乐诚快哉。
抱云一枕客梦回，江声泉声惊喧豗，千军万骑疑敌来。
与子同仇宁徘徊，棹讴上濑凄以哀，如诉民隐心为摧。
何处笙歌沸遥夕，云外楼台自金碧，嘉陵江上神仙宅。

峡流之渐趋平静如琉璃，云之沉沉如睡。闻棹歌之声哀，则知民生之多艰。听笙歌之飘扬，则知富人居于金碧之楼台。穷富的对比，一唱三叹，表达了诗人所悯所憎。既有阔大之景的纵览，又有微观的特写镜头。从句式上看，往往参差错落变化以畅其意，句句押韵，或四句转韵，或七句或六句或三句转韵，随其意为起结，有意打破规整的定格，而仍音节铿锵。

有时并不限于用七字句，间用杂言，好用长句，如《大宇歌自鄂飞陕空中作》诗中云：

大宇窅窅风浪浪，千山万山明夕阳。
俯看太华小培堘，终南大脉横脊梁。
江长汉广行潦耳，自余纠结难名详。
中有千年民人未睹世界大，
亦有沟犹小儒读书自娱不问国族之兴亡。
龙蛇大泽靡不有，岂无鸾凤栖高冈。
刀兵水火一劫白万骨，乱极思治还复修农桑。
以此构成周秦两汉晋隋唐宋朱明大史册，
共和五族稍稍流曙光。

鸟瞰苍莽大野，而生茫茫无穷之感。又自空间至时间，将数千年的史感写入其中，慨叹建立在农业基础上的皇权古国，以封建锁国导致落后，而今开始露出民主共和的曙光。气象凝重苍凉，句式长短不齐，真有浑涵汪洋、千汇万状之态。又如《川黔行》云：

> 渝筑之间七百三十余里长，
>
> 千山万山森苍苍，临溪脂辖发海棠。
>
> 其右赤水左乌江，蜿蜒纂江流中央。
>
> 白石齿齿，怒湍淙淙，瓦屋鳞鳞，绿阴深藏。
>
> 非无丹甓斑剥之野刹，亦有茅龙襦袯之溪堂。
>
> ‧‧‧‧‧‧‧‧‧‧‧

以纵横排宕之笔势描摹川黔一带山地的奇险，亦以工笔点缀白石、瓦屋的小景。凡此均见其积极创新的用意，与他追求解放体不无关系，也是他有意吸收新诗形式自由的特点而作的探索。

抗战时尤多感事愤时之作，举凡当局抗战的失策、百姓流离失所的痛苦，莫不写入诗囊，为民生而歌哭。如作于1945年的《黔山血》一诗，先写我方军队守土无能，然后写难民乘火车所遭受的劫难，真乃上演了一场人间惨剧：

> 黔山西望森槎枒，蠕蠕一径奔长蛇。
>
> 后方飙毂何辘辘，有车载客级凡六。
>
> 坐者立者各局促，壁厢大索络客腹。
>
> 窗外秋千舞客足，方丈之顶立百鹄。
>
> 自余尤足刜心目，车底版支前后轴。
>
> 客卧其上动则覆，须臾无死死转速。
>
> 始信人间地有狱，此非地狱乃天堂，仅乃得之金倾囊。
>
> 道旁千万穷饿者，逃威无所泪如泻。
>
> 一声铁笛扶摇风，横冲直捣人潮中。
>
> 石梁窄窄何能容，蚁群涧底血溅红。
>
> 穴壁纳车通一窦，车顶纷纷舞秋叶。
>
> 或碎其颅削其颊，死者有魂宁及慑。
>
> 山回路绝金城江，夜车成列众杂喤。

轰然巨声震天发，连珠演响爆万骨。

道旁居者无一活，杀人者谁抑自杀？

子失其母妻失夫，襁负不胜掷路隅。

神丧魄夺惟怪呼，骨肉不识如醉愚。

亦有仁浆远莫致，迟迟索我枯鱼肆。

朔风连宵山雪霁，槁饿不死亦冻僵。

…………

列车满载着逃难者，连车棚顶上也坐满了人，乘车者得以逃命，算是进了天堂。当然，这是倾其资财买到车票才有此幸运，道旁还有更多穷饿者羡慕地望着他们。然而惨剧发生了，车过山壁隧道，不仅撞死了道旁逃难者，且车顶上的人摇晃如秋叶，有人被撞碎了头颅，或削去了面颊。入夜，火车相撞，发生爆炸，连道旁居者也无一幸免，车上幸存者不饿死也将被冻死。曲折叙来，描摹逼肖，层层递进。

其七律笔法峭刻清健，不落窠臼，不好用典，而凭其镌刻奇秀、锻炼出新的功力，写景冥搜物状，体物入微，如："千崖渥赭光腾宝，一路浓葩景入炎"（《西江八首》）、"匝地云英翻日紫，惊天崖石破泥黄"（《浙赣道中》）、"高岩云斧斜皴白，微雨霜花冷绚红"（《戊寅重九黔蜀道中》）、"山势陡从岩瀑合，市容冷傍岭云开"（《灌威杂行》）、"地涌崩崖尽龟坼，江横飞绠胜猱行"（同上）。或在景句中寄寓国破家亡之恨，情与景汇，重在写不隔之境，如"赍愁山入雾，挟怒水掀波"（《重游北碚温泉公园》）、"林泉变朝市，岩穴避衣冠"（同前）、"直欲孤身犯牛斗，应怜下界惨虫沙"（《大风中空行》），绘景设色，无一不美。

或直接抒发萦念时局之情，句如"逃威没地萑苻聚，敲骨成年杼柚空"（《潢川观青年训练》）、"乱山如梦冥行疾，儿愁脱屣妇散发"（《宜宾空警》）、"梦逐河边新万骨，觞歌白下醉千春"（《苦口》）、"闭门忍听千家哭，袖手何曾万念灰"（《阴冻》），类此莫不薪目时艰，悲悯民瘼，倾注激情，干预时政，促人警省。

第二节 民主同盟中的两位诗人

张 澜 沈钧儒

张澜（1872—1955），字表方，四川南充人。民初加入进步党，后任四川省长。1925年任成都大学校长。曾在四川推广乡村建设运动。1941年组织民主同盟并任主席。有《张澜诗选》，诗风醇厚质朴，叙国难民艰之事，抒忧国忧民之情。1936、1937年川北大旱，哀鸿遍野，他任川北赈济委员长，深入灾区，写出反映人民苦难生活的《乡居杂感》二十首，其中云"家物惟存老瓦盆，从今何以长儿孙？为愁冻馁难宵寐，又听催科晓到门""莫道安贫不患贫，饥寒为盗事相因。保安队过夸擒斩，又报前村匪劫人"，饥民真乃遭雪上加霜之难。两诗末句均用"又"字递进，不着议论，自然深沉。他以典型场面反映社会的重大问题、人民的苦难。用旧体诗形式，而词汇多是现代的，运俗于雅，拙朴而畅达，诚如组诗引言所说，"词多近俗，有类乎竹枝"，看来诗人是有意写给民众看的。

以律师为业而著名的沈钧儒（1875—1963），号衡山，浙江嘉兴人，清末进士。民初参加议会活动，历任浙江省临时政府秘书长，上海法学院教务长。1933年参加中国民权保障同盟。曾与邹韬奋、李公朴等七人被捕入狱，时称"七君子"。1944年与黄炎培等共办《宪政旬刊》。次年代表民盟参加政协工作，其时出版诗集《寥寥集》。他自言生平不事苦吟，其诗一任其情感澎湃之所至，触景生情，又具有强烈的政治意识。如《自由》诗云：

> 天地一桎梏，万物皆戈矛。
>
> 俯仰虽苟安，藐焉非所求。
>
> 吾欲乘风驾螭踏九州，吾欲披发请缨复大仇，
>
> 不饮黄龙誓不休。
>
> 呜呼！此境只向梦中求，只有梦魂能自由。

他以天地为桎梏，万物为戈矛，可见其不见容于世，又要俯仰于世，然岂求苟安于世。他的理想是驾龙踏遍九州，矢志请缨破寇复仇，然而在现实中难以实现，只有在梦中寻求实现。浮想联翩，掩抑再三。用排比句，感情强烈炽热。又骚体诗《从军乐》云：

> 吾愿化身为子弹兮，与君朝夕以相从。
>
> 抱君之腰而与君共命兮，经君之手而入于敌人之胸。
>
> 又愿化身为瓶中之水兮，劳解君之渴而倦润君之容。
>
> 终其化我身为军毯兮，使君于朝营露宿之际，
>
> 得我之保卫而安眠兮，益坚强其精力而无懈于冲锋。

此学陶渊明《闲情赋》手法，而易之以女子身份，愿化身为子弹、为瓶水、为军毯，以助其夫之抗敌，其爱憎之情借此婉曲再三而出，亦巧于用譬。骚体诗少有人写，作者善于推陈出新，采纳新词汇而熔于一炉，以求独具一格。

其怀人诗缠绵悱恻，朴挚深沉。1936年2月夫人病故，他将其夫人的遗照置于胸前，睡则置于枕上，并因而作《影》诗怀念其妻，系念遗照，直陈悲怀，表达不忍死别的伤心：

> 君影我怀在，君身我影随。
>
> 重泉虽暂隔，片夕未相离。
>
> 俯仰同襟抱，形骸任弃遗。
>
> 百年真哭笑，只许两心知。

他也偶尔写景寓怀，如五律《访桃花张家花园坡下小阜》云：

> 寻花穿小径，拨草绕荒坟。
>
> 垒石斜堪渡，连畦莽不分。
>
> 丁东一溪水，缱绻四山云。
>
> 曳步成延伫，怀归已夕曛。

清微幽深之境，表现的是水流云绕的景趣、怅然思归的情绪。

第三节　两位工商界诗人

陈叔通　　胡厥文

陈叔通（1876—1966），名敬第，浙江杭州人。清末进士，民国初年热心政党、议会活动，在上海发起成立民国公会，又曾先后加入进步党、统一党。然"抱负政见，知时不与，遂自匿晦"[1]，"随意陶写"，"自遣牢愁"[2]，以发泄胸中不平之气，"而其幽忧之思，随处触发"[3]。他欲效屈原行吟，足迹踏遍名山大川，自言"厌苦战伐尘，退心在泽薮"（《游雪窦》）。后入商务印书馆，再入金融界，为浙江兴业银行常务董事。

他以陶渊明、王安石为旷世知音，认为渊明"托想黄、唐，若超乎时代，而时代之隐痛寓焉"，"半山顾视民物，隐然有无穷之痛，而又好学深思，理与词积"[4]，所以他作诗亦力图隐寓民生之苦、时代之悲。诗云"莽莽神州长夜似，问天无语奈愁何"（《吾生》），可知其愤世襟抱。

日寇进逼益急，国事日非。"淞沪战事"发生时，他与夏敬观同隐莫干山，赋诗云"弥天兵气今方始，危涕沾襟万骨尘"，其忧乱世的悲苦心境可知。又赋《卢沟桥行》，认为日寇进犯是因蒋介石翻云覆雨、同室操戈而导致的：

> 卢沟桥祸有由始，始弃北都竟南徙。
>
> ……………
>
> 无端兵祸肇萧墙，煮豆燃萁彼忽此。
>
> 昨日袍泽今仇雠，雨云翻覆果谁是？

---

① 夏敬观：《百梅书屋诗存序》，陈叔通《百梅书屋诗存》，中华书局，1986，第5页。

② 陈叔通：《百梅书屋诗存自序》，《百梅书屋诗存》，中华书局，1986，第7页。

③ 李宣龚：《百梅书屋诗存序》，陈叔通《百梅书屋诗存》，中华书局，1986，第3页。

④ 陈叔通：《百梅书屋诗存自序》，《百梅书屋诗存》，中华书局，1986，第7页。

············

一误再误唯尔辜，尔辜尔辜万夫指。

············

沙场白骨积如陵，流亡井邑生荆杞。

大官酒肉小朝廷，怙宠椒房政多秕。

············

他痛心乱局难以收拾，哀沙场白骨如山，百姓颠沛流离。这是统治者骄奢淫逸所造成的过失，一误再误，必将万夫所指。当局迁都重庆以后，政治腐败，他继续以诗指责统治者的失策无能，措语激烈，直书其事，直抒其意，表达了诗人正直的良心与关心国事的热情。林志钧序其诗集，认为他是以春秋笔法治诗，"正如老吏之平亭是非，判定曲直。……其大声疾呼，若以诛乱世贼子为职志者" [1]。

1947 年，国民党政府颁布 "戡乱总动员令"，取缔民主人士的政治活动。此年秋天，上海闷热异常，他作《秋热》诗云：

事事年来反故常，倒行夏令太荒唐。

已无多日犹为厉，不到穷时总是狂。

谚语有征嗟猛虎，吟怀无奈诉啼螀。

相随霡雪须防冷，老去忧深苦昼长。

借天气反常，秋行夏令，暗示统治者的倒行逆施，日暮途穷，来日无多，仍为厉为鬼。他担心随之而来的严酷冬日。诗中饱蕴愤懑，而用意曲折，却不见理障。

胡厥文（1895—1989），上海嘉定人。曾创办上海新民机器厂，历任恒大纱厂、上海机器业同业公会主席。抗战爆发后在重庆创办机器厂等企业。战后与黄炎培等一道组织民主建国会。有《胡厥文诗集》，韩秋岩序其集云："其为诗文，不加修饰，大抵为国家兴替而作，铮铮有金石声。" [2]他的诗创作高潮在 20 世纪三四十年代，政治腐败，

---

① 林志钧：《百梅书屋诗存序》，陈叔通《百梅书屋诗存》，中华书局，1986，第 1 页。

② 韩秋岩：《胡厥文诗词选题辞》，《胡厥文诗词选》，文史资料出版社，1982，第 178 页。

民生多艰，每每积愤于中，不能自已。东北沦陷后，有一位画家孙逸千作《陷贼女》画，他为之题诗云：

> 少小依慈父，邻右称贤淑。
>
> 春院摘夭桃，秋圃采绿桔。
>
> 不谓贼临门，我父遭迫逐。
>
> 姊为釜底鱼，我成俎上肉。
>
> 南望蜻蛴长，东望双蛾蹙。
>
> 花貌着泥涂，玉肌受鞭扑。
>
> 褴衣烙我身，抖颤成蝟缩。
>
> 肤裂痛彻心，不敢肆啼哭。
>
> 愿为辽海尘，随风返邦族。
>
> 阿爷何庸庸，长令闭幽谷。

以诗补充画面未竟之意。以白描手法写一小姑娘幼时的天真贤淑，活泼可爱，后来父亲与其姐一遭驱迫，一遭禁锢，她也被绑架陷于贼手，被拷打折磨，盼望归家而不能，写出了乱世人家一无辜少女的悲惨遭遇。

又如作于1942年的《幽兰》，以荆棘遍地、幽兰难生为比兴，伤举世贪婪，酿成大乱，借物寄寓其愤世之情：

> 何处有幽兰？遍地多荆棘。
>
> 翘首望青天，阴霾层层黑。
>
> 回头顾对山，烟雾张天阔。
>
> 毒焰何所由？都在内心苗。
>
> 世事已如斯，何必回肠折。
>
> 斤斤我忍师，由来天有缺。

他曾立志实业救国，而遭受到的种种艰难在诗中隐约可见，由来感悟到社会黑暗，国将不国，伪风燃炽，风气糜烂，人心败坏，世事如斯，何必肠断，故用反语。

抗战胜利时所作《听砧》一诗，表达了他对国家前途的深重忧虑：

秋尽霜枫血染林，干戈未戢自萧森。

流离人走千岩乱，婉转猿啼万壑阴。

举世宁无康乐想，伤时应有岁寒心。

怡情酣梦凭争斗，莫负巴山夜听砧。

苍生流离，盼望着和平的早日到来，然而上层社会醉生梦死。诗如墨沈淋漓，气韵沉雄。此诗用杜甫《秋兴》韵。

　　其时他对国民党当局颇为失望，在《伤时》中这种观感表达得更为直截，"大厦已垂倾，茕茕朝野情"，而统治者反而"坐谈夸胜利，黩武说和平"。他的建国理想落空，不由得深深失望，倍忧人民之苦难，怎不怆然泪下："悠悠建国想，和泪吊苍生。"内战方酣时，作《秋夜梦回忆古花楼》一诗云：

俗雾漫天我道潜，霜华两鬓镜中添。

莫嫌楼古今非古，为底剃髯欲再髯。

断雁哀鸣云里过，嗷鸿瑟缩梦中瞻。

何当涌出扶桑日，一片晴光透碧帘。

他曾于抗战胜利时剃去长髯，以示敌焰消潜的愉悦，而今风雨如晦，他重又蓄髯，可见对时局的忧虑又挂在心头。他对人民流离失所的同情，寄寓在断雁嗷鸿等意象中。他盼望着旧时代的结束、新时代的诞生，一片深情，礼赞扶桑升起的太阳。可谓意境超旷，骨力刚健，豪情壮志，溢于字里行间。

第九章
学者、教授中的诗人

民国时期，现代高等教育事业开始发展，大学纷纷创立，萃集了
大批知识分子。这些人具有丰厚的学养，故其中擅长旧体诗创作者甚
多。他们有较充裕的时间从事创作，研究诗学，讲授诗艺。当然，教
书职业并非固定不变，有的人先从政，后又改作教授；或是先当教授，
后去从政。他们了解中西文化的不同，力求以现代学术观念审视他们
所挚爱的传统文化；他们认真地作诗，力求诗既保留传统特色，又输
入现代意识与时代精神。由于诗作者人数众多，本章只是择要介绍，
并按其教学所在的大学主要分为北京、南京两大地域归类之（教授并
非终身固定在某一处，此仅大概分法）。有的人由于活动及其影响主
要在某一省某一地，故留待地域章节简述之。

第一节　北京大学、清华大学、燕京大学、辅仁大学中的诗人

黄　节　　　陈寅恪　　吴　宓　　浦江清　　高步瀛　　萧公权
郑桐荪　　顾　随

北京历来是中国文化教育的中心。民国初期创办了一大批名校，

如北京大学、清华大学、燕京大学、北京师范大学、辅仁大学。学者萃集，诗人辈出，并培育了众多诗弟子。中日战事起，大学纷纷迁往大西南，在昆明，由北大、清华、南开合并为西南联大。教授们走出书斋，身历流离之苦，有了不寻常的心身体验。

民初，严复任北京大学校长，桐城派学者在此任教的不少，其中如桐城姚永朴、姚永概宗宋诗，工诗，但诗名不著，已见第二章介绍。后来陈独秀、李大钊等人在北大教过书，但他们不以治学著称而是以政治家、思想家名世，所以分别见于其他章节。

最初活跃在北京诗坛的有黄节（1873—1935），原名晦闻，字玉昆，号纯熙，广东顺德人。少年师事名儒简朝亮，后在上海与邓秋枚、诸宗元等成立国学保存会。1917 年被聘为北京大学教授，后兼任北师大教授与清华研究院导师。有《蒹葭楼诗》两卷。他全身心研究诗学并作诗，师法古人而不模仿古人，力求创新。其五古渊源魏晋，七律学宋诗，主要学王安石、黄山谷、陈师道，于清代则好顾炎武诗，于晚近受乡先辈梁鼎芬影响。陈声聪说他"执教南北大学数十年，从者甚众，影响亦巨，不独门人多效其体，同时粤之人亦喜学之"[1]。

民国成立，给他带来光明的希望，有诗云"幽禽自戢飞腾意，密树时搴渺窕光"（《雨中与陈树人同坐湖舫》），融欣悦之情于景中。但理想不久破灭，他忧时伤乱，愤世嫉俗，认为那个社会有乱亡之象，是"群盗满山""时流无耻"。诗风一变为沉郁凄凉，他认为这种风格是社会环境造就的："亡国哀音怨有思，我诗如此殆天为。"（《我诗》）袁世凯密谋帝制，杨度、刘师培等人组织"筹安会"为之效劳，他痛心疾首，致书刘师培，痛斥君主立宪之悖谬，并从此与刘绝交。正当袁世凯紧锣密鼓张罗登基之时，诗人目睹这一场闹剧，愤而作《闭门》诗云：

> 闭门聊就熨炉温，朝报看余一一燔。
>
> 不雪冬旸知有厉，未灯楼望及初昏。

---

[1] 陈声聪：《兼于阁诗话》，上海古籍出版社，1985，第 79 页。

> 意摧百感将横决，天压重寒似乱原。
>
> 愁把老妻函卒读，破家谁为讼贫冤。

当从报刊上看到袁世凯被选举为洪宪皇帝的消息，他愤怒地把朝报一一烧毁。冬天不下雪，来年必有疠疫，这也预兆不灭除国之蟊害，厉鬼必然为祸中国。他久久凝望着，直到黄昏万家灯火时。他的仇恨之意撼动着百感而不可抑，几乎要如横溃的江水冲决一切，只见天如铁盖重重压着严寒，那就是作乱的根源。此联犹有千钧之重。末联说他读到妻子的来信，当年因破家产办国学保存会而欠下一大堆债务，至今犹讼务纷纷。思来揪心，情调隐痛。陈衍《石遗室诗话》中以这两句为例，论他的诗"著意骨格，笔必拗折，语必凄惋"[1]，观此信然。

北洋政府登台后，仍是军阀混战，民国"再造失纲纪，大权落将帅"。这使他陷入深深苦闷中，其诗境更加萧瑟苍凉。如云"环畿万锸争疏堰，举国连兵甚旱干"（《七月十六夜园中偶成》），京城周围因缺水而疏堰，然而兵连祸结，更甚于干旱。又由己之处境更推及穷人处境，倍生怜悯之情，"阅世残人支病骨，殷间家狗乱深更"（《秋霖》），病逢乱世，鸡犬不宁，诗中蕴含着无力回天的悲酸辛辣。

在诗艺上，他往往将其感慨国事而不能自已之情寄寓笔下的景物中，借景传意，其格调入乎宋诗又出于其中，瘦而有神，婉而健劲。如《二月十四日东山寓楼》诗云：

> 坐觉春阴转北风，换晴将雨去何从。
>
> 栖迟一阁山相对，渺瀑两沙江更空。
>
> 原野泽微才点绿，岭云朝霁不成虹。
>
> 桔槔许有回天力，百亩荒畦在屋东。

他曾于1927年南下广东，任省教育厅长。其时蒋桂战争愈演愈烈，广东军费激增，教育经费濒于停发，数百万青少年失学，他自感无力支撑。此诗就眼前景物起兴，寄托这种无奈而又彷徨的心境。起句即

---

[1] 陈衍编辑：《近代诗钞》，商务印书馆，1935，第 1552 页。

借风向转而雨晴无常，暗喻时局不靖、人欲何从之意。第二联写他栖迟居此，与一山相对，至"渺漭"句言其纵眺所见，沙洲邈远，更见江面空旷，表达他那孤独与茫然之情。颔联言原野因需泽微少而微微点缀绿色，岭上云薄因早来晴朗而未能成虹，暗寓政治之残酷。末言仅凭桔槔救不了旱，怎有回天之力，故畦地荒芜，以此暗示自己无力挽救教育事业于荒芜的局面。用意深到，蕴藉悱恻。

1929 年诗人居澳门，作《十五夜无月》诗云：

夜夜重阴世莫窥，今宵无月始惊奇。

浮云落与人争渡，渔火明如海有涯。

万象至今仍仿佛，众山巉隐复参差。

高楼不待张灯坐，天末波光白上眉。

首联言世人习惯于夜夜的重阴，十五夜观月，始知无月可赏而惊奇。次联写诗人所见海边之景，浮云涌动，如与人争占渡头。渔火因无月而更明，映现黑海如有边涯。万象不清，众山参差，似有局势晦昧莫测之意。末联点出诗人在高楼坐看，不须张灯，自有天边波光，微微映白眉毛。写景逼真，动静有致。用笔波磔拗峭，颔联语顿，用三四句法，气势盘旋健举。

他的咏物诗往往用意精密，而骨格奇高，寄寓他对国事的悲愤心情，如《三月三十日与栽甫过崇效寺看牡丹多已披谢》诗云：

莲根未长秦蘅老，况汝残开已不堪。

剩与桃梨同沉灂，尚留憔悴对瞿昙。

蝶阑向暝知谁过，燕语无眠却独谙。

错被玉人回眄看，不如飘泊满江南。

以拟人法写牡丹之凋残，牡丹与桃李餐风宿露，憔悴的花容默然向着寺里的泥佛。然后用陪衬法，言蝴蝶因晚也意兴阑珊，不知有谁来过，只听到熟悉的呢喃燕语。描摹传神，正是其自身孤独心境的写照。末联言枉被美人看中，却宁可流落在江南，作者以此譬喻他不乐意受人垂顾拉拢，劝他出来为袁世凯唱赞歌。张尔田说，"当项城称帝时，名士趋之若坑谷焉，而君独翛然南归。又有浼之出者，亦坚卧不一应。曩尝评君，内蕴耿介，外造隽澹。今去之数年，覆诵君诗，犹前日也"[1]，参之此诗可证。又《残梅》诗云：

> 今朝寂寂怀江国，独为题诗意亦阑。
>
> 一雪助花消朔气，无人倚竹共天寒。
>
> 余枝偃蹇充瓶活，数树支持抵腊看。
>
> 何与空山林际鹤，亦捎零羽断飞翰。

降雪则满地映天皆白，似为梅花消除了寒气，只怜无人与我共此寒天一道观梅。虽是一株残梅，尚可折几枝放在瓶中养活，兀自傲立，却不知于何林间白鹤，已是羽毛零落。诗人常以一些美好的花木，象征高洁品性，却每每遭受摧残，但绝不屈服。意境高远，风骨遒上。情共意生，幽丽宛转。不过陈声聪认为："此种诗一意空灵，力祛凡近，然不善学，有魂多魄少之病，难乎得其中也。"[2]

他的诗即便是浅语而能求其深，显语而能求其晦，于平淡中见奇趣，含蕴一种悲酸辛辣之韵味，婉曲而崛健，又善于用虚词带转句意，显得刚柔相济。陈三立评其诗云，"格澹而奇，趣新而妙，造意铸语，冥辟群界，自成孤诣。庄生称藐射姑之神人，'肌肤若凝雪，绰约若处子'；又杜陵称'一洗万古凡马空'，诗境似之"[3]，言其高标出俗，不同凡响。与陈后山相比，黄诗幽折生辣，陈诗枯淡瘦硬，两者力求以意趣取胜是同样的。与顾炎武相比，黄诗骨瘦而有张力，婉曲而劲健；顾诗堂皇奇伟，庄严而沉雄。但两人爱国的挚情是一致的，而陈后山诗在这一点上有所欠缺。

学黄节诗体的有番禺王秋湄，诗句如"月明忽送潇潇雨，愁尽人

---

① 张尔田：《蒹葭楼诗序》，黄节著，韩嘉祥整理《黄节诗学诗律讲义》，天津古籍出版社，2007，第 150 页。

② 陈声聪：《兼于阁诗话》，上海古籍出版社，1985，第 79 页。

③ 陈三立：《蒹葭楼诗题辞》，李开军校点《散原精舍诗文集》下册，上海古籍出版社，2003，第 1151 页。

家竹里灯"，顺德马武仲诗句如"万化往来寻住坏，双眸纷泯倦飞沉。寒香擎雨无何意，败叶号空地转暗"，海宁张任政诗句如"早识艰屯原有定，乍逢崩竭迄还疑"，都是一意表现空灵之趣味，力屏凡近，神情意境，极似晦闻。

陈寅恪（1890—1969），字鹤寿，陈三立第四子。胡先骕列举近数十年来具有伟大魄力之作家与学者，将他与康有为、梁启超、章炳麟、王国维等相并列。年少时赴德国柏林大学等地读书。其父散原老人送别时有诗句云"海七万里波九层，孤游有如打包僧"、"后生根器养蛰伏，时至傥作摩霄鹰"（《抵上海别儿游学柏灵》），勉励他潜心学习，日后必能成大器。1918 年转学美国哈佛大学，吴宓与他相见，纵谈古今中外，从此结下了终身不渝的友谊。

1926 年归国，任教清华研究院。1927 年 5 月，与他"风义生平师友间"的国学大师王国维自沉于昆明湖。他有诗哀之：

> 敢将私谊哭斯人，文化神州丧一身。
>
> 越甲未应公独耻，湘累宁与俗同尘。
>
> 吾侪所学关天意，并世相知妒道真。
>
> 赢得大清干净水，年年呜咽说灵均。

（《挽王静安先生》）

国民党政府定都南京，寅恪有诗涉及之：

> 天风吹月到孤舟，哀乐无端托此游。
>
> 影底河山频换世，愁中节物易惊秋。
>
> 初升紫塞云将合，照澈沧波海不流。
>
> 解识阴晴圆缺意，有人雾鬓独登楼。

（《戊辰中秋夕渤海舟中作》）

寄意深沉，末以怀念其妻作结。其时他有诗讽言论不自由的政治：

> 弦箭文章苦未休，权门奔走喘吴牛。
>
> 自由共道文人笔，最是文人不自由。

（《阅报戏作二绝》其一）

抗战初，陈寅恪携家南下。后来在昆明系念国事，怀念北平，有《昆明翠湖书所见》诗云：

> 照影桥边驻小车，新妆依约想京华。
>
> 短围貂褶称腰细，密卷螺云映额斜。
>
> 赤县尘昏人换世，翠湖春好燕移家。
>
> 昆明残劫灰飞尽，聊与胡僧话落花。

借装束之更换，愈忆故国之可亲；哀赤县之战尘，转羡燕子之迁移。其时他的诗很多是对国民党政府治政的不满，悲叹有亡国之危。讽世之意隐约而又可寻绎，如云"狐狸埋搰摧亡国，鸡犬飞升送逝波"（《己卯秋发香港重返昆明有作》）、"淮南米价惊心问，中统银钞入手空"（《庚辰元夕作时旅居昆明》），甚至有诗讽最高统治者："食蛤那知天下事，看花愁近最高楼。"（《庚辰暮春重庆夜宴归作》）

1939 年，陈寅恪应牛津大学之聘经香港前往英国，未料太平洋战事起，香港被占领，滞留经年，后逃离虎口往桂林。有诗嗟叹之，"万国兵戈一叶舟，故丘归死不夷犹"（《壬午五月发香港至广州湾舟中作》），表明他誓死回归故国之心。后到成都燕京大学教书。1945 年 4月抗战将要胜利，举国欢乐，独寅恪悲忧祖国前景，有《忆故居》诗云：

> 渺渺钟声出远方，依依林影万鸦藏。
>
> 一生负气成今日，四海无人对夕阳。
>
> 破碎山河迎胜利，残余岁月送凄凉。
>
> 松门松菊何年梦，且认他乡作故乡。

慨然东望，暮境苍茫，无人与语，何其寥然；破碎山河，岁月凄凉，何其怆然。他自负其才气可以为国，未料如今家境如此，身已病目。末乃系念家园，松门即庐山松门别墅，是其父故居；松菊言其祖陈宝箴西山故居，有门联云："天恩与松菊。"参照其"还家梦破恹恹病，去国魂销故故迟"（《夜读简斋集自湘入桂诗》）、"世上欲枯流泪眼，天涯宁有惜花人"（《乙酉春病目不能出户》）诸句，家国身世之忧愁，缠结难释。

抗战胜利时,他曾欣然赋诗,笑"满洲国""八宝楼台一夕倾"(《漫夸》),讥日寇"纵火焚林火自延"(《乙酉九月三日日本签订降约于江陵感赋》)。然当国民党政府还都南京,政局愈加扑朔迷离,国共两方战争亦必不可避免,他似有预感。如说"岂知紫陌红尘路,遽作荒葵野麦场。歌舞又移三峡地,兴亡谁酹六朝觞"(《十年诗用听水斋韵》)、"楼台基坏丛生棘,花木根虚久穴虫。蝶使几番飞不断,蚁宫何日战方终"(同前),意象密布,蕴藉传神。又有诗云"可怜汉主求仙意,只博胡僧话劫灰。无酱台城应有愧,未秋团扇已先哀"(《青鸟》),嘲当局乞求美国政府而遭到杜鲁门总统的拒绝。"无酱"句用梁武帝在台城为侯景所困时索酱典,又"酱"字谐"将",讽南京政府已无将可战;团扇因秋凉见弃,而今秋未凉就成了无用之物,反用秋扇见捐典,讽当局之无用,用意婉曲深窈。这些都可见史家的卓识。

他作过两首七言歌行:一是为王国维所作的《王观堂先生挽词》,效王国维《颐和园词》,记其生平,参插众多史事,抒传统文化变迁之痛,间用骈句,音调凄楚。吴宓评此诗云:"包举史事,规模宏阔,而叙记详确,造语又极工妙,诚可与王先生《颐和园词》并传矣。"[1]另一首为1949年夏季所作《哀金圆》,借一盲叟(实为他的化身)击鼓唱词,借陆游诗中"斜阳古柳赵家庄,负鼓盲翁正作场"故事形式,哀国民党政府滥发金圆券而造成的恶果:

> 赵庄金圆如山堆,路人指目为湿柴。
>
> 湿柴待干尚可爨,金圆弃掷头不回。
>
> …………
>
> 金圆条例手自订,新令颁布若震雷。
>
> 金银外币悉收兑,期限迫促难徘徊。
>
> 违者没官徒七岁,法网峻密无疏恢。
>
> …………

---

[1] 吴宓:《空轩诗话》,张寅彭主编《民国诗话丛编》第六册,上海书店出版社,2002,第26页。

指挥缇骑贵公子，阖户掘地搜私埋。

中人之产能值几，席卷而去飙风回。

…………

米肆门前万蚁动，颠仆叟媪啼童孩。

屠门不杀菜担匮，即煮粥啜仍无煤。

人心惶惶大祸至，谁恤商贩论赢亏。

…………

描写市场物质奇缺，抢购与罢卖之怪状如此。最后议论说："党家专政二十载，大厦一旦梁栋摧。乱源虽多主因一，民怨所致非兵灾。譬诸久病命未绝，双王符到火急催。"归咎其因，乃因民怨沸腾，而滥发金圆券、搜括民财只不过是其垮台的催命符。此诗既有生动具体的场景描写，又有高屋建瓴的警世议论。情、景、事相融一片，浑浑浩浩，字字千钧，触目惊心。以小见大，以金圆券讽国民党政权的倒行逆施，有沉痛的诗史意味。

寅恪主要精力在治学，然禀有诗人气质，生逢乱世，中年失明，忧患伤感而赋诗。他兼采唐宋，七律为多，窈渺绵丽，雅健雄深。用典似李商隐，意境似钱谦益，往往古典今事，熔为一炉，寓意深长。在写景方面不甚用力，而着力于内心世界的吐露，怆恻沉着，蕴藉多慨，驱意遣词，自不一般。吴宓认为其诗"学韩偓，音调凄越，而技术工美。选词用字均极考究"[1]。陈寅恪《七月七日蒙自作》后六句云："迷离回首桃花面，寂寞销魂麦秀歌。近死肝肠犹沸热，偷生岁月易蹉跎。南朝一段兴亡影，江汉流哀永不磨。"吴宓评云，"两联对仗已工，而末二句以'影'字与'流'字互相照应，然后江汉之关系始重。更于'影'上，着一'段'字，则全神贯注矣"[2]，可谓的评。

当年以编《学衡》著称的吴宓（1894—1978），字雨僧，陕西泾阳人。是中西文化会通派代表人物之一。少年入清华学堂，赴美留学，

---

① 吴学昭：《吴宓与陈寅恪》，清华大学出版社，1992，第95页。

② 吴学昭：《吴宓与陈寅恪》，清华大学出版社，1992，第95页。

1921 年毕业于哈佛大学。归国后任教东南大学，1925 年到清华研究院，后任清华大学西洋文学系教授。抗战发生后历任西南联大、四川大学、燕京大学、武汉大学教授。他反对胡适、陈独秀全盘否定中国传统文化，但也认为"中国学术必将受西方沾溉，非蜕故变新，不足以应无穷之世变"；认为宜"用新材料熔入旧格律"。[①]三十岁时即蜚声诗坛，与四川吴芳吉齐名，时称"两吴生"。1934 年自编《吴宓诗集》出版。他作诗远法杜甫，近师黄遵宪，并取西方诗境入其中。长篇古风，情意缠绵温厚；短篇声韵清越。1923 年作《西征杂诗》，其一云：

> 寒风瑟瑟夜难温，破屋无棚尚有门。
>
> 芦席土床随意寝，草烟马矢触人昏。
>
> 充肠幸得新炊饼，涤面唯余老瓦盆。
>
> 寄语京华游倦客，此间滋味已消魂。

写山西农村萧条贫困的景象历历如绘，伤怜悱恻。中两联化俗词为雅致，而能对仗工巧。

1937 年随校迁移至湖南衡山时，作有《大劫》诗云：

> 绮梦空时大劫临，西迁南渡共浮沉。
>
> 魂依京阙烟尘黯，愁对潇湘雾雨深。
>
> 入郢焚麇仍苦战，碎瓯焦土费筹吟。
>
> 惟祈更始全邦命，万众安危在帝心。

忧时感事，回肠荡气，别开境界。末乃祈盼最高统治者改弦易辙，为了国家的完整，与日寇血战到底。

吴宓曾作《清华园即事》诗，内容大多是一己伤悲，不关时事，寅恪认为"理想不高，而感情真挚"[②]。又曾有《落花诗》八首以寄怀，力求合情悟道，情道相通，情真意挚。句如"江流世变心难转，衣染尘香素易缁"，叹所钟爱的理想事物将被潮流淘汰而去。"根性岂无磐

---

① 吴宓：《空轩诗话》四十九则，张寅彭主编《民国诗话丛编》第六册，上海书店出版社，2002，第 89 页。

② 吴学昭：《吴宓与陈寅恪》，清华大学出版社，1992，第 72 页。

石固，蕊香不假浪蜂媒"，言其怀抱虽未施展，然当勉力奋斗，不计成功大小，至死而已。"铁骑横驰园作径，饥黎转死桂为薪"，叹国运衰微，外寇横行，饥民填于沟壑。"遥期万古芳菲在，莫并今朝粉黛鲜"，期望创作与著述之业遗留后世，而不作光鲜一时而转瞬即逝的作品，均巧于寄托象征。寅恪劝他以宋诗笔力矫其肤廓，认为"中有数句，不甚切落花之题。间有词句，因习见之故，转似不甚雅。……大约作诗能免滑字最难，若欲矫此病，宋人诗不可不留意，因宋人学唐，与吾人学昔人诗，均同一经验，故有可取法之处"[1]。又《解脱一首》极为悱恻忧郁：

> 回首乍如酒醒时，超离境地一凝思。
>
> 身犹多事宁增累，理未全通敢效痴。
>
> 万古遗痕污白璧，诸天色态染纯丝。
>
> 微生短梦倏将尽，绞脑回肠空尔为。

第五、六两句用英国雪莱诗意，缠绵凄艳。取材博赡，造境恍惚徜徉，可见其打通中外古今文学手段的苦心。章克生认为他的诗篇"或于缠绵悱恻之中见其庄严笃厚，或于幽怨暗恨之中显其深邃典雅"[2]，评价是中肯的。

浦江清（1904—1957），江苏松江人。1922年考入东南大学外语系，毕业后由吴宓教授推荐入清华研究院国学门，做陈寅恪的助教，后任清华大学中文系教授。求学南京时，师生之间，常访古览胜，即席联吟。有《秣陵纪游绝句》八首，其中云：

> 微闻江上起哀弦，灯火琵琶第几船。
>
> 一自歌残玉树后，秦淮流水自年年。

轻灵隽巧，摇曳生姿，可见其才人笔调，但尚未脱去前人畦径。

后来他力图学苏东坡、黄山谷诗格，自言"诗人抱至性，哀乐付

---

① 吴学昭：《吴宓与陈寅恪》，清华大学出版社，1992，第93页。

② 章克生：《吴雨僧师以新材料入旧格律的吟诗理论及其实践》，李继凯、刘瑞春选编《解析吴宓》，社会科学文献出版社，2001，第366页。

咏叹。要以真性情，非假笔墨玩。当其在冥搜，志意若萧散。逍遥上
寥廓，独与造化伴。……吾爱苏黄诗，薰香三沐盥。譬如听古琴，情
正调自缓。余力在书卷，妙语出珠贯"（《龙泉村中同游泽承论诗，即
酬其东坡綮字诗韵》），可见他力求冥搜物象，笔力虽不及前人，但不
落凡近，对仗工稳。句如"雨留隔院三分翠，花入前山一径红"（《晨起》）、
"海天有根花如洗，草木无声江自流"（《送赵思伯、王驾吾归扬州》）、
"积水剩窥浮世理，西风未减去年威"（《天寒茶客少，凭鸡鸣寺楼不
觉遂久》），有沉雄阔大之气象，而能曲折掩映，句法力求变化而不呆
滞。时有忧国之思、感时之作，如：

> 此五年间变化工，政治社会杳冥濛。
>
> 长江一带连兵祸，劫火还比霜花红。
>
> 淮南鸡犬竞飞走，同学一一失素守。
>
> 出门乍见四五人，主义标语满其口。
>
> 宛春宛春君何愚，独守其雌如静姝。
>
> 风雅不随甲马废，狷介竟与俗人殊。

（《寄题胡宛春霜红簃填词图》）

他哀叹世风日下，以反衬对方耿耿不随俗之高节。既用古典，亦间用
新名词入诗。既用古文笔法，亦用骈句，可见他力求茹古涵今的努力。

他的写景诗清幽萧疏，能捕捉物态的细微处，将其准确生动地表
现出来，如《昆明黑水祠酬泽承苦雨诗韵》云：

> 山抱微阳水抱阴，龙祠潭古气浸淫。
>
> 翳然濠濮庄生想，不废池塘谢客吟。
>
> 独树碍波成夭矫，群鱼争饵出潜沉。
>
> 因知物理皆如此，老我人间忧患心。

观察物理以寄兴趣，寓流丽俊爽于清邃幽远之中。又《路南石林》诗云：

> 森森巨石密成林，道是洪荒海蚀成。
>
> 磊落嵯峨由冥纪，玲珑窈窕出无生。
>
> 蛟龙远徙存魔窟，日月常悬照黛城。
>
> 到此沉吟元化事，眼前知换几蓬瀛。

首联根据地质学说明石林成因，表现出一个现代学者的眼界。

其时北京老一辈的学者诗人还有高步瀛（1872—1940），字阆仙，河北霸县人，北京师范大学教授，著《唐宋诗举要》。诗不多作，很少参加诗社活动，但其诗于渊厚沉博中不乏灵气，如云"雪霁野塘鸿有迹，春归故垒燕无家。渐看斗柄天心转，莫嗟渊隅暮景斜"（《华君钟彦偕曾浩然先生元日过访》），回环荡逸，语意高妙。

史学家孟森（1868—1938），字莼孙，号心史，江苏武进人，早年留学日本习法律，民初当选为国会议员，先后为中央大学、北京大学教授。著《清史讲义》《心史丛刊》等。负气为诗，典赡浑融。其《快阁》诗云：

> 万流仰镜也归墟，岂为云山胜莫如。
>
> 宋国已分南北限，故家能守子孙居。
>
> 百年直以名为累，一卧方知快有余。
>
> 事隔几朝更几姓，入门犹想纳楹书。

览胜吊古，即物兴怀，颇有创意，有骨力，史家见识在其中。

孙蜀丞，北京中国大学中文系主任。论诗主张去熟就生，去俗求雅，认为书底子太薄，就不能化腐生新。20世纪二三十年代与诗坛耆宿樊增祥、郭春榆、关赓麟等老辈相唱和。1925年在江亭雅集，作《乙丑上巳修禊江亭，予因事未至，占得润字》诗。句如"心静神理超，意澹靡所引。……桃李共三春，曜灵独爱衾"，古硬清新，于难押之韵，措语自如。

瞿宣颖（1892—1973），号蜕园，湖南善化人。历任南开大学、燕京大学教授。有《补书堂诗》。其诗淡雅清丽，句如"惆怅清阴帘幕底，惊残午梦数声莺"（《杨柳枝》），细腻传神。又"饥凤三年又失群，织帘曾不补辛勤。常忧瘦尽东阳骨，犹喜当筵气吐云"（《答沈瘦东》），比兴惬当，一气流转。或以文为诗，往往因难而见瘦健。如"先正之言有如此，九京可作定谁归"（《题严君载如所辑〈海藻〉，皆上海人诗什》），腾挪转折，笔力健举。

以研究政治学名家的萧公权（1902—1980），原名笃平，字恭甫，号迹园，江西泰和人。清华学校毕业后，留学美国，获博士学位归国。历任南开大学、四川大学、清华大学政治学教授，为中央研究院院士。他主张作诗要去熟就生，去俗求雅。其诗往往蕴涵理趣，情理相融。1932 年用巴人笔名作《彩云曲》歌行体，婉扬深挚，且义正词严，警醒世人。又作《反五苦诗》，以为生、老、病、死、爱离均不苦，有着积极的乐观与理想主义。如《死不苦》云：

> 身死神苟灭，死矣焉知忧？
>
> 身死神不灭，逍遥千古游。
>
> 天道有生杀，时序互春秋。
>
> 安用惜花落，挥泪空枝头？

笑世人惜花之落，欲勘破生死关，而格调归于温粹和平。

其《落花》组诗借花寓理，若无自注，读来但觉风华旖旎，如百宝流苏，若知其注，则可明白他大有用心。其一云：

> 难分浊溷与清池，一例飘零不自持。
>
> 天上月无长满夜，人间春有再来期。
>
> 冰蚕死殉同功茧，倩女生为连理枝。
>
> 解得灵均香草恨，对花溅泪别成痴。

似说花之坠地，难料清浊的命运，然自注云"万类生灭无常，莫非至性流露，触物兴感，今古同情"，可见他认为花即便坠在浊处，也会有至性至情。落花题材，近代陈宝琛等都用来做过诗，但多是个人的生平感喟，而他用来寄托哲理，恍惚窈渺中自见真意。

也有以数学名家而工诗者郑桐荪（1887—1963），字之蕃，江苏吴江人。毕业于美国康奈尔大学，归任清华大学数学系教授。他作古风崇尚吴梅村，律诗学杜甫，颇有轩爽之清气、腾骞之骨力。句如"地近关门惊势陡，云横眼底觉身高"（《居庸关纪游》）、"斗室有朋来证道，千山飞梦乱愁眠"（《除夕》），婉而不迫，清而不弱。

诗论与诗作兼美的有顾随（1897—1960），字羡季，河北清河人。

1920 年毕业于北京大学，先后在燕京大学、辅仁大学任教。有《驼庵诗话》《苦水诗存》。主张诗与社会人生相接触，脚踏实地，把世法融入诗法。他还说："以情为主，以觉、思为辅，皆要经过情的渗透、过滤，否则虽格律形式是诗，而不能承认其为诗。"[①]

他将诗分为气、格、韵来体悟。气指才气，格是字句上的功夫，韵味是无心的自然的流露。诗又可划分为觉、情、思。情为主，觉、思为辅，后两者须经情的渗透与过滤，以情催动。觉大概是指理的觉悟，诗中说理，必须有情浸润其中。作诗的过程是，起初感情高而紧张，又要低落沉静下去，停在一点，然后再起而发而为诗。这与鲁迅所说"感情正烈的时候，不宜做诗"[②]有相近之处，不过他说得更具体。他认为"诗感"是诗的种子，沉落下去是酝酿时期，然后才有表现。表现要有人情味，不是再现。事（生活）是酵母，经酝酿而成文，要给读者以印象而不是概念。

对于造句炼字，他认为有两种风致：一是出于夷犹自在，一是经锤炼而得。"用锤炼的功夫可使字法句法皆有根基，至少可以不俗、不弱。"[③]锤炼句、字，练习客观的描写，这是渐修。作诗叙事时遇头绪多而复杂变化时也须锤炼，以健句支撑，劲健之力来自炼动词和形容词。一个诗人要能用别人不敢用的文字。诗的本格是阴柔，极端则成为烂熟。所以他主张要用宋人炼字句功夫，去写唐人优美的情调。其诗论来自他涵泳古典诗歌的体会与他本人的创作实践。他往往从事物两方面来分析，有独造之得，而非玄妙之秘，通晓浅易，而道理深刻，让人举一反三，顺藤摸瓜。

其诗学陆游、李商隐、杜牧、黄庭坚、陈与义。妙句如"试遣泥牛入大海，从知野马是微尘"（《夜读山谷诗》），力求振拔，有骏快不羁之气。"逝水迢迢悲去日，横空冉冉爱痴云"（《从今》），清新婉丽，

① 顾随：《驼庵诗话》，天津人民出版社，2007，第 26 页。
② 鲁迅：《两地书》，《鲁迅全集》第 11 卷，人民文学出版社，2005，第 99 页。
③ 顾随：《驼庵诗话》，天津人民出版社，2007，第 44 页。

有景趣，有理境。又如"冻雀踏枝争作声，炊烟漠漠闭柴荆。颇思大海云低压，又见孤村雪乍晴"（《家居喜雪晴吟寄海滨诸友》），起调清而不混，次联也颇能清挺而健朗。又"苍茫野水连残照，零落归鸦背断虹"（《登县城》）、"凉露从教湿雁背，繁星试与证春心"（《三更》），想见鸦雁之背，冥思悟理。"去日悠悠蛇赴壑，留痕处处蟹行沙"（《凄凉》），以蛇蟹之行状喻人生之漂泊旅程，以景作比喻以证其意。又"长天星影摇摇坠，远市灯光煜煜浮"（《人间》），"星影""灯光"并非单纯写景，而是比喻人生命运如星之摇坠，如浮动之灯光，有即心即物之妙。借景寓理有趣，格调则哀婉悲怆。

中年以后，其诗愈加娴熟流转，深厚自然。《赠冯君培夫妇》能于风致中寓托感怀时事之深意。《晚春杂诗》《春夏之交得长句数章》两组七绝，于疏放中表现深蕴之致，清苍郁律，低回婉曲。写于北平沦陷时的《开岁五日得诗四章》其一云：

> 夜鹊南飞尚绕枝，人天心意两难期。
>
> 高原出水始何日，深谷为陵非一时。
>
> 故国旌旗长袅袅，小园岁月亦迟迟。
>
> 少陵已自伤摇落，却道深知宋玉悲。

首联化用曹操诗句"月明星稀，乌鹊南飞。绕树三匝，何枝可依"以宕开，欲寻究天、人之意。颔联深化"难期"之意。"始"与"非"呼应，变生硬为矫健；"高原"句出自元好问"高原水出山河改"句意。末联反用杜诗"摇落深知宋玉悲"意。借景寓其时感，见其愁苦之思，而造语生新。

五古往往醇深恳恻，将情感与思致及议论交融为一体，如《和陶公饮酒诗二十首》。句如"显亦不在朝，隐亦不在山。拄杖街头过，目送行人还""振衣千仞冈，出尘安足贵。谁与人间人，味兹人间味""耻作鸟兽徒，甘落尘网中"，充融哲理，而用语朴质自然，化用陶诗，并无痕迹，或以心识道，以景生情。在烽烟遍野、四海鼎沸之时，渺渺予怀，感怆而造境，寓郁郁之情于其中。但他的不足之处是，几乎没有反映人民苦难的叙事诗。

顾随有高足叶嘉莹（1924—2024），北京人。少年能诗，如《哭母诗》云：

> 叶已随风别故枝，我于凋落更何辞。
>
> 窗前雨滴梧桐碎，独对寒灯哭母时。

丧母之痛，与其时亡国之恨相交织，使她难抑悲苦之心，含泪写诗，借凄悲之景，蕴哀伤之情。

1941 年，她考入北平辅仁大学，其时有《晚秋杂诗五首》其一云：

> 深秋落叶满荒城，四野萧条不可听。
>
> 篱下寒花新有约，陇头流水旧关情。
>
> 惊涛难化心成石，闭户真堪隐作名。
>
> 收拾闲愁应未尽，坐调弦柱到三更。

环境险恶，使她内心充满了恐怖，并想要隐居闭户，然而她的心并未死去，故有第三句之言。顾先生步其韵后，她叠韵和章，其中有句云："入世已拼愁似海，逃禅不借隐为名。"她也并非一味凄寂，也有压抑之后的反弹，与难以担负天下重任的内疚与惆怅，如说"冲霄岂有鲲鹏翼，怅望天池愧羽翰"（《春日感怀》），联系北平当时为日寇所占，大半个中国已经沦陷，意蕴所寄，是不难明白的。

她的诗风凄婉有致，似韩致尧。戴君仁说她当时的诗已臻"清真秀逸，饶有情韵，以大学生而有此，洵可谓罕见者矣"[1]。缪钺评曰："发英气于灵襟，具异量之双美，可谓卓尔不群。……孤怀幽抱，隐寓其中。"[2] "感物造端，抒怀寄慨，寓理想之追求，标高寒之远境。"[3] 此期间是她一生创作较丰富之时。后来她在一所中学教书，1949 年赴台湾。

---

① 戴君仁：《迦陵存稿序》，叶嘉莹《迦陵存稿》，台湾商务印书馆，1969。

② 缪钺：《迦陵论诗丛稿题记》，叶嘉莹《迦陵论诗丛稿》，河北教育出版社，1997，第 9—10 页。

③ 缪钺：《迦陵诗词稿序》，叶嘉莹《迦陵诗词稿》，河北教育出版社，1999，第 3 页。

第二节　南京高等师范学校、东南大学、金陵大学、中央大学中的诗人

王　瀣	柳诒徵	黄　侃	胡翔冬	胡小石	吴　梅
汪　东	汪辟疆	陈匪石	陈中凡	金毓黻	乔曾劬
胡先骕	刘永济	邵祖平	徐　英		

　　江南一带的学者教授主要在武汉、南京、上海、杭州、广州等地高校流动，其中主要集中在南京。南京这座历史名城，也是中国文化的重镇。民国以来，在这里创办的南京高等师范学校、东南大学（后改名中央大学）、金陵大学闻名海内外。诸大学重视传统文化的继承，网罗不少江南名彦、海外归来学有所成者。其中不少教授能诗，如中央大学王伯沆、胡小石、黄季刚、汪辟疆、王晓湘、吴梅、汪东等七位教授，人称"江南七彦"，是名重一时的国学名师。每逢佳日，联袂登临赋诗。他们从事现代教育，从事学术研究，因而往往比前辈更能正确理解中西方文化，而没有前辈的黍离之感。抗战爆发后，高校多迁西南，如中央大学迁到了重庆。国难当头，教授们的诗也迸发为哀愤之音。

　　王瀣（1871—1944），字伯沆，晚号冬饮，江苏溧水人。曾入钟山书院读书，后到南京龙蟠里图书馆任职。清末陈三立居南京散原精舍时，深知其学问功力，曾聘他为家庭塾师。民国初年两江师范改名南京高等师范学校，校长江谦重其名声，聘为国文教授。每当登台讲论时，不但大教室中挤满了人，连室外也有上百人伫听，门墙之盛，一时无比。善谈论，清言妙绪如泉涌。论诗不主门户，了解名家长短得失，从而启迪不少人。抗战之初，他因中风疾未能随中央大学迁往重庆，而迁入难民区宁海路，穷饿潦倒，每叹"身外不知人世事"，未久而逝。作诗宗宋诗，力臻奥衍深厚。曾与陈三立、俞明震游焦山，作《癸丑五月二日陈散原、俞觚斋招游焦山三宿松寥阁赋诗五首》之一云：

> 焦山不满眼，影秀浮蓬壶。
>
> 帆风晓日明，微风绿蠕蠕。
>
> 楼殿拍水飞，牒石肩不逾。
>
> 柽碧架高浪，江淮来委输。
>
> 浟洄郁无声，一喷碎群珠。
>
> 兹山古天险，岳岳特百夫。
>
> 历劫当流中，气尊骨不枯。
>
> 着我来振衣，畴写凌风图。

先写焦山之凸秀而蠕动之态，次写楼阁处于惊湍旁的险要位置，最后议焦山之气骨。摹绘工切，而形神隽秀。造句措辞，力求苍健。又如这一组诗之四兼写"散原脚不袜，冥对天星寒"的观景形状，极为神似。在第五首中写焦山寺之幽邃，"佛光黯危楼，木末冷眼悬"，使他感到"吾身亦邻虚，吸习烦尘煎"。"黯"字形容词动用，冷眼可"悬"，嘘吸可"煎"，传神写照，想象高妙，用字奇特。他以峻洁幽邃取胜，这方面似乎受到了散原老人的影响。

另一著名文史教授柳诒徵（1880—1956），字翼谋，号劬堂，江苏镇江人。清末优贡生，曾师事缪艺风。历任两江师范学堂、东南大学、北京女子大学、北京高师、中央大学教授，国学图书馆馆长。1948年当选为中央研究院院士。所著《中国文化史》，开专史撰写风气之先。门生弟子，多能卓然自立，一时号称柳门，与北京大学疑古派分庭抗礼。有诗云"万古心胸开逸荡，百家学术判浇淳"（《答张圣奘》），正是夫子自道其学术境界。其诗宗尚杜韩，出入汉赋，雄篇巨制，不仅压倒元白长庆体。有《圆明园遗石歌》，奇崛奥衍，承王闿运《圆明园歌》之遗制而规模更胜之，借一老叟导游叙旧，带出许多史事；最后感喟无人为之修复，从此"夷冈埋堑辟阡陌，大集丁妇勤春耕。斯园与石两得所，阿房永不规秦嬴。我持斯义忘感喟，欲告当路心怦怦。西山斜阳转残雪，溪风萧槭号狳貐"，虚实相间，而兴寄遥深。

抗战期间，他避难兴化、上饶、泰和，经广西、贵州入重庆。感愤时事，怀念故里，诗风一变而为奇肆激昂，《柏溪杂诗》云：

> 巴渝地燠际冬暄，烟霭微茫众绿妍。
>
> 大似江南春二月，何期剑外客三年。
>
> 九州高枕嗟无日，万物为铜殆有天。
>
> 安得长绳悬斗极，永持羲御不回旋。

流离作客之思，常萦笔端，更盼早日结束战争。往往在写景咏物中饱蕴忧愤之情，奥衍而宏壮，句如"天海风云羁客泪，吴山冰雪古人心""三冬最爱晴曦照，一夕尤奇皓雪封""大海蛟鼍涎作雾，阴山豺虎血成渠""沪滨豺虎吞泉府，蜀道鳞鸿阻驿程"，意境宏阔，声韵铿锵，仿佛已近摩杜少陵、陆放翁之壁垒。

五律如《一九四〇年兴化》，写家境之贫寒，"妇瘦余皮骨，孙顽哄弟兄"等句，见国难之深重，盼战乱早日平息。沉着悲郁，置之杜集中几不能辨。绝句如《霞坳》同样可见这种情思：

> 荷叶街头早稻肥，霞坳雨后翠成围。
>
> 频年客路飘零惯，但听乡音即当归。

沉痛之情，溢于笔端，伤离念乱，哀婉悲怆，断肠词令人酸鼻。

恪守传统、出入八代的诗人有黄侃（1886—1935），字季刚，自号量守居士，湖北蕲春人。少年时东渡日本，师事章太炎研习音韵训诂，为章门大弟子。辛亥革命前夕，用笔名作《专一之驱满主义》《大乱者，救中国之妙药也》等文，发表于《民报》，振聋发聩。民国成立后，他对孙中山将总统一职拱手让给袁世凯很不满意，有诗云"巨壑移舟夜觉轻，夺门前例使人惊"、"胜朝让德标彤史，今日颠危为尔曹"（《七月一日作》），指出其危害，担心"万一南风变死声"而神州陆沉。从此他绝意于政治活动，潜心学术，培养人才。起初在北京大学教书，因与《新青年》编辑发生冲突，被时人视为保守。南下先往武昌高师，后往中央大学兼金陵大学当教授。他才高气傲，壮志既不伸，每将隐痛与压抑之气蕴含其诗中，触景生情，抒怀感愤，而忧国忧民之情缠绵不绝。每逢假日，把酒临风，登高舒啸。因饮酒而胃血管破裂，年仅五十谢世。后有《黄季刚诗文钞》问世。

黄侃以学者兼才人之笔，其诗博采众家之长，出入魏晋至唐宋八代之间，自成家数，体现了他观今鉴古、涵容广大的目光，寓论于诗的泓深气度。早岁所作五古，多拟汉魏两晋之作，这也许是受章太炎的影响，然其《朔风篇》《杂兴》《旅怀》《感兴》《咏怀》诸作，感怀时事，似从陈子昂、韩愈、朱熹诗中来，渊雅蕴藉，真气朴茂。《江行赠宋生》一诗有慨于袁世凯篡夺总统职位、造成南北分崩争雄的局面，浩气充盈。又《感遇》诗云：

> 秋风动高木，日夕空山寒。
>
> 微生值晚节，忽觉悲无端。
>
> 处困贵能通，胡为独摧残？
>
> 九域方颠蹇，一室何由安。
>
> 岂敢辞艰危，忧疑诚有焉。
>
> 悟彼采苓人，恻然伤心肝。

因秋而悲，念及国运之颠蹇，一家一室又何可安定。他打算不惮艰危而前，然又不得不疑虑重重，诗中表现了一位志士慷慨而踌躇的矛盾心态。

他有不少游山览胜之作，模山范水，多少受点谢灵运的影响，镂刻奇秀，设色奇丽，炼字遒警，如《莲谷晓望》诗中云：

> 朝暾出咸池，五色相绚粲。
>
> 霞光荡金轮，缪绕久不散。
>
> 彭蠡倒作天，洲溆布河汉。
>
> 云气联地维，晶光赫天半。

将庐山在晨照中的奇瑰锦丽生动地展现出来。又如"群山忽然住，峭壁何岑嵜"（《再经大林望天桥》），用"住"字收束，又宕开一境，造句矫健有雄气。

七古往往纵横开合，于沉挚中有奋起，奔跃腾涌，往往如九曲回流，一波三折，并擅长以比兴起调。如《行路难》云：

长安城头落日黄，高树叶尽天欲霜。

此时孤雁更难去，使我登楼怀故乡。

故乡只隔吴江水，江南蓟北三千里。

十城荡荡九城空，大军过后生荆杞。

恸哭秋原一片声，谁人不起乱离情？

已知杀掠成常事，终羡共和是美名。

游氛蔽天关塞黑，易京留滞归不得。

谁令虎豹守天阍，坐见豺狼满中国。

酒尽歌阑无复陈，猿鸣鬼啸殊愁人。

以秋天衰飒之景起兴，暗示北洋军阀为争权夺地，连年混战，给人民带来深重苦难，造成城池空荡、荆杞遍地的惨象。诗人愤怒地指斥，遍中国都是军阀，虎豹当道，豺狼横行，所谓民权共和，都成了美而无实的幻象。其情感激奋郁愤。散行句中有对偶，且"已知"与"谁令"两句用流水句，体格峭健，中有流畅之气韵。

其七律追踪李商隐，力求"独运深思写至情"，借男女夫妇离别相思之情，寄寓怀才不遇、救国无能之慨，情深意浓，缠绵悱恻，反复恳到，有时不免于隐晦朦胧。如说"会因难得兼甘苦，情到能深杂爱憎。沉水添炉微有焰，轻绡着泪已成冰"（《无题》）、"自从鸾镜分携后，长在蛾眉怅望中。琼蕊无征人易老，玉环有愿誓难空"（《寓意》）、"春归故国蛾眉怨，寒尽空山翠袖迟"（《别意》）、"隔座娱光难暂接，背灯香颈竟空回"（《无题》），借美人香草寓意深沉，表达理想虽遭破灭却仍苦苦追索的孤寂情绪。

黄侃自葆高节，而以醒眼看国事日非的时局。自言"南国后皇空树橘，西山义士漫餐薇。华胥梦破残生在，独向斜阳泪满衣"（《十一月十七日即事》），可见他对虽在民国而无民主的社会是非常失望的，但又苦于无处可以隐居。他讽刺袁世凯当道的世态是"黏户桃符空变换，登筵舞袖转郎当"（《题友人某君所著辛亥札记》）；又言北洋政府的统治是"北方自古人为醢，中国于今法似毛"（《重有感》）；哀叹北方自古至今是屠戮的战场，而今更是法令如毛之多，民命何堪？后来蒋介石登台，并没有为国家带来希望，党国独裁，压制民主，高压统治，新军阀连年争战不息，对此他也是愤慨不满的：

　　真疑举国皆朋党，直与齐民作寇仇。

　　间左几人逃桎梏，域中何日静戈矛。

　　　　　　　　　　　　　　　　（《杂感》之四）

前一联写统治者结党营私，后一联写黎庶逃亡起义。又如：

　　愁霖没地鼋鼍喜，坏气冲营虎豹奔。

　　执法岂能诛比屋，收权仍见出多门。

　　　　　　　　　　　　　　　　（《杂感》之一）

前一联用比喻象征，后一联议论，凸现出统治者的贪酷。

　　日寇侵占东三省，有鲸吞华北之势，他忧虑重重，有诗云"沧溟鳌抃移山疾，武库鱼飞弃甲多"(《辛未岁暮书感》)，慨叹日寇占地之速，我方军队失败之惨。又说"失巢伫吊依林燕，聚糁先怜在沼鱼"(《同上》)，哀东三省的百姓在流亡，遗民在日寇统治下，或以为在日本所谓"东亚共荣圈"中尚可偷生苟活，其实不过是在沼之鱼，先给点糁饭作饵食而已。作者在此句后注云："辽民颇感煦煦之仁愚矣。"因此他特别留意北宋末靖康之难以及明末史事，从中寻绎教训，并作诗咏其事，"天心人事两茫茫，时势何期似靖康。城闭言开终不听，师全地丧倍堪伤"(《读史至靖康之事感而有作》)，言北宋朝廷不战而割地。又说"败讳言和存国体，亡能身殉系民思。鹃啼蜀道仍前日，鹿走秦关又此时"(《三月十九日吊明思宗》)，赞叹明思宗尚能苦苦支持，不轻言和，终能以死殉国。这些诗寄寓了他鉴古知今的忧国之心。去世前几天，他作《乙亥九日》诗云：

　　秋气侵怀兴不豪，兹辰倍欲却登高。

　　应将丛菊沾双泪，漫藉清尊慰二毛。

　　西下阳乌偏灼灼，南来朔雁转嗷嗷。

　　神方莫救群生厄，独佩萸囊空自劳。

先写其因胸怀郁郁不开，所以一反惯例，不欲于重阳登高。第三句化用杜甫"丛菊两开他日泪"句意，第五句以"西下阳乌"喻日寇必败之势，虽此时来势凶猛。"南来朔雁"比喻北方流离失所的人民，正在嗷嗷待哺。他自惭空有救国神方，却未能解救百姓的苦难，故即使佩诗囊去写写诗，又算是什么豪气，因而他放弃了此次登高之举。可谓郁郁多慨，包蕴密致。

他以七律成就较高，往往驱遣典实，熔裁物象。因饱读诗书，用典随手拈来，可见记诵之博、使事之雅。或以诗来发表政见，表明观点，而不见拘牵之痕。能以文为诗，偏于宋诗格调。他很重章法与句法，如一开一合法："疗疾若能先蓄艾，避兵何用更求符。"（《辛未除夕》）多以假设句或条件句作流水对："纵有珠襦并甲帐，应求璧月与琼枝"（《无题》）、"只知兰露长如眼，谁信桃瓢别有心"（《戏赠康君》）。又能在一句中以意转折，以使句意屈伸有致，如云："薄醉未成人已去，残阳欲敛燕仍归"（《寓意》）、"沧波有尽春无尽，燕子独归人未归"（《三赋杨花》）、"笑语微闻仍寂静，商量才定复誉腾"（《扇底》）。或用层层深入加倍写法："清明已洒思亲泪，此日思亲痛有余。"（《戊午清明后三日，三十三初度》）或用映衬法："车毂竟随肠共转，酒槽还与泪争红。"（《无题》）或用比拟法："东风催客换春衫，愁共青芜不可芟。"（《写意》）可见他对诗艺的着力追求。章太炎认为他"为诗素慕谢公，及是篇什多五言，犹近古，七言或时杂宋人唇吻"[1]，指出其五言古风与七言律诗分别所受的影响。陆宗达序其集，谓之"爱国志，民族魂，才人笔"[2]。其不足之处是因其书斋生活与社会有一定隔膜，写劳苦大众典型事例、场景的苦难较少。有的诗拘泥传统而难免模拟痕迹；由于用典较多，难免晦涩，故难以为一般青年学子所喜爱。

---

① 章炳麟：《黄侃游庐山诗序》，吴宗慈撰，胡迎建校注《庐山志》下册，江西人民出版社，1996，第125页。

② 陆宗达：《黄季刚先生诗文钞序》，湖北省人民政府文史研究馆校订《黄季刚诗文钞》，湖北人民出版社，1985，"序言"第1页。

胡翔冬（1883—1940），名俊，安徽和县人。1927 年在金陵大学任教授。壮年从陈三立游，苦心吟诗，受其影响很深。论诗遍及八代、唐宋诸大家，喜好张籍、贾岛、卢仝诗。程千帆认为"不独当为今人之所不为，且当为古人之所不为，乃可以当时语道当时事，足以信今而传后"①。作诗不肯苟且为之，而语必惊人，以人怪、诗怪、字怪而被人称为"胡三怪"。著《自怡斋诗集》，陈三立题辞云："沉思孤往，窈冥俱深，直欲追晞发（谢翱）而攀无本（贾岛）。"如《记梦》诗云：

> 太阳穿我屋，白白若牵绳。
>
> 而我手挽之，汗出天皆升。
>
> 风雷吼东西，日月如鬼灯。
>
> 妖星闪其下，欲摘力不胜。
>
> 南方多赤鸟，争食爪嘴矜。
>
> 北方气候寒，老龟僵卧冰。
>
> 胡子立中央，眦裂酒气腾。
>
> 扶醉诉上帝，额地臣战兢。
>
> 帝曰罪非余，自彼黎与烝。
>
> 天地终不坏，尔其事聋矆。
>
> 儿啼魂魄返，空斋头枕肱。

设想新奇，构思新巧。诗中有他自己的狂傲形象，挽日光而升天，立中央，诉上帝，想象怪诞，情怀郁勃，视天地万物如刍狗。此诗是游仙诗的变格，曲折表达他的叛逆性格与对社会的不满。汪辟疆说，"是心无住处，有梦不能闲"（《秋夜读翔冬诗》），或即言此诗。

律句如"寺钟和雨落，僧饭带云烧"（《过香林寺同胡小石、陈仲英作》）、"松密月如死，塔狞天欲惊"（《夏夜牛首山中呈散原老人》）、"山藏萍末静，蛙坐芡盘骄"（《泛舟玄武湖》），用字精警，迥不犹人，真乃以秉真不羁之性，写奇健遒劲之句。又如《奉和散原先生鸡鸣寺

---

① 程千帆：《吴白匋先生诗词集序》，吴白匋《吴白匋诗词集》，南京大学出版社，1999，"序言"，第 1 页。

倚楼作》诗云：

> 倚楼一开眼，日脚与诗痕。
>
> 犬卧去年雪，鸟还隔水村。
>
> 山僧无病瘦，木佛不言尊。
>
> 杯底台城黑，斋钟飘饿魂。

此诗看似简易，其实语势健拔，意象崛奇。第三联构思措语，出人意料。全诗劲健而又收敛，用力处突过陈三立。抗战初期，流寓四川，诗风愈益沉郁，多家国之悲。汪辟疆曾戏言其诗又漂亮又狠，"可方美女杀亲夫"，即指他的诗具有清秀而健拔的特点。从学之士，多因他指点门径，因其性情之所近而指导取法于古人某家，名弟子有余磊霞、高石斋等。

与胡翔冬相唱和的诗人有胡小石（1888—1962），原籍浙江嘉兴，生于南京。曾受业于两江师范学堂监督李瑞清，历任北京女高师、武昌高师、东南大学、中央大学、金陵大学教授。诗不多作，时有性灵之作，如绝句《不寐》：

> 林乌声断夜沉沉，人事难量海浅深。
>
> 不寐开帘对残月，余光犹许照孤心。

将不安而自信的心态写入夜景中，颇有幽独闲放的意兴。

其五言诗学孟东野，崛健而具盘屈之势。钱仲联说他"玄思窅想，百炼千锻，一校中伯沆外无敌手也"[1]，足见高评。

胡翔冬有弟子吴白匋（1906—1992），江苏仪征人，1929 年毕业于金陵大学，留校任教。1941 年，改任四川白沙国立女子师范学院教授，1946 年任江苏省立教育学院教授。程千帆评为"神思卓异，摆落凡近"[2]。1927 年，他写有《丁卯夏重到金陵》一诗云：

---

① 钱仲联：《近百年诗坛点将录》，《当代学者自选文库：钱仲联卷》，安徽教育出版社，1999，第 686 页。

② 程千帆：《吴白匋先生诗词集序》，吴白匋《吴白匋诗词集》，南京大学出版社，1999，"序言"第 1 页。

榴花已落朱门在，大道高轩自往还。

昨夜鹤声千户梦，依然龙气六朝山。

黄尘不碍时人目，金粉能骄壮士颜。

把盏莫言惆怅事，秣陵新柳又堪攀。

以朱门、大路与高轩喧喧之景，暗示成为新首都的南京又将蹈六朝旧辙。其时蒋介石所率军队初到南京，诗中辛辣地讽刺了新贵与骄兵。后来统治当局炸花园口以阻日寇南下，他更有诗句严峻刺之，"沉陆贫先溺，滔天智更迷。我师仍屡北，狂寇总能西"（《河决花园口》），哀叹当局策略之迷乱，怎能挽救得了我军的失败，阻挡得了日寇的西进。

以研究戏曲名家的吴梅（1884—1939），字瞿安，号霜崖，江苏长洲人。历任北京大学、东南大学、中央大学教授，著有《中国戏曲概论》等。学术、辞章兼擅，惊才绝艳。间亦作诗，自言得力于散原老人，有《霜崖诗录》。自题其集云"不开风气，不依门户。独往独来，匪今匪古"①，说明他志在独运机杼，然早年其诗仍不免沾染绮丽习气。七绝尤为温雅柔婉，如《春夜口占示潘养纯》"半规新月映窗纱，短榻孤檠每忆家。咫尺云房路三曲，有谁来折玉梅花"，似才子佳人口吻，柔婉轻丽。然当万感横胸，愁恨汩汩而来，则风格一变为劲健。淞沪抗战时，每有忧愤激楚之情。如《次东坡岁暮思归》中云"楼船横海至，一字排长蛇。中流试邀击，张网无可遮"，日军舰艇自海上来攻，盼扫除倭寇之情跃跃然，而忧国之心昭昭然。或借景寄寓其忧国怀抱，如《游圣恩寺》诗中登阁眺望时所思：

如何榆关外，万里弃沃壤。

杯水浮堂坳，小大空物象。

叹东三省被日寇侵占，杯水置于堂坳，则负舟无力。中国必须强盛，方能御敌于外，感喟深沉。

---

① 吴梅：《霜崖诗录自序》，吴梅著，卢前编《霜崖诗录》卷首，民国二十九年（1940）白沙石印本。

其五律造句紧炼而振拔有力，如《客有述天山北路之胜者赋此》诗云：

> 古道遮丛莽，奔流荡夕晖。
>
> 铢钱遗泽国，木简发蛮徼。
>
> 胡塔沦沙雪，穹庐隐堡矶。
>
> 河山信雄美，独惜汉家微。

以诗代论，言天山北路发现汉文物铢钱与木简，以及留存地面的胡塔，遥想当年汉朝逐渐衰落之状，表现了学者的睿智眼光。但他的诗似乎古雅有余，而灵动不足。

吴梅弟子卢前（1905—1951），字冀野，江苏南京人。1926 年毕业于东南大学，历任金陵大学、中央大学教授。曾任首届参政员。1935 年于右任创办《民族诗坛》杂志，约卢为主编。1946 年任南京通志馆馆长。有《卢参政诗选》。其少作平淡有古意，如"柳下如盘月大，望中灯火春酣"（《京口春游》）。后来所作转为清奇，七律尤受宋诗影响。如《夜游北湖》诗云：

> 暗中失去钦天阁，才到菱洲向四更。
>
> 寂寂湖山已沉睡，星星灯火尚能明。
>
> 悬知荷盖擎无力，斗觉蚊雷聚作声。
>
> 剩有摩胸飞动意，不因风敛縠纹平。

首联与次联上下两句先抑后扬，于不均衡中求变化，波折动荡。第三联化自苏东坡、刘禹锡诗意。末联也散发出骏快不羁之气。

抗战事起，诗多写民众苦难、山川蒙羞。如《下城》诗云：

> 下城今昔已沧桑，屈折江流绕胃肠。
>
> 兵气每于文字见，秋心不与壮夫凉。
>
> 康衢曾识崎岖路，荒瘠看成稻麦场。
>
> 独为人间留两眼，旌旗峡水共低昂。

苍健劲崛，用字奇警。或描写少年乞丐之多，"白身垢面首飞蓬，破碗残羹捧两手"（《内江行》），往往是凄苦之音、悱恻之情。他在章法句法的精妙、情韵的恳挚方面，似比其师吴梅更佳。

汪东（1890—1963），字旭初，号寄庵，江苏吴县人。早年留学日本早稻田大学，曾师从章太炎。民初任上海《大共和日报》《民声日报》编辑。1927年任中央大学中文系教授兼主任。抗战初赴重庆，任监察院委员。有《汪旭初先生遗集》。其歌行《战上高》歌颂在上高中日会战得胜的罗卓英将军，诗中云"战上高，风怒号，将军帕首靴藏刀。指麾劲卒随旌旄，阗阗鼓起兵刃交。捷翻俊鹘腾轻猱，雷车疾转山之坳。掷火万里平原焦，鸟惊兽骇胡遁逃"，描摹传神，将罗卓英指挥杀敌的豪气英姿淋漓尽致地展现在人们面前。

律诗如《冬夜独坐有感》：

> 惆怅中宵意不胜，唾壶清泪结成冰。
>
> 枉教鹦鹉工谣诼，已被苍蝇变爱憎。
>
> 近死尚怜身作茧，忘忧聊借酒如渑。
>
> 阴阳浩浩催年尽，欲谢尘缘愧未能。

言情抒怀，托意深微隐曲。又能于顿挫中扬起，极力控抟，而得蕴藉之意趣。再如《与友人自龙洞口步至亭子山访植之》诗云：

> 笠屐行秋此暂停，故人为我启柴扃。
>
> 风回绝壁交飞燕，云掩孤峰失敬亭。
>
> 山鸟自歌泥滑滑，乱松长带雨冥冥。
>
> 银河待访支机石，无奈双星避客星。

五律句如"云根犹润色，树杪忽斜晖"（《雨止》）、"峡转江声怒，云崩石势危"（《植之示入蜀诗》），即景生情，触处生春，颇得杜诗之神，而又能独运机杼。

汪国垣（1887—1966），字辟疆，号方湖、笠园、展庵，江西彭泽人。宣统年间保送入京师大学堂。毕业后历任南昌心远大学、中央大学教授。中央大学迁重庆后，并兼中文系主任，为国史馆纂修。以治目录学、传奇小说、近代诗歌名世。所作《光宣诗坛点将录》《近代诗派与地域》流布海内，诗界推服。他的诗同样是有着深沉的忧国情怀。民国建立，他对此国体抱有需调护以使之健康成长的希望："方兹国体更，道在外内捷。譬如调驹犊，颠踬尚新产。又如春后蚕，缚久始脱茧。各肩扶翼功，畴复事黄卷。"（《得林浚南京师书却寄》）但国事不可收拾，军阀混战的局面，使他深深失望，不得已而潜心著书，但他随时都未忘怀国事。日寇侵占华北时，赋《睇笑一首次天素韵》云：

> 睇笑中原泪未收，江波日夕只洄流。
>
> 岂无危论刘中垒，亦有悲歌高蜀州。
>
> 才说冠裳通鞿鞸，微闻乌鹊噪延秋。
>
> 亡何日饮吾曹事，未信逢人始欲愁。

颔联上句写西汉刘向屡上书恳论国事之利害，警诫天子。下句写唐代高适因敢于直言而贬官，出任彭州、蜀州刺史。借古讽今，刺当局不听箴言。当年外番宾服，而今旧都已失，延秋门上，徒有乌鹊噪晚。痛饮无愁，岂真无愁，愁有何用，语极沉痛。

他自述学诗途径是："首在寝馈玉谿（李商隐）、冬郎（韩偓），以挹其绵远之韵；继在诵法杜、韩，以见其骨律之坚苍，胸怀之超绝；终在细玩荆公、山谷，以求其体势之变化，措语之清拔。"[1]他期待诗的理想境界是："至味若橄榄，刚健杂婀娜"（《编所为诗一卷题后》）、"能于旖旎存风骨，且学婀娜见雪肌"（《学诗一首示浚南》）。他远受韩昌黎、黄山谷、陈后山等人影响，近受同光体特别是陈三立、陈宝琛的影响，博闻强记，转益多师，又精研诗法，能合唐人情韵与宋人意境为一体，形成其苍秀明润、用笔开合自如的诗风，为当时诸贤所推服。其律诗如《印佛自都以书讯近状，寄此答之》云：

> 蜂围草暖关幽事，风味田家得似无。
>
> 阅世沙虫吾倦矣，逃名曲蘗汝知乎？
>
> 青春白日东西浦，罗袜苍烟大小姑。
>
> 为语故人西笑意，归来犹自割云腴。

---

① 汪辟疆：《读常见书斋小记·学诗》，《汪辟疆文集》，上海古籍出版社，1988，第797页。

缅想故人怀念家乡之景，复写我之心境。纵意遣词，自成清妙之境，句势拗劲而不断绝，意趣盎然而不靡弱。又善于用比兴寄托，意蕴景中，如《秋思八首和证刚》其二云：

> 涪水中分一道斜，恭州竹石湛清华。
>
> 南来不见珠崖困，东去难寻汉水槎。
>
> 纵有清秋好风日，岂无流梦警箫筇。
>
> 从知瘦里敷腴在，来看春前踯躅花。

李惟苓笺曰，"此就重庆之秋而思及抗战方殷，无心留连风景也。首二句即重庆之秋，风景固佳，然南望则失珠崖，东归不至汉水；下言虽有风物，而鼙鼓声中，岂复有意留连乎？故以风日句承涪水恭州，以箫筇句承珠崖汉水，全篇精紧矣。结则谓胜利之期不远，只待来春看踯躅艳艳之花耳。宋唐子西诗云'但觉秋来更韶润，却从瘦里带敷腴'，暗用秋字，尤不觉"①，分析鞭辟入里。

妙句如"提三尺剑营一饱，奚用唾咳生明珠"（《戏简雄伯用山谷韵》），以文为诗，以诗代札，运古于律，用流水对以畅其气。末用三平调，具有拗折盘屈之体势。写景句如"闲穿竹石真疑隐，偶抚钟鱼欲共听"（《九日游龙津寺》）、"落木已非秋水渡，乱山无语夕阳间"（《去冬来商城》）、"游丝堕地疏穿户，高柳排天青入窗"（《禊集沙坪》），不以雄重厚实取胜，而是蕴涵一种疏朗清挺的高致。

其七绝雅润温婉，如《与柳翼谋谈世局，词多危苦，中夜不寐起而待旦》诗云"筛光林影误窗明，起听荒鸡远近声。四塞冻云天似漆，空怜向晓此时情"，面对中日双方相持不下的时局，诗人忧心忡忡。用"鸡鸣不已"典，形容冻天如浓漆，托兴幽微。

五古最见功夫，寓谐趣于清劲奇峭之中，如《乱后由章门返湖口杂诗》云：

> 大孤亲我颜，失喜无百里。
>
> 小孤落眼前，相望隔烟水。

---

① 汪辟疆：《方湖诗钞》，《汪辟疆文集》，上海古籍出版社，1988，第1000页。

> 两山相向愁，亦似杂悲喜。
>
> 山川落东南，风物始秀美。
>
> 霜林渐渥丹，苍翠固未已。
>
> 初讶一拳石，不与波填委。
>
> 坐想凌波姿，摇波自吊诡。
>
> 念我东西人，看山在篷底。
>
> 何尝载美酒，醉倒烟霞里。
>
> 山灵坐笑人，役役胡为尔？

荡胸云烟，心静无尘，大得山水性情，如寒香入画。妙在与山灵对话，山灵反嘲人之仆仆风尘。情韵意境，皆入化境。

汪辟疆、吴梅、汪东有女弟子沈祖棻（1909—1977），字子苾，浙江海盐人，生于苏州。1931年入中央大学中文系，后入金陵大学国学研究班。抗战期间在成都金陵大学、华西大学任教。工词，以"有斜阳处有春愁"句得人激赏。然也工诗，有《涉江诗稿》。风格高华，声韵沉咽，蕴藉中透露出几许悲愤。句如"风扇凉翻鬓浪绿，霓虹光闪酒波红"，以新事物入诗，情真味醇。又《琼楼》两绝云：

> 琼楼昨夜碧窗开，残月和烟堕枕隈。
>
> 背烛凝情更无语，一天凉露梦初回。
>
>
> 乱鸦庭树夜啼烟，梦落明湖月满船。
>
> 忽忆凉飔残照里，万花双桨是当年。

清畅婉转，富有绮思，极得风人之臻。

沈祖棻的夫君程千帆（1913—2000），也是汪辟疆的学生，湖南宁乡人。推崇陈三立等人的同光体诗。诗句如"青眚塞天地，白日去昭昭。山隳玉不辉，海枯石亦焦。群鬼森出没，腾踔纷凶呶"（《读老》）、"晓沐诧一白，蔽亏失故向"（《余以春初就聘益阳之龙洲书院》）、"瀑飞清屑玉，泉响暗翻荷。远岫匀深黛，闲潭着浅涡"（《寄印唐十韵》），写景逼肖其境，力求炼字奇警。又如《溪堂展望乌尤》诗中云：

> 离堆竹影摇新秋，二水争洄持不流。
>
> 连宵猛雨湿幽梦，溪堂冰簟如赘旒。
>
> 清晨开门脚不袜，闲对朝阳梳绿发。
>
> 初惊蜂窠没溟涨，渐见螺鬟出云窟。

句句遒炼，措语拗峭，得同光体诗之堂奥。律诗《重来》云：

> 青春无那去堂堂，别久流光共梦长。
>
> 玉树琼枝后庭曲，锦鞯娇马冶游郎。
>
> 江干桃叶非前渡，陌上花钿歇故香。
>
> 莫恨相思不相见，重来应减少年狂。

抗战胜利后重来南京，思绪万千。此可见其诗风紧健而又清绮。又《抗战云终，念翔冬、磊霞两先生旅榇归葬无期，泫然有作》云：

> 八岁荒嬉愧九录，南郊宿草换新阡。
>
> 爆竹满天角声死，留命东还真偶然。

怆然百感，见其师生深情。

陈匪石（1883—1959），字小树，号倦鹤，江苏南京人。早年入南社，历任北京中国大学、华北大学、中央大学教授。著有《宋词举》《陈匪石先生遗稿》。举目望远，每有"身世由来忘仕隐，中原有分涤腥膻"（《倚栏》）之慨。其诗风近宋诗，瘦健有神，如《寒泉》诗云：

> 未春黍谷阳犹伏，满地商飙气渐凝。
>
> 君子之交原似水，至人所履薄于冰。
>
> 源来山腹清无那，扪到心头冷可能。
>
> 莫道不波同古井，潜鳞跃起意飞腾。

君子所交，有似此水之清淡；至人履此，更比此冰之危。此泉并非古井之水，然波澜不兴，必有潜龙自此跃起。因寒泉而触发议论，包含哲理。全诗布局紧凑，句法刚健而有婀娜之态。

陈中凡（1888—1982），江苏盐城人。毕业于北京大学，历任东南大学、金陵大学教授。他曾向赵熙、陈衍等前辈诗人请教。赵熙赠以诗云："公自师承贵，才因世乱多。"有《清晖集》《待旦集》。其中如《峨顶放歌》《大云海》，见景生情，大笔泼墨，往往奇思壮采，风格飘逸，驰骋想象，大胆夸张，融铸理想。更多的诗感时而作，风格沉郁，特别是《闻卢沟桥驻军奋起抗敌》《吊国殇》等诗歌颂了抗战将士奋勇杀敌的事迹与牺牲精神。《金陵叟》记述日寇侵占南京后进行疯狂大屠杀、惨绝人寰的滔天罪行。《河决花园口》讽刺当局的腐败无能。发扬蹈厉，声壮气足。律句如"窥人赖有天涯月，点鬓频添塞上霜"（《冬夜感怀》）、"漫漫世宙何时旦，杳杳鸡声望八荒"（同前），沉郁苍老，寄托遥深。

其后有金毓黻（1887—1962），字静庵，辽宁辽阳人，北京大学毕业，历任中央大学、东北大学教授、院长。1946 年到南京，作《挈眷还都，无屋可栖，幸故人子沈君佩麟以所居见假得免露宿》诗言其困境：

> 天京重到及春残，来日何如去日难。
>
> 三宿犹堪恋桑下，一廛未许驻江干。
>
> 旗开楼上翻新色，雨霁城中增暮寒。
>
> 幸有郎君能见庇，妻孥得就后堂安。

诗意低回宕往，第三联以淡雅之景反衬悲酸心境尤佳。

还有乔曾劬（1892—1948），字大壮，四川华阳人。笃学之士，特立独行，曾任中央大学、台湾大学教授，愤世嫉俗，后竟自沉于苏州。有《波外楼诗》，俊爽明快。如《冷云》：

> 碎踏星光细步佳，钿梁金股助松钗。
>
> 眉间英气防人觉，巾上愁痕为我揩。
>
> 掌记愿陪龙尾砚，更衣才靸凤头鞋。
>
> 冷云遮匝无多路，一晌凄凉后约乖。

又"梦回细听夔门雨，约略明灯拥髻时"（《夔府雨泊》），写眼前平凡之景，也别有一种欲诉还止、低回婉转的意味。又"晚簪赋笔向江关，欲隐墙东事阻艰。病眼枯荣重阅世，世尘淘尽未还山"，可知确有消沉之意、难言之隐。

曾与胡适激烈辩论的胡先骕，是一位卓有成就的诗人。胡先骕

（1894—1968），字步曾，号忏庵，江西新建人。早年赴美入加利福尼亚大学，获林学硕士归国。先后任南京高师、东南大学教授。1925年再往美国，获哈佛大学博士学位。后在北平创办静生生物研究所，聘为北京大学、北京师范大学教授。1941年江西成立中正大学，聘为首任校长。有《忏庵诗稿》。

少年胡先骕因参加府试而认识主考官沈曾植，得其指导学宋诗，后来专学杜韩苏黄诗，心仪前辈陈三立、郑孝胥、陈曾寿。汲取多家，入而能出，自成一家。论诗云"为诗忌凡熟，亦异雕镂为。清切误后生，一滑遂难医。我手写我口，浅者非所宜。所贵在知养，圣学精覃思"（《楼居杂诗》），主张避凡熟而锻炼，但又不刻意雕琢。"清切"是张之洞的诗学宗旨，"我手写我口"是黄遵宪的主张，可在他看来，都容易流为滑易浅俗。他主张涵养深厚，积学深思，自必有获。其感时诗反映军阀混战、日寇入侵、二次世界大战的动乱世局，见其赤子之心与中华民族命运息息相关；感兴诗以静观动，即目会心，在万物生机中悟得天人合一的境界。对老庄、儒学、佛禅学说的涉猎、汲取而成为作诗"心源"；述怀诗纵横议论，发挥其对古往今来时空的卓识，对宇宙、人类社会、中外历史、种族、政体、宗教提出疑问并予以解答；融入近代科学知识（尤其是生物学）与学理，对于植物及月食、佛光等都以科学的眼光来着笔描写。其诗气骨开张，苍雄雅健，主要师法杜、韩；讲求炼字与句法，得江西诗派之奥妙。既重传统，又以雄厚魄力摄入哲理乃至科学知识。钱锺书跋其《诗稿》云，"挽弓力大，琢玉功深。登临游览之什，发山水之清音，寄风云之壮志，尤擅一集胜场。丈论诗甚推同光以来乡献，而自作诗旁搜远绍，转益多师，堂宇恢弘。谈艺者或以西江社里宗主尊之，非知言也"[1]，认为不能以江西诗派为域而局限对他诗歌成就的评价。马宗霍序其集，认为古风律绝各体皆工，又说：

----

[1] 钱锺书：《忏庵诗稿跋》，胡先骕著，熊盛元、胡启鹏编校《胡先骕诗文集》（上），黄山书社，2013，第155页。

抒志见襟抱，述怀见性灵，寓兴则旨远辞微，论事则推见

至隐。或托古以方人，或体物而穷理。要皆纬之以识，诗中有

一我在。盖已绝去町畦，自成为步曾之诗，杜韩苏黄筌蹄而已。[①]

言志抒怀，纵横议论，每见通识伟抱。如在《壮游》诗中说："胸中
郁奇气，喷涌成文章。雕镂到肝肾，语意转苍凉。"《南征》诗叙中有
论，波澜壮阔，论者以为可与杜甫《北征》、韩愈《南山》诗鼎足而三。
从事植物研究之动机，在《书感》诗中可见：

> 髫年负奇气，睥睨无比伦。
>
> 颇思任天下，衽席置吾民。
>
> 二十不得志，翻然逃海滨。
>
> 乞得种树术，将以疗国贫。
>
> 千山茂楩梓，万里除荆榛。
>
> 岂惟裕财用，治化从可臻。

有以林业富国之志，然念及袁世凯称兵攘夺，"貔貅十万众，威力耀
寰宇。……徒启争杀端，海内无宁土"，慨叹"吾谋非所珍"。

集中以纪游诗为最多，不同名山，各呈特征，布局各具匠心。牢
笼万象，意境浑涵。他钟情烟霞，冥搜丘壑，即目会心，有助于苍雄
雅健诗风的形成。句如"沦漪影沉沉，霞末浸林杪。渚沙走阵圆，礁
岛隔烟窈"（《绕箱根湖谒箱根神社》），造语清劲。七古如"天柱屹立
四十丈，屏霞绝巘连云遮"（《北雁荡》）、"阴河千纪穿地腹，岩石解
化雪沃汤。坤炉鼓鞴偶喷薄，洞府遂尔开丹房。颠崖百仞石齿齿，矬
木钩棘丛千章"（《七星岩》）、"峰峦起伏森骇浪，海水凝作青琉璃"（《佛
光》），描摹山岭峰岩的不同特征，随物赋形，都有一种纵横奔腾的气势。

律句往往千锤百炼，窥杜攀韩，下逮黄、陈。如《江上偶成》："年
时饱吃江南饭，岁晚翻操上水舟。木落千山寒自献，沙明群雁暝相投。
持身许葆潜龙志，举世方矜斥鹦游。负手巡行吟望处，万家灯火隔江

① 马宗霍：《忏庵诗稿序》，胡先骕著，熊盛元、胡启鹏编校《胡先骕诗文集》（上），
黄山书社，2013，第6页。

浮。""木落"句化自黄山谷"落木千山天远大"、陈散原"雨了群峰争自献"诗句,即此可知他对前辈诗潜心之处。他如"一碧澄江天作篆,双飞白鸟影随桡"(《僦居》)、"杂树纷披摇月影,流萤开阖乱星光"(《夜气》)、"碧连溟渤无边水,绀接登莱一带山"(《威海卫》)、"万树接天深布影,淡云烘月炯生光"(《繁枝》)、"雨过残云犹翳月,凉生孤焰欲摇魂"(《据乱》)、"草树萤栖青尚照,池塘蛙老蛰无声"(《宰木》),像这样的诗句莫不字精意妙,冥心独造,妙合自然。

以词学名世的诗人刘永济(1887—1966),字弘度,湖南新宁人,历任东北大学、武汉大学教授。工诗,有《云巢诗存》。其七古近于韩昌黎,妥帖排奡有气势;五古叙事兼及巨细,议论穷发幽奥,极富思致。律句大多语语精警,篇篇整饬。写抗战内容,尤其沉痛悲愤。句如"远戍传烽暗,荒云伏莽深。尘埃百年事,萧瑟此时心"(《黯黯》)、"风云惊短梦,山水助哀吟"(《小儿》)、"年华似水去无声,忧患如山未可平"(《甲申立春》),伤时忧世,百感汇于笔端。凝重高华,在元遗山、陆放翁之间。五律《乐山杂诗》颇近于杜甫《秦州杂诗》,如"秦师谁为哭,曹社鬼何讥""时危身益贱,士耻气偏强",苍凉激楚,感慨遥深,属对工稳,用事贴切。

邵祖平(1898—1969),字潭秋,江西南昌人。早年曾师从章太炎研习文字,在东南大学任教时结识陈三立。尔后到之江大学、浙江大学任教。抗战时四川大学聘为教授。撰《七绝诗话》等。著有《培风楼诗存》《培风楼诗续存》。他的诗气骨清峻,宏肆健举,峭拔沉厉,出入江西诗派,不拘一格。陈三立序其诗集云:"冥搜孤造,艰崛奥衍,意敛而力横,虽取途不尽依山谷,而句法所出颇本之,即谓之仍张西江派之帜可也。"[①]感时之作,往往淋漓酣畅以抒其愤。流离大西南时,他有机会纵览奇伟之景,纪游诸作摹写物境,境中传神,奥衍恢奇,出以雅炼,如《阳朔舟中》诗中云:

---

① 陈三立:《邵祖平培风楼诗存序》,潘益民、李开军辑注《散原精舍诗文集补编》,江西人民出版社,2007,第306页。

群山跳跟来，猿玃捷攀踩。

蛙钝不能争，恚怒伏溪口。

…………

天骥不受絷，狮子法当吼。

呀然双峰开，部曲低培塿。

云根束笋稠，滩急万鼍走。

两岸奇峰，幻作百兽千禽，尽得体势之奇。气势夭矫，清超幻变。对景造意，深得江山之助。律句如"乖龙忽过摧天柱，怒骥方奔困短辕"(《车过天目山观瀑晚宿寺中》)、"洞诡簸箕摇广舌，峰寒栖鹘堕危巢"(《七星岩后簸箕诸岩》)、"卅里滩声随桨转，半山树影入云崩"(《黑水寺》)、"千峰浓翠凝春服，上界高寒拾曙星"(《开云亭晓望寄李沧萍》)、"蛟涎耀日连樯动，鳌足浮天巨壑藏"(《海防舟中》)，莫不意兴超迈，风骨遒健，清苍郁勃，骨重神寒。以飞动之势，运旷逸之思，对客观物象进行出神入化的夸张拟人化，加之以炼辞精警，达到令人惊心动魄的效果。黄炎培赠诗句云，"心情苦入沱茶涩，境遇穷翻蜀道新"(《读邵潭秋〈培风楼诗续集〉题赠》)，可谓得其心而会其意。

徐英(1901—1980)，字澄宇，湖北汉阳人，曾在沪主办《归纳杂志》，后执教于安徽大学、中央大学。著《诗法通微》。有《天风阁诗》。其诗寄慨深沉，如《金陵杂感》诸首结句均委婉别致，"谁怜穷海归来日，泣对吴陵一片秋""却怜建业西风水，几送降帆出石头"，将他对南京沦为日寇铁蹄之下的愁恨融于萧飒秋色中，勾引起历史的回忆，用问句，以使句意不滞。

第三节　创办复性书院的哲理诗人

马一浮（附：谢无量）

马浮（1883—1967），字一浮，号湛翁，晚号蠲叟，蠲戏老人，浙江绍兴人。十岁能诗，有神童之誉。入上海南洋公学，与谢无量结为好友。应清政府驻美使馆之聘，赴美国圣路易斯留学生监督公署担任中文文牍，其间游历英国、德国。次年转赴日本留学，其时谢无量因邹容案发而避居日本，两人结伴归国，在镇江焦山海西庵研究西学。一年后寄居杭州外西湖广化寺，将其研治重点转向国学。民初，教育总长蔡元培聘任马一浮为秘书长，但他反对废除读经，坚辞不就，隐居治学，并漫游东南名山。此期间诗风冲和闲静，高华典赡，有谢灵运之超旷。

日寇攻陷上海，进逼杭州，马一浮避寇南迁至江西泰和。时浙江大学也迁此县上田村，他放弃不讲学的素志，应校长竺可桢之聘，讲授国学。战事日紧，他又一次南行避寇，经过"石怪滩高水激舷，渐亲炎瘴背烽烟"(《黔江道中从桂平至石龙》)的水路颠簸，到了广西宜山，仍在浙大讲学。未久在四川乐山县乌尤山中草创书院，以"讲明经术，注重义理"。后来当局"教育部"要求书院填报讲学人员履历、登记教材，他拒绝了，遣散学生，鬻字筹资以刻书。并编刻其诗，将自杭至川诗编为《避寇集》，后又将避地四川的诗作编为《蠲戏斋诗前集》《蠲戏斋诗编年集》。此期间是他创作高潮期。他把国家的命运与个人的遭遇看作是天意昌诗的机会，"有生岂免厄，或以昌吾诗。干戈羁旅中，舍是将焉之"(《希声》)，哀时念乱，歌啸伤怀，诗风一变而为沉郁顿挫。1946年马一浮回到杭州继续刻书，直至1949年。

马一浮将古来诗人之志归结为四端："慕俦侣，忧天下，观无常，乐自然。"①一慕即气类相感，嘤鸣友声；二忧即"怨"，有忧患意识；三观即在于以宁静之心观察变化着的外界；四乐是说要与大自然为伍，兴发志趣。他还认为"境则为史，智必诣玄，史以陈风俗，玄则极情

---

① 马一浮著，马镜泉等校点《马一浮集》第三册《语录类编·诗学篇》，浙江古籍出版社、浙江教育出版社，1996，第1001页。

性"①。什么是"玄"呢？他的解释是"融乎空有而不流于诞"②。史是诗境中反映出来的事，即山川草木气候、社会风俗政事等；玄乃死生变化、惨舒哀乐之妙理，用以体现情智。智应达到玄的境界，又须借境而生发，与境有机统一在一起。他说"用寻常景物语，须到境智一如，方能超妙"③，借情境而发的哲理，并非官方道德标准的推衍，也无功利意识的牵挂，而是哲人独往独来，对宇宙自然、社会政事深造自得的见识。

他推崇盛唐诗"音节响亮，句法浑成"，认为晚唐诗"失之雕琢"，对宋诗不以为然，认为音节不畅，有硬与涩的毛病。但"宋诗兼融禅学，理境过于唐诗"④。又拈出严羽两语以说诗，一要如香象渡河，步步踏实，言之有物；二要如羚羊挂角，无迹可寻，活泼无碍，于法自在，虚实相生。诗须神悟才能写得流转自如，具有神通自在的本领，对事、理、情、景有"无入而不自得之妙"。学诗须多读书，能运用，会选择。作诗要求是："作意先欲分明，再求深婉；遣词先欲妥帖，再求精练；然后可议声律。"⑤立意构思要明确，然后做到深厚婉曲，遣词造句要求稳妥达意，精练脱俗。即便"诗中着议论，用义理，须令简质醒豁与题称"⑥，"选字须极精醇，立篇不务驰骋，骨欲清劲，神欲简远，

① 马一浮：《马一浮集》第一册，浙江古籍出版社、浙江教育出版社，1996，第741页。

② 马一浮：《蠲戏斋自序》，《马一浮集》第三册，浙江古籍出版社、浙江教育出版社，1996，第180页。

③ 马一浮：《马一浮集》第二册《杂著·其他》，浙江古籍出版社、浙江教育出版社，1996，第1237页。

④ 马一浮：《马一浮集》第三册《语录类·诗学篇》，浙江古籍出版社、浙江教育出版社，1996，第1003页。

⑤ 马一浮：《马一浮集》第三册《语录类·诗学篇》，浙江古籍出版社、浙江教育出版社，1996，第989页。

⑥ 马一浮：《马一浮集》第三册《语录类·诗学篇》，浙江古籍出版社、浙江教育出版社，1996，第989页。

然后雕绘之巧无施，刻露之情可息，自然含蓄深厚，韵味弥永矣"①。总之，要作好诗，须要胸襟大、魄力厚、格律细、神韵高。

作为一位哲理诗人，他的诗往往能表现出醇厚的哲理境界与趣味。他认为"作诗以说理为最难"，"偶然涉笔，理境为多"②，"诗境从心得自由"，"吾道寓于诗"。论己作《丁丑腊月避兵开化除夕书怀呈叶君左文》一诗，"沉痛不减老杜，而理境过之"③。可见他追求己作有理境，以诗说法，蕴涵哲理。或感兴为诗，道寓其间。状物写境，境智交融。以理入诗，以仁为本，兼摄佛老。深厚博大，见其胸襟学养。无论经史子集、佛经道藏，一经他信手拈来，皆成妙谛，运用自如，妥帖驯服，真乃百炼钢化为绕指柔。 他以无碍之一心，静观默察着变化不息的无常之境，在森然万象之中发现冲漠之理，所谓"境以忘缘寂，心从应物生""寂处观群动""显微在一心"。哲理、人品、才华，三者在他诗中是有机地涵融在一起的。会通之际，尤多空灵微妙，把宇宙生命中的一切理、一切事的最深意义、最高境界呈露出来。如"海沤电拂倏无邻，乘化观缘得暂亲。岂有风轮持世界，但凭愿力向斯人"（《寒食谢诸友馈问兼答讲舍诸生》），可谓情景圆融，物我相谐，借物说法。又七古《寄题仇北崖祥云庵》诗中云：

> 一庵卓地临中阙，坐见双丸时出没。
>
> 南峰插海北依辰，东是天根西月窟。
>
> 虚空无尽出身云，普贤身是云中君。
>
> 识心流注太古瀑，吞吐元气长氤氲。
>
> 瀑流不住齐生灭，云起无心现分别。
>
> 过梦来云悟等观，弥勒深扃弹指彻。

---

① 马一浮：《答虞逸夫》，《马一浮集》第一册《濠上杂著·初集》，浙江古籍出版社、浙江教育出版社，1996，第742页。

② 马一浮：《马一浮集》第三册《语录类编·诗学篇》，浙江古籍出版社、浙江教育出版社，1996，第980—981页。

③ 马一浮：《马一浮集》第三册《语录类编·诗学篇》，浙江古籍出版社、浙江教育出版社，1996，第1010页。

意象络绎而出，用词华妙如珠，摄相如生，包孕理趣。缥缈幽微之思，如云气变化，圆转无碍。在观照山水的同时，诗人深切体会到宇宙间动静生灭变化的无常。

在乱世时作诗，他力求通于政事而成为诗史，这是其诗的又一特征。愤怒斥责日寇暴行给中国人带来的灾难，揭露统治者腐朽无能，并体现他那感时悯乱、悲天悯人的恻之思。他避寇流离，羁旅忧世，亲睹国土沦陷、民众苦难的惨状。如《将避兵桐庐留别杭州诸友》诗中描绘了日军飞机之凶横凌厉："飞鸢蔽空下，遇者亡其魄。金城为之摧，万物就磔轹。""磔轹"两字形容爆炸之惨。再自述其行止，以"临江多悲风，水石相荡激。逝从大泽钓，忍数犬戎厄"点题，层次井然。然后以"登高望九州，几地犹禹域"句宕开，生发神州大半沦陷的感慨。尽管如此，但他坚信日寇必将灭亡。全诗格局恢宏，气脉流转，含蕴深沉。还有《革言》诗中云：

> 朝矜虎豹变，夕叹麋鹿游。
>
> 灭国五十二，大恶书《春秋》。
>
> 矢人尔何心，民命贱虮蜉。
>
> 朦艟蔽江海，轻若坳堂舟。
>
> 冲轺疾飙驰，铁骑盈山陬。
>
> 飞鸢挟巨石，见卵纷下投。
>
> 四衢绝人行，白日成九幽。
>
> 野鸟啄残尸，狐狸上高楼。

愤日寇海陆空三军残杀无辜民众，以致国土到处成为冥暗中的荒郊野岸。先议后写，描绘逼真，寄慨愤恨而沉重。

他还善于以比兴象征手法或活用典故委婉透露他对战时形势的理解，对当局妥协政策的批判，显得哀怨而不迫。为了使其学生理解他的诗旨，他作了不少解释，如说："《杜鹃行》以喻国也。'华阴道士'隐以自喻，'丹诀'非趁韵泛语，即'盈虚往复辨天根'一句是也。"① 又说:"《黄柑行》首四句说柑已了,次八句抚今思昔,对物兴怀,'客养'以下推开说去,理境玄远。全诗音节流利,作来略不费力。"② "《燕尾谣》似汉乐府。燕尾短,以喻中国之弱;雄尾长,以喻外国之强。'霸因'二句笔力雄举,言强梁终归消亡也。"③ 用象征手法,以微言相感,贵在暗示,不必明言,言在此而意在彼。七律也多用比兴手法,如《胡旋曲》云:

> 横海楼船甲杖新,鸣钟难制毒龙瞋。
>
> 舞衣争裂齐纨素,交态翻疑鲁酒醇。
>
> 天半笙歌犹暗度,尊前笑语不成春。
>
> 西邻日日椎牛祭,谁解壶飧哺饿人。

以楼船喻日寇军舰渡海来侵中国,又以"毒龙"譬指日本军阀,而英美俄各国态度,正如天半笙歌,渺不可测。西方列强,徒在布阵而观望,却不能以壶餐救我饥渴待援之人。句句有所譬,用心良苦。诚如其自说此诗云:"'舞衣'喻军备竞赛,'鲁酒'喻纵横反复。'天半笙歌',美俄犹未可测;'尊前笑语',松冈西去徒劳。'西邻'综指列强,'饿人'兼譬中国也。"④ 古典今事,冶为一炉,婉而多讽。《感事用茶字韵》组诗中以"远游竞夸王乔鹤"喻列强扩充军备,以"肥遁将搜陆羽茶"喻敌寇图谋破坏我后方生产区。《庚辰岁除遣兴》中以"伐竹苦传供美箭"隐讽罗斯福在《炉边闲话》中所说"当使美国成为被侵略国家之兵工厂"的承诺,用杜甫《石龛》诗中语。

　　写景以神与境会,意境超妙,是其诗的第三个特点。句如"云影

---

① 马一浮:《马一浮集》第三册《语录类编·诗学篇》,浙江古籍出版社、浙江教育出版社,1996,第 1026 页。

② 马一浮:《马一浮集》第三册《语录类编·诗学篇》,浙江古籍出版社、浙江教育出版社,1996,第 1026 页。

③ 马一浮:《马一浮集》第三册《语录类编·诗学篇》,浙江古籍出版社、浙江教育出版社,1996,第 1026—1027 页。

④ 马一浮:《马一浮集》第三册《语录类编·诗学篇》,浙江古籍出版社、浙江教育出版社,1996,第 1026 页。

暗随青鸟灭，江声喧似毒龙瞋"（《渝灾》）、"飘灯细雨微茫见，窅谷幽花惨淡开"（《迟无量久不至》）、"奔濑流溅催石转，霜林夜叶助风吟"（《再酬嵩庵》）、"青山吐月光生牖，野竹侵云密绕篱"（《春日遣兴》）、"绝壁过云穿树腹，空潭留月纳天心"（《再题乌尤寺》），莫不有超旷之景趣，音节浏亮。五律如《杂兴》"石势天根接，林光海气蒸。行山多猛兽，入寺少残僧。水尽鱼争饵，巢空鸟避矰。崎岖邦国计，落日下高陵"，借物比兴，高浑超迈，烹炼得法。他自评其《江村遣病》云："老杜以后，无此笔力。此诗音节是杜，而用事之博，说理之深过之。如'长年惟杜口，万事莫藏胸'之句，对仗亦复无迹可求。如'崩崖从古赤，沙草暂时青'，全是老杜句法，上喻战争，下况邦国，固非仅写目前风景而已。'苍鹅'典出《晋书》'苍鹅冲天'，识者预知五胡之乱。'老农'实以自喻。"[1]语虽自负，然从他自述的心得可知，他不是为写景而写景，而是将深意寓于景中，加以用典说理，力图使诗意曲深，避免一览无余。

从其承传与语言特征来看，古风出入汉魏，五七绝宗盛唐，律诗宗老杜。还得法于陶渊明、谢灵运、王维、李白，无险语，无怪语，淳雅自然，清纯流畅，而不落凡近。

半个世纪之后，马一浮的诗得到不少学者的高度评价，人们认为其人不可及，学不可及，诗不可及，因其胸怀宏阔，学思深博，品格高逸。郭齐勇论其诗"不仅儒雅、豪迈、悲壮，以崇高的'仁'德为向度，同时又有道禅的逍遥、机趣、空灵、澄明"[2]。徐复观说他的诗"意味深纯"，"哲学性的诗能写得这样成功，在诗史中可谓另开新局"[3]。程千帆论其诗："冥辟群界，牢笼万有，玄致胜语，胥出胸中神智澄

---

[1] 马一浮：《马一浮集》第三册《语录类编·诗学篇》，浙江古籍出版社、浙江教育出版社，1996，第1030页。

[2] 郭齐勇：《侧身天地更怀古，独立苍茫自咏诗——论马一浮的人格境界与哲理诗》，《郭齐勇自选集》，广西师范大学出版社，1999，第85页。

[3] 徐复观：《无惭尺布裹头归：交往集》，九州出版社，2014，第234页。

澈之造。……文质彬彬，理味交融，较之晦庵（朱熹）殆有过之而无不及，其我国为数极少之哲人而兼诗人欤？"[1]20世纪有这样一位了不起的哲理诗人，洵属难得。

与马一浮齐名的谢无量（1884—1964），名大澄，号希范，四川乐至人，曾与马一浮创办翻译会社。民初进上海中华书局编书，后在东南大学、上海中国公学任教。抗战时任四川大学中文系主任。他的诗喜引申道家之旨，运用入化，即便是陈言，他以清辞丽句润色之，往往化衰飒为妍妙，变腐朽为神奇。如《丙寅夏日芜湖郊居》诗即颇有老庄之意：

> 不测是阴阳，都无却暑方。
>
> 微风诸树响，独夜众星光。
>
> 循发知生累，栖神学坐忘。
>
> 自私堪自笑，偏乞此身凉。

一草一木，皆有性情，得大自然之生意。律句如"俊游高岭风欺帽，妙悟清钟月满川"（《次韵王抚五见寄》），也颇有超旷情致。他的诗得力于庄禅，清空妍妙，但醇厚恳恻的意味逊于马一浮。所以马一浮认为他并未得到老庄学说的精蕴："时贤如谢先生，诗才非不高，亦有玄旨，然所得者老、庄之粗耳。"[2]又认为他虽胸怀超旷，优游度日，却幻想长生："胸怀超旷，惜亦有学仙习气，未免以服食摄养为大事，而悉心以求之。"[3]但以马一浮眼界之高，对他的诗还是相当肯定的，评其二十首五言诗为"一片天机，空灵动荡，的是天才"[4]。试看其五

---

[1] 程千帆：《读蠲戏斋诗杂记》，《程千帆全集·闲堂诗文合抄》，河北教育出版社，2000，第110页。

[2] 马一浮：《马一浮集》第三册《语录类编·诗学篇》，浙江古籍出版社、浙江教育出版社，1996，第1024页。

[3] 马一浮：《马一浮集》第三册《语录类编·诗学篇》，浙江古籍出版社、浙江教育出版社，1996，第1029页。

[4] 马一浮：《马一浮集》第三册《语录类编·诗学篇》，浙江古籍出版社、浙江教育出版社，1996，第1017页。

律《雅安苍坪坐月和湄村》：

悄悄山开面，明明月替星。

暗芳深泊径，圆影半浮亭。

树密恬栖鹊，风回烁断萤。

嫦娥许平视，归步晚烟青。

韵致轻灵，写景如见，流露出其心境的恬静。又《广汉》一诗云：

近郭群鸦散，当村一犬哗。

断江流石浅，愁日傍云斜。

笋怒争抛箨，芦寒已著花。

西通关陇道，从古转征车。

景致清丽，动静两宜，炼字生动，物态毕现，妙趣天然。

七绝如《青城山居杂题》中二首：

空山绝涧少人行，雾气濛濛不见晴。

接果轻鼯风更落，徙枝高雀雨还惊。

古殿阴森雨似绳，道人缝衲鼠窥灯。

莫嫌寂寞龛中卧，犹有鼯鼬在上层。

写幽僻之境界，微妙之动态，生动逼真如画，自然超妙，全不费力，如行云流水。

第四节　崭露头角的学者诗人

游国恩	萧涤非	王　力	詹安泰	缪　钺	吴世昌
夏承焘	王季思	苏渊雷	华钟彦	钟敬文	饶宗颐
霍松林	钱仲联	王蘧常	钱锺书	冒效鲁	徐燕谋

一批年轻的学者教授诗人，是在新文学运动之后成长起来的。他们少承家学，长从名师，在新诗风靡之时，仍沉潜旧体诗创作，并不

计较诗之是否流传。有的当年还未成为教授，但在诗坛就已初露头角。其创作最盛期在抗战期间，忧虑国家命运，盼望驱逐日寇，是这一时期的诗作主要内容。其时由于战乱迁徙，他们的活动地域较广。现择要介绍若干学人如下：

游国恩（1899—1978），字泽承，江西临川人。1926 年毕业于北京大学，历任华中大学、西南联大教授。以治《楚辞》名家。兼工唐律，有《槁庵诗稿》，气韵浑厚，风调激楚。如《偶成》诗云：

> 明月当空宿鸟栖，疏桫了了作町畦。
>
> 九天杀气冲牛斗，万窍秋声入鼓鼙。
>
> 蚁战方酣槐里梦，蝇营争转瓮中醯。
>
> 眼前忽起无穷恨，残夜低徊意转迷。

人间争战，如槐国蚁斗，蝇营狗苟，不过瓮中醯鸡。境界沉酣壮阔，风格雄健清劲。七古《谢黄将军送米》《听查阜西鼓琴》、五古《移居龙头村》等，纵横捭阖，鼓荡流转，时作哀弦裂帛之声。但他矢志治学，所作诗不多。

与游国恩为同乡好友的萧涤非（1906—1991），早年就学于清华研究院，师从黄节。历任山东大学、西南联大教授。其诗简练得法。在清华时作《人力车夫》一诗，写一车夫拖车力竭而死，流露出深切的恻隐之情。在西南联大，因养育子女甚艰，第三子尚未出生，即已决定送人。有《早断》诗云：

> 好去娇儿女，休牵弱母心。
>
> 啼时声莫大，逗者笑宜深。
>
> 赤县方流血，苍天不雨金。
>
> 修江与灵谷，是尔故山林。

首联不说父母牵挂其子，反而说其子休要牵挂父母，婉转写出哀痛意，而句法源出杜诗："不觉群心妒，休牵俗眼惊。"然而劝其子到别人家中，啼声勿大讨人厌，逗笑宜深讨人喜。骨肉之情决断，迫于无奈，措意深婉。律句如"休言辍讲争三日，剩欲归耕老一农"、"人性于今惟有恶，天心自古不亲仁"(《哭潘琰君二首》)，以议代描写，议带挚情，而句法峭健。他与游国恩诗都偏于宋诗风调。

语言文字学家王力（1900—1986），字了一，广西博白人。1926年考入清华研究院，后赴法国入巴黎大学，攻读实验语言学。归国后历任教清华大学、西南联大、中山大学、北京大学。曾以律诗形式翻译法国象征派诗人波德莱尔诗集，以诗序其所译《恶之花》云，"嗜酒焉能不爱诗,常将篇什当金卮。青霜西哲豪狂句,醇酒先贤委宛词"，颇见其学识与措辞的工力。不过其诗大多近质实欠空灵,好的诗如《无题》，作于抗战前夕：

　　东海尚稽驱有扈，北窗何计梦无怀。

　　剧怜臣朔饥将死，却羡刘伶醉便埋。

　　衮衮自甘迷鹿马，滔滔谁复问狼豺。

　　书生漫诩澄清志，六合而今万里霾。

驱遣典实，如出腹笥，而饱蕴愤懑。"有扈"古国名，借指日本；"滔滔"句用东汉张纲奉使循行执法之典，叹贪官污吏之多。哀时局之黯淡，恨日寇之狂妄，然有沉着而兀傲的神情。

詹安泰（1902—1967），字祝南，号无庵，广东饶平人。中山大学著名教授。有《鹪鹩巢诗稿》，其诗学梅宛陵，兼学韩昌黎、苏东坡笔势；近承同光体之后，风格清俊超逸。如1945年所作《初晴》诗云：

　　初晴微吐山，灵鸟鸣山南。

　　一蝉与之和，流韵各清酣。

　　奇树花须绕，石笋镜心涵。

　　浮光穿疏桹，老气越穷檐。

　　仰天一长啸，仙云坠二三。

写景如画，声色俱响，句句透散清爽之气。七律《遣兴》诗云：

　　容我青山今几春，不知温饱送迎人。

　　晚来负手看高鸟，灯上关门写洛神。

　　此秘可窥天浩荡，无言与说意悲辛。

　　谁还有集名晞发，未许逢花一欠伸。

以悲苦的心境，观照外界，悟天地之浩荡，存兀傲之精神。一气奔注，以议为诗，句法拗峭。

缪钺（1904—1995），字彦威，江苏溧阳人。早年肄业于北京大学文科，历受聘于河南大学、广州学海书院、浙江大学。他认为好诗应兼唐宋诗之长，既有情韵，绵邈幽深，复具哲理，曲折峭拔，相互融合，则可创新境。有《南渡集》，力取阮籍、陶渊明的寄兴深微，李商隐的情韵绵邈，黄庭坚、陈与义的笔致峭健而熔于一炉，于近人则推崇黄节、陈寅恪的诗。所作诗往往以宋人之骨而兼唐人之韵，富有沉郁顿挫之致、清疏澹雅之美。《惘惘》两联云"滋兰未必花能发，访旧其如燕已飞。夜读不嫌灯照影，早行犹惜露侵衣"，深婉隽秀。感事之作则悲怆激愤，而工于用典。"九一八"事变时作《感愤》诗云：

> 曲突谁防患未萌，火焚危幕始知惊。
>
> 东封竟作珠崖弃，儿戏真怜灞上兵。
>
> 拔舍尚能观士气，哭秦宁肯履前盟。
>
> 礼亡早识伊川祸，陈策无由愧贾生。

哀国土之失防，愤国军抵抗无能。句句用典，而一气贯之，以虚词带转，字字悲咽。

其五古受陶渊明、杜甫诗风影响，深挚真淳。生逢乱世，山河破碎，往往抒其抑郁之慨。1939年所作《哭六弟季湘》二百余言的长篇巨制，以沉挚之笔，抒写其国难弟亡之仇，其中云：

> 旄头乱天行，玄黄骇龙战。
>
> 一载苦流离，七尺委空幻。
>
> 烽烟遍九州，骨肉各异县。
>
> ⋯⋯⋯⋯⋯
>
> 鸰原鲜兄弟，遐荒尚奔窜。
>
> 泪眼对群峰，荒荒哀禹甸。

情境极真，语极沉痛，仿佛老杜流离之篇。

吴世昌（1908—1986），字子威，浙江海宁人。1932年毕业于燕京大学英文系，先后在中山大学、湖南蓝田师院、桂林师院、重庆中央大学任教。1948 年赴英国牛津大学任高级讲师，直至 1962 年返国。著有《罗音室诗词存稿》。早年诗多情辞，格调近苏曼殊，忧郁哀婉。如《凤台》云：

> 迢递斜晖照凤台，当春无绪倦衔杯。
>
> 待留泪眼看花尽，难买香车载梦回。
>
> 落蕊缤纷谁更拾，相思狼藉不成灰。
>
> 何堪检点芳时恨，满目愁云压鬓来。

以种种象征物形容失恋男女的愁绪与幻觉，相思化灰，愁云又来，与意绪流程相对应，加上设问、呼应手法，便觉缥缈空灵。

他的诗更以写景见长，如《冬早东城待燕京校车》云：

> 城闭千门我自归，朝寒重叠路人稀。
>
> 街因寥廓车偏响，灯到残宵光更微。
>
> 曙色还连枯树远，炊烟初逐早乌飞。
>
> 贪看落月天边白，不觉繁霜欲上衣。

注意观察角度的转换，以清逸萧淡的笔触，写出迷惘心境与城市隐约景物的相调和。

生逢时乱，诗多怆恻之音。1945 年国民党军队向淳化地区八路军部队进犯。他写了四首咏史诗，其一云"汉家艳说霍嫖姚，一驻轮台意便骄。解道国仇犹可缓，从来私恨最难消"，爽辣地讥讽国民党反动派灭共的阴谋，可见关注国事之心。此诗当时在重庆《新华日报》副刊发表，遭到军统局戴笠的忌恨。

当年七月，宋子文飞苏联，议订《中苏条约》，被迫接受允许外蒙古独立、强占旅（顺）大（连）两港及中长铁路之雅尔达密约。他痛感将来苏联有可能侵害我国主权，实行扩张政策，于是作《乙酉八月二十七日书感五十韵》，为四万万同胞吞声一哭。诗中说：

> 边疆不可望，一念摧肝肠。
>
> 故乡频梦到，触目生悲凉。

> 江南佳丽地，但见蓬蒿长。
>
> 烽火八年余，乾坤百战场。
>
> 侏儒饱欲死，黔首血玄黄。
>
> 半壁山河在，笙歌殊未央。
>
> 宁知辇毂下，白骨堆路旁。
>
> 党锢矜严密，国是待参商。
>
> 坐看民力疲，将伯呼盟邦。
>
> 梯航来万里，星旗越重洋。

起句擘空突兀而来，呼号凄恻。哀战后疮痍满目，边疆被分割，而统治者只指望盟邦之救援。饱蕴悲怆激楚之情。诗中婉讽当局经济与外交政策的失利，不仅面临蒙藏脱离中国的危险，而且辽东将"脔割任虎狼"。可悲的是，统治集团对此辱国大事视为闲事，却仍在弹冠称庆。他怎不"欢泪尚承睫，辛酸已夺眶"。当局声称训政，但"民意日消亡"。他叹息手无寸铁，挽回残局，"所嗟无寸柄，袖手阅沧桑"，其愤懑溢于诗中，也表露他爱国的赤子之心与洞若观火的远见。

浙江的年轻学人中，工诗的有夏承焘、王季思、苏渊雷等，大多是温州一带人。他们在回忆录中都谈到那里文风发达，结有诗社，虽然规模不大，其氛围却陶冶了青年诗人。

夏承焘（1900—1986），字瞿禅，先后任教于之江大学、浙江大学龙泉分校。20 世纪 20 年代末，因见浙人多治考据之学，乃锐志研究不为时人所重的词学，后来成就斐然。著有《月轮山诗集》。少年时他就能作诗，在温州师范读书时，老师张震轩赠诗云，"诗亡迹熄道沦胥，风雅钦君能起予"，对他来日振兴诗学抱有厚望。他喜好学陈后山律体，"久之嫌其苦涩，始稍稍诵习简斋（陈与义），期得其宽廓高旷之致。……于昌黎取其炼韵，于东坡取其波澜，于山谷取其造句"[1]。他也爱好李义山、王渔洋、黄仲则、龚定庵诸家诗。其律诗有

---

[1] 夏承焘：《天风阁诗集前言》，《夏承焘集》第四册，浙江古籍出版社，1997，第 3—4 页。

温存风致,而得宋人瘦健之格,如"撄人忧患矜啼笑,阅世风霜逼老成"(《客思》)、"迟公霜鬓垂垂老,阅世丝杨劫劫新"(《太湖舟次》)、"剩欠双声唱香影,合添百纸画横斜"(《贞晦丈嘱题梅花百咏》)。然也有气势遒壮者,如"地受长河曲,天围大漠圆"(《登长城》)等。

绝句如《六和塔》诗云"铁弩江山付劫灰,尚余一塔镇潮回。沧桑不挂山僧眼,独立斜阳数雁来",顿挫而跳荡,疏朗清奇。七古《之江寓楼看日出》中云:

> 片练茫茫挂窗户,雨脚满江不见雨。
>
> 天鸡未唤颓云开,水底孤暾却先吐。
>
> 初看卵色紫犹冻,旋展金蛇不可控。
>
> 须臾异彩分江天,绛霞不动绯波动。

诗中将瑰丽变幻之景描摹得生动可爱,见其随物赋形而得其神似的本领。

夏承焘与吴鹭山为师友而常切磋。同在龙泉分校时,在雁荡山阳明洞夜坐联句云:

> 巉壁飞楼梦易惊,深灯古榻话更更。(鹭)
>
> 未愁偕老终无地,但恨看天不肯明。(焘)
>
> 窥户星辰如有语,因风竽籁本无声。(鹭)
>
> 茶香诗卷兵尘外,记此林泉一夜情。(焘)

颇有宋诗风调,用笔精细,而情趣横生。

吴鹭山(1911—1986),名天五,浙江乐清人。当时也在龙泉分校教书。有《光风楼诗》,多吟咏浙地风光。如《过四十九盘岭》诗云"淡霭斜阳无数峰,吟边朵朵绿芙蓉。振衣便觉诸天近,十八精蓝几杵钟",亦摇曳生姿,逸气流转,疏旷清畅。愉悦之情,可以想见。

王季思(1906—1996),名起,1925年毕业于东南大学,在浙、皖、苏等地中学任教。抗战时也在浙江龙泉分校教书。有《越风》等诗集。他有意采取乐府民谣形式写诗,明白如话,情韵悠长。《慈溪孀妇歌》纪述一孀妇服毒自杀,遗嘱以三十余万元犒赏抗战军队的义举，写得较为生动翔实。《卖鸡蛋》以白描与口语见长。《船家妇》写瑞安飞云江一船夫穿错了妻子上衣，一路嘀咕，为的是他妻子只有此件遮身衣。现在他穿了，妻子起不了床，叹气说"奴衣衫袖短，郎衣衫袖长。出门郎不见，一水白茫落。归来孤枕上，倦梦迷寒江。愿得江头十亩田，与郎相守年复年"，选择角度新，措语似出口而成，实则匠心独运，反映了战乱岁月下层民众的艰难生活。

他还以竹枝词写越地民情风俗。如"渡头妹子渡口郎，相逢只合便成双。米筛宛转筛红豆，过眼相思那得忘"，用句中对，朗朗上口。类此多感于哀乐，缘事而发。夏承焘为《越风》题辞云，"出手肯从元祐后，用心要到建安前"，肯定他能步踪苏、黄，希望更能继承建安风骨，并勉励他从清末诗人江湜入手，再一转手，便又上了一境界。

他的律诗也有的显得沉痛郁怒，如《喜晤孙养臞、余越园、刘卓群三先生于龙川》一诗云：

> 负海群山望欲平，天留三老待河清。
>
> 银髯照酒龙蛇动，古屋传灯魑魅惊。
>
> 楚泽行吟伤去国，杜陵野哭伫收京。
>
> 漫漫长夜何时旦，转恐荒鸡是恶声。

此诗作于太平洋战争末期，当时有英美将与日本妥协的传闻，他将诗人们相聚而谈、忧虑国事的神态描绘得很生动。

苏渊雷（1908—1995），字仲翔，浙江平阳人。1922年入浙江第十师范，任温州学生联合会主席，"四一二事变"时被捕入狱，出狱后聘为上海世界书局编辑。抗战时在重庆中央政治学校授哲学课。后在重庆北碚创办钵水斋书肆，以文会友。其诗整饬雅炼，七律尤沉着稳健。是时作《大战杂诗》十八首，其一云：

> 雾锁英伦海峡秋，投鞭不断恨长流。
>
> 摩空欲击盘旋久，横渡徒夸计虑周。
>
> 西寺钟声惊晚祷，南天烽火失归舟。
>
> 雄心短算拿翁在，难遣盈盈一水愁。

此首写德军轰炸英伦岛，希特勒欲效法拿破仑，夸口渡海攻下英国，不料德军舰只自沉，使其如意算盘破产。空有雄心，绌于筹划。盈盈一水相隔，象征着希特勒将陷入困境。又如：

　　　　艨艟巨舰挟风雷，珠岛星州一夕摧。

　　　　万里裹粮方六月，廿年筑垒剩荒台。

　　　　波漂上将鱼龙杳，载认当朝海水哀。

　　　　弈喻兵家争要着，始知马服是庸才。

此言英军以全力筑新加坡港，号为钢铁堡垒，日军自背后侵入，不逾一月而沦陷。致恨于英军统帅犯战略错误，而疏于防范。末联画龙点睛，一针见血。又如：

　　　　缥缈仙山是也非，龙蛇起陆海群飞。

　　　　直教日落金鳌寂，伫待风高辽鹤归。

　　　　折戟沉沙摩旧垒，凌空越岛赴戎机。

　　　　东南有美真堪寄，雾重蒙冲快合围。

此言美军大举登陆菲律宾，海空大战，已使日寇胆寒。此组诗熔铸古典今事，更引入西方历史故事与传说，见其眼界之开阔，而郁怒之气欲抑而不可抑，更显得字字惊心动魄。

华钟彦（1906—1988），辽宁沈阳人，毕业于北京大学，历任东北师大、河南大学教授。有《华钟彦诗词选》。七古《侠士行》写一位朝鲜人尹奉吉暗杀在上海阅兵的日军白川大将一事，其中云：

　　　　铁血春红陌上花，鬼磷夜碧江边草。

　　　　虏帅大纛号嫖姚，百战归来马正骄。

　　　　山岳欲崩天变色，长虹贯日风萧萧。

　　　　布衣怒，三五步，事成不成非所顾。

　　　　霹雳一声江水立，乾坤漫漫迷烟雾。

　　　　报韩争说博浪沙，击之不中羞还家。

　　　　拼将一颈孤臣血，开作千年帝子花。

在宏阔的场面里，将侠士舍身成仁的壮举表现得酣畅淋漓，郁勃激奋之气振荡而前。

以开创民俗学研究成家的钟敬文（1903—2002），广东海丰人。曾任教于浙江大学、中山大学。锐志为诗。抗战时自桂林到广东砰石，日军已近，作《砰石》诗云：

> 云容酒意共沉沉，过瓦盲风带远音。
>
> 驱魅岂能凭薄纸，祭诗空复托清吟。
>
> 十年处境千熊胆，一夕笼灯万劫心。
>
> 多士泥涂同醒眼，敢辞危坐到宵深。

处危不惊，不可摧抑之气，涌动其间。

后来以治学广博精深著称的饶宗颐（1917—2018），字固庵，号选堂，广东潮州人。历任无锡国专、广东文理学院教授，1949年后移居香港。有《选堂诗词集》。风雨江山、人情世态，随意浏览，而悠然会心，信笔写来，深得理致，往往超出现象层面，直入人生哲理的深处、高处，故能富蕴理趣而充盈自在。早年之作如《优昙花诗》云：

> 异域有奇卉，植兹园池旁。
>
> 夜来孤月明，吐蕊白积霜。
>
> 香气生寒水，素影含虚光。
>
> 如何一夕周，姐谢亦可伤。
>
> 岂伊冰玉姿，无意狎群芳。
>
> 遂尔离尘垢，冥然返太苍。

从优昙花的夜绽晨萎体悟到修短无恒、荣枯无定之理。体物真切，格调高古。他的诗后来走上蕴涵哲理的一路，与马一浮诗风相近。

抗战期间他随学校迁广西。古风《哀桂林》《哀柳州》在大悲痛中透露其忧国挚情。前一诗句如"狠石怒不平，平地每孤峙""久无肠可断，负此峰头利"，借物言己之哀愤，客观物象与情感相融而混一莫辨。后一诗中云"乍见趾鸢张我拳，谁驱厉鬼击其脑？穷荒难享无边春，如此江山坐付人。峰是剑锋水是带，十年徒想清路尘"，愤日寇之猖狂，哀统治者指挥无能，而将大好江山拱手让人。而有情人移情于物，物皆变态有情。

更年轻一些的学子霍松林（1921—2017），甘肃天水人。1945年考入重庆中央大学，次年随校迁回南京。师从汪辟疆、卢冀野，并经汪、卢等人引荐，得到于右任、贾景德的赏识，多次参加青溪诗社雅集。于右任曾教诲他写诗必须卓然自立，学古人而不为古人所限，从此诗功日进。他的诗就其豪纵畅快方面似唐音，就其用意的曲折幽深方面，又似宋调。他较擅长作七古。认为古风能作好，则一切诗体都能作好。抗战时所作一组古风，可说是真气内涵，精光外耀，大气包举，奇情壮采。《哀平津，哭佟赵二将军》诗中云：

> 滚滚贼头落如驶，纷纷贼众来不止。
>
> 孤军力尽可奈何？白虹贯日将军死。
>
> 将军战死举国哭，平津沦陷何时复？
>
> 玉池金水污虾腥，琼殿瑶宫变贼窟。

为抗日将领佟麟阁、赵登禹而哭。大笔挥洒，描摹激烈的场面，融注悲愤痛切之情。散中有骈，浩气流转，横逸奔放。又《卢沟桥战歌》《八百壮士颂》《喜闻台儿庄大捷》等作则写得激昂雄壮，塑造了官兵奋不顾身杀敌的勇武形象，而其内心直白宣泄时的主体精神也同爱国将士的精诚融会在一起。尽情倾吐所恨所敬，或痛切惨怛，或痛快淋漓，令人热血沸涌。

七律如《奉次辟疆师灵谷寺茗坐韵》云：

> 曾亲谈麈及春浓，醉倚禅关百丈松。
>
> 王粲未能传枕秘，班超先已为官佣。
>
> 案头积牍常遮眼，天际层云欲荡胸。
>
> 绕郭青山应有主，何当携酒侍吟筇。

首句用古文句法，一句两意。次联上句说他未得其师秘传，这自然是虚心语；下句说他当时在机关兼职，夸而有趣。第三联言其文牍之多而遮眼，令人气塞；放眼天际层云，始得胸壮。末言其师为青山主，惜自己未能携酒侍坐。此诗诚如钱仲联序其集时所说："情深而文明，志和而音雅。"

　　治古典文学著名的南北"二钱"，其籍贯都在江苏。"南钱"指的是钱仲联（1908—2003），原名萼孙，号梦苕，常熟人。20世纪二三十年代任教无锡国专。其诗出入杜甫、李商隐，而又有李贺之逸气轩举，又力探柳子厚、陈简斋、姜白石、谢翱、厉樊榭之堂奥，于近世沾溉陈叔伊、夏敬观、李拔可，尤受秀水沈曾植影响，然能自成一家。金天羽予以高评，"其骨秀，其气昌，其词瑰玮而有芒"①，并认为他能力张一军，称雄一方。其五古于描摹景物中得高古浑厚之气息。1922年在常熟作《破山禅院晓坐》诗云：

> 幽起先明星，残月眷群木。
>
> 松云渐离峰，千鬘脱如沐。
>
> 诗趣溢春山，石气闭幽谷。
>
> 岩音孕清磬，涧香透疏竹。
>
> 微阴交薄岚，云我影一绿。
>
> 萧机革尘迹，空翠眩奇瞩。
>
> 即此寄澄观，何用升乔岳。

仿佛一位林泉高士，以幽寂之景印证其澄明的愉悦心境。炼字奇警，以"眷""孕""透"字赋予自然界一种勃勃生机。其时作者仅十四岁少年，即有此造诣。其后更多妙句，如"千松化一绿，千绿包一山。山中藏一寺，寺外疑无天"（《破山寺》）、"溪阁网晨光"（《溪晓》）、"过雨绿浮村"（《山前塘步月》），炼"网""浮"诸字，想象入奇，而见韵致秀拔。七律句如"初破荷香三日雨，半留晓色一山云"（《晓坐挹辛庐》）、"海云将雨岭云晴，电射长江月射城。大木三更群籁合，危楼一叹万山惊"（《维摩寺望海楼月夜》），灵心妙绪，凝结成一片空明光景。

---

　　① 金天羽：《梦苕庵诗词序》，钱仲联《梦苕庵诗词》，北京图书馆出版社，2004，"序"第2页。

国难临头时,诗人发为拊膺斫地之音,恨无鲁戈挽日之能。如"已看地蹙成千里,忍说棋输又一枰"(《有感》)、"惊魂化尽辽东鹤,只手谁当海大鱼"(同上)、"漆城荡荡谁持载,禹迹茫茫待剖瓜"(《重有感》),造句尤有气势。又《淞乱杂述》其一云:

> 海动天俱黑,蜻蜓点水来。
>
> 绛云愁一炬,玉轴尽扬灰。
>
> 雷电神丁下,缥缃劫运开。
>
> 眼中烽火地,历历好楼台。

首联以海之动荡与蜻蜓点水之微动相对比。次联写绛云楼被火烧,以一楼而关天下兴衰,惜乃古文明典籍之厄运。第三联以雷电现象与典籍命运相关联。末联用倒挽法,好端端的楼台,竟毁为烽火燃烧之地,诗人的心情是非常沉痛的。

其时日寇侵占东北三省,日益猖獗,长春陷落,诗人愤而作《哀长春》。锦州陷落,又作《哀锦州》,气韵恢奇激荡。前首如"万骑压城城欲动,城上健儿气山涌,浴血奋战无旋踵。一夫奋臂百夫从,上马斫阵如飞龙,同拼一死为鬼雄",三句转韵,此哀苦战而无后继之援军。后一首叹守城官兵不战而城陷:"锦城高高天尺五,有城不守奈何许。黄昏胡笳城上吹,贼不血刃皆登陴。"只有"辽西义民边城儿,奋臂直入不畏死,矢与名城共终始。创痕入骨蹶复起,毕命犹然切其齿"。全诗满腔热情地歌颂了一位入城杀敌不畏死、死犹切齿的义士,与畏敌者相对比,褒贬立见。选材、布局见其匠心。他如《李营长死事诗》《飞将军歌》写抗日将士的奋勇,均可作史诗读。又《国军撤淞感书一百韵》写十九路军上海抗战后被迫撤退一事,惊天地泣鬼神之壮举,竟成萧飒之结局,慷慨而沉痛。大笔勾勒,有叙有议。

曾与钱仲联合刊《江南两仲诗》的王蘧常(1900—1989),字瑗仲,浙江嘉兴人,也在无锡国专任教。他认为作诗用字就像用兵,要虚虚实实,观其诗可见其法。钱仲联评其七绝云:"能如宋人之造意炼句,而以唐人之风调出之。"①其七律或沉雄或跌宕，或绵丽或妙悟。句如"屋角斜阳红不尽，还留一线照诗心"(《晚立》)、"满地鸣蛙人独立，碧天如海一灯骄"(《夜立》)、"百岭截江回地力，万涛奔海放天才"(《戊午游杭出候潮门登小阜》)、"狂雷碾地黄尘斗，大浪摇天白日翻"(《快哉楼遇雨》)，造句炼字，精警得法，而壮语独创。又"斜阳没水两相搏，峰影脱云孤欲飞。如此江山容独往，绝无人处一嘘唏"(《思归》)，意境独造，寄慨深沉。议论句如"眼前日月从头去，身外文章与命仇"(《堕地》)，真有笼罩乾坤、凌铄万象之概。抗战时所作尤为激愤凌厉。如"事已难为陵化谷，棋犹不定鹤为鹅"(《烽火》)、"三军鼓早声如死，百战声犹力似生。要使国家留寸土，不辞血肉葬同坑"(《八百壮士》)，无一字草率，语语顿挫有力，拗折生新。

"北钱"指的是钱锺书(1910—1998)，字默存，号槐聚，笔名中书君，江苏无锡人。1933年清华大学毕业，在上海光华大学教书。后往英、法留学，归国后在西南联大、国立蓝田师范学院当教授。著有《谈艺录》等，其博学多才，受到世人推崇。少年时他就喜好作诗，词采绮丽，但缺少风骨。其父钱基博，曾著《现代中国文学史》，是一位学问家，但很少写诗，见他颇有天分，便带他谒见同光体诗人陈衍，陈劝他学诗舍唐音而趋宋调，在格调肌理上下功夫。他曾自述学诗经历云：

> 19岁始学为韵语，好(李)义山、(黄)仲则风华绮丽之体，为才子诗，全恃才华为之，曾刻一小册子。其后游欧洲，涉(杜)少陵、(元)遗山之庭，眷怀家国，所作亦往往似之。归国以来，一变旧格，炼意炼格，尤所经意，字字有出处而不尚运典，人遂以宋诗目我。实则予于古今诗家，初无偏嗜，所作亦与为同光体以入西江者迥异。倘于宋贤有几微之似，毋亦曰唯其有之耳。自谓于少陵、东野、柳州、东坡、荆公、山谷、简斋、遗山、仲则诸集，用力较勤，少所作诗，

---

① 钱仲联：《梦苕庵诗话》，张寅彭主编《民国诗话丛编》第六册，上海书店出版社，2002，第253页。

惹人爱怜,今则用思渐细入,运笔稍老到,或者病吾诗一"紧"

字,是亦知言。[1]

这里所说的"紧",即指其一句多意,压缩一些字,使之有跳跃性,脉络显得紧凑。律诗尤其如此,句如"犹看矮屋衔残照,渐送疏林没晚烟。眺远浑疑天拍地,追欢端欲日如年"(《薄暮车出大西路》)、"积气入浑天未剖,垂云作海陆全沉。日高微辨楼台影,人静遥闻鸡犬音"(《大雾》),力大气厚,出之以遒炼。有的以机警见称,如"背羡蜗牛移舍易,腹输袋鼠挈儿便"(《巴黎归国》),以蜗牛移家、袋鼠装儿之易反衬他搬家之难。又"意常如墨渖难净,情倘为田灌未深"(《泪》)、"盛梦一城如斗大,掐天片月未庭方"(《寓夜》),则以夸饰见妙,奇譬出新。

写景借助奇特的想象,造句力避平庸,如"造哀一角出荒墟,幽咽穿云作卷舒"(《沪西村居闻晓角》),听到凄哀晓角声而想象吹角造哀,又仿佛见角声幽咽穿云,使云层作卷舒之状。又如"一角遥空泼墨深,难将晴雨揣天心"(《牛津公园感秋》)、"万点灯光夺月光,一弓云畔挂昏黄"(《清音河上小桥晚眺》)、"渐收残照隐残峦,鸦点纷还羡羽翰。暝色未昏微逗月,奔流不舍远闻湍"(《傍晚不适意行》)、"孤萤隐竹淡收光,雨后宵凉气蕴霜。细诉秋心虫语砌,冥传风态叶飘廊"(《山斋凉夜》),着力炼动词的奇警。既具生活实感,又超越现实;既空灵超隽,而又言简义丰。

他很能用意象曲传其心境活动,如《待旦》诗云:

梦破抛同碎甑轻,纷拏万念忽波腾。

大难得睡钩蛇去,未许降心缚虎能。

市籁咽寒方待旦,曙光蚀黯渐欺灯。

困情收拾聊申旦,驼坐披衣不语僧。

首联二句用暗喻以使心理活动化为有形之物。第三句用佛典:"烦恼毒蛇,睡在汝心,早以持戒钩除,方得入睡。"又"万念如虫竞蚀心"(《昆

① 吴忠匡:《记钱锺书先生》,《随笔》1988 年第 4 期。

明舍馆作》)、"压屋天卑如可问，春胸愁大莫能名"(《山居阴雨得许景渊昆明寄诗》)、"乍惊梦断胶难续，渐引愁来剪莫除"(《沪西村居闻晓角》)，均将无形之物化为有形，多方引譬，结合夸张手法，句法多变，使其诗在婀娜中寓峭健之美。

其绝句多缘情凄婉之作。《秣陵杂诗》即事而作，咏怀酬答、说理论文，不拘一格，活泼多姿，如云"除却夭桃红数树，春痕都在有无中"，把感情的深长、议论的警辟融为一手，显得纯洁空明。

当年吴宓题其诗集云：

> 才情学识谁兼具，新旧中西子竟通。
>
> 大器能成由早慧，人谋有补赖天工。
>
> 源深顾赵传家业，气胜苏黄振国风。
>
> 悲剧终场吾事了，交期两世许心同。

评价甚高。他才高性慧，其诗如同其学问一般，广博精深，遍涉多家，兼杜甫之沉郁、孟郊之瘦寒、黄山谷之拗峭、杨万里之清新。驱典隶事，字有出处，句有来历，平易中含蕴微言大义。抒情说理，务求新意，富有理趣，格调瘦癯硬健，以筋理见长，近于宋诗，得其精髓，而无门户之见。不过，他的诗也微有不足，用典过多，不免于滞重艰涩；用意过密，不免于紧促。再是题材较窄，反映民生疾苦、国家大事的有忧患意识之诗毕竟不多。

与钱锺书相交往的有冒效鲁（1909—1988），别号叔子，江苏如皋人，冒广生之子。20世纪30年代任中国驻苏大使馆外交官，后任复旦大学、安徽大学外语系教授。有《叔子诗稿》。诗风与钱锺书相近，也走宋诗一路。如《和默存夜坐韵》云：

> 虚幌吹灯阒不欢，流亡道路有饥寒。
>
> 惊乌绕树月初晕，落叶扫阶声未干。
>
> 肝胆向人终郁勃，情怀如水自弥漫。
>
> 无边夜色归坚坐，哀乐中年损谢安。

字字凝练,风骨高翔。陈鹤柴评此诗"骨重神寒"[①]。其他如"裹影一灯疑可友,虫声如雨撼秋林"(《夜坐一首寄默存》),见其绘景取神手段,大气遒举。

与钱锺书相交往的诗人还有徐燕谋(1906—1986),江苏昆山人,复旦大学英文系教授。宗宋诗,尤爱苏东坡、黄山谷诗。其诗峭洁遒警。他曾以黄山谷比钱锺书,却不敢以陈后山比自己,自谦说"君雄万户我百夫,扫除榛荒淬两笔",但两人诗风也还是走的同一路径。写景句如"日色半明如雨过,物缘垂尽觉花亲"(《春日携儿游龙华看桃花》),拗劲而出之以清奇。五古如:

> 明月出海底,偷取鲛人泪。
>
> 晶莹百斛珠,嫦娥不自秘。
>
> 缀以万银钩,殷勤赠下地。
>
> 红紫悲迟暮,持还双泪堕。
>
> 竹被翡翠裳,安用珠作珥。
>
> …………

(《和默存九月初三月露之作》)

写月出之景,化实为虚,想象出奇,明丽新警,有舒卷流动之美。

---

① 陈声聪:《荷堂诗话》,福建美术出版社,1996,第54页。

第十章
书画家中的诗人

　　中国向有诗书画同源之说，文人往往推崇诗中有画、画中有诗。书画家能诗，能提升其自身艺术的境界与韵味，所以有见识的艺术家往往博览诗文，重视诗词修养。潘天寿说：

　　　　在诗的表现上，有关格调、韵律、音节、气趣等等，与绘画表现上的风格、神情、气韵、节奏等等，两者是完全相通的。……诗画是意境的结合，是从同一个源头而来的，……至于诗后附以图画，画后题以诗句，这只是诗与画的表面上互相辉映、互相对照、互相补充、互相引申的处理手法，使人对诗、画里的艺术处理与理解欣赏更深入一层；同时，也起着珠联璧合、相得益彰的综合作用，是祖国传统艺术上的一种特有形式，至为珍贵。……一个画家，如果有诗的根底，作画时也可以脱掉俗气，增加诗的韵味。[1]

对画家作诗的重要性以及诗画同源互补的道理论述得透彻而具体，也是艺海体验得出的肺腑之言。

　　进入现代以来，出现了不少书画大师，大多能诗，有旧学修养，又接受中西文化交流的洗礼，作起诗来，既恪守传统，又力求创新，

---

[1] 潘天寿著，叶尚青编《潘天寿论画笔录》，浙江人民美术出版社，2013，第2—4页。

融入时代气息。他们也往往为画艺与诗词的切磋而结社，20 世纪 30 年代初，经亨颐、何香凝发起成立"寒之友社"，潘天寿倡议成立"白社"，周围都集结着一批书画家，吟诗作画。当旧体诗受到冲击之时，书画界却形同壁垒。在这个圈子里，旧体诗传统得以继承发扬，而白话新诗难有插足之地。他们作诗刻意经营，以其精湛的诗艺表明诗书画同源的根基深厚，而且不似古代的某些画家，作诗大多是即兴达意而已。他们的诗卷，蕴涵了忧国忧民的意识，留下了动乱时代的印痕。

第一节　上海、江浙一带的书画家诗人

吴昌硕　　李瑞清　　黄宾虹　　经亨颐　　潘天寿　　吴茀之
林散之　　邓散木

清末民初以后，书画家以上海、江浙一带为多，或许是因为其地文化传统雄厚，人才萃集，上海恰又成为中西文化交汇的著名大都会、大商埠，所以画家诗人多活动其间。

开一代画风的吴昌硕（1842—1927），初名俊卿，号缶庐，浙江安吉人。光绪年间保举安东知县，一月后即辞去。任西泠印社首任社长，晚年寓居上海。是清末民初制度转轨时的重要画家诗人，有《缶庐诗》四卷。陈三立题诗云，"未坠广陵散，孤追正始音。名为三绝掩，老有一灯深。肺腑铭文字，灵仙影枕衾。夜楼昏海雨，警我瘦蛟吟"，以魏晋时期的正始之诗、海中瘦蛟之音来比譬他的诗风。陈衍评他的诗"生而不钩棘，古而不灰土，奇而不怪魅，苦而不寒乞，直欲举东洲（何绍基）、巢经（郑珍）、伏敬（江湜）而各得其所长。异哉！书画家诗，向少深造者，缶庐出，前无古人矣"[1]，列举了他所得益的三位近代宋诗派人物，其实他的诗还远受唐贤影响，近受乡先贤厉樊榭

① 陈衍：《近代诗钞述评》，钱仲联编校《陈衍诗论合集》上册，福建人民出版社，1999，第 905 页。

影响。能融拗峭于淡雅清远，戛戛独造，自然高华，音节振拔，如《春日北寺题壁》诗云：

> 当户南山空翠微，看云北寺坐芳菲。
>
> 唯杨及柳古情见，在水一方诗兴飞。
>
> 亭子短长栖鸟下，潭烟深浅夜渔归。
>
> 数声歌咏残阳外，倘有高风到浴沂。

将水边景色点染如画，清雅幽淡。第三句以文入诗，涩而有劲，结句余意不尽。

七绝句如"看碧桃花过寒食，听黄莺儿随酒人"（《寓斋哄饮招铁老》），用一三三句法，顿见活脱，流转自在。五言句如"平潮吞野岸，一雁点秋痕"（《渡江》）、"寒山生紫翠，落日冷松筠"（《寄徐渠生》），饶有画境，清幽冷隽。

题画诗重兴象融怡，意气发越，议论风生，见其情性之真、奇思之妙。《葡萄》诗云：

> 葡萄酿酒碧于烟，味苦如今不值钱。
>
> 悟出草书藤一束，人间何处问张颠？

借物发挥其想，议论风生，情想无碍，活泼不滞。

有的诗反映了贫苦人民的生活困境。1919 年他与王一亭合作《流民图》以筹赈，题诗云：

> 沟壑埋头动四肢，可怜行路见流离。
>
> 饥肠呜咽穷无告，脱粟移来当肉糜。

哀豫鄂皖苏浙五省山洪暴发，灾民颗粒无收。又《苦寒吟》诗中云"贫家断炊米罄瓶，山芋豆屑调作羹。十指冻折号失声，饥肠辘辘不住鸣"，断饮受寒的惨状，与大官僚"狐裘貂帽黄金觥，笙歌拂云开画屏"的豪侈形成对比。寄慨无端，见其悲天悯人的情怀。

遗民诗人还有书家李瑞清（1867—1920），字仲麟，号梅花庵主，江西临川人。清末官至江宁提学使，辛亥革命后避居上海，穿上道士服，因号清道人，以鬻书画为生。著《清道人遗集》二卷。风骨高骞，力屏凡俗浅近。上溯汉魏，有曹操古直苍凉之气，迈宗唐音之醇厚。沈其光说："自散原老人提倡江西诗派，海内宗之，而临川李梅庵独擅唐音。"[①] 如题画诗《古松歌》其中云：

> 下临洞庭八百里之波澜，
>
> 上矗衡霍七十二之高峰。
>
> 郁以乾坤数百千万年之浩气，
>
> 孕此摽天裂地囷轮之乔松。
>
> 玃髯螭甲那记尺，春秋电转自朝夕。
>
> 秋风沸怒翻云涛，蚴蟉倔强拔危壁。
>
> 藤飘蔓转白日寒，空山夜半走霹雳。

驱霆走电，有奇宕恢诡之趣、气横八荒之概，寄托他那孤标傲世的情志。其五古清逸冷隽，每将哀愁之情寄寓幽寂之景中，发苍凉凄楚之音。如《题万廉山画屏幽篁古木幅》：

> 贞柯生空山，乔松净寒碧。
>
> 不知山河改，本与世人隔。
>
> 岂逐桃杏荣，寂寞伴孤石。

画中乔松正是他遁世傲俗的风骨写照。他往往选择凄清寥落的意象，融入世变无奈之感。

山水画大师黄宾虹（1865—1955），别署虹庐，安徽歙县人。少年师从郑珊学山水。曾入南社，又协助邓实编《国粹学报》，发起组织金石书画艺观学会。1930 年任中国艺专教授、校长。志节皎皎，不为利害所驱，袁世凯曾拉拢他，日寇曾胁迫他出来，都被他坚拒。有《蜀游草》，陈三立以"岷峨挺秀"比喻其诗之卓荦拔俗。其诗于淡雅中不乏活泼的动态，得山水之真精神。五绝如《飞瀑泉》云"众壑水争喧，分流绕果园。林阴云蓊起，深处一寻源"，又《泷中夔》云"幽影激铿锵，风回溪语长。湍流入平野，罗縠织文章"，水喧林

---

① 沈其光：《瓶粟斋诗话》，张寅彭主编《民国诗话丛编》第五册，上海书店出版社，2002，第 706 页。

碧的幽邃之景，显现一派盎然生机。律诗如《独秀山》云：

> 清游日日卧烟峦，桂岭环城水绕山。
>
> 回渚扁舟催日暮，中天高阁碍云还。
>
> 眼红霜叶秋同醉，头白沙禽老共闲。
>
> 入夜西风破急浪，愁心枕上送潺湲。

醉心自然，忘情物我。颔联炼"催""碍"二字，大得天象物态，末乃于风急浪高的秋景中融入惆怅情绪。

其七古《题画雁荡山巨幛》写烟云濛霭之景，忽有苍嶂竞插天穹。其中云"群峰削玉摩青穹，赪霞缥缈神仙宫。花村鸟山瓯海东，波涛蔽日回长风。褐来舍舟蹑茏岌，盘过百涧蛮障雄。城埤黝铁连云中，旌旗招展朝暾红"，挥淋漓之笔墨，抉山水之灵秘。是以画家手段作诗，工布局，善皴染，遒丽瑰奇，可见其画之胆魄、诗之灵动。陈声聪认为其诗"精警密栗，雅近（钱）箨石，画人中不多觏也"[1]。

经亨颐（1876—1938），字子渊，号石禅，浙江上虞人。初任浙江省立师范校长，后任国民党中执委、国民党政府政务官。然无意于政界，1926年开始习画作诗，在上海与同道经常雅集，结"寒之友社"，风雨泼墨，诗酒联欢。日寇入侵，困于上海租界，未久卒。有《颐渊诗集》。其诗简练峭逸，以题画咏物为多，寄寓怀抱。于右任序其集云："超逸冲淡，佳者上宗陶、孟，下亦出入倪云林、吴野人之间。……要诸所作品皆浑穆苍劲，真气横溢。"[2]如《香凝出国赠画》诗云"伊人葭水渺孤蓬，秋色苍茫一望中。红树青山云乍散，萧然寒意护长松"，动静相宜，寄意于物，以物相勉，萧淡清雅。又《梅》诗云：

> 大庾探梅岁聿初，风尘感慨又何如。
>
> 匿葩破绽馨将泄，老干纵横影自疏。
>
> 从此突分天地界，却难细认红白须。
>
> 山间岭上无人问，一点冰心万古虚。

---

① 陈声聪：《兼于阁诗话》，上海古籍出版社，1985，第170页。

② 于右任：《颐渊诗集序》，经亨颐《颐渊诗集》，浙江古籍出版社，1984，"序"第1页。

将红梅含苞欲放、老干扶疏的外观描摹尽致，更写其挺拔风神，末言其高洁而无人赏，得形神兼备之妙。

画风、诗风独具一格的潘天寿（1897—1971），浙江宁海人。曾师从吴昌硕，吴赞咏其奇才乃山水所化生，云："龙湫飞瀑雁荡云，石梁气脉通氤氲。久久气与木石斗，无挂碍处生阿寿。"起初他在上海国民女子学校、上海美专教书。抗战时辗转浙赣湘黔川滇之间。战乱使他难以潜心画艺，每吟诗以遣日，忧思缠结，一变而为慷慨悲歌。其画沉雄奇崛，诗如其画，格律精严，气势充沛，风格高古，奇崛顿挫。早年师法李白、李贺，不免有矜才使气的野逸，后来转学杜甫、韩愈一路，然后又专攻宋诗，兼雄奇奔放与清新俊逸于一体，不同于吴昌硕诗的清雅、黄宾虹的静穆，古风尤见其雄健崛奇、飞扬踔厉之概。如《偶成〈沉醉图〉系以长句张之》诗中云：

> 羲和执辔六龙飞，百千万世一斯须。
>
> 莫计锁屑不欢愉，秦皇汉武无术能使颜长朱。
>
> 大风台址芜复芜，何如倚罍有酒铛盘盂。
>
> 长生木瓢舒州杓，夜光之杯青玉壶。
>
> ⋯⋯⋯⋯⋯⋯
>
> 吁嗟乎，安得昆仑山顶有酒泉，汩汩东流成大川。
>
> 吾辈饮之不醒自年年，不管眼前沧海变桑田。

想象恢诡，一气盘旋，疏狂恣肆，变幻不测。虽带颓放情调，却也有对现实的不满，或有李贺的诡谲幽僻。如《画松》诗中云：

> 鬅髫万叶青铜古，屈铁交错虬枝舞，霜雪干漏殷周雨。
>
> 黑漆层苔滴白云，乱峰飞月啸饥虎。

又《黑龙潭》诗云：

> 空山寒凝一潭水，泠泠百尺清无比。
>
> 白云滃郁苔色深，汉月孤飞照兰芷。
>
> 下有骊龙睡故故，不霖雨与怒涛起。
>
> 拟从巘谷折长竿，来向波心钓龙子。

诗中意象具有多义性和暗示性。笔下画面既淋漓酣畅，又幽深苍老，峭厉诡怪，见其笔力雄健崛奇。

1943 年游武夷山，写下 690 字的长篇五古，意境雄奇恢诡。诗中说"怪瀑泻银潢，明珠织飞绮。如帘宛地垂，空灵透骨髓。绝谷一涧花，花香荡流水"，空灵活脱。写到"岩城铁铸坚，丸泥信可恃"，又见奇瑰高古。至"天游本天上，妖异集肩摩"以下，仿佛进入龙窠猿窟，山魈魍魉摩肩而出，幽怪冷峻。把山中景物写得如此阴森可怖，这与抗战时诗人深感社会环境的险恶是分不开的，是他移情于物的结果。

战时所作，尤为沉着激楚。七律如《惊心》：

> 杜子支离鬓久丝，怎能了不为秋悲。
>
> 苍天真死黄天立，泥马尽骧铜马驰。
>
> 但有河流清可俟，未容海渴止无期。
>
> 惊心涕泪衣裳满，闻会东南百万师。

历经流离，鬓丝渐白，当听到故乡游击队将反攻日寇的消息，他泪满衣裳，预料日寇将如泥马而崩溃。伤时忧国之慨喷涌。

他注意律句句法的变化，如"海色秋驮千里雁，乡情云滞万金书"、"破袈裟湿暮云端"（《八大山人》），分别用二五句法与三一三句法，峭险波折。

七绝则清新潇洒，浑逸飞动；或平淡雍容，简洁隽秀。而乱世之时的诗更能表现其凄怆苍凉的情怀，如《渡湘水》二首：

> 岸天烟水绿粼粼，一桨飘然离乱身。
>
> 芳草满江歌采采，忧时为吊屈灵均。

> 风裳水佩想依稀，云影烟光落画旗。
>
> 谁问九疑青似昨，泪痕仍和万花飞。

前一首联想到泪花纷飞的二妃，仿佛看到她那风裳水佩，在云影烟光之中的绰约风姿，引起对九嶷山上虞舜的景仰，然而青山如旧，国势日非，大片河山，沦于敌手，触景生悲，伤心落泪。后一首稍有轻松之感受，与山对语相迎，以山水为知己，用拟人手法恰到好处。

抗战时国家艰危的形势，时时萦绕心间，"碍晔烽火遍胡笳，无奈盘桓日已斜"（《登天台莲花峰拜经台作》），临风嗟叹，惆怅盘桓，显露出诗人忧愤而徘徊的形象。面对残破河山、弥天烽火，他吟道"何时烽火息"（《答个簃海上》）、"谁为靖狂澜"（《一病》），吐露他盼望平息战乱、收复河山的迫切心情。又"七二峰峦已陆沉，梦中无复有岿崟。昆明池水具区水，莫问烟波何处深"（《雨中渡滇海》），他在梦中找不到故地的峨峨山峰，惆怅之甚。有时心与物相碰撞而激发灵感作诗，借助梦境所得的境界，因炽烈的爱国热情而变得灵动而博厚。触物兴怀，奇思妙构，意境浑成，气韵生动，往往折射出其有棱角的个性、崛健超俗的人品。他并不刻意将其主观情感含蓄地表露，而是尽力地倾泻出来，让人的心灵产生强烈的震撼与共鸣。

与潘天寿为师友的吴茀之（1900—1977），浙江浦江人。曾拜吴昌硕为师，后在上海美专任教授，参加"寒之友社"，又与潘天寿创办"白社"画会，经常课以诗作。他效法李白、王维、陆游诗，形成恬淡而富有韵致的诗风。其《登莲花峰顶放歌》一诗，奇情壮采，颇有太白遗风。七律句如"舟驶直如星易位，车行急似谷回泉。最怜竹树清而媚，却羡渔樵往复还"（《登舟归浦阳》），比喻新巧，出于从大自然中得到的独特感受，用笔灵动不滞。

漫画家丰子恺（1898—1975），浙江桐乡人。先后任教于浙江大学与国立艺专。喜好陶渊明、白居易的诗，追求冲淡自然，工白描，重寓意。如《寄长子华瞻》：

忆汝初龄日，兼承两代怜。

昼衔牛奶嬉，夜抱马车眠。

渐免流离苦，欣逢弱冠年。

童心但勿失，乐土即文坛。

用笔简练，以诙谐轻松之语化解内心的痛苦，饶有漫画意味。又七绝

《江南》云：

> 江南春尽日西斜，血雨腥风卷落花。
>
> 我有馨香携满袖，将求麟凤向天涯。

写景凄黯，暗示日寇侵华造成血雨纷飞的惨况。第三句转得妙，欲求同志，共抗日寇，以意象出之。

有草圣之称的林散之（1898—1988），安徽乌江人。曾师从著名画家黄宾虹，后亦卓然名家。著有《江上诗存》。初宗盛唐，后宗中唐，中年以后由唐入宋，刻意求工。自言"豪气驱山谷，闲情挟牧之。春花与秋月，两不失宗师"（《偶得》），他虽宗法杜牧与黄庭坚，但力求摆脱模拟，有所创新。论作诗有四要：情景意事，"情与意发于内，景与事受于外"[①]。赵朴初有诗评价他，"庄严色相臻三绝，老辣文章见霸才"，其诗峭健沉挚中不失清畅圆转。1934 年他漫游名山大川，作画吟诗。他观察细微，兼能以书艺、画艺的体验入诗，描摹山水，淋漓酣畅，气韵生动。如《蠡湖》诗中云"断壁走丹黄，垂崖挂青碧。古藤牵篆籀，细草披袯襫"，在浑厚苍老的色泽中，加以精细之笔勾勒，飞沉涩放，或信笔点染成春。又如"洞庭几拳石，飘渺在水国。点点晕青螺，浓鬖如泼墨"（《望东洞庭》）、"麻披山瘦削，斧劈石精神"（《湖中望包山》）、"浅绛破浓赭，空青渗重绿"（《龙门峡》），以几种作画技法、不同颜料来描摹并皴染山势的峻险。而《坐莲花顶》则纵笔泼墨写意，诗中云"低视万山云，渺渺水漩洄""冷日照大荒，飘风吹九陔"，将平生万种悲慨寓于云海奇峰的苍莽景色中，笔力雄旷苍健。又如《苍龙岭》诗中云：

> 歆歆太华高，疑从九天落。
>
> 婉转苍龙来，悬崖万仞削。
>
> 侧身蛇鼠行，惊悸足无托。
>
> 往来云倏忽，变灭满虚壑。

---

① 林散之：《江上诗存》，南京教师进修学院，1979，"自序"第 3 页。

起调擘空而来，如大风振木，意奇境阔，然后缒幽凿险，觅悬崖行进之险境，章法有开合转折之妙。

更多的诗直接吐露出深沉的忧患意识，如《有客》诗中云：

江柳凄凄花如雪，江水漫漫人行绝。

路有死人尚未埋，尘灰湿透点点血。

在凄寒冷清的背景中，突出离乱之恨。路有遗骨，更是触目伤心。频用叠字，情悲语酸，怆恻感人。又《黄浦叹》一诗描写小船被大船欺负的场面，象征列强以强凌弱，侵我中华，最后揭露所谓公理的真相是狮噬鲸吞、强者为王：

狮搏象兮鲸吞舟，公理原来强有力。

侧目愁看孤岛色，东风卷起浪千尺。

血耶水耶不可知，层层都是伤心碧。

心已如灰血已冷，踟蹰羞见当年影。

神权表海铜柱封，残梦依稀酒初醒。

诗人踟蹰于被日寇占领的上海吴淞口，感慨万千。念及清代尚可建立一铜柱封锁海疆，而今反不如前。反思深沉，笔蘸哀愤。

以书法篆刻名家的邓散木（1898—1963），字钝铁，生于上海。曾创办南离公学。三十四岁在上海举办金石书法个展，被誉为书坛的江南祭酒。他将其艺术概括为三长两短，三长为篆刻、诗、书，两短指绘画与填词。《自题三长两短斋图》诗云：

口沫曾博当世嫌，酒酣欲挟东流还。

平生解狂不解事，兀兀涸敝群书间。

此生不幸落尘鞍，终日歌呼自怡赏。

百钱挂杖万事轻，犊车纵遍江南城。

自我写照其落魄而狂癫的形象。个性疏狂的他，往往自贱自秽，以谑戏解嘲，或爱或怒，或憎或骂，逞其霸气，抒其孤愤。《醉归》诗云：

我心如江水，风起时一鸣。

逞志愧放浪，微躯杂醉醒。

恰能印证其放浪不羁的诗心、鼓荡不平的诗境。其诗求奇求新，奔放磊落而不失淳真，兼有太白的洒脱、少陵的浑厚、香山的通俗、东坡的豪迈与放翁的雄健。二十四岁居然作有《自挽歌》云：

> 淞江云水正苍茫，忽见寒星落大荒。
>
> 短发难留狂岁月，断碑犹剩碎文章。
>
> 十年种木虚春色，何处传杯更酒香。
>
> 憔悴雁鸿天末意，从今不忍顾池隍。

寓苦涩于放诞，是对社会极端不满而发出的郁怒之情。

他往往借助想象而达到阔大奇诡的境界。如"收拾三生幽梦去，月明星怒照吴钩"（《梦词》），梦居然可拾，星可怒而照，失理而合情，意新语奇。又如《为南亭治印》诗云"星躔夜聚霜锷坚，怒犁白石耕紫烟。耕罢狂歌将进酒，和以卅二琵琶弦"，将治印动作比作犁石耕烟，想象诡谲，字字撑持有力。

纪游诗尤擅长捕捉意象，浑浩雄浑中有盎然生气。如"麦旗经眼黄一角，湖水有时漾四围。小竖傍畦呼犊过，西风牵树逆车飞"（《端午游安亭车中作》），以"黄"字作动词用，便觉不俗，以西风拟人化以牵树，炼字不凡。又"九折波翻龙窟穴，四围春浸野人家。乱山撑骨风霆健，飞橹排空日影斜"（《自青田至永嘉江行》），峭健崛奇中见其郁勃胸襟。五古如"树拥一片涛，云曳万重絮"（《方岩散记》），飘逸明快。七古汪洋恣肆，气格高古，然不逞才弄险，偶尔也出现韩愈、卢仝那样散文化的句法，但运之以汉魏古诗及乐府之神髓，洒脱而不失严谨，峭拔中有雍容。集中写浙江山水的诗不少，如《雁荡山歌》诗中云：

> 巨灵㵺阙东南隅，玉女织梭投机杼。
>
> 化为云锦被山骨，千岩万壑群灵趋。
>
> 一百二峰控温处，二千余丈摩天衢。
>
> 元关呼吸通帝座，神光倏爣飞朱符。
>
> 苍龙吐沫浸习坎，阳乌刷羽眠星湖。
>
> 沐日浴月养真宰，开阳阖阴旋灵枢。

起句从想象中着笔，先说山之由来，乃在玉女投机杼所化。然后极力形容山峰的高峻、瀑潭的奇奥，联想丰富。

他在咏山水中能不忘国事之忧，如《鹰窠顶山放歌》云"我来如鹤翔太空，呼吸疑与玄关通。……愿汝奋鬣来相从，看我亲弯躬羿弓。不然倒卷海水激山洪，一阖天地归混沌，无令苛政虐群蒙"，驱遣风霆，簸弄洪涛，极力造意新巧，回旋作势，而愤世救民、涤污荡垢之志表现其中。

第二节 活跃在北京的画家诗人

贺良朴　　陈师曾　　齐白石　　溥心畬

在北京成名的画家大多来自南方。较早从事美术教学的有贺良朴（1861—1937），字履之，号南荃，湖北蒲圻人。拔贡出身，初任北京美专教授，后应蔡元培聘到北京大学教书。先后参加寒山诗社、漫社、嘤社活动。有《南荃全集》。卢弼在序中说他"诗酒兼雄，而又工画，太白、辋川合而为一"。其诗得李白的飘逸，其画有王维的清幽，合而为一，不刻意求深，但适其性。试看其《新晴》"侵晨喜听唤晴鸠，筇笠安排便出游。料得西湖应待我，两峰螺拥正梳头"，意态活泼有灵机。律句如"儒冠负我惭煨芋，梵磬移人羡采樵"（《重九游莲花洞》）、"花间黄鸟鸣千转，叶底青虫挂一丝"（《睡起》），声调圆美，语浅情长。

在动荡的环境中，他的感时诗同样是忧愤悲怆，如《长城和小室翠云韵》："漫诩强秦百二关，狐鸣篝火起田间。长城设险终何用，落日悲风吼万山。"秦朝的苛酷，必将激发人民揭竿而起，哀长城之无用，实乃是讽统治当局。七古如《乞儿号》：

> 千门键钥行人稀，一声哀禽风凄凄。
>
> 饥不得食寒无衣，昼犹可耐夜安归？
>
> 长安市上谁启扉，残更向尽声渐微。
>
> 朱门酒肉逐昏晓，野草无青载饿殍。

写北京城里的乞儿饥寒交迫、无家可归的困境，而朱门彻夜歌宴无已。结句更进一层，野外连青草也被吃光，饿殍载道，映衬写法，语极哀婉，吐露他对社会不平等的极端愤懑。

　　稍后有陈衡恪（1876—1923），字师曾，号槐堂，陈三立长子。自日本留学归来，任北京美术学校国画教授、教育部编审。有《槐堂诗钞》。他学诗从文选体入手，又不离宋人面目，主要学黄庭坚、陈与义，兼采梅尧臣、王安石。叶恭绰序其诗钞云："君少承散原先生之训，又濡染于妇翁范肯堂先生之诗学者至深，第所作，乃一易其雄杰倔强之概，而出以冲和萧澹。"① 他的诗与陈三立的苍浑奥莹、范当世的雄逸旷放略有不同，偏于清刚，所以钱仲联说："情真语挚，沁人心脾。但诗笔疏朗，非衍三立一脉者。"② 往往诗情画理，相得益彰。师自然之造化，抒胸中之逸气。如《作画遗林宰平》题画石诗中云，"塞然笔落纸，若刀解牛声。石本无定形，初非刻意成"，用庄子《养生主》文意，议其作画体会。接着写道"急风扫窗牖，幻此山峥嵘。秋花肥且美，一一傍石生。揖让为主宾，微物解人情"，题石与花，点缀成趣。七律如《同汤定之雪后至江亭》云：

> 晚寒踏雪到江亭，蹀躞明沙细可听。
>
> 欲问野僧迷熟径，兀如双鹭立空汀。
>
> 倚城薄雾开新霁，出屋疏林失旧青。
>
> 天与片时营画稿，柴门坐我未宜扃。

写他与同伴一道到江亭写生作画的过程，起结开合自如。首联说他踏雪时，如听踏沙之声，下句省略"如""像"之类比喻系词。次联用流水对，言两人如鹭般站立汀洲。第三联写雪景点染如画，疏林失旧青，则雪满树枝之状可以想见。

---

① 叶恭绰：《叶恭绰序》，陈衡恪著，刘经富辑注《陈衡恪诗文集》，江西人民出版社，2009，第6页。

② 钱仲联：《近百年诗坛点将录》，《当代学者自选文库：钱仲联卷》，安徽教育出版社，1999，第681页。

陈衡恪曾初娶范当世之女为妻，未久卒；继娶汪东之妹汪春绮为妻，又病故。他伤心至极，作了不少悼亡诗，哀挚怆恻。其《春绮卒后百日往哭殡所》诗中云：

> 焚香启素帷，四壁惨不温。
>
> 念我棺中人，欲呼声已吞。
>
> 形影永乖隔，目眇平生魂。
>
> ············
>
> 藕断丝不绝，况此绸缪恩。
>
> 苦挽已残月，留照心上痕。

人逝难回，月残之时，衬出此日悲痛。七古《题春绮遗像》诗云：

> 人亡有此忽惊喜，兀兀对之呼不起。
>
> 嗟余只影系人间，如何同生不同死。
>
> 同死焉能两相见，一双白骨荒山里。
>
> 及我生时悬我睛，朝朝伴我摩书史。
>
> 漆棺幽闶是何物，心藏形貌差堪拟。
>
> 去年欢笑已成尘，今日梦魂生泪沚。

他得遗像而欣喜，转因呼亲人不起而悲哀。如睹故人，伴我读书。转而又写眼前的孤寂凄凉。末以去年的乐与今日的悲相对比。叙中蕴情，如道家常，控抟回旋得法。当其再婚时感念前室，赋《感怀》诗，诗中云：

> 闲居心不怡，徘徊眄遥冈。
>
> 层霭荡空冥，修林日摧黄。
>
> 菶草蔓广陌，寒潦澹方塘。
>
> 寻迹非故尘，即景玩余芳。

心念故妻，而无再婚之乐。四顾茫茫，大自然的肃杀与其心境的迷惘枯寂是如此契合。他的悼亡诗艺术上非常成熟，非深于情而又能学古创新者是写不出来的。

得陈衡恪之力而驰名画坛的齐白石（1863—1957），湖南湘潭人。年轻时入碧湖诗社，携诗文拜见王闿运，王戏说他的诗"类薛蟠体"，有野气霸气。后来他游历名山大川，以画为生，夜晚攻诗，自言"灯盏无油何害事，自烧松火读唐诗"。1917 年进北京认识陈师曾，师曾劝他画其胸襟所有，力拔流俗。后来他自创红花墨叶一派，有诗赠师曾："君无我不进，我无君则退。"1922 年陈衡恪携齐白石画往日本参展，大获成功。白石赋诗感谢说："曾点胭脂作杏花，百金尺纸众争夸。平生羞杀传名姓，海国都知老画家。"1927 年任北京艺专教授。

他的诗以即兴议论的题画七绝为主，诙谐幽默，如《不倒翁》"能供儿戏此翁乖，倒不须扶自起来。头上齐眉纱帽黑，虽无肝胆有官阶""将汝忽然来打破，通身何处有心肝"，诘怪假物，讽刺官场，颇有谐趣。又有《山水画》两首论画云"曾经阳朔好山无，峦倒峰斜势欲扶。一笑前朝诸巨手，平铺细抹死功夫"，傲视前辈，睥睨群小，醉心其道，以俗为雅，几似禅中之转语、戏中之打诨，亦自成一家。但总的来看，他的诗还是显得粗野，缺少韵致。

恪守诗画传统的溥儒（1896—1963），字心畬，号西山逸士，清室没落王孙。少习诗文，入德国柏林大学，获天文博士归，隐西山潜心诗书画。后任北京师大及北平艺专教授。华北沦陷后闭户不出，力拒日寇胁迫出仕。1947 年拒当"国大"代表，亮节为世所重。诗宗唐音，清逸如飘云。钱仲联序中评曰："唐音落落，逸气飘云，融少陵、摩诘、龙标、玉溪于一冶。故国之思，身世之感，乱离之情，溢于行间。"[1]写景诗较多，饶有画境，得烟云精神，不假议论。其情往往不是强烈地迸发出来，而是不动声色，渗透或浸润在景物中。不过，写景咏物者多，反映社会现实、人民苦难的诗作几乎没有，这与其生活圈子的狭小有关。句如：

> 方塘澄碧波，庭柯挂繁星。
> 焉知变寒暑，坐失林中青。

> （《园夜》）

---

[1] 钱仲联：《寒玉堂诗集序》，溥儒《寒玉堂诗集》，新世界出版社，1994，第 1 页。

风神澄朗,似谢灵运、谢朓。又"风声随水白,雨气入灯青"(《旅夜》)、"乱树穿颓壁,寒花绕卧钟"(《重游理安寺》),设色清苍,用字奇警,清旷超逸。七律句如"海门云白孤帆远,沙岸天青片月高。战垒飞霜惊草木,回风卷雾拂旌旄"(《九月登定县奎光阁》),写景恢诡苍凉中,尚能透露一点点战乱的气氛。

第三节　其他著名书画家诗人

陈树人　　徐悲鸿　　张大千

与经亨颐经历相近的有陈树人(1884—1948),广东番禺人。是现代画坛的"岭南三杰"之一。早年东渡日本,入京都美术学校绘事科,归国后历任国民党政府侨务委员会委员长、国民党中央海外部部长。每有归隐之志,好作题画诗,寄情山水。有诗云"更将何计遣余生,借得幽居半读耕。颇悔簪缨招庚气,但凭山水寄真情"(《归来》),隐约表露了他对官场的不满。有《战尘集》。他主张诗出于自然,不事雕琢,认为:"对自然景物,始起高尚美感者也,能真挚以吐露其时所起感情,即成佳作。"[1]往往借物言志:

> 本无海水有涛声,松籁因风彻耳清。
> 到此洗心才一遍,人间谁作不平鸣。

> (《夹岭松涛》)

《题枯蕉麻雀》诗云"却从败叶残蒿里,冷啄低飞自守真",又《咏山涧小流泉》诗云"保得永清纯洁体,未妨低处显前程",均使景物人格化,并将其恬淡的情趣注入其中。诗风清雅淡朴。郭沫若给他的信中说,"尊诗画清淡,如饮佳茗,余味清永"[2],评价是基本恰当的。不过,也有

---

① 树人:《新画法》,《真相画报》1912年第1卷第6期。
② 陈真魂:《一本有音乐节奏感的画册——介绍〈陈树人中国画选集〉》,《美术之友》1983年第2期。

的诗过于清浅直露，缺少锻炼，余味不足。

美术大师徐悲鸿（1895—1953），江苏宜兴人。曾赴欧洲留学，后任中央大学美术教授。与陈三立时有交往，曾为他作肖像画两次。诗不多，偶作题画诗，如《古柏》诗云"天地何时毁，苍然历古今。平生飞动意，对此一沉吟"，语简意赅，概括了古柏历古今不改的贞操。尤工画马，其《题画马》句云"哀鸣思战斗，迥立向苍苍""秋风万里频回首，认识当年旧战场"，在咏马诗中寄托了他那壮心不已，欲驰骋战场为民族奋斗的情志。

与溥心畬并称为"南张北溥"的张大千（1899—1983），四川内江人。1916 年赴日本京都公平学校习绘画，归国后在松江禅定寺、宁波观宗寺为僧。1933 年任中央大学国画教授，后辞职。他不以诗名，但好作题画诗，清雅隽秀，逸趣流溢，既有藻彩，又有风力。徐邦达说："居士早岁即能诗，时与常州谢玉岑先生游，极友善，谢工韵语，君时时得谢熏染，诗乃大进。"[1] 钱仲联评说："尽取前人之长而自创新面，隽永深微如其画。"[2] 年轻时有《栖溪舟中作》诗云：

> 渐有蜻蜓立钓丝，山花红映水迷离。
>
> 而今解道江南好，三月春风绿上眉。

即景生情，触处生春，已见其清丽绝俗的才华。又《桐庐》诗云：

> 危樯高挂月如梳，红紫遥分落照余。
>
> 灯火千家鸦万点，乱山明灭过桐庐。

清婉俊逸，如水击轮转。又"跳珠妥佩未足拟，碾破月轮成琼屑"（《无题》），将溪流泼溅比为珠佩，月轮被碾碎为琼屑，想象奇特。律句如"悬树六时飞白雨，吞天一壑染红云"（《上清宫》）、"树连霄汉高台迥，衣染烟霞宝殿薰"（《青城第一峰》）、"荡摇白日龙蛇怒，椎凿玄天鬼

---

① 徐邦达：《张大千诗文集编年序》，张大千著，曹大铁、包立民编《张大千诗文集编年》，荣宝斋，1990，第 3 页。

② 钱仲联：《张大千诗文集编年序》，张大千著，曹大铁、包立民编《张大千诗文集编年》，荣宝斋，1990，第 1 页。

神愁"（《过剑门》），笔底的山川景物有一种飞动跳荡之势，唯其胆大想得出，又能以诗形容得出。

咏物诗不黏滞于物，力在形神兼备。他从兰州带了藕根移栽到敦煌，后来荷叶如风裳翠盖，欣然作《荷塘》诗云：

> 绿腰红颊锁黄娥，凝想菱花滟滟波。
>
> 自种沙洲门外水，可怜肠断采莲歌。

先描绘绿梗红朵黄蕊的风姿，设色秾丽。再转写凝想采菱时的情景。第三句回忆种荷于沙洲，结句一语双关，为恋情而伤心。转接自如，诗思不滞。

第四节　海外书画家诗人

蒋　彝

蒋彝（1903—1976），字仲雅，号重哑，江西九江人。早年从画家孙墨千学画，毕业于东南大学，早年当过安徽芜湖县、江西九江县长。1933 年出国羁留英美，以讲学、著述、卖画为生。他以诗记其游览的瞬间感兴，七绝居多，有《重哑绝句百首》。于婉转中见真淳，字字出自肺腑，诚如他所说："七言诗是孤儿泪，字字苍茫入肺肝。"（《读笈兄寄诗》）怀念故国之情，往往融注在景物点染中，有诗云："草上落花红一尺，春来无梦不江南。"（《小睡翰墨斯推得草丘上》）尤牵挂国内的抗战形势，有诗云："落日西风最萧瑟，有人收泪看神州。"（《神州》）他的写景诗时有豪语天成，如《地中海看飞鱼》"生成鳞甲不寻常，看汝纵横狎莽苍。敢拟仙人骑赤鲤，乘风飞过大西洋"，传神写照，矫健飞扬。又如：

> 晨兴晓雾弄纷纭，一白湖山不可分。
>
> 花底清香叶上雨，只容暝坐静中闻。

《雨中》

西风溪上柳初髡，衬出微云秋有痕。

行过小桥人不见，一天黄叶满前村。

(《康林独步》)

奇景胜境，奔来眼底，异国情调，宛如目前。仿佛唐韵天然，清隽可喜，婉雅有神。妙句如"渐喜闲云傍门外，青灯持照在山心"(《寄笈兄》)、"夜夜鱼龙是元夕，春灯花影泻如潮"(《漫步玫瑰花园》)、"残红留得春痕在，莫向空阶扫落花"(《晓起》)，绮丽温馨。"卷帘不碍青天近，微觉银河有浪生"(《月夜闲眺》)，想象奇诡，天机呈现。"到此真疑天在下，珠灯倒挂万春星"(《游利物浦新隧道》)，构想奇妙，灵机轻快，不假雕琢，一派清朗明洁的轻松风调。

第十一章
地域诗简述（一）

现代以来，有人将古代诗人群体归类为若干地域的诗派来研究，取得一些成果。地域风土与诗歌有一定关系，灵秀山川江湖的滋润，前辈乡贤的激励，不同地域的文化传统，都会使诗作带有某些地域特征。重要诗人带动当地一批诗人，共同崇尚某一风格，形成诗派，历史上也不乏其例，但风土与诗风并无必然的明显的因果关系。各地均有不少优秀诗人，有的地方出现一些诗人群体，嘤鸣相求，结社雅集，但并无明显的诗派形成，而诗人风格主要还是因人而异。然以中国之大、风土之不同，而诗人活动范围又多在其乡土，故还是有必要按其地域以及诗人的群体来研究。即便有的诗人诗作水平很高，但活动范围多局促于某一地域，也只能列入此章叙之。

第一节　江苏、上海诗人

江苏土地平旷，水网密布，风俗淳美，素为文化发达之邦，苏南文风尤盛。清末民初，盛行结社之风，如扬州冶春后社等。清末常熟一带诗派极盛，是清初虞山派的发扬。他们多在京城做官，相约作西昆体，不作江西派诗，以与吟坛主流同光体有别，世称吴下西昆诗派。入民国后，他们大多回到故里，不再固执西昆体，而是采众派之所长。

主要人物有张鸿（1867—1941），号橘隐，常熟人。官内阁中书，后往日本任长崎理事。民初他回到家乡兴办教育，闲则啸咏歌吟。有《蛮巢诗词稿》三卷。其诗由李义山而上窥杜少陵之堂奥，晚年沉浸王安石、梅尧臣诗，取异派之长以增其趣。如"山深疑伏虎，涧破不藏龙"（《初夏游破山寺》）等，带有宋诗瘦涩的意味。但《游仙诗》《落花诗》等隐文谲喻，仍保持西昆体特色。抗日战争爆发，诗风一改西昆体用典繁缛的习气，往往直赋其事，直抒其感。如组诗《闻十九路军战胜喜作》其一云：

> 吴淞江上动军笳，席卷功成刻日夸。
>
> 谁料巷头飞怒虎，竟能赤手捕长蛇。
>
> 三山白骨烧磷火，万树红樱幻血花。
>
> 今夜沙场明月下，战魂应惭渡天涯。

讥嘲日军司令夸口四小时即取上海，八日占南京，幸遇英勇的抗日军队奋力抵抗，敌军伤亡惨重，"战魂"亦当惭其海口。句如"刀光卷雪飞红雨，弹影流星破黑烟"等，也能痛快淋漓如此。

弟子孙景贤（1880—1919），字希孟，常熟人。清末曾在日本长崎领事馆任职，民初在外交部任职，未久归。他恪守西昆家法，成为此派名家。有《龙吟草》。他往往以七古记清末史事，如《宁寿宫词》写李莲英事，长篇巨制《正阳门行》纪辛亥革命时事，可称诗史。诗多劲气直达，思致高远。七绝饶有玉谿生风味，不走浮滑之路，往往空灵婉转。七律如《杨花》：

> 金缕歌翻绣勒停，几时芜国作花庭。
>
> 映帘晓比蜻蜓翼，褪粉春飞蛱蝶翎。
>
> 密绪牵云初烂熳，舞衣回雪故娉婷。
>
> 曲江闲话朝天客，尚会飞英醉未醒。

写杨花如云似雪之飘动，寄托故国之思。缠绵悱恻，颇似晚唐李商隐的诗，大为杨花生色。

汪荣宝（1878—1933），字衮甫，吴县人。入民国，先后任驻比利时、瑞士、日本公使。研史工诗，有《思玄堂诗集》。宗李商隐，沉博绝丽，后来也学宋诗，但认为王安石、苏东坡诗难以企及，于是兼学陈师道，所作转趋清超遒上，已不拘限于西昆体。汪辟疆说他"工于变化，深微婉约，韵味旁流，有义山之清真而无其繁缛，晚作尤高，庶几隐秀"[1]，并认为他"晚岁所作，苍秀在骨。江左旧格，为之一变"[2]。钱仲联认为他是"吴门诗派后劲"[3]。句如"诸天钟鼓催回薄，万马旌旗返混茫"（《由十三陵登峋峋岩回望有作》）、"天临大野星辰远，秋入空山草木哀"（《故国》），格调苍雄，气骨峻深，足可开拓心胸。

稍后有杨无恙（1893—1952），字冠南，亦为常熟人。工诗画，好苦吟，著有《无恙初稿》《续稿》。他自负其诗，自号"江东诗虎"。孙师郑很推崇他，认为可与浙江李慈铭相匹敌。他从西昆体入手而出入李贺、杜牧，后更用力于孟郊、黄庭坚、陈与义诸家，参以厉樊榭之隽秀。早年诗如《南园雁来红》：

> 七尺珊瑚碎有声，更堪低首受秋盟。
>
> 猩红总借霜渲染，算与西风血战成。

旖旎风华，有西昆体痕迹。其《十五夜玩月》云：

> 去岁中秋夜坐时，山塘疏柳雨如丝。
>
> 今年久坐中秋夜，大地清光月似规。
>
> 上界嫦娥应有恨，远方儿女定相思。
>
> 明年玩月知何处，径欲停杯一问之。

写去岁、今年、明年三种情景，清空一气。游览之作如《黄山杂诗》，摆脱窠臼，自出手眼，或点化俗语入诗，这是其他西昆体诗人不屑做的。后来又学寒山子，力求平易自然，然又不失其浑厚之气，如《剑门石》诗中云：

---

[1] 汪辟疆：《近代诗派与地域》，《汪辟疆文集》，上海古籍出版社，1988，第313页。

[2] 汪辟疆：《光宣诗坛点将录》，《汪辟疆文集》，上海古籍出版社，1988，第382页。

[3] 钱仲联：《近百年诗坛点将录》，《当代学者自选文库：钱仲联卷》，安徽教育出版社，1999，第680页。

> 剑门若鬼关，石气寒咄咄。
>
> 石发披乱麻，石肤锈青黑。
>
> 山神故狡狯，凿空罩广额。
>
> 擎柱藐此躬，匍匐掩襟虱。
>
> 阛阓尽雄卤，挥斥剑当折。
>
> 森森悚毛骨，日暮夜叉出。

描写剑门的奇险，想象诡谲。从风格的瘦健峭拔来看，似与宋诗派已无多大区别。后来他写了不少反映时代尤其是抗战的诗篇，如《溃兵》中说：

> 兵聚若抟沙，兵败等河决。
>
> 虎兕既出柙，洪流塞堤穴。

议论入理，发人警省。

沈汝瑾（1858—1917），字公周，号石友，生平足迹不出常熟吴越间。有《鸣坚白斋诗存》十二卷。其诗朴老清真，学杜而不摹杜，上溯汉魏，下逮宋元，于清则好吴嘉纪、郑珍的白描手法。晚年每将其悲愤之心，寓托于闲适之趣。张勋复辟，他嘲笑那些遗老不过是"封拜纷纷只自图"，可见其思想与时俱进。1917 年作《养疴》一诗，更见其愤慨国事之心：

> 养疴时事厌传闻，晏起看花倚夕曛。
>
> 白发搓绳难系日，青山作枕且眠云。
>
> 风波莽莽龙蛇窟，身世滔滔燕雀群。
>
> 谁说干城能卫国，鹳鹅雌伏不成军。

当时国会投票表决与德国绝交，由北洋政府通知德国。但中国国势衰微，沈氏对此持怀疑态度，因为弱国无外交，叹其不得已而无能救国。诗风老硬清劲，有兀傲之气。搓绳系日，青山作枕，虽是用熟语旧典，但一经改造，便觉不俗。

常熟还有穷诗人庞树楷，字拂云。生计草草，家人死亡殆尽，迁居吴中，仍吟咏不辍，与杨无恙时有交往。有《束柴病叟诗》。其诗初学西昆体，后学孟郊、陈与义，诗多随兴而作，在缛丽中掺入了清奇瘦硬的意味。如《公园东斋茗坐》云：

> 积惨难排废此生，问天无语看孤晴。
>
> 坐忘浑欲过千劫，晤对争如拥百城。
>
> 剩有心情茶后梦，了知世事酒间兵。
>
> 思归散策江乡路，平楚苍然率意行。

清质神味，颇似宋代陈与义。

江苏清遗民诗人众多，有的人并不崇尚西昆体，也不受同光体与南社的影响，而是独往独来，无做作，无傲气。钱名山（1875—1944），号摘星，阳湖人。清末在刑部任职，后归故里，以教书著述为乐。有《摘星诗草》《名山诗集》。作诗不专学古人某一家，只求以意胜，不计较字句之工拙，清奇朴茂，老而愈真。摹写人情物理，芬芳悱恻。如《叙亭纪事》云：

> 雪后桃花照眼明，菜畦亦复吐黄英。
>
> 来鸿直是无归思，愁看春郊寸麦青。
>
> 何曾为国作干城，羞道胸中十万兵。
>
> 管领哀鸿五千翼，老夫差不负平生。

诗的背景是，当时常州农村旱灾频仍，四方流民常至城内乞讨，名山倾家产赈济，难以为继，只身走无锡、上海鬻字助赈。诗中表露了他无力为国筹谋、聊以赈灾救人以自慰的苦涩心态。晚年心境凄苦，与人说："哀鸿本是同遭难，死鹿原知不择音。"（《有谢》）又绝笔之作《北来》云：

> 北来貔虎势嵯峨，太息中原血肉多。
>
> 洛下不闻花信至，衡阳无复雁书过。
>
> 牛毛禁令幽人履，鬼火阴房正气歌。
>
> 天道张弓原未误，十洲烟焰接星河。

蒿目时艰，首联写日军猖狂如虎，杀戮满中原。颔联说沦陷区与后方音讯隔绝，然后叹统治者在国难时仍禁锢爱国志士。末联说张弓射天狼，必有胜利的一天。怆恻中不乏风骨遒健。

其弟子谢觐虞（1899—1935），字玉岑，武进人，历任永嘉十中、爱群女中教师。有《玉岑遗稿》。能写民间疾苦，如《苦旱》云：

> 几多风日竭溪河，乱后天灾可奈何。
>
> 辛苦五更民力贱，桔槔声里听秧歌。

表达他对取水插秧的农民抱有深切的同情。又如《永嘉杂咏》云：

> 罍舍常传月下歌，清游如梦堕银河。
>
> 绛纱弟子才如海，槛凤叱鸾可奈何。

前两句写当年与苏渊雷交游情景，后两句言苏氏被逮入狱，众多弟子，无法解救，此情此景更反衬了阶级斗争的严酷，寓愤懑于清婉之中。

无锡诗人以秦敦世、杨味云、杜兰亭最为出色。秦敦世（1862—1944），字湘丞，为无锡七才子之一。民初任清史馆协修。有《大浮山房诗文钞》。其诗意奇境阔，句如"野鸟一声红叶落，疏钟几杵白云飞"（《理安寺》）、"新荷等是无情碧，高柳依然放眼青"（《什刹海》）等，寓俊爽于妍丽。

杨寿楠（1868—1948），字味云，民初任财政部次长，后为无锡商埠督办。有《云在山房诗稿》。诗宗唐韵，近李商隐，以雅丽胜，与西昆派相呼应，但能以苍健救西昆缛丽之失。咏物诗中能隐蕴家国之愁。如《秋草》借物托讽，咏"九一八"事变。其一云：

> 摇落边城一夜霜，寒芜漠漠塞云黄。
>
> 胭脂夺去山无色，苜蓿移来土尚香。
>
> 猎骑撒围骄雉兔，穹庐笼野散牛羊。
>
> 玉关一路伤心碧，谁向龙沙吊战场。

寓感怆于凄丽。其他句如"青鬓凋残名士感，红心凄黯美人魂。寒蝉吊月声都咽，瘦蝶栖香梦不温"（同前），颇以典丽见长。杨增荦认为此组诗"声情沉郁，气韵高华，和作如林，皆出其下"。五律句如"海云含雨黑，关月带沙黄。剑拭虹光润，衣沾蜃气凉"（《游角山寺》），句健能举，沉雄博丽。

稍后有杜兰亭（1906—1997），大革命时期任无锡总工会秘书。一生所好，唯在诗歌，有《饮河轩诗词稿》。植根李、杜，服膺苏、黄。工七律、歌行。格调清雅，骨气翩翩。有时随手涂抹，又见童趣横生。抗战时避居太湖之滨，感时溅泪，诗风一变为沉郁苍凉。律句如"辩舌全输心底慧，舞腰真见掌中轻"，以议论代描写。或因境生情，或缘情造境，或寄情寓志，酝酿密致。歌行如《泥途行》，披露日寇肆行杀掠无辜百姓的暴行，事极悲惨，情节宛然，措语平易浅近有如白话。

被人誉为"江东独步"的杨圻（1875—1941），字云史，常熟人。清末官户部郎中，辛亥后归故里。吴佩孚为两湖巡阅使，闻杨圻名，招邀入幕。吴军败，仍归乡里，后到湘西蓝田师范学院任教。著《江山万里楼诗词钞》。他论诗主张"有正轨，有化境，有至情"。自序中说："夫清真丽则，准古开今，正轨也。文必己出，言无不宜，化境也。诚中形外，啼笑皆真，至情也。循正轨，臻化境，秉至情，而后其人之志气事业，行藏穷达，与夫时代隆污，家国治乱，莫不见于其诗。"他才气纵横，作诗不肯依附同光体，力振唐音，魄力沉雄。张百熙跋其集，其中云："诗脱胎唐人，气息清厚，骨力雄秀，如昆仑出云，峨眉飞雪，其幽微深窅，则高僧怪石，动静无心，幽林远水，不可绘画也。"[1]五古宗法王维、杜甫，自然深秀，如"荷气净眼色，松风搜发根"。"净""搜"二字琢炼而妙。五律风韵泠然，如抗战时作《举国》一诗云：

> 举国风尘暗，前军雨雪哀。
>
> 清明烟火冷，春色满丛台。
>
> 新鬼无家别，流民绕地来。
>
> 万方皆涕泪，九死见花开。

忧生念乱，抗战时逃难民众之苦，全在简练的摄照中。其他句如"胡虏归人少，春闺寡妇多""无骨埋乡井，逢人问死生"，苍凉悲壮，忧

① 杨圻：《江东云史杨圻序》，邵祖平《培风楼诗》，浙江大学出版社，2000 年，第 2 页。

民情深。又有《哭孚威将军四十首》，记他与吴佩孚的交往，可了解当年战事，情真意切，遒炼精警，颇可一读。

最有特色的诗是其七古，用笔运思，有郁勃欲吐、畅不可遏之势，如风霆郁怒，震响破空。长篇大作，追步吴梅村，如《天山曲》以数千字记香妃事。抗战初他到香港避难时所作《浅水湾》一诗，写想象中的情景逼真，极荒寒幽艳之致。藻采纷披，清词丽句，自成馨逸。

杨圻引为同调的唐玉虬（1894—1988），名鼎元，常州人。少从钱名山问学，抗战时流离成都，以行医为生，后任华西大学国文教授。他的诗宗尚李、杜、韩，旁及苏、陆。著有《国声集》《赣湘草》《入蜀稿》，记叙"九一八"事变以来的战史，讴歌抗战勇士，以及他亲身所受颠沛流离的苦难。杨圻为之作序，序中以"浑浩苍劲""郁勃清湛"评其诗风，可谓惬当。律句如"寒到无衣方见骨，言多忧国匪谋身。雪山忽入撑肠腹，岷瀑长悬激齿龈"（《寒甚有作》），寒痛彻骨，思犹忧国，而雪山岷瀑等意象供其造境，加深了寒的感受，措语惊心动魄。又如"击楫沧江三峡壮，压檐雪岭万峰高。云边目送归吴鸟，塞上思牵出海鳌"（《自题江上寓居》），写峡深峰高之景，如在目前；更思归故里，盼早日牵鳌胜敌。寓议论于写景，怅目痛心，借景物一舒其愤激忧伤之气。

他用七古来写战争场面，纵横跌宕，气势充沛，于悲慨中寓激昂之情，而语言不乏时代气息。如《哭张自忠将军殉国》讴歌将军之神威勇武，句如：

天崩伸手擎，地裂割肉补。

壮哉张将军，誓保汉家土。

霹雳喜峰口前发，风雨夜惊鬼神泣。

一片刀光飞电明，无厚欻向有间入。

霍霍诛鲸似斩蓬，顿时血满长城窟。

这是在写实基础上运用的浪漫手法，极端的夸张想象，构成悲壮激越、精光熊熊的英雄悲剧。

常州还有羊牧之（1901—1999），著《秋华馆诗存》。自言"箧中几卷秋华稿，半是泪痕半血痕"。以吟苦语著称，如"败壁莓苔孤月冷，破窗风雪一家寒"等。古风《武陵曲》《湘北行》《士兵苦》《米荒词》等，写时代苦难，抒忧国情怀，沉郁清壮。

在南通，有徐鋆、冯善徵、顾公毅等诗人。徐鋆，民初因张謇荐任职交通部，未久归故里。有《澹庐诗》。作诗不喜与人雷同，能以性灵、书卷熔化一炉。其《题潘兰史山塘听雨图》云：

> 七里山塘一叶舟，有垂杨处便停留。
>
> 春来雨是才人泪，不待听残已白头。

笔意灵动，舒卷自如。又《沽口》诗云：

> 京尘骄挟火云飞，逃暑人从渤海归。
>
> 七十二沽微雨过，一丝凉意到征衣。

明快骏爽，别有境界。

冯善徵，字子久，民初求职南北，抑郁而殁。有《达庐诗录》，反映现实，参照白居易讽喻之体。《拉车死》写一拉车至死者，被警察发现僵尸，但见"单衣绽缀复何有，中有参谋本部灿烂之徽章"。原来是因政府欠发薪金，职员沦为拉车者，出乎意料。取材构思新颖。顾公毅（1881—1955），字怡生，在通州师范任教务长。其诗时有妙句，如"新日半山蕴元气，落花万点卧苍苔"（《晓霁》）、"山影横空滋幻象，橹声摇梦怯飞凫"（《俊民约游大明湖》），随意点染，得跳荡之态，见其逸想不滞。

盐城人蔡云万（1870—？　），字选卿，1918年投奔淮扬护军使马玉仁，任使署秘书兼师部书记官，1927年任《盐城日报》主笔。他的诗不少是描写苏浙之战、苏奉之战的真实场景，如"野帐分栖即是家，飕飕扑帐响风沙。一钩遥挂关山月，绝少近城夜半笳""木绳为架布为门，团坐如床藉藁温。官佐士兵都莫辨，睡时席地食时蹲"，描摹情景真切如画，化俗为雅，反映了士兵为军阀们驱迫的简陋生活。

还有建湖人蒋逸雪（1902—1985），初在江苏省立九中教书，中岁供职于史馆，后执教于镇江师范。他认为唐诗隽永，末流或失之肤廓；宋人清真，间亦蹈于刻露。所以他主张择善而从，参以己意而融会变化。有《南谷诗存》。句如"峡云出没情如梦，涧水升沉岸有痕"（《三游洞》）、"岩栖人说支硎鹤，朝隐谁知李耳龙"（《岁暮寄怀日照先生》），写景清超，用典如己出。其《剑门关》云"千峰高耸排如剑，一径中开裂若门。多少英雄酿浩劫，可怜事过了无痕"，从剑门关的攻守联想到历史上的英雄人物，其实是无数浩劫的制造者，将史感与景融化无迹，蕴藉多慨。又《东海沱寒食》诗中云"雨余更植槐千树，不许骄阳影照来"，以骄阳影射日寇，寄意于景。他如"满地斜阳浑无力，一村黄叶听寒潮"（《闲来》），兴象玲珑，而蕴慨无穷。

上海面向太平洋，背负大陆，是近代发展起来的工商大都会，商贸活跃，租界林立。在城市扩容的同时，不断吸纳文化人活动其间。民国以来，上海是外地遗民诗人们来此栖身之所，也是新一代诗人开创事业的根据地。例如南社雅集活动，不少是在上海举行的。南社在1917年开始解体，所以南社诗人后来创作的成就不能归结到当年的南社，在此节提及几位曾入过南社的上海籍人。鲁迅等文化人与不少书画家诗人曾在上海居住，散见本书有关章节，此处主要介绍上海市与市郊数县籍诗人。

民初活跃诗坛的南社诗人如：松江县杨锡章（1864—1929），号了公，民初任奉贤知事。他是南社松江派前辈，初学郑板桥、袁枚诗，后学陈师道、陆游诗，形成理趣风发、简淡轻婉的格调，然偏于阴柔一路。句如"静对微风先欲醉，为它吹过酒旗来"（《西泠》）、"谁把冷香和雪咽，词人侧帽酒家楼"（《梅花》）、"正是春晴把酒时，老梅俯首照江湄。残枝偃蹇开花懒，不谢东风特地吹"（《题老梅》），移情于景，疏畅中有机趣，轻倩曼妙，风韵泠然。

松江还有一位曾在南社后期发挥过重要作用的诗人姚鹓雏

（1892—1954），先后编辑过《太平洋报》《民国日报》《申报》等，后来任监察委员。有《恬养簃诗集》。在给施蛰存的信中说他"少日作诗，步趋散原、石遗，好为硬语，既而从南社诸君子为唐音，境界渐得开朗，及间关入蜀，得山川之助，遂法自然，效元遗山放笔为直干，至是而诗乃为自家生活"[①]。他的诗偏于清隽醇雅、句法多变而生新，句如"山寒草木坚且瘦，霜白星辰淡欲无"（《沪宁车中晓望》），写景咏物，因景生情，因物迁情，俊逸而韵味冲和。高燮评他的诗"轻而不飘不浮，不薄不滑"。1936 年日寇侵占在即，他的诗风一变而为沉郁，句如"南街残柝夜萧森，画省银灯照拥衾。孤月犹成人影对，繁忧只遣鬓霜侵"（《十月二十一日值宿书感》），有苦涩凄恻之味。

松江诗人还有沈惟贤、孙雪泥、赵祖康值得一提：沈惟贤（1866—1940），字思齐，晚号逋翁，民初任江苏议会议长。有《逋居士集》。诗格清朗。孙雪泥（1888—1965），曾创办生生美术公司。好写梅，写景诗如《宿鼋头渚》：

　　水气寒浮南独山，片帆天际落松关。

　　夜来欲枕鼋头渚，万顷烟波带雨看。

苍老深秀，句法不滞。赵祖康（1900—1995）是市政工程专家，其诗往往意气骏发，爽健流利。

华泾刘季平（1878—1938），别署江南刘三。曾任陆军小学教官，后任持志大学教授。仗义任侠，曾将烈士邹容遗骸葬于华泾，人称义士刘三。有《黄叶楼遗稿》。其诗于清新雅健的风格中见幽妍，如"别以河山增胆量，盛年来看浙江潮"（《初到杭州》）、"买得龙华双舸子，桃花如雪扑春衣"（《记得》），兴象超妙，句健能举。又云"途穷但取眼前醉，世窄能容天外狂。掩袂出门作干笑，谁家新屋有微霜"（《云升馆酒醒晓色转苍》），穷途励志，不改清狂之态，于韵致中见骨力。

青浦有一位早逝的南社诗人王德钟（1897—1927），著《风雨闭

① 施蛰存：《序二》，姚鹓雏：《姚鹓雏文集·诗词卷》，上海古籍出版社，2009，第 1 页。

门斋遗集》。其诗格调高壮,句如"未溺死灰仍帝制,难将热血换民权"(《十九岁述怀》),高亢健朗。但他的诗政治倾向表露得较为明显,并不很注重诗的含蓄性。

青浦沈其光(1888—1970),号瘦东,著《瘦东诗存》。诗风宛畅自在。与其诗风相近的有秦伯未(1901—1970),上海县人,著名中医。有写上海风物的《北桥竹枝词》,秀句迭出,如"乡居不识鸳鸯鸟,日日滩头打鸭行""年年啼到枝头秃,中有妾心心未枯""东海潮声喧日夜,钟声长在海西头",声调圆转流美,活泼不滞。

浦东沈轶刘(1898—1993),毕业于上海中国公学文学系,抗战时流离福建,任职于南平商业学校。感时之作,苍凉悲郁,句如"草木犹能战,江流不尽东"(《松风堂》)、"万里秋阴飞木叶,十年乡梦逐江潮"(《己丑秋送三儿北归》),忧国思乡,迸为斫地呼天之音,哀愤激楚。也有异乡风情,尽入诗囊。如说"竹多池月碎,鱼熟水风腥"(《四月》),真切如现,得自观察之细。又《榕友惠柑》诗云:

> 福州柑实作琼波,野客携来不用驮。
>
> 春剡听鹂思汉服,秋枰放马烂唐柯。
>
> 梦中故国黄衣沸,海上三山绿树多。
>
> 饱啖好寻中秘语,日高犹未逾淮河。

熔裁史料,运典自如,因难见巧,而仍思致活泼,清奇隽秀,得八闽之风情。

还有南汇人顾佛影(1901—1955),曾为上海商务印书馆编辑,后避难四川。有《大漠诗人集》。诗宗袁枚,崇尚性灵,追求空灵意境,不用典实,如《虎跑》一诗云:

> 湖上烦喧渐可抛,又寻净域到山坳。
>
> 明妆一座空鸳侣,佳茗三生忆虎跑。
>
> 何以为情吟旧雨,有如此水话深交。
>
> 白云古树年年在,留待先生自结巢。

全章构筑缜密,而仍俊逸生新,兴象玲珑。第三联运古入律,而跳荡自如。未联亦自然高远。

　　胡朴安（1878—1947），安徽泾县人，早年也是南社社员，旅居上海，曾任《太平洋报》《民报》编辑。高燮在《胡朴安诗稿序》中论其诗，"质而有文，精实而多见道之语"[①]，这与他后来专心治学有关。其景物诗淡雅恬静，如《晓行黄浦》云：

> 破晓行黄浦，天空意自豪。
>
> 雨余江气润，风动市声高。
>
> 远树含烟活，孤帆映日飘。
>
> 故乡山水好，何日息团瓢。

清丽中蕴含平和安雅的气息。

　　外地定居上海的还有徐丹甫（1860—1947），安徽歙县人。清末盐务吏，民国后居上海。有《芳蘁心室诗文集》。绝句往往清奇隽永，如《七绝二首》其一云：

> 门无荒草径无苔，洒扫黄尘日几回。
>
> 如此零星花数朵，亏他蜂蝶会寻来。

　　王彦行（1903—1979），原籍福州，曾任上海商务印书馆编辑。其诗能积极反映现实。抗战中期上海沦为"孤岛"，他见街上常有冻馁而死的尸体，赋诗云：

> 藕孔亡逋宁惜日，梅边闲默惯忧兵。
>
> 陆沉指顾须同尽，道馑纵横敢望生？

（《辛巳除夕》）

言死尸岂敢有望生之念，措语沉痛。次年春节又见街上军警林立，禁止往来，忧而有诗句云：

> 六街严警断车尘，晴雪林梢替报春。
>
> 九有不须夸禹甸，一寒何处问尧民。

（《壬午元日》）

---

① 高燮：《胡朴安诗稿序》，《吹万楼文集》，上海大学出版社，2017，第232页。

字字惊心，语语沉痛。繁华一时的都市，居然"仓皇投密罦，禁格遍交衢。人迹真空巷，宵征类过墟"（《出柙》）。而城中无粮供应，甄中无米，以致"鸥凫风雨还争席，佣保晨哺共饭蔬"（《于蔬畦所获知剑知旅况感赋》）。他以细密的笔触，描绘了那一时期苦难中的众生相。

第二节 安徽诗人

安徽在东南腹地，曾任过执政府总理的合肥人段祺瑞在《先贤咏》中写到其地山川胜概："昆仑三干脉，吾皖居其中。江淮夹滁水，层峦起重重。"陈三立也曾赞叹皖省人文之盛："自古钟毓才杰，被服儒雅，号声明文物之区。"[①]诗坛主要有 1927 年由巢湖刘晦九、李蕴初等发起的居巢乡诗社，社员近二十人，抗战初中断活动。还有 1935 年由方楚琴等发起的池阳诗社。另外还有硕鸿诗社等，规模不大。

清遗民诗人主要有庐江吴保初（1869—1913），字彦复，号北山，他在当年湖南变法时，与陈三立等号为四公子。其诗学陶渊明、韦应物，清劲出于性情。他在 1913 年就去世了，但他对皖省民国后的诗坛颇有影响。还有太湖县袁祖光（1868—1930），号瞿园，光绪间进士。著有《瞿园诗草》。诗风清丽，近体平和庄雅，古风尤胜于近体。《赛娘曲》《珊瑚曲》等以写清末宫中事见长，近梅村体，流丽婉媚。七绝如"凄云惨雨夜迢迢，一对痴魂若可招。无限柔情无限恨，隔墙愁听玉人箫"（《题金勺园可怜虫剧本》），写一对情人殉情而死，哀艳凄切，表明诗人对自由恋爱者不幸结局的同情。

能在同光派影响甚大之时，自张一军的有陈诗（1864—1942），字子言，号鹤柴，庐江人。宣统间曾入俞明震幕下。民初往上海卖文为生。著《尊瓠室诗》。初从吴彦复学诗，取法唐调，尽力学中晚唐诗，攒眉苦吟似贾岛；其后又一变，境界渐开，往往兼学唐宋，而遗形取貌，

---

① 陈三立：《皖雅序》，李开军校点《散原精舍诗文集》下册，上海古籍出版社，2003，第 1064 页。

造语古澹，神味独到，一字一句，出自苦心。时有沉雄之作，自成一格。陈三立评语，以为"高淡凄清，韵格在宛陵（梅尧臣）、淮海（秦观）之间"[①]。其《虫孽》一诗描述天灾人祸给人民带来的苦难，叙事环扣细密，刻画精切，感慨之中，充溢着悲天悯人之情。

合肥周行原（1874—1939），字颂腴，号厂泉。清末官度支部郎中，民国后家居侍亲，研讨旧学，不求闻达。有《厂泉诗存》。《夏日斋居漫兴》云：

> 一棚撑万绿，池馆纳凉佳。
>
> 鱼影空离水，蝉声碎堕阶。
>
> 祛烦赓楚些，破寂纂齐谐。
>
> 箕踞吾忘我，衰年事事乖。

以瘦劲之语，写动静之相谐，见怡情自悦的情趣。

合肥李靖国（1886—1924），字可亭，清末官候补知府，民初任参议院议员。有《宜春馆诗集》。工香奁体，深情绵邈，如《秦淮杂诗》云：

> 丁字帘前送晚潮，轻桡几度载红绡。
>
> 一声短笛催归去，凉月随人过画桥。

婉丽旖旎中饶有天趣，但失之轻柔乏力。

同为合肥人而无品节者王揖唐（1877—1946），字逸塘。清末任东三省督署军事参议，民国后历任北京政府内务总长、临时参议院议长、安徽省省长。日寇侵占北平，他组织华北伪政府，明珠暗投，竟入歧途，后以叛国罪伏法。他颇有才学，与诸多诗人有交往。学王安石的律绝，诗才清秀，往往深探妙理，属对精妙。有《逸塘诗存》。

被誉为近代皖省诗人之奇杰的许承尧（1874—1946），字际唐，号疑庵，歙县人。清末官翰林院编修。民初历任省铁路督办、甘肃省府秘书长、甘凉道尹。他注意工商矿业的发展，然受多方掣肘，难有作为。后来回到故里，致力于整理地方文献，或行吟于山水之间。有

---

① 陈三立：《尊瓠室诗评语》，李开军校点《散原精舍诗文集》下册，上海古籍出版社，2003，第1154页。

《疑庵诗》。其诗风骨峻秀，意境高澹。早年受龚自珍、黄遵宪影响，走革新之路，后又受陈三立影响，力求崛健。能辟新意境，寓新哲理，合韩昌黎、李长吉为一手，奇思妙绪，令人作环天之想。如"挹彼海中盐，推知地年龄。掘地验礓石，略识太古情。窥镜骇万球，疑彼同生成。觇日光热见，化分原质呈"（《累卵十章之十》），引进科学知识，参以先秦子史之语，斑驳陆离，险怪新奇。他的思想不同于遗民，能与时俱进，反对张勋复辟："一姓再兴原不许，万方多难更谁纡。"（《彼黍》）抗战事起，更激发了他的爱国思想，主张推行均田政策，或可拯救中国危亡国势："吾国终亡定不然，曙光一线在均田。""皖南事变"发生时，愤而有诗志慨，"野老负暄忧外患，客来垂涕说萧墙"，哀民生艰难，如"留得寸根犹望蘖，忍心掘地苦相残"。

他的山水游览诗尤为卓绝，无论写景还是造境，皆见清苍奇峭之风，而托意渊深，如《行野》诗云：

> 冬山自抱冬云睡，野田忽造霜天地。
>
> 老鸦弄影团团黑，独屋钟声赴寒色。
>
> 篱外横斜拒霜死，昨日秋魂呼不起。
>
> 照眼无端见铁枝，喜汝先春孕妍理。

雄厚浑成，用字奇警处，往往出人意外。句如"平梳千涧紫，细贴万鳞青"（《陇坂》）、"乱山衔日紫，衰柳绾烟黄"（《泰峪》），大写意之中有精心琢炼、细密笔触，使北地风物如现目前。绝句如"夜中缺月窥云出，荡漾灯光几点青"、"一角斜阳万堆碧，乱云拖雨过篷窗"（《由杭归歙途中》），写江南景色之清奇，也有独到之处。

他写了大量的黄山诗，即物赋形，穷形尽态，于淡远之中时露兀傲之气。笔下的小山峦如"儿孙敬肃客，头角近可扪"（《游黄山发容溪》），群峰"峰顽作儿戏，云外恣跳掷"（《黄山杂诗》）。写始信峰之形成，"茫茫造劫初，割此数片石。擎空各坚劲，迎面苦峭迫。皓衣润翠斑，群松巧弥隙。下窥仍无底，嘗然划埘耉"（同前），萧淡中有兀傲瑰玮之风调。可以说，他把旧体诗写景的本领提升到一个新境界。

安徽教育界的诗人甚多。淮北怀远有清末秀才路青云（1868—1952），民初在山西从事矿业，后返乡创办路岗小学。如《湖上草堂吟》：

> 彻旬淫雨没占晴，麦误扬花野误耕。
>
> 破屋见天惊滴漏，熟梅落地听无声。

清奇疏淡，点染如画。

后来成长起来的一批教师，大多受过现代教育。如巢县洪存恕（1891—1976），字漱崖，毕业于安庆师范，抗战时任张治中随从秘书，战后返乡，在巢县中学教书。其诗于瘦健中见浑厚，尤精七律，得陈后山之藩篱，近受赣派诗人胡诗庐影响，用字措辞，戛戛独造。每以饱含血泪的笔触写出民众的苦难，如《避寇道经岳阳留待家人》等。转徙湘地时，作《舟下沅陵过青浪滩》云：

> 野雾连江暗晓曦，迎船簇簇浪花披。
>
> 乱梭立岸森魑魅，怪石蹲滩怒虎罴。
>
> 村里鸦盘蛮妇髻，庙前龙画水神旗。
>
> 殊方人语模糊甚，鹃唤声声却易知。

描摹真切如画，风格遒劲老健。

抗战胜利后还乡，故园寥落，民风不古。他的《初春作》写到乡风失和，追溯其因，政策措施失当，所用非人，语调凄凉：

> 维新方采均田制，去古谁敦同井情。
>
> 犬吠鸡鸣非乐土，鼠牙雀角尽愚氓。
>
> 头衔一例宠无赖，腹诽居然罪老生。
>
> 沮溺犹应无处隐，往年动辄说归耕。

以意遣词，不假景物，体会切而感慨深，见解深刻，议论犀利。

岳西刘凤梧（1894—1974），字威禽，毕业于安徽大学，任过省教育厅督导员。有《蕉雨轩诗钞》。其诗格深秀而措语工丽。如《红叶》《青琴》皆于结笔见意。《江城初雪》将现实的苦寒转化为优美的画面，首联雪声，次联寒意，三联由雪景带出遐想，清新隽逸。句如"泉水浑如新酿绿，枫林争妒夕阳红"（《民国廿四年秋视学滁阳》）、"江心鹅屿浮新绿，郭外龙山隐旧青"（《阔别宜城》），格调浑成，清秀在骨。歌行体如《荆阳女儿行》《烧炭女》，叙事精于构思，得乐府之遗而能孕时代气息。或当内忧外患，形诸吟咏，寄慨遥深。喜用典，然以气势运之，神似老杜。如《闻日寇攻陷皖城愤而赋此》：

> 东南文物弦歌地，忍见貔貅虎豹来。
>
> 烽燧光腾霄汉赤，鼓鼙声震石城摧。
>
> 百年浩劫知难免，万井流离听剧哀。
>
> 日暮不堪翘首望，二龙山色战云埋。

议论描写，打成一片，见其忧愤之心。

全椒叶国璋（1901—1977），字养浩，号双桐。执教、从政四十余年。有《飘泊西南残稿》。好用新名词新事物入诗。其《入川杂诗》云"滩多期待五丁开，名险瞿塘滟预堆。巨石当流成障碍，船行只好对它来"，又"经常大雾罩山城，雾下阴霾雾上晴。城里全然成混沌，山间可喜最清明"，撷取口语入诗，通俗而见亲切。后一首以对比手法写来，有意造成反差效果。

怀宁洪传经（1906—1972），字敦六，号漱崖。中央大学毕业后，留学英法两国，获经济学博士。归国先后执教于湖南大学、四川大学、安徽大学。十五岁作《大观亭》诗，语惊座众，其中句如"碎红乱点花如笑，新绿平铺草欲流"，出语隽秀而新巧。他的律诗对仗工整而见物理，其中两联如：

> 柳因土薄皆依水，山为天高故作颜。
>
> 造物无私春意满，行藏真负鬓毛斑。

（《溪边晓步》）

> 偶因风劲枝吹折，只为霜侵叶始红。
>
> 野涧通湖疑怒吼，微阳无力炯高空。

（《静观园闲眺》）

钟因杵重声偏远，树为风高叶渐鸣。

惯见繁星随序转，可能孤月照人明。

（《秋夜园中偶成》）

炼字新警，以宋诗骨格，融唐人风韵，婉畅之中而有峻峭骨力。

庐江吴孟复（1919—1995），号山萝，毕业于无锡国专，后在上海、安徽等地任教。从陈诗、李宣龚诸老学诗，往往以文为诗，将古文家起结开合、跌宕穿插之法运于诗中。舒芜论其诗云："诗才以运学问，学问以斡诗才，炉冶功深，光怪变化"，"清空浓至，二妙并兼，其往复宕漾处，真宋贤胜境"①。如《自六寨至柳州》诗中云"峰峦盛起伏，壁立不可企。上荫嘉树林，萝薜纷披迤。下有石森森，狞怪分蹲跪"，气韵深稳而卷舒自如。又如《阳朔》一诗云：

阳朔山水青如蓝，数峰突兀不可攀。

上有老树亦夭矫，下临百丈之深潭。

忽然峰转云树合，千峰万峰碧篸篸。

微闻六月雷雨后，遥从云际见烟鬟。

以白描手法写景，以朴淡之语写浓挚之情，层层妙合无垠。

定远县有张溶川、尚子诚两诗人。张溶川（1915—2006），少年师从范企塘，在家乡教书。有《溶川诗选》。运典使事虽丰，而善于活用化用。贴切自然，格律精严，章法整密，雄健而兼清绮。句法尤神化莫测，如"雨中窥鹭花扶笠，露下听莺柳护衫"（《赠程汝材》）、"明于沙色知流水，碧过天光是远山"（《清流阁远眺》），醇雅朗畅，神韵自在。

他目睹日寇暴行，与难民死亡或流离失所之惨状，愤慨成诗，苍凉悲壮，有杜少陵之气韵。句如"衰草烧余平野黑，夕阳烟外远天黄"（《登高书愤》）、"颓垣经火烟痕黑，战地无花血片红"（《愤慨》）、"花气吹寒侵斗帐，茶烟扶梦出松寮"（《春思》），语语奇警，写景中隐然

---

① 纪健生：《吴孟复诗学综论》，《安徽文献研究集刊》第 5 卷，黄山书社，2013，第 109 页。

有战事惨烈的阴影。

尚子诚（1895—1948），名文琴，曾任凤定、定远县参议员。五古高古浑厚，如《登高》中云：

> 五岳真极天，多为氛浥闭。
>
> 抑维五大洲，多少奇峰峭。
>
> 钩心斗角时，战火纷腾炽。
>
> 转忆乘飞船，好着冲天翅。
>
> 机事有机心，仍防飞雷试。
>
> 九天高莫登，九土安难遂。
>
> 茫茫尘海中，至竟身何置？

慨世界大战发生，人无以安居，欲上青天，然天空有飞雷，仍无以安身，联想奇诡，也不失为妙作。

皖南歙县有鲍幼文、曹靖陶两诗人。鲍幼文（1898—1961），名光豹，1929 年自北京大学归家乡，先后在省立二中、徽州师范教书。有《凤山集》，追求高华宏阔的境界，句如"天海溶溶云似絮，可能抛去拯孤寒"（《登炼心石放歌》）、"道远千山迷暮霭，时危万木警秋风"（《重至芜湖》），超妙独得。其他或雄丽浑成，或浓秀雅淡，而兴寄深远。又如《白杜鹃花》诗云：

> 缟衣仙袂是耶非，姑射神人玉屑霏。
>
> 夜月空山清似水，啼禽高唱不如归。

精神气韵，盘空而行，寄托其高洁之志。其七古《狂歌》云：

> 黑云沉沉堆上头，四郊郁郁皆长楸。
>
> 跼天蹐地苦逼仄，久居其内同羁囚。
>
> 相传天故留缺口，如室启户人张喉。
>
> 女娲炼石亦多事，俾无罅隙成拘幽。
>
> 隆冬祁寒夏苦热，宵深鬼物鸣啾啾。
>
> 豺虎逼人猿狖舞，海水鼎沸江横流。
>
> 我思插翅奋飞去，樊笼既固遭遮留。

未识天外竟何境，此境宁可长沉浮？

愿借五丁力士手，凿破混沌逍遥游。

天不能覆地不载，风为车马云为舟。

大千世界任来往，下视此土真浮沤。

诸佛众生尽平等，谁为臧获谁王侯。

…………

因处黑暗社会中受压抑而产生遨游的幻想，飞天问佛，希望理想境界的实现。酣恣行笔，意脉流贯，化用《庄子》《离骚》故事。

曹靖陶（1904—1974），字惆生，肄业于暨南大学，曾执教中学，后任《时事新报》编辑。诗风清苍郁厚，许承尧见其《看云楼诗集》稿，惊叹说："老夫遇一劲敌矣。"陈三立评其诗云："冲澹之格、俊逸之气，自殊凡响，尤以五言为最胜。"有《冥坐》诗云：

冥坐丛千虑，楼观慰两眸。

云依峰势压，水挟月光流。

渔火钻林隙，笳声警陌头。

满天霜气重，万户足衣不？

逸气流转，炼动词奇警生动。末尾联想到万户人家不知有衣御寒否，思绪跳腾，而不为眼前之景所拘束。

宿松县有女诗人王松霞，20世纪40年代赋梅花诗八章，独抒性灵，清新馨逸，皖江上下，和者如云。

第三节　浙江诗人

浙江东滨东海，西邻太湖，境内山水绵远清丽，人物卓杰，诗境清嘉。现代以来，承晚清文风，诗家辈出，不少人宗唐音，风华典赡，不用深湛之思，自得唱叹之韵。结社之风甚盛，1921年在杭州西溪秋雪庵立祠，以祀浙江历代词人，其地渐成诗人雅集之所。其时杭州有鸣社，每逢重阳，便有诗社同人共谒此祠。1920年林铁尊等游寘温州，与诸子结瓯社相唱和。1942 年浙江大学龙泉分校师生组建风雨龙吟社。

在政界的有陈训正（1872—1943），字无邪，号天婴室，慈溪人。民初代理浙江民政厅厅长，任杭州市市长。有《无邪室诗存》。简淡超隽，能以宋格为主而润以唐韵。《夫须诗话》说他的诗"莽苍奇古，不主故常，宿昔偏长古体，于五七律诗不甚措意"[①]。其实他的律诗也很见功力，简淡超隽，似王安石、陈师道诗。句如"深仁闲情寄天末，苦携羁眼与秋空"（《苦雨》）、"料理诗肠饱鸢啄，遥天坐看鬼车横"（《又赋》），恍惚窈渺，跌宕光怪。又《过大宝山朱公祠》诗云：

> 是何感慨悲凉地，六十年前问劫灰。
>
> 行路至今有余痛，谈兵从古失奇才。
>
> 荒荒岁月天俱老，历历山川我独来。
>
> 一角丛祠遗恨在，夕阳无语下蒿莱。

起句突兀而起，飘忽而来，意脉流贯，而顿挫有力。莽莽苍苍，以健笔写萧瑟之境，以空灵窈折之格写郁愤之思。正如陈三立为其集所作评语："惨辉妙旨，成嵯峨俶诡之观。神血湛湛，殆欲分液（孟）郊（李）贺。"[②]

黄迁（1874—1947），字仲荃，乐清人。民初任遂安及福建泰宁知事。有《慎江草堂诗钞》。句如"山城依远濑，野火乱疏星"（《夜泊十八里滩有怀故乡作》），荒寒之境，也正是乱离人的凄寂心境。他如"太湖三万六千顷，割取湖光片幅来"（《万顷堂》）、"驮背有山峰欲走，探头出水塔如浮"（《鼋头渚望太湖》）、"村烟拖树横平野，海色吞城压落晖"（《大海亭望海》），清绮紧健，以拟人化炼动字，奇警而有景趣。《哀日本》一诗写 1945 年美国在日本投掷原子弹，日本终

---

① 夫须：《夫须诗话》，王培军、庄际虹校辑《校辑民权素诗话廿一种》，凤凰出版社，2016，第 133 页。

② 陈三立：《无邪诗存评识》，李开军校点《散原精舍诗文集》下册，上海古籍出版社，2003，第 1137 页。

不堪一击，叹日本能以明治维新致富强，却以穷兵黩武而败降。即事说理，议论为诗，史识宏深。郁郁多慨，气格老健。

浙江教育界诗人甚多，慈溪冯开（1873—1931），字君木，民初任宁波等地中学教师，晚年任上海修能学社社长。著《回风堂集》。七古《为徐朗西题〈寒鸦荒冢图〉》云：

> 婵娟三尺桃鬟红，娇莺稚燕声在空。
>
> 美人合睇花玲珑，粘天贴地皆春风。
>
> 桃花一夕变枯树，下有深深埋玉处。
>
> 莺耶燕耶渺何许，但听老鸦作鬼语。

诗境由空灵飘逸一转为阴沉浓郁，配合换韵，由平声入仄声。善于写出画外之意，联想新奇，曲折用意，波折回环，空明掩映。

乐清朱鹏（1873—1933），曾任温州、处州中学教师。有《复翁诗集》，兼取唐宋之长。多咏古之作，《题宋遗民林霁山先生诗集》诗中云：

> 临安鼓死气无灵，白雁一声天地醒。
>
> 结客肝肠泣山鬼，拜鹃心事泣冬青。

拗涩生新，笔力奇横，用典取神，恍入化境，见其胸襟郁勃。写景句如"秋气涵空影，蟾光漾急湍"（《舟中望月》），用动词遒炼警拔；"木落天空山有骨，潭深镜净水无鱼"（《自桐江赴睦州舟中》），清疏隽洁，神韵俱足。

同为乐清人赵丹秋（1885—1947），少有才名，风流自赏。句如"奇峰孤拔真高士，瀑布飞扬总下流"，讽康有为，寓意深刻，传诵一时。

萧山朱怙生（1880—1953），民初在杭州女子师范教书。有《咏梅百韵》，其一云：

> 清奇骨格本无双，螭卧蛟蟠倚短杠。
>
> 却把狻猊移别室，暗香冉冉入纱窗。

低回婉转，清奇入神，余蕴不尽。北伐时发生"济南事变"，蔡公时被日寇杀害，他愤恨赋诗，句如"向夕危栏醉一呼，国仇历历未模糊。

言哀忍计天难问，每饭宁忘困不苏"（《闻蔡公时死事愤赋》），一改温雅诗风，怆恻多慨。

奉化孙诒（1901—1950），字翼父，号兆梅，毕生从教。论诗以唐调为正声，著《瓶梅斋遗诗》，有《秋怀》诗以明志：

> 秋怀淡宕与云俱，庭院新飞一叶梧。
>
> 闭户聊将书遣日，无田且免吏催租。
>
> 贫犹作达耽诗句，壮不求官畏世途。
>
> 饮水饭蔬吾亦足，儒生活计本区区。

以景起兴，然无意写景，着重在其恬静淡泊胸襟的发露。议论为诗，运古入律，第三联尤为拗折有骨力。

浙籍大学教授众多，或在本地任职，或往外地任教，如：海宁郑晓沧（1892—1979），留美归来，历任南京高师教授、中央大学教育学院院长、浙江大学教务长。有《粟庐诗集》。五律精严奇警，句如"敝车驰峻阪，崩石咽危滩。万树堆层翠，千流涌激湍"（《自丽水赴龙泉途中》），朴健苍老，真力弥满。成立风雨龙吟社时，由他出任社长，赋诗云：

> 高士爱幽林，宁嫌云屐深？
>
> 虬松能折节，空谷有知音。
>
> 仁目山河靖，长歌天地心。
>
> 斯文风雨会，不绝听龙吟。

志存高远，忧国抱道之志、嘤鸣求友之心跃跃然。

嘉兴籍三教授陆维钊、徐震堮、胡士莹，被吴梅称为"江东词坛三少"，均工诗，"过从无虚夕。暇辄各出诗词古文相劘切"①。陆维钊（1899—1980），字微昭，毕业于南京高师，历任教清华国学研究院、圣约翰大学、浙江大学、杭州大学。精书画，擅诗词，其《庄微室诗文集》得唐风之高华，如：

---

① 王焕镳：《霜红词序》，胡士莹《宛春杂著》，浙江文艺出版社，1984，第318页。

> 万象悬溪澈，禅心共石顽。
>
> 遥闻铃铎响，黄叶满深山。

（《自大龙湫归灵岩寺》）

写清幽萧疏之景，语意高妙有禅意。又"半壁山衔吴楚碧，一江风破水天秋"（《南归途中》），洒脱不羁，颇得兴象婉谐之妙。

徐震堮（1901—1986），曾在浙江大学执教。有《梦松风阁诗集》。1947 年所作《悯旱》诗，体现其悲天悯人的襟怀：

> 黄淮比岁势纵横，又见湘吴旱象成。
>
> 三伏炎蒸连赤地，万方水火此苍生。
>
> 年饥空仰秦人籴，民散仍逃汉鼎烹。
>
> 闻道微凉生殿阁，诸公踊跃正论兵。

写实而融哀婉悲怆之情，末以"闻道"宕开，蕴意沉着。叹民不聊生，而统治集团仍热衷打内战。柳诒徵编《历代诗选》，去取甚严，时人仅选他一人，并评论其诗"清隽苍老，卓然名家"[1]。

还有胡士莹（1901—1979），南京高师毕业，后历任浙江师院、之江大学、杭州大学教授。有《霜红词》。往往叙写逼真，炼字生脆，风韵秀整，雅健为骨，而富生活气息。

学者徐映璞（1892—1983），衢州人。留心浙地名胜，著有《浙境名山志》。有《清平诗录》。句健能举，意欲出奇，句如"隔岸越山奔万马，临门沧海动千军"，写杭州凤凰山俯瞰之景，遒壮高旷。又如《飞云江夜泛》"一林月黑千家树，两岸风生百里潮"，清苍景色中透露出骏快不羁之气。

温州梅冷生（1896—1976），名雨清，曾任籀园、温州图书馆馆长。有《劲风阁遗稿》。句如"纷纷名士过江鲫，兀兀残宵赴壑蛇"（《除夕阅〈南社集〉》），用比喻而不出现系词，炼句能在婀娜中寓刚健。

海宁张宗祥（1882—1965），字冷僧，曾任浙江图书馆馆长、西

---

[1] 刘永翔：《徐震堮先生传略》，徐震堮《梦松风阁诗文集》，华东师范大学出版社，1991，第 335 页。

泠印社社长。有《铁如意馆诗抄》。其诗工稳雅炼，句如"湿云搁雨乱泉鸣，树影连山望不清"（《题画》），"搁"字奇，后句以俗为雅，秀健有逸趣。

杭州徐行恭（1893—1988），号曙岑，有《竹间吟榭集》。句如"柳叶小眠悭细雨，菜花一色绣孤村"（《艮山门外行野》），明丽新警，借丰富的想象而描摹入微。

杭州工商界人士陈蝶仙（1879—1940），名栩，别号天虚我生。曾任上海《申报》"自由谈"编辑，选刊小说与诗词，在文人圈中有一定影响，后从事实业以终老。著《栩园诗剩》。其诗轻灵柔婉，然清而不弱，婉而不迫，人以为有袁随园之妙才、白香山之风格。尤擅七绝，句如"背倚镜屏人似玉，柔魂销尽橹声中"（《吴门灯舫》）、"莫道山家无客到，柳阴分翠过桥来"（《为谭一渔画扇自题》）、"向晚桔槔声歇后，一灯红出蓼花塘"（《乡村》）、"浑是春寒拗不过，暖阳烘破胆瓶花"（《感春》），振拔出于清逸，妙探物理，景趣盎然。

其女陈小翠（1902—1967），又名翠娜，从父学诗，后任无锡国学专修馆教师。论诗须兼色香味。有《翠楼吟草》。雄旷而有兴象，不似闺阁诗之纤弱，如《冬闺》云"万梅潮拥望湖楼，天半风帘响玉钩。雪压栏干花压雪，最高山阁独梳头"，俊爽有豪气，跳荡自如。

宁波柳璋（1912—1986），字北野，毕业于持志学校，以律师为业。有《芥藏楼诗钞》。学诗于朱大可、潘兰史、胡朴安、胡寄尘诸诗宿，远步李、杜、苏、黄、陈后山、陈简斋。寓奇拗于流丽，山水清音，供其胸中孕蓄。才气纵横，善于铺叙。妙句如"卷起湘帘三两尺，让他疏月过东墙"（《春日绿野堂杂诗》）、"尘海茫茫劳梦魂，霜蹄踏碎月黄昏"（《红铁楼忆西湖杂句》）、"快松争绿围山谷，湿鸟冲林下午钟"（《重游阿育王寺》），描摹不求形似，力在取神，逸气流空。悼诗如《再哭袁天畏》：

> 归乡尚计肺肝倾，谁道斜阳槔已横。
>
> 此日诚难更一面，当时应悔客千程。

撑胸后会依魂梦，摩眼前尘裂袖缨。

曾是篝灯相对夜，西风黄土隔幽明。

从今日回忆以往，悔恨哀痛，反复对比蹉跌，沉挚哀婉。

浙东有"东社十子"，其中周岐隐（1896—1969），鄞县人，以医为业。有《稚翁诗草》。造句空灵不滞，如"淡似孤花依晓月，哀如残雁落清霜"（《读冯君木先生〈回风堂诗〉》），以物象比譬冯君木诗风，意象鲜明。绝句如《雪窦早起观东山云海》诗云：

下界茫茫隔翠微，东方霞气弄朝晖。

白云自具移山力，螺黛凌空尽欲飞。

开合舒卷之美，有如行云流水，流丽俊爽，而神情自远。

抗战之初，大敌当前，浙地防守将领居然仍寻欢作乐，以致日寇很快攻了进来，烧杀掳掠。诗人对此多愤怒揭露之、辛辣讽刺之，对日寇暴行则切齿仇恨之。如余绍宋《悲会稽》诗，哀绍兴在敌人来临之际，"虏骑已潜布，间谍亦伏埋。将军特镇定，犹逐笙歌来。笙歌未已干戈起，转瞬名城遂摧圮"。军队士卒无一伤亡，因将军按兵不动，"奇祸翻由镇定生"，以致"男者遭屠女者俘"。又《哀富阳》诗中叹战争给当地造成的荒凉：

异哉倭奴乃出此，种兹怨毒何时休。

斜阳黯淡鸦雀乱，何处春江第一楼。

愤怒难抑，全于诗中发之。余绍宋（1883—1949），字樾园，号寒柯，龙游人。曾留学日本，归任北京美专校长，后任杭州《东南日报》副刊主编，其时任省参议会副议长。有《寒柯堂诗》。

其时临海县教师杨叔威（1917—1998），也有诗嘲一些将领无谋无勇，听信谎言情报，还要夸耀兵力，必然是一败如山倒。如《诮败将》中两联所云"蝼蚁尽为名将佐，螳螂原是大元戎。前锋谎报空城下，后帐偏夸实力充"，将官僚佐，不过是螳螂、蝼蚁之辈，挖苦厉害，句亦紧健有力。

又如浦江毛淳民（1916—1969），毕业于浙江大学。抗战初在县政工室任主任，作《除夕》诗，记述了在日寇炮声中，官府依然是"隐约行衙传雀战"荒唐一幕。昔日旧地，竟成鬼蜮，感愤无端，而借事寓讽。海盐张玉生（1920—1992），字璧人，曾任嘉兴《民国日报》编辑。有《秋日书怀》一诗讽封官之滥，而抗敌无能，同样是笔锋不饶人：

> 秋风萧瑟恨迢迢，国事蜩螗虏正骄。
>
> 授爵羊头遍地烂，续貂狗尾满街摇。

运典使事，爽辣犀利。

杭州钟毓龙（1880—1970），字郁云，清末举人，后任宗文中学校长，省通志馆副总编纂。其诗善将主观意蕴借物象而曲达。如《避寇雁荡感怀》诗云：

> 絮飞花落又春阑，锦绣河山半破残。
>
> 燕啄早知阶厉乱，蛙鸣浑不辨私官。
>
> 局成孤注赢何易，火燎中原扑已难。
>
> 多少乡心萦旅梦，捷书日夜盼三单。

因山河破碎而反思谁之责。用阶厉、私官、孤注典讽当局之失策，曲传诗人对时势犹未好转的焦急。

感时事，仇日寇，写敌人暴行，欲奋起救家国，盼早日收复故土，成为这一时期诗作的主调。长兴金涛（1894—1958），字子长，精目录校勘之学。抗战时为浙西昭明馆馆员，有诗云"欲持宝剑平多难，先饮屠苏醉几巡。击节壮心歌老骥，王师未定泣孤臣"（《庚辰元旦》），表达了希望抗战军队早日驱敌之心。感慨涕零，在凄怆中奋起。又如海宁陈乃乾（1896—1971），曾任开明书店编辑，精版本目录学。其诗中云"身隐从渠糟粕议，号寒不掩读书声"（《闲居》）、"似我读书违世用，破巢余卵此身轻"（《广州汉口沦陷》），从另一方面写出战争对文化人心态造成的破损。富阳张植，曾任商务印书馆编辑，后任中学教师。有《萤光集》《蝉鸣集》等。1945年春，日寇占领浙赣铁路，本来富阳山民多靠造土纸为生，此时无以为生，以野菜度日，或肩运家具、竹木至场口、深澳等地换取杂粮糊口。其《山民歌》即反映其时难民生计无奈的哀叹：

采薪终日不疗饥，采荠满筐聊饲人。

年来寇乱纸贱米如珠，家家仰屋起长吁。

…………

尤多肩负竹木换升斗，一路长驱成长龙。

纵得升斗亦易尽，老叹稚泣等哀鸿。

描写真切，可谓实录，字字沉痛。

余姚施叔范（1904—1979），曾任浙西行署参议，与夏承焘、邓散木相交契。其诗效法陆游，清雄而不乏沉健，句如"地瘠犬声壮，屋疏碍影多"（《宿横峰》）、"灭烛眠凉接市园，万虫不碍豆篱宽"（《夜卧》）、"一瓢注酒波千里，孤抱诉天肠九回"（《清明泽国丹崖山遥祭乡先贤》），写景如绘，议论振厉有气，感喟深沉，而属对精妙。又如《登东天目》诗云：

高天两泪看苍生，一剑华夷万众争。

树挟风云通霸气，山连吴越比长城。

新霜柏熟郊原美，野舍芋粗爨火升。

避寇得留江右地，忧时差慰庾兰成。

首联着力拓开奇奥拗峭之境界，悯生伤乱。次联虚写远景，雄奇而肆。第三联转写眼前实景逼真。末乃自以为与流离北方的庾信相比而稍感安慰。融情入妙，气格老健。

还有绍兴沈达夫（1911—2016），笔名风人，以七绝见长，奇气骏发，如《长安纪游》曰："无边曙色自天开，黄土滔滔作浪堆。忽见金光飞射处，红妆跨出一驴来。"抗战事起，其诗一变为苍凉凄婉，写乱离之苦，如"十里村畴废不耕，风吹破屋马长鸣。残宵梦断寒窗雨，愁听萧萧吃草声"（《自金华避乱衢州》），低回哀婉之情难尽。又如"被薄风多睡不成，娇儿恶卧又身倾。一灯如豆愁如海，知是寒宵第几更"（《寒宵三绝句》），写家庭琐事，如在目前。能于沉着中求立意之新巧，披露了一位知识分子在非常时期的酸楚情怀。写景句如"挑得一竿残月去，鱼苗风里荡轻舠"（《渔郎》）、"悠悠星月解相随，一片波光万叠漪"（《南渡》），清俊飘逸，跳荡不滞。达夫后寓居美国，集诗为《风人诗草》。

还有金华方镛声（1915—1993），从事光学测量仪器研究。能以真朴之语，抒流离之哀。在重庆赋七古《江楼夜雨秋》，忧郁沉重，但情调很美，其中云：

> 江风侵体怯衣单，乱山如簇添惆怅。
>
> 四围山色渐朦胧，暮雨寒云满湿空。
>
> 唤渡无人归晚棹，断魂何处送疏钟。
>
> 浊流兀自滔滔去，几度经秋风又雨。

虽未正面写抗敌，但在难言之愁中吐露了知识分子在那个时代归家不能、报国无能的苦闷。

萧山王斯琴（1914—？），少从朱惺公学诗。1936年秋旅食平湖城，其时日寇侵华在即，他愤而作《感赋》云：

> 耻留微命寄蒿莱，落日凉涛哭海涯。
>
> 一举敢从天下死，十年常抱众生哀。
>
> 都门禾黍悲王业，穷巷歌吟抑霸才。
>
> 不屑樽前忆恩怨，要从腕底觅风雷。

开合动宕，其语沉郁，其情婉曲。

温岭张白（1915—1980），字楚玉，号鸥客，曾历浙东各盐场主办文牍及运储。写阔人醉生梦死的畸状，如"五街电火辉红绿，百辆包车走马牛。酒馆喧嚣矜富侈，妖姝冶艳弄轻柔"（《永嘉书感》），可恨"兽蹄已涉大江南，鬼火倭刀戢未难"（《书愤》）。他的心头在滴血，然不屈之志，善于借景物传达出来，如："风欺古树偏难屈，云压高山总不平。"（《海安旅思》）

第四节 福建诗人

福建东南面海，西倚武夷山。文化发达，有海滨邹鲁之称。近代张际亮大扬清畅婉达之风，至晚清诗风为之一变，以郑孝胥为首的同光体闽派大振宋诗之风。清末民初，海门洞开，不少福建籍诗人远离家乡，出外求学，然后到外地或回本省做官，往往撷异国之风情，采他乡之风调。诗以宋调为主，兼参他体，诗风又盛。吴宓评黄濬《聆风簃诗》时说，"一九二〇年至一九五〇年的诗坛为江西、福建派当道官吏名士所主持之采风录诗派而已"，语虽夸张，但也可窥一斑。闽派在本书第二章中有介绍，现再略叙其他。

福建作诗钟、结诗社风气甚浓，所谓折枝、击钵以至律集等，都是闽人首倡而逐渐流行于沿海城市的。1920 年在北京蛰园结霞阁成立了蛰园律社，以郭曾炘、郭则沄父子为首，并不限于福建人。其活动每一月一集，集必二题，诗题多系咏物或咏史。这种活动锻炼了作诗的技巧，交流了情感；但消极方面是好用典故，在文字上弄技巧，社会意义不大。1928 年郭曾炘去世，吟社解体。在福州，民初成立托社，推衍同光体一支，林天遗、陈笃初先后任社长。三山名宿邓则先、邓陵西，与《神州日报》主笔叶碧苌等九人结九莲诗社。在厦门，有市政会长、尤溪人林菽庄在鼓浪屿成立菽庄吟社，与海内文人相唱酬。20 世纪二三十年代在福州、福清、长乐、罗源、厦门、漳州等地成立志社、融社、南平剑社等诗社。志社社员曾为福州大庙山建诗楼募捐，由林纾题额，陈衍撰碑记，专为斗诗而建。活动骨干黄芟洲曾以"寒宵坐似沧浪里，微曙看犹混沌初"一联震惊福州吟坛，人称混沌初人。1930 年，福州青年会中学为纪念校庆而征诗五千余首，印为《青高诗刊》。抗战时在省府所在地永安以及南平等地也成立了诗社。厦门大学迁长汀，成立了龙山吟社。1945 年端阳节，时在临时省会永安的《长风报》编辑朱剑芒（1890—1970），邀集在永安的闽浙湘赣桂诸省诗人如罗丹、潘希逸、陈瘦愚、胡孟玺、高柏英、林霭民等十七人成立南社闽集，宣传抗日、弘扬诗教。朱剑芒是江苏吴江人，南社老社员，带来南社传统。但由于时间短，闽集影响不大。

清末民初，侯官郭氏三兄弟颇有诗名。郭则沄（1882—1947），字啸麓，曾任翰林院编修，民初任过国务院秘书长。其诗清秀典丽，如《竹轩绝句》其一云：

> 高车门外去如雷，小院秋深独自来。
>
> 闲过薰风荷芰老，断无人处有花开。

明快活泼，神思不滞。

其弟郭则寿（1883—1943），字舜卿，早年留学比利时，回国后担任福州中国银行行长。著有《卧虎阁诗集》。早年诗多记游波兰、俄国，后来以写闽地山川景物、风土人情为主。七绝如《雨后望鼓山》：

> 路转山光渐我亲，高岩悬瀑白于银。
>
> 天然一幅倪迂笔，映日笼云欲入神。

雅丽新奇，写出人与大自然相适的怡悦。又如"孤月流空秋水黑，刚风吹舶海灯黄"（《赴厦门舟中作》）、"秋花白上村娃鬓，蛮布赪于贾客肩"（《出南城作》），清疏平淡中有至味。或咏新事物，如《观造纸厂》诗中云：

> 入门机轴声阗然，张口惟餐芦与竹。
>
> 摇头咬齿咀且嚼，不觉槎枒实其腹。
>
> 鼓轮煎熬复溲涤，一片联娟泻寒玉。
>
> 建安槽工几废弃，入市蛮笺作官牍。

刻画形象新颖，比喻贴切，并可知传统工艺的逐渐衰落。其诗大多含蕴深秀，妙得神理，而不矜才立异。

从政的诗人有：福州陈培锟（1877—1964），字韵珊，清末进士，辛亥革命后，曾任过道尹、厅长。能诗，句如"星明辨山径，雨止问人家。市变金如纸，城荒饭有沙"（《庚辰十二月廿三日自海下村晓发遇雨》）、"屡转飙轮云外路，似开尘镜雨余天"（《庚辰除日回永安》），描摹入微，笔调朴实而流利。

闽侯萨镇冰（1859—1952），早年留学英国，曾任海军总司令。
1922 年回本省任省长，未久下野。有《仁寿堂吟集》，偶有佳句，如《游
适中洋邦村》诗云：

> 春晴结伴步长堤，牛鼻山头碧树齐。
>
> 日午桥边人影小，风轻村外鸟声低。
>
> 冈峦起伏林泉迥，丁壮流亡妇孺凄。
>
> 遥望当时争战处，白云犹压紫岑西。

以人影鸟声、冈峦林泉之幽美，反衬丁壮流亡与妇孺之凄凉。

闽侯林之夏（1878—1947），字凉笙，号秋叶，才兼文武，孙中山
曾授以师长加上将衔，后任福建都督府顾问、浙江巡阅使署秘书。有《海
天横涕楼集》。其《书赠赵厚生》三首最为婉曲而含蕴深沉。其二云：

> 仙娥听说貌倾城，窈窕应堪百辆迎。
>
> 我尚未婚君莫嫁，秦楼他日共吹笙。

以"仙娥"暗喻中山先生，所谓"百辆迎"，暗示将整率三军以欢迎
中山先生。"君莫嫁""共吹笙"，即告诫我方万勿单独举动，以待中
原共同举义。末首表明立志贞笃，生死与之，虽或失败，有诗可证。
又《阪尾竹枝词》其一云：

> 保甲遮门点壮丁，俨如盗劫破重扃。
>
> 中宵犬吠人声沸，一枕无端客梦醒。

写乱世中乡间抓丁敛粮的情景，生动逼真。

永安黄曾樾（1898—1966），字荫亭，毕业于马尾海军学校，赴
法国留学，归国后历任交通部秘书、福州市市长。为诗学同光体，沉
哀悱恻，而瘦健如骨，涩而味腴，如《湘黔道中杂咏》云：

> 九死残魂到夜郎，饫经悬壁万盘肠。
>
> 流离未倦平生意，时上峰头望建康。

征途艰难，意气犹昂扬如故，虽流离万死，然最挂念的是铁蹄蹂躏下
的南京，融情入景。

闽侯张培挺（1870—1956），清末举人，曾留学日本学习法政。

民初在闽先后任财政厅、民政厅秘书。其诗逸气落落，秀健淡雅，五古高华澹清，如《秋怀》诗中云：

> 开轩迎爽气，林叶过无数。
>
> 回飙约之归，似指迷途误。
>
> 疏花明晚照，瘦蝶不一顾。
>
> 幽香贵自持，奚取献迟暮？

怡情自悦，写秋日之清爽、林叶之飘坠、疏花之映照，疏朗有致。

同乡人林仲良，字衷凉，任过省民政厅秘书。也擅长写景，用笔勾勒描摹，包蕴密致，如《次韵和如香郊游》诗云：

> 入春四野无一花，山坳几处堆败麻。
>
> 炊烟高下日未坠，但贯瘴气层层加。
>
> 南城风厉鸟掠塔，西溪水瘦舟横沙。
>
> 意行诗句只自适，遑问覆瓿与笼纱。
>
> 小鱼盈筐足大嚼，奚用弹铗频咨嗟。
>
> …………

前六句极力渲染萧瑟之气象，得小鱼足可养生，反笑战国时冯谖弹铗归来时愤愤不平。又有《新感》一诗以贵人与常人、富人与贫人同样是讲话与穿衣，结果却大不相同，以讽刺世态，以议论层层排比为诗，而用意深刻警人。

福州陈海瀛(1883—1973)，号无竞，曾留学日本，任过孙中山秘书。有《希微室诗》。他师从江西诗派，宗黄山谷诗。《读涪翁诗》中云"恢诡奇崛语惊人，巧施神工运鬼斧。解牛贯虱契入微，斫轮弄丸动中矩"，对黄山谷诗风可谓体会有得，其自家诗风亦奥峭苍坚，清健而婀娜。

福州陈声聪(1897—1987)，字兼与，号壶因，从事财税工作。有《兼于阁诗集》。步踪黄山谷、陈后山、陈简斋，尤工白描刻画与议论，风味又似近代郑珍。抗战时流离贵州、四川，所作尤凄楚。绝句如：

> 一车盘绕万重山，蛇退猿愁我独攀。
>
> 烟莽丛中埋覆辙，看人生过鬼门关。

《入黔道上》

语和婉而沉至，得陈后山之质与陈简斋之神。乔大壮题词云："蜀中诸作，伤乱忧生，低回掩抑，信闽人独善为宋人语。"① 又《黔中纪乱》叙写日寇将来贵州、境内逃离一空的状况：

> 敌军动攻势，桂柳如拉枯。
>
> 风吹落叶至，黔鸟惊传呼。
>
> 独山绾黔桂，忽尔变通途。
>
> ············
>
> 仓皇起移灶，三日空州间。
>
> 万人争一车，车以金论租。
>
> 驰道委行李，邮亭痡征夫。
>
> 郁热迫肝肺，凄风侵肌肤。
>
> 惊魂就危坂，载人同载猪。
>
> ············
>
> 死城憎白日，杀气弥亨衢。
>
> 饥鼠起攫肉，飞鸟来乘蜍。
>
> ············

诗中营造了凄惨悲凉的氛围，使人惊心动魄。他的诗赢得人们高度评价，施蛰存为《兼于阁诗集》题词云："五古甚见朴茂，文字含近代语，精神则魏晋咏怀、咏史之俦也。"② 陈迄冬题词云："文字如软泥，一经捏制，即成形象。且吐纳新意，出之自然。"③

古田李黎洲（1898—1977），字伯羲，曾参加讨袁及北伐战争，抗战爆发后任本省抗敌后援会秘书长，战后任省教育厅厅长。有《羲庐残稿》。其诗兼唐宋之长，浑厚中见其老健瘦涩。律句如："灯如红豆寒无语，人似黄花淡有神。旷劫不曾销傲骨，太清无碍着微尘"（《绮意》）、"狂飙弱羽迷前路，急雨浓馨减昨朝"（《离愁》）、"当路不曾摧

① 乔大壮题词，陈声聪《兼于阁诗》卷首，1981，线装本。
② 施蛰存题词，陈声聪《兼于阁诗》卷首，1981，线装本。
③ 陈迄冬题词，陈声聪《兼于阁诗》卷首，1981，线装本。

劲草，拂天何碍作癯松"（《浣桐见示〈月下即事〉之作次韵酬之》）、
"极知歌哭空縻泪，未许肝肠便化冰"（《旅夜书感》）、"四野乍分新雨
润，远山无碍白云浮"（《赴渝道中》）。他往往能采用烘云托月之法写
景，而景中又包孕时感，显得凝练厚重。

军中诗人有福州人张觏生（1914—2006），字孟玄，号梅庵，转
战东南，抗战中以军功擢代少将。有《哀长沙大火》诗云：

> 万家伫盼捷音来，帷幄仓皇又费猜。
>
> 穷寇曾传频败绩，名城却报瞬成灰。
>
> 谁言焦土能歼敌，忍使生灵先受灾。
>
> 鄩悌头颅容易借，千秋罪责恐难推。

讽当局以枪杀替罪羊以推卸罪责。又"梳篦术穷魑魅泣，雷霆势厉
斗牛摇"（《百团大战华北》），写日寇梳篦般大扫荡的失败、八路军
与敌大战的胜利，连用四个比喻，融注其强烈的情感。写景句如"吞
过落日波犹沸，拖住归云山欲浮"（《岳阳楼上望君山》）、"一峰欲向
层霄跃，脉脉闽江云外穿。屐底岩峦皆俯伏，襟边鹰隼尚盘旋"（《登
为崮峰》），全用拟人手法写出物象的情感与态势，而造句瘦健遒劲。

从事教育工作的诗人有：福州高联潢（1896—1976），字幼铿，
号茶禅。早年入托社，吴炎南赞为"抑塞磊落常工诗"。曾任协和大
学教授、南洋海军应瑞旗舰书记官，抗战后辗转执教中学。有《茶禅
遗稿》。供职于海军时，与友人陈遁庵唱和，以"能"韵赋诗，叠韵
至十八律，一韵之用，层出不穷。用事繁复，造语工曲，琢句幽邃。
又其写景句如"吠犬声从云外落，流禽影傍雨余舒"（《三都幕府饭后
偶题》）、"天远难穷江尽处，风严如作树先声"（《萧斋闲坐次韵》），
生动逼真。痛斥日寇暴行的有《癫兽行》，描写里人逃难流离的有《白
沙马坑》，痛恨当局弃民不顾的有《哀福州》。后者诗中说：

> 逃死仓皇一泪縻，孑身挈妇兼牵儿。
>
> …………
>
> 人丐一符去蒙难，漫漫前路迷安之。

愿生勿再履中土，刺心一语何其悲。

国亡家破衣食绝，呜呼此责将谁尸？

其词沉痛至极。描述家山劫难的有《寇退归里纪事》。讽世句如"人间几见鸦头白，天下争传狗矢香"（《秋阳》），哀身世之苦的诗句如"鼠龛鸽屋小鸡窠，蚁寝蜂居一角蜗"（《延寓小楼纳屋隙中》），不避臭丑入诗，化俗为雅。

建阳周仲平，清末秀才，民国后历任省教育司长、法政学校校长。其诗瘦健有思致，如《庚午独坐有感》云：

前生结习坐文字，今世犹来与作缘。

万类之中著一我，诸星以外是何天？

掣鲸医劓徒为尔，嚼蕊吹花亦偶然。

便静此宵似秋水，尚留微影过云烟。

一气流转如行云，韵稳而脉清。第二联流水对，以议论为诗而有理趣，见其空旷胸襟。

福州黄芗洲（1883—1952），字宪文。1920年，他自办师竹书院，后历任中学教员。其诗语言活泼，新意迭见，咏史诗如《漂母》云：

埋冤黄土暗无言，城下犹传漂母恩。

饿死强于三族赤，转因一饭误王孙。

认为漂母当年不应施舍，韩信如饿死，反而免了晚年灭族之祸，奇论出人意外。七律《偶过山家》写得较为婉畅空灵，句如："诗在斜阳流水外，人行黄叶乱山中。"

南安潘希逸（1902—1989），字月笙，号樵云，中学教师。有《孟晋斋诗存》。其诗力在批判现实，反映了民初军阀割据时的底层社会生活。如《温陵罂花劫》写鸦片对民众身心健康的破坏。《避兵谣》写官兵匪三位一体横行乡里，诗中云：

吏役如蛇蝎，士兵如虎狼。

小民望生畏，相率深山藏。

‥‥‥‥‥‥

> 县官峨大冠，凛凛坐高堂。
>
> 传谕与小民，不必多惊惶。
>
> 我马躯干瘦，火急畏之强。
>
> 我兵已枵腹，火急输饷粮。
>
> 我吏太辛苦，火急罗酒浆。
>
> 我库欠亏缺，火急倾箧囊。
>
> 避官即通匪，助官乃善良。

以排比句式层层勾勒，描述栩栩如生，议论入木三分，无情地讽刺了县官勒索生民而强说歪理的丑恶嘴脸，凸现了官兵们的凶残无耻。七律《哀江南》四首，对蒋介石在南京建立国民党政府深致不满，句句有所指，如云"谁教吴国无天堑，浪说孙恩是水仙""鹃血啼残秋日柳，胡笳吹动汉家营""降旗不见飘飘影，善将从无赫赫功"，尽是愤世伤乱语，借古典言时事。

厦门虞愚（1909—1989），毕业于厦门大学，任大学教授。其诗幽峭凄婉，如《秋怀》诗云：

> 微闻霜月侵幽槛，漠漠溪云拥小楼。
>
> 哀柳能言思妇怨，乱山如叠旅人愁。
>
> 苔痕入户颜为古，蛮语摇床梦亦秋。
>
> 心事已随年事尽，独怜琴帻夜灯幽。

悱恻情怀，体贴入微，兴寄遥深。

厦门还有龚诗模（1922—1997），字祖泽，少即有习作《鹭江夜泛》，"初浴银蟾海上浮，满江急浪载星流。风吹古树惊栖鸟，一苇孤帆伴月游"，疏朗活泼。

其他如福州陈明鉴，字弘挈，有《存可庐诗稿》，工五律，澄澹高逸。福州王彦行，诗学杨万里，采撷俗语，语浅意显，擅长写细节，亲切有味。连江孙肇和，有《半农遗稿》，写农家生活，抒澹荡之情，自明其志，自适其情，均各有可采之处。

第五节　江西诗人

江西地处长江以南，三面环山，山川秀丽，人文鼎盛。屈万里认为"江右多诗人，清末民初以还，上承西江法乳，务为清奇奥衍者，世所共见"[1]，说的即是江西诗派之传承。江西诗坛主要活动如:民初每逢重阳，在南昌举行吟谭诗会。1927 年在上高环水庵有辛际周等结吟社。抗战间旧省政府迁泰和县，公职人员结公余联欢社，其中有诗词组，又名澄江诗社，参加者 30 余人。吉安成立青原诗社，有 10 余人。赣州成立半园诗社，以教师为主，有 10 余人。1946 年在南昌成立宛社，有 27 人，程学恂为社长。

辛亥革命后一段时期，江西诗坛以清遗民为主，其诗多黍离之悲，弥漫着避世为守节操的悲观情绪。如:曾任监察御史的胡思敬(1869—1922)，宜丰人，退隐后在南昌建退庐，编刻《豫章丛书》，以冀文化传统之不坠。其《湖上迟魏大未至见寄》诗云"万种伤心事，伤心只在心。解人唯见汝，避汝早归林。但倚书为命，宁愁突不黔"，正是典型的遗民心态。著《退庐诗集》，其《咏雪》二首云:

> 茫茫一白无昏晓，没尽田园掩尽关。
>
> 看汝飞扬能几日，朝曦隐隐露西山。

> 落溷飘茵命不齐，洁身只合住河西。
>
> 君看古驿蓝关雪，尽化污泥衬马蹄。

以雪影射北洋政府不能长久，语犹多讽，但晓畅豁达，急于表现主观意图，涵蕴尚嫌不足，"多激楚之响，神锋不掩，如见其人"[2]。

与胡思敬为知音的魏元旷(1856—1935)，号潜园，南昌人，清末任刑部主事。辛亥后归故里，助胡思敬编校《豫章丛书》。有《潜园诗集》。他的思想与民主民权格格不入，很不合时宜。其诗源出杜韩，

---

[1] 屈万里:《不足畏斋诗存序》，周天健《不足畏斋诗存》，台北永裕印刷厂，1990，第 1 页。

[2] 徐世昌主编《晚晴簃诗汇》卷一二八，中国书店，1988，影印本，第 495 页。

沉郁苍凉，多郁闷之情。如《雨闷》诗：

> 城头湿鼓听非真，旬日愁霖恼杀人。
>
> 一片浓阴弥宇宙，万家春色失精神。
>
> 逡巡步履苔妨屐，蒙密粘天草似茵。
>
> 洞口桃花飘落尽，武陵从此更迷津。

他想寻觅桃源隐居而不能，无安身之所，何其凄凄惶惶。诗风凝练厚重，托意渊微。句如"万禽敛息避恣睢，摩触秋空纵所之"（《感鹰》）、"堕地未能殊土石，在天原亦有光芒"（《过落星墩有感》）、"谁遣神工开石骨，独排天籁走雷风"（《栖贤三峡桥》），大气包举而振荡。

还有任过编修的蓝钰（1856—1939），高安人，有《负笈砚斋诗》。工五言，不似上述两人的怨愤激迫，而有陶潜自然冲淡之风，虽亦有感怆。如《秋日感怀》云：

> 远山衔落日，蝉噪出高林。
>
> 惊飞逼螳螂，过枝息哀吟。
>
> 投身落世网，感此涕难禁。
>
> 岂不如物智，坐听忧患深。
>
> 迹欲远人境，入山宁得深。
>
> 四方时骋望，矰缴纷相寻。
>
> 何由侣冥鸿，相望弋者心。

欲远离人境，然入山不深，环视四围，矰缴射来，难以提防，盼与冥鸿为伍，远飞他乡，叹有渊明归隐之心，无桃源托足之地。其他如《秋云》《独鸟》等诗，莫不长于比兴，寄托遥深。

崇仁黄维翰（1867—1930），字申甫，清末历任呼兰知府、国史馆礼制编修，入民国，隐居故里。其诗质干坚苍，而不乏恢诡恣逸。论者以为其源出于曾几、陆游，而不为江西派所拘，"其悲壮处可登少陵之堂，其怪丽处可闯昌黎之室"（王晋卿语）。

临川雷凤鼎（1866—1922），号菊农，清末任过陆军兵部员外郎，辛亥后归故里。他也不学江西派，而是渊源于中唐，汲流于南宋，下逮清代康、乾诸名家。清雅幽淡，时有隽语，往往如王谢子弟，挥麈清谈，风神自在。

不走同光体路子的还有婺源江峰青（1870—1918），清末任过江西审判厅丞，后归故里，任县商会会长。著《醉绿吟红草》《还山草》，其中《舟入婺源境》诗云：

> 霜重秋高木叶凋，故园风物最清寥。
>
> 行空万马山重叠，唤雨双禽树动摇。
>
> 白石巍峨排雁齿，碧波平浅养鱼苗。
>
> 夜来更有清凉境，捞取潭心月一瓢。

即景生情，描绘工切，以气运律，清切可诵，归隐心态坦然。

都昌黄锡朋（1859—1915），字百我，号蛰庐，清末工部主事，清亡后归隐故里凤凰山麓。平居好读书，兼治训诂之学。著有《凤山樵隐诗钞》。当时诗坛宗尚宋诗，尤其崇尚黄山谷的崛健，但他以为这是不够的，主张五言古风应上溯汉魏晋诗，七律应宗尚杜少陵诗。在其《复友人书》中更表明其不肯俯仰随人的学诗宗旨："近日竞奏新弦，大雅益远，建安邈矣，杜韩宏响，无人继声，高者下涪翁（黄庭坚之号）之拜而已。褊性不肯随人俯仰，五古欲上溯曹、阮、陶、谢，七律愿学浣花，其愚可悯，其狂可恕也。"[①] 其时凌云之志与无力救世、鲁戈难挽的情绪构成复杂难解的矛盾心态，以吟咏抒其愤懑，酿成蕴藉悱恻的诗风。所谓变风变雅之作，即多产生于这种环境。自言"诗向陶韦寻轨辙，人从匡蠡占湖山"。五古得陶渊明、韦应物的闲淡，七律得杜甫诗之沉郁。其《南还》诗云：

> 长揖返初服，时危道亦孤。
>
> 林边归倦鸟，台上感栖乌。
>
> 向晚惜残日，悲秋怀故都。
>
> 江南可流涕，相慰独蘼芜。

---

① 黄锡朋：《复友人书》（一），《近代江西文存》，社会科学文献出版社，2015，第375页。

倦鸟归林，恋阙情深。又《山居感怀》诗云：

> 帝乡绵邈恨如何，萧瑟寒庐强啸歌。
>
> 薇蕨应非周草木，桃花未识汉山河。
>
> 愁看落日吟怀远，闻道中原战骨多。
>
> 黯黯金台春又暮，天南回首泪滂沱。

萧瑟寒庐，起而啸歌，凄恻悲凉，黍离麦秀之音。

上述或能表明近代江西诗人宗向与风格的多样化，江西诗人并不等于江西派，不过江西诗坛是以宗宋诗特别是效法黄庭坚为主，属同光体赣派。陈三立在《培风楼诗存序》中说："过南昌，所遭乡里英俊少年六七辈，则类多偏嗜山谷，效其体，殚竭才思，角出新颖。窃退而称异，殆西江派中兴复振之时乎？"①陈三立入民国后主要居南京，但江西诗人受他影响很大。为其羽翼者华焯（1871—1923），字澜石，号持庵，清末官翰林编修，归隐故里崇仁。有《舟中不寐》诗云：

> 平生歌哭梦泡幻，剩载忧危归去来。
>
> 华发未宜照江水，青山只欠觅松栽。
>
> 涛春败柁鼍鸣怒，风划高樯鬼啸哀。
>
> 烛影摇摇荧泪眼，舟人倒卧鼾如雷。

以舟之簸摇象征家国之颠危，写其悲苦之情。

他学诗得陈三立指示途径，由韩愈、黄庭坚入门，有诗谢之："导我游太华，穿云策孤筇。镵天太古石，手扶仙灵踪。苦语孟东野，世或讥寒虫。驭之以韩豪，乃作云中龙。所嗟铅刀钝，淬厉不成锋。愿假五丁力，终为鞭疲慵。"（《呈陈伯严》）其诗苍秀精微，古韵峻骨，见其冥心孤往之志；摩空逸气，进为兴亡之哀音。如《望月有感》一诗云：

> 历历明星渐向稀，完完月晕已成围。
>
> 吸残阴魄蟾蜍壮，照尽南来乌鹊飞。

---

① 陈三立：《邵潭秋培风楼诗存序》，潘益民、李开军辑注《散原精舍诗文集补编》，江西人民出版社，2007，第306页。

风露青冥空滉漾，山河黑影故依微。

人间自辟清凉境，卧看流萤不掩扉。

立意造语，冥辟群界，超逸而不失其沉健。句如"雨洗童山成赤胕，岸回奔水结圆脐"（《东溪》）、"白沙缘岸去，暗水浴星流"（《归舟杂咏》）、"残霭依霞赤，遥山背日青"（《溪晚》），炼字奇警，超妙入神。夏敬观为其集题辞，谓之"冷俊深刻，绝弃凡响"[1]。

赣派干将程学恂（1872—1951），字窀堪，号伯臧，新建人，曾官湖北某地知府。民初居南京，后归南昌。有《影史楼诗存》，自序云："欲以诗明志趣，记事情，其槎桠肝肺、郁勃难言之隐，不假吟事，曷以陶写哉？"[2] 其诗出入杜、韩、黄，近学陈三立，缒幽凿险，形成莽苍诡博、沉郁坚苍的境界。如《过大雷浮江东下舟中晚坐》诗云：

鸣榔击汰欲何之，向晚颓阳背我驰。

烟曳暝痕山一发，江浮天影月双眉。

似闻疮雁呼群急，只觉沙鸥作伴宜。

今岁扁舟来去数，苍波剩写鬓丝丝。

吐语峭拔，笔健传神。句如"吹海涛腥鲸鳄横，膏原血赭虎狼骄"（《二儿思进在巴黎》）、"云锁函关虚生气，月流银汉暗通潮"（《游仙》）、"龙蛇直撼乾坤急，猿鸟常依杖履驯"（《寿散原八十》），造境恢廓，意象诡奇，如苍波啼雁，声彻万里。咏物诗《枯鱼》《嘶马》《怪鹎》等，寄托怀抱，风骨峻深。纪事诗如《哀长沙》，写"国军"火烧长沙的惨状，《哀隧道》写重庆隧道因防空紧锁铁门以致闷死数千民众的惨案，取材重大时事，指斥有理有节。湖口高巨瑗将他与陈三立并称：

吾乡先哲近百年来，丰才啬遇，而独以诗显者，先世父陶堂公（高心夔）后，允推散原、窀堪。窀堪之诗，曩固散

---

[1] 夏敬观：《忍古楼诗话》，张寅彭主编《民国诗话丛编》第三册，上海书店出版社，2002，第 4 页。

[2] 程学恂：《影史楼诗存自序》，《影史楼诗存》，1943 自刊铜活字本。

原之所重也。[1]

赣派后起之秀有王浩、吴天声等。南昌王浩（1893—1923），先后任财政厅秘书、国务院统计局佥事。有《思斋诗集》。初学李贺，进而学杜甫、韩愈，继而取法黄山谷、陈后山，兼学梅尧臣、秦观、姜白石、范石湖诸家。思力精锐，风格隽上，色泽坚苍磊砢，句法又得玲珑活法，或含禅趣，有神韵可味，往往出奇制胜，运古入律。如《登牯牛岭》诗云：

> 高寒此际已侵衣，冉冉苍龙静四围。
>
> 十里笋舆湍石瘦，几家樵屋艾蒿肥。
>
> 江云垂地连荒涨，山鸟依人步翠微。
>
> 便欲移家秋汛急，川明雨暗乱斜晖。

描绘如画，苍秀澄朗。句如"南湖北湖柳一围，十里五里荷满枝"（《夏日侍母》）、"山头日出城中语，渡口人喧阁上看"（《临歧赠端任》），叠用当句对，朗彻圆转。拗句如"枕枝频叩自为雨，被浪未翻疑有霜"（《秋床昧爽得句》）、"江头雪消作春水，洞口晚晴歌月明"（《寄雪抱生》），用三平调。风趣句如"谢君为我置面首，顿令风竹成老丑"（《走笔谢吟谭馈菊》）。有时用白描手法，如忆女儿天真憨态："有时对镜自呼狗，亦或抱枕认作子。爱花腹猫当马骑，见赤脚婢呼鬼鬼。宵来乞母拍便睡，向明唤爷吻而起。"（《阿齐一首寄内子南昌》）有时用博喻，如《八月十四夜听汪竹居鼓琴》写琴声："忽然迸作万猿叫，施州去天尺有五。……纷如九秋下韝鹰，稍稍雪山落霜翎。"吐语如酌灵泉，汲流不绝，骨重神寒，得黄山谷神髓，但无宋诗派末流粗犷喑哑之弊。陈三立赞他"眇情灵绪，日新月异，辄叹为天骥之不可以方域测也"[2]。好友曹东敷对他说，"以华持庵为盟主，而吾两人辅翼之，当为西江

① 高巨瑗：《影史楼诗存序》，程学恂《影史楼诗存》，1943 自刊铜活字本。

② 陈三立：《王浩思斋诗序》，潘益民、李开军辑注《散原精舍诗文集补编》，江西人民出版社，2007，第 294 页。

坛坫生色"①，以为有他，江西诗坛可重整旗鼓，然英年早逝。曹东敷，修水人，作诗意态雄杰，也在中年去世。

与王浩交游者还有新建程柏庐、都昌吴端任与胡雪抱、安义胡湛园、南丰刘伯远等，为一时江西士林之彦秀。胡湛园有《求一是斋诗词稿》，多清奇僻苦之音。胡雪抱（1881—1927）曾助胡思敬校《豫章丛书》。有《昭琴馆诗存》，气骨高奇，渊懿郁勃。句如"飞奔草树昙花现，浮转山河芥子轻"（《汽车即事》）、"霜重寒林知鸟怯，日晴残涨见鱼翻"（《秋杪小渡》）、"一泓天外看帆影，万绿风前沃酒尊"（《村居即事》）、"清辉连万户，凉梦压千舟"（《七月望泊饶州》），皆以俊雅见称。七绝如"药栏风定倚清池，检点莺花酒一卮。却忆明湖落春影，堕云如髻雨如丝"（《药栏》），后两句比拟新奇而灵动。

胡雪抱有弟子黄养和、黄次纯工诗，为前工部主事黄锡朋两子，均执教乡里。黄养和有《镂冰室诗》。陈衍说养和的诗"风格似诗庐，而面目却肖散原"。②陈三立题辞云："构思沉挚，缀语峭洁。"③句如"出郭远迎山，密嶂疑无缝。欢容诱我前，朝气裂寒雾"（《自九江还家行匡庐山麓》）、"庐峰倒插玻璃盘，津山暗拓榑桑魂。烟青涛白玩今古，我回倦眼摩秋垠"（《秋日访穆庐师湖庐晚眺》），造语绝俗入古，不着烟火气，无肥腻味，诗骨巉巉。其弟黄次纯，有《持轩集》，诗风清峻。师从者有湖口周天健，1941年高等考试及格，在中央研究院工作。有《不足畏斋诗存》，自言斯世当有民国诗，不满于白居易诗浅露平直而得诗名。作诗力求深婉，求峭健，求脱俗，句如"才黄柳叶秋先树，渐白湖光冷拂旌。云压乱山螺髻重，雨添新涨鸭头轻"（《甘棠湖烟水亭雅集》），字字敲响而流转如珠，澄明瀚秀。他如"一炉相对天

① 胡先骕：《评亡友王然父思斋遗稿》，张大为、胡德熙、胡德焜合编《胡先骕文存》上卷，江西高校出版社，1995，第307页。

② 陈衍：《石遗室诗话》，张寅彭主编《民国诗话丛编》第一册，上海书店出版社，2002，第443页。

③ 陈三立：《黄养和镂冰室诗题词》，潘益民、李开军辑注《散原精舍诗文集补编》，江西人民出版社，2007，第314页。

如暝，万虑能空语自真"（《能仁寺吟集》），造句瘦硬澹远，思致幽渺。成惕轩序其集云，"上契涪翁，独标宋格。炉锤在手，万有供其雕镂；斧凿无痕，三复归于平淡"[①]，认为他得到了江西派的妙境。

修水吴天声（1901—？），曾任余江县县长。有《画虎集》《春声阁诗存》，陈三立题辞云："构思沉冥，造句新警，胜处类窥涪翁蹊径，峣峣自出闾井间。"[②] 程学恂题词云："时有穿天心、出月胁之语。"言其诗有奇诡不测之境界。诗风逼肖陈三立。《霜雁》诗云：

> 冥冥万里破愁飞，照影关河莽四围。
>
> 上诉精魂遥可接，下留泥爪欲何依。
>
> 横天自挟棱棱气，列阵还余凛凛威。
>
> 塞外传来风信紧，冲寒羞愧稻粱肥。

借雁寓志，一气奔注，造境峻雄，措语沉着。句如"渔歌已杂奔潮咽，鼓角犹腾故国哀"（《江行》）、"潮势欲浮山岳去，风声如带虎狼来"（《秋棹》）、"光增一世堪回舞，冻压千峰不敢狂"（《对雪感赋》），此皆乱世景象的折射，悲切感人。与陈三立另一高弟子胡梓方偏于瘦劲相比，他的诗以峭厉胜，气韵沉雄。

其他有成就的如九江王子庚（1874—1924），与陈三立是同年举人，任过知县，后隐居故里。其诗远绍渊明、山谷，近继高心夔。有诗咏武昌起义军之迅捷，笔挟风雷，又写到王侯落魄状，"一决遂倒千丈堤，嗟彼王侯似醯鸡。摧颓瑟缩羽翼低，新亭会作纤儿啼"（《八月感事》），写清朝王侯贵族落魄的形象可笑。又如《舟由金陵直放吴淞》诗云：

> 淘残铁锁浪千层，天堑飞来未可凭。
>
> 首枕灵湖秋放鹤，尾摇申浦海吹菱。
>
> 愁看白水青龙影，梦醒黄旗紫气蒸。
>
> 万里东南通橘柚，由来江表系衰兴。

---

① 成惕轩：《不足畏斋诗存序》，周天健《不足畏斋诗存》，台北永裕印刷厂，1990，第3页。

② 陈三立：《吴天声诗题词（四）》，潘益民、李开军辑注《散原精舍诗文集补编》，江西人民出版社，2007，第311页。

次联"首枕"与"尾摇"句以动物之头尾喻山川地理位置，笼天地于尺幅之中。其他如"梦回紫塞沉云黑，醉踏黄河落日红"（《过西林寺》）、"万族鳞鳞生死界，九围窈窈有无间"（《晓坐》），造语峻奇峭健，气象沉雄旷远。

萍乡布衣诗人吴式璋（1844—1919），曾遍历大江南北。著《守敬斋诗钞》。序者以为"其诗以少陵之风骨，兼香山之情韵，西江派中当别树一帜"。句如"桥横水似弓衔弩，山在城如受敌围"（《泊舟袁郡城下》）、"六街炫电天无夜，万舰燃煤海不寒"（《香港》），奇情壮采，得山光水态发挥，笔力横肆。

赣派风格在后来由生涩奥崛转为雄奇博丽。突出的代表为辛际周。他力争发扬江西派的传统，有诗云："诗派衍吾乡，千载资溉灌。屹屹义宁叟（陈三立），殿砥波流滥。继明仗后起，西江灯未暗。"辛际周（1885—1957），号心禅，万载人，毕业于京师大学堂，历任《民报》主笔，后为江西省通志馆总纂。有《灰木诗存》。其诗采黄山谷之瘦峭，融陈后山之深婉，近法陈散原，莽苍沉雄，自成一格。《书愤》云：

> 天意骄胡叵测知，忍教拔尽汉旌旗。
>
> 微闻棘灞陈儿戏，谁遣韩彭误会期。
>
> 食荐豕蛇欺上国，气收龙虎黯京师。
>
> 向来兴夏资戎旅，百万而今况拥貔。

愤日寇骄横狡诈，哀国民党军队会战不力，声情激越，一种倔强遒健的气脉流贯其中。句如"云海光摇双眼迥，天风声撼一楼寒"（《凭栏》）、"屋凝晨露渐添白，林射余霞相衬红"（《嗤学步巳卯秋月》）、"触蛮喋血长争角，傀儡牵丝九换场"（《留命两首》），写气图貌，如在目前。奇境独辟，声多沉咽。程学恂题其诗集有句云"流略蟠胸森万怪"，道出其诗多恢诡奇谲意象的特征。

政界中的诗人杨赓笙（1869—1955），湖口人，曾任江西省民政厅厅长、代省长。有《伏枥轩诗钞》。柳亚子说他的诗兼采白居易、陆游之长——"半是香山半放翁"。他志在救国而惭不能，借《答友人言事》诗云：

> 半载胡尘蔽太空，刚侵淞沪又辽东。
>
> 金瓯地缺尧封内，木屐天骄禹甸中。
>
> 昔日冤禽都失性，谁家豚犬可图功。
>
> 频年铸错知多少，赢得苍生泪眼红。

山河破碎，日寇骄横，精卫失性，谁能救国立功。失策无数，以致百姓泪眼红肿。罪咎谁负，意在言外，字字蕴忧。

兴国人王有兰（1887—1967），任省参议会副议长，其诗清幽婉畅。金溪人周维新，为参议会秘书，其诗有虎虎雄风，但意蕴不深。南昌人熊冰，历任靖安县县长、省府秘书主任，其诗妍秀澄洁。南丰人吴宗慈，任省通志馆馆长，其诗清逸中有诙谐。萍乡人刘洪辟（1864—1939）字舜门，号筱和。清末举人，曾仕任彭泽知县。民国初年为县中学校长，再任县教育局长。其诗写景言情，多用白描手法写律诗，而不失于妍炼，是大本领。亦多关注民生疾苦、悲天悯人之作。

教育界的诗人有修水涂同轨（1868—1929），号容九，民国初年担任《大江报》主笔，又历任江西师范校长、省立第十五中学校长。其诗兼得西昆派、江湖派之长，婉丽幽隽，宛转达意。贵溪车驹（1894—1952），任南昌二中校长，其诗奇肆沉酣。南昌姚钝剑，在樟树、南昌等地教过书，其诗清朗空灵。

1940年，在战时省会泰和县创办了国立中正大学，其中集结一批教授诗人。如王浩之兄王易（1889—1956），字晓湘，号简庵。毕业于京师大学堂，先后任南昌心远大学、中央大学、中正大学教授。其诗源出黄山谷、陈与义。熔裁子史，字精句切，以古厚寓雄宕，如《来澄江一年矣，追念袁山》诗云：

> 十幅蒲帆上暮江，二年云木照疏窗。
>
> 自非臣朔饥难死，便使奴星气已降。
>
> 万里鸿嗷歌怨咽，三秋蚁穴梦纷庞。
>
> 乌衣门巷人谁识，孤负春来燕子双。

运典自如，雄浑而不失逸秀之风调。七古《和陈孝威将军赠美国罗斯福总统》起调不凡，"天门逸荡飞严霜，虔刘百族无荞良。西欧东亚虎与狼，各试利吻恣残伤。喋血万里凶焰张，人道灭绝同洪荒"，谴责德意日法西斯，义正词严，开合纵横，风骨高峻，真气内充，有桓桓大将之气概。钱仲联将王易、王浩兄弟比为"眉山二妙"[①]。二妙指苏轼、苏辙兄弟，四川眉山县人，可见评价之高。

王易有弟子涂世恩（1900—1960），号梦梅，丰城人。毕业于江西法政专科学校，执教于南昌二中，抗战时随校迁永新，后被聘为中正大学文史系副教授。著有《强学斋诗存》，诗多隽洁而有雄远之概。尤工五言，如"破空冷月来，大地疑合冻"（《次萤斋晚眺》）、"清光笼四野，一雨静千岩"（《石灰桥暮春》）、"片月兼天涌，疏星带地浮"（《赣江夜泊》），清空朗俊，境界高远，神来气来，元气浑成。七律句如"待呼一片闲云起，卷尽千家战血腥"（《客怀二首寓永新作》），家国之恨，不因闲适而释怀。流水对，一气曲折赴题。

还有欧阳祖经（1882—1972）教授，南城人，曾任北师大教务主任，省图书馆馆长。精典籍，明天文历数。其诗学汉魏五古，辞旨渊懿。程臻教授，南昌人，曾任国会议员，其诗能运以从容不迫之势，出以深沉简峭之味。

---

① 钱仲联：《近百年诗坛点将录》，《当代学者自选文库：钱仲联卷》，安徽教育出版社，1999，第 687 页。

第十二章
地域诗简述（二）

第一节　广东诗人

广东面临南海，远与南洋相望，北倚五岭，与中原相隔。近代每得风气之先，诗人众多，可分为两大系：一派以康有为为首，倡诗界革命，杂采新词语，力创新意境。属此派的有梁启超等，发扬岭南雄直诗风。一派以梁鼎芬为领袖，宗中晚唐诗，清秀幽峭。曾习经、黄节出其门，但风格不全相同。这两大系分别见于本书第一章"诗界革命派""中晚唐派"，黄节见于第九章第一节。民国时期的广东诗坛，人才辈出，诗风雄直苍秀。感愤时事，激楚苍凉。20世纪30年代，三水县成立烽火诗社，潮州成立壬社。40年代后期在海南成立海南诗社。还有广州"南园今五子"等诗人群体。

揭阳曾习经（1867—1926），字刚甫，号蛰庵。清末官户部员外郎，民国初年归故里。近代岭南四大家之一。梁启超在《蛰庵诗存序》中说他在中年以后"取径宛陵，摩垒后山，斫雕为朴，能皱能折，能瘦能涩；然而腴思中含，劲气潜注，异乎貌袭江西，以狞态向人者矣。及其晚岁，直凑渊微，妙契自然，神与境会，所得往往入陶、柳圣处"[①]。推崇似稍过，然托意深微，而出以淡雅，温厚清远，为爱用典故者所

---

① 梁启超：《曾刚父诗集序》，陈伟、陈彪注评《曾习经诗词注评》，暨南大学出版社，2019，第2页。

不及。试看其晚年所作《端午泛舟溯河数里》云：

> 杨花燕子争轻俊，五月村庄似晚春。
>
> 过雨断云时做暝，缘源尽日不逢人。
>
> 劳生有暇天应直，佳节无聊酒觉醇。
>
> 摇兀小舟忘近远，拔蒲归路月痕新。

清真闲适，风华朗润，见其悠然神往处。叶恭绰说他"陶冶精纯，意境深远，信为巨手。视节庵（梁鼎芬）之清刚隽秀，殊途同归"[1]。也有人认为其诗与易实甫相近，实际上曾习经的诗品高于易实甫。

清末民初，有学者诗人邓实（1877—1951），字秋枚，原籍顺德，生于上海。工诗，清言霏雪，妙语如珠。还有蔡哲夫（1879—1941），字成城，晚号寒翁，也是顺德人，主编《天荒杂志》《国粹学报》，与邓秋枚为成立国学保存会而奔走。后又加入南社，成为南社在粤的骨干。著有《寒琼遗稿》，诗尚苍健峭折，时有妙句，如"波影绿将千蝶绕，灯痕红点万窗开"（《薄暮入盘门》）。

当年，广东有不少诗人随从孙中山投身政治革命。番禺胡毅生（1878—1953），是胡汉民堂弟。参与护法、北伐诸役。有《绝尘想室诗》。讨伐广西军阀龙济光时，他有《苍梧军次示偕行诸子》诗云：

> 旭日瞳瞳曜素旄，炎荒冬霁似秋高。
>
> 山经恶战阴霾散，士解同仇意气豪。
>
> 扰蜀吴曦终受戮，放兵元济岂能逃。
>
> 澄清自是男儿责，万里从征敢惮劳。

情景兼到，运典自如，有雄豪之气。

番禺陈融（1876—1955），字协之，任广东省政务委员兼秘书长。抗战中避居越南，后卒于香港。有《黄梅花屋诗稿》。论同时人诗，能力探奥秘，而状以形象。如在《读晚清人诗集分赋》中评陈散原的诗："局从苍莽无边拓，句向萧森逼肖拈。"评梁鼎芬的诗境是："斜阳草

---

[1] 叶恭绰：《论梁曾黄罗汪》，孙淑彦《曾习经先生年谱》，作家出版社，2014，第330页。

绿哀鹃似，修竹天寒翠袖当。"评郑海藏的诗犹如石寒漱齿，又如："嶄新色界古须眉，华岳三峰世所推。"评黄节的诗如幽弦变徵之音，"骨格终存人亦悴，自捎翎羽费沉吟"，可谓体会有得之言。他的诗宗黄山谷、陈后山，苍健而洗练。

再如岑学吕（1882—1963），其诗格近宋诗。1936年任省府秘书长，离职时作《将去职留别省府同寅》两律，其一云：

> 水面吹萍聚几时，久惭枯叶寄高枝。
>
> 楸枰敛手宁藏拙，鸥鸟盟心退已迟。
>
> 所不能忘从此别，为言将去可无诗。
>
> 诸公各取千秋业，容我江湖理钓丝。

以一连串物象宛转表达其归隐之意，忠厚恳恻，蔼然动人，健笔峻嶒，而出以婀娜之致。

兴宁县何天炯（1877—1925），字晓柳，历任孙中山总统府高级顾问、驻日全权代表。有《无赫斋诗草》，诗中多见其舍生取义之志，如《书感》诗句"头颅轻一掷，血泪搵千行"，作斩钉截铁语。兴宁还有罗翼群（1889—1967），曾参加讨袁护法斗争，抗战时任广东民众抗日自卫团统率委员。"九一八"事变时，痛恨当局姑息投降政策，作《过娘子关愤蒋介石拥兵百万不抗日》诗云：

> 苍茫烟树四围山，偏仄萦回水一湾。
>
> 古道裙钗能守险，近知胡虏屡窥关。
>
> 平阳岂独唐王重，花蕊犹羞蜀将孱。
>
> 今日拥师过百万，立勋宁复让红颜。

写景蕴苍凉之慨。重在愤而议，联想起古代穆桂英以一女子犹能抗辽，花蕊夫人犹愤蜀中无男儿，而今当局怯于抗日，怎不悲愤，然末句犹存忠厚，抱有希望。句如"竹攒顽石生仍直，鹤入层云唳更高。远想柳营森画戟，梦回角枕起寒涛"（《游丹霞》），从竹子联想到兵营剑戟的森严。又"疏林影乱群鸦集，远浦烟涵一雁飞"（《海隅晚望》），动静相得，一派生机，清越拔俗。

广东教育界中有不少诗人，在大学执教的有：梅县古直（1885—
1959），字公愚，号层冰，民初任汕头同盟会秘书长。20世纪20年代初，
隐居庐山太乙村。后任中山大学教授、梅南中学校长。著《层冰诗存》
等。他始终关注着国计民生，诗中激涌着炽烈而又深沉的爱国热情。
1916年往越南，亲见法国殖民者的残酷，愤而作《海防行》。其中说"营
门开处铙笳鸣，鱼贯而出向前行。蜂屯蚁聚不知数，强被驱遣各吞声"，
真实地再现了越兵出发时惨不忍睹的场面，对越兵被迫为殖民者卖命
的无奈深表同情。对殖民者野蛮行径极为憎恨，并抒发自己为改变祖
国命运而奋斗的决心，"不敢怜人敢自怜，满天风雨念家山。男儿终
不为奴死，万里沧波一闲关"，悲壮中见浑厚。再如《日寇进犯齐齐
哈尔》诗云：

> 一寸山河一寸金，当年荇食已骎骎。
>
> 只嗤杞叟忧天坠，谁料纤儿撞陆沉。
>
> 华表归仙应有语，湘东持子故何心。
>
> 茫茫里水宵腾沸，泪尽西风哭寇深。

积郁难抑，措语激烈。第三联用丁令威与梁湘东王故事。末联情景浑
融，苍茫一片。

梅县黄海章（1897—1989），号黄叶，中山大学教授。有《黄叶楼诗》。
工五言，如《千步沙晚望》诗云：

> 天际晚风来，海潮浛瀁漾。
>
> 眩目白光摇，激石余声壮。
>
> 茫茫东海东，大月团团上。
>
> 矫首望长空，心与云俱放。
>
> 疏林鸟已栖，绝岸舟犹荡。
>
> 滩畔一徘徊，幽情成独往。

起调大笔振拔，境阔声壮，风潮激荡，声光幻化，心与云飞。以笔势
动荡、气韵高古见奇。

梅县还有梁伯聪（1871—1945），前清秀才出身，从事教育。作有《梅

县风土二百咏》，记述当地山川掌故、人情风俗。律细韵圆，通俗流畅。

平远吴三立（1897—1989），字辛旨，是一位文字学家。历任中山大学、勷勤大学教授。曾师从黄节，受其影响，其诗瘦健入神。著《麾骋集》《辛旨集》，有《殊方寒食闻寇陷南昌》诗云：

> 吴头楚尾路三千，惊报洪都燔卤膻。
>
> 落日空衔帝子阁，春风谁泛九江船。
>
> 心伤故国思乔木，野哭千家上墓田。
>
> 对此茫茫丛百感，坐闻鹈鴂咽寒烟。

诗有造境，写想象中的惨状，借景抒愤。

广州陈寂（1900—1976），字寂园，号枕秋，初在中学任教，后到中山大学任教。有《枕秋阁诗词》。受同光体影响，奥莹沉雄，力盘硬语，句有拗折劲涩之趣，如"残刍不饱牛羊队，天路常宽雕鹗盘。老眼已迷宁却足，寸心谁念莫刳肝"（《答青萍海上见寄之什》）、"乱世功名百饥虎，杜门涕笑一痴蝇"（《戏述示客》）、"委汝荒寒天有意，随人历碌我真穷"（《寄陈青萍贵阳》），老健而能句法活转，用典天成。不在以景寓情，而在议论生风，神思超越。

素有岭南才女之称的冼玉清（1895—1965），别署琅玕馆主，南海人，生于澳门，毕业于岭南大学，后任岭南大学教授。精通中英文，国学深湛，对广东地方文献尤有研究。有《碧琅玕馆诗稿》，诗风清超。陈三立很推重她，为其诗集题词云："澹雅疏朗，秀骨亭亭，不假雕饰，自饶机趣，足以推见素抱矣。"[1]

阮退之（1897—1979），阳江人，毕业于广东高等师范，暨南大学教授。其诗沉挚出于轻丽。与他诗风相近的有王韶生，任省立勷勤大学教育学院、文理学院教授。其诗温醇朗畅，而余味不尽，如《平湖车站遇雨》"红螺青鬖玉山群，细雨斜风日未曛。衣上酒痕心上事，佳人惆怅隔天云"，有跳荡生动之趣。

---

[1] 陈三立：《碧琅玕馆诗稿题词》，李开军校点《散原精舍诗文集》下册，上海古籍出版社，2003，第1153页。

熊润桐（1903—1974），字鲁柯，号则庵，东莞人，毕业于广东高等师范，历任中山大学、香港珠海书院教授。有《劝影斋诗》《入海集》。其诗浑厚深醇，妙思神理，酝酿于其间。兼众人之所长，在梁鼎芬、曾习经、黄节之外自成一家。李拔可极赏识他的《西塘话旧》诗中一联，说："风回岸苇潮方满，日落池荷绿欲沉"，"二语意境阔大，声调沉雄，令人想见岭南夏色，非吾师海藏不能为也"。他写了不少愤世嫉俗的诗，以致说忧愁得不想作诗了："民多偷乐何云国，士到沉忧欲废诗。"（《感时次韵和晦闻先生辍咏》）又云"依然叠鼓动江城，谁解惊心到死声。无地与埋终古痛，彼苍何靳片时晴"（《端午雨中》），诗笔精悍，"死声""埋痛"语沉着凄楚。《杂诗六首》其一云：

> 江波昼夜徂，逝者不可作。
>
> 抚时念我生，万绪交相错。
>
> 门前两柴荆，风叶日萧索。
>
> 自非岁寒姿，谁能免荣落。

风韵高古雍容，仿佛《古诗十九诗》之遗。杨树达读到此诗时说："自吾湖南湘绮老人殁后，数十年来未尝见此笔矣！"

还有陈墨樵（1856—1951），字汝松，罗定人，以教育为业。曾与陈铭枢唱和，赋《感时》诗，颔联云"名场半演吹牛术，利济谁投饮马钱"，慨世之情可见，盼陈铭枢能"唤醒当前梦幻天"。

在中学执教的黄荣康（1877—1945），字祝薰，号大荒道人。抗战时避难从广州回故里三水县教学，与同人组织烽火诗社。有《凹园诗钞》。其《献金台歌》讽当局号召人民献金救国，于参差磊落中见其凄楚之心。诗中说：

> 前有郭隗后有卜式，中间汉皇唱歌巴妇泣。
>
> 苍鲸喷浪催白日，巨蚌吐珠弄明月。
>
> 日月运转天地清，血光化作黄金色。
>
> 筑成献金台，拆去地下室。

写实而工于用事，以古讽今，加以造境恢诡，构成一系列错综缤纷的意象。句如"远树鸦翻千叶晚,荒山蛩语一灯寒"(《和慈博病遣原韵》)、"北控黄河争饮马,南飞碧树不栖鸦"(《徐州和天任》)、"风凄野屋号牛鬼,月暗山坳出虎伥"(《中元》)、"如丝国命悬天帝,有血文章刻肺肝"(《南宣冈三首》),气韵沉厚,意境苍凉。

廖平子(1880—1943),字任肩,原名士坚,别署秋人,顺德人。民初,聘任稽勋局审议员,后致力慈善与教育事业。日军攻广州,他组织民团进行抵抗,败后避居澳门,创办《淹留》杂志,出刊40期。后往曲江仲元中学任教。诗的题材多来自其生活遭遇,如《下茅》诗中云:"舟行值严冬,水涸如平地。舟人力已尽,一身欲镢弃。"写到行舟之难时,听到两位舟人的议论:

> 都云食不饱,境遇真惨酷。
>
> 贾去百斛汗,乃得半升粟。
>
> 身上肉何有?骨皮相结束。
>
> 言时各苦笑,笑声类鸿鹄。

怜悯底层人的苦难,刻写入骨,而语浅意深。

李珖,字履庵,中山人,毕业于中山大学,在故里教书。少即工诗,列名"南园今五子"之一。有《吹万楼诗》,其诗疏朗明快。句如"层轩纳翠朝暾上,野水通潮海鹤寻"(《过小黄山馆》)、"径曲松为势,山深鸟自盘。天容窥海大,世役引杯宽"(《偕冯康登香港摩星岭》)、"夜月荒城悲鼓角,晚潮香稻饱鼪鼯"(《答佟绍弼见怀》),写景寓意,感时抚事,无不刻意精深。

"南园今五子"工诗者还有余心一(1904—1942),字印可,潮安人,毕业于广东高师。有《阙思斋诗集》。其诗细密而不乏情致,句如"更为月明留敬座,偶闻花附答霄吟"(《寓斋春酌》),跌宕顿挫。惜早逝。

番禺张建白(1905—1991),号采庵,毕生在广州等地中学教书。有《春树人家诗词钞》。其诗清畅而兼沉雄。1938年作《感事》云:

> 东海无劳问浅深,风波憔悴念精禽。
>
> 而今敛翅归何许,早负当年衔石心。

精卫无报国之勇，似已预卜其卖国之谋。句如"阴成蕉叶才三尺，花发荼薇又一春"（《焚椒》），婉转清和，寄意深沉。又《香岛沦日取道广州返乡》诗云：

> 城闭珠江古五羊，此来愁绝说还乡。
>
> 争知鸿雁饥民国，犹在乾坤大战场。
>
> 春草难为兵后绿，梅花寒勒劫余香。
>
> 王师何日编龙武，也有书生一剑长。

以清健之笔，写沉郁之情，潜气内转，语语沉着，隐然有报国从军之愿。

连平县江任之（1906—1941），初任银海高小学校校长，后任省立仲元图书馆馆员，不久仍回故里任县小学校长。因事系狱，死于狱中。其诗不避口语，朴中寓巧，俗中有雅。集中怀母、忆母诗甚多，从家庭之变迁看出社会的大变乱，伤世忧时，悱恻缠绵。也有诗讽当局内战有术，外战无能，如《西行》诗云：

> 国伐原来自伐先，万千民命值文钱？
>
> 舱中队附盆为帽，头上倭机翼蔽天。
>
> 震撼山河闻既惯，纷飞血肉想当然。
>
> 不遭惨死胡云幸？留得余生到处膻。

似信笔写来，不能自休，虽有剪裁不够的粗率之病，但真情朴茂。

南海邓芬（1892—1964），字诵先，号昙殊。以画人物花鸟见长，曾组癸亥画社，抗战间流寓香港。有《题自绘群鬼争食图》，其中说：

> 鬼忘死活竟趋走，鬼面青黄朱白黝。
>
> 鬼声娇嗔哭笑吼，世界已鬼谁良莠。
>
> 鬼亡尊卑与牝牡，礼义廉耻鬼何有。
>
> …………
>
> 丑态百出指难偻，讵觉钟馗瞰其后。
>
> 天际伸彼巨灵手，一握群鬼如葱韭。
>
> 启齿大嚼齿生垢，龌龊定作三日呕。

借画鬼来讽刺人世百态，一气挥写，笔墨入化境，生辣警拔。

南海还有工商界诗人黄咏雩（1902—1975），曾经营公共汽车公司、米粮行，1931年被推选为广东省商会主席。著有《芋园诗稿》。取径于韩愈、李贺、李商隐，题材广泛，描写民间疾苦、抨击时弊的如《野田黄雀行》《空城雀》，以比兴手法传达出农民不堪田赋重负、水旱天灾、地方恶势力、官兵盗贼盘剥抢掠的悲惨呼声。其《拉夫行》描写军阀混战时官兵强拉劳役的惨状。句如"行李辎重高于山，邪许声嘶无气力。……荷枪实弹伺其侧，鞭打脚踢怒驱叱"，铺叙展衍，描绘逼真。集中以反映抗日时的爱国诗最为精彩动人。他颂扬民众的抗战热情："从古民生厌锋镝，只今翻喜请长缨。"（《丁丑感事》）对当局抵抗不力，致使大片国土沦丧，他无比愤懑，《戊寅感事》云"愁生谷口铜铃雨，梦断江南玉树花。如此江山容易别，未须回首望京华"，层折沉挚。《太息》中说"祭野百年衽皆左，扬尘三见海之东。侏儒得食饱死未？傀儡登场游戏同"，哀思沉痛，低回断肠。即便写景，也往往融注着家国之悲，如说"板桥人迹霜初厉，铁索江流水不平"（《晚发惠州》）、"烧残黑草露山骨，种老黄橙明夕阳"（《番禺县萝岗洞》），情景相汇，风调苍凉，可见其悲悯人民的襟怀。

后起者有芦荻（1912—1994），也是南海人。1930年先后参加编《今日诗坛》《中国诗坛》《广西日报》。他既写新诗，也作旧体诗。抗战时他在后方辗转，赋《湘北南县途中即景》七绝两首，其一云：

> 十里荷塘夕照边，白云垂柳映吟鞭。
>
> 马蹄起处烟波落，菱荇西风漾钓船。

清丽芊绵，风神秀挺，仿佛脱口而出，妙语天成。

新会县有两位年轻诗人：一是莫仲予（1915—2006），字尚质，在报界工作。诗风超逸浑雄，句如"老僧似鹤龙池竭，野鸟如梭石磴残"（《新玉台寺》）、"山色绿将帆影外，桂花香到寺门前"（《集北山寺》）、"幽梦巢痕碎，尘炉麝火沉"（《江楼四首》），比喻新奇，造句不俗。二是朱庸斋（1921—1983），以词擅名，也工诗，声韵谐婉，清丽可喜。句如"堕絮飘花春渐老，闻声对影梦难温"（《杂诗》），谐巧绵密，但诗受词风婉约影响，较为纤弱。

刘逸生（1917—2001），中山人，历任《香港正报》《华商报》编辑。其诗清壮新隽，句如"海上风涛真险恶，岛孤燕雀尚酣嬉"（《风云太平洋》），叹日寇即将发动太平洋战争，而香港方面犹沉溺酣戏，忧世之思深沉。

在粤东潮州、汕头一带，诗风未受粤派影响，而受同光体影响，与江西派陈三立等合流。主要有石铭吾、侯乙符、刘仲英列其门墙，推演师说，自开户牖，是以陈衍称为"岭东三杰"。继起者有杨瘦子、丘汝滨等望路争驱。石铭吾（1878—1961），名维岩，号慵石，执律师为业。1932年与饶纯钩、杨光祖等创立壬社，为第二任社长。自谓为诗尊王半山、黄山谷、陈后山，喜陈简斋、杨诚斋、陈止斋。其诗深雄朴厚，奇健苍莽。有《慵石室诗钞》。陈衍（号石遗）赏识其人，序其诗集，谓之"奇肆挺拔，盖为义气而近于雅者"[①]，将他列为门弟子。这也可能因他作有《读石遗室诗集呈石遗老人》，驰骋论诗，而推尊对方，实则其诗与同光体闽派也有不同，而是雄俊奇横，波澜壮阔，铸语激越，胜处可摩陆放翁之垒。句如"寥天孤鹤舞能媚，老屋寒花开自香"（《赠杨光祖》）、"去水将愁供浩荡，乱山如梦入模糊"（《过恶溪》），气骨高峻，苍凉之气，倍见性情之真。抗战时由于感触之深，幽苦怨愤，郁结而不可伸，妙句如"街前蔓草青争眼，乱后亲朋白到头"（《入城》），传诵一时。

丘汝滨（1898—1971），号瞩云，曾任县、市电报局长。诗风近陈与义，深于意理，气象清雅而亮爽。石铭吾说他的诗能在潮州开江西诗风，并题其诗钞云："饮取西江水一勺，涪翁之外后山翁。"（《题瞩云楼诗钞》）他的诗句如："寒林坠果饥禽下，断岸为桥独木撑"（《溪行》）、"卧数青山迎面过，起搔绿鬓着霜才"（《三河舟中同倚云作》）、"潭留倩影花临镜，石作奇兵阵有图"（《闲行》）、"身如古树临流立，

---

① 饶宗颐：《慵石室诗钞序》，石铭吾著，赵松元、杨树彬点注《慵石室诗钞》，线装书局，2007，第1页。

眼爱群山拄杖看"(《饭后祠前晚步时避乱上陇》)。饶宗颐评他的诗云："忙中乱中所为更工,如擘新橙,其香喟人;如饮苦荈,甘留舌本。"(《瞩云楼题辞》)

海南向称蛮荒之地,但在宋、明以后,文风渐渐昌盛,民国时期也出现一些诗人。1947年当地还成立了海南诗社,有成员62人。其时创建海南大学,有教授张仁川、黄归云等成为诗社骨干。次年出版《海南诗社汇稿》第一集。

民初,琼山有曾对颜,字镜芙,光绪间中举人第一,归故里办学校,逝于1914年。有《还读我书室诗录》,多忧世之作,乃雅正之音。此县女诗人吴练青,年轻时就读于北京女子师范大学,师从高步瀛、黄节。抗战时乱离之作最有特色,如《哭母》诗四十八韵,抒写儿女怀念母亲的人间至情,也真切地反映因战乱造成骨肉生死离别的遭遇,运用比兴、排比等手法,沉挚悱恻。

邢朴山(1877—1947),文昌县人,曾任海南总商会秘书,后流寓广州湾、广西等地。有《朴山诗存》。写海南风物之作,风格清丽,如《大昌道中》诗云:

　　　　一路红泥水浸车,椰林深处有人居。

　　　　山田叠叠新栽竹,枝叶婆娑四月初。

明快流转,浏亮闲婉。但其集中以记抗战离乱之作为多,愤世忧时,悲郁苍凉。其他句如"雨淋眼泪空忧国,雪满头颅羞见春",愁报国无能,惭见春色。

万蔚周(1905—1944),字秉文,儋州人。在广州中山大学读书时,发生"四一二政变",他被捕入狱,经营救出狱后,往上海求学,参加反蒋的国民党改组派,后赴广西任第五路军政治部主任。作诗力欲"奋笔论兴亡,谔谔针衰俗"。有《景庐诗稿》,其诗于工稳中求变化,而又剪裁得体。在广州所作《书闷》诗中云"愁来不向珠江醉,欲到黄花岗上眠",慷慨激烈,直抒胸臆,颇传诵一时。讽时诗还如:"酒馆席烧山海味,梨园门挤碧油车。"(《节约》)抗战时所作的《粪坑贞妇》，写一日寇兵企图强暴"娟娟玉洁莲花姿"的少妇，少妇宁可跳入粪坑而死，誓不改贞节，最后说"好语路人休掩鼻，活人不及死人香"，情节生动，拙朴语意味深长。他在晚年每天以评诗自遣，自谓"鸢飞鱼跃天机见，柳暗花明境界奇"，可见其于诗法有心得。

第二节　广西诗人

广西清嘉之地，多秀拔之山、清湍之江。其地有壮族、白族、苗族等少数民族，喜唱山歌，日渐汉化，也不乏诗人。向来诗风婉畅坦夷，但求雅俗共赏，不务琢句生涩。然逢乱世，每有愁郁凄恻之音。承结社吟咏之习，20世纪20年代有耆儒社、融州青年诗社。1944年重阳，融安县中学教师在香山雅集，得唱和二十五首七律。其中一诗云：

> 草木春时犹忍哀，雁鸿秋季倍伤回。
>
> 盈天毒焰吹难敛，匝地淫氛扫复来。
>
> 欲眺重岚吞落日，不辞阴晦上高台。
>
> 何年风雨清寰宇，待把仇颅作酒杯。
>
> （《香山登高》）

表达了诗人们同仇共忾、盼望早日驱敌制胜的情志。

清末民初，活跃在诗坛的主要有：宁明县农嘉廪（1852—1932），字普侯。他的诗清畅秀逸，而每愤慨戕贼民生的军阀。1921年粤桂军阀之战，粤军首领陈炯明之弟陈炯光率部攻陷宁明城，他因而作《粤兵歌》，诗中云：

> 小乱居城大居乡，此语至今为荒唐。
>
> 我能往者寇能往，纵有桃源何处藏？
>
> …………
>
> 目击荒圩今战场，天阴鬼哭来昏黄。
>
> 争王竞霸弥倔强，城门失火鱼遭殃。

揭露粤兵的恣意妄行，搜刮淫掠，乡野间无处无寇，无处不乱。人民流离，哭声载道。诗人也以长歌当哭，哀情哽咽。

宁明县还有农实达（1873—1913），字秋泉，清末任学兵营管带，参加了由孙中山、黄兴领导的镇南关起义。讨袁军兴，他与钮永建率部攻打上海制造厂，失败后又到广西游说陆荣廷讨袁，被杀害。其诗激越澎湃，富有爱国热忱。

政界的诗人吕一夔（1884—1947），字清夷，陆川人，清末任过道尹。1921年出任财政厅长，后任省修志局副总纂。其诗莽苍悲壮，近陆放翁、元遗山。东北失陷后，日军攻长城东北部，他愤而作《闻县城各隘俱陷有感》一诗云：

> 惊闻胡骑压长城，南部笙歌未歇声。
>
> 袖手群藩观胜负，钩心儿辈喜纵横。
>
> 江山如此谁尸责，士卒何知独舍生。
>
> 惭愧国危身尚逸，空撑泪眼望神京。

大敌当前，统治者尚在骄奢享乐，各路军队尚在观望。第三联以统治者有失地之责，与士兵偏能奋不顾身相对照。末联表白其惭愧之意，虽有忧危之情，而身尚安逸，独望神京，徒自泪流。盼望之切，泪尽之苦，溢于笔端。

有现代广西诗歌巨擘之称的封祝祁（1876—1959），字鹤君，容县人，举人出身，以试用知县分发湖北。民初为蒙古都护副使。1930年任广西大学秘书长，后任广西通志馆馆长。有《檗庵诗存》，其诗取法李、杜、陶、苏诸家。爱国情炽，曾目睹强邻窥伺，领土被俄国侵占，他忧而有《俄属阿尔泰山下作》：

> 驻马荒原暮霭分，望中图画俨缤纷。
>
> 萧森古木栖斜日，高下人家界白云。
>
> 鸡犬入门都识主，牛羊依水自为群。
>
> 独怜胜地沦殊俗，何日车书共轨文。

起势苍莽，一派风光尽收眼底，古木森森、人家错落，俨然故国风情，连鸡狗都认得旧主人，情随景生。末联盼胜地重归版图的心愿跃然其间。意深韵远，境界苍凉恳恻，一空模拟之习。抗战时所作五古《闻捷》，愤怒谴责了日寇犯下的滔天罪行，赞颂了我国军民的胜利。末章说：

> 神州遍蹂躏，完土嗟已寡。
>
> 况复累世仇，未报面应赭。
>
> 余痛宁可忘，唏嘘笔重把。
>
> 浩歌回松风，倘继平淮雅。

以健笔议论，婉曲传达出其心志，结笔沉着而激扬。

陈树勋（1871—1962），字竹铭，岑溪人，后历任广西民政厅厅长、政务厅厅长与省参议会副议长。吕一夔在《竹庐诗存序》中云："冲夷恬淡，纯任自然，不务艰深，独探道蕴。去新旧之偏，宜雅俗之赏。看似无奇，境非易到。拟之诚斋（杨万里），仿佛似之。"其诗平易自然，清俊疏朗。无刻意求工之心，有蹊径自开之法。其《岑溪杂咏》六首，反映了他在抗战时对地方建设的乐观进取的信心，雍容自得。又"谁遣残云连碧海，欲携诗句问青天。杞忧心事难孤立，鲍系生涯爱早眠"（《次韵李季卿己卯除夕》），笔势动宕而见清劲。

融水县在军政界有三位诗人：龙努斋（1871—1938），名泰任，曾为广西都督陆荣廷幕僚长。参加护国讨袁之役时作《军次长沙》诗，其中云：

> 黄尘落日西风紧，红树晴霞故里情。
>
> 檄讨欲舒悬倒苦，桴喧今作不平鸣。

写景凄婉，言志铿锵，字字响亮。

王铁珊（1884—1942），曾留学日本早稻田大学，任过黄埔军校特别教官，北伐时任黄绍竑顾问。诗的格调高旷，如《除夕上双亲大人》诗云：

> 天龙八部随烟散，海水圆浮几劫灰。
>
> 尽有青衫持晚岁，不辞歌管对残杯。
>
> 堂堂万古此代谢，扰扰尘寰独往来。
>
> 为报庭柯好珍重，风霜终护化龙材。

一气斡旋，风调俊爽而奇逸。

吕绍简，黄埔军校毕业，曾转战湘桂粤赣等省。有《莼鲈诗集》，诗中爱国热忱跃跃然，而凝练有致。其《伤时》诗云：

> 彻夜笙歌灯火明，燕巢危幕不知惊。
>
> 敌来文武忘忠义，谁为乡邦誓死生。
>
> 落伍残兵衣染血，离家能妇髻簪荆。
>
> 国情如此能无慨，愁倚匡床梦不成。

恨大敌当前而将士不知奋起，以曲笔写其忠愤。

融安、融水等县还有不少在故里以教书为业的诗人。其中如龙运生，清末举人，曾任武宣县知事，民国后在德里及故乡教书。其诗以清丽而兼高浑。《咏梅》句如"香到柴门浑似客，村多明月便为家"，闲宛浏亮，清空一气。

有的诗人从政后改从文教事业。龙振济（1907—1969），历任龙州日报社社长、第五战区驻渝办事处秘书，后在柳州高中任教。著《起凤楼诗集》，诗风清壮顿挫。1929年所作《吊阵亡将士》中说，"中原挞伐谁戎首，大陆纷纭几罪魁。士不甘为走狗死，我曾凭吊战场回"，亦能振起，有矫健气势。

曾文鸿，字子仪，同正县人，清末举人，大半生执教故里。有《瓶山诗集》。诗风沉凝厚重，如《苦旱行》中极力描叙久旱不雨、百卉凋殒、百姓命如悬丝的情景，而官长祭天祈雨，徒作无益之举，"昨者官衙祈沛泽，青天愈青赤日赤。干风飒飒吹林鸣，故作炎空凄淅声"，表露了诗人关心民瘼、不满官场的情怀。

广西著名教授冯振(1897—1983)，字振心，号自然室主人，北流人。就学上海南洋公学，为陈衍、唐文治的得意弟子。1917年归广西，历任教北流等地中学。1927年担任无锡国专教师兼教务长。1938年至1946年任代理校长。抗战时无锡国专辗转迁桂林、北流、蒙山等地，多赖冯振之力操持。著有《七言律髓》《诗词杂话》，诗集有《自然室诗稿》。他师法陶渊明、杜甫、白居易、苏东坡，然力求变化生新，以自然清新为诗法。抒爱国情操、师友挚情，写山河壮美、花木风姿，出之于率真。朱东润认为他的诗"颇似诚斋"，其实与杨万里也不大相同，杨诗取之于瞬间新奇的感悟，然下笔嫌率，用意嫌浅；而冯振诗语似平淡，力避奇崛拗峭，但用意曲深，情味深挚。字似寻常，但意境深邃，意在言外，回味无穷，诚如他所说："年来我论诗，避直取曲邃。景在眼前景，字是寻常字。及其写之出，迥异常人意。深入如螺丝，层层发其秘。却又非艰深，故以文浅易。"（《题吕方子诗存》）他在语言上力求新颖，如五四时期所作《遣兴》诗云，"我心的愁闷，比天地还阔。跳又跳不过，逃又逃不脱"，纯是用通俗大白话作的旧体诗，但仅是尝试而已，此类诗在其集中甚少，但即此可见其用心良苦。

早年的五古沉着悲慨，比兴深曲，如《杂诗二首》其中云：

> 蟾兔缺未满，众星竞光辉。
>
> 严霜自飘零，黑云布四陲。
>
> 仰望无所见，孤鸿独南飞。

又《月夜感怀》中云：

> 明月透疏桐，流光何皎洁。
>
> 鸿雁飞长鸣，哀音正愁绝。
>
> 寒犬吠山村，远火互明灭。

在景物描绘中寄托他那忧郁而渴求有为的心态，既淡远有神，又深得汉魏诗之古雅，见其才情绮思。

冯振重情义，擅长写人与人之间的真情挚谊。写师友之情的诗如《吊柱尊墓》云：

> 一尊满意复同倾，岂料沧桑隔死生。
>
> 万劫不磨知己在，百端难语寸心明。
>
> 重泉应抱千秋恨，早世翻教后累轻。
>
> 宿草荒坟吾敢哭，迸攒酸泪只吞声。

其弟子周振甫在其集后记中评此诗云："知己之感、难言之情、生死之悲、早世之幸，欲哭而只吞声，其中感情之真挚深沉，足与杜甫《送郑十八虔贬台州司户》媲美。杜诗尚写生离，师诗写朋友死别之恨，沉痛尤为过之。"①

　　或写父子之情，其儿病故，作《伤楠儿》四首，其中云：

> 我有万斛泪，贮为忧时沥。
>
> 何知仓卒间，翻缘爱子滴。
>
> 　
>
> 循床汝涕流，恐惧生死隔。
>
> 谁知久病母，尚负哭子责。
>
> 汝哭母则闻，母哭汝岂识。
>
> 苍鹰攫黄鸟，迅捷不可测。

忧世之泪已经贮满，却不料为儿逝而滴。母哭而儿已不知，末以黄鸟被攫喻其子之命夭。从泪流生发，前后映衬，字字血泪，酸苦凄绝，难以卒读。后来有《惠山访楠儿墓》一诗云：

> 九年重到儿亡地，忍泪先寻寄柩场。
>
> 抔土剩看埋骨了，短碑空对夕阳荒。
>
> 身更丧乱渐衰老，汝在泉台可健康？
>
> 楮帛手焚收到否？飞灰心绪共茫茫。

先实写，后虚写，语语出自肺腑，似起泉台之下人而问之，长歌当哭，真挚动人。

　　写夫妻之情的如《再代断肠别》：

> 帆樯已高挂，归舟向渺茫。
>
> 情因别离切，愁随江水长。
>
> 宿昔同居处，今朝忽异方。
>
> 云遮苍梧树，水迷白鹤岗。
>
> 所思不可见，举首徒相望。

巧于起兴，借景蕴情，情景兼至。以口头语写日常事，造微入妙。乱

---

① 周振甫：《后记》，冯振著，党玉敏、冯采蘋编《自然室诗稿与诗词杂话》，广西师范大学出版社，1985，第299页。

世多难，妻离儿亡，酿成多少悲剧，更因其笃于情，富于才，方能成就其断肠辞、血泪诗。家事国事密切相关，所以他还有不少诗感时事，寄怀抱，抒发对祖国的炽情，对日寇暴行的仇恨。

冯振把山水当作钟情的美人，自言"平生不怕相思苦，溺爱名山当美女"（《别桂林诸山》）。其山水诗大多写桂林、北流及苏杭一带风光，精雕细刻，发造化之秘，出自心得；状难写之景，如在目前。如《舟中梦醒观群山》诗中说：

> 舟中忽梦觉，起坐环峰峦。
>
> 罗列如美女，一一垂云鬟。
>
> 行列忽欲断，白云还相连。
>
> 秀丽谁能匹，娇羞半掩颜。
>
> 顾我送微波，若来又姗姗。

想象入奇，愈想愈真，把群峰当作一群美女，大胆而率真地表露了他对山峰的热恋之情。他以清逸活泼之语，点染生色，情景相融，见其缠绵悱恻之情，写出峰姿水流含情脉脉之状，使人目眩神移。律句如"风吹孤月冷，秋逼暗虫鸣"（《秋夜》）、"藤蛇盘涧底，石兽怒云端"（《龙缭道中》）、"怪藤忽作瘦蛟舞，危壁时思只手扶"（《勾漏岩葛仙祠大风雨祠前水满成湖》），工于设譬，写境凄寂，而自然成文。诚如其所言："天地文章随处是，水流花发少人知。"（《自题诗集》）

第三节　湖南诗人

湖南西部多山，东北有洞庭湖，潇湘诸水汇于此，丘冈连绵，平川绣错，物产丰饶，人才众多，向称"唯楚有材"。诗风昌盛，诗社林立。诗人群体主要有：以遗民诗人王以慜、程颂万、曾广钧为骨干的碧湖诗社。遗民诗人思想较保守消极，但在诗歌传承方面起了重要作用。尔后有南社湘集。抗战时有教师们组织的诗社，如迁于新化的蓝田师范学院，宗子威、柳敏泉等教师成立莫江诗社；迁于辰溪的湖南大学，有曾星笠、王啸苏、赵寿人、曾威谋、杨树达诸教授组织五溪诗社，诗酒慰愁，同仇敌忾，极一时风雅之盛。这一新生代的诗人敢于批判现实，尤其注重反映战时人民的苦难与敌寇的暴行，充满忧患意识。

辛亥革命后，在故乡终老的遗民诗人有：武陵王以慜，清末官南康知府，后归故里。有《檗坞诗存》，诗有书卷气，不矜才使气，自然雅音，深稳似杜少陵，婉转近白香山，时有精警之作，又与清代陈恭尹相近。宁乡廖树蘅（1839—1923），字荪畡，一字笙陔，曾主讲玉潭书院，任湖南矿务总局提调，后退隐故里。有《珠泉草庐诗钞》。诗风芳鲜澄澈，无尘俗气，后愈加清寂。陈三立分析其诗风变化的原因是"观世益深而自处益审，当愈放于溪壑寂漠之乡，优游老寿以蕲工其诗"[①]。

宁远杨宗稷（1865—1933），清末交通部佥事。后来他反对袁世凯独裁，欢迎讨袁护法军。有诗句云：

> 城郭万家愁满眼，貔貅百战喜扬眉。
>
> 云迷灵麓波光暗，日冷荒陴草色凄。

（《登天心阁》）

愁因袁氏称帝的阴影所致，因愁而见山河黯然失色。"云迷""日冷"是移情手法，使全篇惊警生色。

长沙叶德辉（1864—1927），清末吏部主事，后归故里。有《观古堂诗集》，宗法李商隐，往往伤时感旧，凄警绝特。如"传闻环海争秦鹿，独向空山听杜鹃"（《寄怀松崎柔甫长沙》）、"故国瓢棱天上梦，私家函史井中心"（《壬戌元日》），风韵苍凉，流露出浓郁的哀时避世情绪。

清末民初，湘籍南社诗人是南社的重要力量，加入南社的成员共119人，仅次于江苏。在总共二十二辑的《南社丛刻》上，湘籍社员

---

① 陈三立：《廖笙陔诗序》，李开军校点《散原精舍诗文集》下册，上海古籍出版社，2003，第833页。

发表作品的有 56 人。创作上成就最为杰出的为宁调元、傅熊湘以及"醴陵三刘"。在南社活动消歇后、新南社急剧"左"转时，湘籍南社诗人们组织南社湘集，以传统诗文团结作者。新南社瓦解后，湘集仍活动多年，其存世的成员仍在努力创作，他们的诗反映民国以来乱世的现实。

宁调元（1878—1913），号太一，又号辟支，醴陵人。留学日本时，萍浏醴起义筹备就绪，他从日本回国策应，在上海与傅熊湘一道入湘，后被捕入狱。南社酝酿成立时，他是重要骨干。1908 年南社成立之际，高旭曾寄书给他，附有诗四首。其一云"几复风微忆昔贤，空山时往听啼鹃。支撑东南文史局，堪与伊人共比肩"（《寄怀太一湘中》），希望他能与吴地南社骨干互为犄角支持。当时宁调元还为南社计划编集的刊物写来了序，序中主张"添论著一门，专述列代诗运之盛衰及其源流；添传记一门，专为列代诗人作小传。此外，则词话、诗话不可少也"[①]，表明他很希望南社重视诗史的研究，彰扬先贤诗家事迹。但后来《南社丛刻》未能认真考虑到他的建议。

李烈钧发起"二次革命"，反对袁世凯，宁调元积极响应，遭失败再次被捕，愤而赋诗云，"一局残棋尚未终，纷纷铁骑下东蒙。可怜五族共和史，容易昙花一现中"（《残棋》），叹民主共和转瞬化为乌有。又作《武昌狱中书感》诗云：

> 拒狼进虎亦何忙，奔走十年此下场。
>
> 岂独桑田能变海，似怜蓬鬓已添霜。
>
> 死如嫉恶当为厉，生不逢时甘作殇。
>
> 偶倚明窗一凝睇，水光山色剧凄凉。

才驱清朝，又闯入袁世凯这只虎。他甘心情愿为国而牺牲，死不足畏，愿为厉鬼而疾恶如仇。义严语峻，亢厉激昂，字字顿挫，铿锵有力，诗骨铮铮。未久，袁世凯下令枪杀了他。

---

① 宁调元：《与高旭书》，杨天石、王学庄编著《南社史长编》，中国人民大学出版社，1995，第 110 页。

宁调元既能在诗学上具有见识，又有组织诗社的能力，其诗风豪健刚劲。胡朴安论其诗云："太一才气奔放，而学有根底，满腔热血，化作文字，随处泄发。故其所作，异于时流。其诗以缙绅定字学论之，或议其粗豪，或议其无律，而不知其固草泽文学本色也。"[1]

与宁调元为挚友，同为醴陵人的傅熊湘（1883—1930），字君剑，号钝安。清末在上海主编《竞业旬报》。辛亥革命后，历任湖南中山图书馆馆长、沅江县县长。曾创办《湖南日报》、《天问》周刊，鼓动驱逐湘督张敬尧。后来转陟庐山、九江等地，1930年12月逝于安庆。他治学严谨，工诗擅词，有《钝安集》。其《送黄兴蔡锷殡归麓山》诗云：

> 谁与重挥落日戈，江山憔悴泪痕多。

> 一时龙虎都消歇，凄绝临歧薤露歌。

愧叹英杰的凋落，也预示了民初前景的黯淡。又《杂诗》云：

> 新月如钩挂落晖，天风澹荡薄春衣。

> 闲来凭眺无余事，笼得青山两袖归。

逸情骏迈，气魄雄迈。见其坦荡之志趣。

宁、傅两人均英年早逝，真正就阅历之丰富、创作期之长、诗艺之高下，还得推同为醴陵人的三刘。三刘兄弟父子同为南社诗人，实为罕见。就他们的诗艺本身来看，也不亚于南社的一些重要人物。诗中政治理念之语较少，更多的是暴露社会下层的现实，重视诗之趣味，重视炼句炼字，所以诗相对显得雅驯一些，但不大为学界所知。刘泽湘（1866—1924），字今希，晚号钓月老人，肄业于渌江及岳麓书院，里居讲学，务求启瀹性灵，明体达用。为寻求救国之道，他自费赴日本东京弘文学院读书，同时加入同盟会。民初他随粤汉铁路总办宁调元入粤为总文案，宁调元入狱，他积极设法营救。再任粤汉铁路总办、粤汉铁路湘局秘书，后归故里。有《钓月山房诗存》。他以七言古风、歌行体见长。当年傅熊湘反袁非常坚决，一度遭到缉捕，幸赖一妓女

① 胡朴安：《南社诗话》，曼昭、胡朴安著，杨玉峰、牛仰山校点《南社诗话两种》，中国人民大学出版社，1997，第90页。

黄少君帮助才得以免祸。他作有《玉娇曲为钝根作》咏其事：

> 秦皇吞并七雄毕，有诏焚书坑儒术。
>
> 偶语腹诽均弃市，刊章逮捕争告密。
>
> 侦骑蹴踏东南天，下令搜牢户限穿。
>
> 望门投宿思张俭，匿市吹箫笑伍员。
>
> 文伯诗豪今太傅，批鳞曾触祖龙怒。
>
> 行经渌水困红尘，悔向青天扫黄雾。
>
> 雾扫重霾不见人，桃源何处避嬴秦。
>
> 携将荆棘丛中侣，去买枇杷巷里春。
>
> …………

全用古事写今事，但很明显是借古喻今。能渲染气氛，并将紧张的局面转化为婉转的故事情节，不过仍有佳人怜才子的意味。

1918 年军阀张敬尧督湘时，给湖南人民带来了深重的灾难。刘泽湘的家也遭暴兵逐击，几不免于难。他以醴陵所见闻为背景，写有长篇《哀荆南》，控诉"朔方健儿"即北洋军阀部队追杀无辜的罪行，是向世人揭露反动统治者镇压无辜百姓的一幅真实写照，其中说：

> 吞声哭久天不闻，震地枪声响入云。
>
> 刀光旋逐火光耀，死别生离骨肉分。
>
> 东邻襁负投亲故，西邻拔宅他乡去。
>
> 谁省无依南北邻，宿露餐风渺前路。
>
> 老夫卜筑东茅山，白云明月相往还。
>
> 朔方健儿好身手，穷追不惮藤萝攀。
>
> 飞奔直上层峦去，鸟道千盘不盈步。
>
> 深林密箐且潜藏，蛇行未敢抬头顾。
>
> 枪声砉然触耳聋，枪弹直射倒村童。
>
> 血溅老翁襟袖湿，掩袖浪浪泪雨红。

先描叙百姓被迫纷纷逃跑的惨景，然后着重描绘村童被追射、老翁痛哭的典型场面，笔触细密，将场景真实生动地描摹出来。

刘泽湘对黑暗社会极为不满的情绪处处流露于其诗中，如在《题石予近游图》中，赞美了一番美好山水图画后，却发出"山虞魈兮水虞蜮，飞虑网兮潜虑钩。荆棘塞路藏封豕，冠带登场尽沐猴。当道攫人吮其血，暴骨成林貉一丘。歧路之中又歧路，一沤才起复一沤"的慨叹，似与李白《鸣皋歌》异曲同工。1924 年所作《甲子重九雅集》其中说，"沐猴过市竟衣冠，傀儡登场仍粉墨"，对得势的新贵人物也予以讥讽与揶揄的白眼。他笃于情谊，写了不少悼念宁太一的诗篇，如《过西山辟支生墓》，歌颂烈士英勇不畏的一生，表达了对烈士的无限哀思。句如"树上子规啼夜月，山头寡鹊惨离群"，情融于景，哀婉情深，意象惨黯，流露其浓重的怀念情绪。《晚香堂歌》是为同学兼同志陈佩珩的事迹而创作的，诗中对陈氏参加革命所作的贡献通过艺术形式进行了表彰，称颂他"独有朱家任侠风，扣舷曾救芦中士"。

其弟刘谦（1883—1959），字约真，就学于湖南师范时，由宁调元介绍入南社。宁调元在长沙被捕入狱后，他多次为宁向学校借书，送入狱中供宁阅读，并将其学习笔记与读书心得带出妥为保存。1912 年与傅熊湘等创办《长沙日报》。后返归故里兴办学校。宁调元就义后，他不顾个人安危，曾赴武汉将遗体运回，葬于故里西山。他与傅钝安一同为宁调元搜集遗稿，整理为《太一诗存》《辟支庐诗稿》，谋求出版，真乃重风谊、共患难、披肝沥胆的生死之交。《哭太一诗》组诗 20 首，首首哀愤悲郁，字字有泪，令人动容。

1918 年，张敬尧率领北洋军队来到湖南肆行杀戮时，刘约真组织全族人乘帆船溯流而上，往萍乡避难，众乡亲栖身在借住的祠堂里。他愤而赋《避乱萍乡次酬瑾珊》诗云：

> 阵云莽莽楚天低，乌鹊谁怜靡所栖。
>
> 剩有亲朋萦梦想，已同劳燕各东西。
>
> 浮萍历乱悲身世，大树飘零感鼓鼙。
>
> 劫火故园纷未灭，寒风默自祷重黎。

兵劫后返回家乡，举目所见，一片凄凉。又赋《除夕杂忆诗》七绝二首，其一云：

> 不堪策蹇过前村，凭吊苍凉野烧痕。
>
> 一幅流民谁画得，有人牵屋住山根。

刘谦有《无诤诗稿》，周子美序云："少作才华奋发，悱恻缠绵。中年纪乱离，感时事，有少陵野史之风。近体坚苍隐秀，诗律愈细。要之，皆不为留连光景之作，而有关国家生民者也。"这类诗正是民国时期的史诗。工七律，如《次韵钝根》云：

> 谁与骄阳斗暑蒸？几回肠断曲栏凭。
>
> 又看瓜架牵新蔓，凭割溪云补断塍。
>
> 蚕室竟羁牛马走，蟾宫肯逐犬鸡升。
>
> 王乔昨日吹笙过，我欲从之恨未能。

起句以问句逗起其隐忧心事，次句承其意而转写一己的哀痛。颔联以景写意，婉转贴切。后半写他不能升仙而眷怀故国的心境，融化司马迁下蚕室与《淮南子》中鸡犬升仙、王子乔吹笙骑鹤升天的古典及神话故事，又是为了衬托他不肯依附于人的骨气。他如"唱彻邻鸡天未白，敲残廉锷焰犹红"（《叠韵答天梅见赠》）、"稻垄泻泉层磴下，豆棚撑月小桥西"（《三叠前韵》）、"如何倦翮归林皙，又见寒磷遍地荧"（《答瑾珊见赠原韵》）、"蛙鸣急雨长池草，虎啸狂风翻豫章"（《睡起》），深衷曲喻，而意蕴深长，风韵隽秀，构设一幅幅凄清寥落的画面。

泽湘之子刘鹏年（1896—1963），字雪耘，就读于中国公学时由柳亚子介绍入南社，是南社最年轻的成员之一，参加过南社在上海愚园第十二次、十三次雅集。少年作诗，疏秀婉丽，句如："燕啄香泥鹊弄音，竹摇余滴柳垂阴。小溪新涨桃花水，流动渔郎遁世心。"有时"为赋新词强说愁"，有的议论过于悲苦，陷于颓废，如："形骸纵在终何用，松菊犹存未得归"（《十八岁生日杂感》）、"万山消瘦剩斜晖，枉说参天有十围"（《落叶用蜕庵老人韵》）。到了壮年，世局危难，诗风转为沉雄多慨，磊落有气，往往鼓吹民主革命，愤战乱，忧民生。五古如《长沙天心阁雅集得上字》中曰：

> 天心渺难窥，风云日千状。
>
> 荐食来长蛇，闻罄思猛将。
>
> 横流靡终极，文敝道亦丧。
>
> 宴安不可怀，清谈庸有当。
>
> 子房愤韩仇，夫差宁越忘。
>
> 相期挽天河，八表消霾瘴。

七律句如"谁教宙合腾兵气，竟使菰芦老霸才"、"经年龙战波成血，万井鸿嗷突断烟"（《题家叔戊午集》），沉哀入骨。

抗战间流离入川，更多惨痛之音，如《旅途杂咏》其一云"鹤唳仓皇一夕惊，朝来揽涕出孤城。隔江烟嶂横愁黛，载道流离有哭声"，凄风苦雨，愁城黯雾，忆当年联吟，看眼前秋寒。思亲怀国而有此苦语，都因境况感遇所得。

1923 年 10 月，柳亚子发起成立新南社，宣布拥护白话诗，激起了不少湘籍成员的不满。傅熊湘以国学护法自许，次年 1 月 1 日在长沙发起南社湘集，被推为社长。在编印的《湘集导言》中明言其宗旨："联络同志，保持社事，发扬国学，演进文化，语其组织，别具简章。"[1] 湘集既不同于早期南社的倡导民族革命，也不同于新南社的改辙写新诗，而是重在发扬传统文化，其中包括旧体诗样式。在新文学运动兴起之后旧体诗式微之时，对热爱并眷恋着传统文化的诗人，无疑是有相当凝聚力的。湘集的文学主张，对全盘否定旧体诗的新潮人物与改变态度的柳亚子等人来说，未必不是狂躁时的一味清凉剂。

南社湘集社友在本省有张默君、龚隼庵、骆迈南、刘今希、刘约真等人，都是一时被称为"三湘七泽的隽才"，共一百多人。《南社湘集》先后刊行八集，雅集活动共举行十五次，至 1926 年濒于停顿。1934 年傅熊湘客死皖中后，社友们公推醴陵人刘鹏年继任社长，恢复活动。刘鹏年为社事尽了很大努力，尊重诗坛前辈，社事有所起色，后来抗

---

① 傅熊湘：《南社湘集导言》，黄林编《近代湖南出版史料》第一册，湖南教育出版社，2012，第 743 页。

日战争全面爆发，诗社活动停止。

社友中有湘潭黄巽卿，成就较高。袁世凯当道，讨袁军失败，他悲愤有诗云"世效鸡虫食，心惊草木兵。残兵咎谁属，天下一人横"（《寄亚子海上时讨袁兵败》），劲峭健举。写景句镂刻硬健，如"犬咽寒声过别墅，树撑瘦影入危楼"（《村居夜坐》）、"万柳拂云萦旧主，一莺临水唤归人"（《钝安过访不遇次见赠韵》），雄劲可喜，韵格清峻。社友中还有慈利县吴恭亨，民初为特别省议会议员。"其诗诡异崛特，别有致趣。"（郑逸梅《南社丛谈》）

政界中的诗人有刘善涵（1867—1920），字淞英，浏阳人。民初任财政部佥事，后回长沙盐务局任职。有《蛰云雷斋诗文集》。其诗句如"仙梦影飘林外蝶，酒杯痕湿槛前鳌"（《失题》）、"寺梵远随帆影落，江枫红带血痕鲜"（《九日登楚文塔即怀易厚甫》），气机流动，雄浑苍莽中别饶隽味。

湖南教育界早期诗人以遗民为主。长沙袁绪钦，晚号幔亭，清末户部主事，民初回本省任高等师范讲席。有《岳麓山万寿寺》诗云：

> 欲寻老衲讲楞严，迤逦空林转石岩。
>
> 殿隔云中清梵呗，泉飞树杪湿松杉。
>
> 晚风黄叶过双鹿，暮雨青山见一帆。
>
> 会得眼前圆净相，芙蓉峰瘦碧巉巉。

写峭秀之峰，悟圆净法相，幽想妙辞，富蕴禅意。

浏阳刘腴深（1884—1949），历任湖南官书局编纂、湖南大学教授，创办麓山诗社。著有《天隐庐诗集》。其《咏松》诗云：

> 云壑萧然已自高，孤生何碍涸蓬蒿。
>
> 不知幽愤胡由积，时向空山作怒涛。

先作铺垫，然后迸激震荡之势。此诗当时传播人口。

还有女诗人李淑一（1901—1997），长沙人，烈士柳直荀之妻。在福湘女校就读时，作《岳麓山杂咏》，句如"千峰遥霭合，一线大江回"（《云麓宫》）、"云移山欲动，风发日飞来"（《麓山寺》），气韵浑成，表现了一位女子观察大自然的细腻感受力。

杨树达（1885—1956），字遇夫，号积微，长沙人。早年留学日本，历任清华大学、湖南大学教授。在辰溪，他蒿目时艰，心系天下，郁郁无聊，赋有《落叶》一诗云：

> 荒林无径少人经，片片辞条寂可听。
>
> 运去难回春影绿，身枯犹恋故山青。
>
> 未妨贴地行双屐，犹忆因风送远馨。
>
> 三载有人成一叶，只惊玄昊太通灵。

借咏飘零的树叶，寄寓人世落寞之感，用笔婉细，寄兴幽微。妙句如"鬓上未侵霜蕊白，眼中常泛岳痕青"（《寿杨华一五十次肖聃韵》）、"病骨未柔人已老，炊烟欲断道宁尊"（《疏庵和余诗语及梁任公师》），高澹凄清，笔致跌宕，语极纯雅。

向乃祺（1884—1954），字伯祥，永顺人。毕业于日本早稻田大学，民初选为国会议员，后在北京各大学兼课。抗战时在重庆与黄炎培创办《宪政旬刊》。有《灵溪诗存》，诗风苍凉。20世纪20年代军阀混战，他赋诗云"盗寇满林泉，大乱无巢父。仙洞鸡犬声，化为狼与虎"（《民国七年除夕抒怀》），写出战乱中连乡村也到处遭到寇贼的剽掠的惨剧。抗战时《秋雨》一诗，哀生民之痛苦，并提出救饥之法在严行征购：

> 凉飙散郁信，一夕变深秋。
>
> 雨听滂沱泣，雷惊霹雳投。
>
> 惟严征购法，就拯溺饥忧。
>
> 禹甸哀鸿满，兵戈况未收。

滂沱雨声，仿佛百姓的痛泣之声，诗有史识。

侗族人张相材（1913—？），新化人，一度从教，后归田。其《旱灾》对1921年湖南农村荒旱场面有真实描写，如说"震地嚎啕天似聋，井泉涸竭水无踪。绿槐碧草皆枯槁，烈日蓝天满地缝"，加以统治者苛征暴敛："政府无能多重税，黎民血汗被鲸吞。"（《团防局》）他亲历苦难，故对民众痛苦体会更为深刻。

湘潭田翠竹（1913—1994），年轻时为报人，抗战时流离江湖。其时凡大至太平洋战争，小至穷乡僻壤遭兵燹、前方将士慷慨捐躯，以及日寇残暴诸情状，无不纳入其笔端而有千变万汇之态，如《奉和陈孝威将军酬罗斯福大总统》二首云：

> 碧海东西水漾红，弹声激厉哭声中。
>
> 寒磷白骨堆高峡，荒草斜阳乱故宫。
>
> 禾黍泪沾残垒血，霓裳曲散落花风。
>
> 兴亡事事成追忆，愁绝龟堂陆放翁。
>
>
> 风雨鸡鸣已向晨，楚虽三户必亡秦。
>
> 文章磅礴垂千古，宇宙澄清仰一人。
>
> 刀剑影沉辽海月，和平花艳战场春。
>
> 沧波浩渺频南望，想见旌旗万里新。

写悲壮景，悱恻委备，凄异之音，沁入纸背，而以浩气行之，神思飞越。写景句如"一山压从头上来，一山奔向足底去。白云吹满千万山，山空雨密云不闲"（《车过雪峰山放歌》），不矜藻饰，而意到笔随，隽雅有景趣。

稍后有新化马少乔（1920—？　），毕业于华中艺专。年少能诗，工咏物，句如"风抟断梗遥粘日，路入平芜远接天"（《秋草十二首》）、"惊鸿影掠春波渺，别燕楼空晓露寒"（同前），凄丽中寄寓身世之感。七古《隐山行》诗中云"攀萝直上最高峰，颓垣衰草斗秋风。嗷嗷累见哀鸿泣，滚滚时飞劫火红。风声水声传空谷，呜咽如闻山鬼哭"，愤时伤乱，在观照山水的同时，也描写了日寇的烧杀与人民苦难的情景。

第四节　湖北诗人

湖北地处九省通衢，长江横穿其境内。湖泊星罗，沃野广衍。诗风昌盛，著名学者胡国瑞在《荆楚诗词大观序》中说："吾荆楚往昔，即以其自然形胜，英豪旧迹，名楼华馆，水陆珍奇，启骚人之幽思，兴多士之雅咏，名篇隽句，辉映山川，腾为口实。而辛亥首义，清社遂倾，亘古帝制，一朝斩绝。"①以湖北为诗词渊薮之邦，洵非虚语。郑自修《采编寄语》中说："自辛亥革命以来，炎黄子孙，楚人后裔，多少学者名流，高人逸士，渔夫樵子，墨客骚人，能工巧匠，志士仁人，写出了数以千万计之珍品。"②

武昌首义，湖北士众投身革命者甚多。风会所集，诗人多受八方影响。新文学运动时，反旧创新，但旧体诗崭出毫颖，芬芳不绝。

军政界中的诗人甚多，有的退而从事教育。天门县李长龄（1861—1928），字筱香，武昌首义时任湖北军政府秘书长，袁世凯称帝，他愤而回乡设帐授徒。著《十白居士诗钞》。以诗遣其愁怀，在大自然中感到自由自在，"饮露清蝉原自足，忘机鸥鸟两无虞"（《岁暮斋中书怀》），清旷朴健，而涵思深远。与其心态相近的还有鄂州黄申芗（1883—1942），参加辛亥革命后归隐故里。有《圣汉诗稿》。句如：

近矶出网鱼常得，入市封缸酒易赊。

百醉回塘天色暮，小姑山畔柳藏鸦。

（《寄居彭泽遣兴》）

富涵生活情趣，诗风清爽恬淡。

鄂州刘复（1885—1944），号菊坡。武昌起义时任《民国公报》编辑，当过湖北某地专员。工五律，诗有唐风，悲雄遒警。鄂州朱峙三（1886—1967），名继昌，武昌起义时在湖北军政府内务部任书记官，继任蒲圻县县长，后从教。亦工五律，精警工切，如"树高秋影瘦，人静涧声喧"（《薄暮闻钟》），观察入微，动静两宜，声色鲜妍。其七绝则清畅活脱，如《寒溪学堂夜半闻秋》：

---

① 胡国瑞：《〈荆楚诗词大观〉序》，郑自修主编《荆楚诗词大观》，武汉大学出版社，1992，"序"第1—2页。

② 郑自修：《〈荆楚诗词大观〉采编寄语——愿你我一起来建造供奉自己诗歌的殿堂》，郑自修主编《荆楚诗词大观》，武汉大学出版社，1992，"寄语"第2页。

闲阶积雨湿莓苔，月出风头镜面开。

夜半忽闻松子落，秋声如撼万山来。

响逸而调远，语俊而流美。

鄂州涂家琛（1874—1944），字晓墅，清末任都昌知县，民国后从事教育。其诗偏于伤感，幽怨情思，宕往低回。同县徐叔渊，1920 年任伊犁边防军提调使，后任长阳县长，晚年设馆讲学。有《出嘉峪关》诗云：

秋风快逐马蹄骄，柳色青青染战袍。

秦岭三千横古塞，楚歌八百震云霄。

千旌晓拂胡尘净，弓矢宵张戍月遥。

直上单于台上望，回鞭狼胥拜骠姚。

气骨苍健，见其坦荡豪迈的襟怀。

还有鄂城张肖鹄（1883—1966），毕业于武昌两湖师范学堂。武昌首义后，为湖北军政府机关报《中华民国公报》副主笔。先后任鄂西靖国军秘书长，安徽颍上、湖北宜都两县县长。离任后在地方上兴办教育。著《峭谷诗稿》，往往炼意炼骨，归于淳雅。写景句如"群山带石横孤郭，一水澄江泻远天"（《雪霁同夏秋舫、向镜秋步出东门，北行抵江岸》）、"溪云得势从龙起，山石窥人作虎蹲"（《三多桥小立》）、"峰形回立马，车影蜿犹龙"（《登居庸关南口》），气韵浑成，句调娴雅，写出山水云石的动态。又如《入川途中》诗云：

十二峰头暗断魂，惊风挟浪上夔门。

山深木落藏秋气，水冷岩枯剩涨痕。

古岸猿声孤客泪，疏林鸟影暮烟村。

白云满岫为霖意，天道微茫未可论。

幽峭之景，孤寂之情，相融相生，寄托了志士对前途莫测的迷惘之情，满纸苍凉之气。

蕲春籍在政界的主要有两位田姓诗人：田岳屏，民初任湖南某法院判官。著《松云斋集》。其诗境界阔大，旷逸有不羁之风。田桐（1879—

1930），北伐时任江汉宣抚使兼湖北省府委员。其诗感慨时事，郁郁多气，以曲笔写胸臆。蒲圻覃孝方（1890—1959），历任湖北省议会议长、河南等省教育厅厅长。其诗辞浅而意远，富有民歌西曲风味。与他风格相近的有公安县邹樾阶(1880—1950)，民初任省谘议局议员，晚年居家赋闲。其诗写景逼真，风格偏于清朗舒缓。

大冶孔惠（1915—1998），黄埔军校十六期毕业，任职军界。其诗较为活泼空灵，不用典故，如《题〈秋江柳月引鱼图〉》云：

匹练横江夜色浮，秋风初拂柳丝柔。

疏黄筛落清光彩，引得鱼儿戏不休。

抗战烽火燃起，诗风一变而为凄婉悲壮，直抒胸臆，生动感人。黄梅汤用彬，字冠愚，曾任交通部参事，国史编辑处处长。著《北洋军志》。其诗清和朗畅，如"香沾裙屐余芳润，日下牛羊辨曲溪。野鸟横飞千亩阔，斜阳反逼四周低"（《远浦遥青》），优游不迫，而炼动词奇警。

洪湖丁力（1920—1993），1940年在家乡成立保国爱家乡诗社，后在国统区地方机关作职员。有《扬帆集》《阵云集》。其诗受杜韩影响，时逢抗战，更增沉郁悲慨之气。如《渡汉水》"渡口清波浸石矶，崖风袅袅催征衣。艄公好似惊弓鸟，误指飞鹰是敌机"，没有正面写敌机的狂轰滥炸，而是写惊恐的船工，竟误认飞鹰为敌机，以见战争的可怖。律句如"鸟入林中愁羽湿，人围炉下怯春寒"（《春寒》），比兴兼陈，情感沉挚。还有安陆黄曙晴，任过区长、县长等职。抗战时有诗云"衣冠每为泥土溅，舆马常行险阻间。萤火有情堪照耀，羊肠多误费回旋"，写其奔驱之辛苦，真实感人。

教育界的诗人众多，他们的诗感时伤事为主，兼写自身处境的困苦，描绘真切。如鄂州李候清（1900—1933），颇有好句，惜通篇不佳。妙句如"脚酸碍路还须杖，骨瘦如柴怕惹风"（《病中寄友》），写身体状况与心理感受极为逼真。

蕲春教育界诗人主要有七位：李焱龙（？—1926），号卧南，有《吐云山馆诗稿》。工律诗，句如"芳草为谁滋郭外，夕阳和梦落湖西"（《雨湖夜泛》)，融情会景，兴象悠远。陈荦字卓生，有《屏石山房诗钞》。
句如"远船潮落帆依岸，极浦芦荒雪打汀"（《饮赤壁万仞堂》)、"长
江浪卷遥天落，半壁风侵落帽凉"（《九日饮赤壁万仞堂》)，一句两意，
律韵典则。邓少甫（？—1930），曾任《民国日报》主笔，五四时回
故里率师生游行声援，被革职。其诗学李商隐，如《无题》云：

> 桃叶桃根手自栽，几枝携得渡江来。
>
> 蛾眉染黛青双迭，鸦鬓盘云绿一堆。
>
> 鹂鹂珠喉齐协律，纤纤玉手屡传杯。
>
> 囊空愧乏缠头赠，辜负扬州梦一回。

丽人秀姿，多方渲染，风调轻盈柔媚，然不免纤弱，似西昆体。

　　田雍（1888—1977），字勖仁，一字旭仁，当地教师兼藏书家。
1944年作《寄信符伯仲时闻兵变扰乱家园》诗云：

> 世界横波无处无，故园劫运近何如？
>
> 小眠总梦羁栖苦，北顾伤心兵燹余。
>
> 霜雪褐衣寒凛冽，父兄失路各踟蹰。
>
> 苍天降此生民厄，何日升平庆里闾？

凄异之心，沁人心骨，反映了国破家亡的深重苦难。还有乡梓名儒张
余昕，1938年所作《南京失守》诗云：

> 二水三山付劫灰，倭奴犹自逼人来。
>
> 京城顿失金汤固，天堑谁教铁锁开？
>
> 荆棘蔓生桃叶渡，鹿麋争上凤凰台。
>
> 也知故物终须覆，萧瑟难禁庾信哀。

极写南京沦陷后的荒凉，哀愤激楚，意境萧瑟；也谴责了畏敌如虎的
当局，只是委婉不觉。

　　何楚楠（1854—1926），字友庄，清末秀才出身，革命教育家。有《钝
园诗草》。能写长江景致以寓一己之怀抱，如《蕲州钓鱼台浮玉矶》
诗云：

> 四顾苍茫倦眼开，只身如在小蓬莱。
>
> 危楼矗矗高千仞，乱石垒垒耸一堆。
>
> 东去云帆纷若叶，西来风浪怒如雷。
>
> 凭栏不尽滔滔感，谁是中流砥柱材。

哀感百端，幽抑凄警，意境高旷。咏物诗《蜘蛛》用意致密：

> 漫诩经纶腹，难称锦绣肠。
>
> 晓晴牵网大，暮雨卷丝忙。
>
> 痴蝶时遭缚，雄蜂尔敢当。
>
> 惟应学蚕茧，衣被佐垂裳。

同为一方宿儒的尹性初（1878—1950），武昌人。其诗以沉郁多慨而名闻乡里，如《和杨澍华〈月夜感怀〉遗稿原玉》诗云：

> 椎碎鹤楼一系舟，百年多事几多愁。
>
> 衰存壮逝天难测，立异标奇物莫尤。
>
> 梦鹿空嗟生幻想，斩蛟未许息狂流。
>
> 思君日夜频挥泪，碍眼浮云何日收。

风调凄婉，中有拗怒之笔。

武穴朱雪杏（1908—2001），善于以白描摄取生活小镜头，如《种菜》诗云：

> 未雨先翻土，和烟早下秧。
>
> 畦分秋韭绿，篱隔菊花黄。
>
> 浥露朝尤嫩，经霜晚更香。
>
> 由来重肉食，真味几人尝。

写景清朗，末联委婉致讽。又其《秋柳》诗云：

> 烟笼绰态尚含娇，露冷轻条倦舞腰。
>
> 好梦已成千树恨，西风寒弄半江潮。
>
> 临池倩影伤清瘦，待月瑶窗伴寂寥。
>
> 一自沈园消息断，新词愁入小红箫。

写柳形神兼似，蕴藉悱恻多慨。

还有汉阳郭唐卿（1884—1951），曾参加侏儒地区农民运动，后从教。工五律，写其境况，极为凄惨萧瑟，如《无题杂咏》中有句云"雨过六经湿，风来四壁凉""林鸦何瑟瑟，巢破复冰封"，幽怨清寂，逼真感人。

浠水章梅村（1919—1982），又名章觉，友称渔隐。执教多年，工诗善画，后以钓鱼为生。其《感怀》诗云：

> 斗大乾坤郁莽苍，乱流喧枕起徜徉。
>
> 幽栖未信风能谢，世变真疑楚可张。
>
> 尽有长城饮胡马，更无净土著农桑。
>
> 难忧不解春光好，独向神皋瞰八荒。

诗有跳荡之势，用虚词斡转，颇见功力。

大冶教育界主要有三位诗人：鲁钟岱（1881—1955），清末秀才，毕业于武昌文普中学堂，在故里从教。有《夔府送叶向荣还乡》一诗咏怀，后半部分为：

> 堂堂岁月抛人去，冉冉头颅觅镜看。
>
> 伏枥临终甘栈道，桑榆唯望奋云翰。

善于用叠词写心志，从容不迫。

余晋高（1895—1957），终生从教。1941 年所作《在普爱医院送友人斯中生回国应征》，见其爱国热情与当时环境：

> 更上层楼枕大江，密谈时局怕开窗。
>
> 鲁连曾耻秦为帝，佟阁高呼城不降。
>
> 云水波涛垂四面，楚吴绿野竟无双。
>
> 征程渺渺知何去，细雨斜风入客舱。

以疏秀之笔，写委婉之情致。

朱源滔（1917—？），又名天浩。青年能诗。1940 年国民党军队撤守荆沙，日寇来此横行。他愤而有《闻荆沙撤守有感》：

> 记曾漂泊在荆沙，顾影章台影自斜。
>
> 遥念英豪寻胜迹，忽闻异种践奇葩。

> 宜将铁索横江底，何让胡笳遍市哗。
>
> 临战毋争谁画策，撤逃岂不愧兵家？

有叙有议，以文为诗，开合自如。

江陵朱翰昆（1919—？），毕业于湖北师范学院国文系，从事教育。工五律，如"高瀑连云落，长江带雾飞。水环山疑绝，滩卷浪施威"（《入川峡中行》），妍炼而秀。天门周瑜笙（1904—1944），号窥天室主人，终生从教。诗风沉着。如《感时》诗云：

> 相搏但闻血肉飞，斯时毕竟咎谁归？
>
> 江山秋至无生意，井灶烟空困久围。
>
> 折臂人因兵役苦，催租吏却马囊肥。
>
> 野人侧目伤时政，未敢上书言是非。

写出了战争给民众带来的苦难。

天门县还有彭宝谦（1876—1952），字受虚，曾在省财政厅工作，后设私塾为生。有《东湖草堂诗文合集》，多感怀家国，如《感时》诗云：

> 酒饮微醺一放歌，伤心荆棘泣铜驼。
>
> 烽烟不断连天火，兄弟偏操同室戈。
>
> 战士何辜飞血肉，同人无力挽江河。
>
> 哀哀只有吾民苦，避匪避兵日更多。

幽抑怨咽，同时也有着对当局强烈的愤懑。

又有新洲童晓芜（1892—1952），乡里名师。其诗清雅秀淡。1948年作《感荒》诗云：

> 人老家贫岁又饥，铁箫犹在向谁吹。
>
> 书虽满架疑翻版，酒不盈樽笑漏卮。
>
> 茶末香清烹玉屑，麦条色嫩煮青丝。
>
> 深山未入休轻出，不采薇兮便采芝。

写其家贫处境，真切感人，婉转中自有笔力。又云：

> 饱鹰未可轻饥鹤，涸鲋何尝比困龙。
>
> 尽日蓬门虚掩惯，独从荒径抚孤松。

幽思奥绪，蕴藉有味。

通城黎子秋（1896—1968），字菊平，终生从教，曾任县教育科长。五律气势恢阔，如："眼隘三千界，胸横万顷涛。气吞吴楚阔，浪浴斗牛高"（《洞庭》）、"河声沉万树，雨气逼孤城"（《郑州晚眺》），能于警炼中见声韵沉雄。

黄冈丰国清（1908—1956），字景夷，号愚斋，在乡里教书，有《愚斋诗稿》。早年他的诗偏于绮丽而摇漾生情，如《感旧》诗中云：

> 疑云疑雨隔红墙，旧日温柔旧日乡。
>
> 身现昙花心境幻，胎含荳蔻梦魂香。

缠绵往复，一片凄迷，笔端幽艳。后来落拓多慨，又有诗云"电掣风驰绕户低，卖花声倩雨声齐。溅人泪眼流难住，洗我尘心醉未迷"（《雨中偶成》），凄韵悠然。

第五节　四川诗人

四川北接陇、陕高原，西界青藏高原，峨眉山耸立其间；南邻云贵，东毗鄂湘，长江穿巫峡而过。天府之国，向为文化发达之邦。晚清承清代张问陶、刘光第之遗风，酌取唐宋之间，风格清而能腴，奇而能淡。湖南王湘绮讲学于尊经书院，人才蔚起，诗风复炽。辛亥革命后，以赵熙为首，林山腴、庞石帚、向楚等为辅，思深力厚，卓然名家，可与岭南、江浙诗歌并驾齐驱。不为同光体所束缚，却又与同光派遥相呼应，论者以为"唐神宋貌"。继起者罗伯济、彭举、傅真吾、许伯建、欧伯衡等，各以妙笔写时代哀愤、风物清奇，清真自然，奇警峭拔，而面目各异。但四川诗人与外界交流较少，相对闭塞一些，此或地理所造成。抗战间重庆为战时首都，外地诗人纷纷入川，吐纳珠玉之声，卷舒风云之气，借山水以纾郁结，为四川而增辉光，然非蜀人，此处不叙。

荣县赵熙（1867—1948），字尧生，号香宋。清末任监察御史，清亡后退居故里。但他仍关心国事，曾帮助熊克武组军北伐，事不成而被四川都督胡文澜下令法办，幸得梁启超等人援救，向袁世凯说项，袁迫于舆论，以道德文章、海内宗仰为辞释放了他。但赵熙看透了袁世凯的本性，有诗讽之："冷眼看穿司马氏，山中一啸即孙登。"（《啸台》）他讽刺"筹安会"诸君子"劝进齐心捧玉鸾，啾啾燕雀满长安"，悲愤难抑而挥泪："老来却向穷途哭，泪点如何不择人。"（《无题》）或借景以讽世："万矢攒心堆世事，一鸥何树叫霜天。疏星撒处乾坤黑，暗井时闻堕夜泉。"（《早起》）叹息从此战争不宁："从兹蜗角生兵气，竞附龙鳞化野蛮。"（《怀人》）或讽蜀中军阀搜刮民财："蜀山刮尽石磋矸，蛇鼠纵横聚一家。"讽吏治黑暗："黑夜豺声犷四围，刀绳迸进破柴扉。呼天不应农民泣，救国多方里正肥。"（《吏治》）写里正为索赋税，带人来抓农民，刀绳齐见，呼天不应，极其残酷。又如《送壮丁》诗云：

> 山城吹角瘦男行，炎炎神州待用兵。
>
> 太白芒星宵正发，雕青恶少市仍横。
>
> 疲牛黍地忘耕苦，卧犬花阴吠月明。
>
> 世乱好纾人满患，非关东海斩长鲸。

抗日需兵源，然恶少年拒不服兵役，反而在一些地方横行霸道，农家子弟当兵，可惜田地无人种，岂不悲哀？这些诗沉挚凄凉，反映了退隐乡村的赵熙很了解社会底层民众的痛苦，故有意识直剖社会弊政以警世。

赵熙诗思不滞，状物写景，清奇浓淡，无不恰到好处。《北山诗》三十八首写乡村风情，妙句络绎。如"地名鼠石妖踪幻，田圻龟纹雨势乖""贫挑石炭怜崖户，雨渴秧田急水车"，写农村风情如画。故里山水，入诗囊，妙句如"香霏细碎桐君录，玉立峥嵘化国城"、"万峰狂舞一峰尊，秀骨天生水玉痕"（以上均引自《北山诗》），"白龙不放沧江去，万古飞涛战一拳"（《牛心石》），"江云扫翠三山秀，夜雨添妍万竹香"（《喜庞石帚至》），"水如明镜山如浴"（《牛华溪路》），"山似螺青水似银"（《乌尤四首》），以疏秀之笔，写雄苍之山水，句法多变，又能化静物为动态。意象叠现，一片化机。琢词警炼，举重若轻。蒋逸雪说："人之有作，或苍而不秀，或秀而不苍，兼之者难。近代诗人具苍秀之美者，其蜀人赵尧生乎？"[①]其诗出入八代、三唐、两宋诸大家，而自具炉锤，别辟蹊径，句不求拗，字不求奇，典不求僻，但求立意高，笔力劲，力避庸滥，汰除江湖气，既清新洒落，而又深微婉至，缺陷是偶有味不厚之感。沈其光说他的诗"胎息少陵，而极其变化于诚斋、放翁"[②]。陈声聪评其诗云："古体兵足马肥，千言力就；近体则山水清音，唐神宋貌，七绝尤多隽语。"[③]汪佑南说他"五律最胜，诗境冲淡，绝无煅炼痕迹"[④]。可谓仁者见仁，智者见智。

他诗学湛深，以清切典秀为主旨，曾教人作诗说：

> 凡一题先使意无不周，而无意之词必去之。久之而有意犹无味者，亦去之，削词不削意，此炼之要道也。意太密则气易促，疏通其气，第一分出层次，于井然不紊中，加意接处，斯笔之有起落而气之抗坠在是矣。[⑤]

论立意、炼辞与分出层次，这是他以金针度人的秘诀。

四川一地，师从他学诗的很多。江西杨增荦、福建陈衍等与他唱和甚多，朱德、程潜、刘禺生、章士钊等很敬重他，并曾登门拜谒。郭沫若等曾筹资刊印《香宋集》。

与赵熙诗名并重的林山腴（1873—1953），名思进，号清寂，华阳人。清末举人，民初任四川省图书馆馆长，后历任华阳中学校长、成都大学、四川大学教授。论诗服膺王湘绮，主张取径于八代三唐，从中唐入手，上溯盛唐。他不喜宋诗（苏轼、陆游除外），尤不喜江

① 蒋逸雪：《读诗偶记》，《南谷类稿》，齐鲁书社，1987，第 314 页。

② 沈其光：《瓶粟斋诗话》，王仲镛主编《赵熙集》附录，巴蜀书社，1996，第 1350 页。

③ 陈声聪：《兼于阁诗话》，王仲镛主编《赵熙集》附录，巴蜀书社，1996，第 1352 页。

④ 汪佑南：《山泾草堂诗话》，王仲镛主编《赵熙集》附录，巴蜀书社，1996，第 1350 页。

⑤ 赵熙：《与人书四》，王仲镛主编《赵熙集·香宋文录》卷三，巴蜀书社，1996，第 1304 页。

西派，不鄙弃明七子。这与赵熙于欧、王、苏、黄兼收并蓄而不喜明七子诗有所不同，但两人都以清远取神。他力求以清新空灵拯救典实滞重之失，自谓"可怜诗到乾嘉后，更遣芳回屈宋新"。其诗高华朗赡，具"渊放之旨，要眇之辞"[1]。有《清寂堂集》。五律追踪钱起、刘长卿，蜀人称"五言长城"。五古如《冬晴遣兴漫成》：

> 成都万事迟，独有花开早。
>
> 山蒜既含香，檀腊复破爪。
>
> 窗喧一蜂度，檐静群雀啅。
>
> 寂坐偶澄心，观生未为老。
>
> 物适我亦闲，讵必不同抱。
>
> 消摇可终生，何由殊大小。
>
> …………

以热爱大自然的闲适心态，寻求物象中的生机与理趣。他如"浮鼻送牛还，插嘴净鸭浴。我倦恋物情，夕阳挂高木"（《暑中杂感》），高情逸韵，冲淡莹洁。

集中纪事伤乱诗甚多。五古《成都十月兵祸诗一百二十韵》，堪称长篇巨构，反映20世纪30年代初四川军阀因争权夺地造成的连年战祸。其中写到炮火轰炸时，"城中百万家，家家啼且号。屋顶作战垒，街口遮石条。四面置罗张，两头不得逃"，市民被困在巷中，不被弹丸击中，也要挨饿待死，怎不伤痛至极。他激迫而怨愤地怒骂军阀："恨不剉汝骨，恨不燔汝脑。一吐胸所愤，万段恶难消。"他描绘战后所见的惨状是："中城战煤山，积尸平山坳。血流波御沟，学府一片焦。鳞栉数千户，犬豕当屠刀。或全家糜殉，或肢体断抛。"他好容易得一学生帮助冒险逃出，却被哨兵盘问，"一碢一盘诘，应声不敢高。恐触兵子怒，亲手为解包"，靠着送钱物才得以逃脱虎口枪林。最后愤怒谴责世无公理，国是混淆、武人贪婪：

---

① 庞俊著，白敦仁纂辑《养晴室遗集》上册，巴蜀书社，2013，第237页。

呜呼廿年来，国是孰混淆？

武人为大君，四海撑蓬蒿。

外侮益煎迫，内战益炰然。

况复鼠穴斗，昼伏夜则跳。

但逞权利争，遑恤脂髓敲。

运用排比、对仗、逆挽等手法，愈使此诗见得郁勃拗怒，声情激越。全篇接榫勾连，伏笔呼应，押"豪"韵一韵到底，可作史诗看。胡先骕《蜀游杂感》说到其时四川号称魔窟，群雄割据的军阀有如群魔。下层军官以内战求子女玉帛，师旅长以好战扩张势力，以肆其领袖欲，故连年兵祸不断。诗中具体情景，与其说恰相映证。

受业于赵熙门下的有巴县向楚（1877—1961），字先乔，曾读书东川书院，民初任四川政务厅厅长，后任成都大学、四川大学教授，文学院长。有《空石居诗存》，句如"白云半抹春如笑"（《吴一峰画渝中山水索题》）、"万事迅如飞鸟过，一鞭寒送土牛轻"（《奉和香宋师立春》），信手拈来，无非妙趣，令人神观飞越。有的以议论为诗，如"腊至怕闻三虱讼，朝来谁为众狙谋"（《思归》），句法刚健婀娜。但也有少数诗写得质木拙直。

綦江庞石帚（1895—1969），名俊，字少洲，慕白石道人歌词，更字石帚。二十四岁时拜赵熙为师，心醉于"香宋先生之雄奇隽妙"[1]。赵又荐之于林山腴。时山腴掌教华阳县中，延聘他来任教。后历任成都师范大学教授、华西协和大学教授兼中文系主任、四川大学教授。率性而行，亮节慷慨，文藻秀出，人拟之为刘孝标、汪容甫一流人物。他曾驳斥有人攻击旧体诗："今之少年，或用白话为诗，崇欧化而斥旧体。不知州域既殊，文法斯异。盖学术可以大通，而文章各有面目；情感无妨共喻，而形貌不得齐同。是丹非素，甚无当也。"[2]有《养晴室遗集》。汪辟疆认为他的诗"清远可诵，盖与（林）山腴笙磬同

① 庞俊：《与〈学衡〉杂志》，《养晴室遗集》上册，巴蜀书社，2013，第275页。
② 庞俊：《与周虚白论诗书》，《养晴室遗集》上册，巴蜀书社，2013，第289页。

音者也"。足可与赵熙为"枹鼓之应"[1]。川中屈守元、王仲镛、王文才、萧印农等诗人均出其门下。

其诗清警拔俗,好作古风,有汉魏遗风。律绝学东坡,炼骨炼意,语圆意足,归于醇雅。赵熙很赏识他,认为他的七律胜过姜白石,而七绝稍逊,评其诗:"语语有意,且有深意,都无矜气,而志识高远,……如大贤之内敛芬芳。"[2] 如《春日东城登望作》诗云:

> 吹角戍楼晚,微茫野色连。
>
> 暖风闻布谷,晴霭见龙泉。
>
> 百战山应烬,初耕绿已烟。
>
> 春心共时事,吟望转凄然。

在清远岑寂之境中融入凄然之意,乃因战争摧毁山林,人心凄恻。句如"竹荒喧细鸟,溪暝入疏钟"(《过城南》)、"日落林争绿,沙眠牸自酣"(《晚泊傅家坝》)、"微波凉浴马,深柳晚藏乌"(《江楼归兴》)、"巢燕只今无静木,扶鸠何处踏春阳"(《上元再次山公韵》)、"流黄霜月怜孤影,惨绿衣裳怯晒时"(《秋闺》)、"江流劫外凄凉碧,秋在树间寂寞红"(《九日偕象姚、巨卿诣草堂》),融情会景,情景交炼,有窈深之趣、盘屈之美、清健之神。清稳深秀,真得赵熙用意之秘诀。或写景记事,有环境凄黯的投影。如1917年四川军阀乱后,他"脱身走北郊,兵气缠溪木。黄埃三十里,喘汗携骨肉"(《乱后归成都作》),狼狈之状,可以想见。又七律《江头一首和叔武韵》诗云:

> 江头歌哭几人闲,荷锸乘春懒闭关。
>
> 但愿添杯吹野水,真须浮白对青山。
>
> 战余啄肉神鸦散,社后巢林海燕还。
>
> 更说王城花似锦,凭君洗耳爱潺湲。

其七绝往往信笔点染,妙造自然,风神逸宕。如《江上》诗中云:

> 竹梢铃语春如暝,毵脚茶烟午更宜。
>
> 芳草渐深人践处,野梅开到燕归时。

---

[1] 汪辟疆:《近代诗派与地域》,《汪辟疆文集》,上海古籍出版社,1988,第324页。

[2] 赵熙:《致庞石帚》,王仲镛主编《赵熙集·香宋文录》卷三,巴蜀书社,1996,第1293页。

写景层层递进，至末句，语虽止而余韵悠然。

　　石帚有弟子周虚白（1907—1997），新繁人，后在成都华西大学任教。著《周虚白诗选》，王仲镛序中云，"其诗多从性分中来，出之以自然。即居夷处困，念乱伤离之什，亦复辞气微婉不迫切，绰有无入而不自得之气象"[1]，可谓知言。其诗深造自得，抒写襟抱，蕴意深微，参酌古今，意态闲远，韵味溢出，而不拘于唐宋分派。五古如《大雨后作》中云：

> 蕉扇不生风，漆云初覆首。
>
> 大块忽噫气，便作狮子吼。
>
> 瓦沟乱珠跳，坳水败叶走。
>
> ⋯⋯⋯⋯⋯⋯
>
> 龟坼出枯荄，濯濯望陇亩。
>
> 世乱天亦忍，恒旸竟谁咎。
>
> 饥寒固所习，官租安可后。
>
> 乞雨如乞食，万夫呿其口。

譬喻迭出，象逼真，语语健拔，而全章跳荡跌宕不滞。

　　律句每能妍炼精妙，如"波喧白啮柱，帆远碧张空"（《重建龙桥桥成》）、"岸方随树转，云渐辨星收"（《随女师疏散往教彭山》）、"涨痕啮岸萍黏绿，倒影摇波树乱青"（《雨后溪行》），以蕴藉之思，运妍秀之笔，写出山野溪岸的妙境。

　　庞石帚另一弟子白敦仁（1918—2004），成都人。1940 年就读于四川大学，慕石帚师之博学高文，转学华西大学。少有才名，川中山水奇趣，多入其诗卷中。有《水明楼诗词集》。集中多古风，如《朝阳洞观日出》诗中云：

> 高峰森森剑插天，低峰累累羊比肩。
>
> 左峰欲断云为连，右峰无云清而妍。

① 王仲镛：《周虚白诗选序》，周虚白《周虚白诗选》，云南民族出版社，1995，"序"第 2 页。

　　　　丈人一峰独神全，下有红日跳荡如金丸。

　　　　须臾飞腾众峰前，宛如龙矫不可攀。

峰之奇态，如在眼前。字字轩昂，气势跳荡不羁。众峰与红日，都来
反衬丈人峰的峻伟，雄放中有俊逸之气。其《杂诗》十首，首首高古
脱俗，其一云：

　　　　白日何短短，志士多苦颜。

　　　　六龙颓西荒，阴威不可干。

　　　　坚冰壮寒色，江海缩波澜。

　　　　鲲鲸尽失势，何况鳅与鳗。

　　　　小人利世变，弄机如转丸。

　　　　君子乘正常，与众殊悲欢。

　　　　思回日月照，为世解烦冤。

　　　　天高海水深，浩歌行路难。

意象诡谲，笔势腾挪，有曹植、阮籍之遗风，郁气蕴结，以君子失意
与小人得势正反对照，见其对世道不公的郁愤。不过，集中感时伤事
之作不多，反映现实的意识不很强烈。

　　王闿运在清末曾到四川尊经书院等地主讲，受其业而能诗的主要
有成都邓熔（1872—1931），字守瑕，号忍堪，曾在陆军部任职。其诗
五古似谢灵运，近体沉博绝丽，得玉谿生、韩偓之妙，其构思常出人
意料，发凄婉之音，极回荡之致。吴虞认为："成都诗人，如曾阁君之
清丽，君之华壮，靡惟后起者未易企及，实海内之选也。"[1]

　　另一位是李星旗（1870—1952），字春黎，合江人，曾赴日本入
东京弘文学院，回川后创办中小学校。工五言，如《吊巴蔓子将军》云：

　　　　刎颈臣何在，荒凉剩一台。

　　　　祠残风雨泣，迹动古今哀。

即在咫尺短幅中亦有波澜，古淡苍劲。

---

　　① 吴虞：《邓守瑕〈荃察余斋诗文存〉序》，赵清、郑城编《吴虞集》，四川人民出版社，
1985，第 141 页。

富顺宋育仁（1857—1931），清末进士，官邮传部小吏，当年是王闿运及门弟子。有《问琴阁诗集》。其诗清逸可诵，七古矫健挺拔，如《青城诗》起调便有高风振林之势，"绵冈隐天万木苍，驱温转谷为深凉。封中云腾龙虎气，绝顶雪沐日月光"，气骨遒上，如风驰雨骤。

除了师法赵熙的苍秀、王闿运的高古两路之外，偏重于雄健一路的主要有李植、罗伯济等人。李植（1885—1975），名培甫，垫江人，老同盟会员，曾东渡日本，面谒中山先生。辛亥武昌起义后返四川，致力于成渝两军政府的合作。后历任成都高等师范学校、四川大学、华西大学教授，讲授音韵文字。工诗，尤喜为七律，雄浑雅健，气象森严，每得象外之意。林山腴赠诗有"高处更参迹外象，时流未解水中盐"之句，以严羽别材之说重之。试看《腊中箕斗桥僧舍访夏斧私，时成公中学疏散于此》一诗云：

> 腊尾尖风压帽斜，酒怀诗思渺无涯。
>
> 倦听蜀苑穿云笛，来看僧寮破冻花。
>
> 绵蕞弦歌传弟子，丛祠香火赛田家。
>
> 笑君心计粗疏甚，不共山妻漫赌茶。

其时日本敌机肆虐，成都时发警报器之声，故颔联以笛声为喻，"倦听"则可知警报所发之频繁。用流水对，将纵还收，爽健骏快。

写下日寇侵略罪行的诗人还有闵虚谷（1896—1974），新都人。娴熟经史百家，曾主办私立励志国学补习社。其诗于婉转中有振荡之气，如《杂诗》云：

> 惊心故国事全非，剩水残山夕照微。
>
> 苦口难教尘梦醒，归魂犹怯鼓鼙威。
>
> 漫天风雨催花落，震地雷霆乱鸟飞。
>
> 无怪鹧鸪行不得，郊原今已歇芳菲。

风雨雷霆大作，而归于肃杀苍凉，情致凄警，曲折反映日军滥轰狂炸给百姓带来的苦难。

灌县罗伯济（1873—1950），名骏声，字德舆，举人出身，任四川大学教授、省通志局纂修。余事为诗，华实并茂，颇近老杜。有《静远斋诗钞》。1936 年陈石遗、金松岑入川，见其诗而大加叹赏。其五律高古奇健，如《三峡》：

> 江促疑无路，山开忽引船。
>
> 涛奔崖穴响，岭断峡云连。
>
> 渥赭孤峰石，微蓝一线天。
>
> 崭然分楚蜀，不假巨灵镌。

大笔转控，刻画无余。句如"鸥羽波翻白，鳌晴日射红"（《自天津浮海达沪》），"黄鹂啭处浑忘夏，绿蚁酣时且送春"、"绕屋扶苏郁茂林，鸣蝉曳响彻清音"（《夏柳》），声色鲜妍，笔情酣畅。

崇庆彭举（1887—1967），字云生，博学宏通，历任教于成都大学、四川大学。诗风清淡中有崛健之势。他写了不少游峨眉山的诗，洗练而见清音铿然。如《洪椿枰》诗云：

> 大椿不知年，蟠屈寺门路。
>
> 宝掌一峰擎，群山莽回互。
>
> 繁枝密如幄，深壑积似雾。
>
> 凄然坐晓雨，恍若坠清露。

刻画奇险之景如画。他如写佛光"阳乌侧翅西，斜影射波面。漂光弄五色，圆样千丝颤"，并引申出"人命亦何常，流转如波旋"的感悟。写日出云飞时的瑰丽，"天际露青衣，一角犹未吞。倏然失窣堵，银涛故飞翻。灿灿金波涌，斗若海鹏骞"，四时景色的变幻，如在目前。高旷奇逸。《登华严顶》诗中云"人从剑脊行，云扑衣袂冷。磴窄足若垂，径危步累窘"，登山的艰苦体验，写来令人感同身受。

叙永曾令绥（1909—1984），字介岑，曾受业于章太炎、黄季刚，归任四川大学教授。有《影山堂集》。《吊婉容墓》诗尤为凄丽哀婉，其中说：

> 深谷为陵江为路，眼中事物多非故。
>
> 山前老屋是吾家，童游每到婉容墓。

> 当时翠竹绕琅玕，金粟深镌碣已残。
>
> 一抔寂寞荒烟里，牛羊砺角踏其间。
>
> 地下长眠宦家女，乃父依稀记姓吕。
>
> 玉陨香消光绪年，旅葬荒丘历风雨。

婉曲层折叙来，笔致凄断。用"当时"一词转写回忆，复转写眼前，宕往低徊。

还有南溪钟朝煦（1873—1947），字致和，举人出身，在宜宾联中任教，主修《南溪县志》。有《亟庐斋诗钞》。诗风深婉俊洁，如《早梅》诗云：

> 秋露敛甫霁，冬心暖不蠹。
>
> 北牖方负暄，南枝发胎素。
>
> 初焉蕾起粟，俄然宝缀璐。
>
> 蕊绽雪中须，萼出霜前跗。
>
> 黄叶舞故柯，让汝暗香渡。
>
> …………

描摹工致，温醇可爱。绝句如"石根云碧涨秋湾，璧月团团白玉环。篷背清霜篷底雪，夜深凉梦过西山"（《珠江消夏曲》），笔情隽上，而无琢磨之痕。

宜宾王光蜀（1876—1961），字家琳，号懒云。在故里历任明德中学、中山中学、女子师范教员。善绘事，兼能医。有《懒云窝诗稿》，诗寓健朗于清畅。如《秋痕》一诗云：

> 冷光湿翠上城闉，落照虚涵欲逼人。
>
> 惨淡几分空色相，溟濛何处认边垠。
>
> 花飞芦荻衣轻点，霜满溪桥迹未真。
>
> 高古禅机谁领悟，辋川妙笔莫传神。

情景交融，神情自在，在自然与生活中领悟活泼的生机。

还有曾吉芝（1872—1942），重庆人。其诗也极力反映四川军阀混战的局面，如《民国十四年川黔军驻渝相持戒严六首》中警句如，

"华阳马老归山晚，池里鱼焚到郭边。如许难关多岁暮，债台高筑炮台坚""隔檐铎响惊风鹤，流弹魂飞坠雪花。阛阓萧条生意尽，食粮阻绝运途赊""夫征羸役疲于马，鹊有危巢惯让鸠""民主精神安表见，森然大法付浮沤。国威扫地宁能国，分子如沙更欲分""勇尚私争摧实力，声腾御侮饰虚文"，揭露时弊，剖白真相，直言无隐，沉挚奇警。民国以来，川、滇、黔地方军人混战遍及全川，后来形成防区制，摩擦不断。诗即写此史实，并哀中国人涣如散沙，还有人在不断闹分裂。

晚一辈受过新式教育的诗人中，尚有如下数人需要提到：

江安黄稚荃（1908—1993），就读北师大研究院时拜黄节为师，后执教于成都省立女子师范。黄节去世，有诗挽之，句如"迄今惭厚望，在昔感深恩"，用逆挽法。"即此成终古，宁知溆后期"，芊绵凄咽，宛转而情深。

泸州曹慕樊（1911—1994），号迟庵，早岁就学于金陵大学，后在西南师范学院任教。所为诗不作靡曼之音、伤婉之调，以平易为法，流丽中寓警策。

忠县成善楷（1912—1989），1937年毕业于四川大学，任教于川东师范、国立女子师范学院。其《寺上杂咏》写他回到叔父旧居所见，"林间破屋两三间，草色入帘自作团。朝雨有情蛙百部，夕阳无语竹千竿"，借景怀人，景中蕴情，苍凉多慨。

重庆许伯建（1913—1997），抗战时入饮河诗社，任理事，与章士钊、沈尹默、乔大壮为文字交。其诗格律绵密，思致云涌，句如"云孤疑雁过，星动辨船归"（《九日夜长亭茗坐示闻庵》）、"山势迎人皆浪涌，松风贯耳异尘哗"（《青城山麓示同游》）、"鸟道回川撑半壁，马尘欺鬓怨飞蓬"（《山居春感》），风云涌现，声色华妙，摄山水之神，有浑雄之气。忧世之作则包孕时感，郁结难解，如《感事和闻庵元韵》二首诗中云：

> 岑楼无地高眠共，胡马千山入望赊。
>
> 铸错原忧非旦暮，排空拼与斗龙蛇。

一宵霜雁过汾水，万户流民辞汉家。

海市重惊迷毒蜃，歌筵犹自谱红牙。

以凄婉之情，入萧瑟之境，用典无迹可寻，流露出对国难民艰的深沉忧虑。《渝碧篇》以七十余韵记日军飞机轰炸重庆的惨剧，其中云：

万足狂蹴尘，千车奔连轨。

怒雹相砰訇，地裂震遝迆。

…………

赤水凝不流，日色昏千里。

万丈火山明，粉江为赭水。

哀哉芸芸众，燔炙何所似。

天意胡助桀，凭高耻挥涕。

翌晨复鸣警，火鸢至迤逦。

泻弹如滂沱，轰然聋两耳。

夹叙夹议，以提笔、扬笔、纵笔及飞舞灵动之笔，写日寇飞机凶猛轰炸，使战时首都陷入地裂火海的惨重一幕，惊心动魄，更可见诗人因逼迫而拗怒的心理。

还有冯建吴教授，擅画工诗，其诗规摹杜少陵，参以白香山讽喻之体。五言骨韵俱高，句如："次第群山没，低昂一火明。天星飞水过，堤柳拂船行"（《江游竟日返城已深夜》）、"埋愁锄地窟，种豆换天心"（《埋愁》）、"江光浮地白，岚气接天青"（《登第一峰》）。七言歌行豪宕傲睨，笔势酣恣，句如"池蛙喧哄潢潦涨，檐溜铮戈戟铿。沙飞槛外鱼跳渚，泉穿砌出云浮舠。狂吟豪欲敌龙战，天色沉沉看虎变"，感时伤乱，多郁伊愤惋之语。

资中欧伯衡（1921—1992），中央大学毕业后，在重庆、江津等地作教师。诗作以清淡风格为主，时有妙句，跳荡自如，神情自在。如"多缘缺媚骨，不屑受人恩"（《相忆辞寄作芳》），有真实情性，无虚假客气。古风《白云谣》以凄丽惆怅的笔调表现主人公离别伤心之情。

曾以新文学创作闻名然而也作旧体诗的诗人有：温江王光祈

（1892—1936），字润玙，又字若愚，1918 年毕业于北京中国大学，参与创办少年中国学会。1920 年赴德国留学，获波恩大学博士学位，不幸病逝。1914 年作《夔州杂咏》六首，首首力透纸背，句如"水落鼋鼍怒，风微日月真""乔木临风倒，苍藤带雨悬"，写景真切，句多警动遒劲。

还有资中林如稷（1902—1976），年轻时结识郭沫若、郁达夫等，与邓均吾、陈翔鹤、冯至组织浅草社。1923 年往法国留学，归任教中法大学经济系，又组织沉钟社。1937 年到四川大学任教，并开始作旧体诗。著有《待旦室诗草》。诗中可见他对"虎狼逞顽凶"的愤慨与"期共向曦明"的愿望，议多史识，语多真醇。其七绝《偶感》云：

> 忽思避席作远游，极目蒿莱黯然秋。
>
> 战伐万姓哭鬼冢，人间何处觅绿洲？

幽抑怨极，透露了那个时代知识分子的郁闷。又《闻一多哀歌》极力层层设譬，以突出统治者的残暴，其中说：

> 鹰犬伎俩卑劣甚，杀父及子惨无伦。
>
> 屠夫欲掩天下目，凶手审凶假乱真。
>
> ⋯⋯⋯⋯⋯⋯
>
> 君不见，始皇已逝系子婴，楚人一炬立亡秦；
>
> 又不见，穷兵黩武拿破仑，老囚孤岛食前因；
>
> 更不见，窃国大盗袁项城，新华一梦成灰尘。

借古讽今，复以法国典故以警示当局。夹叙夹议，纵横排宕。

第六节　云贵诗人

云南东处高原，西处横断山脉，其间分布众多小盆地。四季如春，风景如画。明代以来，汉文化远播，诗风渐盛，人才卓异，诚如严绍曾所说："莫道爨蒙多浅陋，人才原不亚中州。"（《滇云》）但因地处边隅，众多诗人不为内地所知。民国时期有若干小规模的诗社，如南雅诗社、城东诗社、桂香诗社、雪社。抗战时云南较少遭受战火焚荡，环境相对安定，故吟风未衰。

辛亥革命后，云南与内地交往频繁，每出兵向中原征战，便出现一批名人。文人习武者多，然不改吟诗之乐。会泽唐继尧，任云南督军。以一武将而能诗，有《东大陆主人诗钞》。袁世凯称帝，封他为开武将军。他佯病避居黑龙潭，《寄四妹蕙赓》诗中云：

> 热血不禁真爱国，冷心翻笑假封侯。
>
> 静观一悟曲肱乐，身在春风最上头。

自言抱爱国之志，悟闲逸之乐，情志显然。

玉溪李鸿祥（1879—1963），字仪廷，辛亥革命时是发动云南重九起义的领导人之一。后任云南民政长，极力反对袁世凯称帝，任北伐军第一军军长。袁死后，他先后居北京、上海。1939 年回云南当选为省临时参议长，后归玉溪，热心家乡文教建设事业。有《杯湖吟草》。风云寄其感慨，山川助其吟啸，自写胸臆，情性真挚，笔力奇横。写景句如"楼阁参差鞭日月，湖山迤逦锁乾坤"（《四月大观公园落成》）、"苍苍彭泽吞为腹，浩浩大江曳作肠。日射峰头光皎皎，云封足底海茫茫"（《由沪游庐山》），大胆设譬，胸纳乾坤，浑浩流转，气魄雄沉。又"紫凝蓼岸烟深锁，洪涨蕉溪碓急春"（《玉溪九龙池道中遇雨》）、"蛟翻玉泉虹腰来，马踏石梁鳌背驮"（《戊子重建玉溪桥》），奇情壮采，自有一股郁勃之气。写战事的诗如"四野冤声愁日月，满城杀气塞乾坤"（《春唐继尧回滇》），遒劲沉着。抗战时其诗随战事之输赢而郁愤或欣悦，句如"寸地尺天争作主，阳神阴鬼怒为风"（《七月围攻密支那》）、"神鹰威显凤山震，鼍鼓声喧龙岭长"（《十月收复腾冲龙陵》），兴会飙举，发扬矜奋，爱国之情与国运息息相关。

有三位举人出身的白族剑川籍诗人，在辛亥革命前后都曾投身政治革命，后来转而热心文化事业。赵藩（1851—1927），字樾村，号介庵，清末官至四川按察使。曾参加反袁活动，任广州护法军政府交通部总长。1920 年归任省图书馆馆长。著有《向湖村舍诗集》。多写大题材，有不少反映人民苦难生活、谴责军阀混战的诗作，如其中一首绝句云：

> 争地争城战血腥，袁家遗孽祸生灵。
>
> 断鳌立极今谁是，万里愁云黯北庭。

（《将于役岭南枨触有作》）

又《观音土》一诗先概要记叙"万村千落空雀鼠"的场景，再转入具体描写。有一男子见树皮草根都被煮完了，只好食观音土充饥，因为"食之一饱还归西，不食亦死食亦死。且缓须臾对妻子，妻子号啕泪零雨。顷刻彭亨腹如鼓，吁嗟乎，观音土"，可见他对生活在社会底层的人民极为同情。

周钟岳（1876—1955），字惺甫，号惺庵，历任云南军都督府秘书长、代理省长、国民党政府内政部部长。著有《惺庵诗稿》。擅长古风，如《失辽宁》记日寇侵占东北，而中国军队未作反抗，酿成"坐使倭夷垂手得"的结局。《上海战》中记述十九路军抗战之奋勇云：

> 靴尖一趯坚城倒，沪渎区区何足道。
>
> 倭酋令限四小时，欲逐华兵迹如扫。
>
> 岂料苍头起义军，奋身抗战勇无伦。
>
> 大呼斫阵一当百，挥刀杀敌如孤豚。

起四句讽日寇之狂妄，却被英勇的十九路军制其毒焰。笔力奇纵，层层递进。酣畅之情，因胜利而发扬。

还有赵式铭（1873—1942），字星海，号韬甫，历任云南军都督府秘书、习峨知事，后到广州任护国军政府交通部司长，返故里，任云南通志馆馆长。是此时期云南成就最为突出的诗人。其诗步踪杜甫、韩愈，由唐韵渐入宋调，在云南偏于疏畅的诗风中独辟一路。自言作诗初喜雄骛之风，继喜神韵，继又喜淡穆，最后则酷喜理致。周钟岳评说云："涵演宏肆，朴属深微，奄有众长，不囿一体。而其神理气格，与杜韩为最近。"[①] 记事论人，微而显，曲而达，具有记者的敏锐，可

---

① 周钟岳：《〈希夷微室诗抄〉序》，赵式铭《赵式铭诗选注》，云南教育出版社，2003，"序"第9页。

作良史之褒贬。真率恬淡，情真词达。所作《蔡邵阳挽歌》浑浩流转，气韵汪洋，以他的多病无能反衬蔡锷将军的英武善战。其古风尤能记滇地之风物民情、古迹名胜。《滇海曲》一诗记叙滇曲的由来，形容绵渺幽怨之声，融注世事兴衰之感，微妙入神。《横塘曲送曹艳秋归苏州》写一歌女的生平与技艺，流畅婉转。《屈尔泰墨龙歌》记清初屈尔泰佐将在剑川摩崖草书，赵藩评为"无意不奇，无笔不健"的杰作。又《屏山翁见示西华洞歌走笔和之》诗尤为奇健：

> 炎官一炬昆岗㷱，精液融解岩缝㼛。
>
> 天风柔荡雨洗炼，化为五色莲花朵。
>
> 屏山老去犹好奇，手扶灵关开秘锁。
>
> 摩天巨刃割云华，载宝而还过诧我。
>
> 忽如闯入雷电室，飙轮赤驭磨生火。
>
> 又如夜款神官府，杖撞玉版珠尘堕。
>
> 明珰翠羽烂不收，谁煎凤嘴粘磊砢。
>
> …………

笔势汪洋恣肆，想象奇诡，化腐朽为神奇，幻化出如此奇丽的仙境。熟典生用，并将白族语入诗，化俗为雅，格调浑成，笔力精健，的是韩、黄手段。

又有《嶍峨地震补述》一诗记叙地震威力给百姓造成了家破人亡的惨剧，诗中云：

> 飞尘涨天日不暾，累椽仆地屋无垣。
>
> 声发地底闻嘤嘤，十家九破谁相援。
>
> 尸骸藉藉枕鸡豚，一棺动以百金论。
>
> 我为斯民作子孙，毡包席裹瘗郊墦。

非身处其境，必不能写得如此具体生动，也见他勤勉于善后救灾诸事宜。

律诗多妙句，写景句如"烽火三冬缠地轴，雪风一夜裂天关"（《长至日》），以夸张见其凄黯之景。写战时景况如"毒火弥天卑鸟道，灾黎避地傍牛宫"（《连日日机空袭城民出走郊外》）、"趁墟人散盐包叶，卖药僧归菜带根"（《祠门夕望》），真实再现战火煎迫中的民众苦难。
又能用虚词斡转有力，如"岂有恩封渭南伯，不妨闲过左阿君"（《听
歌感怀》）、"生有高文能动魄，没无片瓦稍留痕"（《与客游吴井桥》），
跳荡自如。

剑川刘文蔚（1892—1955），字困斋，曾在护国军医院工作，后
回乡村设帐授徒。著《困斋诗文集》。其诗充满着一股压抑不住的倔
强郁勃之气，句如"败絮妆成金玉表，美珠投放海山陬"（《访赵式铭
诗翁话旧》）、"屠国有人惟剥削，爱民无主任流亡"（《哀民两首》）、"自
由平等终何在，权利徽章总属私"（同前），可见他对专制政治的愤懑。
又《农家吟》叹曰"民国于今十一年，何年不出团丁钱。官如饥虎吏
如爪，攛突民间欲难填"，在列举种种苛捐杂税之后，更加愤怒地指斥，
"劣绅乘势舞刀俎，洗髓伐毛相假权。民利所至苛政逐，逃无可逃天
不怜"，剥皮敲髓，民何以堪，层层进逼，说得淋漓痛快。在这种心
态下，他对长征过往当地的红军抱有欢迎态度，有诗云："苍茫云海
风波急，应是潜龙挟水游。"（《闻红军到鹤庆》）

大理李燮羲（1875—1926），字开一，早年留学日本研治音乐，
归国后任昆明两级师范学校音乐教员。所谱歌词，声情悲壮，播于军队。
民初历任安宁、牟定知事、护国军咨议，曾随军入川。后任自流井盐
总办，多所兴革。辞职后退隐苍山洱海之间，以诗酒自娱。有《剑虹
诗稿》。能以律诗纪事抒愤，真实暴露了政治的黑暗，胆大才大，间
露英雄失路之感。往往缘情系事，风格质朴，不事雕琢，吐属自然。
如《咏民国各界人物》诗中说：

> 国家无暇去求才，官吏都从运动来。
> 虎豹豺狼群塞道，娼优隶卒尽登台。

叹当道者不为国求贤才，许多官吏都是靠活动而谋取职务，怎不虎狼
横行，贱者得志，贿赂公行，生灵涂炭。又如《感时》一诗讽国内军
阀争斗不已：

> 数十党魁操一舟，安危那与众人谋。

只今罪首成功首，此辈清流可浊流。

政客争权心不已，武人仗剑气横秋。

民权落到诸公手，亿兆生灵视赘疣。

激迫之词，批判有力，从中也可见他具有强烈的民主民本思想。

他对地方上的丑恶现实予以无情的鞭挞，如组诗《辛酉即事》其一讽云南军人擅权扩张势力：

将军日日诩开边，高拱深居诓肯前。

兔窟早营交趾地，狼烟密布苴兰天。

广招亡命为心腹，久围孤军戍粤川。

扫境出师联帅稳，哪知不死又回滇。

其他句如"大千世界变黄金，索贿公然到绿林。八军血肉供餐尽，三迤人民中毒深。断送银钱生命小，四维丧失再难伸"（《辛酉即事》），这位将军不敢抗敌，而是收纳亡命之徒，索贿贪饷，为富不仁，文明扫地，直刺社会弊害。当时云南社会黑暗，可见一斑。诗中采取不少现代双音节词，较有时代气息。五古《山神问》《狮象搏》等诗，借寓言形式曲折反映现实，吐露其愤世嫉俗的心理。

姚安由云龙（1876—1961），字夔举，任云南都督府秘书长，于艰危中助唐继尧定大计，后任云南水利局局长，一度代理云南省省长。袁世凯死，他退居昆明，读书作诗。应采风社之征，与海内诸名士诗简往还，十余年间，所作渐多。有《定奄诗存》。少年诗学白居易、杨万里、范成大，隽永旷逸，但流连光景，缺少凝练。后来他注意学杜甫、韩愈、王安石、黄庭坚以及近代同光体诸家。不过正如周钟岳在序中所说的，他的诗还是偏于清浅宽舒一路："以君之才丰学赡，又身历诸艰，壮游数万里外，意其所作，必慷慨任气，磊落使才，顾乃春容夷愉，略无噍杀淫哇之响。"[1]20 世纪 40 年代所作《护国军纪念诗》一诗，气势豪迈，尚堪一读。

---

① 周钟岳：《定庵诗存序》，由云龙《定庵诗存》，天仓印务公司，1937。

年轻一辈的有洱源马东初、鹤庆欧阳小枚（1913—1961），好西昆体，宾川曹默庵等专攻拗体诗，都有一定成就。其他地位不高而值得一提的平民诗人有：宜良严绍曾（1969—1941），号戆叟，在家设帐教书。有《知戆斋诗草》，清雅雍容，但用意不深。

在乡村教读的有大理宋锡昌（1877—1957），辑有《云南竹枝词》。其古风尚能斡旋用力，如《苍洱行》诗中云：

> 灵鹫北来峰十九，似笋班联非培嵝。
>
> 阴雨连朝雾不开，十八溪声泉乱吼。
>
> 奔流到海入蛟宫，大石粗沙沿河走。
>
> 漫道烟景有十楼，红羊劫后成荒邱。

酣恣行笔。又《游弥渡天生桥》在点染山河秀丽之后想到洪水为害百姓，若无堤防，水则寡恩；又念及此时"日寇侵华气正骄"，修治为艰，融汇万千感慨。

云南风光，当地不少诗人为之咏赞，往往清新隽永，不用典故，略举一二。巍山孙佩珊，东陆大学毕业。有《夜泛滇池》诗云"白露凉于水，轻帆上下飘。渔灯萤火小，抱膝坐深宵""孤舟人未眠，霜寒天欲晓。落月橹无声，山林啼怪鸟"，状景幽丽，风格清逸妍秀，似王维辋川诗。洱海王应岐，也是东陆大学毕业。赞茈碧湖有诗"十里晴湖泛钓船，波澄如玉柳如烟。微风送到花深处，村女谐声唱采莲"，曼音促节，和婉清朗，似刘禹锡诗。

然而在抗战期间，云南诗人每为国难而忧心忡忡，诗多郁郁之气，笔下的山川亦黯然失色。昆明人徐嘉瑞（1895—1977），20世纪40年代任云南大学中文系主任。他的诗力图反映战乱时民众遭受的苦难，如《怒江吟》记日军侵占缅甸、旅缅华侨逃回故乡，被日军赶到怒江边，只好投江自尽的经过。其中一绝云：

> 清泪已枯唯有血，怒江南去更无桥。
>
> 归侨未遂生还愿，投向江中作怒潮。

写出投江者惨痛无奈的心境。又如剑川小学教师赵慰苍（1917—

1975）有《国难感怀》诗云：

> 琼楼歌舞几时休，漫道边烽照石头。
>
> 万箭只穿勇士骨，一尘不到大王楼。
>
> 珠玑眷属能生翼，锦绣山河付沐猴。
>
> 幸有山西雄八路，横眉肯与倭人揉。

叹歌舞不休，江山有难，幸有八路军奋勇抗日，宛转有力。又如《大锅寺》诗云"请看粥如波，谁言锅如海。尽敲饭后钟，一杓难施舍"，写粥稀如水，难以施济，可见有意以诗作史的用心。

在西北边远的丽江县，战火不扰，相对安静。由纳西族士绅、教师为主成立了桂香诗社，甚为活跃。每月一至两次，在净莲寺嵌雪楼雅集："妙义交相资，肴酒欢侑之。"（周兰坪诗句）他们以陶渊明为榜样，"以一尘不染之襟怀，书写大自然之天籁"，表现对黑暗社会的厌恶，以及返璞归真的艺术趣旨。首任社长周兰坪（1847—1924），历任云南高等师范学堂、当地兴文学校教师。其《江渔诗钞》，飘逸洒脱，一洗雕镂之习。如《拟陶诗〈归田园居〉》诗中写他回到故居之后的耕读生活：

> 春锄涵濡雨，晓耕浅淡烟。
>
> 凫鸥依涧水，鹍鹕鸣桑巅。
>
> 仰视天宇阔，诗酒自闲闲。

神情自大，风格淡雅清新，然有模拟之痕。又如"楸花蜂落香随翅，蔷院莺抄露滴琴"（《嵌雪楼桂香春社》），体物宛切，但也不免于纤巧。

其孙周霖（1902—1977），是丽江中学教师，20世纪40年代组织了雪社。他注重琢句精警，句如"压屋阴霾冻不流，晓窗冷雨酿轻愁"（《乙酉重九登象岭》）、"最爱夕阳烘晕处，莫将馔酒话栾巴"（《龙泉寺看红叶》），清疏中不乏惊警。

和庚吉(1864—1950)，字星白，号松樵。清末在四川乐至等县做官，后来还乡，"值风云变迁，更多愁闷，复时有所作"。集为《退园韵语》。诗中反映他对时局的关心，如《感时》："世界纷争何日休，称雄几辈博公侯。可怜枯尽生民骨，夜哭频闻战垒愁。"他的笔下，也展现了故乡景色的奇瑰。《丽江杂咏》中说"西出金沙折北湾，怒涛冲断玉龙山。江村一事仍元制，齐跨皮囊渡往还"，写玉龙山峡之险与皮囊之横流。元制说的是当年元军以革囊渡江打败大理国，而今仍沿用革囊。范义田诗中云"绝壁苍藤悬冷月，半滩枯柳系孤舟。鱼龙弄影波光动，斗牛冲寒剑气浮"（《石门晚秋》）、"砥柱回澜横锁壮，飞檐倒影卧虹桥"（《江村》），写出明丽如仙境般的景色。

杨超群（1868—1923），有《亦锦囊诗钞》。他对第一次世界大战时日本乘机攫夺山东胶州极为愤慨而忧虑："愧我共和孱弱甚，受人欺侮任纵横。"（《欧战纪事》）杨菊生（1864—1936），终生执教。其诗生动明快，不事雕琢。如《背水》诗云：

> 谁家姐妹认依稀，水井旁边夜色微。
>
> 一曲藏歌齐唱起，满桶载得月明归。

声情并茂，优美细腻，而又明白如话。

女作家兼诗人赵银棠（1904—1993），字玉生，毕业于东陆大学，在丽江、鹤庆等地当过教师。她以细腻的笔触描写泸沽湖的奇丽，"春山环翠抱泸沽，滇蜀相邻共此湖。三百周沿深不测，远浮岛屿影迷糊""闪烁金光日照时，满湖珠玉碧琉璃。胸怀涤净尘埃绝，独立岛头有所思"（《泸沽湖》），游思缥缈，摇漾生情。她笔下的玉龙山，更是美丽绝伦：

> 玉立通灵千峰白，盘亘不断万里脉。
>
> 神龙到此欲腾空，昂首中原天地窄。
>
> 呼吸云海噫罡风，混沌洪荒倏忽中。
>
> 上邻星日光永在，下开江流不计功。
>
> 鳞爪皆作丘与壑，琼树瑶华自绰约。
>
> 水晶世界广寒宫，神仙怕夸健腰脚。
>
> …………
>
> 醒见满山雪茫茫，月是化身凝皓魄。

> 妙景奇趣那胜言，谁能一一究渊源。
>
> 名山自昔称五岳，互争高下比卑尊。
>
> 终古冷淡持皎洁，迥绝人间玉龙雪。

纵览江山，追溯远古，时空交汇，莽苍与细密，相衬见妙，水宫月魄，空明掩映。境界雄奇隽洁，见其状物摄神的高超。诗中将玉龙山人格化，歌颂她不与五岳争高下，而独持皎洁操守，迥异人世。其艺术境界之高超，不让名家之作。

贵州其地，岭高壑众，地僻民穷。遵义周沆（1873—1957），清末任过知府，民初任道尹。有诗写乱离之苦云，"墙壁都倾裂，椽题半欹斜"（《己丑秋日还里》），其诗较浅白质朴。毕节彝族人余若瑔（1870—1934），字达夫，曾任省立法议员、大理院推事，受地方军阀唐继尧的排挤，郁郁不得志。著有《愫雅堂诗集》，多苍凉悲苦之音。对"豺狼当道食人肉，狐鼠纵横尽攫金"的现实时有揭露，讽苛捐杂税之多："勒派烟金承祖制，偏谋薪火入孙枝。"（《己巳人日春感》）又如《漫兴》诗云：

> 拥旄割地擅强梁，百样诛求各主张。
>
> 盐策屠猪争驵侩，膏捐饮鸩更猖狂。
>
> 骄兵不战皆成冠，纵盗招安俨是王。
>
> 忍看榷苻作骄子，铅刀未用弃干将。

这正是当时军阀各霸一方的画图，诗人从当地的混乱无序透视祸国殃民的普遍现象。诗风沉郁而非低沉，刚健而稍嫌粗犷，较为平实，少了点空灵杳霭的境界。

毕节县周素园（1879—1958），曾参加辛亥革命，民初出任贵州行政总理。1935年成立贵州抗日救国军，任司令员，后随红军长征到延安。有《素园诗存》。诗中敢于批判强权政治的危害，断送河山，百姓涂炭，以意遣词，操纵自如。如《春日书怀》诗云：

> 艰难尝尽好归田，退老闲居十二年。
>
> 漫信山中能避地，翻从井底得观天。

强权胜后人无类，学道成时犬亦仙。

为导迷盲遵觉路，敢辞残废着先鞭。

沿河县席正铭（1885—1920），号丹书，土家族人。任贵州宣抚使、黔军总司令，后被杀害。戎马倥偬，而作诗不少。有《泠泠山人集》。危局使其诗涵蕴愤慨之气，其《望乡》诗云：

怅望关山泪几重，回头凄绝五门冲。

多情惨淡凄风紧，怕听鹃啼五女峰。

以凄风与鹃啼渲染留恋故乡的情感。

天柱县潘万林（1901—1960），侗族人，参加过北伐战争，曾任丹寨县长、云贵监察使视察主任。编有《黔诗汇评》。其诗联想丰富，风格旷达。其《一剑》诗谴责投降者行径，控诉帝国主义的罪行，构思较为巧妙。其《悼亡》诗中云"不信生离即死别，对笺迸泪纸横啮"，写出乱世生离死别的痛苦。

贵定县史献书（1880—1955）的诗，偏于从景物写山河残破、人民流离以及思乡之苦。如《律诗纪事》云：

西风落日掩重门，塞草啾啾咽鬼魂。

远道征人暴白骨，长途战马啸黄昏。

飘蓬断梗愁中境，荒冢残碑劫后村。

最是流亡归未得，家山遥望泪双痕。

其他句如"青磷动地虫声乱，白露横江月色昏"（同前）、"入帘草色浓于染，绕砌苔痕暗又明"（《暮春》），工于写景，设色凄丽，融入凄婉之思。

教育界中，有与同光体相呼应而能独成一家的李独清（1909—1985），贵阳人，任教于贵阳师范学院。著有《洁园剩稿》。他远学韩、孟、苏、黄，近学乡前辈郑珍诗，后又沉潜于陈三立、沈曾植诗，最赞许沈曾植过三关之说。自序云："既喜其泯唐宋之界画，复能撷汉魏六朝之精华，于是，所作又稍稍与巢经（郑珍）异矣。"①他作诗求紧健遒劲，不坠滑易，如云"难温坠梦一微欹"，颇能化陈为新，句有三意。又如《重九集东山》诗云：

> 沧海横流忽至此，登高争忍望中原。
>
> 最怜秋气常先感，来对群峰黯不言。
>
> 就菊题糕皆结习，攀天荡梦有孤喧。
>
> 斜阳只在帘旌外，一验霜杯酒尚温。

意密句奇，炼"黯""攀""荡"诸字奇警，感慨苍茫，有浑化之境。

国难家仇，蒿目时艰，其诗一变而为激愤之音。述事咏怀，或忆民国以来史事，或写中英美法对日宣战。如《长沙大火》第一首讥国民党军抗敌无能，反焚长沙以却敌，当局将要职付之轻猾之徒，怎不残民以逞，可谓字字泣血。次首云：

> 四野横尸半已焦，飞腾烈焰上青霄。
>
> 悯饥那得人输粟，望赈真同雨润苗。
>
> 赤壁千艑天可照，阿房一炬史曾标。
>
> 烬余收合宁非计，复国明言学楚昭。

烈火熊熊，烧得民众无衣无食，又有谁来悯饥？政府反而宣传要学楚昭王复国。用赤壁火攻、阿房宫被焚等典故，愈见长沙大火之惨。《病翁行》记老病者一家悲惨境遇，贼寇进村，熊熊火起，不久的结局是：

> 老妻俄顷身首分，大儿眼见遭鞭楚。
>
> 少妇被驱逐队行，犹抱雏孙泪如雨。
>
> 求贼幸得脱虎口，云阴月黑急奔走。
>
> 朝闻风鹤绕山行，夜惊草木藏塚后。
>
> 忽逢前路官军来，闻贼未去心胆摧。
>
> 著体破衫还遭剥，怒挝昏剧扑尘埃。

妻死，儿挨打，媳妇被掳走，他自己好不容易逃出来，却又遇上官军，

---

① 李独清：《自序》，《洁园剩稿选》，贵州人民出版社，1982，第1页。

穿的破衣被剥去,又遭重打。诗人通过老者一家悲惨遭遇的细致描写,控诉了强盗与军阀部队相继残民以逞的罪行,沉痛地指出"兵本如篦贼如梳"。

日寇长驱直入贵州,飞机轰炸,生民涂炭,使诗人领悟到现代战争的残酷:"人车道路塞,铁骑后追逐。那堪奔窜苦,尸骸满平陆。"(《赴遵纪事一百韵》)他逃离遵义避难,一路上奔波流离之苦,笔下无不曲绘如真,写景亦极凄黯苍凉,其中说:

> 纵有驻防军,饥疲力不足。
>
> 私斗尚称勇,遇敌即败衄。
>
> 大僚衔命来,戎机筹全局。
>
> 堵截已难行,调遣无此速。
>
> 放弃恐资敌,焦土计何酷?
>
> 敌骑再前移,破坏就昏夙。
>
> 埋药先炸桥,纵火继焚屋。
>
> 扰扰贵阳城,震荡翻地轴。
>
> 令甲趣疏散,篓笠道相属。
>
> 所贵车与马,百物争贱鬻。
>
> 比屋尽搬空,零乱堆箱簏。
>
> 阴风惨淡来,鬼母夜号哭。
>
> 黝黑如死城,冰滑困踏蹴。

记述军队逃退时炸桥焚城的惨剧,一时贵阳成为死城。后面连用十八个"或"字,描摹息烽一带山峰因冰雪形成的奇态,似云锦雾縠、虎豹蛇蝮、橵柱盆瓮,以丽景写哀况。铺陈及句法学韩愈《南山》诗,结构学杜甫《北征》,得大家之体势,而所见所闻,却是前所未见之惨烈,写来波澜起伏,镂刻入微,笔力精悍,堪称史诗。

第十三章
地域诗简述（三）

第一节　冀鲁豫诗人

河北古幽燕之地，东环渤海，西倚太行，南襟黄河，北枕燕山，高屋建瓴，雄视海内；山东齐鲁之邦，海岱雄镇，东滨黄海、渤海，南临皖苏。开莽苍之境，禀慷慨之气，历来诗风雄浑雅健。

辛亥革命以来一段时期，诗坛以遗民诗人为主。如河北新城王树枏，已见于第二章第五节。继起有学人如霸县人高步瀛、清河人顾随，俱见第九章第一节。在天津，有一诗词群体，其中如陈机锋、张牧石、寇梦碧等，诗皆磊落有奇气。尤为峻拔者为寇梦碧（1917—1990），名家瑞，字泰逢。曾任天津崇化学会讲师。以作词为主，诗亦功力深厚。有《六合小沤杂诗》一百多首七绝，首首俱佳妙。自序云："予避兵藕孔，匿梦槐根，间或稍志所感，得截句如干首。其中《梦心篇》《鬼趣图》《海河逭暑》诸作，荒艳幽怪，固有违诗教。然既非古人所历之境，自非古人所为之诗，此差堪自许者，姑录存之云。"[①] 写鬼趣诗者，无非从鬼的角度抒发人的幽愤，诙谐幽默，古代诗中有此一格。民国初年陈三立、罗两峰、罗惇曧均写过《鬼趣图》诗。寇梦碧有《题〈鬼趣图〉十五首》，力图写物象之变态，折射世态之怪象，如："作态烟

---

① 寇梦碧：《六合小沤杂诗序》，《夕秀词》，黄山书社，2009，第73页。

云欺病眼，媚人花鸟逆诗情。鬼才小占青林月，听水来寻夜壑声""漆炬无光月色冥，悄红冉冉没烟青。土花半蚀朝霞面，看煞风流一点萤。"陈声聪评其鬼趣诗云，"奇情诡趣，无一意直，无一笔不曲，为东野，为卢仝，为长吉，莫测高深，为之敛手"①，认为其诡谲来自孟郊、卢仝、李贺。然当"七七事变"后，国土沦陷，诗人忧愤之情迸发。作有《沦陷纪事诗七首》，其一云"惊闻天外响飙车，晓梦醒时失故家。抗战血同忧国泪，连朝并作雨声哗"，其二云"扦捯号戒断人行，电炬霜矛照眼明。多少生民罹死劫，羁魂夜夜梦中惊"，其四云"纣绝阴天鬼亦愁，几多志士此中收。剖心钳口终无惧，一死唯拼覆国仇"，其五云"逃生无处觅蜂窠，渔夺侵牟日益苛。八百孤寒何处去，累累新冢故人多"，其七云"万口交诛黑太阳，深宵剑气入灯芒。至今呜咽芦沟水，犹为英雄谱乐章"，赞抗战官兵之义勇，憎日寇之野蛮强横，悲悯沦陷区民众之不幸，有书生报国之赤诚。

山东清河人吴溥（1866—1920），字温叟，清末官吏，民初当选众议员，后归家。深湛之思，能传家学。孙雄说他"时有佳句流传，寓愤世嫉俗之意，盖亦议员中之凤毛麟角也"②。他的诗笔力矜严，然诗思至清，律句如：

> 一丘一壑君犹可，三沐三熏吾宝之。
>
> 松菊已荒为客好，禽鱼相狎与秋宜。
>
> （《题陈白石青溪泛舟图》）

用古典如己出，巧于对仗，清挺自在。五古《和段蔗叟四首》其一云：

> 凶岁孑遗民，苦望来年丰。
>
> 昊天靳朔雪，得不忧忡忡。
>
> 隔窗似淅沥，开门忽迷蒙。
>
> 眼眩观银海，手僵鞭玉龙。

---

① 陈声聪：《荷堂诗话》，福建美术出版社，1996，第97页。

② 孙雄：《诗史阁诗话》，张寅彭主编《民国诗话丛编》第二册，上海书店出版社，2002，第166页。

> 冬青婆娑绿，天竹的爍红。
>
> 那管樵苏湿，何虑蹊径封。
>
> 教儿暖尊酒，呼童剪畦菘。
>
> 独酌酬造化，裁诗慰蔗翁。
>
> 水旱勿预计，当无蝗与虫。
>
> 多欣复多慨，渚陆遍哀鸿。

勾勒农村冬日大雪景象，吐露忧喜参半的心态，忠厚恻怛，蔼然动人。诗风雍容冲淡，有陶渊明、白居易遗风。

有的外地遗民诗人随同清王室成员来到青岛隐居，如曾任京师大学堂监督的江西九江人刘廷琛、任过考功郎的江西武宁人叶泰椿。还有合肥张士珩，字楚宝，号竹居，清末官直隶候补道，民初也隐于胶东半岛学道，遍游崂山诸胜，探幽揽奇，唱和成集。句如"涧壑随峰迥，烟峦障日阴"（《陪张湛存入崂山》），笔致幽奇，然内容上无足多取。

平民诗人安讷如（1888—1966），日照县人。山东沦陷后，蓄须隐居，不事敌伪。其诗崇性灵，倡豪放，反对堆砌，力主自然，讴歌所托，常系于民生疾苦，句如"何处纸钱烧不尽，飞来挂在野棠枝"（《寒食》）、"荒烟归蔓草，落叶舞秋风。诗酒人千古，苍凉月一弓"（《记梦》），作飞腾之势，能纵能收，开合自如。

胶州郑云亭（1881—1968），名宗桂，辛亥革命后弃学从商，后又归隐，笃信佛理。吟诗述文，有《云亭诗稿》。其诗意理深而格调高，尤擅五古，如《我山兰》诗云：

> 闻说有高风，定然居巅者。
>
> 寻其不得见，空觉清芬惹。
>
> 日来上三回，踏死幽谷下。
>
> 何为其然也，机关已自深。
>
> 馨香如欲觅，端只在此心。
>
> 白云在高巅，幽兰在阴窟。
>
> 愿与云共栖，不与云同出。
>
> 虽死我山坳，犹是香不没。

将出世之心、萧然冲淡之趣寓于兰草，绵邈悱恻，敏妙超脱。又《感遇》一诗写退隐之趣：

> 世事泛波舟，落落如漂梗。
>
> 倒不如此间，幽意辟巷永。
>
> 返照入深林，残日拖长景。
>
> 东南开碧天，寒塘渡鸟影。
>
> 应知不可得，借以还相警。

情景交融，以意运词，造境幽而能旷。律句如"绿藏山脚树，白见水头门"（《村暮》）、"鸟飞留故爪，鱼戏动新荷"（《浮萍湾作》），明丽清旷，得杜诗之法而有景趣。

还有李倬卿（1867—1940），其《感遇》诗云"酒酣拍案一狂呼，毕竟依人不丈夫。所恨道途丛枳棘，空叫霜雪满头颅"，淋漓尽致地泼洒贫困之士的悲愤难抑之情，颇可一读。

河南中州之地，平原坦荡，民风淳朴，诗歌卓然开华夏先声。祥符人靳志（1877—1969），字仲云，清末官吏，入民国，潜心译著；居故里，刻意吟咏，藻思敏捷，作诗万首。曾亲睹直奉战争，识兵家成败，故其诗勃郁奔驶。所到之处，必考志乘，历胜迹，伤怀啸歌于烟墟榛莽间，诗风愈加苍凉郁秀。句如"小市槠牙最鳞次，狭堤篙眠似蜂窠"（《过木渎停舟》）、"凭高但觉连云白，去远疑闻隔涧香"（《吾家山》），淡冶疏秀。有《入洛集》《过江集》。金松岑序其集云，"中州河岳之气，蓄之二百年而得仲云"[①]，评价极高。

又有新蔡人任芝铭（1869—1969），曾在故里主持国民党县党部工作，后任县中校长、县参议会议长。袁世凯称帝，山东刘冠三举起反袁旗帜，他积极支持，有《赠友人刘冠三》诗云：

> 秦皇驾海逞雄风，顽石着鞭尽向东。
>
> 独有牟山驱不去，昂头插入碧云中。

---

① 金天羽：《靳仲云过江入洛二集序》，周录祥校点《天放楼诗文集》，上海古籍出版社，2007，第856页。

以秦皇影射袁世凯，以牟山象征刘冠三的反抗斗志，借物喻志，劲健豪宕。

军人出身的诗人张轸（1893—1981），字翼山，罗山人。毕业于日本士官学校，北伐时任国民军第六军某部团长。抗战期间任豫南游击总指挥、新蔡行署主任兼十战区副长官。诗意清迥，而无粗拙之病，如《秋感》云：

> 田园禾黍入东仓，最是衣单觉晚凉。
>
> 雁落忽惊寒夜雨，橘红微见玉楼霜。
>
> 烟霞十里飞轻雾，江水千回过大荒。
>
> 几许渔人逐浪起，可怜终日为谁忙？

写景清远，句意以跳荡见奇，末联意转为奇逸。他能讲求句法变化，如"瓮河青尽章台柳，蛮洞落残岭上梅"（《游山即景》）等，格奇而语隽。比兴婉曲，寄情幽咽不尽。

第二节　陕晋诗人

陕西地处西北，八百里秦川，泾、渭两水，蜿蜒流过，华山、太白山各峙东西。山高土厚，民朴俗淳。汉唐故都，衍化无数诗人佳话。抗战时在西安成立关中联吟社雅集多次。参加者有贾景德、李寄庵等人，然多为上层人物。陕北延安，怀安诗歌兴起，蔚为壮观，另见本书第七章四节。

民国初年，较著名的诗人有宋伯鲁（1854—1932），字芝栋，晚号芝田翁，醴泉人。清末御史，后在北京任过议员，不久归。狄葆贤说："陕西有二诗人，一醴泉宋芝栋侍御，一咸阳李孟符水部。宋仪度和雅，诗以沉着绵丽胜。"[1] 王揖唐认为"秦中诗人，以余所见，当以芝田翁首屈一指"[2]。往往语意高妙，句如"滩声兼岸转，塔影入烟无"（《渡

---

[1] 狄葆贤：《平等阁诗话》，西北大学出版社，2019，第33页。

[2] 王揖唐著，张金耀校点《今传是楼诗话》，辽宁教育出版社，2003，第72页。

泾》)、"路险天逾窄，山多月不平"（《山行》），对偶真切，清逸隽妙。

稍后有旬阳李啸风（1878—1952），名梦彪，辛亥革命时，他在伊犁举兵响应，后驻兵关中。1917 年任陕西民政厅厅长代理省长，次年即辞职远游，后回故里执教中学，闲则寄情吟咏。20 世纪 40 年代做过参议员、省参议会副议长。他的律诗和平淳雅，偶有"一夕寒风万绿沉，寥天顿觉气萧森"（《十月十五日感事》）之句，气象峥嵘，不过总的说来，虽俊秀可爱而浑厚不足。古风往往趣随景生，如《忧旱》一诗云：

> 晓起望东方，群山寂如死。
>
> 向晚看夕阳，余霞杂黄紫。
>
> 几度浓云生，狂风随之起。
>
> 云散风亦停，众星光炜炜。
>
> …………

寻常之景，以曲折之笔写出，生动有趣。又《登骊山望秦陵有作》云：

> 秦岭自西来，势若龙夭矫。
>
> 随地起奇峰，雄秀天所造。
>
> 嵯峨太白山，积雪终古皓。
>
> 峻嶒华岳顶，手可扪苍昊。
>
> 骊山介其间，未甘居于小。
>
> 若争晋楚盟，若斗临潼宝。
>
> …………

起笔如俊鹘破空疾下，借写山川地理的雄峻之景，发挥其史识史感。又《稷王山行》一诗纪念耀县宋向宸殉难三十周年，也能炼字奇警，句如"稷王山下鼓声死，猿鹤虫沙俱化矣""黑云如墨压汾阴，惨惨鼓衙士气沉"，渲染气氛，苍黝凄黯。

军旅诗人有孙蔚如（1896—1979），长安县人。其诗多写军旅生活，1924 年任陕北国民军第二支队参谋长时，有《赴潼关感怀》诗云：

雨行六百里，景物翳云过。

泥涌关山道，风翻渭水波。

应怜民疾苦，宁计马蹉跎。

海内升平日，投鞭念佛陀。

描绘行军所见，自然深沉，有家国离乱之愁，表达了他对太平之世的
向往。

抗战期间，他担任全省保安司令，其诗愈多慷慨四顾之气概，句
如"十年积恨还辽沈，百战提兵涉潞汾。师克在和壮在直，汗挥如雨
气如云"（《气壮山河》），轩昂气势如见。他的诗总体来看，亢爽率真
而蕴藉不足。

教育界的诗人有咸阳李敷仁（1899—1958），1936 年在西安创《老
百姓报》，后往渭南教书，接触社会底层生活。20 世纪 40 年代赴陕
北担任延安大学校长。其诗朴实浅俗，通畅流利，不避口语。远承白
居易新乐府诗传统，力求写劳苦民众的苦难，并将现代口语引入诗中，
清新如话。但缺点是平铺直叙，不够精警。如《渭滨行》写沦陷区民
众对抗日军队的盼望：

两岸车马木船渡，一声警报贯长空。

悠悠三峰五千载，几见寇机乱白云。

浩浩秦川八百里，莫叫洋船渡龙门。

明日举国庆双十，今夜几处泪纷纷。

十八省会明月照，偷将国旗挂大门。

老翁遥向钟山拜，默念缔造民国人。

老妇教儿伤心语，莫学日语倭蛮文。

长兄暗自越墙去，迅将敌情报国军。

报国军，报国军，何时国军十万过家门？

写老翁、老妇与长兄的不同神情与表现，各肖其身份，展示民众爱国
仇日的真情。又《川北长歌》写四川北部山乡间所见情景：

缠头非守孝，赤脚不是仙。

川人小知礼，四季着长衫。

说话后音长，骂人瘟老三。

山围水纵贯，全凭背挑担。

你抬贯杆轿，我种坡坡田。

青山绿水外，扯纤背卷烟。

庙小神权大，塔低日影尖。

天地君亲师，茅屋香篆烟。

小马腾寸步，大鸡斗场边。

竹墙茅屋下，风雨千百年。

水牛弯弯角，麋集两岸沿。

将小说中的描写手法运用于诗中，取景写人，力求其真，语不避浅俗，民情习俗，刻画无遗，俗趣旁溢，气格平易疏畅。

山西地处高原，东以太行山与河北相隔，风寒土厚。古晋之地，文化传统悠久。1923 年成立韬园诗社，一时名师宿儒、文人学士纷纷参加，诗酒往还，可见仍有相当多的诗人坚持旧体诗创作。诗风以高古浑朴为主。民初主要诗人有杨履香，忻州人；吴庚，乡宁人；张友桐，雁门人。其后活跃在三晋诗坛的如：

洪洞张瑞玑（1872—1928），字衡玉，清末任韩城、咸宁等县知县。同盟会成立，他加入并响应起义。初任山西民政长，后任国会参议员。能画工诗，有《谁园集》。能于景中兴寄深远，景句如"河声随岸转，塔影出城高""犁雨人耕野，嘶风马恋槽""乱山随马走，野水逼城流""钟声千壑定，塔影一僧归"，写景明丽，气韵疏秀隽永，语意高妙。议论句如"剩有文章媚山水，更无书札到公卿""相逢不信头颅在，脱劫方知性命轻""共和日月风灯影，一统河山战马尘""英雄事业兔三窟，乱世人才貉一丘""二世交情推我厚，一身傲骨累君贫""马上警心书一纸，枕边抛泪雨三更"，怆凉之气满怀，瘦健清劲，将人生之慨、立身之道、同志之情表现得淋漓尽致，见其性情之真率。七绝尤摇曳多姿，如"渔庄落日柳毵毵，水影天光漾蔚蓝。一片布帆双桨雨，稳摇诗梦到江南"（《题吴山民江南归棹图》），运笔空灵，寓意高远。他是民国时期山西诗坛的重要人物。

定襄牛诚修（1878—1954），字明允，号松台山人。历任山西军署谘议、临猗县县长，并任国民党政府内政部参事。1930年卜居故里，后被推举为晋察冀边区参议员。著《雪华馆诗钞》。他对阎锡山主政山西时的苛政很不满，有诗句讽云"有兵皆自卫，无政不民殃"（《伤时》）、"有枕难安深夜梦，无粮且办隔年征"（《庚午夏时事书感》），入木三分。又《壬申冬时事书感》诗中说"北伐南征是处同，三民主义不成功。分明旧党组新党，误信欧风胜国风"，军阀混战，政坛反复无常，种种现状使他痛心疾首，从而对三民主义有了更深刻的反思与失望。解脱尘网后，在乡村神闲气定，颇有怡悦心境。如《暮秋闲眺》诗云：

> 一局闲敲罢，逍遥牧水旁。
>
> 荒城留古迹，倦鸟下斜阳。
>
> 烟锁霜林暗，风飘野菊香。
>
> 沙鸥三五集，相对两相忘。

情景如绘，动静两宜。但现实的黑暗往往使他借景以讽世，往往兴寄深远，如《同杜星南杨仁轩游普陀山》中两联云："山分前后峰峦少，水纳江河雨露多。草木偏生无税地，禽兽不入有尘寰。"后一联化用陈三立诗"露筋祠畔千帆尽，税到江头鸥鹭无"（《寄调伯弢高邮榷舍》），言草木繁茂的原因是未经官家抽过税，亦巧于比譬。

王太蕤（1881—1944），名用宾，临猗人，曾参加辛亥革命，先后任国民党政府立法委员、法制委员会委员长、考试院考选委员会委员长、司法部行政司长。他的一千多首诗，虽有流连山水之作，但也不少迸激着时代的悲音，自言"诗人应有芳洁志，爱国多作忠愤诗"（《端阳行》）。《西征十首》中说"蹙土宁堪日百里，覆瓴谁复赋三都。园林朝贵连云起，歌舞将军靡日无""将军豪语守中枢，百日安排一日输"，即是积极反映现实之作。而在《暮春感事》等诗中更吐露其沉痛心情："归欲隐身迷谷口，愤将抉眼向胥门""啼尽鹈鴂怜山鸟血，填深更笑海禽冤"。他如"渡江怕说中原事，击楫欲歌出塞行"（《车湾夜泊》）、"莽漭河山破碎中，哀鸣无处不飞鸿"（《柯定础展画》），声情并茂，风骨高骞。其《鹙裘行》以通俗语言写下层社会以及政界小职员的生活，滔滔滚滚，夹叙夹议，可见在官场中他是一位清醒者。不过，他的诗时有直露之嫌。

学者诗人常乃惪（1898—1947），字燕生，榆次人。有《常燕生诗词集》。曾任教山西大学、燕京大学、成都大学，客死成都。他主要学杜甫、苏东坡诗。《论新诗》云"何人起衰振绝代，巨刃摩天创壁垒？歌诗要歌民族魂，不作呢喃儿女体。雕饰去尽露天然，余味醇醲似醇醴"，力求起衰振敝，以充沛的民族精神为旧体诗注入新鲜血液，崇尚出自天然，戒除涂脂抹粉。其诗无论写景、议论，莫不意气风发，气势雄浑，风格遒上，格调高古。吴宓认为他"实今世中国旧诗作者之翘楚"[1]。诗以七古最见工力，纵笔挥洒，格局宏壮，意气骏迈，慷慨激昂，每有关乎历史兴衰与国运之作。如《翁将军歌》以长篇巨制歌颂了十九路军旅长翁照垣杀敌的事迹，其中写道：

> 吴淞江头夜一弹，杳杳天际遮飞舟。
>
> 沪人嚜立色欲死，朝命仍拟和夷酋。
>
> 将军长啸指须发，剑气喷薄如龙浮。
>
> 乾坤一掷箭脱手，眼底势欲无仇雠。
>
> 云蒸雾郁顷刻变，迅流转石雷鞭幽。
>
> 袒怀白刃向前去，以血还血头还头。
>
> 长江万里锁废垒，将军立马寒飕飕。

势往气留，峥嵘飞动，有水逝云卷之态。吴宓高度评价说："气格高古，旨意正大，深厚而沉雄，通体精炼，无懈可击。……其诗亦直追少陵

---

[1] 常燕生：《山西少年歌》吴宓附识，《常燕生诗词集》，黄山书社，2001，第29页。

及唐贤。"①1946 年在成都作有七律《游春八首》，其句如"劫急残棋争一角，垒高奇艺弄双丸""堂前燕雀寻巢苦，湖上樱桃结子稀""但喜楼台绚金碧，可知柴米比琼瑰"，化用前人诗句而不着痕迹，写出知识分子流离在外的困苦处境，蕴慨深沉。

常乃惪有继妻萧碧梧（1902—1936），名增萃，文水人，能诗，句如"怕见天边一轮月，只因曾照并肩时"（《春日忆外》）、"转眼人千里，惊心酒一卮"（《赠别外子》），设景寓情，空中结想，清隽妍雅，情意超妙。

还有被称为"山药蛋派"的作家赵树理（1906—1970），沁水县人，抗战时担任《黄河日报》副刊"山地"主编，后来到太行山中共党委宣传部工作。他也偶作旧体诗，如《乞巧歌并序》写一对青年男女持手榴弹掷炸上海蓬莱路日本宪兵司令部一事，其中云：

> 而今"七七"有青年，不投鬼丝投炸弹。
>
> 豺虎窦中作巧盆，隔墙投去火花溅。
>
> 中西历法固相殊，乞巧之方亦大变。
>
> 投来有色复有声，乞得民族英雄愿。
>
> 遍地时有乞巧人，豺虎安得不发抖。

小说家无意作诗而出手如此，叙写情节真切。

第三节　甘肃诗人

甘肃地处西北内陆，南有祁连山脉，中有河西走廊，西通新疆，东与陕西接壤。气候干旱，少秀润之山。诗人多志节之士，关切民生，暴露黑暗。与其山野雄阔莽苍相应的是诗风苍凉古直，词旨浑雅。由于甘肃诗人朴实无华，不喜张扬，加以地处边远，以致大多不为内地所知，陈衍的《近代诗钞》无甘肃人入选。其实清末以迄现代有不少

---

① 吴宓：《空轩诗话》，张寅彭主编《民国诗话丛编》第六册，上海书店出版社，2002，第 74 页。

诗人活跃在陇右诗坛,其中以天水、秦安籍人居多。他们也曾举行雅集,如 1930 年重阳,邓德舆邀 30 余人在五泉山登高,皆有诗作。1944 年重阳,在五泉山成立千龄诗社,20 余人参加。主要有甘肃省主席朱绍良、萨镇冰(曾任福建省长)、范之杰、高一涵(监察院驻甘肃监察使)、郭冷厂(安徽人,任兰州西北日报社社长)、徐玉章(辽宁人,时任甘肃学院教师)、徐声涛(军政部驻甘肃粮秣处军需监处长)、福晋(溥仪堂妹)。1946 年秋,也举行过数次雅集,出版有《千龄社征诗》。

起初,陇右诗坛以遗民诗人为主,如秦安县两位:一是巨国桂(1849—1925),字瑞南,光绪末任新疆迪化府教授,后归故里讲学终老。有《劫余诗存》。其诗峭拔而恢奇。他对民初政局动荡不安、民不聊生的现状尤感不满。其《答王南轩》诗云"无那军声惊鹤唳,已闻邻近被狼烟。身非赵孟生嫌赘,速死难求不动天",但求速死,故能置生死于度外。又"为语故人勤画策,秦民正苦竭脂膏"句,见其忧民之热肠。

二是安维峻(1854—1925),清末官御史,以直声敢言著称。清亡后回到家乡,退隐著述。有《望云山房诗集》。直抒胸臆,然余蕴不足,有诗讽时:"要路几人孚众望,忍看时局负初衷。"由于他的名望,对陇地诗风有一定影响。

遗民中明显崇尚唐诗的有陇西祁荫杰(1882—1945),字少昙,号漓云,光绪间进士,官礼部司主事。辛亥后退居乡里,专心吟咏,著《漓云诗存》。其诗绮艳妙曼,有初唐风致,而恬淡真挚,又似出渊明之手,集杜少陵、李义山、李长吉诸家之长。写林壑烟霞、野水山桥,移情遣性,古今兴亡、物理变迁、习俗凋敝、世道衰靡也无不涉及。七律句如"半篙新水开晴涨,万叠秋山浴醉岚"(《再答古憨禅师雨后见寄》)、"冰生绝涧宵舂米,雪满空山晓负薪"(《寄江淮故人并示兰荪》)、"水村露下蟹镫碧,山市夜寒霜气深"(《西归偶成》),措语清疏,寓意高古。又如"霖林落叶堆干碧,石径幽花媚晚晴"(《戏简辛伍老人》)、"霜枝蝶瘦微消粉,露点萤稀渐有光"(《渭滨秋思》),

运劲健之笔，写绵邈之情。五律句如"草白龙沙暮，天青瘴岭春"、"燕月随鞭影，吴霜洗剑华"（均见《题张沧海比部〈篁溪归钓图〉》），"霜娇千树叶，风闪一池星"（《深秋静夜》），风格高华铿丽，炼字新警，故有人认为："晚近陇上诗人，实无出其右者。"

曾为清官吏的诗人，有的以其文化底蕴受到尊崇，在民初继续从政或从事教育文化活动。镇原慕寿祺（1875—1948），字子介，号少堂，清末以劳绩保知县分发山西。民国后历任甘肃民政长署秘书长、通志局副总纂兼甘肃学院教席。有《求是斋诗钞》。民国成立，他欣然赋《喜闻共和告成》诗，其句云"一纸催悬五色旗，陇头消息得春迟。衣冠故我甘樗散，宫室前朝慨黍离"，表明其思想与时俱进。其古风出入李太白、韩昌黎，间似白香山。七律精切而气度宏阔，句如"寒威未散雪凝光，粉堞凌虚隔凤翔"（《雪后度关山》）、"风吹沧海白波影，霜落陇山黄叶声"（《周文山、文仙洲由粤东来札》），大野风云变态，尽来笔底，意境恢诡苍凉，气韵沉雄。风格与之相似的有伏羌田骏丰（1878—1917），字枫溆，曾任广西等地知县，民初任甘肃代理警察厅厅长。有《听雨楼诗集》。其诗才力富健，用典贴切，偏重于唐调。

还有榆中杨巨川（1873—1954），字楫舟，光绪末年任刑部主事，民初任敦煌县长。有《梦游吟草》，奇句如"大漠盘雕开倦眼，天山立马望齐州"、"沙堆雁碛平如砥，土叠蜗庐小似舟"（《宿瓜州口》），以大西北的阔大无垠与民居的简陋渺小反衬，造成强烈的反差，而豪迈英气逼人。

与前述风格不同的有皋兰王树中（1868—1916），字建侯，号百川，清末官吏，辛亥革命后归故里，再为军府参谋，奉檄往甘凉、宁夏、陇东等地处理政务，积劳成疾而卒。有《梦梅轩诗草》。其诗有蔼然之气，无雕琢之病。风格柔润婉美，一反陇右苍凉之风。如《豆花雨》诗云：

嫣然红紫绽花迟，引蔓长垂嫩绿枝。

袅袅清烟寒欲护，霏霏细雨润无私。

梧桐院落同听夜，蟋蟀庭堂共赏时。

菜荚长成风味美，晴朝折取入厨炊。

捕捉绮丽柔弱的物象，以形传神，情趣天然，如绘工笔画，境清词爽。

皋兰县还有刘尔炘（1865—1931），字晓岚，号果斋，清末翰林编修。归乡里，创五泉图书馆。有《果斋集》，立意清奇，情趣横生，而心忧天下，自言“笔尖都是哀鸿泪，此纸成灰墨不干”（《忧旱》）。他对袁世凯当道不满，有《五十初度书怀》诗云：

神州莽莽尽烟尘，谁向中原救兆民。

天意酿成千古恨，人心打破一腔春。

西欧新学珠还椟，东鲁微言火断薪。

谋国经纶何处是，苍生先要不忧贫。

对政局混乱及文化中断的忧虞，诗中可见，议论深刻。

又有武山李克明（1875—1952），字浚潭，光绪间举人，民初为众议员，南下广州，任大元帅府参议，后任甘肃教育厅厅长。他关注时局，感触于心，每发于诗，如“民气欲苏胡运死，国魂常在大星明”（《三月二十九日公祭黄花冈烈士》），发调高远。如“北风飒飒走狐乌，吹落天星瘴海隅”（《二年政变南走》）、“危楼高唱暮烟横，粤秀苍苍倚槛平”（《中秋冠粤楼感怀》），予人以开阔高旷的美感。对仗句如“万景忽清江月上，大风欲起海云生”（同上）、“溪风樵冻雀犹冷，野烧山寒羊尚羸”（《二月赴钟楼湾》）、“遍地春云随塔涌，一天楼雨带潮来”（《戊午春过南京》），气象阔大，力气雄厚，而句法变化有腾挪跳掷之美。

1928 年陇地大旱，他有《纪旱》诗写百姓苦难、物价腾踊：“百谷枯萎草黄落，斗粟二三十万钱。”更惨痛的是，“父攫儿食儿攫父，母为存男扼杀女。饿鸦不归巢儿落，老猫饥颠儿当鼠。前蹶后至争割肉，妇抱孩尸冒黔粥”，而在这种饥旱惨况中，居然还有贪暴的税敛。在《怜民》中写民众已食尽草根树皮，但委员公差仍下乡索粮，抓人打人。《送差马》一诗中讽兵吏之凶横，百姓只好交出马来以抵债。这些都可看出作者同情人民、积极反映现实的进步思想。

同时有临夏张建（1878—1958），字质生，晚号退叟，民初任绥远烟酒事务局局长。著《退思堂诗集》。其诗直陈时事而不粗硬，奇横恣肆，自有天趣。《卖菜儿》《饥妇叹》写下层人民的苦难生活，情调辛酸。又《劚苜蓿》写临洮一贫寒女子因饥而偷割苜蓿，惨遭毒打，"老拳毒手任怒蹴，血癔片片晕骨肉。伤重难望元气复，死生不知在沟渎。贫民护食谁怨渎，最恨田主粮满屋"，揭示了阶级对立的仇恨。其律诗也往往一气鼓荡而下，句如"火龙穿透山心腹，天马蹴伤地肺肝"（《冬日言旋由京汉转正太》）、"耀眸烈日红于火，嫠面尖风快似刀"（《冬日感事》），清苍郁律，借助奇特的想象与比喻，写出山川瑰奇风光对人的心理造成的强烈震撼力。

积极反映民生疾苦的还有兰州王烜（1878—1959），字著明，清末户部主事，民初任甘肃省政务厅厅长。著《存庐诗文集》。记陇地风情的有《兰州竹枝词》《五泉山竹枝词》。1928 年所作《饥民谣》云：

> 大雪满荒甸，鸟鸣何所恋。
>
> 雄飞觅枝栖不定，雌飞觅食粒不见。
>
> 村中老翁呼老伴，遣儿寻柴炊晨膳。
>
> 箱中豆麦已无羡，还防官军索米面。

在已是无食可觅的情况下，还要提防官军的勒索，是加一倍写法。七律《雪后郊行》诗云：

> 冰轮辗碎玻璃平，雪满荒原载酒行。
>
> 山下路遥人迹少，村边树重鸟声轻。
>
> 萧萧飞霰时侵屋，黯黯炊烟晚罩城。
>
> 忍死须臾慰农老，还来绿野看春耕。

荒寒萧瑟之况，如在目前，情寓其中。末劝老农等待来春耕种以求苟活，语尤沉痛。

沙洲邓隆（1884—1938），字德舆，号玉堂。光绪间进士，民国后历任甘肃榷运局局长、夏河县县长。晚耽佛学，曾修省志。有《壶庐诗集》。其诗清矫拔俗，情辞并茂，如《登金城关有感》一诗云：

> 一线波光照眼明，绿云深护汉金城。
>
> 山川终古容歌舞，政治几人说竞争。
>
> 白石恐无翻起日，黄河似有不平鸣。
>
> 治安未策空流涕，独倚雄关望贾生。

借山川景物，抒古今家国伤心之痛，更嗟叹欲救国而恨无能。寄趣哀凉，耐人讽诵。

陇西王永清（1888—1944），字海帆，民初历任化平县县长、甘肃省府秘书主任。著《梧桐百尺楼诗集》。其诗宕开奇境，豪迈俊爽，似不经意而作，而中具法度。如"酿成浩劫谁能挽，从此夕阳遂不红"（《赤亭怀古》）、"风声狂荡如流寇，山色凄凉似病人"（《雨后登城》）、"云垂大野鹰盘草，地敞平原马啸风"（《忆家》），将其感怆融入阔大而苍凉的景象中去，气韵高古浑厚。五古《山行即事》中云：

> 早起过山头，云横不让走。
>
> 策马冲云行，和云吞之口。
>
> 山云忽不分，蓊然混马首。
>
> 云与人争路，奔前复随后。
>
> 马踏云万重，破碎恣蹦踩。

云有云态之变，人与云相狎戏。跳荡宕往，警动不凡，景趣横生。

20世纪30年代中叶，红军西路军过陇地，被马步芳部队惨杀上千人，对此他抱有无比同情，这在旧官吏中难能可贵。《感事》第一首云：

> 祁连山畔月如弓，大将初成汗马功。
>
> 五百雌儿牵海上，一千降卒坑城东。
>
> 须知事本分成败，其奈民能辨黑红。
>
> 昨夜荒村闻父老，川原夜夜起悲风。

首联讽马军邀功请赏，次联言马军将红军女兵五百人押往青海，又在一夜间坑杀红军俘虏一千人。他坚信不可以眼前的成败论英雄，并认为民众自能分辨好坏。可见他对凶残者必遭灭亡的下场已有预感。次首高度概括百姓遭受的苛赋暴敛，更引起他对官兵暴虐贪婪的痛恨：

　　呜咽黑河起怒涛，西来天远塞云高。

　　一兵足了十家产，再割何须三尺刀。

　　毛已刮完余龟背，债方算尽号羊羔。

　　焉支山下斜阳好，沦胥伤心谁过劳。

起调高远，中两联以议论为流水对，拗折蟠屈。

　　教育界的诗人较多，如在清末任过秦安县训导的周应澧（1865—1944），永登县人，后任兰州中山大学教授。著有《棣园诗集》，诗得西北山川险峭雄奇之美。周希武（1885—1928），字子扬，天水人。民初任凉州第四中学校长，后往西宁任职，过老鸦峡中弹而亡。其诗苍秀新警，逸趣流转，句如"地似惊涛拍岸去，树如卷旆夹轮驰"（《火车》）、"摇橹却看来渡处，金光一片照江寒"（《浦口晚渡》）、"几重烟水隔人境，一朵皱云捧世尊"（《北海》），饶有画境，神韵悠然。

　　对当地教育事业颇有劳绩的程天锡（1869—1951），字晋三，文县人，光绪间进士，后在兰州师范、兰州中学任教。有《涤月轩诗集》《爨余集》。论诗强调创新与学识、积气相结合，应出于自然，应取王渔洋、赵秋谷、沈归愚诸家之所长而弃其短。认为专主性灵，弊必流于率易；专谈格律，病或中于拘挛；过求神韵，则失去古人雄奇瑰玮之观。其诗由吴梅村、元遗山而上溯晚唐，丽而不缛，简而有则，清新妍妙，无纤毫尘俗气，于俊爽中仍存缛丽婀娜之致。如《阴平道歌》状飞动之奇景，跳荡顿挫，其中云"上盘一线曲屈蛇退径，下锁凌空百尺卧波霓""武都直下三百里，钩连石栈与天梯。况复青塘不能容匹马，玉垒可以封丸泥"，层折往复，愈转愈深，尽曲折回旋之能事。律句如"万里无潮通洱海，廿年有梦绕秦山"（《寄谢伯兰太史怀旧之什》）、"黄竹歌哀虫尽化，纥干云冻雀飞难"（《雪感》），清奇刚健而境界开阔。

　　也敢于面对现实，针砭时弊。《感言》诗记视察员来甘肃天水，受某司令贿赂，饰词上报中枢，称其治军有方，并无屠杀焚掠事，对此他辛辣地讽刺说：

> 水带血流下渭滨，啾啾鬼语杂酸辛。
>
> 凶锋谁敢撄屠伯，肉眼卿偏识圣人。
>
> 不信妖狐能幻象，公然猛虎化祥麟。
>
> 使星枉说来天上，几照平原白骨新。

以血流、鬼语渲染其屠戮环境的可怖。百姓对这位屠伯般的司令不敢冒犯，而使星的谎言竟然将猛虎饰为祥麟，如此则平原又要多添白骨。措语酸辛，令人泣泪。

向程天锡学诗法的韩瑞麟（1893—1965），字定山，号苏民，也是文县人。历任省财政厅厅长协理、文县教育局局长、兰州师范教师。有《长春楼诗存》，或追怀往事，或感慨时事，嘲讽间陈，歌泣并作，极尽诛伐之能事。有时为游戏笔墨，也颇见渊雅逸韵，波澜动荡，莫测其极。句不求雕琢，语不求深奥。如《莲花城观难民生活》《攫饼儿》《扑火翁》诸作写难民因生计无奈而杀家中羊狗，乞儿抢店里的饼吃，老翁因寒而偎火炉被烧死，惨不忍睹而一一形诸笔墨，取材典型，即事说理。句如"岭树高能承暖曦，江流清不受泥沙。径微荦确穷神骥，眼暗蒸黎苦异蛇"（《清水道中》），立意高远，句法摆荡而见活泼。

程天锡之子程步瀛（1908—1949），字海寰，先后在临夏、康乐等县府及平凉、岷县、武威、临洮等专署工作。抗战后组织前进同盟，往来陕甘等地，从事秘密革命工作，为当局侦获杀害。其诗抚时触事，寄慨家国，如《志感》一诗云：

> 莫问新都与旧京，弥天怨愤竟能平。
>
> 厌闻强敌摧坚壁，且拥妖姬戏竹城。
>
> 喜有一灯迎白昼，从无余念到苍生。
>
> 笑侬少此清闲福，偏向风雷多处行。

日寇压境，将军犹抱美女寻欢作乐，而不顾江山沦于谁手。他后来更见官僚权贵的骄奢淫逸，无比愤慨，终于促使他走上革命道路。被逮入狱时，有《绝命词》以实境述哀：

> 悠悠四十年，所愧惟一死。
>
> 不先入地狱，岂是奇男子。

> 尘劫随所化，此心若止水。
>
> 远矣白发亲，伤哉垂髫女。
>
> 哀鸿满道途，一瞑皆无视。
>
> 寄语后来人，无便停尔趾。

此身献于革命无所悔，有以身饲虎之志，唯对后来者瞩望殷殷，不要停止前进步伐，措语铿锵有力。

他的好友叶惟熙（1915—1974），兰州人，旧省府科员、秘书，沉沦下僚。著有《寓尘诗存》。诗多清爽之音，如《住绿竹寺逾月秋将老矣》中两联"危栈连云穿石壁，小楼开户纳霜林。潮声夜咽三秋月，乡梦朝回九折心"，造句精巧而见玲珑。他曾与程海寰"抵掌快论天下事"，叹息"奇谋不用陈同甫"（《与海寰夜饮畅谈》）。海寰被害后，有《哭海寰昆仲》诗，其中云"尽说天心方厌乱，宁知大业败垂成。云迷华岳腾兵气，波涨黄河作怒声"，诗中流露了他对好友的深切悲悼，对那个社会的极端不满，其郁愤移情至华岳、黄河，仿佛山河也因激怒而变为奔腾急涌之态。

临洮张维（1890—1950），字鸿汀，拔贡出身，知名史学家、金石学者。有《南野诗稿》，其诗典则而有轨度，句如"云边雁影山头落，雨里桃花树外红"（《中卫道中》）、"陇头麦秀千畦碧，天末雁飞数点青"（《偶成》），清丽可嘉。又如《松鸣岩》诗云：

> 策马拂衣何处行？松鸣岩下听松鸣。
>
> 三关水急疑雷怒，万树风回作雨声。
>
> 西顶云封石佛古，南台日照山花明。
>
> 暂来亦足消尘虑，况复中原有甲兵。

写景壮阔雄奇，有飞动之势。结句宕开有愁蕴，

受过新式教育的学者诗人冯国瑞（1901—1963），字仲翔，天水人，毕业于清华国学研究院，曾任青海省政府秘书长，后任兰州大学中文系教授。著有《绛华楼诗集》。才气横溢，长篇极意铺陈，而能得其要领，短篇取材宏富。谢国桢序其诗集云："情致深厚，中多隽语，

于乡邦掌故记注尤详,不减杜老秦州诸作。"① 其中《定西题壁》一诗
尤工于写境:

> 雪夜迢遥入定西,孤城掩映暮云低。
>
> 须眉尽白冰初结,髀肉重生马怒嘶。
>
> 斑血土花新战迹,飞磷野冢旧招提。
>
> 故园回首刘琨在,剑气摩空听晓鸡。

荒寒凄寂之景中,见其饱蕴愤懑的悲怀。

甘谷县有两位学者诗人,一是李恭(1901—1970),字行之,
1929 年入中国大学国学系,师从范文澜、吴承仕,后在兰州师范任教。
1939 年改任甘肃学院教职时,有《留别兰师诸生》诗云"寒山转苍翠,
流水溅溅鸣。其间多吉士,斯文细细评""足长鲜局步,气壮无郁声",
气盛言畅。二是后来成为科学家的马西林(1916—1994)。1938 年作《别
临洮》诗,吞吐愤激昂扬之气,其中说:

> 古城洮水岸,秋风惊雁行。
>
> 中原思板荡,倭骑任猖狂。
>
> 剑锋学神奇,峻骨比秋霜。
>
> ⋯⋯⋯⋯⋯
>
> 三陇健儿在,中国不会亡。
>
> 用武先搏敌,别矣旧战场。

愤日寇之猖獗,信陇地之有人,跃然有告别故乡上前线搏斗之志。

第四节　辽吉黑诗人

东北三省,北有大兴安岭,东有长白山,中部平原坦荡,有黑龙
江、嫩江、辽河等水系。山蜿蜒而水清深,土肥沃而气温低。清代以后,
汉人渐迁于关外,诗风开始昌盛。民初,黑龙江先后有龙江诗社、清

---

① 谢国桢:《绛华楼诗集序》,冯国瑞《绛华楼诗集》,"序"第 2 页。

明诗社、遁园诗社、雪鸿诗社以及齐齐哈尔的奎社、宾县的逸兴诗社等，其他如龙城、蒲东等地也有诗社。20 世纪 20 年代辽宁大连有宗风、浩然两诗社，著名诗人王统照、黄炎培均曾来此讲授诗学，联谊唱酬。诗人们很注重描绘边地风光，尤其是采撷少数民族的民俗风情，力求为诗辟一新境界，融注热爱祖国山河之情。或感时讽世，揭露社会黑暗。"九一八"事变后，东北沦陷，人民流离失所，或过着亡国奴生活。诗人沉吟的是思念故土、盼望收复失地之情，或身在沦陷区而仇视日寇的悲慨。

清末民初，名诗人有郑文焯（1856—1918），字俊臣，号小坡，辽宁铁岭人，光绪间举人，有《大鹤山人诗集》。其诗神韵绵邈，对当地诗风有一定影响。张之汉（1866—1931），字仙舫，沈阳人，民初任东三省官银号总稽察，后任东三省盐运使。著有《石琴庐诗集》。其《麦陇》诗云"晨光润麦天，一犁破翠雾。遥知路旁人，望我须眉绿"，风格隽秀奇警。辽阳宋玉奎（1872—1919），字星五，起初在吉林成多禄家中当教师，1915 年以后任清史馆名誉协修、沈阳国文专修科主讲。其诗气象苍坚，骨力遒劲。金毓黻论其诗"苍莽沉郁，胎息少陵，绝无艰涩之态"[1]。民国初年游哈尔滨，作《哈埠道上》诗云：

踏遍飞车黑水滨，西来无处不伤神。

纵横牙帐栖回鹘，历乱塍沟辨女真。

辂矢已非三代日，烟花犹送万山春。

临流不少垂纶客，孰似当年跃马人？

慨叹旧貌已非，故迹难辨，恨无当年跃马征战、建功立业的英雄人物，寄慨深沉。

"九一八"事变时，东北军奉令撤退关内，时有辽阳人李鹤，字太玄，任陆军第二十旅少校书记官，愤而作《军中杂诗》，声调悲怆激楚。如云"血雨腥风阵阵侵，天颓日死昼阴阴。尧封脔碎遗民绝，

---

[1] 金毓黻：《宋星五遗著序》，宋玉奎《宋星五遗著二卷》，民国十四年（1925），第 3 页。

沧海非深此根深"（《退彰武》）、"旌回旆转指红螺（山名），力尽难挥落日戈。星月敛芒笳鼓咽，踏冰夜渡白狼河"（《退义县》）、"冰满凌河雪满山，金牌十二檄军还。乌骓蹴蹴如含恨，明月迟回懒入关"（《入山海关》），用字如"頹""死""敛""懒"等，警炼而妙，融入身为军人而不能抗日的愤慨之情。

盖州多诗人，如：王郁云（1861—？），字兆林，清光绪间举人，后任城厢议事会议长、图书馆馆长。有《友陶耕者轩诗集》等。诗如"笑呼黄菊皆吾友，手挽青云不杖藜。壶里乾坤真个大，胸中丘壑那容低"（《登山饮酒》），高迈之气跃然纸上。句如"茫茫秋思辽天阔，惨惨夷氛战垒冥"（《青石关怀古》）、"日沉陡觉墟烟暝，屐响偏惊霜叶干"（《重阳后一日成》），移情于烽烟四起的景象，气韵悲雄。王晓岚（1868—1942），原名者贵，字佐民，清末秀才，因抗俄流放库页岛六年，后归故里。工诗词歌赋，嬉笑怒骂，皆为妙章，情真意切。著有《余生诗集》。句如"鸟为鸣春争出谷，云因施雨懒归山"（《释归书怀》），用虚词斡转，句法腾挪婀娜，得物理之趣。

至于盖州籍而在外地工作的诗人有刘德成，字话民，民初毕业于北京大学，历任奉天警察厅秘书、东北大学编辑主任、冯庸大学教授。著《一苇轩诗剩》，其《过山海关》一诗颇得陆放翁豪放之风：

> 郁郁中原气似山，行吟诗骨转坚顽。
>
> 风吹短发三千里，雪压长城第一关。
>
> 蹴舞荒鸡惊客梦，识途老马战冰菅。
>
> 年来几度京华道，醉酒狂歌涕泪潸。

山川雄概，大壮行色；触目时艰，郁结在心。壮志与现实的矛盾，使他发出"关心秦楚为鱼肉，触目辕黄食马肝"的哀愤呼声。

或写社会风俗之新潮，如《时髦女郎竹枝词》：

> 眼挂金丝添妩媚，颈盘狐腋抖精神。
>
> 爱交年少西装客，侬是深闺解放人。

西报一张纤手擎，高车驷马好风迎。

偏于众目垂青处，浪读英文一两声。

一掬纤腰十万缠，勃兰地酒雪茄烟。

闻名也买新潮报，爱看平权两字连。

20 世纪 30 年代时髦女郎的神态，呼之欲出。以竹枝词民歌形式，用新词汇，富有时代气息。

　　锦州王鸿业（1919—1989），曾从事地下情报搜集工作。他主张诗要写实而不求繁缛。其诗雍容澄淡，俗不伤雅，语多创新。十七岁作《晚意》诗，诗味浓郁，意趣盎然。写于 1941 年的《拟省亲夜闻雨》，柔肠百转，情透纸背。朴素自然者有《游旧地》等，情景交融者有《河滨眺望》等。他如"兽蹄踏路疑花瓣，鸟爪行庭似篆书"（《雪后》）、"一池蛙鼓催花落，满树榆钱买夏来"（《春去抒怀》），谐适畅达，而机趣横生。

　　锦县翟镜清（1863—1938），曾任锦州女子中学教师、奉天女中教师。他的《秋兴十八首》表达了在日寇统治下的苦闷情绪，欲倾诉而不敢宣泄，而是从兴衰存亡的史鉴和消息循环的物理感悟曲折隐微地表现出来。句如"开卷眼垂千古白，燃藜灯照一囊青""天道无凭若有凭，好从往史论衰兴"，将史感与物情天理视为一体，怅惋中自有达观，低沉中透出坚毅。也有着对光复故土的信念，"蹇驴闲策辽东路，笑看炎威次第除"，其爱国之情与立功之志相交汇在一起，意象有着豪迈悲壮的人格特征。他还强烈地抨击造成亡国惨剧的当道者："政策因循多误国，身形放浪竟忘骸。养痈成患夫谁怨，掘土营坟适自埋。"写景句如"鹤在丹霄鱼在水，鸦栖衰柳凤栖梧""两手砧敲闺月冷，一身剑抚塞云寒""野草因风能纵火，天河无路可通槎""明月难圆心里镜，狂风不灭腹中灯""四面青山皆北向，满天酷暑已西潜"（《秋兴十八首》），感悟物理，寓刚健于婉秀。传神写照，摇曳生姿。

　　吉林诗人刘大同（1865—1952），早年参加辛亥革命、二次革命、护法战争，与孙中山、黄兴、宋教仁、章太炎等均有交往。有《刘大同集》。其诗记时事以抒怀，沉雄朴茂，得谢灵运、杜少陵之遗韵。周嘉垣序其诗，以为"非只言志，乃警世之钟也，渡迷津之楫也，社会之写真片，政治之指南针也"[1]。

还有黄式叙（1894—1960），辽阳人。沈阳高师毕业后，任吉林省财政厅秘书。有《求正诗稿》。句如"江流半壁犹余白，木落孤城渐不黄"（《答王召南先生》）、"绕屋千峰秋色满，当门一水夜涛喧"（同前），声色鲜妍如画，诗风雅洁。

翟步墀，河北新安县人，曾在吉林师范、延吉中学等处任教。涉时书感，他曾愤懑说道："群党更成专制地，同胞哪有自由天。"写于1918年的《咏梅》诗云，"梅花真比杏花憨，风雪场中战正酣。底事同根分派别，一枝向北一枝南"，对派别的势不两立很不满，借咏花而曲折表现出来，笔力老健，意蕴深邃。

有"吉林三杰"之称的宋小濂、徐鼐霖、成多禄，后来其活动范围却主要在黑龙江等地。宋小濂（1860—1926），字铁梅，清末任黑龙江民政使，民初改任黑龙江都督兼民政长，后为中东铁路督办。有《晚学斋诗集》，多反抗侵略之作，直抒胸臆，气势雄迈，力能驱驾雷霆。古风《哀哉行》以蛇与虎影射日本侵略者与俄国的凶横贪暴，最后说：

> 东邻已饱腹，蛇意犹不足。
>
> 掉尾邀虎来，分遮怂攫扑，
>
> 西邻空望东邻哭。
>
> 安得猛士磨利剑，斩蛇刺虎如扫电，
>
> 乾坤从此庆清晏。

东邻暗示被日本吞并的朝鲜，而中国坐视难救。诗中寄托了他反抗侵略的理想。转折跌宕，力盘硬语，遒劲自如。律句如"老树连云绝沙漠，乱山积雪迷荒蹊"（《求李佑轩作兴安立马图》），以兴安岭云树山

---

[1] 周嘉垣：《刘大同诗集跋》，刘建封《刘大同诗集》，天津古籍出版社，2017，第62页。

雪交织的迷茫景象，抒发了他对边防空虚、"旷野无人"的无穷忧虑。

徐鼐霖（1864—1940），字敬宜，号憩园，清末入黑龙江将军程德全幕府，民初任黑龙江民政长兼参谋长，1919年任吉林省省长，后寓居北京。有《憩园诗草》，感时伤乱，弥漫着失去故土的怅惜情结。成多禄（1865—1928），字竹山，九台县人，汉军正黄旗人，清末在齐齐哈尔都统幕府，民初任过众议员，后选为中东铁路理事会理事，一生四度往居黑龙江。有《澹堪诗草》，诗境平和淡雅。1923年作《再过遁园》诗，赞咏马忠骏的隐居情趣，实则也寄托了诗人自己的归隐情绪。其中句如"垂杨垂柳满陂陀，落日桔槔田水歌。独立苍茫望平楚，可怜人少乱鸦多"，写北疆风光清旷而萧瑟，透露失志之意。

与成多禄相唱和的还有涂凤书，民初任黑龙江教育司长，后任通志局局长。有《石城山人全集》。其《黑水吟书后》一诗受岑参《走马川行》一诗影响，笔有舒卷风云之力。起调云"黑涛卷地鲸鲵吼，大野极天风云陡。穷荒间阻今豁然，一纸飞腾不胫走"，然后描写黑龙江其时的社会政治及民风，真实再现，诗思不滞。

德惠王云台（1875—1935），字伯轩，号策勋，又号诗痴。有《秋夜吟》云："瓦枕唯余梦，奚囊只剩诗。"他曾在天台私塾执教，有一代乡土诗人之称。著《雪泥鸿爪集》，其中以咏物诗较有特色。如《鸦阵》云"盘旋如有势，历乱不成行。张翼冲残霭，迎云闹夕阳"，《咏古柳》中说"虽遇风吹腰不折，几经莺织线弥长"，体物有得，寄寓情性。宁安徐景魁，原姓苏木哈拉，毕业于吉林省立甲种农业学校，任县劝学所所长、教育会会长。其《遥忆》一诗中说"清风来破牖，残雪拥柴门。排演琴书在，栖迟著述尊"，豁露其安于清贫不乐仕进的恬淡胸怀，风致疏淡。

又有桦川县林汇春，1926年任桦川县第二讲演所所长，后做过县志调查专员。好咏风俗，如说："挂个灯笼瓜样似，团圞遥喜在眉端。"（《咏灯笼杆》）同县人林乃方，生平不详。其《怀古》诗记桦川县万里河通古城旧址，中两联云"残垒犹存横断岸，长江依旧映遥空。连城野草云环绿,满地山花战血红",诗格老成。最后说"匝地风云犹未已,到头谁是主人翁",用意深沉。

还有魏近辰,为桦川县官吏。有《桦川八景》,诗多妙句,风神俊爽,如云"夜雨半篙春水绿,夕阳一片晚烟酣"(《墨河滴翠》)、"风吹茂草金鳞灿,日照层峦瑞气开"(《龙岭回环》),摹写入微。与他诗风相近的有富锦县长白馥,有《富锦八景》句如"远望晴空欣入座,翠微深处恰闻莺"(《卧虎朝霞》)、"长堤蜿蜒比山河,澄碧深潭漾细波"(《龙眼晴波》),写景清丽,诗风婉畅。

黑龙江的诗人多来自内地或辽、吉两地。清末不少文人受封疆大吏之聘入其幕府,清亡,滞留当地任职,或终老边疆,也有稍后于民初来黑的文人。当时成立清明诗社,发起者张朝墉(1860—1942),字北墙,号半园,原籍四川奉节县,清末入黑龙江巡抚程德全幕府,民初任省公署总务处科长,后任通志局编纂。著有《半园诗稿》,其中《留园得句抄呈同社诸君吟定并和》云:

> 碧天无际踏江浔,新旧潮痕认浅深。
>
> 水鸟带波飞上树,村鸦向晚乱投林。
>
> 赌棋未了纷争局,拣石常存爱护心。
>
> 社燕年年寻旧约,藏书楼外一沉吟。

以轻松自如的笔触描绘了边地清幽萧疏的景色,其怡然自得的心境可见。萧爽疏宕,自见灵襟,而风调谐美。

曾任过清明诗社社监的于驷兴(1861—1942),字振甫,原籍安徽寿县,清末来黑龙江做幕僚,民初历任黑龙江省政务厅厅长、教育厅厅长及代理省长。工诗文。还有李麟兮(1864—1923),字子祺,四川巫溪人,民初来黑龙江,历任省立师范教师、通志局编纂。有诗文六卷,流露爱国忧国之情。其《游兴》诗中云:

> 可怜好中华,路权归外国。
>
> 膏腴地无垠,不见禾黍殖。
>
> 齐齐哈尔城,会垣新组织。

> 衙署尽辉煌，街衢禁逼仄。
>
> 时报月旦昭，电灯生异色。
>
> 圜法藉纸条，物价高无极。
>
> 八月即繁霜，冷风不稍息。
>
> 往来看行人，尘堆面如墨。
>
> 终日坐冷斋，防冷如防贼。

对严寒的边地生活有着较生动具体的刻画，而诗思凄恻，境极悲凉，语极辛酸，飒飒如悲风飘雁。

陈浏（1863—1929），字亮伯，号定山，江苏江浦人。1923 年在哈尔滨，以才干为中外人士推重。后被聘至齐齐哈尔，为省府顾问。有《浦雅堂集》。访马氏遁园，有《杨塍》诗云：

> 圆叶碧于油，霜皮密如栉。
>
> 月落风萧萧，高林出红日。

流丽清俊，笔情潇洒。又《遁园梅花诗》云：

> 我已狂名隘八荒，谁知比我更能狂。
>
> 寒香细细亲风雅，傲骨棱棱太崛强。
>
> 久已繁花矜绝代，尚留老干饱严霜。
>
> 花边冷艳亭亭立，喜有佳人冠众芳。

借花咏人，赞咏马忠骏傲世独立的个性，逸气流转。

马忠骏（1870—1957），字荩卿，号遁庵，辽宁海城人。清末任吉林屯垦局局长，民初历任哈尔滨市长、中东铁路交涉局总办，后退隐哈尔滨马家屯，辟园名遁园，日事吟咏，交结四方诗人，成立遁园吟社。有《田园诗钞》，旷放粗豪，而不免雄骜，如云"喜看牸牛添健犊，随人前后闹秋光"（《秋日偶成》）、"四面园林鸠唤雨，一庭花木月窥人"（《行园示友人》），情性毕露。

还有史锡永，字子年，四川万县人，民初一度任黑龙江通志局长。句如"秋老云容淡，波皱霜意消"（《齐昂道中》），清朗新警，炼字不俗。

冯文洵（1875—1938），字问田，天津人，先后任泰来、海伦县知事、省政府秘书,后隐于天津。有《紫箫山馆诗存》,句如"麦浪有声飘宿雨,柳条无力挽残春"(《城外早晴》),想象出奇,无理而妙。其《海伦杂咏》长歌曼咏,记其见闻,建置沿革、民风土俗、物产交通,无不入诗。其一云:

> 漫说荒寒地,文明进化迟。
>
> 往来革蒙俗,言语杂俄词。
>
> 车快夸摩托,灯光让瓦斯。
>
> 利权嗟外溢,日货亦居奇。

记述了汽车、瓦斯灯开始传入海伦的过程与新奇感受,也惋叹日货在此地市场价高而奇,以致我国利权为人掠取。

龙城诗社、清明诗社的主要成员魏毓兰(1880—?),字馨若,山东黄县人,民初至齐齐哈尔,创办《黑龙江报》并任主笔。有《黑水诗存》。其诗清警而流畅,《芭蕉》一诗传诵一时,人誉之为魏芭蕉。其《卜奎竹枝词》云:

> 冬来最好是长征,路上扒犁似砥平。
>
> 门外天涯人去也,一鞭风雪马蹄轻。

写北陲风光如画。又《菜语》一诗记叙1919年当地旱灾给人们造成食草为生的苦难。《打虎力歌》是目前所发现的最早反映达斡尔族同胞劳动战斗及爱情生活的旧体诗,可见他有以诗反映黑龙江少数民族风情的创新意识。句如"橹摇归梦远,帆挂夕阳沉"(《芦港归帆》)、"风来砖自落,月上影同孤"(《古塔城阴》)、"绰约黛痕颦更笑,朦胧春梦起还眠"(《春柳》),一幅幅富有生机的画面,风韵淡雅,唐韵宛然。

与魏毓兰相唱和的有胡溶光(1905—1949),字斗南,满族,齐齐哈尔人,毕业于燕京大学中文系,历任省立一中、省立师范学校国文教员,后任嫩江省师范副校长。有《雪晴吟草》,其中《春柳四首和木叶山人原韵》其一云:

> 莫绾新愁送客先,长亭春色绿凝烟。
>
> 暖生南陌晴连日,弱减东风瘦几年。

拂马每傍斜谷道，藏鸦好伴夕阳天。

纤腰袅娜迎风舞，月到梢头只自怜。

木叶山人即魏毓兰。此诗宛然唐调，风韵悠然。其他句如"犬吠篱边惊远客，车行树下咏风蜩。云晴落日山光灿，鹤静柴门月色饶"（《拜泉道中》），莫不写景鲜丽，句法活脱。

林传甲（1878—1922），字奎腾，福建闽侯人，清末来黑龙江办学，任学务处提调，一度南归。1921 年又来东北，卒于吉林。学博识高，写过中国最早的一部《中国文学史》。有《龙江诗集》，笔势雄旷。1913 年东三省筹边公署出版《黑龙江》一书，他题诗云：

并望黑龙江水浑，江东六十四旗屯。

那堪庚子干戈后，犹赖咸丰旧约存。

破碎河山余四壁，流离道路掩重门。

边陲至计非勤远，何事南迁墨尔根？

议论带情韵而行。对江东丧失于沙俄之手，将军治所被迫从瑷珲迁到墨尔本极其愤慨，质问有力。

他的两个弟弟林传树、林传台都曾随他来黑龙江办学，均擅长五古。后者诗句如：

通北赴讷河，梗阻行人苦。

百里无井泉，壶浆裹粮脯。

露宿车为床，知是新编户。

（《二克山》）

荒榛尚未开，樵牧仍薪栖。

西抱嫩江流，江滨鱼在罶。

（《讷河旅行》）

记事写景，历历如在目前，而有振拔之气。

还有程廷恒，字守初，江苏昆山人，民初来黑龙江任过宽甸、复县知事。1921 年任呼伦贝尔督办时，作《巡视河坞归而感作》，写到被割让的故地人民即俄屯对他的欢迎情景：

> 老者欢笑幼者舞，贡盐贡面同迎王。
>
> 胡笳声声夜不寐，终宵警署心彷徨。
>
> 我欲久留留不得，手无剑戟驱豺狼。

他已俨然成为故国使节，可见江东父老对故土的深厚情谊，但他惭愧自己无能恢复故土，寄慨深沉。

像这样以诗写史的诗人还有阮忠植，字公槐，合肥人，清末任延吉同知，民国初年任依兰东北路道尹。其《三姓土风》细致地描叙了少数民族的来源及其边地风俗、开发过程：

> 倦眼看三姓，惊心阅六春。
>
> 地原旗管领，治改道分巡。
>
> 土著皆胡裔，金邦号女真。
>
> 峰峦环市井，城郭枕江滨。
>
> 北面松花岸，东居赫哲人。
>
> 他方来垦殖，遍野辟荆榛。
>
> 葛氏称豪族，关家习武身。
>
> 昔曾旧部落，今已设村屯。
>
> 将种官披甲，农夫月建寅。
>
> 雀翎飘孔翠，乌拉踏层茵。
>
> 伏腊追先祖，年时跳家神。
>
> 胙余分祭肉，菹美类乡莼。
>
> 屋里锅连炕，炉炊木作薪。
>
> 迎门堆桦垛，攀树摘松仁。
>
> 游牧供生活，开荒别畇畇。
>
> 暖寒乖节序，满汉结婚姻。
>
> 比户无缠足，深闺爱点唇。
>
> ············

措语拙朴，不避白话，尽量采用双音节词，写实真切而情态怡然。

张霖如（1866—1933），字亦三，河北安国人，1916 年至 1923

年先后任青冈、拜泉、龙东知事。其《边城晚眺》三首诗刻画边城荒寒晚景，如在目前，融入游子思乡之情。句如"暮烟迤逦澹遥空，笳鼓凉催塞外风。远树夕阳留晚照，万鸦如叶扑残红"，写清旷澹远景色，"澹""催""扑"字炼得奇警而妙。宋作舟，字涤庵，辽宁海城人，1926 年任嫩江县知事。有《秋吟山馆诗集》，句如"天意苍茫真黯淡，人情翻覆似波澜"（《龙沙感怀》）、"书剑案头灯一点，边城鼓角夜三更"（《旅夜》），清健而见风骨。

在牡丹江宁江还有商山诗社，前后有七位骨干，并与外界相唱和赠答。主要活动期在 1937 年至 1947 年，编有《真吾庐诗集》，入编 1500 多首诗，作者 50 余人，其中还有日本人。主持者吴克昌，天津人，举人出身，任过吉林省立第四中学教师。其诗有佳句而无佳篇。其次有王化南，宁安县财政处收捐员。诗有时代气息，《暮秋即景》诗云：

> 几株衰柳暮烟笼，回望苍松感不同。
>
> 归树寒鸦嫌树瘦，伏槽老骥泣槽空。
>
> 芦飞水面飘飘白，叶满山腰片片红。
>
> 花放草萌应有日，待看春雨洗梧桐。

渲染气氛，情渗于景，以树与鸦影指时局，以老骥与苍松寄托胸怀。

还有纪锡铭，任职哈尔滨军警界，后定居于宁安。一度担任诗社社长，诗有清新淡逸之趣。何荣勋，宁安教师。诗艺娴熟，句如"库贮不难求牣足，盘飧何碍餍充肠"（《近日见乡间刈麦有怀》），讽统治者饱食而戒百姓从俭，揭露现实，含蕴深沉。

流寓瑷珲的教育界人士李峨，河北交河人，民初任教鄂伦春小学。著《未是草》，有《鄂伦春纪事诗三十韵》，其中云"风卷尘沙起，霜凋草木悲。兽啼声断续，鸦阵影参差"，写出走兽飞禽在寒冷中的冷寂之况。

还有边瑾，河北任丘人，任鄂伦春小学校长。有《未定稿》，其中《鄂伦春竹枝词》二首云：

> 春回桦岭草如茵，几日前头约比邻。
>
> 载得鹿干兼鹿脯，也曾席地宴佳宾。

> 初辟荒榛学种田，绿云隐隐雨如烟。
>
> 归来饱饭黄昏后，醉卧桦阴枕石眠。

咏少数民族风俗，旷放而温醇。也有的诗吐露出清末以来边地被迫割让沙俄的悲苦，如《龙江吟》云：

> 曾渡雄俄十万兵，沿江布阵势纵横。
>
> 无端一夜萧萧雨，疑是当年饮马声。

写俄军十万布阵，以吞噬国土，有沉重哀愤之概。

张泽惠，营口人，1924 年往庆安县行医，后在齐齐哈尔任中医会副会长。有刊于 1939 年的《春草唱和集》，收录他以四首七律向海内诗家征和的不少唱和诗。

稍后有曹玉清（1924—1999），辽宁西丰人，毕业于北京大学中文系，后往黑龙江做过教师、医生。"九一八"事变十周年国耻纪念日，作《感时》两首，辛酸悲苦。次首云：

> 前线冲锋血不干，后方歌舞自贪欢。
>
> 开门揖盗多名将，俯首降仇尽显官。
>
> 祖上江山余几省？关东父老盼何年？
>
> 神州今日谁为主？蓝白红黄四样天。

以锋利的问句，连续质问国民党政府，郁勃欲吐之势不可遏抑，对故国分裂的局面极为心伤。他回到故里苇河，却使他憧憬回乡做个田园诗人的美梦破碎了，因为亲眼见到穷苦人家的困窘绌屈，"旧债未清新债迫，官粮将送口粮无。千钉百补更生布，东倒西歪马架庐"（《农村观感》），哀婉情深。

日伪统治时，他流亡在哈尔滨，见到的是异国情调及洋式建筑，日本人、俄国人、朝鲜人到处可见，内心凄怆，有诗云"松花江水暗吞声，如此繁华哪国城"（《哈尔滨旅夜书怀》），表现了沦陷区知识分子的凄悲心态。

还有做过游击队指战员的陈雷，其《九月》诗云：

> 九月天低蔽战云，鸱鸮号叫泣烟尘。
>
> 声声炮火惊残梦，处处干戈路断人。

> 松江浪起卷秋萍，完达风高添暗云。
>
> 如此兵灾劫洗甚，村村哭煞未亡人。

写景惨黯，兼写哭泣之声，渲染气氛。他哀悯战争给人民带来的苦难，但并非直说，而是从具体场景中委婉传达出来。

第十四章
地域诗简述（四）

现代以来，在中国香港等地区以及马来亚、菲律宾华人聚居地，在接受过传统文化教育的华人中仍有不少人喜好旧体诗，以这种形式描写当地风物、生活处境，抒发爱国思乡的情怀幽思。诗人们往往结社、出刊物，以吟咏表达对祖国故土的向往与热爱，对中华传统文化的认同。

第一节　中国台湾地区诗人

清康熙年间统一台湾，台湾回归祖国版图后，移民渐多，拓田垦殖。诗风偏于恬和，然因局促一岛，见闻有限，虽不乏雄俊秀拔之士，却多模山范水之句。甲午战争后，台湾割让日本，文人们回天无力，徒将悲郁之情付诸吟咏，诗风一变为激昂郁怒，并纷纷成立诗社，相互传示诗作，以激发民众反抗日本的奴化教育。辛亥革命以来，具有民族意识的诗人感于家国沦亡，为"爱国保种""唤醒民族精神"计，又相继成立诗社，以期与大陆声气相通，往往以缠绵悱恻之情，写沦落天涯之怀。诗人成员以教师、编辑为主，他们举行诗课、诗会及征诗活动。因受福建诗坛影响，也流行折枝、诗钟、击钵吟、联吟等活动。

最早负盛名的诗社为栎社，光绪二十八年（1902），由清末民初台中人林资修（1880—1939）与其叔父林痴仙倡设，加盟的社友有林献堂、陈槐庭、蔡惠如、庄太岳等。1921 年刊印《栎社》第一集，收入 32 人诗作。其序云："文运之存，赖此一线。……诗虽无用，而亦有用之日。"林痴仙有诗句云"无心用世唯耽酒，有口逢人只说诗。醉不愿醒歌当哭，此生当卖几多痴"（《次韵答悔之见赠》），在救世无望之时作悲愤语，虽不无消沉意态。第二集印行后，因触忌日人，全被收缴烧毁。1931 年纪念栎社创立三十周年时曾在东山别墅雅集，铸造诗钟三个。其时社长为傅鹤亭。当时太岳之子庄幼岳还与张作梅、黄湘屏等人结庸社，刊行《庸社风义录》。1912 年台南成立南社，发行《采诗集》。不久高雄成立旗津吟社。成立于宣统三年（1911）的瀛洲诗社，在 1914 年举行首次全岛诗人联吟大会，百余人赴会。此外还有兴贤吟社、彰化应社、天籁吟社、淡北吟社、松社、北鸥吟社、逸社、和社、怡社、玉山吟社、海东击钵吟社。据连横《台湾诗社纪》载，1924 年全岛有 66 个诗社，1936 年增至 178 个诗社，直至 1948 年台湾电力公司还成立了寄社。早期主要诗人有洪月樵、刘育英、洪以南等，20 世纪三四十年代较活跃的有蔡彦清、陈沧玉、蔡启运、郑长庚、郭涵光、林雪村、郑香谷等，均一时才俊。主要刊物有：1923 年连横主编的《台湾诗荟》在台北创刊，共发行 22 期。1931《诗报》创刊，由基隆曾朝瑞发行，共 320 期，至 1945 年停刊。1944 年台北简荷生发行《风月报》半月刊。较大型诗集有《台湾诗乘》《台湾诗海》《台湾诗醇》等。

著名诗人丘逢甲，号沧海，彰化人，1912 年就去世了，不过他那雄直悲凉的诗风对台湾诗坛影响不小。稍后有台南许南英（1855—1917），字子蕴，任台湾通志局编辑。著有《窥园留草》，其诗淳朴自然，不事涂饰，感情真挚，忧愤深广。其时有罗福星，1912 年奉孙中山之命回家乡台湾组织同盟会，被日军逮捕，处以绞刑，年仅三十。其狱中《绝命词》急迫亢厉，不改素志，但较粗豪，少蕴藉之味。稍后有新竹王松（1870—1931），字友竹，号寄生，晚号沧海遗民，为诗坛一时首领。著有《台阳诗话》《沧海遗民剩稿》。诗有奇气，而不乏性灵。以激越高迈的格调，抒孤怀抑郁之音，句如"渡旁春雨涨，山外夕阳低""天地来秋色，河山吊夕阳""绕郭溪声秋雨后，满楼山色夕阳中"，将忧世情怀溶入旷大苍凉的背景中。"夕阳"这一意象注入了对故国国势不振的忧虑。

又有史家诗人连横（1878—1936），号雅堂，台南人，曾漫游大陆，1914年回台湾，潜心著《台湾通史》，编《台湾诗乘》。有《剑花楼诗集》。《台南》一诗曰：

> 文物台南是我乡，归来何处问行藏。
>
> 奇愁缱绻萦江柳，古泪滂沱哭海桑。
>
> 卅载弟兄犹异宅，一家儿女各他方。
>
> 夜深细共荆妻语，青史青山尚未忘。

作者自大陆返回台南，可是从小生活的台南此时期却已沦落于日本人的手中。哀叹下一步不知将到哪里才有前途。故意用反问句表达自己的惊诧与悲哀。故土之变易、兄弟儿女之寥落、夫妻之耳语，层层道来，情感交汇愈加强烈。起得扣人心弦，结亦意蕴无穷。然稍觉直露而尽。李渔叔认为连横的诗，"篇翰清警，戛戛生新，然未敛惊才，转多浮响"[①]，不无道理。

林资修（1880—1939），字南强，号幼春，彰化人，曾任《台湾民报》社长，遭日人嫉恨而被罢免。1924年，他参与台湾议会，以期成立同盟会，被日本当局逮捕。《狱中寄内》诗中有句云"到底自称强项汉，不妨断送老头皮"，表明他坚贞不屈的斗志，其志节皎然不磨。又《三月十二日夜听雨不寐》一诗云：

> 元气淋漓夜气深，薄寒微袭五更衾。
>
> 愁云渐合疑天压，积潦横流想陆沉。
>
> 斗室已无花雨梦，坳堂真有芥舟心。
>
> 平生滴沥穷檐泪，独和啾啾冻雀吟。

---

① 李渔叔：《鱼千里斋随笔》，台湾文海出版社，1986，第134页。

寒夜秋景中融入国破家亡的苍凉感受。

他的诗以明快为主，风神爽朗，却又力避时人因追求骏快而流入佃浅之弊。李渔叔在台湾近代诗人中，最推崇他，认为丘逢甲诗"有横溢之美，少收敛之功，五言古诗，气体未备"；连横"篇翰清警，戛戛生新，然未敛惊才，转多浮响"，而他"众体兼赅，不仅近体奄有诸人之长，即五七言古诗，亦自具格法。晚岁规模玉局（苏东坡），渐臻苍劲，一洗浮嚣"，"五古非台贤所长，幼春为之辄工"①。对他评价很高。除他之外，还有林朝崧、洪月樵等人诗作悲凉哀愤，反映了日据时期士人的精神创伤与痛苦。

栎社中的另一骨干为庄嵩（1880—1938），号太岳，鹿港人，曾与林献堂兄弟创立革新青年会，阐释孙中山的三民主义之说，但被日方查禁并被严密监视。1938 年赍志以殁。有《太岳诗草》，诗中常流露亡国之痛。诗名与林资修并称，笔力遒劲，只是稳炼处稍逊。其《登税关望楼观海》一诗云：

> 眼底分明见海枯，沧桑何俟问麻姑。
>
> 冲西港口千帆尽，尚有沙鸥待榷无？

言日方赋税之苛，入港船只逃脱不了课税的命运，就连随船的鸥鸟，也不知要榷税否，讽刺入木三分。句如"已拼断雁罹矰缴，自合幽兰没草莱"，清美中蕴畏祸之幽愁。

其子庄幼岳（1916—2007），少年时参加过栎社。有《红梅山馆诗文集》，诗思警敏，词华清鲠，句法运用自如，古近体皆工。五律句如"残蝉吟断续，归鹭去仓皇。淡霭笼晴树，清流碎夕阳"（《悄立》），七律句如"池鸭戏萍亭倒影，岚光泼眼绿侵衣"（《清明日莱园作》）、"打窗瑟瑟惊残梦，坠叶萧萧怨落晖"（《落叶声》），澄淡闲远，意态悠然中融入淡淡的哀愁。又《雾峰秋思》诗中云：

---

① 李渔叔：《鱼千里斋随笔》，台湾文海出版社，1986，第 134、136 页。

> 鹡枝耻与人争宿，尘甑非缘妇懒炊。
>
> 客思纷如门外柳，西风吹冷一丝丝。

写他无米之炊的饥寒处境，并言其思绪如柳丝，又被风吹冷，形象贴切，故国幽思，仿佛在抱。渊懿高华，汲古出新。诗风凄恻，有黄仲则之遗风。第二次世界大战爆发，他怆然赋《感事》诗云：

> 过眼烟云剩抚膺，一时真觉杞天倾。
>
> 龙蛇战野寰穹晦，鹰隼盘空大地惊。
>
> 才报盟伊亲狡俄，旋闻破法击强英。
>
> 古来黩武终亡国，天堑徒劳百万兵。

首联写揪心之痛，次联想见大战场景的可愕可怖。第三联指陈利害，痛恨希特勒穷兵黩武。"伊"为日本所译伊太利，即通译之意大利。德国蓄意发动战争之初，就与意大利结盟，又与狡"俄"伪装亲善，以集中兵力攻破法国，轰炸英国，横行不可一世，然等待他们的必是亡国结局。议论深刻，一气斡转而浑成。

被尊为台湾新文学之父的赖和（1894—1943），字雨岩，彰化人，也能作旧体诗，如：

> 影渐西斜色渐昏，炎威赫赫更何存。
>
> 人间苦热无多久，回首东山月一痕。

（《丁丑春写于庄香阁》）

以景写意，用意深沉。

还有女诗人李德和，1929 年在诸峰医院主持台湾第一个文化沙龙——琳琅山阁。1947 年，此地再度成为吟咏场所。

第二节　中国港澳地区诗人

香港处南离之口，当水会之所，吞山光，纳海气。商旅往来，骚客徘徊。自割让英国成为殖民地之后，畸形发展。因广东毗邻之故，粤人移居其地者最多。民国初年，大批传统文化人移居香港，以遗老自居，隐逸终老。形诸吟咏，山河破碎，感慨兴亡，怀古伤今。并常举行各种雅集活动，主要有陈伯陶、张学华、苏泽东、赖际熙、吴道熔等。所作关乎性情，多含蓄凝练，大雅卓尔不群。1916年他们以"九月十七日祀赵秋晓生日次秋晓生朝觞客韵"为题，凭吊宋王台，先后参与唱和者达35人，大都流露出浓厚的故国情怀。期间大陆每逢动乱，港澳便成为大陆文人的避难所，并在那里从事教育文化活动，旧体诗创作因而有一定的传统文化的土壤，吟坛并不寂寞。

最初有饶平陈步墀（1870—1934），营商致富，雅好诗词，有《绣诗楼诗》。番禺刘景堂（1887—1963），在香港任华文署文案，著《沧海楼诗》。学贾岛、杜牧、李商隐，托意于仙道与咏史诗，华美富赡，凄婉动人。早年诗风精致典丽，但因生活狭隘，往往伤愁多感而内容空虚。较好的如1916年所作《早起山行》云：

> 穿云拨叶寻幽径，万物欣欣足静观。
>
> 辞蒂花如初嫁女，争巢鸟似再来官。
>
> 流泉石冷慵朝汲，旭日霜晴破早寒。
>
> 笑我年年腰脚健，不须扶杖上层峦。

静观万物，触觉敏锐，自有心得。中间两联以人事比喻花鸟，亲切而新颖，句法灵活。后来他倾全力作词，甚少作诗。

其叔父刘庸（1884—1970），曾历任宝安、从化、三水县长，来港后任职香港副华民政务司。诗兼学西昆体及陈师道，情韵兼具，炼字炼意，写实之作，感慨兴亡，议论深刻。其弟刘玑（1894—1952），任教育香港署视学官，诗学黄山谷，力求生新瘦硬，辞多悲苦。其子刘德爵（1909—1990），任教于湾仔书院。其诗托意佛道，自抒怀抱，参透世情，表现哲理，无欲无求，大得魏晋萧散风神。刘姓四人，均享诗名。

其后有两位江西籍诗人：夏叔美（1892—1984），字书枚，新建人，为夏敬观之侄，毕业于北京中国大学，久居香港，教授于新亚学院等校。有《夏书枚诗词集》。其诗渊源家学，出入梅尧臣、欧阳修之间，温厚而工丽。还有何敬群（1903—1994），号遁翁，清江人，卖药之余，致力治学，遂成通儒，历任香港各大专院校教授。有《遁翁诗词曲集》。写景宛切而气力雄健，如"天归混沌难分外，路入冈陵不尽中。潮落人声喧拾蛤，峰回云气幻为虹"（《台风过后自大埔山居住香港》）、"车争海岸潮堪射，天尽沧溟地欲浮"（《中秋前夕车中见月》），诗境阔大，气魄沉厚。

广东南海县有三位诗人在香港从事教育：余少帆（1903—1989），号百驾，毕业于广东大学，曾赴日本考察教育，后迁居香港，一度主持南薰诗社。曾编《广东历代诗钞》，著《自强不息斋吟草》。其诗清雅而句法跳荡不羁，句如："千年古柏盘空翠，一匹寒泉拂槛流"（《秋日游清凉山》）、"杜宇啼残鸠接席，樱桃荐罢笋登筵"（《首夏社集白鹭洲烟雨轩》）。

陈去之（？—1983），毕业于中山大学，后在香港任教中学。诗多讽喻之作，《咏水》之作尤有理趣，寓讽世之意，诗中云：

> 智者为何偏乐此，转向随风无定止。
>
> 忽然竭泽尽朝东，倏尔回澜西向驶。
>
> 昔亭幽铭尚澄清，今入御沟何浊滓。
>
> 腾为妖雾穹天失，降作淫霖曲岸圮。
>
> 忆曾横决摧桑梓，兄兮不慎遭淹死。
>
> 此日临流犹切齿，照影苍苍白发指。
>
> 奈何举世顺潮流，独力抽刀难断水。

有哲人之睿智，驰诗人之想象。硬语盘空，拗健倔劲。

吴天任（1916—1992），号荔庄，早年师事三水黄荣康，后历任香港葛量洪师范学院、学海书楼、树仁学院讲师。著《荔庄诗稿》。写于抗战时的诗句如"会作血泪满泥途，群胡没胫无力拔"（《七七》）、"白山黑水来铁蹄，白刃如花不见血。将军夜饮枕美人，门外夷歌醉胡月。父老掩面南向啼，八年于今头似雪"（《九一八》），言日寇铁蹄蹂躏、白刃疯狂，而将军淫侈，可怜民众陷于血泪之中。字字顿挫，

高度概括。又长篇古风《屠福州》，其中云"空城雀鼠行戮尽，丁壮
有死皆无头。妇人日夜藏军中，不堪忍耻纷坠楼"，描述日军在福州
屠杀民众所造成的悲惨场景，沉郁哀咽。

潮安翁一鹤（1911—1993），早年从名宿郭心尧学诗，毕业于国
粹学院，历任香港中文大学、树仁学院教授。有《畅然堂诗词钞》，
每寓刚健于婀娜，五言如"有身将化竹，无月不成楼。云影摩苍鹘，
波光健白鸥"（《过风溪竹楼赋赠主人》），七言句如"已办春江浓似酒，
共看明月好于灯"（《元夜同陈二庵步月》），写景婉切，炼字新警出奇。

其他如新会区鸿钧（1905—1970），字秉衡，毕业于上海持志大学。
后寓居香港，吟咏自乐，有《北顾楼诗草》。还有番禺傅子余（1914—
1997），号静庵，任广侨学院讲席，并任鸿社社长。有《抱一堂诗》。
也是名重一时的诗人。

澳门较早的诗人有汪兆镛（1861—1939），号憬吾，番禺人，光
绪举人，官湖南某县知县，入民国后侨居澳门。有《微尚斋诗文集》。
其诗甚多抒愤世嫉俗之慨，如《有感》其一云：

> 倒泻银河洒九天，秋风容易换山川。
>
> 鸾飘凤泊都无主，马勃牛溲亦自贤。
>
> 党论讵同元祐辈，诗篇空纪义熙年。
>
> 可怜一曲渔樵话，并少词人付管弦。

以议论为诗，流露出寂寞而沉痛的心情，可见这位遗民对政界污浊的
不满。他往往移情写景，以景写意，如《癸丑七月十六夕大风》诗云：

> 万马声何急，惊心夜未休。
>
> 涛喧疑裂石，风狞欲掀楼。
>
> 燕雀飞应息，鱼龙梦亦愁。
>
> 漂摇身世感，天地一虚舟。

飘摇身世之感与涛喧风狞之景适相凑泊。

其《澳门杂诗》刻画当地风情，如咏南湾花园，"南湾园里路逶迤，
杨柳梢头月影移。几许喁喁儿女语，绿荫深处坐多时"，意味悠然，风

格清醇。又"众绿生远春""波平镜光逗"诸句写景真切,炼字生脆活鲜。

澳门商界领袖马万祺（1919—2014）,儒雅之士,酷好诗词。有浩然正气,情挚语真,而激情盈怀,但语言直白,余味不足。如《珍珠港事件》一诗预料到香港将卷入战事:"战火纷飞燃大地,亚欧百族共颠连。珍珠港上风云恶,浪卷香江祸刹然。"又《悼香港沦陷》诗云:

> 十里洋场俗世嚣,灯红酒绿染裘貂。
>
> 炮声撼破维多港,百载繁华一梦消。

表现其憾恨沉痛之心。

另外还有画家梁雪予（1907—2010）,祖籍福建永安人,后迁澳门。也能诗,作于1928年的《吴门夜饮》云:

> 酒残枫冷九秋哀,梦里听歌百感来。
>
> 月落乌啼天亦醉,寒山钟咽旧苏台。

又《重游闽江》云:

> 又向闽江鼓棹行,数峰摇紫片帆轻。
>
> 闲云欲践溪山约,去住何心计雨晴。

写景盎然如画,摇曳生姿,诗人欲与大自然相约而相亲之意豁然。

附录　马来亚、菲律宾华侨诗人

马来亚（含以后独立的新加坡）华人的诗创作在现代以来较为活跃。民初,承接辛亥革命时期的旺盛气势,诗作大多是鼓吹民主、民族、民生方面的内容,气高词畅。其后至1918年,拥护袁世凯与拥护孙中山两派诗人在报章上针锋相对。

其时小规模诗社林立,如1918年创办同福诗社,1924年创办檀社,1926年创办天南吟社,此外还有雪鸿诗社、南溟诗社等,举办征集诗作及雅集活动。这些诗固然有抒发闲适、流连声色的内容,但大多是系念祖国的动乱,对政事非常关心,对殖民政府强烈不满,愤世忧时，富有正义感，如劳尘《感怀》诗云：

> 六月避秦别帝乡，铜驼荆棘恨弥长。
>
> 疮痍四海素封及，兵燹穷原四野荒。
>
> 英鬼抚尸悲马革，闺娘劳梦解征缰。
>
> 又闻桑梓烽烟急，愦愦苍穹亦不良。

从大处着笔，勾勒了疮痍满目、战乱不已的故国景象。还有不少诗描绘当道不仁、社会混乱的黑暗情景，表达眷顾祖国而国不堪睹、家亦难回的飘零感与孤独之思。有的是对华侨处境的控诉，如觉非的《哀华侨》：

> 惊涛骇浪挟潮来，毒雾妖氛裂地开。
>
> 汉族未成亡国惨，华侨已作热炉灰。
>
> 重重剥夺无人道，滚滚盘涡即债台。
>
> 亚陆狮鼾何日醒？可怜万姓梦魂哀。

有比兴，有直说，这种受欺凌盘剥的背景是祖国的萎弱落后、人民的麻木愚昧。

第一次国共内战时期，华侨诗人形成两大派，支持国民党的诗作，与反对内战的诗作往往在报刊上针锋相对。反战诗如谪凡《时事有感》中说"血腥到处闻千里，民命于今革几回""忍驱稚子撄强敌，幸把肉弹换霸图"，想见内战造成的哀鸿遍野的场景，情蕴极为沉痛，可谓奇哀刻骨。

创办于清末民初的报刊如《叻报》《天南新报》《槟城新报》《总汇新报》《南侨日报》《国民日报》以及 20 世纪 20 年代创办的《星洲日报》《南洋时报》《南铎日报》《商余杂志》《新国民杂志》《光华杂志》《帆声》《灯塔旬刊》等均辟有旧体诗专栏，刊有当地华人或来此暂住的官商界人士诗作，也有大陆诗人来稿。1931 年至 1936年在《槟城新报》上还出现纯诗词刊物"诗词专号"，成为马华诗坛的创举。主编曾梦笔以刊物为联络工具发起组织蕙风诗社。20 世纪二三十年代，由于殖民当局压制新文学，旧体诗反而有蓬勃发展之势，就连一些新文学刊物也纷纷在版面上穿插旧体诗。不过有的刊物虽标榜提倡风雅,但其内容以吟风弄月、避世逃俗为多,赠答唱和者虽多,而关心国事热情不够。

1935年《总汇新报》副刊创刊,次年在《星中日报》辟有"星海"副刊,至1939年停止。1937年《南洋商报》副刊开始登载旧体诗。1939年郁达夫来新加坡主持《星洲日报》"繁星"副刊,只选用本地人的诗作。

日寇侵华后,民族危难迫在眉睫,诗作者开始同仇敌忾,关心故土与时事,感叹乃至激愤成为主旋律,反映时代、一致抗战成为诗坛共同的呼声。正如黄慨如诗云"报国正宜同效力,毁家奚惜倍输资"(《感事》),言众人之所欲言,真情流露,易产生共鸣。1939年殖民当局限制反日言论,旧体诗只有含蓄地宣传抗日救国。1941年日军占领马来亚,刊物停刊。直到日本投降,恢复报刊,仍辟专栏或在副刊上登载旧体诗,描述日军占领时的非人生活,控诉日军残暴行为。1946年内战爆发,民生痛苦,旧体诗发出沉重的哀音,也有少量诗批评国民党政权的专政与积极内战。其时《南洋商报》"和平"专栏与随后《南洋诗坛》副刊是战后旧体诗的主要园地。

最早诗名卓著的邱菽园(1873—1941),名炜萲,号星洲寓公,福建海澄人,光绪间举人,因承接其父资产而来新加坡,成为富甲一方的大商人,后来破产。他曾创办丽泽诗社,办《天南新报》,并在新加坡河畔筑客云庐,接待过往诗人,征集诗作,创办檀社,对当地诗坛起了很大影响。他与康有为关系密切,鼓吹保皇,提倡尊孔,后来却加入了国民党。有《菽园诗集》,康有为评价说:"感时抚事,沉郁之气,哀厉之音,悱恻之情,绵邈滂沱,顿挫浏亮以吐之。"[①]其诗远溯唐诗,近则仿效广东清初三大家,即陈恭尹、屈大均、梁佩兰以及宋湘、张维屏、张际亮等,形成苍劲而又秀雅的风格。如《星洲》:

---

① 康有为:《邱菽园所著诗序》,邱菽园:《菽园诗集》,鹭江出版社,2020,第2页。

> 连山断处见星洲，落日帆樯万舶收。
>
> 赤道南环分北极，怒涛西下卷东流。
>
> 江天锁钥通溟渤，蜃蛤妖腥幻市楼。
>
> 策马铁桥风猎猎，云中鹰隼正凭秋。

将南洋瑰玮恢奇的景色尽摄笔底，笔情恣纵。又《远眺感成》诗云：

> 栖栖去国怀乡日，历历登高望远心。
>
> 穷海东西疑易位，狂流天地恐飞沉。
>
> 千帆落照乘潮白，双峡惊涛作昼阴。
>
> 从古南荒饶物怪，百年航道记蛮琛。

写其系念故国而造成方向错位的心理。"千帆"联描绘因时间不同而呈现潮白昼阴的壮观，尤为雄丽壮阔，浑厚老成。后来他创作的《星洲竹枝词》具有浓郁的南洋色彩，新鲜活泼，有的夹杂当地马来语，有类打油。并有以竹枝词形式创作《抗战韵语》，反映仇日思想。

其他如北洋政府派驻新加坡的领事罗昌，其诗平淡，天然去雕饰。《槟城日报》报人曾觉民的诗娴熟大方。出版诗集的有李西浪《劫灰集》、释瑞于《瑞于上人诗集》。抗战后有苏郁文《眇公遗诗》、陈少苏《生春堂集》问世。这些诗集反映不同阶层的意识与生活，都有不同特色。

年轻一辈的诗人潘受（1911—1999），福建南安人。1930 年南渡新加坡，1942 年新加坡被日寇占领时，他到重庆担任中国工矿银行副总经理，1948 年归南洋。有《海外庐诗》。生逢乱世，集中多纪游之作，以山川之景寓国破家亡之恸，见爱国忧民之心，以景写愁，情感强烈，如"青山本是无情物，一夜伤时也白头"（《自西安赴咸阳》），移情于物。又如《泰山四首》之一云：

> 岱宗绝顶望昆仑，九曲黄河注海奔。
>
> 四百兆人同禹甸，五千年祖溯轩辕。
>
> 如何锦绣江山美，长是烟尘日月昏。
>
> 一恸金瓯今半缺，陆沉谁与起民魂？

笔下的山川富有动势，大气磅礴。次联环视神州，追溯历史，第三联问锦绣大地而哀故国之战乱。末联郁愤悲凉，希望与怅惘相交织，写景与抒情融一体。又如《燕京杂诗》其一云：

> 天低风紧塞云浓，战垒萧萧尚有烽。
>
> 独倚长城高处望，万山如戟护居庸。

寄怀抱于雄峻大川。他善于以宏观与微观、静态与动态相衬托、对比，形成大气磅礴的画面。而《夜过函谷关》诗中则写出战时的紧张氛围，"敌国军营隔岸烟，河声岳影鬓双悬。车辀嗫似衔枚走，灯灭防为袭弹穿"，传神写照，而情采丰赡。

菲律宾华侨陈丹初（1888—1944），名桂琛，号漱石，别署靖山小隐，生于厦门，毕业于福建优级师范。卢沟桥事变发生，他南渡菲律宾，先后在宿雾中学、古达磨岛中华中学任教，后被日寇杀害。有《鸿爪集》《抗战集》《投荒集》等。他始终关心国内的抗战活动，有《抗战组诗》七律三十首，律对精严，格调深沉，用语不避时代词汇与俗语，而又融化无间，如写上海谢晋元率一营勇士死守四行仓库奋战四昼夜的英勇事迹：

> 日夜环攻向大场，目标更拟达南翔。
>
> 短兵四度膏锋锷，战地经旬窜虎狼。
>
> 暂作葫芦成曲线，自亲簧锤守残疆。
>
> 试看五百田横客，死守犹能抗一方。

以工整精切的对仗，抒激昂而沉健的情怀。后来日寇侵犯诗人故里福建，他愤恨日寇暴行，讴歌故乡子弟奋起杀敌的壮举：

> 屏东铁鸟起南天，敌舰如云海上连。
>
> 巨弹频来炸禾厦，偏师又拟扰漳泉。
>
> 兵加以海归魂地，事异卢镗破贼年。
>
> 太息故乡谁御侮，藤牌子弟合当先。

先写日寇空军、海军之肆意猖獗，更写故乡的灾难重重。又在另数首中叹日寇狂轰滥炸南京："欲驱使节龙蟠外，拟置都城囊括中。禁卫张防森壁垒，侏儒坠地化沙虫。"叹息日寇占据山东，国民党军队节节败退，幸有八路军与抗日游击队在后牵制敌军行动："竟有淮阴甘相背，幸从李晟早通喉。黑烟弥漫迷青岛，突骑纵横扰兖州。"他歌颂华北战场的抗敌军民："铁炮纵轰双路赭，旭旗难蔽一军红。飞鸟枉使从天上，饿虎终教困穴中。"更赞扬台儿庄大战的胜利："一军背水争先着，两翼包抄截后方。肉搏陷胸成血泊，火攻凿壁毁碉房。"他虽身在异邦，而心系故国，其诗几乎对当时敌我双方消长的形势都有记述描写。他将全部心血寄托于诗中，功力也较深厚，故诗风沉雄。

　　以上所记，均为华人居住人数占相当比例的地域，至于欧美诸国，因华人比例不大，故本书不作评论，唯略记一二。安徽旌德吕碧城，以词著称，亦工诗，旅居欧洲瑞士；周策纵，在美国威斯康星大学教学，陈致编有《周策纵旧诗存》。

主要参考书目

陈衍编辑:《近代诗钞》,商务印书馆 1935 年版。

钱仲联主编:《清诗纪事》,江苏古籍出版社 1989 年版。

钱仲联:《当代学者自选文库:钱仲联卷》,安徽教育出版社 1999 年版。

钱仲联编校:《陈衍诗论合集》,福建人民出版社 1999 年版。

张寅彭主编:《民国诗话丛编》,上海书店出版社 2002 年版。

《民国史料笔记丛刊》,上海书店出版社 1997 年版。

梁启超:《饮冰室诗话》,人民文学出版社 1959 年版。

闻一多著,孙党伯、袁謇正主编:《闻一多全集》,湖北人民出版社 1994 年版。

吴奔星、李兴华选编:《胡适诗话》,四川文艺出版社 1991 年版。

毛大风辑录:《百年诗坛纪事》,钱塘诗社印行 1997 年版。

毛谷风编著:《二十世纪名家诗词钞》,华东师大出版社 1993 年版。

刘斯翰注:《辛亥革命诗歌选集》,广东人民出版社 1983 年版。

李庆年:《马来亚华人旧体诗歌演进史》,上海古籍出版社 1998 年版。

陈声聪:《兼于阁诗话》,上海古籍出版社 1985 年版。

上海诗词学会"诗选"编委会编:《上海近百年诗词选》,百家出版社 1996 年版。

杨博文辑录:《于右任诗词集》,湖南人民出版社 1984 年版。

叶元编：《叶楚伧诗文集》，上海三联书店 1988 年版。

汪辟疆：《汪辟疆文集》，上海古籍出版社 1988 年版。

张大为、胡德熙、胡德焜合编：《胡先骕文存》，江西高校出版社 1995 年版。

马一浮：《马一浮集》，浙江古籍出版社、浙江教育出版社 1996 年版。

周德恒编：《马叙伦诗词选》，文史资料出版社 1985 年版。

王礼锡：《王礼锡诗文集》，上海文艺出版社 1993 年版。

邵祖平：《培风楼诗》，浙江大学出版社 2000 年版。

《文史资料选辑》第十辑，中国文史出版社 1987 年版。

徐葆耕编选：《会通派如是说——吴宓集》，上海文艺出版社 1998 年版。

路志霄、王干一编：《陇右近代诗钞》，兰州大学出版社 1993 年版。

陈三立著，李开军校点：《散原精舍诗文集》，上海古籍出版社 2003 年版。

陈三立著，潘益民、李开军辑注：《散原精舍诗文集补编》，江西人民出版社 2007 年版。

郑孝胥著，黄坤、杨晓波校点：《海藏楼诗集》，上海古籍出版社 2003 年版。

柳亚子：《磨剑室诗词集》，上海人民出版社 1985 年版。

高平叔编：《蔡元培语言及文学论著》，河北人民出版社 1985 年版。

吴无忌编：《王国维文集》，北京燕山出版社，1997 年版。

胡迎建：《近代江西诗话》，百花洲文艺出版社 1994 年版。

王仲镛主编：《赵熙集》，巴蜀书社 1996 年版。

赵清、郑城编：《吴虞集》，四川人民出版社 1985 年版。

曹经沅遗稿，王仲镛编校：《借槐庐诗集》，巴蜀书社 1997 年版。

高铦、高锌、谷文娟编：《高燮集》，中国人民大学出版社 1999 年版。

严明编著：《沈曾植：评传·作品选》，中国文史出版社 1998 年版。

黄炎培：《黄炎培诗集》，中国文史出版社 1987 年版。

刘大白：《白屋遗诗》，书目文献出版社 1984 年版。

王仲三笺注：《周作人诗全编笺注》，学林出版社 1995 年版。

冯振著，党玉敏、冯采蘋编校点：《自然室诗稿与诗词杂话》，广西师范大学出版社 1989 年版。

江西大学图书馆编:《鲁迅诗歌选注》,1976 年版。

绿原、牛汉编:《胡风诗全编》,浙江文艺出版社 1992 年版。

陈隆恪:《同照阁诗钞》,香港里仁书局 1984 年版。

陈美延编:《陈寅恪集·诗集》,生活·读书·新知三联书店 2001 年版。

钱仲联:《梦苕庵诗词》,广东南社研究会 1994 年版。

钱锺书:《槐聚诗存》,生活·读书·新知三联书店 1995 年版。

苏渊雷:《钵水斋外集》,华东师范大学出版社 1992 年版。

霍松林:《唐音阁吟稿》,陕西人民出版社 1989 年版。

溥儒:《寒玉堂诗集》,新世界出版社 1994 年版。

经亨颐:《颐渊诗集》,浙江古籍出版社 1984 年版。

蒋健兰编:《蒋彝诗集》,友谊出版公司 1983 年版。

白敦仁存稿:《水明楼诗词集》,巴蜀书社 1997 年版。

庞石帚先生遗著,白敦仁编:《养晴室遗集》,黄山书社。

政协广东三水县文史资料研究委员会编:《黄祝蕖战时诗选》,中国文史出版社 1990 年版。

李石涵编:《怀安诗选》,陕西人民出版社 1980 年版。

董鲁安:《游击草》,生活·读书·新知三联书店 1983 年版。

沈钧儒:《寥寥集》,生活·读书·新知三联书店 1978 年版。

中国人民政治协商会议全国委员会、文史资料研究委员会编:《胡厥文诗词选》,文史资料出版社 1982 年版。

田汉:《田汉诗选》,人民文学出版社 1982 年版。

吴芳吉:《白屋诗选》,四川人民出版社 1982 年版。

黄节著,刘斯奋选注:《黄节诗选》,广东人民出版社 1984 年版。

湖北省人民政府文史研究馆校订:《黄季刚诗文钞》,湖北人民出版社 1985 年版。

杨匏安:《杨匏安文集》,广东人民出版社 1986 年版。

郑自修主编:《荆楚诗词大观》,武汉大学出版社 1992 年版。

后记

忆 1990 年，我开始撰写《近代江西诗话》，正是这本书的出版使我萌生从事此一课题研究的念头。因搜集近百年来江西诗人诗作，我对民国时期中国旧体诗人产生了浓厚兴趣。自新文化运动之后，旧体诗被逐出文学正宗的地位，只有一些名人名家的诗词较为人所熟悉。旧体诗的命运如何，作者队伍状况如何，知者寥寥。为了熟悉并充分占有资料，我既要通读重要诗人作品全集，还要尽可能注意那些不为人所瞩目的诗人。名人名家往往因其他方面成就而被人重视其诗，但诗界应该是平等的。然而要想掌握全面，很不容易，泱泱大国，诗人众多，我只不过是作了不自量力的尝试而已，戛戛乎其难也。

1996 年底，我第一次向国家社科规划办申报了《民国旧体诗研究》这一课题。次年 5 月获准立项。我深感责任重大，能否客观描述那一内乱外患频仍时期旧体诗的发展状况，能否知人论诗。在我前面，是一片充满希望、富于魅力而又遍生荆棘的处女地。好在这些年来，诗人全集与选集出版甚多，不少诗词刊物也注意挖掘并发表 20 世纪以来的前贤遗作，有的编辑为我提供了前辈诗人作品的线索。我也幸运得到了众多诗人、学者的支持：著名诗人、教授、博导霍松林教授为拙稿题诗，中国社科院研究员刘扬忠，南京大学教授、博导莫砺锋分别寄来其先师吴世昌、程千帆诗集。成都大学白敦仁教授不仅赠送了四川前辈诗人赵熙、庞石帚、曹经沅的诗集，且扼要介绍四川的诗风承传流变。令我难忘的是，1999年秋在云南中华诗词研讨会上，我就云南近百年诗坛概况作了发言，会后有一位先生将《玉溪市志》与数辑《玉溪市文史资料》送到我下榻的旅馆，因其中有玉溪人李鸿祥诗作。遗憾的是，他送来时我不在场，以致这位好心人竟未能留下姓名。

2001年，此稿通过国家社科规划办的结项。之后数年，我又陆续获得一些零星资料，对书稿稍加补充修改。

2004年12月，中华诗词学会会长孙轶青先生在中华诗词学会第二次全国会员代表大会的工作报告中指出："相比于古代，现当代诗词发展史的研究尤其显得薄弱，许多领域几乎是一片空白。这要从收集资料做起，大量积累、细致梳理百年诗词发展的资料，从中追寻诗词发展的历史轨迹，引出诗词发展的历史规律。"这的确是任重而道远，本人虽已做了些探路工作，但也仅管窥蠡测而已。数年来，不少学者、诗人询及此书出版情况，今天也总算有个交代了。我希望有更多的人努力从事这方面的研究，那么，中国文学史的撰写也许就会完善很多。

胡迎建草于南昌湖星轩

2005年2月10日

再版缀言

　　拙著《民国旧体诗史稿》于 2005 年由江西人民出版社出版之后，在学术界与诗词界引起了不少关注。《国学论坛》网站转载"鸿雪诗词"评出的《2005 年中国传统诗词十件大事》，此书列为其中之一，认为"填补了现代文学史关于现代诗词创作之空白，有较大影响，故纳入"。次年在华东地区图书评比中评为一等奖。杨剑锋在《被遗忘的诗歌史》一文中说："此书以丰富翔实的资料，清晰勾勒了这一时期旧体诗发展高峰—低谷—复兴的曲折历程，……它使我们有了发现新大陆般的惊喜：原来现代文学史上除了拥有徐志摩、冯至、戴望舒的新体诗歌，还有如此丰富的旧体诗歌，……历史向我们展示了一个完全不同的面貌。"（《读书》杂志 2006 年第 11 期）刘世南在他的《入山采铜之作——〈民国旧体诗史稿〉》评述中指出："搜罗宏富，尤其是地域诗部分，遍及全国各省以及东南亚部分国家与地区，真是洋洋大观，应有尽有。所作评论，也都惬中贵当，既不言以人重，也不以人废言，……能从艺术特色的分析中体现出思想内容，要言不烦，点到为止。既有创作评论，又有理论介绍，并且对民国时期旧体诗的几个特征作出了独到的分析。"（《人民日报》2006 年 6 月 7 日文艺评论版）庄严、章澄《略论〈民国旧体诗史稿〉的启蒙意义》一文中认为"搜罗广博，研讨深刻"，"对民国旧体诗传承与创新双向推进的动态过程，加以系统化的考察和客观化的评骘"，并将诗人进行了群体研究（《江西社会科学》2006 年第 11 期）。吴中胜在《照亮旧体诗研究的学术盲点——读〈民国旧体诗史稿〉》一文中指出："该书是旧体诗研究的最新力作，给中国文学研究者们许多启示。"著者是"诗人论诗，以一份诗性之心去评诗论诗，从许多诗的具体评述中，可以看出先生对诗歌的切身体悟"。还有熊盛元在《令人耳目一新的巨作——〈民国旧体诗史稿〉》一文中指出："这是有关民国旧体诗研究中最详备最有眼光的一部力作"，"立论精湛，新人耳目"，"结构缜密，新见叠出"，"体大思精，包罗面广"。"分析新诗的得失，切中肯綮，且指出新诗应回归传统"。著名学者、原中华诗词学会副会长、中华诗词特别贡献奖获得者霍松林先生曾师从中央大学中文系汪辟疆教授，读到此书后，欣然有《题胡迎建先生诗史新著》七绝三首云："师韩祖杜拓新疆，双井神功接混茫。诗派汪洋传近代，洪峰迭起看西江""从师白下问迷途，亲授诗坛点将图。上溯黄韩追杜老，脱胎换骨忆方湖（汪先生别号方湖）""开放中华万象新，胸罗万象笔如神。扬帆岂限西江水，入海尤能掣巨鳞"。

因此书的出版，中山大学黄修己教授主编《20 世纪中国文学史》再版时，还约我撰写旧体诗一章；中国社科院文研所现代文学研究室主任张中良教授约我为《中华文学通史》十卷修订版增写旧体诗词一章，均打破了现代文学史不谈旧体诗的做法，希望纳入文学史研究者的视野，重新评价旧体诗。还有不少博士生、硕士生撰写论文也引用此书，这都令我极为欣慰。虽然这部书还有许多评述不足，如有的认为拙著对郁达夫评价还不高。还会有不少遗漏，如美籍华裔学者苏炜在他的《程坚甫：中国当代农民中的古典诗人——一个被沉埋的诗人和一个被沉埋的诗道》一文中说，虽然《民国旧体诗史稿》一书"几乎将自 1912 至 1949 各界各流各派的旧体诗家及其代表作品一网打尽"，却遗漏了程坚甫，未作论述。不过，诗人如林，要想穷尽这一时期的诗人诗著，是任何人也做不到的。还有许多研究课题，有待更多后来者努力。令人高兴的是，十多年来，陆续有学者在这一领域辛勤耕耘，无论是个案研究还是宏观研究，都出现了不少成果，而本人只是作了先行探路的工作。遂有慨而咏："钩沉拾贝费搜罗，旧体诗研入史河。天意不教斯道废，苦心渐喜识音多。"

承蒙江西教育出版社看重，本书在时隔十九年之后有了再版机会，更名为《中国现代旧体诗史》，我重新做了一些修订，有的做了较大修改。内文引文改用页下注，并注明出处页码。不可言尽善尽美，只可说稍弥缺憾，并希望学术界与诗词界予以关注，盼望广大读者批评指正。

2024 年 12 月 10 日